英文字根字首神奇記憶法
再也忘不了的英單速記秘訣

5次循環學習法	第1遍	第2遍	第3遍	第4遍	第5遍
開始日期	___月___日	___月___日	___月___日	___月___日	___月___日

*請記下開始學習的日期

MP3 寂天雲 APP

如何下載 MP3 音檔

❶ **寂天雲 APP 聆聽**：掃描書上 QR Code 下載「寂天雲－英日語學習隨身聽」APP。加入會員後，用 APP 內建掃描器再次掃描書上 QR Code，即可使用 APP 聆聽音檔。

❷ **官網下載音檔**：請上「寂天閱讀網」（www.icosmos.com.tw），註冊會員／登入後，搜尋本書，進入本書頁面，點選「MP3 下載」下載音檔，存於電腦等其他播放器聆聽使用。

前言

> 「為什麼以前都沒有這種單字書呢？
> 從現在開始，我們再也不會再因為
> 英文而感到挫折了！」

英文：一座無法輕易跨越的高山

對於許多學生來說，求學的過程中有一座難以跨越的山，那就是英文。很多學生在國中階段英文底子沒打好，單字量原本就不足，而升上高中後，面對學測規定的 4500 單、高中的 6000 單，學生們常常只有束手無策的份。有的人辛苦地從山腳一路爬到山腰，卻覺得成效不彰而放棄，而有的人連山都還沒開始爬，就舉起白旗投降，只好靠其他科目拉分。

看看另外兩個主科──國文和數學，國文怎麼說都是用中文寫成的，入門的障礙及門檻相對沒這麼高；而數學和語言科目不同，沒有數以千計需要背誦的單字需要煩惱。英文既不是我們的語言，也不像數學擁有一套邏輯體系。雖然英文好的大有人在，不過對於開始一個新階段、想要好好努力的學生來說，最無法跨越的山無疑就是英文。

單字的差距，就等同於英文實力的差距

我們常說的教育差距，是從哪裡拉開的呢？**答案就是英文，而其中單字是最大的問題**。單字的學習既枯燥乏味，又容易使人產生挫折感，我相信沒有人不這麼想吧。多如牛毛的陌生單字，要到何年何月才能全部學完？讓學生每天背一百個單字，可不是件簡單的事。而且，就算勉強死背硬記了下來，這些單字在頭腦裡也維持不了多久，馬上就會忘得一乾二淨。

如果無法克服英文單字這個難關，就無法學好英文；學不好英文，不但無法通過考試，連就業機會都會比別人少一大半。因此，說英文單字的學習會影響到人生，一點也不為過。我們必須找到成功的英文單字學習方法。

我們絕非不聰明

我們的頭腦絕對不是不聰明，只是用錯了學習方法；而我們也不是懶惰，只是沒有人告訴我們要怎麼讀書才有趣罷了。但是現在不一樣了！英文單字背不起來，或是就算背起來也記不了多久的窘境，即將遠離我們而去。

透過這本書，我們可以非常輕鬆地記住英文單字。或者更準確地說，是「理解」英文單字。我們甚至能夠克服單字，對英文產生自信。作者對這一點有絕對的確信。這本書想改變的，不僅僅是大家的英文實力，更希望對大家接下來的人生道路形成正面的影響。

不經思考、盲目默背的我們

大部分的學生碰到英文單字，通常都是直接硬背下來。我們在紙上一遍一遍地抄寫，一直寫到白紙變黑、手腕痠痛，或是盲目地看了又看，直到單字烙印在腦海中才肯罷休。

不過，大家沒有懷疑過這種學習方法嗎？像這樣不明所以地死背，就是唯一正確的途徑嗎？你們有沒有想過單字為什麼會長成這樣？難道不能像數學或科學一樣，透過「理解」來學習嗎？

世上所有事物的形成皆有其緣由，這是科學存在的基本前提。**現在大家所看到的英文單字，也都各自有其源頭，不是憑空冒出來的。只要知道源頭，就可以理解；只要理解，不用費心死記，也能輕鬆地背起來。**如果搭配故事，甚至還會變得饒富趣味，就像讀小說一樣順暢地閱讀下去。只不過像是讀讀小說，英文單字卻在不知不覺間進入腦海中，這是多麼令人雀躍的體驗啊！

字源學習是最經得起檢驗的學習方法

明尼蘇達大學（University of Minnesota）的詹姆士·布朗（James Isaac Brown）教授主張，**由僅僅 33 個字根及字首產生的單字，就有多達 14000 個。**（其中，字首 in 分為兩個不同意思的字首，因此可以算成 34 個。）若包含整本字典的單字，甚至可增加至十萬個。

透過字源來做單字的聯想練習，已經成為英文領域中最經得起檢驗的單字學習方法。事實上，也不需要經過所謂的「驗證」，因為英文單字本身都各有其字源。字源對單字學習而言，似乎已經成為最基本的概念了。

這個方法，不只受非英文圈學習者廣泛利用，以英文為母語的人在學習單字時也常常使用，甚至還有 etymology（字源學）這一門學問，將字源獨立出來加以研究。準備美國 GRE 或 GMAT 等高難度英文考試的人，百分之百會透過字源來學習單字，因為除了這個方法以外，沒有其他方式可以征服為數如此龐大的高級英文單字了。

本書以詹姆士·布朗教授的 33 個字根及字首為基礎，**收錄了多達 335 個字根、字首及字尾，並精心挑選了約 1700 個讓大家可以有效掌握這些字根、字首及字尾的運作原則，而且在大學入學考試、國家考試、多益測驗中也經常出現的重要單字**。不論各位正在準備什麼考試，本書的內容都絕對綽綽有餘。

超重要字根／字首 vs. 重要字根／字首？

本書的篇章劃分為〈超重要字根〉、〈重要字根〉、〈超重要字首〉、〈重要字首〉、〈字尾〉，其中「超重要」和「重要」是怎麼決定的呢？

我們廣泛參考了牛津詞典（Oxford Dictionary）、柯林斯詞典（Collins Dictionary），和麥克米倫詞典（Macmillan Dictionary）等最具有公信力的英文詞典，最後根據「**字源的利用率**」與「**單字的使用率**」作為歸類的標準：

(1) 由「**超重要字根字首**」所形成的單字數比「**重要**」的多。只要正確理解某字根字首的核心意思，就能一次簡單掌握數十個單字，這種字根字首我們便歸類為「**超重要**」。

例如，DAY 8 至 DAY 9 的字根 sta（站），光是一個字根就衍生出了 44 個相關單字，因此被歸類為「超重要字根」。

(2) 由「**超重要字根字首**」所形成的單字，也比「**重要**」的更廣泛出現在各類考試中。雖然其「字源的利用率」與「單字的使用率」稍低，但還是十分重要，也一定要學會。

而每個字根字首下所選擇的單字，主要是依據**讓讀者最容易理解該字根字首運作原理**的順序來排列的。

(1) 按「**高頻率→低頻率**」順序排：因為從學過的單字開始是最容易的，所以我們會先舉出常用的基本單字，再舉出稍微少見、有一點變化的單字。如：使用頻率較高的 capital（首都），放在使用頻率較低的 cape（披肩）之前。

(2) **可示範字根字首的字排在前**：即使有一些單字雖使用頻率較低，但若適合拿來示範字根字首的運作，也會放在前面。

例如：educate（教育）的使用頻率雖沒有 introduce（介紹）高，但因為其字根的拆解意象一目瞭然，因此放在最前面當示範單字。

(3) **意思相近／相反的單字，放在一起以供比較**：如 generous（慷慨的）和 gentle（溫和的），都是古代出生良好的貴族應具備的特質，故放在一起學習。

因此，本書單字雖然並沒有固定的排列順序，但是能讓大家以最有邏輯的方式，有效學習字根及字首的意思及原理。

天啊！為什麼以前沒有這種單字書呢？

我擁有市面上幾乎所有的英文單字書，其中有幾本單字書也使用了字源的概念。然而，裡面的說明乏善可陳，只是單純介紹單字的字源提供讀者參考，這種程度的內容，就算讀了也無法完全理解。我找遍了英美地區所有可靠的網站，甚至也曾針對一個單字，連續幾天幾夜苦思為何這個單字只能具有這個意思。我將自己找到的原理透過簡單的說明整理起來，讓人能夠一一理解，並不由自主地點頭稱是。

身為作者的我自己在了解單字背後的原理後,也體驗到了一股前所未有的暢快感。因為實在太有趣,連時間的飛逝也沒察覺到。另一方面,這些逝去的時間對我來說,也是憤怒的延續。學校究竟為什麼不好好教學生用這種方法背單字呢?學校或補習班為什麼總是逼著學生盲目背誦呢?我甚至開始覺得,以前因為總是記不住英文單字,而認為自己是豬腦袋的我非常可憐。希望大家能夠因為現在可以用正確的方法學習,而感到安慰。

現在不再對英文感到挫折

對身為作者的我來說,這本書不單單只是一本著作,而是一場運動。我希望讓讀者們提高學習英文的效率,並感受到讀書的趣味,藉此減少不必要的教育費用支出,甚至不會因為英文而放棄自己的夢想。

我們曾經因為英文受到多少的差別待遇,並且感到挫折呢?只要打敗英文這個強敵,大家的人生一定會更好。此外,期盼大家在學習之後,也能把這個方法教給身邊的弟弟或妹妹、朋友和學弟妹。這不只對聽的人有幫助,對各位也能成為一大助力,因為沒有比教導他人更好的學習方法了。

每一個人都可以做得到

我在這本書上投入了許多心力,但仍有一個擔憂,那就是可能會讓大家把英文想得太簡單。另外,也擔心讀者們太容易就把單字記住,便認為不需要複習。雖然這本書就算只看過一次,也會在腦海中烙下印記,並對單字產生理解,**但是各位如果想自由地運用單字,反覆翻閱仍是必要的。**請大家試著回想學習游泳的時候,手部的動作該怎麼做,只聽了一次就能立刻做得很好嗎?應該沒辦法吧。必須反覆練習無數次,身體才能自動地做出動作。只不過,我有信心各位可以透過這本單字書,大幅減少反覆的次數。

我認為世界上的萬事萬物都有理由與意義存在。在這無限大的空間、難以探知邊際的宇宙中,擁有這份因緣是如同奇蹟般的一件事,也是無法以機率計算的神奇際遇。希望各位絕對不要放過這段因緣或是這個機會。現在拿起這本書的瞬間,說不定就是你們英文變好的命運轉捩點。請期待在唸完這本書後,英文實力突飛猛進的自己。

"You are the authority on what is not possible."

「可行與不可行,決定的人就是你!」

──電影《千鈞一髮(Gattaca)》

為什麼要學習字首字根字尾？

所有英文單字都具有基本結構

字首
（方向‧性質）

international

字根
（核心意義）

字尾
（詞性）

　　小學的時候，我們在課堂上學到昆蟲可分為頭、胸、腹部。英文單字也非常類似，可以分成字首、字根、字尾。

　　仔細觀察上圖所示的 international 這個單字。inter 為表示「之間」的字首，nation 是代表「國家」的字根，而 al 則是形成形容詞的字尾。這三個元素結合在一起，字面上形成「國家與國家之間的」的意思，而最終構成「國際的」的意思。

　　字首、字根、字尾各自扮演不同的角色。**字首能表現單字的方向或性質。**例如，表示「道路」的 way，如果加上代表下面「方向」的字首 sub，就形成「向下走的」「道路」，所以 subway 就是「地下鐵」。若在 happy 前面加上表示負面性質的字首 un，就成為 unhappy，亦即「不幸的」的意思。

　　加上字尾的話，即可改變詞性。real 的意思是「真正的」，如果加上副詞字尾 ly，就會成為 really，也就是我們常用的副詞──「真正地」。若加上動詞字尾 ize，則成為 realize，亦即表示「成為真的」之意的動詞──「實現」。而加上名詞字尾 ity，則成為 reality，也就是「現實」。只要知道一個字根、一個單字，就可以同時輕鬆學習各種詞性的衍生字。我們可以藉由這種方式爆發性地擴張字彙量，絕對不是只有辛苦背誦這條路而已。

　　字源當中的核心，絕對非字根莫屬。就算沒有字首或字尾，只憑著字根也可以形成單字。但是，如果只有字首或字尾，則無法形成一個單字，字首或字尾必須和字根「連接」才會產生意義。很少有字首或字尾獨自成為一個單字的例子。

　　只要知道一個，就可以舉一反三，這就是字源學習的奇妙之處。大家有沒有學過這個原理？這個原理非常基本，也不難理解。

利用字源,可以一次記下許多單字

spec 是代表「看」的字根。一起來看看下列的單字。

spec 看

- in**spec**t(in 向內 +spec(t) 看)向裡面看 ▶ **檢查**
- pro**spec**t(pro 向前 +spec(t) 看)向前面看 ▶ **前途**
- ex**spec**t(ex 向外 +spec(t) 看)一邊等待著某人向外看 ▶ **期待;預期**
- **spec**ial 眼睛明顯可以看得見的 ▶ **特別的**
- **spec**tacle 值得一看的東西 ▶ **景象**

我們藉由 spec 一個字根,瞬間熟悉了五個英文單字。因為篇幅的關係,這裡只舉出五個,但是單從一個 spec 可以衍生出的單字數量是非常多的。如果我們沒頭沒尾地用「prospect 是前途。prospect,前途。前途、前途⋯⋯」的方式背誦,可能沒辦法記得很久。還有另一種方法,就是將英文單字的音節一一換成中文字,並編成口訣進行聯想。儘管這個方法可以用來背怎麼背都背不起來的單字,但是那麼多的單字,要一一聯想到什麼時候?希望大家不要一個字一個字地記,而是用字源將英文單字一網打盡。

單字是可以理解的

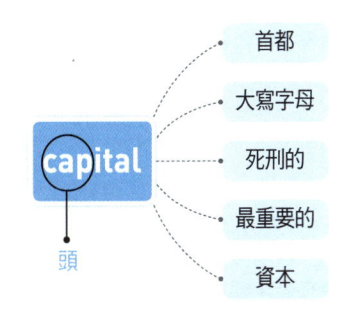

capital 頭
- 首都
- 大寫字母
- 死刑的
- 最重要的
- 資本

capital 大致上有五種意思,如果要分別記下來,會花費許多時間。但是,如果知道 cap 是代表「頭部」意思的字根,事情就非常簡單了。(甚至 cap 這個單字,也是我們都已經非常熟悉的字根。戴在「頭」上的帽子,不就是「cap」嗎?因為帽子是戴在頭上的物品,所以才會來自「頭部」這個字根。)所有的意思都來自**「頭部」**這個核心意義。

勝過許多都市,而成為最頂端的都市是什麼呢?就是**「首都」**。中文的「首都」也使用了代表頭部的「首」,與表示都城的「都」二字,包含了頭部的意思。由此可見,這個單字的英文與中文的字源相同。這種單字的數量不在少數,因此可見英文圈的人和我們的思考方式並沒有太大的差異。

出現在句子最前面的字母是什麼呢？就是「**大寫字母**」。過去，人們如果被處刑，就算被斷手或斷腳，還是能保住性命。但是，如果被砍去頭部，就會死亡，所以也有「**死刑的**」的意思。從「頭部即為最核心之處」的意思，也衍生出「**最重要的**」的意思。怎麼樣？就算不特別背誦，不也能全部理解嗎？

背單字的同時，也可以理解文化與歷史、心理

capital 也有「**資本**」的意思。字根是「頭部」，為什麼會突然出現「資本」的意思呢？

英美地區的基本文化與東亞國家不同。東亞國家以米為主食，但是歐美國家吃的是麵包，以及牛奶和乳酪。他們從事的是種植小麥並養殖家畜的畜牧業。在這樣的畜牧文化中，最重要的財產是什麼呢？當然是家畜。

在計算家畜的時候，該如何計算呢？是以頭數計算。中文在計算家畜時，也會使用「頭」字。例如，「十頭」牛、「三頭」豬，這就代表資產有多少的意思。

接著，再來看看 education 這個英文單字。education 是什麼意思呢？就是「教育」。e 為 exit（出口）的 e(x)，是帶有「外面」之意的字首。duc 是「引導」，因此成為「向外引導」的意思。換句話說，「教育」就是「向外引導」的行為。教育不是將學生視為不成熟的人或無能力者而一味注入知識，反而恰恰相反。將人類天生的才能與潛力向外引導出來，使其能夠被發現，才是教育。不過，在長久的時間裡，我們一直忽視並不明究理地接受了單純愚昧的填鴨式教育。英文單字的學習更是如此，根本沒有空閒思考這個單字為什麼是這個意思。就算開口發問，也只會得到「不要問一些有的沒的，趕快背起來」這種回答。

如果學習了字源，便可以像這樣理解單字的真正含義，而且像這樣透過故事學習的內容，絕對不容易忘記。

字源學習是一種「小抄」

我們常常講英文單字記不起來，但其實看過的單字是會儲存在腦海裡的。雖然很令人不可置信，但是這個理論現在幾乎被視為定理。那麼，這些單字為什麼會想不起來呢？這是因為這些單字雖然儲存在我們的腦海中，但是卻沒有辦法被提取出來的緣故。

人類的頭腦擁有無限的可能性，還存在著未知的領域，等於是擁有無限的儲存容量。學習到的知識會被儲存在某個地方，但是卻無法常常被召喚至意識中。如果我們常常想著所有學習到的知識，腦袋將會變得非常混亂，甚至可能會因為過度負荷而爆炸。除了需要集中精神的事物以外，其他相對不重要的內

容都會漂浮在腦海中的某處，被儲存在意識與無意識的領域。越是不常使用的知識，就會被放在越深處。但是這些知識並沒有消失。

這個理論的確切證據，就是心理學中所說的「舌尖現象」（tip-of-the-tongue phenomenon）。我們在準備考試的時候，如果和朋友玩「我問你答」的遊戲，肯定曾經遇過明明知道答案，卻一時想不起來的狀況。明明是知道的事情，卻好像想得起來，又好像想不起來。「舌尖現象」這個名詞，就代表「停留在舌尖說不出來」的意思。

儘管如此，這些知識也並未從腦海中消失。它們確實存在，只是我們無法將這些知識提取出來罷了。此時，如果我們要求朋友提示第一個字，聽到那個字的瞬間，我們往往就會立刻想起來。像這樣，如果有線索的話，就會比較容易想起。

這種線索就好像釣竿一樣，可以把漂浮在記憶深淵中事物釣起來，而這些線索就和「小抄」一樣。**從進行字源學習的瞬間開始，單字本身就成為一種「小抄」**。因為單字裡面包含了字源，而字源的意思成為線索，讓我們一下子就想起儲存於腦袋某處的單字意思。考試的時候看小抄是作弊的行為，但這種「小抄」非常光明正大。我們沒有理由不去好好利用這種「小抄」。

在閱讀理解時，大幅增加文章脈絡的掌握能力

「capital 的意思是什麼？」這個問題的正確解答是什麼呢？答案是：不知道。只拿出一個單字，沒有人知道它的正確意思，因為單字表示的意思，會依據狀況而有所不同。根據句意的不同，有時候是「大寫字母」，有時候是「資本」，也有可能是「首都」的意思。

許多英文專家認為阻擋我們英文實力的，就是「一對一的對應式學習」。從小時候開始，教科書就將一個單字對應到一個意思，並讓我們機械式地背下來。這樣的學習方式，對閱讀理解與聽力、口說產生了致命的影響。

我們應該因地制宜地根據文章脈絡和狀況，想起適當的意思，但這樣需要花上許多時間，也不太容易理解。但是，如果進行字源學習，自然就無法接受「一對一對應式」的單字學習法。從一個字源，可以誕生多少單字與意思呢？我們剛剛才從 capital 的例子看到，**就算只知道其中一個意思，透過這個意思便可以聯想出其他的意思。**

在了解這個道理的過程中，我們自然而然會產生從文章脈絡中思考的能力，這就是所謂的**「掌握文章脈絡的能力」**。不僅如此，我們的思考方式也會變得有彈性，也能產生富有創意的想法。

最好的聯想法就是字源學習

聯想法並不是盲目地用抄寫數百次來背單字，而是就像字面上所說的，是**看到一個單字並進行聯想，進而想起該單字意思的方法**。透過眼前所見的這個單字，便可以馬上想起意思，甚至還能達到不用刻意背誦的境界，我想其效果不用再多說了吧？

在聯想法中，一定要有可以引發聯想的 trigger（導火線、引爆裝置）。這個導火線就是英文單字中的字源。

學生對聯想法的理解相當有限。如果要用聯想法背單字，一定會先將英文單字的各個音節轉換成中文字，再將該發音稍微變形，串成有意義的中文詞或是句子，再用這些詞或是句子聯想英文單字的意思。第一次學習英文的學生們特別常用這種方法。

這種方法的過程雖然稍嫌冗長，但是如果這些詞或是句子本身可以在腦海中留下印象，也不失為一種有效的學習方式。但是，將一個一個的單字和中文詞、中文句子連結後記憶，乍看之下非常輕鬆有趣，但是時間一久，就會變得急於記下這些中文內容，最後往往可以想起中文內容，卻想不起英文單字的意思。

若強行為英文單字附加上中文發音，就必須放棄單字學習時的必備要素──英文發音。因為不知道發音，所以也聽不太懂。而學習英文最大的絆腳石，就是將一個單字僅和一個意思做連結。使用這個方法，效果是無法與前面所說的字源學習比擬的。

所以，建議大家先透過字源來進行學習，如果還是有真的記不起來的單字，到時候再用中文發音聯想法也不遲。希望大家不要一開始就先從中文發音聯想法著手。

字源是最根本的聯想法。透過字源來學習單字，其實並不是什麼特別的學習方法，因為單字本身就是透過字源聯想的產物。因為英文單字已經是透過聯想過程誕生的結果，所以只要善加利用這種聯想方法就可以了。正因如此，連母語人士也會透過這個方法來學習單字。

你們的未來指日可待

本書的核心雖然在於字源，但是不僅限於此。透過心理學和教育學而驗證過的最有效方法，全部都在本書中發揮得淋漓盡致。使用這本書來學習，你們必定會得到成功的果實。這樣的自信與信念，也將為學習帶來正向的效果。

希望透過字源學習，能讓英文單字變得簡單，也讓大家可以找到自信，最終能夠想像自己透過英文而成功的模樣。腦袋中浮現的模樣，馬上就會實現。你們可以做到，也絕對會成功！

本書的 200% 使用法

1

先從認識的單字下手，才是有效率的學習方式

所謂的「理解」，指的是將你本來就會的東西跟你不會的東西做連結。理解過後的東西便不容易遺忘，這是因為它跟你本來就懂的知識有所連結的緣故。這種學習方式使得唸書這件事變得輕而易舉，甚至根本沒有死背的必要。

本書採用字根字首與**「代表性單字」**（各位本來就會的生活單字或初階單字）做連結，只要看到代表性單字，便能自動聯想字根字首的意思。同時，還能一併連結到其他由該字根字首衍生出來的單字。

例如，**transfer** 的意思為「搬遷」，只要學會字根字首，就完全不需要死背，因為字根 fer 的意思就是「搬運」（trans 的意思為「橫貫」）。那麼，是否要先記下字根 fer 的意思呢？其實也不用特別去記，因為我們老早就背過 ferry（渡船）這個單字。ferry 的字根為 fer，而渡船指的是「搬運」人或物品的船，這表示我們本來就知道 fer 這個字根的意思了。

看過單字書的人應該都知道，就算沒有特別去背，我們仍會不斷碰到本來就認識的單字。因此只要以此作為基礎，持續累積單字量就行了。這會讓學習變得更加容易，同時也能讓你增加自信。

使用 TIP 1

學習就從代表性單字的字根字首開始。

cap¹	抓住（hold）
變化形 cip, ceive, cept	事出（take）

capture
捕捉；抓住

2

善加利用單字右側的字源解說

翻開市面上的單字書，通常只會看到一整排按照字根字首分類的單字。本書則有所不同，貼心為你**解說單字演變的過程**，同時**補充字根字首由來、背後小故事、字根聯想法分享**等，讓你就像是在閱讀小說或童話故事書一樣，能夠輕鬆愉快地讀完。

不過，本書只會針對必要的部分進行說明，讓你從字根字首來理解單字。不會逐一為你解釋它究竟是源自拉丁語、希臘語、還是屬於盎格魯撒克遜字首，因為這些內容並不需要特別去記。學習字根、字首及字尾，只是為了要輕鬆記住單字而已。它只是一種方法，並非目的，你的目標並不是要成為研究字根字首的學者。

字源解說為本書的學習重點，只要閱讀當中的內容，便能幫助各位在理解單字方面，提高十倍的效率。

使用 TIP 2

學習單字時，請善用右側的字源解說，讀完後，便能讓單字自動進入你的腦海中。

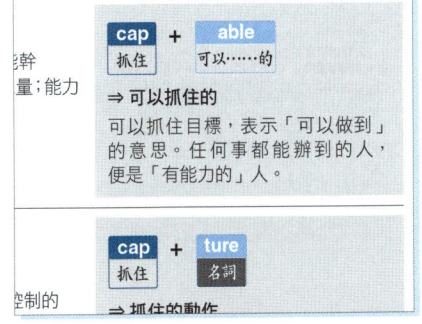

cap 抓住	+	able 可以……的

⇒ 可以抓住的

可以抓住目標，表示「可以做到」的意思。任何事都能辦到的人，便是「有能力的」人。

cap 抓住	+	ture 名詞

⇒ 抓住的動作

3 看完一張〈字根字首字尾一覽表〉等同背完一整本書

過去我們總是急於把單字一個個背好，眼中只看得見樹木，看不見森林，因而迷失了方向。現在正是將英文單字這個世界一次盡收眼底的時候了。這個世界的地圖，就是本書的**〈字根字首字尾一覽表〉**。只要擁有這份地圖，不管世界有多麼的遼闊，你都能一口氣盡收眼底。看著字根字首字尾，將為數眾多的單字一覽無遺，便能讓你產生戰勝英文的自信。

本書附上〈字根字首字尾一覽表〉，並不是要讓你折起來放著，想到才打開來看。請各位影印幾份，各自貼在家中每處你會經過的地方。我敢保證，你完全不需要抽出額外的時間來背它們。

我還在當學生時，曾在筆筒、書桌前、房門、廁所的門和鏡子等各處貼上英文單字。除非刻意不去看，不然根本不可能忘記。這種方式累積下來的單字，反而比我坐在書桌前背的單字更為印象深刻，也因此省下了大量時間。

使用 TIP 3
請將〈字根字首字尾一覽表〉貼在醒目的地方，隨時查看字根、字首及字尾。

4 把熟悉的單字變成陌生單字

明明背過這個單字，看單字書時也還有印象，但當它出現在題目上時，卻怎麼樣都想不起來是什麼意思。各位之所以會碰到這種狀況，絕不是因為頭腦不夠好，這是每個人身上都可能發生的事。

看單字書時，我們記住的往往不只有單字，對於單字出現的先後次序、每頁的排版設計也都留有印象。因此，當單字出現在單字書上時，你會以為自己早已把整頁的單字通通記了下來，但一旦換到題目裡，腦袋就瞬間一片空白。

如果想要克服這個問題，就得在看完單字書後，改用其他方式再複習一次。除了〈字根字首字尾一覽表〉以外，本書還附有一本**口袋單字書**，大家可以在搭公車或捷運時翻閱。在不同地方看到相同的單字，能夠增強對單字的印象。

使用 TIP 4
善用零碎時間隨時翻閱口袋單字書。

5
用「1＋3學習法」，完成五個循環

大部分的單字學習書僅列出單字，並建議每天學習的分量，而本書則為各位制定具體的學習計畫，明確告訴你何時該複習、要花多久時間，以及最佳的複習週期。

除了安排好複習的次數之外，本書特地在第一頁附上**學習時間記錄表**，以免學習者不記得自己複習到第幾次，或者是根本忘記複習。只要採用**「1＋3學習法」**完成五個循環，你便不再需要煩惱，勢必能完全熟記書中所有的單字。

而本書的設計巧思並不是到這裡就結束了。書中所規劃的學習加複習時間，恰巧是 66 天。如同我其中一本著作《翻轉成績與人生的學霸養成術（66 Day Study）》所述，這正是養成一個習慣的平均時間。因此我特別將當時連續五天登上即時熱門搜尋關鍵字的〈66 天習慣養成月曆〉結合單字書，改造成〈**66 天英文單字習慣養成月曆**〉。

這不僅讓你以最有效率的方式學會英文單字，還能藉此機會培養學習的習慣。同時，藉由這本單字書培養出來的習慣，既能用在英文學習上，更能喚起各位學習其他新事物的自信。請參考 20–21 頁的學習計畫，確認更詳盡的內容。

使用 TIP 5

善用英文單字習慣養成月曆，將「1＋3學習法」變成你的習慣！
將五個學習循環的開始日期，記錄在第一頁下方的表格中。

本書架構

1 MP3 音檔
五種感官同時並用！
背單字要邊聽邊唸才能記得長久。
將 MP3 存到手機裡，
隨時隨地輕鬆收聽單字和例句發音！

2 字根字首的代表性單字
先從代表性單字下手，
便能快速熟悉不認識的單字。

3 字根字首小教室
明確告訴你何謂字根字首。
只要弄懂字根字首，就能一口氣
學會數十個單字。
現在就讓你的單字量暴增吧！

4 單字旁星號標示
本書依據柯林斯詞典（Collins Dictionary）所標註的單字使用頻率高低，貼心幫你標示 3、2、1 顆星，讓你一眼辨別高頻單字！

3 顆星：柯林斯詞典頻率 5
2 顆星：柯林斯詞典頻率 4
1 顆星：柯林斯詞典頻率 3

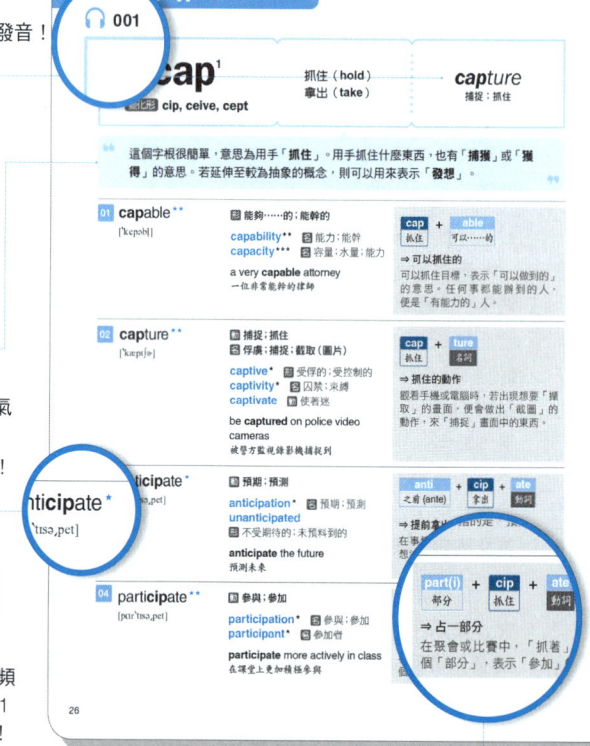

5 詳細字源解說
如同將課程影片濃縮成最精華片段一樣，精選學習重點，由作者親自為你講解，讓你彷彿閱讀故事般，輕鬆愉快地將單字烙印在腦海裡。

＊包含字根字首的意思、組合後的意思、字根字首由來、字根聯想法分享等。

6 收錄高頻衍生字
提升學習效率的方法就是：
學完一個單字後，
順便學習其他衍生單字，
將所有高頻率衍生字一網打盡！

7 實用例句
收錄精選例句，
讓你透過實用例句提升表達能力！

8 單字補充專區
「近義詞」：集結意思相近的單字
「衍生詞」：列出難度較高的單字
「複習」：幫你複習背過的單字

---

05 conceive* [kən'siv]
動 懷有(想法)；想；懷孕
concept*** 名 概念；概念
conception** 名 想法；構想；理解
conceit 名 自傲；(詩)誇張的比喻
conceive a passion for music
擁有對音樂的熱情

| con | + | ceive |
| 完全 (com) | | 拿出 |

⇒ 拿出一個想法
com 除了有「全部」、「一起」的意思之外，還可以表示「完全」，該字首指的是「確實有這個想法」。另外，還有「懷孕」的意思，可以想成「孕育」小孩，「一起」在同個身體裡。

06 deceive* [dɪ'siv]
動 欺騙；欺瞞；欺詐
deception* 名 欺騙；欺瞞；欺詐
deceit* 名 欺瞞；詐欺
deceptive* 形 騙人的；欺詐的
deceive the public for years
欺騙大眾多年

| de | + | ceive |
| 負面不好的 | | 拿出 |

⇒ 拿出不好的東西
de 指的是離開、向下，帶有負面的意思，該單字指的是用「不好的」方法「拿取」別人的金錢或物品。

07 perceive** [pər'siv]
動 察覺；感知
perception** 名 看法；認知
perceptual* 名 感知的；知覺的
perceive reality accurately
正確地感知現實

| per | + | ceive |
| 完全 | | 抓住 |

⇒ 完全抓住感覺
per 指的是「穿越」的意思，也可以表示「全部」，在「完全抓住」後，變成自己的東西，表示徹底了解，也就是「察覺」的意思。

近義詞
[完全抓住感覺] 察覺；感知
perceive [pe-+ate → 制定價格] 察覺；欣賞
realize [re-+ize → 再次了解到] 認出；認可；察覺

08 receive** [rɪ'siv]
動 收據；領取
receipt* 名 收據；領取
reception** 名 接待處；歡迎
receptive* 形 能容納的；善於接受的
You will receive an email with your audition time and place.
你會收到一封電子郵件，上面有你試鏡的時間地點。

| re | + | ceive |
| 再次 | | 抓住 |

⇒ 收到某人給的東西
re 的意思為「向後、再次」。「再次抓住」某人給的東西，表示「收到」的意思。衍生字 receipt 表示收到錢後收到的東西，所以是指「收據」。

09 accept** [ək'sɛpt]
動 同意；接受
acceptable** 形 令人滿意的；可以接受的
acceptance* 名 贊同；接受

| ac | + | cept |
| 朝向 (ad) | | 拿出 |

⇒ 朝我的方向拿
靠到東西後，「嗣，我的方向」

學習小幫手 一起使用，學習效果加倍！

善用〈字根字首字尾一覽表〉
隨時進行預習複習

善用零碎時間
翻閱口袋單字書

善用〈66天英文單字學習養成月曆〉
養成每日學習英文的好習慣

目錄

學習計畫 20
在學習本書前應該知道的五種習慣法則 22
有效學習本書的八個原則 24

PART 1

超重要字根 → 重要字根 → 超重要字首 → 重要字首 → 字尾

DAY 1　cap¹ cap² cede 26
DAY 2　duc fac 33
DAY 3　fer graph ject 40
DAY 4　log mit 47
DAY 5　pend plic 52
DAY 6　pos press 58
DAY 7　scrib spec 64
DAY 8　spir sta 70
DAY 9　sta 76
DAY 10　tain tract vis 82

PART 2

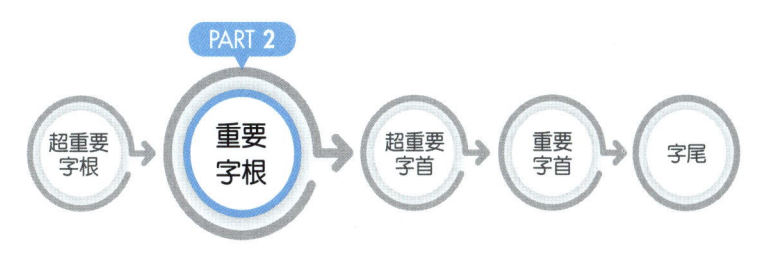

超重要字根 → **重要字根** → 超重要字首 → 重要字首 → 字尾

DAY 11	act alter ama ann apt arm art astro	91
DAY 12	audi bar base bat board break	99
DAY 13	camp can car cast centr cern cert	106
DAY 14	cid cide circul cit civi claim clin	114
DAY 15	clos cogn commun cord corpor count	121
DAY 16	cover crea cred cult cur dam dem	129
DAY 17	dict doc don equ ess estim	136
DAY 18	fa fall fare fend fest fid fil fin	144
DAY 19	firm flect flict flu form fort frag	153
DAY 20	fund fus gar gard gener gest	161
DAY 21	grad grat grav hab hand hap	170
DAY 22	heal hered horr host hum ide insula it	179
DAY 23	journ junct just kin labor lav lax lect	187
DAY 24	leg lev liber lic lig limin lin lingu liter	195
DAY 25	loc long lud lumin mag mand manu	204
DAY 26	mater mechan medi medic memor ment	213
DAY 27	merc merg meter migr min mir mod	221
DAY 28	mort mot mount mut nat	229
DAY 29	nav neg nerv nom norm nounc nov numer	236
DAY 30	nutr oper opt ordin organ ori pan	243
DAY 31	par para part pass	252
DAY 32	path patr ped pel pen	258

DAY 33	per pet phas phon ple plore point 266
DAY 34	polic popul port pot prehend prim 274
DAY 35	priv prob put quir rad rang 282
DAY 36	rect rot rupt scend sci sect 289
DAY 37	sens sequ serv sid sign 297
DAY 38	simil soci solv soph spon stick 305
DAY 39	strict struct sult sum tact 312
DAY 40	techn tect temper tempt tend term terr 320
DAY 41	test text tom ton tort tribut 328
DAY 42	tru tum turb us vac vad val 335
DAY 43	vent vert vest via vict 343
DAY 44	viv voc vol volv vot war 351

PART 3

超重要字根 → 重要字根 → **超重要字首** → 重要字首 → 字尾

DAY 45	pro pre re 359
DAY 46	in^1 ex 365
DAY 47	out over 372
DAY 48	com inter trans 380
DAY 49	ad sub 387
DAY 50	de dis 395
DAY 51	un 404
DAY 52	in^2 412

PART 4 重要字首

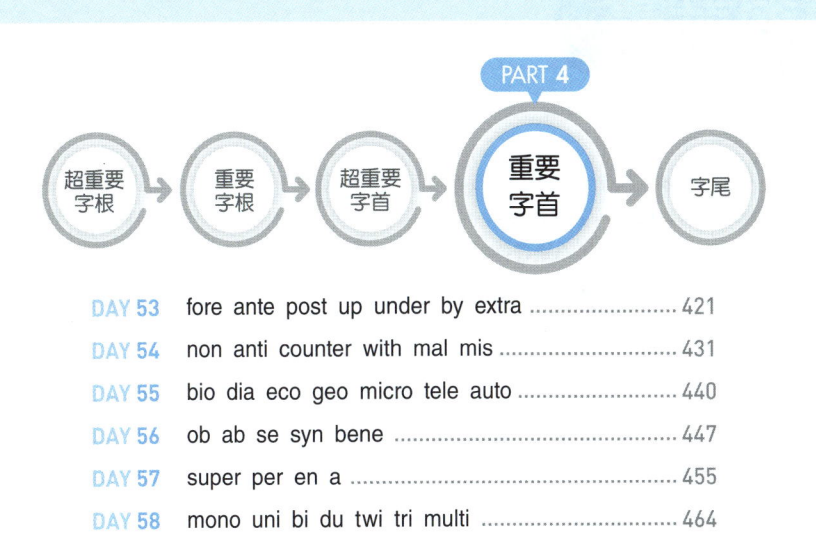

- DAY 53　fore ante post up under by extra ……………… 421
- DAY 54　non anti counter with mal mis ………………… 431
- DAY 55　bio dia eco geo micro tele auto ………………… 440
- DAY 56　ob ab se syn bene …………………………………… 447
- DAY 57　super per en a ……………………………………… 455
- DAY 58　mono uni bi du twi tri multi ……………………… 464

PART 5 字尾

- DAY 59　名詞字尾 ………………………………………………… 474
  動詞字尾
- DAY 60　形容詞字尾 ……………………………………………… 480
  副詞字尾

附錄：用字源搞定多義字 …………………………………………… 486
INDEX …………………………………………………………………… 497
66 天英文單字習慣養成月曆 ……………………………………… 509

★ 本書記號說明

▶ 名 名詞　動 動詞　形 形容詞　副 副詞　介 介系詞　連 連接詞
▶ 名尾 名詞字尾　動尾 動詞字尾　形尾 形容詞字尾　副尾 副詞字尾
▶ = 同義詞　↔ 反義詞

學習計畫

1＋3學習法

「複習」是必要的工作，有的學生會反覆複習五遍甚至是十遍。但是，如果等看完整本書後，才開始複習，結果會如何？想必大部分的單字早已忘光，又得從頭開始唸起。現在開始使用「1＋3學習法」，讓你不再重蹈覆轍。

「1＋3學習法」指的是「第一次學完後，再複習三次」的法則。這三次的複習不能隨便帶過，得按照間隔效應（spacing effect）的最佳複習週期，在**首次學習十分鐘過後進行第一次複習**，盡可能要快速複習完畢。之後，便能拉長複習的間隔時間，在**一天過後**、以及**一週後**複習。複習到三次看似很多，其實一點也不多，因為要在完全忘光以前的最佳時間點進行複習，才能得到最佳的效果。只要實際嘗試，你便會發現你能輕鬆回答出大部分單字的中文解釋，也不需要花非常多時間。完成第一遍的複習後，從第二遍複習開始，你會發現在自我測驗時，已經能答對大部分的單字，因此轉眼間便能看完整本書。

學習	第一次複習	第二次複習	第三次複習
	學完十分鐘後	學完一天後	學完一週後

66天習慣養成月曆

建議讀者參考下方月曆，按照最佳複習週期使用本書，並趁這個機會養成唸書習慣。本書將內容分成60天份，若使用「1＋3學習法」學習加上複習，共計需要66天的時間。只要善加利用本書第509頁的〈66天英文單字習慣養成月曆〉，便能養成唸書的習慣。既然都要開始學習英文單字了，不如就趁此機會培養良好習慣，相信對各位的人生會有所幫助。

		第1天	第2天	第3天	第4天	第5天	第6天	第7天	第8天	第9天	第10天
用66天完成一個學習循環	學習	DAY 1	DAY 2	DAY 3	DAY 4	DAY 5	DAY 6	DAY 7	DAY 8	DAY 9	DAY 10
	第一次複習（學完十分分鐘後）	DAY 1	DAY 2	DAY 3	DAY 4	DAY 5	DAY 6	DAY 7	DAY 8	DAY 9	DAY 10
	第二次複習（學完一天後）		DAY 1	DAY 2	DAY 3	DAY 4	DAY 5	DAY 6	DAY 7	DAY 8	DAY 9
	第三次複習（學完一週後）							DAY 1	DAY 2	DAY 3	DAY 4

學習計畫 TIP

用 66 天培養學習英文的習慣！

- **第 1 天**：按照習慣養成月曆，第 1 天學習 DAY 1 的內容，接著在學完的十分鐘後，馬上複習一遍 DAY 1 的內容。由於十分鐘前才看過，絕對不用花很多時間。

- **第 2 至第 6 天**：到了第 2 天，學習 DAY 2 的內容。和前一天的方法相同，在學完的十分鐘過後，馬上複習 DAY 2 的內容。接著再複習 DAY 1 的內容，由於前一天已經看過兩遍，這次的複習一樣不會花太多時間。第 3 天也採用相同方式，先學習 DAY 3 的內容，在學完的十分鐘過後，馬上複習 DAY 3 的內容。接著再複習前一天學過的 DAY 2。第 2 天到第 6 天都是按照這個模式學習，學完當天內容後接著再複習一次，同時第二次複習前一天的內容。

- **第 7 至第 60 天**：第 7 天開始稍微有點變化。先學習 DAY 7 的內容，十分鐘後再複習一遍 DAY 7，再複習前一天 DAY 6 的內容，接著要回頭複習一週前學過的 DAY 1。雖然是一週前學習的內容，但是首次學習加上之後的複習，等於已經看過三遍了，所以這次複習一樣不會花太多時間。

- **第 61 至第 66 天**：第 7 天至第 60 天都採前述方式學習，從第 61 天開始只要複習就好。因此正確來說，要完全精讀 DAY 60 的份量，得花上 66 天的時間，完成最佳複習週期的第一個循環。事實上，按照這個方式學習，就算各位只完成第一個循環，也能達到通曉書中英文單字的程度。

- 但不是 66 天就結束了！如同本書第一頁的表格，建議各位以少則三遍、多則五遍的循環為目標來學習。第二遍開始其實會變得很輕鬆，不像第一遍得花上 66 天的時間。由於你已經學會書中大部分的單字，快的話甚至半天就能看完一整本單字書。只要完成五遍的循環，相信各位就能完整的將所有單字牢牢記在腦海當中。

第 57 天	第 58 天	第 59 天	第 60 天	第 61 天	第 62 天	第 63 天	第 64 天	第 65 天	第 66 天
DAY 57	DAY 58	DAY 59	DAY 60						
DAY 57	DAY 58	DAY 59	DAY 60						
DAY 56	DAY 57	DAY 58	DAY 59	DAY 60					
DAY 51	DAY 52	DAY 53	DAY 54	DAY 55	DAY 56	DAY 57	DAY 58	DAY 59	DAY 60

在學習本書前應該知道的
五種習慣法則

法則一　66 天不斷反覆

想要成功，就得從養成好習慣開始。**習慣**是什麼？**就是在想到應該要做某事之前，就已經自動自發著手的反應。**為了征服英文，我們一定要養成背誦單字的習慣，而這將會自然而然地進行。請記住，學習不是由我們自己，而是由我們養成的習慣去完成的。不管是什麼事，只要每天一次不漏地去做，就會成為習慣。不過，光是這樣講太漫無目的了，所以必須訂出一個範圍才行。

因此，我們需要跟著做的習慣法則，第一個就是「66 天讀書法」。根據英國倫敦大學珍妮‧沃德爾（Jane Wardle）教授研究團隊發表的「習慣的秘密」，**人類若要將一個行為變成習慣，需要花費 66 天**。英文學習也是一樣。只要反覆 66 天，就可以養成英文學習的習慣。

> **這樣做就對了！**　本書由 60 個 DAY 組成，再運用「1＋3 學習法」複習的話，讀完一次正好需要 66 天。在這段期間內，不只是英文單字，連讀書習慣也可以確實掌握。

法則二　像玩遊戲一樣學習

遊戲之所以有趣，是因為可以看得見成果。等級上升獲得道具，並且提高經驗值，都是立即可以看到的，當然會覺得有趣。但是，學習的成果並不是肉眼可見的。今天讀了一個小時，平均分數就能提高一分嗎？並不會，我們只是在默默耕耘而已。所以，學習是世界上最枯燥乏味的事情。

把讀書的進行過程具象化吧！下定決心貫徹習慣，然後每天在習慣月曆上記錄實踐的過程。如此一來，你便可以一天一天、一點一點地獲得形成習慣的成就感和自信，並感到幸福。事實上，感覺到自己正在成長，就是幸福的核心要素。

> **這樣做就對了！**　本書提供〈66 天英文單字習慣養成月曆〉。在實踐「1＋3 讀書法」的那天以打勾標示，享受一下那份滿足感吧！

法則三　在反覆的日常生活中，加上「英文學習」吧！

為什麼藥一定要在飯後 30 分鐘內服用呢？其實，不一定要在那時吃也可以。大部分需要在飯後服用的藥，事實上只要配合藥效的持續時間，每天吃三次就好了。但是，如果讓自己隨便找三個時間服藥，我們通常會忘記。所以，在已經像習慣一樣反覆的日常生活（吃飯），直接附加上新的習慣（服藥），我們就不會忘記按時吃藥。

我們也像服藥一樣地讀書就可以了。在起床、回家、吃飯、移動時間等已經在反覆的例行公事上，再加上學習的習慣吧！

> **這樣做就對了！** 將〈字根字首字尾一覽表〉影印幾份，貼在K書中心的書桌上、房間裡和廁所裡吧！這樣一來，每當進入K書中心、回房間、上廁所的時候都能看得到，英文學習和日常生活中的行動便能合為一體。說不定都還沒開始學習，單字就已經背下來了。

法則四　一定要抓住早晨時光

假設有兩家咖啡廳在店門口發集點卡，咖啡廳A的集點卡有10格，上面沒有任何章；而咖啡廳B的集點卡有12格，但拿到時上面已經有2個章了。一樣都是需要再收集10個章才能免費再喝一杯咖啡，但是收到咖啡廳B的集點卡，比較可能集滿10個章，這是因為已經蓋了2個章，所以等於已經進入「開始」的狀態。同樣的，就算只花一點點時間，在早晨時間從事具生產性工作的人，就像是在一天開始之前，已經先在集點卡上蓋了2個章一樣。不要熬夜讀書，活用早晨的時光吧。

> **這樣做就對了！** 把單字書或口袋單字書放在床頭，早上一起床就拿起來讀。鬧鐘就設定成單字MP3自動播放，在起床的同時就開始讀書，也不失為一個好方法，可以充實地度過一天。

法則五　從小的地方開始

我們之所以無法養成習慣，有個致命的問題，就是不配合自己的程度來學習。不考慮自己現在的水準在哪裡，看到全校第一名在背超難的單字書，就跟著買來讀；或是買了10本五花八門的模擬試題，但是才開始短短三天就放棄，跑到網咖裡打電動。一開始把目標訂得太高，才無法持續下去。我們必須從小的地方開始才能持續進行，持續進行才能成為習慣。

> **這樣做就對了！** 本書在介紹每個超重要字根字首時，都挑出具代表性的單字，這些單字大部分是我們已經知道，或就算不知道，也可以輕鬆學起來的單字。而每一個重要字根字首的第一個單字，大部分也像代表單字一樣簡單。以此開始來學習字源，並自然而然地理解由這個字源衍生出的眾多單字吧！你們一定會非常驚訝地發現，自己正在毫無壓力、自然而然地征服無數的單字。

有效學習本書的八個原則

1. 先打開書
手上拿著本書,就等於已經抓住成功的機會。

2. 不要死背,要理解單字
不管學什麼,首先都得理解。如果理解字源,英文單字不需要特別死背,也能自然而然地記起來。

3. 用有趣的方式讀
單字旁邊的**字源解說**是本書最重要的部分。請仔細閱讀,但是不要有負擔。

4. 從已經知道的單字出發
若從已經知道的單字開始,理解從該字源衍生的無數單字,可以讓字彙能力瞬間暴增。

5. 一邊聽一邊確認發音
學習英文需要五感並用。播放 MP3 聽聽看正確的發音,重新與單字做連結。

6. 只看過一次,不算看過
用「1 + 3 學習法」反覆複習,把這本書讀過五次。

7. 養成習慣
利用本書的〈66 天英文單字習慣養成月曆〉,寫上開始學習的日期,檢視自己的學習行動是否漸漸成為習慣。

8. 在日常生活中無限重複學習
隨時隨地帶著**口袋單字書**,〈字根字首字尾一覽表〉也印多張一點,貼在各個地方。讀書不是只能在書桌前才能做的事。

PART 1

超重要字根

DAY 1-10

單字裡最重要的部分就是字根（Root），
單字主要的意思便由字根來決定！
〈超重要字根〉篇中，彙整出最常使用的字根。
只要學會這些超重要字根，
就能衍生並理解數千數萬個單字。

DAY 1

🎧 001

cap¹
變化形 cip, ceive, cept

抓住（hold）
拿出（take）

capture
捕捉；抓住

> 這個字根很簡單，意思為用手「**抓住**」。用手抓住什麼東西，也有「**捕獲**」或「**獲得**」的意思。若延伸至較為抽象的概念，則可以用來表示「**發想**」。

01 **cap**able ★★
['kepəbl]

形 能夠⋯⋯的；能幹的

capability ★★ 名 能力；能幹
capacity ★★★ 名 容量；水量；能力

a very **capable** attorney
一位非常能幹的律師

cap	+	able
抓住		可以⋯⋯的

⇒ 可以抓住的
可以抓住目標，表示「可以做到的」的意思。任何事都能辦到的人，便是「有能力的」人。

02 **cap**ture ★★
['kæptʃɚ]

動 捕捉；抓住
名 俘虜；捕捉；截取（圖片）

captive ★ 形 受俘的；受控制的
captivity ★ 名 囚禁；束縛
captivate 動 使著迷

be **captured** on police video cameras
被警方監視錄影機捕捉到

cap	+	ture
抓住		名詞

⇒ 抓住的動作
觀看手機或電腦時，若出現想要「擷取」的畫面，便會做出「截圖」的動作，來「捕捉」畫面中的東西。

03 anti**cip**ate ★
[æn'tɪsə,pet]

動 預期；預測

anticipation ★ 名 預期；預測
unanticipated
形 不受期待的；未預料到的

anticipate the future
預測未來

anti	+	cip	+	ate
之前 (ante)		拿出		動詞

⇒ 提前拿出想法
在事情發生「之前」預先「拿出」想法，指的是「預期」的意思。

04 parti**cip**ate ★★
[pɑr'tɪsə,pet]

動 參與；參加

participation ★ 名 參與；參加
participant ★ 名 參加者

participate more actively in class
在課堂上更加積極參與

part(i)	+	cip	+	ate
部分		抓住		動詞

⇒ 占一部分
在聚會或比賽中，「抓著」其中一個「部分」，表示「參加」的意思。

05 con**ceive**＊
[kən'siv]

動 懷有（想法）；想；懷孕

concept＊＊＊ 名 概念；觀念
conception＊＊
名 想法；構想；理解

conceit
名 自傲；(詩) 誇張的比喻

conceive a passion for music
懷有對音樂的熱情

con	+	ceive
完全 (com)		拿出

⇒ 拿出一個想法

com 除了有「全部」、「一起」的意思，還可表示「完全」。該單字指的是「確實有這個想法」。另外，還有「懷孕」的意思，可想成「獲得」小孩、「一起」在同個身體裡。

06 de**ceive**＊
[dɪ'siv]

動 欺騙；欺瞞；欺詐

deception＊ 名 欺騙；欺瞞；欺詐
deceit＊ 名 欺騙；欺詐
deceptive＊ 形 騙人的；欺詐的

deceive the public for years
欺騙大眾多年

de	+	ceive
離開；不好的		拿出

⇒ 拿出不好的東西

de 指的是離開、向下，帶有負面的意思。該單字指的是用「不好的」方法「拿取」別人的金錢或物品。

07 per**ceive**＊＊
[pə'siv]

動 察覺；感知

perception＊＊ 名 看法；認知
perceptual＊ 形 感知的；知覺的

perceive reality accurately
正確地感知現實

per	+	ceive
完全		抓住

⇒ 完全抓住感覺

per 指「穿過」，也可表示「全部」。「完全抓住」後，變成自己的東西，表示徹底理解，也就是「察覺」。

近義詞 具有「察覺」之意的單字

perceive [per+ceive → 完全抓住感覺] 察覺；感知
realize [real+ize → 化作現實] 領悟；了解；察覺
appreciate [ap+prec(i)+ate → 制定價格] 察覺；欣賞
recognize [re+co+gn+ize → 再次了解到] 認出；認可；察覺

08 re**ceive**＊＊
[rɪ'siv]

動 收到；接受

receipt＊ 名 收據；領取
reception＊＊ 名 接待處；歡迎
receptive＊
形 能容納的；善於接受的

You will **receive** an email with your audition time and place. 你會收到一封電子郵件，上面有你試鏡的時間地點。

re	+	ceive
再次		抓住

⇒ 收到某人給的東西

re 的意思為「向後；再次」。「再次抓住」某人給的東西，表示「收到」的意思。衍生字 receipt 表示收到錢後才收到的東西，所以是指「收據」。

09 ac**cept**＊＊
[ək'sɛpt]

動 同意；接受

acceptable＊＊
形 令人滿意的；可以接受的
acceptance＊＊ 名 認可；接受

accept a job offer from Dr. Gilber
接受吉爾伯博士提供的工作機會

ac	+	cept
朝向 (ad)		拿出

⇒ 朝我的方向拿

拿到東西後，「朝」我的方向，表示「同意」或「接受」的意思。

10 contra**cept**ion *
[ˌkɑntrəˈsɛpʃən]

名 避孕

one of the most effective methods of **contraception**
最有效的避孕方法之一

contra	+	cept	+	ion
抵抗		拿出		名詞

⇒ 無法接受

counterattack 的意思為「反擊」，經常用於遊戲當中，而 contra 便是 counter 的變化形。因此，在發生性關係時「無法接受」，表示「避孕」的意思。

11 ex**cept** **
[ɪkˈsɛpt]

介 連 除了……之外

exception ** 名 例外
exceptional ** 形 例外的

The store is open every day **except** Sunday.
這家店除了星期日之外每天都開。

ex	+	cept
向外		拿出

⇒ 掏出

小孩偏食的話，會把討厭的食物從碗中掏出來。把它「向外拿出」的動作，指的就是「除外」。

12 inter**cept** *
[ˌɪntɚˈsɛpt]

動 攔截；阻止

interception 名 攔截

intercept a secret message
攔截一則機密訊息

inter	+	cept
之間		拿出

⇒ 從中攔截拿出

inter 的意思為「之間」。有人從「中間」攔截，把東西「拿出」，指的是「妨礙」、「阻止」。

13 sus**cept**ible *
[səˈsɛptəbl]

形 易受影響的；敏感的

Teenagers are more **susceptible** to pop culture.
青少年較容易受流行文化的影響。

sus	+	cept	+	ible
下面 (sub)		抓住		可以……的

⇒ 可以在下面抓住的

當我們提到受到什麼東西的影響時，會講在它的影響之「下」。「可以在下面抓住的」，代表受了某人或某事物的「影響」之意。容易受影響，就等同於「敏感的」。

近義詞 具有「易受影響的」之意的單字

susceptible [sus+cept+ible → 可以在下面抓住的] 易受影響的；敏感的
receptive [re+cept+ive → 再次抓住的] 能容納的；善於接受的
responsive [re+spons+ive → 反應的] 即刻反應的；應答的；響應的
sensitive [sens(it)+ive → 感覺發達的] 敏感的；靈敏的

cap²

頭（head）

cap
帽子

變化形 cab, chief, chiev, chef

> cap 單字本身的意思為「**帽子**」，指的是常見的棒球帽。cap 還有「**蓋子**」的意思，可樂瓶蓋的外型就像是瓶子的帽子一樣。另外，頭頂代表人體最高的地方，所以它也有「**最高限度**」的意思。captain 的意思為船長，字根同樣是 cap。所以其實我們早就知道 cap 這個字根的意思了。

01 capital ***
[ˈkæpətl]

名 首都；大寫字母；資本
形 大寫字母的；最重要的；死刑的

capitalism** 名 資本主義
capitalist**
名 資本主義者；資本家

private **capital**
私人資本

cap(it) 頭 + **al** 名詞
⇒ 成為頭

「頭」表示最重要的部位，最重要的都市為「首都」；一句話的開頭則為「大寫字母」。

02 cap *
[kæp]

名 帽子；蓋子；限度
動 覆蓋；超過

a blue baseball **cap**
藍色的棒球帽

cap 頭
⇒ 戴在頭上的東西

戴在「頭」上的「帽子」，英文就是 cap。蓋在瓶子上的「帽子」，則是「瓶蓋」。無法再往頭上延伸，則是表示「限度」的意思。

03 cape
[kep]

名 披肩；斗篷；海角

Keith was wearing a new **cape**.
凱斯穿了一件新的披肩。

cap(e) 頭
⇒ 蓋著頭的東西

衣服從「頭」開始蓋住，指的是「披肩」。呈頭形、往海邊延伸的地形為「海角」，headland（頭形土地）的意思也是「海角」。

04 **cab**bage
[ˋkæbɪdʒ]

名 高麗菜

Wash the **cabbage** in cold water.
用冷水把高麗菜洗一洗。

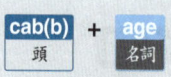

cab(b) + **age**
頭　　　名詞

⇒ 形狀像頭的東西
「高麗菜」的形狀類似「頭」的形狀。可將高麗菜的菜葉想像成頭髮蓋住頭的樣子，來幫助記憶。

05 **chief****
[tʃif]

形 主要的（= major）；首席的
名 首領；……長
　（= head, leader, director）

the **chief** executive officer
執行長（CEO）

chief
頭

⇒ 為首的
團體或聚會的頭頭，為「領袖」。chief 指的是為首的人，表示「主要的」人物的意思。

06 **a**chie**ve****
[əˋtʃiv]

動 達成；實現；成就

achievement　名 成就；成果

achieve a high degree of transparency
達到高程度的透明

a + **chiev(e)**
在 (ad)　　頭

⇒ 成為首領
成為首要人物，等同於取得成功，表示成功「達成」目標的意思。

近義詞　具有「實現」之意的單字

achieve [a+chiev(e) → 成為首領] 達成；完成；實現
accomplish [ac+compl+ish → 被完成] 完成；達到；實現
fulfill [ful+fill → 完全填滿] 實現；履行；執行
attain [a(t)+tain → 抓住、摸到] 達到；獲得；實現

07 **chef**
[ʃɛf]

名 廚師；主廚

our **chef**'s famous tomato soup
本店主廚有名的番茄湯

chef
頭

⇒ 重要的人
相信應該沒有人不知道 chef 的意思為「主廚」。chef 也可以稱作 head cook，指的是廚師中的「頭」，也就是「主廚」的意思。

cede

變化形 ceed, cess

走（go）

process 過程；程序

> proceed 可以拆解成「pro（向前）+ ceed（走）」，也就是「**進行**」的意思。而 proceed 的名詞形為 **process**，表示進行的過程，意思為「**程序**」。相信各位應該都背過 process 這個單字，因此有助於理解字根 cede 表示「**走**」的意思。

PART 1 超重要字根
DAY 1
cap² · cab · chief · chiev · chef · cede · ceed · cess

01 pre**cede**＊
[prɪ`sid]

動（時間或空間上）處在……之前；先行

preceding＊＊　形 在前的；在先的
precedent＊　名 先例；前例
　　　　　　　形 在前的
precedence＊　名 優先
unprecedented＊　形 史無前例的

The subject **precedes** the verb.
主詞在動詞之前。

| pre 提前 | + | cede 走 |

⇒ 提前走

precede 由字首 pre（提前）和字根 cede（走）組合而成，而「提前走」指的是「走在前面」。

02 re**cede**
[rɪ`sid]

動 後退；減弱

recess　名動 休會
recession＊　名 後退；衰退

The tides slowly **receded**.
潮水慢慢退去了。

| re 向後 | + | cede 走 |

⇒ 向後走

「向後走」，表示「後退」的意思。若不斷向後，則會逐漸「減弱」。只要聯想成向後退、慢慢變不見的概念，便能輕鬆記下該單字的意思。

03 pro**ceed**＊＊
[prə`sid]

動 接著做；繼續進行

process＊＊＊　名 過程；步驟
procession＊　名 行進；行列

proceed with the presentation
繼續進行發表

| pro 向前 | + | ceed 走 |

⇒ 事情向前進行

事情「向前」「進行」，表示「繼續進行」的意思。

04 ex**ceed**＊
[ɪk`sid]

動 超出；超過

excess＊＊　名 超過；過度
　　　　　形 超過的
excessive＊＊　形 過度的；過量的

exceed the speed limit
超過速限

| ex 向外 | + | ceed 走 |

⇒ 向界線之外走

向界線「外」「走」，就會「超出」界線。就像吃泡麵時，如果水加太多，會「超出」水線的位置。

05 succeed**
[sək`sid]

動 成功；升遷；繼承

success*** 名 成功；成果
successful*** 形 成功的
succession** 名 接連；繼承
successive** 形 連續的；繼承的
successor* 名 後續者；繼承者

succeed in business
在事業上成功

suc	+	ceed
向下 (sub)		走

⇒ 傳給下面的人

「繼承」王位指的是將權力移轉給「下面」的人。為了爭奪王位，勢必會掀起一場腥風血雨。而在王位爭奪戰中獲得「成功」的人，才能「繼承」王位。

06 access***
[`æksɛs]

名 入場；使用（權）
動 進入；使用；讀取（資料）

accessible** 形 可接近的；可用的
accessibility 名 可接近性；可進出

have **access** to the Internet
可使用網路

ac	+	cess
朝向 (ad)		走

⇒ 向前走

各位只要點開手機畫面，便能「進入」選單，「讀取」資料。

07 predecessor*
[`prɛdɪˌsɛsɚ]

名 前任（↔ successor 繼任）；前身

be introduced by the **predecessor**
受前輩引介

pre	+	de	+	cess	+	or
提前		向下		走		人

⇒ 先前離職的人

「提前向下走的人」表示「提前」從自己的位置上「離開」，所以表示「前任」的意思。

08 incessant*
[ɪn`sɛsənt]

形 連續不斷的；不停的（= constant）

the **incessant** noise of cars and buses
汽車和公車連續不斷的噪音

in	+	cess	+	ant
not		走		形容詞

⇒ 不走的

選擇不走，等同於「繼續」的意思。選擇不回家，待在辦公室內，表示「不停」地工作。

DAY 2

duc 引導（lead） **educ**ation 教育

> **education** 可以拆解成「e（向外）+ duc（引導）+ ation（名詞字尾）」。表示將學生本來就具備的潛能「**向外引導**」出來，這才是教育原本的意思，並非只是單純的灌輸知識。

01 ed**uc**ate *
[ˈɛdʒə͵ket]

動 教育

education*** 名 教育
educational** 形 教育性的

educate their children about road safety
教導他們的孩子道路安全

e	+	duc	+	ate
向外 (ex)		引導		動詞

⇒ 將（學生的能力）向外引導出來

將學生本來就具備的潛能「向外引導」出來，便是「教育」。

02 intro**duc**e **
[͵ɪntrəˋdjus]

動 介紹；導入

introduction** 名 介紹；導入；引言

introduce innovative products
導入創新的產品

intro	+	duc(e)
向內		引導

⇒ 將新的東西向內引入

演講或發表時，會先稍微「介紹」一下，再進入重點，為的是「引導」聽眾。另外，文章開頭處的「引言」，也是為了引導觀眾進入正文。

03 re**duc**e **
[rɪˋdjus]

動 減少（= decrease）；降低；縮小

reduction** 名 減少；降低；縮小

reduce bias in the experiment
減少實驗的誤差

re	+	duc(e)
向後		引導

⇒ 向後拉

將正在進行的事項「向後拿開」，表示「減少」的意思。

🎧 005

04 pro**duce*****
[prəˋdjus]

動 生產；製造；製作

producer*
名 生產者；製造者；製作人
product*** **名** 製品；產品；結果
productive**
形 多產的；有成效的

Honey is **produced** by bees.
蜂蜜是由蜜蜂製造的。

pro	+	duc(e)
向前		引導

⇒ 向前指引

製作人「製作」節目，啟發觀眾。另外，「生產」的目的是為了引導消費者前來購買產品。

---

05 se**duce**
[sɪˋdjus]

動 吸引；引誘；誘騙（= tempt）

The atmosphere of the city **seduces** many visitors.
這城市的氛圍吸引了許多觀光客。

se	+	duc(e)
遠方		引導

⇒ 將其引導至遠方

將某人從原本所在的地方「引導」至「遠方」，表示「引誘」的意思。

近義詞 具有「引誘」之意的單字

seduce [se+duc(e) → 將其引導至遠方] 引誘
lure [lur(e) → 用誘餌引誘] 引誘；誘惑
entice [en+tice → 將其引導至燃燒的木塊裡] 誘使
tempt [temp(t) → 試圖] 誘惑；引誘

---

06 in**duce***
[ɪnˋdjus]

動 引導；誘使

induce the desired behavior
引導出預期的行為

in	+	duc(e)
向內		引導

⇒ 引導至裡面

「引導」至陷阱「裡面」，表示「誘使」人家做本來不願意做的事情。

---

07 de**duce***
[dɪˋdjus]

動 推論；追溯

deduce the total amount from the rest
從剩餘的部分推算出總額

de	+	duc(e)
向下		引導

⇒ 抵達最底端

「向下」深入探究，便能「追溯」原理。另外，拆解單字學習法是藉由字根，「推論」出單字的意思。

近義詞 具有「推論」之意的單字

deduce [de+duc(e) → 抵達最底端] 推論；追溯
infer [in+fer → 得出結論] 推論
conclude [con+clude → 完成推論的過程] 推斷；做出決定

08 duct *
[dʌkt]

名 導管；管線

an air-conditioning **duct** in the ceiling
天花板上的空調管

duc(t) 引導

⇒ 引導用的工具

該字根本身就是一個單字；使用「導管」來引導空氣。另外，還有生活中經常會看到的「管線」、「管道」，也可以用這個字表示。

09 ab**duc**t *
[əbˋdʌkt]

動 綁架；劫持

The child claimed that he was **abducted** by aliens.
這個小孩宣稱他被外星人綁架了。

ab 分開 + **duc(t)** 引導

⇒ 從群體中拉開

與 seduce 的意思相近。把人「拉開」、「拉走」，指的是「綁架」的意思。

10 con**duc**t **
動 [kənˋdʌkt]
名 [ˋkɑndʌkt]

動 執行；指揮；帶領
名 行為（= behavior, action）；執行

conductor *　名 指揮者；領隊
conductive　形 有傳導性的

conduct an orchestra
指揮管弦樂隊

con 一起 (com) + **duc(t)** 引導

⇒ 引導所有人一起

「引導」「所有人」，指的是「指揮」的意思。而「引導」團隊成員工作，可以表示「執行」工作，同時也可以衍生為「行為」。另外，由領隊負責「帶領」團客，也可以使用這個單字。

近義詞　具有「指揮」之意的單字
conduct [con+duct → 引導所有人一起] 指揮
command [com+mand → 下命令] 命令；指揮
direct [di+rect → 引開] 指示

11 de**duc**t
[dɪˋdʌkt]

動 抽出；（從一定金額中）扣除

deduction *　名 扣除；推論

Tax has been **deducted** from their salaries.
稅金已經從他們的薪水中扣除了。

de 分開 + **duc(t)** 引導

⇒ 拉開、拿開

與 deduce 具有相同的字根字首。將原有的錢拿開，表示「扣除」的意思。建議將該單字的 t 想成減號 (-)，就不會跟 deduce 搞混。deduction 則同時是 deduce 和 deduct 兩者的名詞形。

衍生詞　由字根 duc 衍生的單字
conduce [con+duc(e) → 共同引導] 貢獻；導致
duke [duk(e) → 引導的人] 統治者；公爵
ductile [duc(t)+ile → 可以引導的] 可延展的；柔軟的

🎧 006

fac
變化形 fec, fic, fit, feat

製作（make）
做（do）

factory
工廠

字根 fac 的意思為「**製作**」，ory 則是名詞字尾，指「地點」。所以 **factory** 指的是「製作東西的地方」，也就是「工廠」的意思。而「製作」可以衍生成「做某個動作」或是「**作用**」。

---

01 facility ★★
[fə`sɪlətɪ]

名 設備；功能

facile 形 容易做到的；輕率的
facilitate ★★ 動 促進；使容易

improve the quality of public **facilities**
改善公共設施的品質

fac	+	il	+	ity
做		做到的		名詞

⇒ 做起來更容易

facile 表示「容易做到的」的意思。facility 為 facile 的名詞形，表示讓人做起來更為「輕鬆容易」的「設備」或「功能」。facile 加上表示否定的字首 dif（dis），組合成 difficult，意思則會變成「不容易」、「難以」做到的。

---

02 facsimile
[fæk`sɪməlɪ]

名 臨摹；複製；傳真（= fax）
動 複製；傳真

It is a **facsimile** of the cave painting.
這是洞窟壁畫的仿製品。

fac	+	simil(e)
製作		相似的

⇒ 仿造、複製

「製作」成與原本的東西「相似」，表示「臨摹」或「複製」。「傳真」時，也是傳送複製過後的文件。

---

03 fact ★★★
[fækt]

名 事實；實際情況

factual ★ 形 事實的；真實的

an argument based on **facts**
有事實根據的論點

fac(t)
做

⇒ 做的事

不只是嘴上說說，而是實際有去「做的事」，表示「事實」的意思。

---

04 factor ★★★
[`fæktɚ]

名 因素；要素；〈數學〉因數

factorize 動 將……分解成因數

a vital **factor** in making them strong
使他們強大的重要因素

fac(t)	+	or
製作		東西

⇒ 製作出東西

由「因素」、「要素」製作出東西。例如誠信為成功的要素，就表示因為誠信而製造出成功。

05 manu**fac**ture* [ˌmænjəˈfæktʃɚ]

動 製造；生產

manufacturer* **名** 製造者；生產者
manufacturing* **名** 製造業

The car was **manufactured** in Germany.
這款車是在德國製造的。

manu (手) + fac(t) (製作) + ure (動詞)

⇒ 用手來製作的行為

過去並沒有機器或機器人，只能仰賴手工「生產」。因此，「用手來製作」，表示「製造」的意思。

06 **fac**ulty* [ˈfæklti]

名 能力；全體教師；(大學)學系

facultative* **形** 授予權力的

have a great **faculty** for writing
具備出色的寫作能力

fac (做) + ul (做到的) + ty (名詞)

⇒ 使人做到的力量

「使人做到的力量」指的是有「能力」或「技能」。具備某一領域專業能力的人，則是指「教師」。

07 af**fec**t** [əˈfɛkt]

動 影響；假裝；假扮

affected* **形** 受影響的；做作的
affective* **形** 感情的；情感的
affection* **名** 愛慕；關照

how laughing **affects** our bodies
笑是如何影響我們的身體的

af (在 (ad)) + fec(t) (做)

⇒ 在某項東西上做變化

指透過人為的方式「影響」或「產生作用」。另外，衍生為把原本的東西稍作變化，也有「假裝」的意思。

08 ef**fec**t*** [ɪˈfɛkt]

名 影響；效果；後果

effective** **形** 有效的
effectively* **副** 有效地
efficient* **形** 效率高的；有能力的
efficiently* **副** 效率高地
efficiency* **名** 效率

have a positive **effect** on children
對孩子有正面影響

ef (向外 (ex)) + fec(t) (做)

⇒ 所做的結果向外顯現

「做」了之後「向外」顯現，表示該行動產生的「效果」。

09 de**fec**t**
名 [ˈdifɛkt]
動 [dɪˈfɛkt]

名 缺陷
動 脫離(國家)；叛逃

defective* **形** 有缺陷的
defector **名** 叛離者；逃兵

The machine's failure is caused by a manufacturing **defect**. 這台機器故障是因為製造上的瑕疵所造成的。

North Korean **defectors** 脫北(韓)者

de (分開) + fec(t) (製作)

⇒ 讓東西離開

讓品質變差，指的是該產品有「缺陷」。也可以指「脫離」原本住的地方，到遙遠的國度。

PART 1 超重要字根
DAY 1
fac・fec・fic・fit・feat

近義詞 具有「缺陷」之意的單字

defect [de+fect → 讓東西離開] 缺陷
flaw [flaw → 掉落後的碎片] 缺點；瑕疵
shortcoming [short+coming → 比原來要求的短] 缺陷；不足
fault [faul(t) → 不好的部分] 不好的部分
failing [fail+ing → 失敗的事] 缺點；缺陷

10 infect
[ɪnˈfɛkt]

動 感染

infection** 名 感染
infectious* 形 具傳染性的

The virus has **infected** many different species.
此病毒感染了許多不同的物種。

in 向內 + **fec(t)** 製作

⇒ 向裡面製作

身體裡面被「製造」不好的東西，是受外部的病毒或細菌「感染」所致。

11 artificial**
[ˌɑrtəˈfɪʃəl]

形 人工的；人造的

artifice 名 詭計；奸計；欺騙
artifact 名 人工製品；手工藝品

a corsage made of **artificial** flowers
用人造花做成的花飾

art(i) 技術 + **fic** 製作 + **ial** 形容詞

⇒ 用技術所製作的

人使用技術製作東西，表示「人工的」的意思。另外，近年常見的 AI 人工智慧，便是 artificial intelligence 的縮寫。

12 deficient*
[dɪˈfɪʃənt]

形 不足的；有缺陷的

deficiency* 名 不足；缺乏；缺陷
deficit* 名 赤字；逆差；虧損

deficient in protein
缺乏蛋白質

de 分開 + **fic(i)** 製作 + **ent** 形容詞

⇒ 有缺陷的

當數量或品質「低於」標準的狀態，表示「不足的」、「有缺陷的」的意思。

13 sufficient**
[səˈfɪʃənt]

形 足夠的；充足的

suffice* 動 足夠；滿足要求
sufficiency 名 足夠；充足；能力

provide **sufficient** energy
提供足夠的能量

suf 向下 (sub) + **fic(i)** 製作 + **ent** 形容詞

⇒ 製成向下流動的

表示有「足夠的」量，才能達到「向下」流動的程度。

近義詞 具有「足夠的」之意的單字

sufficient [suf+fic(i)+ent → 製成向下流動的] 足夠的
enough [enough → 符合需要的量] 足夠的；充分的
adequate [ad+equ+ate → 與需要的量相同] 充分的；適當的
ample [ample → 跟其他人一樣多] 充分的；充足的

14 magnificent*
[mægˈnɪfəsənt]

形 壯麗的；偉大的

magnificently* 副 壯麗地；偉大地

have a **magnificent** view
具有壯麗的景觀

magni 大的 + **fic** 製作 + **ent** 形容詞

⇒ 做成巨大的東西

當我們看到「巨大的」金字塔，便能感受到它的「宏偉」。

15 proficient *
[prəˋfɪʃənt]

形 精通的；熟練的

proficiency *　名 精通；熟練

become **proficient** at sign language
手語變得上手／變得精通手語

| pro 向前 | + | fic(i) 製作 | + | ent 形容詞 |

⇒ 比別人更早製作出來

能比別人更快製作出來，表示「熟練的」的意思。

16 profit **
[ˋprɑfɪt]

名 利潤；收益（↔ loss 虧損）
動 有益於……

profitable *　形 有利的；有益的

profit on the balance sheets
資產負債表上的收益

| pro 向前 | + | fit 做 |

⇒ 領先做好

比競爭對手更快做好的公司，便能獲得較好的「利潤」。只要提早學習字根，便能比其他人更加有利。

近義詞　具有「利潤」之意的單字

profit [pro+fit → 領先做好] 利潤；收益
return [re+turn → 投資金額回來] 利潤
gain [gain → 獲得糧食] 利潤；收益

17 feat *
[fit]

名 功績；事蹟；技藝

achieve great **feats**
獲得出色的功績

| feat 製作 |

⇒ 製作東西、做東西的手藝

表示某人做出的「功績」或「事蹟」，也可以指做東西的「技藝」。

18 defeat **
[dɪˋfit]

動 擊敗
名 失敗

defeated *　形 被擊敗的

be **defeated** by exhaustion
被疲憊擊敗

| de 向下 | + | feat 製作 |

⇒ 從下方出手

從下方出手攻擊敵人，表示「擊敗」對方。

DAY 3

🎧 008

| **fer** | 搬運（move）
承受（bear） | ***fer**ry*
（搬運人或物品的）渡船 |

> 「搬運」人或物品的船稱作 **ferry**（渡船），字根 fer 的意思便是「**搬運**」。把物品或人聚在一起搬運，可以衍生為「聚集」、「攜帶」的意思。另外，還適用在較為抽象的概念上，像是將書上的內容移動到另一本書上、更動日期等等。

---

01 o**ffer*****
['ɔfɚ]

動 提供；提議

offering** **名** 禮物；供品
offerer **名** 提供者；提議者

Can I **offer** you something to drink?
我可以給您端一點喝的嗎？

of	+	**fer**
朝向 (ob)		搬運

⇒ 拿給其他人

把東西拿給其他人，指的是「提供」。若為提供意見，則是表示「提議」的意思。

---

02 trans**fer****
['trænsfɚ]

動 搬；移動；轉乘
名 移動；轉乘

transfer to Line Number 2
轉乘至 2 號線

trans	+	**fer**
橫貫		搬運

⇒ 搬到較遠的地方

搬東西穿越過去，表示「移動」，把東西搬到較遠的地方。若橫貫道路，改使用其他交通方式，則是表示「轉乘」的意思。

---

03 re**fer****
[rɪ'fɝ]

動 提及；引用；參考

reference*** **名** 提及；參考資料
referral* **名** 參考；轉診；推薦書

refer to the notice on the bulletin board
參考公布欄上的告示

re	+	**fer**
再次		搬運

⇒ 再次搬過來

大學生撰寫報告或論文時，需要附上「參考資料」（reference）。這些內容並非一開始就有的資料，而是將既有的研究「搬過來」，所以指的是「引用」的意思。

04 pre**fer**＊＊
[prɪˈfɝ]

動 喜歡；偏好

preference＊＊
名 偏好的人（或事物）
preferential＊ **形** 優先的；優待的

I **prefer** the cheaper one.
我比較喜歡便宜的那個。

相關用法 prefer A to B 喜歡 A 勝於 B

pre + **fer**
提前　　搬運

⇒ 提前拿過來放著

吃東西時，我們通常會先把「偏好」的食物拿過來享用。

---

05 con**fer**＊
[kənˈfɝ]

動 商討；賦予

conference＊＊
名 會議；研討會；會談

confer with health care staff
和醫事人員討論

con + **fer**
一起 (com)　搬運

⇒ 全部帶過來、全部移轉

conference 這個單字相當常見，意思為會議。而會議指的是聚集相關人士，把他們「帶來」一起「商量」。除了表示「商談」的意思之外，還有「賦予」的意思，表示將資格全部移轉。

---

06 de**fer**＊
[dɪˈfɝ]

動 延期；推遲（= delay）；聽從

deferred＊ **形** 延期的
deference＊ **名** 聽從；尊重

defer the decision until tomorrow
延遲到明天再做決定

de + **fer**
分開　　搬運

⇒ 分開放置、推遲

將事情和日期分開放置，表示「延期」的意思。「聽從」別人的意見，表示把問題丟給別人，照別人的意思做。

---

07 dif**fer**＊＊
[ˈdɪfɚ]

動 不同；意見不一致

different＊＊＊ **形** 不同的；有差異的
indifferent＊
形 不感興趣的；冷淡的
difference＊＊＊ **名** 不同；差異
differentiate＊ **動** 區分；分辨

differ from day to day
每天都不同

di(f) + **fer**
分開 (dis)　搬運

⇒ 分開搬運

differ 的形容詞為 different。搬家的時候，通常會將碗盤、書本分開打包，不會裝在同一箱一起搬運。之所以分開搬運，是因為屬於「不同的」東西。

---

08 suf**fer**＊＊
[ˈsʌfɚ]

動 受苦；受折磨

suffering＊＊ **名** 痛苦；折磨

suffer discomfort and stress
承受不安及壓力

suf + **fer**
向下 (sub)　承受

⇒ 在下方承受著

人們碰到辛苦的事情時，如同重負在肩上向下壓。背負著重量，也可以視為「受苦」。

🎧 009

09 infer *
[ɪnˋfɝ]

動 推斷；推論

inference * 名 推論
inferential 形 推論的

infer from the context
從上下文推論

in	+	fer
向內		搬運

⇒ 向內搬入

「裡面」指的是內部，如果換成較為抽象的概念，則可以表示內心或腦中。在腦中得出結論，便是「推論」。

10 fertile *
[ˋfɝtl]

形 富饒的；肥沃的；豐富的

fertilize 動 施肥；使肥沃
fertilizer 名 肥料
fertility * 名 肥沃；豐富

a **fertile** imagination
豐富的想像力

fer(t)	+	ile
搬運		可以……的

⇒ 可以搬運過來的

過去農業時代，大多數人從事的經濟活動為務農，因此有很多單字與農務相關。擁有「富饒的」土地，才能將豐富的收穫「搬運過來」。

---

graph 變化形 **gram**　　畫畫（draw）寫（write）　　***graph*** 圖；圖表

66　**graph** 的字根意思為「**畫畫**」，表示用畫的方式來解釋，意思為「圖表」。另外，還有「**寫**」的意思。　99

01 autograph
[ˋɔtə͵græf]

名 （名人的）親筆簽名
動 親筆簽名

autographic 形 親筆的

Can I have your **autograph**?
您可以幫我簽名嗎？

auto	+	graph
自己；自行		寫

⇒ 寫自己的名字

書寫自己的名字，表示「簽名」的意思。

02 photo**graph****
['fotə,græf]
名 照片

photographer*
名 攝影師；攝影者

Paintings, ceramic works, and **photographs** submitted by students will be exhibited.
學生所交的圖畫、陶土作品及照片將會展示出來。

| photo 光 | + | graph 畫畫 |

⇒ 用光畫出來
「照片」的原理為聚集「光」來成像。

03 bio**graph**y*
[baɪˋɑgrəfɪ]
名 傳記；傳記文學

biograph
動 寫（某人的）傳記

biographical*
形 傳記的（= biographic）

read a **biography** of Abraham Lincoln
讀亞伯拉罕·林肯的傳記

| bio 生命 | + | graph 寫 | + | y 名詞 |

⇒ 關於人生的文章
寫關於某人的「一生」，表示「傳記」。

04 calli**graph**y
[kəˋlɪgrəfɪ]
名 書法；書法藝術

My mother studies Chinese **calligraphy**.
我媽媽學習中國書法。

| calli 美麗的 | + | graph 寫 | + | y 名詞 |

⇒ 寫出美麗的字跡
月神阿蒂蜜絲的隨從仙女卡利斯托（Callisto）是一位非常美麗的女性。由於宙斯的誘惑，使得她懷孕生下一子，因而觸怒宙斯的妻子赫拉，將她變成棕熊。calli 便是取其名，而該字根的意思為「美麗的」。美麗的字跡則表示「書法」的意思。

05 geo**graph**y*
[dʒɪˋɑgrəfɪ]
名 地理學

geographical**
形 地理學的；地理上的
（= geographic）

geographer 名 地理學家

teach world **geography**
教世界地理

| geo 大地 | + | graph 寫 | + | y 名詞 |

⇒ 書寫與大地有關的文章
要「書寫」與「大地」相關的文章，就得先研究與「大地」有關的內容，便是「地理學」的意思。

06 diagram**
['daɪə,græm]

名 圖表；圖解

use **diagrams** for clear explanations
使用圖表清楚解釋

dia + **gram**
橫跨　　畫畫

⇒ 畫出一條條線
「畫出」一條條線「橫跨」，會變成「圖表」。

07 program**
['progræm]

名 程式；計畫；節目；節目單
動 寫程式

programming*
名 節目編排；〈電腦〉程式設計

a free tutoring **program**
免費的教學節目

pro + **gram**
前面　　寫

⇒ 在前面書寫後貼上
在「前面」「書寫」後貼上，為的是讓所有人都可以看到。音樂表演活動中，寫給觀眾看的紙稱作「節目單」；也可以指「計畫」或是電視節目的「節目表」。

08 telegram*
['tɛlə,græm]

名 電報

receive the news by **telegram**
用電報獲取消息

tele + **gram**
遠方　　寫

⇒ 從遠方傳來的文章
過去尚未發明電話的時代，會使用摩斯密碼書寫短文。寄件人會用摩斯密碼書寫「電報」的內容，傳送給「遠方」的人。

09 grammar*
['græmɚ]

名 文法

grammatical* 形 文法上的

Check the **grammar** and spelling in your writing.
檢查一下你作文裡的文法和拼字。

gram(m) + **ar**
寫　　　名詞

⇒ 寫文章
與「寫文章」有關的規則為「文法」，而文法的英文正是 grammar。

ject 丟（throw） *project* 方案；計劃
變化形 jet

將電腦畫面投影至螢幕上的機器為 **projector**（投影機）。該單字可以拆解成「pro（前面）＋ ject（丟）＋ or（動作）」，表示將電腦畫面丟到螢幕上，讓每個人都可以看到。先「**丟出來**」這個動作，可以衍生為事先「**計劃**」，也就是「方案」的意思。

01 pro**ject** ***
名 [ˋprɑdʒɛkt]
動 [prəˋdʒɛd]

名 方案；報告；企畫
動 計劃；投射；投擲

projection* 名 預想；投射；投擲
projector 名 放映機；投影機

I have a big history **project** due next week.
我一個重要的歷史報告下週要交。

| pro 前面 | ＋ | ject 丟 |

⇒ 向前丟出來、向前方前進
向前投出的東西，表示「方案」或「企畫」。

02 re**ject** **
[rɪˋdʒɛkt]

動 拒絕；駁回

rejection 名 拒絕；駁回

food items **rejected** by customs
被海關拒絕的食品項目

| re 向後 | ＋ | ject 丟 |

⇒ 向後丟回去
向後方丟，指的是向反方向丟回去，表示「拒絕」、「駁回」的意思。

03 in**ject** *
[ɪnˋdʒɛkt]

動 注入；注射

injection* 名 注入；注射；注射劑

inject lots of money into social welfare programs
在社會福利計畫當中注入大量資金

| in 向內 | ＋ | ject 丟 |

⇒ 向內投入
用針向身體「內」「投入」藥物，就是「注射」的意思。

04 sub**ject** ***
名 形 [ˋsʌbdʒɪkt]
動 [səbˋdʒɛkt]

名 主題；科目；題材；國民
形 易受……的；受支配的
動 使服從；支配

subjective ** 形 主觀的

I taught various **subjects** under the social studies umbrella.
我在社會研究領域之下開授許多科目。

| sub 向下 | ＋ | ject 丟 |

⇒ 向下丟
服從向我們丟過來的命令，表示「受支配的」。一個國家受到支配的對象，為「國民」。書或課程向學生丟出的重點內容為「主題」。

PART 1 超重要字根
DAY 3
graph・gram・ject・jet

05 object***
名 [ˋɑbdʒɪkt]
動 [əbˋdʒɛkt]

名 物體；對象；目的
動 反對

objection* 名 反對；異議
objective** 形 客觀的；如實的
　　　　　　 名 目的；目標
objectively 副 客觀地
objectivity* 名 客觀性

confront with approaching **objects**
直視逼近而來的物體

ob 朝向 + **ject** 丟

⇒ 丟出的動作

「朝著」某個方向「丟」，表示丟向某個「對象」或「目標」。另外，如果你「向」某個人「丟擲」石頭，則表示「反對」之意。

06 adjective*
[ˋædʒɪktɪv]

名 形容詞

Don't overuse **adjectives** and adverbs.
不要用太多形容詞和副詞。

ad 朝向 + **ject** 丟 + **ive** 名詞

⇒ 朝另一個對象丟過去、修飾其他的話語

這是一個很有意思的字根。我們會用「形容詞」來修飾名詞，因此想要修飾名詞的話，得將形容詞「朝」名詞方向「丟過去」。

07 jet*
[dʒɛt]

名 噴射機；噴出物
動 噴出；射出

He owns a luxury private **jet**.
他有一架豪華的私人噴射機。

jet 丟

⇒ 丟

丟的動作，可以聯想成射過去，也就是「噴射」的意思。「噴射機」的動力由高溫瓦斯噴射推進。

DAY 4

log ｜ 話（speech）／想法（thought） ｜ *prolog*ue 前言；開場白

> **prologue** 可以拆解成「pro（前面）＋ log(ue)（話）」，因此一本書最前面的話，指的就是「**前言**」。另外，也可以將話視為「**想法**」。沒把話說出口，等同沒有表達出想法，因此 log 可以衍生為「想法」或「學問」的意思。要能夠把今天學到的內容用自己的「話」重複說明一遍，才能算是學習，變成你的「學問」。

01 pro**log**ue
[ˈproˌlɔg]

名 前言；開場白

比較 **epilogue** 名 後記；收場白

The novel begins with a brief **prologue**.
這本小說最前面有一個簡短的前言。

pro（前面）＋ **log(ue)**（話）
⇒ 進入正文前所說的話
書在正文開始前的話，即為「前言」。

02 dia**log**ue ★★
[ˈdaɪəˌlɔg]

名 對話

a **dialogue** between colleagues
同事之間的對話

dia（橫跨）＋ **log(ue)**（話）
⇒ 橫跨過去向對方說話
「橫跨」彼此之間，一來一往的「話語」，便稱為「對話」。

03 mono**log**ue
[ˈmɑnəˌlɔg]

名 獨白；長篇大論

the main character's **monologue**
主角的獨白

mono（獨自）＋ **log(ue)**（話）
⇒ 自言自語
「獨自」說「話」，指的是「獨白」的意思。

04 apo**log**y ★
[əˈpɑlədʒɪ]

名 道歉；認錯

apologize 動 道歉

make a sincere **apology**
誠心誠意地道歉

apo（分開）＋ **log(y)**（話）
⇒ 與對方拉開距離說話
吵架後，遠「離」對方，處在一個彆扭的狀態所說的「話」，指的是「道歉」。

PART 1 超重要字根
DAY 3 4
ject ・ jet ・ log

05 logic**
['lɑdʒɪk]

名 邏輯；想法

logical **　　形** 合乎邏輯的；合理的

Logic must be learned through the use of examples.
邏輯必須用例子來學習。

log(ic)
想法

⇒ 想出原理

「話」這個字根，可以用來表示「想法」或「邏輯」。很會説話，表示符合「邏輯」、很有「想法」的意思。

06 geology*
[dʒɪ'ɑlədʒɪ]

名 地質學

a **geology** professor
一位地質學教授

geo + **log(y)**
大地的　　想法

⇒ 與大地有關的學問

將與「大地」有關的「想法」集合起來，變成與大地有關的學問，也就是「地質學」。

07 physiology*
[ˌfɪzɪ'ɑlədʒɪ]

名 生理學；生理機能

major differences in animal and human **physiology**
動物與人類生理之間的主要不同

physio + **log(y)**
自然的　　想法

⇒ 與自然現象有關的學問

其學問與存在於「自然」中的生命現象有關，指的就是「生理學」。

08 psychology**
[saɪ'kɑlədʒɪ]

名 心理學；心理

the field of educational **psychology**
教育心理學的領域

psycho + **log(y)**
精神的　　想法

⇒ 與精神有關的學問

與「精神」方面有關的學問，指的是「心理學」。psychopath（精神病患）指「精神」異常的人，與 psychology 的字根相同。

09 theology**
[θɪ'ɑlədʒɪ]

名 神學；宗教信仰學

a number of books on **theology**
一些神學的書籍

theo + **log(y)**
神的　　想法

⇒ 與神有關的學問

指的是與神有關的學問。羅馬的萬神殿為崇拜眾神的地方，而 pantheon（萬神殿）由「pan（全部）+ theo(n)（神）」組合而成。

衍生詞　由字根 log 衍生的單字

archaeology [archaeo+log(y) → 與古代有關的學問] 考古學
anthropology [anthropo+log(y) → 與人類有關的學問] 人類學
musicology [music(o)+log(y) → 與音樂有關的學問] 音樂學
zoology [zoo+log(y) → 與動物有關的學問] 動物學

mit
變化形 miss, mis, mess

傳送（send）

***mess*age**
訊息

> 字根 mit 的意思為「**傳送**」。其變化形為 mess，後方加上名詞字尾 age，便能組合成一個單字。這個單字指的就是我們時常用手機發送和接收的東西：**message**（訊息）。

---

01 ad**mit**＊
[æd`mɪt]

動 承認；允許……進入

admission＊＊
名 入學（許可）；入場（許可）；承認

Brian **admits** that he was too sensitive.
布萊恩承認自己過於敏感。

ad	+	mit
朝向		傳送

⇒ 送進去

送進去，指的就是「允許進入」的意思。被學校「允許進入」，指的就是獲得「入學許可」。

---

02 com**mit**＊＊
[kə`mɪt]

動 犯（罪）；做（錯事）；承諾

committed＊＊ 形 忠誠的；堅定的
commitment＊＊ 名 奉獻；承諾
commission＊＊ 名 委員會；佣金
committee＊＊ 名 委員會

commit a crime
犯罪

com	+	mit
一起		傳送

⇒ 一起送過去

本來指的是「派出」「一起」做事的人，讓他們實行計畫，「犯（罪）」或「做（錯事）」。另外，也可以用來表示「承諾」，指將自己的意思傳遞給某人。

---

03 e**mit**
[ɪ`mɪt]

動 發出；散發

emission＊ 名 排放；散發；射出

emit greenhouse gases
排出溫室氣體

e	+	mit
向外 (ex)		傳送

⇒ 向外送出

「向外傳送」至遠方，表示「散發」的意思。omit 和 emit 很容易搞混，建議將 o 當成被放出來後，長了尾巴變成 e，來幫助記憶。

---

04 o**mit**＊
[o`mɪt]

動 遺漏；省略

omission＊ 名 遺漏；省略

Her name was **omitted** from the list.
名單上遺漏了她的名字。

o	+	mit
完全 (ob)		傳送

⇒ 完全被送走

完全被送走，變成看不到的狀態，指的是被「遺漏」的意思。

PART 1 超重要字根

DAY 4

log · mit · miss · mis · mess

05 per**mit****
動 [pɚˋmɪt]
名 [ˋpɝmɪt]

動 允許；准許
名 許可證

permission** 名 允許；許可

Sitting on lawns is not **permitted**.
不可以坐在草坪上。

per + mit
通過　傳送

⇒ 使其通過
「通過」安檢門離開，表示「允許」通行之意。

06 re**mit***
[rɪˋmɪt]

動 傳送；匯款；免除（罰則）

remittance 名 匯款；匯款額
remission* 名 赦免；減刑

remit payment online
在線上匯款

re + mit
向後　傳送

⇒ 送回原來的位置
把做錯事的人拉到「後方」「送走」，表示「免除」罰則的意思。

07 sub**mit***
[səbˋmɪt]

動 提交；投降

submission* 名 提交；屈服
submissive* 形 順從的

submit an application
提交申請書

sub + mit
向下　傳送

⇒ 向下送
「向下遞送」資料，表示「提交」。另外，還有向敵人「投降」的意思。

08 trans**mit***
[trænsˋmɪt]

動 傳送；傳達

transmission** 名 傳送；發送

transmit specific factual information
傳送特定的事實資訊

trans + mit
橫貫　傳送

⇒ 橫貫後送給對方
「橫貫」過去後，「送」到對方手上，表示「傳達」給某人的意思。

09 **miss**ion**
[ˋmɪʃən]

名 任務；使命；外交使團

missionary* 名 傳教士
形 傳教的

a group of researchers on a **mission**
有任務在身的一群研究者

miss + ion
傳送　名詞

⇒ 奉命傳送
收到神的旨意後傳遞，指的便是「傳教」。另外，用在執行一般的事情上，則表示「任務」的意思。

10 inter**miss**ion
[͵ɪntɚˋmɪʃən]

名 中場休息時間；中斷

an hour's **intermission**
一個小時的中場休息時間

inter + miss + ion
之間　傳送　名詞

⇒ 進行當中送出去
音樂劇或演奏會中間，會有短暫的中場「休息時間」，屬於表演與表演「之間」暫時將人送出去的一段時間。

11 missile *
['mɪsḷ]

名 飛彈

launch a **missile**
發射飛彈

miss 傳送 + **ile** 適合的

⇒ 適合發送的
適合向敵人「發射」的東西，為「飛彈」。

12 dismiss *
[dɪs`mɪs]

動 打發；不予考慮

dismissal * 名 解雇
dismissive *
形 輕蔑的；不屑一顧的

dismiss their idea as unrealistic
將他們的想法斥為不切實際

dis 分開 + **miss** 傳送

⇒ 送到很遠的地方
把某人送到很遠的地方，表示「打發」、「不予考慮」之意。

13 premise *
[`prɛmɪs]

名 前提；預設

the central **premise** of the theory
理論的核心假設

相關用法 on the premise that
以……為前提

pre 提前 + **mis(e)** 傳送

⇒ 提前送出的內容
提前送出的內容，指的是「前提」、「預設」之意。

14 promise **
[`prɑmɪs]

動 承諾；答應
名 諾言；保證

promising **
形 有希望的；有前途的

I would not break any **promise**.
我不會違反任何承諾。

pro 前面 + **mis(e)** 傳送

⇒ 提前送過去
在沒有電話的時代，貴族會提前送下人到對方那邊做出「承諾」。

15 compromise **
[`kɑmprə,maɪz]

動 妥協；讓步；損害
名 妥協；讓步

compromising *
形 有損聲譽的；有失體面的

reach a **compromise**
達成妥協

com 一起 + **promise** 承諾

⇒ 一起做出承諾
兩個人一起做出承諾，表示彼此願意「妥協」、「讓步」之意。

16 mess *
[mɛs]

名 骯髒；雜亂
動 把……弄亂

The house is a **mess**.
房子裡亂成一團。

mess 傳送

⇒ 餐桌上吃剩的食物
貴族不會親自下廚煮飯，通常都是由下人「送過來」。吃完飯後，餐桌尚未整理時，處於「亂糟糟」的狀態。

DAY 5

🎧 014

pend 懸掛（hang） *de***pend** 依賴
變化形 pond, pens

> 過去在紙幣尚未流通前，人們會將物品或農作物「**懸掛**」在秤上計算價格。我們常說不要「計較」，不光是指「計算」，還有「衡量」哪一個比較好的意思。
>
> 獨立紀念日的英文為 Independence Day，當中的 **independence** 可以拆解成「in（not）＋ de（下面）＋ pend（懸掛）＋ ence（名詞字尾）」，指的是不被固定在某人的支配之下，也就是「獨立」的意思。

01 de**pend**＊＊
[dɪˋpɛnd]

動 依賴；取決於……（on）

dependent＊＊
形 依賴的；取決於……的

dependence＊＊ 名 依賴；依靠
independent＊＊＊ 形 獨立的
independence＊＊ 名 獨立

depend on the immediate circumstances
取決於當時的情況

de（下面）＋ **pend**（懸掛）

⇒ 懸掛在下面

懸掛在某人的下面，指的是「依賴」對方的意思。如果依賴某個人，很容易會受對方的行為左右，表示自己的行為會「取決於」對方。

02 ex**pend**
[ɪkˋspɛnd]

動 花費（錢）；耗費（精力）

expenditure＊＊
名 支出；消費；消耗

expense＊＊ 名 費用
expensive＊＊ 形 昂貴的

expend a lot of energy
耗費許多力氣

ex（外面）＋ **pend**（懸掛）

⇒ 掛著秤重

過去沒有紙幣的時代，交換米或鹽巴的人，會以「秤」重的方式計算價格。在外面測量，表示在外用錢，也就是「消費」的意思。

03 sus**pend**＊
[səˋspɛnd]

動 懸掛；中斷

suspension＊ 名 懸掛；中斷

suspend the manufacturing process
中斷製造過程

be **suspended** from the ceiling
懸掛在天花板上

sus（下面 (sub)）＋ **pend**（懸掛）

⇒ 懸在下面

某個東西懸在下面，無法繼續前進，表示「中斷」的意思。同時也用於表示將物品掛在某個地方的下方。

04 ponder *
[ˈpɑndɚ]

動 深思；衡量

The committee is still **pondering** over the matter.
委員會仍在深思此事。

pond(er)
懸掛

⇒ 掛在秤上
掛在秤上表示想要計算重量，表示「衡量」或「深思」其價值的意思。

近義詞 具有「深思」之意的單字

ponder [pond(er) → 掛在秤上] 深思；衡量
consider [con+sider → 觀測星星] 考慮；深思；認為；衡量
contemplate [con+templ+ate → 俯瞰寺廟] 注視；思量；深思
deliberate [de+liber+ate → 平衡秤的兩端] 深思；慎重

05 compensate *
[ˈkɑmpənˌset]

動 補償；抵銷

compensation * **名** 補償；代價

compensate her for the damage
補償她的損失

com + **pens** + **ate**
一起 　懸掛 　動詞

⇒ 給予相對應的代價
過去通常會採取直接測量農作物重量的方式進行買賣。將農作物和秤砣一起擺放在秤的兩端秤重，表示「補償」、「抵銷」之意。

06 pension *
[ˈpɛnʃən]

名 退休金；補助金

a retirement **pension**
退休金

pens + **ion**
懸掛　名詞

⇒ 支付補償金
過去以鹽代金的時代，士兵們打完仗回來後，會將鹽秤重分給士兵們當作「俸祿」。而 salary（薪水）這個單字便是源自於 salt（鹽巴），將 salt 的 t 拿掉。因此懸掛「秤重」可以指給予補償，表示給予「退休金」、「補助金」的意思。

🎧 015

plic 折 (fold)

變化形 ply, ploy, plo, plex, ple

com**plex**
複雜的

> 把東西「**折起來**」之後，需要再次打開。**complex** 可以拆解成「com（全部）+ plex（折）」，表示要打開全部折起來的東西，可以衍生為「複雜」的意思。而「複雜」指的是繁複加上混雜，當事情變得複雜時，會變成「糾結」在一起的意思。**simple** 可以拆解成「sim（一）+ ple（折）」，只要折起來一次就好，表示事情相當「簡單」。

01 com**plic**ate*
[ˈkɑmpləˌket]

動 使複雜化

complicated** **形** 複雜的
complication* **名** 困難；併發症

It would only **complicate** the task.
這只會讓工作更複雜。

com	+	plic	+	ate
一起		折		動詞

⇒ 一起折起來

需要一起折起來，表示很「複雜」。該字根加上動詞字尾，意思則為「使複雜化」。

02 du**plic**ate*
動 [ˈdjupləket]
形 [ˈdjupləkɪt]

動 複製；拷貝
形 一對的

duplication* **名** 複本；重複；二倍
duplicator **名** 複印機
duplex **名** 雙層樓公寓
　　　 形 雙重的

duplicate my house key
複製一把我家的鑰匙

du	+	plic	+	ate
二		折		動詞

⇒ 折成兩個

只要回想一下小時候摺紙的記憶，就有助於記下該單字的意思。把紙對折後，分成兩等分，表示「複製」的意思。

03 re**plic**ate*
[ˈrɛplɪˌket]

動 複製；重現

replication* **名** 複製
replica* **名** 複製品

replicate the human voice
複製人聲

re	+	plic	+	ate
再次		折		動詞

⇒ 反過來再折一次

將紙張對折再對折，同樣是表示「複製」的意思。

04 complicity *
[kəm'plɪsətɪ]

名 共謀；串通

complicit 形 共謀的；串通的
accomplice 名 共犯

be accused of **complicity** in the crime
被控告串通犯罪

com 一起 + **plic** 折 + **ity** 名詞

⇒ 折在一起的狀態

折在一起，表示聚集在一起「共謀」的意思。

05 explicit **
[ɪk'splɪsɪt]

形 清楚明白的；明確的

explicate 動 詳細解釋

an **explicit** and detailed instruction manual
清楚詳細的指導手冊

ex 向外 + **plic** 折 + **it** 形容詞

⇒ 將折起來的東西向外打開

打開折起來的東西，表示「清楚」表明。

06 reply **
[rɪ'plaɪ]

動 名 回覆；回應

reply within 24 hours
在 24 小時內回覆

re 再次 + **ply** 折

⇒ 折起來再次送出

將信紙折起來再次送出，指的是「回覆」的意思。

07 apply **
[ə'plaɪ]

動 申請；應徵；應用

appliance 名 裝置
applicant * 名 申請者；應徵者
application *** 名 申請(書)；應用

be qualified to **apply** for the position
具備應徵該職位的資格

ap 朝向 (ad) + **ply** 折

⇒ 朝想要的地方折

想要加入某個組織，成為一體，即為「申請」的動作。

08 imply *
[ɪm'plaɪ]

動 暗示；意味著

implication ** 名 暗示；可能的影響
implicit ** 形 暗示的；內含的

The sentence **implies** many different things.
這句話暗示著許多不同的事情。

im 向內 (in) + **ply** 折

⇒ 被折進去

將某個意思折到裡面，表示不直接對外表示，為「暗示」之意。

PART 1 超重要字根

DAY 5

plic．ply．ploy．plo．plex．ple

016

09 deploy*
[dɪˋplɔɪ]

動 部署;展開

deployment* **名** 部署;展開
redeploy **動** 調動;重新配置

Additional security staff were **deployed** during the holiday.
放假期間部署了額外的保全人員。

de (not) + **ploy** (折)

⇒ 沒有折起來

沒有折起來，表示「展開」之意。也可以表示「部署」之意。

10 employ**
[ɪmˋplɔɪ]

動 僱用

employment** **名** 雇用;職業
employee** **名** 員工
employer** **名** 雇主

The company will **employ** about 4,000 people.
這間公司將僱用約四千名員工。

em (向內 in) + **ploy** (折)

⇒ 向裡面折

向裡面折，可以想成是變成我這邊的人。也就是說接受對方成為一員，表示「僱用」之意。

11 diploma
[dɪˋplomə]

名 畢業證書;文憑;執照

diplomat **名** 外交官
diplomatic* **形** 外交的;有外交手腕的

get a teaching **diploma**
取得教師文憑

di (二) + **plo** (折) + **ma** (紙張)

⇒ 兩頁折起來的紙張

「畢業證書」、「執照」通常會放在一個可以折起來的書夾內。

12 exploit*
動 [ɪkˋsplɔɪt]
名 [ˋɛksplɔɪt]

動 開發;利用;剝削
名 功績;成就

exploitation** **名** 開發;利用;剝削

exploit child labor
剝削童工

ex (向外) + **plo(it)** (折)

⇒ 向外掏出

把土地裡的資源向外掏出使用，表示「開發」之意。開發同時也可以指拿來「利用」。衍生為過度的利用，則是指「剝削」。

13 perplex
[pɚˋplɛks]

動 使困惑;使複雜化

perplexed* **形** 困惑的;複雜的
perplexity
名 困惑;令人困惑的事情

be **perplexed** by the referee's penalty decision
對裁判的處罰判定感到困惑

per (完全) + **plex** (折)

⇒ 完全折在一起

完全折在一起，衍生為通通糾結在一起，表示「使複雜化」。若碰到複雜、無法解決的事情，則是令人「感到為難」的狀況。

14 com**plex**★★★

形 [kəmˋplɛks]
名 [ˋkɑmplɛks]

形 複雜的
名 綜合大樓；情結

complexly 副 複雜地
complexity★★
名 複雜性；複雜的事物

based on a **complex** sensory analysis
根據複雜的感官分析

com	+	plex
一起		折

⇒ 全部折起來
把全部的東西一起折起來，表示「複雜的」之意。

15 sim**ple**★★★

[ˋsɪmpl]

形 簡單的；單純的

simply★★★ 副 簡單地；僅僅
simplicity★ 名 簡單；簡樸
simplify★ 動 使簡化；使簡易
simplification★ 名 簡化；單純化

It's a **simple** technique but its effect is powerful.
這個技術很簡單，但效果強大。

sim	+	ple
一		折

⇒ 折一次的
如果只折一次，打開也只要打開一次，非常輕鬆，因此表示「簡單」之意。

16 multi**ple**★★

[ˋmʌltəpl]

形 多的；多種的；各式各樣的

multiply★ 動 大幅增加；乘
multiplex 名 多廳電影院

do **multiple** things at a time
同時做好幾件事情

multi	+	ple
多數的		折

⇒ 折很多次
multi 本身表示「多的」的意思。折很多次的話，內含「各式各樣」的東西。

DAY 6

🎧 017

pos
變化形 pon, pound

放置（put, place）

pose
擺姿勢

> 大家在拍照時，會擺出什麼樣的 **pose**（姿勢）呢？拍照時擺姿勢，指的就是決定自己「**擺放**」的位置，這個單字是我們相當熟悉的單字。pos 表示「放置」，也可以衍生為「放著不動」的意思。

01 **pos**ition ★★★
[pə`zɪʃən]

名 位置；地點
動 把……放在適當位置

adopt a neutral **position**
採取中間位置

pos(it) 放置 ＋ **ion** 名詞

⇒ 放置的地方
物品放置的地方，等於是物品擺放的「位置」。

02 **pos**itive ★★★
[`pɑzətɪv]

形 肯定的（↔ negative 否定的）；積極的

positivity 名 正面；積極

have **positive** views
持有肯定的觀點

pos(it) 放置 ＋ **ive** 形容詞

⇒ 位置明確的
明確的位置，可以解釋為「肯定的」之意。如果相信自己的英文「肯定」會變好，就能更加「積極」。

03 **pos**ture ★
[`pɑstʃɚ]

名 姿勢；態度
動 擺出姿勢

keep proper **posture**
保持適當的姿勢

pos(t) 放置 ＋ **ure** 名詞

⇒ 放著的方式
放著的方式，可以用來表示「姿勢」的意思。

04 com**pos**e ★
[kəm`poz]

動 做（詩、曲等）；組成；使平靜

composer ★ 名 作曲家
composite ★
形 合成的；複合的 名 合成物
composition ★★ 名 作曲；作文

compose music for film
為電影作曲

com 一起 ＋ **pos(e)** 放置

⇒ 把各種要素放在一起
把不同的音放在一起，表示「作曲」的意思。另外，把各種要素放在一起，等於「組成」的概念。

05 com**pon**ent**
[kəmˋponənt]

名 構成要素；成分；零件

a major **component** of the program
這個節目的主要構成要素

com	+	pon	+	ent
一起		放置		名詞

⇒ 放在一起的要素

擺放在一起的要素，指的是「成分」或「零件」的意思。

近義詞 具有「成分」之意的單字

component [com+pon+ent → 放在一起的要素] 成分
ingredient [in+gredi+ent → 放進去的東西] 材料；成分
constituent [con+stitu+ent → 站在一起的東西] 成分

06 com**pound**＊
名 形 [ˋkɑmpaʊnd]
動 [kəmˋpaʊnd]

名 混合物；化合物；複合物
形 合成的
動 使混合；使化合；使合成

produce organic **compounds**
產生有機化合物

com	+	pound
一起		放置

⇒ 放在一起不動的東西

放在一起不動的東西，表示「混合物」的意思。

07 dis**pos**e＊
[dɪˋspoz]

動 安排；處理

disposed＊ 形 有……傾向的
disposal＊＊ 名 安排；處理
disposable＊ 形 用完即丟棄的；一次性的

dispose of chemical waste
處理化學廢料

dis	+	pos(e)
分開		放置

⇒ 分開擺放

將放在一起的東西分開擺放的動作，可以表示「安排」的意思。把自己不需要的東西分開擺放，則是表示「處理」的意思。

08 de**pos**it＊
[dɪˋpɑzɪt]

名 沉積；存款；押金
動 放下；(使)沉積

depot＊ 名 倉庫

pay the non-refundable **deposit**
支付不予退還的押金

de	+	pos(it)
下面		放置

⇒ 擺在下面的東西

表示把東西固定擺在某個地方，也可以衍生為江水向下「沉積」的意思。擺放在自己帳戶裡的錢，指「存款」。預先放著保管，之後再拿回來的錢，則是指「押金」。

018

09 expose*
[ɪkˋspoz]

動 使暴露於……；揭發

exposition*
名 說明；博覽會（= expo）

exposure**　名 暴露；揭發

expose a secret
揭露祕密

ex 向外 + **pos(e)** 放置
⇒ 擺放在外面
放在外面，等同於讓外面的人看到，表示「暴露」、「揭露」的意思。

10 impose**
[ɪmˋpoz]

動 強加；課徵（稅金、罰款等）

imposition*　名 徵收；負擔
imposing*
形 壯觀的；氣宇不凡的

impose a fine
課徵罰金

im 向內 (in) + **pos(e)** 放置
⇒ 擺放在裡面
將沈重的負擔加諸在別人身上，指的是「強加」的意思。還可以衍生為「課徵」稅金、罰款的意思。

11 interpose
[ˌɪntɚˋpoz]

動 介入；插（話）；打斷（某人）

interposition　名 介入；干涉

interpose an institutional barrier
介入機構障礙（譯註：「機構障礙」指的是個人在決定參與教育活動時，由於機構政策或措施使學習者感到困難或不便，阻礙學習活動參與的情形）

inter 之間 + **pos(e)** 放置
⇒ 擺放在兩者之間
硬放在兩者之間，表示「介入」的意思。

12 oppose*
[əˋpoz]

動 反對；對抗

opposite**
形 相反的；對面的
名 對立物
介 在……對面
opposition**　名 反對；對抗
opponent*　名 對手；反對者

oppose the death penalty
反對死刑

[相關用法] as opposed to 而不是……

op 相反 (ob) + **pos(e)** 放置
⇒ 擺放在相反方向的位置
放在相反方向，衍生為與他人有不同的想法或計畫，表示「反對」的意思。

13 propose**
[prəˋpoz]

動 提議；求婚

proposition**　名 提議
proposal**　名 提案；求婚

propose a plan for a new school
為新學校提議計畫

pro 前面 + **pos(e)** 放置
⇒ 擺放在前面
將想法或意見放在他人前面，表示「提議」的意思。另外，將戒指放在某人的前面，指的就是「求婚」的意思。

14 pro**pound**
[prə'paʊnd]

动 提出

propound a new theory
提出新的理論

propound a very different idea
提出大相逕庭的點子

pro	+	pound
前面		放置

⇒ 擺放在前面

字根字首與 propose 相同，表示在他人前面「提出」問題或理論。

15 pur**pose*****
['pɝpəs]

名 目的；用途；決心

purposely 副 故意地

It can be used for any **purpose**.
這個東西不論用途，均可使用。

pur	+	pos(e)
前面 (pro)		放置

⇒ 擺在前面的東西

你們是否有在書桌前面、書封上寫下自己的夢想或目標呢？如果沒有，請現在就寫下，並擺在前面，表示你的「決心」。

16 sup**pose****
[sə'poz]

动 假設；猜想

supposed** 形 假定的
supposedly**
副 根據推測；據稱

We **suppose** that's true.
我們假設那是對的。

[相關用法] be supposed to
應該；被認為必須……

sup	+	pos(e)
下面 (sub)		放置

⇒ 下面思考

在下面思考，可以衍生成「假設」的意思。

🎧 019

| **press** 按壓（press） | ***press*ure** 壓力 |

> 在英文語音辨識服務中，會聽到「Press the button.」（按下按鈕。）這句話，當中 **press** 便是「**按壓**」的意思，還可以衍生為「施加壓力」。**pressure** 指按壓的力量，表示「壓力」之意。

01 press**
[prɛs]

動 印刷；報刊；輿論
動 按壓；熨平（衣服）

pressing** 形 緊迫的
pressure*** 名 壓力；壓迫

according to **press** reports
根據報刊報導

| press |
| 按壓 |

⇒ 按壓、按壓活字版後印出

早期的「印刷」原理為在活字版上塗上墨水，並壓印在紙上。隨著印刷技術的進步，現今已經可以在短時間內印出好幾萬份的資料。另外，press 還有「報刊」的意思。

02 compress
動 [kəmˈprɛs]
名 [ˈkɑmprɛs]

動 壓縮
名 敷布

compression* 名 壓縮；壓抑
compressible 形 可壓縮的

compress computer files
壓縮電腦檔案

| com | + | press |
| 一起 | | 按壓 |

⇒ 一起按壓

如果同時往某個方向一起按壓的話，會使得物品的體積變小，因此表示「壓縮」之意。

03 depress
[dɪˈprɛs]

動 使沮喪；使消沉

depression** 名 沮喪
depressive* 形 沮喪的；壓抑的

The result of the exam **depressed** him.
考試的結果使他沮喪。

| de | + | press |
| 向下 | | 按壓 |

⇒ 把心情向下壓

把心情向下壓，會使得心情變「沮喪」。另外，還可以表示「令人消沉」的意思。

04 express**
[ɪkˈsprɛs]

動 表達；陳述
形 快速的
名 快車；快遞

expression*** 名 表現；表情
expressive* 形 表現的；表情豐富的

Some residents **express** concern.
某些居民表達了擔憂。

| ex | + | press |
| 向外 | | 按壓 |

⇒ 向外推

把想法向外推出去，指的是「表達」的意思。施加壓力，能使人加快工作速度，因此還可以衍生為「快的」的意思。另外，espresso 在義大利文中，便是指「快速」加壓煮出來的咖啡。

05 impress*
[ɪmˈprɛs]

動 使印象深刻；使感動

impression** **名** 印象；感動
impressive** **形** 令人印象深刻的

Her courage **impressed** us.
她的勇氣令我們印象深刻。

im	+	press
向內 (in)		按壓

⇒ 向內心裡按壓

向內心裡按壓，指的是「留下印象」的意思。希望本書中的單字，也都能在大家的心中留下印象。

近義詞 具有「使感動」之意的單字

impress [im+press → 向內心裡按壓] 使感動
touch [touch → 敲打] 觸動；使感動
affect [af+fect → 朝著某個對象行動] 影響；使感動

06 oppress
[əˈprɛs]

動 壓迫；壓制

oppression* **名** 壓迫；壓制
oppressive* **形** 壓迫的；暴虐的

The dictator **oppressed** minorities.
這位獨裁者壓迫少數派。

op	+	press
相反 (ob)		按壓

⇒ 朝相反方向按

朝相反方向按壓，指的是「壓迫」的意思。

07 suppress*
[səˈprɛs]

動 鎮壓；平定；壓制

suppression* **名** 鎮壓；壓制
suppressive **形** 鎮壓的；壓抑的

suppress emotions such as anger
壓抑如憤怒等等的情緒

sup	+	press
向下 (sub)		按壓

⇒ 向下按壓

向下按壓，指的是「鎮壓」的意思，帶有壓制在腳底下的概念。

PART 1 超重要字根

DAY 6 press

DAY 7

🎧 020

scrib
變化形 script

寫（write）

*post***script**
附筆；後記

> 信件最後加「寫」的話語，稱作附筆，英文稱為 P.S.。P.S. 為 **postscript** 的縮寫，postscript 可以拆解為「post（之後）+ script（寫）」，表示書寫於信末。

01 de**scrib**e**
[dɪˋskraɪb]

動 描述；描寫；描繪

description** 名 描述；描寫
descriptive* 形 描述性的

describe the depth of despair
描述絕望的深度

de 向下 + **scrib(e)** 寫

⇒ 寫下來
將自己所看到的東西寫下來，表示「描寫」的意思。

02 in**scrib**e
[ɪnˋskraɪb]

動 刻寫；把（某人的名字）登記入冊

inscription* 名 銘刻；銘文

a monument **inscribed** with a poem
刻著一首詩的紀念碑

in 向內 + **scrib(e)** 寫

⇒ 向裡面寫
把某人的名字寫到名冊裡面，表示「登記入冊」、「註冊」之意。在石頭或岩石上寫字，指的是「刻寫」。

03 pre**scrib**e*
[prɪˋskraɪb]

動 開處方；規定

prescription* 名 處方箋
prescriptive* 形 規定的

prescribe sleeping tablets
開安眠藥的處方

pre 提前 + **scrib(e)** 寫

⇒ 提前寫好
醫生提前寫好處方，病患才能領藥。因此表示「開處方」的意思。

04 subscribe *
[səbˋskraɪb]

動 (在文件等下面) 署名；訂閱

subscriber 名 簽署者；訂閱者
subscription* 名 署名；訂閱

subscribe to the service for twelve months
訂購 12 個月的服務

sub + scrib(e)
下面　　寫

⇒ 寫在文件下面

一般在訂購雜誌或訂閱其他服務時。會在下方簽名欄簽名。在簽名欄「署名」，表示「訂閱」的意思。

05 script *
[skrɪpt]

名 劇本；文字
動 寫劇本

scripter
名 劇作家 (= scriptwriter)

the scene on page 14 of the **script**
劇本第 14 頁的場景

script
寫

⇒ 文字、文章

將想說的話寫下來，完成「劇本」。字根中「寫」的意思，可以衍生為「文字」或「文章」。

06 manuscript **
[ˋmænjəˌskrɪpt]

名 手稿；原稿
形 手寫的

complete over 400 pages of **manuscript**
完成超過 400 頁的手稿

manu + script
手　　寫

⇒ 用手寫下的東西

以前會先用手寫下草稿，再印出來。印出來之前，用手所寫的東西，便稱作「手稿」。現在這個時代很少會動手寫，但仍把出版前的「原稿」稱作 manuscript。

07 transcript *
[ˋtrænˌskrɪpt]

名 手抄本；謄本；副本

transcribe 動 抄寫；謄寫
transcription*
名 逐字稿；抄寫出的文字

a **transcript** of the videos
影片的逐字稿

tran(s) + script
橫貫　　寫

⇒ 移動後寫下來

橫貫過去後再寫，表示用手把紙上的內容移動至其他地方，變成「手抄本」、「副本」，現在則是使用影印機或印表機印出。

08 conscription
[kənˋskrɪpʃən]

名 徵兵；徵兵制度

conscript 動 徵召；徵兵
名 應徵士兵

a **conscription** examination
徵兵檢查

con + script + ion
一起 (com)　寫　　名詞

⇒ 一起寫下名字

很多人一起把名字寫下，表示同屬某個團體。要求軍人在名單上寫下名字，指「徵兵」的意思。

🎧 021

spec
變化形 spic, spect

看（look）

special
特別的

special 的意思為「特別的」，相信沒有人不認識這個單字。而「**看**」的意思便是源自於字根 spec。讓人看得很清楚，勢必是不平凡的、「特別的」東西。該單字後方加上名詞字尾 ist（人），指的是在某領域中「特別的人」，也就是「專家」的意思。

01 special★★★
[ˈspɛʃəl]

形 特別的；特殊的
名 特別的東西

specialist★★ 名 專家；專科醫生
specialty★ 名 專業；專長；特產
specialize★ 動 專攻；專門從事
especial 形 特別的；特殊的
especially★★★ 副 特別；尤其

We hold a **special** event every year to collect used books.
我們每年都會舉辦特別的活動來徵求二手書。

spec(i) 看 + al 形容詞
⇒ 看得特別清楚的
如果看得特別清楚，表示它是不平凡、「特別的」東西。special 前面加上 e 變成 especial，也代表類似的意思。

02 specific★★★
[spɪˈsɪfɪk]

形 特定的；具體的

specify★★ 動 具體指定
specifically★★ 副 特定地
specification★ 名 規格；詳述

The students have **specific** learning difficulties.
這些學生們有特定的學習困難。

spec(i) 看 + fic 製作
⇒ 說明得更清楚
「具體」說明才能讓人更加清楚明白。另外，specification 則是指產品的「規格」。

03 specious
[ˈspiʃəs]

形 外觀好看的；虛有其表的

be convinced by a **specious** argument
被看似有理的論點說服

spec(i) 看 + ous 形容詞
⇒ 看起來不錯的
看起來不錯的，指的是「外觀好看的」的意思。只有外觀好看，也可解釋成「虛有其表的」。

04 **spec**ies**

[ˈspisiz, ˈspiʃiz]

名 種類；物種

the survival of **species**
物種的生存

spec(ies)
看

⇒ 眼睛看得出來的特徵
「外觀」、「形式」都是眼睛看得出來的特徵。還可衍生為「種類」的意思。

05 **spec**imen*

[ˈspɛsəmən]

名 樣品；樣本

The **specimen** will then be examined.
樣品接著會接受檢查。

spec(i) 看 + **men** 名詞

⇒ 只能用來看的東西
只用來參考，並非作為實際使用，指的是「樣品」、「樣本」的意思。像在服飾店內展示的服裝，也是用來給客人「看」的東西。

06 **spec**ulate*

[ˈspɛkjə͵let]

動 推測；推斷；思索

speculative* 形 推測性的
speculation* 名 推測；推斷；思索

speculate about possible measures
思索可能的方法

spec(ul) 看 + **ate** 動詞

⇒ 邊看邊想
specula 指「看的」地方，表示「瞭望台」（watchtower）的意思。speculate 源自於 specula，指從遠方觀察，並非親眼見到，可衍生為「推測」之意。

近義詞　具有「推測」之意的單字

speculate [spec(ul)+ate → 邊看邊想] 推測；推斷；思索
guess [guess → 取得想法] 推測；猜測；猜中
suppose [sup+pose → 放下後再想] 猜想；以為；推測
assume [as+sume → 朝某個方向思考] 推測；以為；認為
presume [pre+sume → 提前思考] 推測；假設；認為

07 con**spic**uous*

[kənˈspɪkjʊəs]

形 明顯的；易看見的；出色的

inconspicuous 形 不明顯的

the most **conspicuous** stars in the night sky
夜空中最醒目的星星

con 完全 (com) + **spic(u)** 看 + **ous** 形容詞

⇒ 完全被看到的
此處的 con 是用來強調單字意思的字首。完全被看清楚，指的是「明顯的」、「易看見的」的意思。

08 a**spect**

[ˈæspɛkt]

名 觀點；方向；層面

consider every **aspect** of a problem
考慮問題的每個層面

a 朝向 (ad) + **spect** 看

⇒ 朝某個方向看
朝建築物的某個方向看，表示只看向其中一個「方向」。看事情的某個方向，則是指「觀點」的意思。

PART 1 超重要字根

DAY 7

spec · spic · spect

09 ex**pect****
[ɪkˋspɛkt]

動 期待；預期

expectation** 名 期待；預期

The presentation went better than **expected**.
報告的結果比預期的好。

| **ex** 向外 | + | **(s)pect** 看 |

⇒ 向外看

如果我很晚沒回家，家人會一邊望向窗外一邊等我回家。看著外面等著某樣東西或某個人時，指的就是「期待」。

10 in**spect***
[ɪnˋspɛkt]

動 檢查；視察

inspection** 名 檢查；視察
inspector* 名 檢查員；視察員

inspect nuclear power plants
視察核能發電廠

| **in** 向內 | + | **spect** 看 |

⇒ 向裡面看

檢查東西時，會向裡面查看。機場安檢時，也會查看包包內的物品。因此向裡面看指的是「檢查」的意思。

11 pro**spect****
[ˋprɑspɛkt]

名 前途；前景
動 勘查

prospective*
形 預期的；盼望中的

positive industry **prospects** for growth
產業的正向成長前景

| **pro** 向前 | + | **spect** 看 |

⇒ 向前看

向前看表示看著前方將發生的事，指「前途」、「前景」。

12 su**spect****
動 [səˋspɛkt]
名 形 [ˋsʌspɛkt]

動 懷疑
名 嫌疑犯；可疑分子
形 可疑的；不可信的

suspicious* 形 有疑心的；可疑的
suspicion** 名 懷疑；嫌疑

Engineers **suspected** a crack in the tank.
工程師們懷疑水槽裂開了。

| **su** 向下 (sub) | + | **spect** 看 |

⇒ 從下面開始查看

古時候通常會以是否有帶刀，來判斷一個人是不是壞人。因此從下方開始檢視，便能表示「懷疑」的意思。

13 re**spect*****
[rɪˋspɛkt]

名 尊敬；尊重；敬意
動 尊敬；尊重

respectful*
形 恭敬的；對……尊敬的

respectable* 形 值得尊敬的
respective** 形 分別的；各自的
irrespective*
形 不顧的；不問……的

the most **respected** man of the Italian art world
在義大利藝術世界中最受尊敬的人

| **re** 向後 | + | **spect** 看 |

⇒ 向後一步看

古時候看到君王或貴族時，通常會向後退一步，以表達尊敬之意。因此向後一步而看的動作，便表示「尊敬」、「敬意」的意思。

14 retrospect *
[ˈrɛtrəˌspɛkt]

名 回顧；回想
動 回顧；追憶

In **retrospect**, they probably made a poor choice.
現在回頭看，或許他們做了一個不好的決定。

retro 向後 + **spect** 看

⇒ 回顧

向後看可以表示看著以往走過的路，表示「回顧」之意。

15 introspection
[ˌɪntrəˈspɛkʃən]

名 反省；自省（= self-reflection）

introspective 形 反省的；自省的

a place for quiet **introspection**
可供平靜自省的地方

intro 向內 + **spect** 看 + **ion** 名詞

⇒ 向內看的動作

向內看，表示檢視內部的概念。如果檢視自己的內心，就表示「反省」的意思。

16 perspective **
[pəˈspɛktɪv]

名 觀點；看法；遠近畫法

perspectively 副 以遠近畫法畫成地

a negative **perspective** on life
對於人生的負面看法

per 完全 + **spect** 看 + **ive** 名詞

⇒ 完全去看

per 表示「徹底」、「完全」的意思。徹底看過，便表示「觀點」。另外，還有「遠近畫法」的意思，指把遠方的東西畫得像是在近處般那麼大，是一種完整呈現出東西全貌的繪畫方式。

17 spectacle *
[ˈspɛktəkl]

名 景象；奇觀

spectacular * 形 壯觀的；驚人的
spectator * 名 觀眾

The photo exhibit was quite a **spectacle**.
這場攝影展實在是太壯觀了。

spect(a) 看 + **cle** 名詞

⇒ 值得一看的東西

眼前值得一看的東西，衍生為「景象」、「奇觀」。

18 specter
[ˈspɛktɚ]

名 幽靈；恐怖之物

They are haunted by the look of the **specter**.
幽靈的身影在他們腦中揮之不去。

spect 看 + **er** 名詞

⇒ 能被看見的東西

能被看見卻沒有實體，指的是「幽靈」、「恐怖之物」。

19 spectrum **
[ˈspɛktrəm]

名 範圍；光譜

a broad **spectrum** of economic theories
經濟學理論的廣大範圍

spect(rum) 看

⇒ 看得到的範圍

表示眼睛看得到的「範圍」。太陽光通過三稜鏡折射後，會形成肉眼可見的彩虹「光譜」。

DAY 8

🎧 023

| **spir** | 呼吸（breathe） | **spir**it
精神；靈魂 |

> 以前的人將呼吸的「氣息」視為靈魂，因為一旦沒了呼吸，就表示「靈魂」消失，僅剩下肉身，等同於死亡的概念。一個人能夠「**呼吸**」，表示其精神、靈魂都處於活著的狀態，同時也帶來渴望、活力和靈感。

01 aspire*
[ə'spaɪr]

動 渴望（= desire）

aspiration* 名 渴望；抱負
aspiring*
形 有強烈願望的；有抱負的

Many students **aspire** to be like him.
許多學生渴望效仿他。

a 朝向 (ad) + **spir(e)** 呼吸

⇒ 朝向某處呼吸
朝向某處呼吸，表示「渴望」的意思。看著 aspire 的字首字根，不妨想像一下情歌歌詞所呈現的畫面。

02 aspirin*
['æspərɪn]

名 阿斯匹靈（解熱鎮痛藥）

pain relief methods such as **aspirin**
舒緩疼痛的方法，如阿斯匹靈

a 朝向 (ad) + **spir(in)** 呼吸

⇒ 讓人能喘口氣休息的藥物
受痛苦折磨時，便想喘口氣休息。此時將藥物「阿斯匹靈」加入靈魂中，緩解疼痛。

03 conspire
[kən'spaɪr]

動 同謀；密謀

conspiracy* 名 同謀；陰謀

conspire against the government
密謀對抗政府

con 一起 (com) + **spir(e)** 呼吸

⇒ 一起呼吸
一起呼吸，表示同心協力的概念。主要用於不好的事情上，指「同謀」、「密謀」的意思。

04 expire
[ɪk'spaɪr]

動 （期限）終止；吐氣

expiration 名 期滿；吐氣

Her contract **expires** next week.
她的合約下週就屆滿了。

ex + **(s)pir(e)**
向外 + 呼吸

⇒ 向外呼吸

向外呼出空氣，表示「吐氣」之意。若把空氣全部吐光，等同於死亡的概念。而合約或證明死亡，等於無效，指的是「期限終止」的意思。

05 inspire*
[ɪn'spaɪr]

動 激勵；賦予靈感

inspiration** 名 靈感

The desire to make money can **inspire** us.
賺錢的欲望能夠激勵我們。

in + **spir(e)**
向內 + 呼吸

⇒ 向內部加入呼吸

藝術家有時候會突然冒出一個靈感，就像是藝術之神注入氣息般，表示「賦予靈感」的意思。

06 perspire
[pɚ'spaɪr]

動 流汗（= sweat）

They were **perspiring** heavily under the blazing sun.
他們在烈日下汗流涔涔。

per + **spir(e)**
透過 + 呼吸

⇒ 透過其他地方呼吸

不斷活動身體，會使得身體出汗。「流汗」的現象就像是透過全身來呼吸一樣。

07 respire
[rɪ'spaɪr]

動 呼吸

respiration* 名 呼吸

All living things need to **respire**.
所有的生物都需要呼吸。

re + **spir(e)**
再次 + 呼吸

⇒ 再次呼吸

無論是只有呼吸一次，還是反覆的呼吸，都是指「呼吸」的意思。

🎧 024

sta 站（stand） *sta*nd
變化形 st, sist, stit　　　　　　　　　　　　　站

> sta 的意思為「站」，stand 便是表示「站」的概念的動詞。除了表示「站」之外，還可以衍生為「立著」、「停止」、「存在」的概念，請特別留意。

01 with**stand**＊
[wɪð`stænd]

動 反抗；抵擋；禁得起

withstand high temperatures
禁得起高溫

with ＋ sta(nd)
分開　　　站

⇒ 面對面站著
分開站立可以想成兩人面對面站著，表示「反抗」的意思。另外，不受風雨影響，一直站立著，則衍生為「禁得起」的意思。

02 **sta**ndard＊＊＊
[`stændəd]

名 基準；標準
形 標準的；一般的

standardize 動 使標準化

in the **standard** size
呈標準尺寸

sta(nd) ＋ ard
站　　　　名詞

⇒ 站立的地方
排隊時，會依循「基準」站立。為做出公正的評價，同樣會設立「標準」。另外，還可衍生為「一般的」，表示所有人都依循的標準。

03 **sta**ndpoint＊
[`stænd͵pɔɪnt]

名 觀點；立場

from an economic **standpoint**
從經濟學的觀點出發

sta(nd) ＋ point
站　　　　點

⇒ 站在某個點上
站在某個點上，從我所在的位置檢視，表示「觀點」之意。

04 **sta**ndstill
[`stænd͵stɪl]

名 停頓；停滯不前
形 停滯不前的

Traffic is at a **standstill**.
交通停滯不前。

sta(nd) ＋ still
站　　　　靜止的

⇒ 站著不動的狀態
形容詞 still 為靜止不動的意思。走路時，突然停下來，表示「停頓」、「停滯不前」的意思。

05 stance**
[stæns]

名 姿勢；立場

her **stance** toward life
她對人生所持的立場

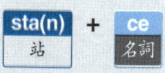

sta(n) 站 + **ce** 名詞

⇒ 站著的狀態

sta(n)（站）加上名詞字尾，表示「站著的狀態」，也就是「姿勢」、「立場」。立場的「立」便是「站」，有助於理解這個單字。

06 sub**sta**nce**
[ˋsʌbstəns]

名 物質（= material）；實體

substantial** 形 真實的；實質的
substantially**
副 實質上；極多地

substantiate* 動 證實

continuously interacting **substances**
持續進行相互作用的物質

sub 向下 + **sta(n)** 站 + **ce** 名詞

⇒ 站在天空下方的東西

位於天空之上的東西，屬於抽象的世界。相反地，位於天空之下的東西，則存在著「實體」。

07 **sta**ble**
[ˋstebl]

形 穩定的；平穩的
名 馬廄

stability** 名 穩定（性）
stabilize*
動 （使）穩定；（使）牢固

unstable* 形 不穩定的
instability* 名 不穩定（性）

keep things in a **stable** condition
把東西保持在穩定的狀態

sta 站 + **ble** 可以……的

⇒ 可以一直站著的

一直維持站著的狀態，表示「穩定的」。馬匹待的地方，則為「馬廄」。

近義詞 具有「穩定的」之意的單字

stable [sta+ble → 可以一直站著的] 穩定的；平穩的
firm [firm → 堅固的] 穩固的；牢固的；穩定的
secure [se+cure → 分出來照料] 安全的；穩定的；牢固的

08 e**sta**blish**
[əˋstæblɪʃ]

動 設立；創辦；立足於……

establishment** 名 設立；機關
established***
形 已建立的；已確立的

establish a new fire station
設立新的消防站

(e)stabl 穩定的 + **ish** 動詞

⇒ 使穩定

stable 加上動詞字尾，表示「設立」的意思。另外，也可以表示「創辦」、「立足於」等意思。

09 **sta**ge***
[stedʒ]

名 舞台；階段
動 上演；發動

during the early **stages**
在早期階段

sta(ge) 站

⇒ 表演時站著的地方 表演時，有人站著的地方為「舞台」。

10 stagnant *
[ˈstægnənt]

形 停滯的

stagnate 動 使沈滯；使蕭條
stagnation 名 停滯；不景氣

a **stagnant** economy
停滯的經濟

sta(gn) 站 + **ant** 形容詞

⇒ 站著不動的

站著不動，指的就是「停滯的」的意思。將 stagnation（停滯）和 inflation（物價上漲）組合在一起，便是 stagflation（通貨膨脹），表示在經濟停滯期，物價上升的現象。

11 stall *
[stɔl]

名 (牲畜的)廄；攤位；牧師職位
動 (使)動彈不得

a variety of fruit **stalls**
各式各樣的水果攤

sta(ll) 站

⇒ 站的地方

馬匹站著的地方為「廄」；人站著賣東西的地方為「攤位」；站著唱聖歌，衍生為「牧師職位」。另外，表示無法再前進，只能站著，為「動彈不得」的狀態。

12 install *
[ɪnˈstɔl]

動 使就職；安裝

installation * 名 就職；安裝

install more security cameras
安裝更多監視器

in 向內 + **sta(ll)** 站

⇒ 向內站

成為公司內部的人，表示「就職」。向內設置東西，表示「安裝」。

13 state ***
[stet]

名 狀態；國家；州
形 國家的
動 聲明；陳述

statement ** 名 聲明；陳述
statesman * 名 政治家

return to a **state** of balance
回歸平衡狀態

internal political matters of neighboring **states**
鄰國的內政問題

sta(te) 站

⇒ 站著的狀態

站著靜止不動，表示一種「狀態」。古代的政治人物會以拉丁文 status rei publicae 表示國家的狀態，因此 state 也可以表示「國家」的意思。

近義詞 具有「國家」之意的單字

state [sta(te) → 站著的狀態] 國家
country [countr(y) → 朝相反方向延伸的土地] 國家；國土
nation [nat+ion → 出生的地方] 國家；國民

14 statistics**
[stə'tɪstɪks]

名 統計學；統計資料

statistical★★
形 統計上的；統計學的

statistically★ 副 統計上地
statistician 名 統計學家

Is **statistics** necessary in sports?
統計學對體育來說是必要的嗎？

stat(e) + **ist** + **ics**
國家　　　人　　　學問

⇒ 為國家做事的人所研究的學問
治理國家時，經常會使用「統計學」。國家制定重要的政策時，需要人口統計、所得統計等來輔助。

15 estate**
[ɪs'tet]

名 社會階級；財產；地產

inherit the **estate**
繼承財產

相關用法 real estate 不動產

(e)sta(te)
站

⇒ 站著的狀態
該單字與 state 一樣表示「狀態」的意思。過去會以「階級」來表示人的狀態。按照「財產」、「地產」的差異，區分出「階級」。

16 instate
[ɪn'stet]

動 確立；建立；任命

reinstate 動 使復原；使復職

instate new policies
確立新的政策

in + **sta(te)**
向內　　站

⇒ 向內站
與 install 的字根字首一樣。因此，該單字可以用來表示「確立」某項政策，或是「任命」。

17 static**
['stætɪk]

形 靜止的；靜態的
名 靜電

The prices will remain **static**.
價格將會維持穩定。

sta(t) + **ic**
站　　　形容詞

⇒ 處於站著的狀態下
處於站著的狀態，表示「靜止的」。另外，還可以衍生為在靜止狀態下產生的現象。在靜止的狀態下，會產生「靜電」。

DAY 9

🎧 026

sta
變化形 st, sist, stit

站（stand）

ste**ady**
穩定的

" 延續 DAY 8 學過的內容，本章節中將繼續探討字根 sta。sta 最常見的意思為「**站**」，還可以衍生為站著不動的「**靜止**」，以及「**存在**」兩種意思。DAY 9 中，除了標準字根 sta 之外，還會一併學習它的變化形 st / sist / stit。sta 所涵蓋的單字數量眾多，為相當重要的字根。"

01 **sta**tion**
[ˈsteʃən]

名 車站；(各種機構的)站
動 駐紮；配置

stationary* 形 不動的

at the subway **station**
在地下鐵車站

A security guard was **stationed** in front of the building.
大樓前面配置了一名保全人員。

sta(t) 站 + **ion** 名詞

⇒ 站在有價值的地方

其字根的意思為「站」，後方加上名詞字尾。等公車或火車時，站立的地方稱為「車站」。另外，軍人在一個地方站著不動，表示「駐紮」的意思。

02 **sta**tionery
[ˈsteʃənˌɛrɪ]

名 文具

a little notebook in the **stationery** department
文具區的小筆記本

station 場所 + **er** 人 + **y** 名詞

⇒ 在固定場所工作的商人所販售的物品

中世紀的歐洲，除了遊走於各城市販售物品的商人外，也有商人固定待在某處賣東西，例如取得大學許可，開設販售書籍和文具的商店。因此，在固定地方販售物品的店，可以用來指「文具店」。現在則取當中「文具」的意思使用。

03 **sta**tue*
[ˈstætʃu]

名 雕像

the **Statue** of Liberty
自由女神像

sta(tue) 站

⇒ 站著不動的東西

依照人或動物站著不動的樣貌所製作出來的東西，稱作「雕像」。

04 stature*
['stætʃɚ]

名 身高；高度；聲譽

an artist of international **stature**
享譽國際的藝術家

sta(t) 站 + **ure** 名詞

⇒ 站著的高度
我們會站著量「身高」，因此該單字便源自於字根「站」。另外，還可以表示「高度境界」的意思，表示人所具備的存在感達到一定的高度。

05 status***
['stætəs, 'stetəs]

名 身分；地位；狀態

Go to "Order **Status**" to see your order history.
點選「訂單狀態」查閱你的訂單紀錄。

sta(tus) 站

⇒ 站立時所占據的地方
指某人於社會上的位置，表示「身分」或「地位」。

06 stay**
[ste]

動 停留；保持
名 停留；停止

People **stay** in their homes.
人們待在家。

sta(y) 站

⇒ 站著靜止不動
站在某個地方，表示「停留」的意思。

07 constant**
['kɑnstənt]

形 不變的；持續的

constancy* 名 堅定；不變
constantly** 副 不變地；持續地
inconstant 形 多變的；無常的

make **constant** attempts
持續嘗試

con 完全 (com) + **sta** 站 + **nt** 形容詞

⇒ 一直站著的
從頭到尾都一直站著，表示沒有改變姿勢，也就是「不變的」、「持續的」的意思。

08 distant**
['dɪstənt]

形 遙遠的；久遠的

distance*** 名 距離
distantly 副 遙遠地；久遠地

the line of **distant** mountains
遙遠的山際線

di 分開 (dis) + **sta** 站 + **nt** 形容詞

⇒ 分開站著的
分開站著，表示距離「遙遠的」，相當容易理解。

09 instant**
['ɪnstənt]

形 立即的
名 頃刻；一剎那

instantly* 副 立即
instance*** 名 實例；情況

an **instant** response
立即的回應

in 向內 + **sta** 站 + **nt** 形容詞

⇒ 靠近一點站著的
需要別人幫忙時，會靠近對方，站著等待。站得很近，才能「立即」獲得幫助。

10 obstacle*
['ɑbstəkl]

名 障礙物；妨礙

obstinate 形 頑固的；棘手的

overcome a number of technical **obstacles**
克服一些技術上的障礙

| **ob** 相反 | + | **sta** 站 | + | **cle** 名詞 |

⇒ 站在相反的方向
走路時，若有東西放在相反方向，則表示有「障礙物」。

11 ecstasy*
['ɛkstəsɪ]

名 出神；入迷；狂喜

a state of **ecstasy**
出神狀態

| **ec** 外面 (ex) | + | **sta(s)** 站 | + | **y** 名詞 |

⇒ 站在某個範圍之外
站在自身所屬的範圍之外，可以解釋成達到「無我境界」。因此我站在我之外，表示處於「出神」、「入迷」的狀態。

12 steady**
['stɛdɪ]

形 穩定的；不變的
副 穩定地；不變地

stead 名 代替；接替
steadily 副 穩定地；不變地

require slow and **steady** muscle activity
需要緩慢穩定的肌肉運動

| **st(ead)** 站 | + | **y** 形容詞 |

⇒ 一直站著的
書籍進入暢銷排行榜後，一直維持在排名內，表示「穩定的」、「不變的」的意思。

13 rest***
[rɛst]

名 休息；靜止
動 休息

restless * 形 焦躁不安的

take a **rest**
休息

| **re** 向後 | + | **st** 站 |

⇒ 退到後方站著
退到其他人的後方站著，表示「休息」的意思。

14 arrest*
[ə'rɛst]

動 名 逮捕；拘留；阻止

arresting * 形 引人注意的

arrest the suspect
逮捕嫌疑犯

| **ar** 朝向 (ad) | + | **re** 向後 | + | **st** 站 |

⇒ 讓人退到後方站著
警察追捕犯人時，把犯人逼到牆角，再銬上手銬，表示「逮捕」的意思。

15 contrast***
動 [kən'træst]
名 ['kɑn,træst]

動 使對比；形成對照
名 對比；差異

contrastive 形 對比的

an interesting **contrast** between two cultures
兩個文化之間的有趣對比

相關用法 in contrast 相反地

| **contra** 相反 | + | **st** 站 |

⇒ 站在相反方向
兩個人比較身高時，會背對背站著，這樣才能確實「比較」兩人的身高「差異」。

16 cost ***
[kɔst]

- 名 價格；費用
- 動 花費

costly* 形 昂貴的

monthly rental **cost**
每月的租金

co (一起 (com)) + **st** (站)

⇒ 與產品站在一起

與產品站在一起，指的是「價格」。只要去超市就會發現，價格標籤總是和產品「站在一起」。

近義詞 具有「價格；費用」之意的單字

cost [co+st → 與產品站在一起] 價格；費用
price [pri(c)+e → 訂定產品的價值] 價格；費用
expense [ex+pen(se) → 放在外面秤重] 費用

17 system ***
[ˈsɪstəm]

名 體系；系統

a **system** of controlling external rewards
控制外部獎勵的系統

sy (一起 (syn)) + **st(em)** (站)

⇒ 站在一起

synergy（協力）指的是一起（syn）做才能產生力量（energy）。system 中的 sy 同樣是表示「一起」。把各種要素集合在一起，表示「體系」、「系統」的意思。

18 assist **
[əˈsɪst]

- 動 協助
- 名 幫助；協助

assistant* 名 助手；助理
assistance* * 名 幫助；協助

assist with the investigation
協助調查

as (朝向 (ad)) + **sist** (站)

⇒ 站在旁邊

從前的階級社會，僕人要隨時站在主人旁邊，才能隨時提供「協助」。

19 exist **
[ɪgˈzɪst]

動 存在；生存

existing* *** 形 現存的；現行的
existence* *** 名 存在
existent* 形 存在的；目前的

The term "multitasking" didn't **exist** until the 1960s.
1960 年代之前，並不存在「多工處理」這個詞。

ex (外面) + **(s)ist** (站)

⇒ 站在外面

站在外面，指不只存在於腦中，而是實際「存在」的事物。

20 insist **
[ɪnˈsɪst]

動 堅持；堅決主張

insistence* 名 堅持；主張
insistent* 形 堅持的

She **insists** that we should take a train.
她堅持要我們搭火車。

in (裡面) + **sist** (站)

⇒ 在內心下決定

在心裡面做出決定，表示「堅持」。還可以衍生為「堅持己見」。

21 persist*
[pɚˋsɪst]

動 堅持；固執；持續

persistence*
名 堅持；固執；持續

persistent*
形 堅持不懈的；固執的；持續的

persist with antisocial behavior
持續做出反社會的行為

per + **sist**
完全　站

⇒ 一直站著
per 表示「完全」，也就是「從頭到尾」的意思。如果從頭到尾都堅持站著，表示「固執」的意思。

22 resist**
[rɪˋzɪst]

動 反抗；抵抗；抗（酸、熱等）

resistance* 名 抵抗；抗性
resistant* 形 抵抗的；抗……的
resistible 形 可抵抗的
irresistible*
形 不可抵抗的；富有誘惑力的

resist adopting the metric system
不願意採用公制

re + **sist**
相反　站

⇒ 站在相反的方向
站在相反的方向，表示不願意聽話，「反抗」、「抵抗」之意。

23 subsist
[səbˋsɪst]

動 維持生活；靠……生活

subsist on a dollar a day
一天以一塊錢維生

sub + **sist**
下面　站

⇒ 一直站在下面
不是光明正大的活著，而是依附在別人下面「維持生活」，表示「靠……生活」的意思。

24 constitute**
[ˋkɑnstə,tjut]

動 構成；設立（機構）；制定（法律）

constitution* 名 憲法
constitutional* 形 憲法的
constitutive
形 構成要素的；構成上的

Those theories **constitute** very different versions of reality.
那些理論建構出相當不一樣的現實。

con + **stit(ute)**
一起 (com)　站

⇒ 站在一起
很多人站在一起，並非獨自一人，表示「組成」團體或機構。

25 institute*
[ˋɪnstə,tjut]

名 機關；協會
動 設立；制定

institution* 名 機關；協會；制度

a public policy **institute**
公共政策研究機關

in + **stit(ute)**
裡面　站

⇒ 站在裡面
組織或社會在內部「設立」政策，表示「制定」的意思。

26 substitute**
['sʌbstə,tjut]

動 代替;代理
名 代替人;代替物;代用品

substitution* 名 代替;代換

substitute vegetable oil for butter
以植物油取代奶油

work as a **substitute** teacher
當代課老師

[相關用法] substitute A for B
以 A 取代 B

| sub | + | stit(ute) |
| 下面 | | 站 |

⇒ 代替對方站在下面

編劇助理從下往上「輔助」、「代替」編劇,因此站在下面表示「代替」的意思。

27 superstition*
[,supə'stɪʃən]

名 迷信

superstitious* 形 迷信的

It's a widespread **superstition** that garlic protects against evil.
大蒜能抵禦惡靈是一個廣為流傳的迷信。

| super | + | stit | + | ion |
| 超出 | | 站 | | 名詞 |

⇒ 超出一切而站著

超出科學理論的範圍或沒有合理依據,指的是「迷信」。

DAY 10

🎧 029

tain 抓住（hold）
變化形 ten, tin

container 容器；貨櫃

> tain 的意思為「**抓住**」，還可以衍生出各式各樣的意思。若手中抓住某物，表示「持有」、「包含」的意思；抓著彼此的狀態，則表示「連結」的概念。
> **container** 的意思為規格一致、用來裝東西的「容器」。該單字可以拆解成「con（全部）＋ tain（抓住）＋ er（東西）」，表示把全部的東西都裝起來。

01 con**tain** ★★
[kən'ten]

動 包含；容納

container ★　名 容器；貨櫃
contained ★★
形 泰然自若的；從容的
containment ★　名 包含；控制

This book **contains** more than 500 images.
這本書含有 500 張以上的圖片。

con 一起 (com) ＋ **tain** 抓住
⇒ **抓著所有的東西**
抓著所有的東西，表示「包含」的概念。container 為 contain 加上名詞字尾 er，表示裝東西的容器。

02 enter**tain** ★
[ˌɛntɚ'ten]

動 娛樂；招待

entertainment ★　名 餘興；招待
entertainer　名 表演者；藝人
entertaining ★
形 令人得到娛樂的；令人愉快的

The tour guide **entertained** tourists with horror stories.
導遊說恐怖故事來娛樂旅客。

enter 之間 (inter) ＋ **tain** 抓住
⇒ **在人們當中抓住他們的注意力**
在人們當中抓住他們的注意力，表示「娛樂」他們的意思。entertainer 的意思為「表演者」、「藝人」，為抓住大眾目光的人。

03 main**tain** ★★
[men'ten]

動 維持；維修

maintenance ★★　名 維持；維修

The temperature was **maintained** at the same level.
溫度維持在相同的水準。

main 用手 ＋ **tain** 抓住
⇒ **用手抓住**
一直用手抓住，表示「維持」的意思。

04 obtain**
[əbˋten]

動 取得；獲得

obtainable* 形 可取得的

obtain medicines from plants
從植物當中取得治病的藥

| ob 前面 | + | tain 抓住 |

⇒ 到前面抓住
到前面抓住，指直接走向想要的東西前面，「取得」、「獲得」的意思。

05 retain**
[rɪˋten]

動 保持；保留

retentive 形 記性好的
retention* 名 保持；保留

retain optimism
保持樂觀

| re 再次 | + | tain 抓住 |

⇒ 再次抓住
再次抓住，為的是「保持」原樣。

06 sustain**
[səˋsten]

動 支撐；維持生命

sustainable**
形 支撐得住的；能維持的
sustenance* 名 支撐；維持

Muscle cells can **sustain** repeated contractions.
肌肉細胞能維持反覆收縮。

| sus 下面 (sub) | + | tain 抓住 |

⇒ 在下面抓住
為了不讓東西倒下，在下面抓住，指的是「支撐」的意思。用在人身上的話，可以表示「維持生命」的意思。

07 abstain
[æbˋsten]

動 避免；戒除；放棄

abstention 名 戒絕；棄權

abstain from voting
放棄投票

| ab(s) 分開 | + | tain 抓住 |

⇒ 遠離抓住的東西
選擇遠離抓住的東西，指「避開」、「避免」的意思。

08 pertain*
[pɚˋten]

動 附屬；有關

pertinent* 形 恰當的；有關的
impertinent 形 不恰當的

The evidence doesn't **pertain** to the accident.
這項證據與意外並無關聯。

| per 完全 | + | tain 抓住 |

⇒ 完全抓住
完全抓住某樣東西，表示「附屬」的意思。屬於某個地方，表示「有關」。

09 detain
[dɪˋten]

動 拘留；扣押

detention* 名 拘留；留校察看

They were **detained** before the rescue.
他們在得到救援前被扣留。

| de 分開 | + | tain 抓住 |

⇒ 另外抓住
刻意排除其他人，抓住當中某個人，指的是「扣留」的意思。

PART 1 超重要字根

DAY 10

tain・ten・tin

030

10 tenant*
['tɛnənt]

名 住客；房客
動 租賃；居住於……

tenancy
名 (土地的)租佃；(房屋的)租用

Tenants are not allowed to park in the outside spaces.
房客不得將車停在外面的空間。

ten	+	ant
抓住		人

⇒ 抓住土地或房子的人
站在房東的立場上，占據土地或房子的人，就是指「住客」、「房客」。

11 content***
名 ['kɑntɛnt]
形 動 [kən'tɛnt]

名 內容；目錄 (-s)
形 滿足的；知足的
動 使滿意；使滿足

contented* 形 高興的；滿足的
discontent* 名 不滿；不滿足

be **content** in the present
對現狀滿足

con	+	ten(t)
一起 (com)		抓住

⇒ 全部抓住的東西
全部抓住的東西，表示「內容」。全部都抓住，也可以衍生為「滿足的」的意思。

12 continue***
[kən'tɪnju]

動 繼續；持續

continuous* 形 連續的；持續的
discontinue 動 停止；中止

continue to search for a solution
持續找尋解決之道

con	+	tin(ue)
一起 (com)		抓住

⇒ 抓住好幾個東西
美劇一集的結尾處，會出現 to be continued，表示下集待續的意思。若想要一口氣看完好幾集的內容，就得「繼續」、「持續」看下去。

13 continent*
['kɑntənənt]

名 大陸

intercontinental 形 洲際的
transcontinental 形 穿越大陸的

India is located in the south of the Asian **continent**.
印度位於亞洲大陸的南邊。

five oceans and six **continents**
五大洋及六大洲

contin	+	ent
相連		名詞

⇒ 很多塊土地相連
看到廣大的陸地，會有所有土地都不斷(continuous)相連的感覺。廣大的陸地，指的就是「大陸」。

tract　拉（draw）

變化形 trac

tract*or*　曳引機

> 農業上使用的曳引機，是一種用來**拖拉**、**牽引**的機器。**tractor**（曳引機）為字根 tract 加上名詞字尾，表示「牽引的車子」。
>
> drag 也是源自於字根 trac，雖然拼法不同，但是發音類似。該單字可以用來表示「拖曳」滑鼠。除了用在具體的物品之外，也可以用在較為抽象的心靈或精神上，表示「牽引」的意思。

PART 1　超重要字根
DAY 10
tain・ten・tin・tract・trac

01　ab**stract****
形名 [ˋæbstrækt]
動 [æbˋstrækt]

形 抽象的；純概念的
名 抽象畫；摘要
動 使抽象化；抽取

abstracted*
形 出神的；抽取出來的
abstractive　形 抽象的
abstraction*
名 抽象（概念）；抽取

Time is an **abstract** concept.
時間是一個抽象的概念。

ab(s) 分開 ＋ **tract** 拉
⇒ 另外拉開

另外拉開，表示「抽取」原有的一部分。另外，還可以衍生為與現實有差距的狀態，表示「抽象的」。

02　at**tract****
[əˋtrækt]

動 吸引；引起（注意、批評等）

attractive**　形 有魅力的
attraction**
名 吸引（力）；有吸引力的事物

be **attracted** to the greatness of his personality
被他極佳的個性所吸引

at 朝向 (ad) ＋ **tract** 拉
⇒ 朝另一個方向拉

把某人拉向另一個方向，表示「吸引」、「引起」的意思。

03　con**tract****
名 [ˋkɑntrækt]
動 [kənˋtrækt]

名 契約（書）
動 簽約；收縮；感染

contraction*
名 收縮；感染；縮略形式

the delivery date in the **contract**
契約中所示的配送日期

con 一起 (com) ＋ **tract** 拉
⇒ 把意見聚集在一起

如果想要順利「簽約」，就得先將其他人拉過來，把意見聚在一起。

🎧 031

04 dis**tract**＊
[dɪˋstrækt]

動 使分心；轉移

distraction＊
名 分心；分散注意的事物；消遣

The music **distracted** him from his work.
音樂使他無法專注於工作。

dis + **tract**
分開　　拉

⇒ 另外拉開

原本處於專注的狀態，突然被拉開，表示「分心」、「轉移」注意力。如果現在你的桌上擺著手機，請盡快把它「拉」到別的地方，以免分心。

05 ex**tract**＊＊
動 [ɪkˋstrækt]
名 [ˋɛkstrækt]

動 提取；提煉
名 提取物

extraction＊ 名 抽出；取出

the DNA **extracted** from these bits of whale skin
從這一點點鯨魚皮膚提取出來的 DNA

ex + **tract**
向外　　拉

⇒ 向外拉

向外拉，指將裡面的東西拉出來，表示「提取」、「提煉」的意思。

06 **trac**k＊＊
[træk]

名 行蹤；足跡；小徑
動 跟蹤；追蹤

tracker 名 追蹤者；追蹤系統

track the delivery status of packages
追蹤包裹的配送情況

trac(k)
拉

⇒ 拉過去的痕跡

東西拉過後留下的痕跡，用在人或動物身上指的是「行蹤」、「足跡」。過去靠打獵維生的時代，會追尋野獸的「足跡」，因此 track 也可以表示「追蹤」的意思。

07 **trac**e＊＊
[tres]

名 痕跡；遺跡
動 跟蹤；追蹤；追溯

traceable 形 可追蹤的

trace the history of Europe
追溯歐洲的歷史

trac(e)
拉

⇒ 拉過去的痕跡

這個單字與 track 的意思相同。

vis

看（see）

變化形 vid, view, wit

visual
視覺的

字根 vis 的意思為「看」，加上形容詞字尾 ual 成為 **visual**，表示「與眼睛看得到的東西有關」，也就是「**視覺的**」的意思。

---

01 **vis**ion**
['vɪʒən]

名 視力；所見事物；洞察力；遠見

visionary*　形 有遠見的
　　　　　　名 有遠見的人

You should know the company's **vision**.
你必須了解公司的遠見。

vis	+	ion
看		名詞

⇒ 看到的東西

除了指眼睛「所見之物」之外，還可以表示「洞察力」、「眼光」。大家除了讀書，獲得自己想要的成績之外，也務必要培養對未來的「遠見」。

---

02 **vis**it**
['vɪzɪt]

動 名 拜訪；參觀

visitor*　名 拜訪者；參觀者

visit the art exhibition
參觀藝術展

vis(it)
看

⇒ 去看

去看某個人，表示「拜訪」的意思，非常好懂。

---

03 ad**vis**e*
[æd'vaɪz]

動 勸告

advice**　名 勸告；忠告；建議
adviser*　名 給勸告的人；顧問

advise her to switch study spaces
建議她改變學習場所

ad	+	vis(e)
朝向		看

⇒ 要求朝某個方向看

要求對方朝某個方向看，表示為對方指出方向，意思為「勸告」、「忠告」。

---

04 re**vis**e*
[rɪ'vaɪz]

動 訂正；改正

revision*　名 修正；修正版

revise the contract
修訂契約

re	+	vis(e)
再次		看

⇒ 再看一次

再看一次，確認是否有誤，並修改錯誤的地方，表示「訂正」的意思。

---

05 super**vis**e*
['supɚvaɪz]

動 監督；管理；指導

supervision**
名 監督；管理；指導
supervisor*
名 監督者；管理者；指導者

supervise the work of the staff
監督職員的工作

super	+	vis(e)
上面		站

⇒ 在上面看

主管在上面檢視員工是否有把工作做好，意思為「監督」。

06 evident ★★
[ˈɛvədənt]

形 明顯的；清楚的

evidence ★★★ 名 證據
evidently ★ 副 顯然地

The impacts of tourism are **evident**.
觀光業所承受的衝擊非常明顯。

e 外面 (ex) + **vid** 看 + **ent** 形容詞

⇒ 外面看得到的
如果從外面也看得到，表示相當「明顯的」、「清楚的」。

07 provide ★★★
[prəˈvaɪd]

動 提供；供給

provision ★★
名 提供；供給；糧食 (-s)

They **provide** free medical treatment.
他們提供免費的醫療。

相關用法 provided that 如果；只要

pro 向前 + **vid(e)** 看

⇒ 看向前方準備
看向前方可以衍生為提前「準備」的意思。而「提供」、「供給」指的就是準備東西供人使用。

08 interview ★★
[ˈɪntɚˌvju]

名 動 面試；面談

interviewer ★ 名 採訪者；面試考官
interviewee
名 接受採訪者；參加面試者

my first job **interview**
我的第一個工作面試

inter 互相 + **view** 看

⇒ 互相看著對方
無論是考大學或是應徵工作，都需要「面試」。而「面試」便是一種與考官面對面進行談話，由考官給予評分的一種考試。

09 preview
[ˈpriˌvju]

名 試映會；預告片
動 預先播映（或展示）；預告

a **preview** for journalists
記者試映會

a **preview** for the next episode
下一集的預告

pre 提前 + **view** 看

⇒ 提前觀看
「試映會」、「試展」指的是在電影、展覽正式上映或開放前，提供某些人「提前觀看」的活動。另外，提前觀看戲劇下一集的畫面，指的是「預告片」。

10 review ★★
[rɪˈvju]

名 審查；評論
動 複習；審查；評論

careful **reviews** of previous work
過去作品的詳細評論

re 再次 + **view** 看

⇒ 再次觀看
再看一次學過的內容，指的是「複習」。

11 witness ★★
[ˈwɪtnɪs]

名 （犯罪、事故的）目擊者
動 目擊

a **witness** to the robbery
搶案的目擊者

wit 看 + **ness** 名詞

⇒ 看到的人
wit 為 vid 的發音變化形。某個地方發生一樁意外，但周遭並未設置任何監視器，此時得找出看到意外發生的人，也就是「目擊者」。

Break Time

檢視自己的學習方式 1

Q 我在看單字書時,都知道單字的意思。奇怪的是,只要它出現在題目裡,我就想不起來。應該是我的頭腦不好,請問有什麼好的建議嗎?

A **即使出現在單字書以外的地方,也能迅速回想起來的學習法**

有許多學生自認不夠聰明,腦袋像石頭一樣遲鈍。其實大多數的人並不是頭腦不好,只是不懂得學習方法和原理。你所背過的單字,一旦從單字書換到題目裡,你就不記得了,這當然是有原因的。當我看到自己背過的單字出現在題目裡時,我也一樣想不起來它的意思。其實每個人都會這樣,原因就藏在我們的大腦當中。

人類並不是電腦,沒辦法使用複製貼上的功能,快速抓出需要的內容存進腦中。人腦不會從書上擷取單字放進腦中,而是一口氣辨識整個畫面後儲存起來。

看單字書學習,會記下書上所有的東西。也就是說,我們所記下的不只是內容,就連身處的環境都會一併記住。包含單字書整體的感覺(紙張和材質)、單字的排列順序、字體和顏色,甚至就連背單字時感受到的情緒(不情願、委屈的感受)、味道(餐廳傳來的香氣),都會原封不動地進入你的記憶中。

因此,**唯有處在與背單字時相似的情況下,你才想得起來。**嚴格來說,背單字時背的是單字書,並非單純在背單字。這概念就像是我們在與考場相似的環境下唸書,真正上考場考試時就比較不會緊張。假設考題內容只是把單字書上的英文單字遮起來考的話,看著按照同樣架構編排的單字書學習,便是最有效率的學習方式,可是實際上並沒有這種考卷。

那麼,該怎麼做才好呢?**得讓單字獨立於單字書之外才行。**當你看單字書背到一個程度後,改看口袋單字書,同時也看筆記本上的單字複習。建議把〈字根字首字尾一覽表〉貼在牆上來背,當你走在路上,看到招牌上出現英文單字時,也試著回想它的意思。另外製作單字卡也是個好方法,把單字卡順序打亂後再背,或是把搞混的單字通通寫下來。

只要持續在不同的地方背單字,隨著時間流逝,我們便能漸漸忘記當時背單字時所處的環境,僅保留每次背單字時都存在的東西,也就是說,腦海中只會留下英文單字和意思。如此一來,不會再受到外界環境影響,只要看到單字,就能想起它的意思。現在開始別再想著自己是石頭腦袋,**希望你能盡量在不同的地方背誦單字,**也要經常改變單字的順序來背。

——修改自《翻轉成績與人生的學霸養成術(66 Day Study)》

PART 2

重要字根

DAY 11-44

超重要字根的學習告一段落後，
現在要開始學習大學入學考試、多益測驗等
考試必備的重要字根！
非學不可的字根通通都在本書裡。

DAY 11

🎧 033

| **act** | 動作（do） |

01 re**act****
[rɪˋækt]

動 反應；回應（= respond）

reaction** **名** 反應；回應
reactive* **形** 反應的；回應的

react in unexpected ways
以出乎意料的方式反應

re + act
再次　動作

⇒ 再次向對方做出動作
再次向對方做出動作，指的就是對某個動作的「反應」。

02 trans**act**
[trænsˋækt]

動 交易；辦理

transaction* **名** 交易；辦理

transact business through an agency
透過仲介做生意

trans + act
橫貫　動作

⇒ 橫貫於兩邊
物品和金錢橫貫穿梭於買家和賣家之間，指的就是「交易」。

03 ex**act****
[ɪgˋzækt]

形 精確的；確切的；正確的
動 強求；急需

exactly** **副** 精確地；確切地；正好

remember the **exact** address
記得確切的地址

ex + act
向外　動作

⇒ 向外做出動作
向外做出到位的動作，表示「準確的」、「精確的」。另外，還可以衍生為要求做出動作，表示「強求」、「急需」的意思。

04 **act**ual***
[ˋæktʃʊəl]

形 現實的；實際的；真正的（= real）

actually*** **副** 事實上；的確
actuality* **名** 真實情況（= reality）

people's **actual** responses
人們的實際回應

act + ual
動作　形容詞

⇒ 實際做出動作的
並非嘴上說說，而是實際做出行動，表示「現實的」、「實際的」。

05 active ***
[ˈæktɪv]

形 積極的；活躍的

activity *** 名 活動；活躍
action *** 名 行動；行為

economically **active** population
經濟活動人口（EAP）

act 動作 + **ive** 形容詞

⇒ 具備行動的特質
懂得將想法付諸行動的人，為「積極的」、「活躍的」人。

---

alter
變化形 other

其他的（other）

---

01 alter **
[ˈɔltɚ]

動 更改；(使)變化（= change）

alteration * 名 更改；變化

Prices may **alter** a consumer's willingness to pay for an item.
價格可能會改變消費者付錢購買某項產品的意願。

alter 其他的

⇒ 改成其他的東西
與我們本來就認識的單字 other 源自於同樣的字根。改成其他東西，指的是「更改」的意思。

02 alternative ***
[ɔlˈtɝnətɪv]

名 替代品；替代方案
形 可替代的；可供選擇的

alternate *
形 輪流的；交替的；間隔的
動 (使)輪流；(使)交替

alternately *
副 交替地；輪流地；間隔地

Solar energy can be a practical **alternative** energy source.
太陽能可以是一種實用的替代能源。

alter(n) 其他的 + **ative** 形容詞

⇒ 其他東西的
「其他的東西」，指的就是「替代品」、「替代方案」。

03 otherwise **
[ˈʌðɚˌwaɪz]

副 否則；以外的方式
形 不同的

Sometimes you need to look back. **Otherwise** you will never know what you want.
有時候你需要回頭看，否則你永遠不會知道自己所求為何。

other 其他的 + **wise** 方法

⇒ 用其他的方法
wise 的意思為「方法」。提出其他方法或情況時，會使用 Otherwise 當作開頭，連接後方的句子。

ama

變化形 ami, emy

喜愛（love）
朋友（friend）

01 amateur*
[ˈæməˌtʃʊr]

名 業餘愛好者
形 業餘愛好的

amateurish　形 不熟練的；外行的

Taylor is an **amateur** boxer.
泰勒是一位業餘拳擊手。

ama(t) 喜愛 + **eur** 人

⇒ 喜愛藝術、學問的人
能靠演奏樂器、運動維生的人，稱作 professional（專家）。如果是出自於愛，把演奏樂器、運動當成興趣，就稱作 amateur（業餘愛好者）。

02 amiable
[ˈemɪəbl]

形 親切的；和藹可親的

amiably　副 親切地；和藹可親地
amicable　形 友好的；溫和的

She spoke in an **amiable** tone.
她以和藹的語氣說話。

ami 朋友 + **able** 可以……的

⇒ 可以像朋友一般
若像是朋友一般，指的是「親切的」、「和藹可親的」人。單字 amicable 的字根字首與 amiable 相同，意思為「友善的」。

03 amity
[ˈæmətɪ]

名 友好；和睦（↔ hostility 敵意）

live in peace and **amity**
在和平與友好之中生活

ami 朋友 + **ty** 名詞

⇒ 朋友關係
像朋友一樣的關係，指的是「友好關係」。

04 enemy**
[ˈɛnəmɪ]

名 敵人；仇敵

enmity　名 敵意；仇恨

These lizards have few natural **enemies**.
這些蜥蜴幾乎沒有天敵。

en not + **emy** 朋友

⇒ 不是朋友的人
en 帶有否定 not 的意思，為 in 的變化形。無法與我當朋友的人，指的是「敵人」。

ann 每年（yearly）

01 **ann**ual ** [ˋænjʊəl]
形 每年的；一年一度的
annually 副 每年地；一年一度地
Fremont Art College will be hosting its 7th **Annual** Art Exhibition for one week.
佛利蒙藝術學院將舉辦第七屆年度藝術展，為期一週。

ann 每年 + **ual** 形容詞
⇒ 每年的
該單字的意思即為「每年的」、「一年一度的」。

02 **ann**iversary * [͵ænəˋvɝsərɪ]
名 週年紀念日
their 10th wedding **anniversary**
他們的十週年結婚紀念日

ann(i) 每年 + **vers** 回來 + **ary** 名詞
⇒ 每年都會來的日子
在每年都會來臨的日子，吃蛋糕慶祝，指的是「紀念日」。

apt 符合（fit）
變化形 ept, at

01 **apt** * [æpt]
形 有……的傾向的；恰當的（= likely）
aptitude * 名 資質；才能
There could not be a more **apt** description.
沒有比這更適合的描述了。
相關用法 be apt to
易於做……的；常做……的

apt 符合
⇒ 符合的
符合我身形的衣服為合身的衣服，表示「恰當的」意思。另外可以衍生為「有……的傾向」。

02 ad**apt** ** [əˋdæpt]
動 適應（= adjust）；改編
adapted ** 形 適應的；適合的；改編的
adaptation ** 名 適應；適合；改編
Certain insects are **adapted** for hiding.
特定的昆蟲擅長躲藏。

ad 在 + **apt** 符合
⇒ 符合某個標準
如果剛到一個陌生環境，要努力讓自己符合新的標準，指的是「適應」。

03 adept*
[əˋdɛpt]

形 熟練的；內行的
名 內行人；能手

an **adept** counselor
一位熟練的諮詢師

ad + **ept**
在　　符合

⇒ 符合標準的
做到「熟練的」地步，才能符合標準。對某事特別熟練的人，指「內行人」。

04 inept
[ɪnˋɛpt]

形 無能的；笨拙的；
不相稱的 (= inappropriate)

her **inept** singing capabilities
她笨拙的唱歌能力

in + **ept**
not　　符合

⇒ 不符合的
如果無法符合標準，指的是「無能的」、「笨拙的」。

05 attitude**
[ˋætətjud]

名 態度；姿態；看法

attitudinal 形 態度的；姿態的

build positive **attitudes**
建立正面的態度

at(ti) + **tude**
符合　　名詞

⇒ 符合的狀態
跑步前要先做暖身動作，調整成要跑步的狀態。因此符合的狀態，指的是「態度」、「姿態」的意思。

---

arm

武器（weapon）
武裝（arm）

01 army**
[ˋɑrmɪ]

名 軍隊

arm** 名 手臂；武器
　　　　動 武裝

serve in the **army**
在軍隊服役

arm + **y**
武器　　名詞

⇒ 持有武器的人組成的群體
持有武器，為的是戰鬥。而持有武器者所組成的群體，指的是「軍隊」。

02 armistice
[ˋɑrməstɪs]

名 休戰

offer an immediate **armistice**
建議立即休戰

Armistice Day
（第一次世界大戰）休戰紀念日

arm(i) + **stice**
武器　　靜止

⇒ 停止使用武器的狀態
戰爭時會使用武器，若雙方協議「休戰」，便會暫時停止使用武器。

03 alarm*
[əˋlɑrm]

名 警報；恐懼；驚慌不安
動 使恐懼；使驚慌

alarming* 形 令人驚慌的

The fire **alarm** went off and everyone was evacuated from the building.
火災警報開始響起，大家都被疏散到大樓外面。

al	+	arm
朝向 (ad)		武器

⇒ 朝向武器的方向

若敵軍突然靠近，軍人便會朝武器的方向奔跑喊叫，發出「警報」。

近義詞 具有「恐懼」之意的單字

alarm [al+arm → 朝向武器的方向] 恐懼；驚慌不安
fear [fear → 突如其來的危險] 恐懼；害怕
fright [fright → 令人害怕的景象] 恐怖；驚嚇
terror [terr+or → 使人感到害怕] 恐怖；驚駭

04 disarm
[dɪsˋɑrm]

動 解除……的武裝；放下武器

disarmament 名 解除武裝；裁軍

disarm the captured soldiers
解除受俘士兵的武裝

dis	+	arm
not		武裝

⇒ 解除武裝

「武器」、「武裝」的字根 arm 源自於手臂（arm），表示手中握有武器。放棄武器，表示「解除武裝」的意思。

---

art

藝術；技術（art）

---

01 artwork*
[ˋɑrt͵wɝk]

名 藝術品；美術品

the experts' opinions about the **artwork**
專家對該藝術品的評論

art	+	work
藝術		工作

⇒ 藝術方面的工作

從事藝術方面的工作，所做出的作品稱作「藝術品」。

02 artist ★★
['ɑrtɪst]

名 藝術家；美術家（尤指畫家）

artistic ★★　形 藝術的；美術的

one of the best musical **artists**
最棒的音樂家之一

art（藝術） + ist（人）
⇒ 從事藝術的人
靠藝術維生，將藝術當成職業的人，稱作「藝術家」。

03 artisan
['ɑrtəzn̩]

名 工匠；技工

the **artisan** spirit pursuing real beauty
追求真正之美的匠人精神

art（技術） + isan（人）
⇒ 具備技術的人
花了很長時間鑽研，學會一項技術的人，稱作「工匠」。

---

astro
變化形 aster

星星（star）

---

01 astronaut
['æstrə,nɔt]

名 太空人；太空旅行者

She is the first Korean **astronaut**.
她是韓國第一位女太空人。

astro（星星） + naut（船員）
⇒ 遊走在星星之間的人
往返各星球間的人，指的是「太空旅行者」或「太空人」。

02 astronomy ★
[əs'trɑnəmɪ]

名 天文學

astronomer　名 天文學家

study **astronomy** at a university
在大學研讀天文學

astro（星星） + nomy（學問）
⇒ 與星星有關的學問
研究與星星有關的學問，指的是「天文學」。

03 astrology
[əˈstrɑlədʒɪ]

名 占星術;占星學

believe in **astrology**
相信占星術

astro + **log(y)**
星星　　學問

⇒ 與星星有關的學問

雖然其字根字首表示的意思與 astronomy 相同,但是 logy 還可以表示「說話」的意思。看著星星預測未來發生的事,表示「占星術」、「占星學」。

04 asterisk
[ˈæstəˌrɪsk]

名 星號(*)
動 標上星號

place an **asterisk** at the end of the sentence
在句末加上一個星號

aster + **isk**
星星　　名詞

⇒ 星星外型

指的是「星號」(*)的意思。

05 disaster**
[dɪˈzæstɚ]

名 災難;災害;徹底的失敗

disastrous
形 災難性的;災害的;悲慘的

The county has been declared a **disaster** area.
這個縣被指為災區。

dis + **aster**
分開　　星星

⇒ 星星的狀態不好(不吉利的象徵)

古代會透過觀測星象來預測未來。當星星的狀態不好=星象不好的時候,便是「災難」發生的前兆。

DAY 12

audi	聽（hear）

PART 2 重要字根

DAY 11 12

audi ▪ aster ▪ audi ▪

---

01 audience**
['ɔdɪəns]

名 聽眾；觀眾

communication with the **audience**
與觀眾的溝通

| audi 聽 | + | ence 名詞 |

⇒ 聽的人
指「聽的」人，而非看表演的人，指「聽眾」。另也可表示「觀眾」。

---

02 audition
[ɔ'dɪʃən]

名 試唱；試鏡
動 （使）試唱；（使）試鏡

an **audition** application form
試鏡報名表

| audi(t) 聽 | + | ion 名詞 |

⇒ 試著聽
如果要審核某人會不會唱歌，得先「試聽」。

---

03 auditory*
['ɔdə,torɪ]

形 耳朵的；聽覺的

stimulate the **auditory** areas of the brain
刺激大腦的聽覺區

| audi(t) 聽 | + | ory 形容詞 |

⇒ 聽得見的
與聽有關的，指的是「耳朵的」或「聽覺的」。做「聽力」檢查時，會測試兩耳是否都能聽得見。

---

04 audit*
['ɔdɪt]

名 查帳；審核

conduct an annual **audit**
進行年度審計

| audi(t) 聽 |

⇒ 聽的動作
聽完之後進行判斷，衍生為「查帳」、「審核」的意思。實際在查帳時，會請會計來進行說明，查帳的人則負責「聽」會計解釋。

---

05 auditorium
[,ɔdə'torɪəm]

名 禮堂；聽眾席

Spectators gathered in the **auditorium**.
觀眾聚集在大禮堂裡。

| audi(t) 聽 | + | orium 場所 |

⇒ 聽的場所
學校舉辦活動或表演時，讓人坐在台下「聽」的地方，便是「禮堂」、「聽眾席」。

038

bar　　木棒（bar）

---

01 bar＊＊
[bɑr]

名 棒狀物；柵欄；酒吧
動 阻攔；禁止

a chocolate **bar**
巧克力棒

bar
木棒

⇒ 長木棒

「條碼」（barcode）指的是用棒狀的黑條組合而成的圖碼。巧克力「棒」的外型像是木棒一樣。另外，木棒能「封鎖」出入口，衍生為「阻攔」。

---

02 barrel＊
[ˋbærəl]

名 桶子；〈液體單位〉桶

a **barrel** of beer
一桶啤酒

bar(r) 木棒 ＋ **el** 名詞

⇒ 用木棒製成的桶子

將木製的棒子一根根立起來，便能製成「桶子」。另外，還可以表示「液體的單位」。

---

03 barn＊
[bɑrn]

名 糧倉；馬房；牛舍

Mend the **barn** before the horse is stolen.
在馬被偷之前修好馬舍。

bar(n) 木棒

⇒ 用木棒擋住的地方

以前會使用木棒擋住出入口，防止家畜跑走。使用木棒圍住某一區域，便表示「牛舍」、「糧倉」的意思。

---

04 barrier＊＊
[ˋbærɪr]

名 障礙；阻礙（= obstacle, block）

barricade 　名 障礙物
　　　　　　動 設路障

overcome language **barriers**
克服語言障礙

bar(r) 木棒 ＋ **ier** 名詞

⇒ 像木棒的東西

酒吧之所以叫做 bar，是因為店內使用形似木棒的高腳桌。酒吧內的高腳桌就像是「障礙物」一樣。

---

05 embarrassed＊
[ɪmˋbærəst]

形 尷尬的；窘迫的；不知所措的

embarrass 　　動 使尷尬；使窘迫
embarrassing＊ 　形 令人尷尬的
embarrassment＊ 　名 尷尬；窘迫

Linx looked **embarrassed**.
林克斯看起來很尷尬。

em 裡面(in) ＋ **bar(rass)** 木棒 ＋ **ed** 受……的

⇒ 受到木棒阻礙的

如果突然出現障礙物，會「讓人不知所措」。使用過去分詞 ed，表示「受到」阻礙之意。

06 em**bar**go
[ɪmˋbɑrgo]

名 禁令；禁運；限制

lift the **embargo** on Cuba
解除古巴的禁運令

em 裡面 (in) + bar(go) 木棒

⇒ 把木棒放在裡面
在與他國相連的路上放上木棒，表示「禁止」船隻出入港口、「限制」買賣。

---

base　　基礎（base）

01 base ***
[bes]

名 基礎；基底；基地
動 以某處作為生活、工作、經商的主要地點；將某地設為總部

basis *** 名 基礎；根據
basic *** 形 基礎的；基本的
basically ** 副 基本上
baseless 形 沒有事實根據的

a solid **base** for future development
未來發展的堅實基礎

base 基礎

⇒ 基礎
無論做什麼事，都要從「基礎」開始。如果想要把英文學好，同樣得先打好基礎。

02 **base**ment *
[ˋbesmənt]

名 地下室

go downstairs to the **basement**
走下樓到地下室

base 基礎 + ment 名詞

⇒ 根基所在的地方
建築物的根基為地基，地基所在的地方為「地下」。

03 **base**line *
[ˋbeslaɪn]

名 基準線

provide a **baseline** for comparison
提供比較的基準線

base 基礎 + line 線

⇒ 基準線
測量溫度時，高於零度為零上，低於零度則為零下。這是以零度線作為標準，而這條線便稱作「基準線」。

039

04 debase
[dɪˋbes]

動 降低；貶值；使墮落

debase a currency
降低幣值

de（向下）＋ base（基礎）

⇒ 掉到基礎之下
品質或價值低於基礎，表示「降低」、「貶值」之意。

---

bat   打（beat）

01 bat *
[bæt]

名 球棒；球拍
動 用球棒（或球拍）擊（球）

batter **名** 擊球員；打擊手
　　　　 動 接連猛打

a baseball **bat**
球棒

bat 打

⇒ 打球時使用的東西
運動比賽中，用來打球的東西是「球棒」、「球拍」。

02 combat **
名 [ˋkɑmbæt]
動 [kəmˋbæt]

名 戰鬥；格鬥
動 與……戰鬥

combatant **名** 戰士
combative **形** 好戰的；好鬥的

a former **combat** pilot
前戰鬥機飛行員

com（一起）＋ bat（打）

⇒ 一起打
一起打，表示「戰鬥」、「格鬥」的意思。

03 debate **
[dɪˋbet]

名 辯論；討論；辯論會
動 辯論；討論

debatable *
形 可爭論的；有爭議的

debate the energy bill
討論能源法案

de（完全）＋ bat(e)（打）

⇒ 完全打擊對方
用自己的想法擊敗對方，指的是「辯論」的意思。

04 rebate
['ribet]

名 部分退款；回扣
動 退還；給……回扣

be entitled to a tax **rebate**
有權獲得部分稅金的退還

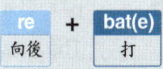

re (向後) + **bat(e)** (打)

⇒ 向後退給對方

相信大家都有聽過「回扣」，指的是買賣物品或服務後，支付其中一部分的金額作為代價。

05 battle**
['bætl]

名 戰役；爭鬥
動 作戰；戰鬥

battlefield* 名 戰場；戰地
battlefront 名 前線；戰線

fight a losing **battle**
打一場不會贏的仗

bat(t) (打) + **le** (名詞)

⇒ 向對方出手

出手打對方，指的是「戰鬥」的意思。

---

board　　　　木板（board）

01 board**
[bord]

名 木板；棋盤；公布欄；寄宿；董事會
動 搭乘；寄宿

chop vegetables on a wooden **board**
在木板上切菜

a **boarding** school
寄宿學校

He's on the **board** of directors.
他名列董事會名單中。

board 木板

⇒ 使用木板

board 本身指的是「木板」。以前的人會將食物放在木板上，當成餐桌使用，因而增加了「伙食」的意思。接著衍生為提供伙食和住處，表示「寄宿」。另外，坐在用木板製成的桌子前方，圍成一圈開會，則是指「董事會」。搭船時，會使用木板連接，方便上船，因此該單字也有「搭乘」的意思。

02 onboard
[,ɑn'bɔrd]

形 （車輛上）安裝的，裝載的

an **onboard** computer
（飛機、太空船、汽車上安裝的）機載電腦

on (上面) + **board** (木板)

⇒ 在甲板上面

「在甲板上面」，源自於搭船的概念。

🎧 040

03 over**board**
['ovɚ,bɔrd]

副 向船外;從船上落入水中

The kid slipped and fell **overboard**.
那個小孩滑倒並跌出船外。

over 越過 + **board** 木板

⇒ 越過木板
本來抓到手的魚越過木板回到水中,表示逃往「船外」的意思。

衍生詞 由字根 board 衍生的單字

plasterboard [plaster+board → 石膏板子] 石膏板
chipboard [chip+board → 集結碎片製成的板子] 硬紙板
dashboard [dash+board → 告知搭乘狀態的板子] 儀表板
billboard [bill+board → 貼著壁報或廣告的板子] 廣告牌;公告欄

---

break
變化形 bra, bri, brea

打破 (break)

---

01 **break****
[brek]

動 打破;弄壞;破壞;休息
名 破損;休假;休息

breakage 名 破損物;破碎物品

The camera's **broken** again.
相機又壞掉了。

break 打破

⇒ 打破
打破機器,指的是「故障」。打破繁忙的行程,指的是「休息」。

02 **break**down**
['brɛk,daʊn]

名 故障;失敗;分解;明細表

frequent mechanical **breakdowns**
頻繁的機械故障

a **breakdown** of the cost
費用明細表

break 打破 + **down** 向下

⇒ 打破後向下倒
機器被打破後向下倒,指的是「故障」。打破某種體制,使其倒塌,指的是「失敗」。另外,把東西剪成塊狀後向下倒,表示「分解」的意思。

03 **break**fast*
['brɛkfəst]

名 早餐

I want pancakes for **breakfast**.
我早餐要吃鬆餅。

break 打破 + **fast** 禁食

⇒ 打破禁食
打破睡覺時空腹的狀態,表示「早餐」。

104

04 **break**through *
['brek,θru]

名 重大進展；突破

Every victory one person makes is a **breakthrough** for all.
一個人所達成的各種成就，對所有人來說都是突破。

break 打破 + **through** 通過
⇒ 打破後順利通過的空隙
請想像一下自己被困在某個空間，唯有打破其中一面牆，才能順利逃出。而打破後的空隙，指的便是「突破口」。

05 out**break** *
['aut,brek]

名 爆發；發作

High-density rearing led to **outbreaks** of infectious diseases.
高密度的飼育導致傳染病的爆發。

out 向外 + **break** 打破
⇒ 打破後向外逃出
若「爆發」戰爭或傳染病，必須遠離中心，向外逃出。

衍生詞 由字根 break 衍生的單字

heartbreak [heart+break → 打破內心] 悲痛；悲傷；心碎
newsbreak [news+break → 打破的消息] 新聞快報
daybreak [day+break → 把一天分離] 黎明；破曉
windbreak [wind+break → 把風打破] 防風林

06 **bra**ke *
[brek]

名 煞車
動 踩煞車

press the **brake** pedal
踩煞車踏板

bra(ke) 打破
⇒ 拴緊韁繩
該單字本來的意思是指拴牛鼻子的韁繩，現在衍生為拴緊汽車，表示「煞車」的意思。

07 **bri**ck *
[brɪk]

名 磚頭

They live in a two-story **brick** house.
他們住在兩層樓的紅磚房裡。

bri(ck) 打破
⇒ 碎片
將石頭打成碎塊後，再聚集起來，堆積成房子，就是在描述「磚頭」。

08 **brea**ch *
[britʃ]

名 違反；侵害
動 違反；破壞

This is clearly a **breach** of contract.
這很明顯違反了契約。

brea(ch) 打破
⇒ 打破命令或法律
打破命令或法律的行為，便是指「違反」的意思。

DAY 13

🎧 041

camp
變化形 champ

平原（field）

---

01 campaign★★
[kæm`pen]

名 活動；（政治）運動
動 從事活動；發起運動

mount a huge public relations **campaign**
組織盛大的公開活動

camp(aign)
平原

⇒ 在平原上展開作戰
指軍隊在平原上展開突襲戰，衍生為如同軍事作戰般，有組織的「活動」、「運動」。

---

02 campus★
[`kæmpəs]

名 大學校園

walk around the **campus**
在大學校園裡漫步

camp(us)
平原

⇒ 寬廣的土地
平原可以用來表示寬廣的土地。大學內有很多科系，包含理工科、文科、社會科學等等。在寬廣的土地上，建有不同科系的系館，整個區域便是指「大學校園」。

---

03 campsite
[`kæmp,saɪt]

名 營地

They may use the same **campsite** for several nights.
他們好幾個晚上都會用同一個營地。

camp + **site**
平原　場所

⇒ 平原上讓人停留的地方
在一片空曠的平原上，讓人停留的地方便是指「露營地」。campfire 則是指在露營地點燃的「營火」。

---

04 champion★
[`tʃæmpɪən]

名 戰士；優勝者；冠軍

championship **名** 冠軍地位

She's the national lightweight **champion**.
她是國家輕量級冠軍。

champ + **ion**
平原　名詞

⇒ 在平原上戰勝的人
該單字原本的意思是指與「平原」一樣寬廣的戰場，而後衍生為在戰場上戰鬥的「戰士」，又加入贏得戰爭的意思，表示「優勝者」。

can
變化形 chan

管（tube）

01 cane*
[ken]

名 （某些植物的）莖；拐杖

He walks with a **cane**.
他拄著枴杖走路。

sugar **cane**
甘蔗

can(e) = 管

⇒ 空的管子
如果把竹子切開，會發現中間是空心的。中間空心的管子，指的是「莖」。

02 canal*
[kə`næl]

名 運河；水道

canalize 動 在……開運河

by the time the **canal** was finished
在運河完工之際

can 管 + **al** 名詞

⇒ 長得像管子的通道
人們在陸地上興建人工「運河」，讓水流可以順利通過。

03 cannon*
[`kænən]

名 大砲
動 開砲；砲轟；相撞

The factory produced small **cannons** and cannon balls.
這間工廠製造小型砲台及砲彈。

can(n) 管 + **on** 大的

⇒ 大的管子
為了讓砲彈順利通過內部，「大砲」中間像「管子」一樣為空心的。

04 canyon
[`kænjən]

名 峽谷

a breathtaking view of the deep **canyon**
深谷的驚人景觀

can(y) 管 + **on** 大的

⇒ 土地被挖出像巨型管子的通道
「峽谷」地形彷彿一條巨型管子通過後，所形成的通道。

05 channel**
[`tʃænl]

名 水道；海峽；頻道；途徑

a news **channel**
新聞頻道

use diplomatic **channels**
採取外交途徑

chan(n) 管 + **el** 名詞

⇒ 有水流動的管子
表示「水道」、「海峽」的意思。另外，也可以衍生為接收訊號的「波段」，以及電視「頻道」。

car
變化形 char

馬車;運送(carriage)

01 carry **
['kærɪ']

動 運送;搬運;攜帶

It's very useful to **carry** small things.
這個拿來搬運小東西非常好用。

相關用法 carry out 執行;進行

car(ry) 運送

⇒ 運送、搬運
表示將行李「運送」、「搬運」至另一個地方。

02 carriage *
['kærɪdʒ]

名 (火車)車廂;四輪馬車

a **carriage** pulled by four horses
由四匹馬所拉的馬車

car(ri) 運送 + **age** 名詞

⇒ 運送的東西
以前會使用馬車載運行李或人,因此現在便直接使用字根 car 來表示汽車。另外,超市中常見的 cart(手推車)也是源自於字根 car,兩者都是用來運送的工具。

03 carrier
['kærɪɚ]

名 搬運者;運輸公司;帶原者

a mail **carrier**
郵差

car(ri) 運送 + **er** 人

⇒ 負責運送的人
只要到機場,就可以看到負責搬運行李箱的「搬運者」。也可以用來表示「運輸公司」。

04 career **
[kə'rɪr]

名 (終身的)職業;經歷;歷程
形 職業的;專業的

pursue a **career** in medicine
從事醫療事業

car 馬車 + **eer** 名詞

⇒ 馬車經過的路
表示人搭乘馬車行經的路線,用來表示「經歷」、「歷程」。

05 charge**
[tʃɑrdʒ]

名 費用；索費；譴責；指控；責任
動 對……索費；譴責；(警方)指控

borrow equipment free of **charge**
免費借用設備

相關用法 take charge of 掌管；負責

char(ge)
馬車

⇒ 把行李放上馬車
把行李放上去，等同於增加負擔，因此可以表示「費用」，指增加使用者的負擔。另外，還可以衍生為「增加罪的重量」，表示「譴責」的意思。

06 dis**char**ge**
動 [dɪs`tʃɑrdʒ]
名 [`dɪstʃɑrdʒ]

動 解僱；允許……離開；
　　排出(液體、氣體等)
名 解僱；釋放；排出

She'll be **discharged** from the hospital on Monday.
她週一就能出院。

dis + **charge**
not　　　放行李

⇒ 把行李拿下來
將人原本在公司內背負的重擔拿下來，表示「解僱」的意思。軍人拿下身上的重擔，離開軍隊，表示「退伍」。

---

cast　　丟 (throw)

01 cast**
[kæst]

動 投擲；投射(光、影、視線等)；
　　指派……扮演(某角色)
名 投擲；全體卡司

cast a shadow on the wall
投影在牆壁上

the entire **cast** of "Cats"
音樂劇《貓》的全體卡司

cast
丟

⇒ 丟出光／角色／視線
如果向物品投射光線，會形成「影子」。另外，可以衍生為將角色「指派」給某個演員。

02 broad**cast***
[`brɔd͵kæst]

動 廣播；播送
名 電視節目；廣播節目

a live **broadcast** from Seoul
來自首爾的現場直播

broad + **cast**
廣泛地　　　丟

⇒ 廣泛地投擲
廣泛地投擲聲音或影像，表示「播送」。

🎧 043

03 **fore**cast*
['fɔr͵kæst]

名動 預測；預報

a weather **forecast**
天氣預報

fore + **cast**
提前　　丟

⇒ 丟出來預測
源自於中世紀歐洲丟擲骰子預測未來，因此該單字表示「預測」之意。

---

centr 　　　中心（center）

---

01 **centr**al***
['sɛntrəl]

形 中心的；中央的；核心的；重要的

center** 名 中心；中央；中心點
　　　　動 將……放在中央；使置中
　　　　形 中心的；位於中心的
centrality 名 向心性
centralize 動 使集中於中央

the **central** part of the city
城市的中心部分

centr + **al**
中心　　形容詞

⇒ 中心的
表示「中心的」、「中央的」之意。如果位在一個空間的中間，表示「地處中央」之意。另外，也可以用來表示較為抽象的概念「核心的」、「重要的」。

近義詞 具有「中心」之意的單字

center [center → 中心] 中心；中央；中心點
heart [heart → 心臟] 心臟；胸；內心
core [core → 心] 核心部分；核心；精髓
nucleus [nuc(leus) → 花生] 核；細胞核；核心；中心

02 con**centr**ate**
['kɑnsɛn͵tret]

動 專心；聚集

concentration** 名 專心

quiet time to sit and **concentrate**
能夠坐下專注的寧靜時刻

相關用法 concentrate on 專注於……

con + **centr** + **ate**
一起 (com)　中心　動詞

⇒ 往中心聚集
集中精神唸書時，指的是「專心」。表示「聚集」人們或金錢時，也可以使用 concentrate。

03 ec**centr**ic *
[ɪkˋsɛntrɪk]

形 反常的；古怪的

eccentricity 名 古怪；怪癖

a TV show full of **eccentric** characters
充滿古怪角色的電視節目

ec + **centr** + **ic**
向外 (ex)　中心　形容詞

⇒ 逃離中心之外

除了「中心」之外，該字根也可以表示「重要的東西」。如果沒有依照大部分人認為重要且相信的方式行動，則會被視為「反常的」、「古怪的」人。

04 ego**centr**ic
[͵igoˋsɛntrɪk]

形 自我中心的；自私的

It's hard to live with an **egocentric** person.
跟自我中心的人一起生活是很困難的。

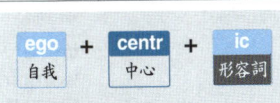

ego + **centr** + **ic**
自我　中心　形容詞

⇒ 自我中心的

表示自認為是世界的中心。如果凡事只想到自己，表示是「自私的」。

---

cern
變化形 crimin, cri

過濾（sift）→區分（distinguish）

---

01 con**cern** ***
[kənˋsɝn]

名 關心的事；重要的事
動 關心；擔心；掛念

concerned *** 形 擔心的；不安的
concerning ** 介 關於

be **concerned** about a traumatic event
對恐怖事件感到擔憂

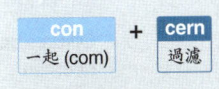

con + **cern**
一起 (com)　過濾

⇒ 一起篩選出來

字根 cern 的意思為「過濾」、「篩選」。用篩子一一檢視篩選，表示心思細膩，可以衍生為「關心的事」、「重要的事」。過度的關心則是指「擔心」、「掛念」。

02 dis**cern** *
[dɪˋsɝn]

動 分辨；察覺到

discernible *
形 可分辨的；可識別的

discerning *
形 有識別力的；眼光敏銳的

We can **discern** different colors.
我們能分辨不同的顏色。

dis + **cern**
分開　區分

⇒ 一一區分

一個個檢查並區分開來，表示「分辨」的意思。

🎧 044

03 dis**crimin**ate*
[dɪˈskrɪməˌnet]

動 區別；辨別；歧視

discrimination**
名 區別；辨別；歧視

discriminate against smokers
歧視抽菸者

dis	+	crimin	+	ate
分開		區分		動詞

⇒ 區分後挑出來
一個個檢查後，挑出不一樣的。以不同為由將其分開，表示「歧視」之意。

04 **crimin**al**
[ˈkrɪmənl̩]

形 犯罪的；刑事上的
名 罪犯

crime** **名** 罪行；犯罪
incriminate
動 使（某人）看似有罪；牽連

arrest a **criminal**
逮捕罪犯

crimin	+	al
區分		形容詞

⇒ 需要區分的
為區分一般市民和「罪犯」，會將「罪犯」關進監獄隔離。過去還會在罪犯身上刻字，方便識別身分。

05 **cri**sis**
[ˈkraɪsɪs]

名 危機

We face an energy **crisis**.
我們面臨了能源危機。

cri	+	sis
區分		名詞

⇒ 區分出來的東西
原本用來指疾病，表示與健康有所區別的狀態。而身體不適的狀況，便是一種「危機」。

06 **cri**ticize*
[ˈkrɪtɪˌsaɪz]

動 批評；批判

critic* **名** 評論家；批評者
critical*** **形** 批判的；關鍵性的
criticism** **名** 批評；評論

Officials harshly **criticized** the decision.
官員們強烈批評此項決策。

cri(t)	+	ic	+	ize
區分		名詞		動詞

⇒ 從事區分的工作
評論家負責區分好的作品和不好的作品，由此可以將單字衍生為「批評」、「批判」之意。

cert

確定的（sure）

01 cert**ain**★★★
['sɝtən]

形 確定的；確信的

certainly★★★
副 無疑地；確實；當然

certainty★★ 名 確定的事情；確實
ascertain★ 動 弄清楚；確信

I feel **certain** that we could pass the test tomorrow.
我確信我們能夠通過明天的考試。

cert 確定的 + **ain** 形容詞

⇒ 確定的
相信事情是「確定的」狀態，表示「確信的」。

02 cert**ificate**★
名 [sə`tɪfəkɪt]
動 [sə`tɪfə,ket]

名 執照；證明書
動 發證書給……

certify 動 證明；證實；保證
certification★
名 證明；證實；保證

a birth **certificate**
出生證明書

cert(i) 確定的 + **fic** 做 + **ate** 名詞

⇒ 賦予讓人確信的東西
要讓人相信自己的資格或能力，得提供「執照」、「證明書」。

DAY 14

🎧 045

| cid | 落下（fall） |

---

01 accident**
[ˈæksədənt]

名 事故；意外

accidental* 形 偶然的；意外的
accidentally 副 偶然地；意外地

I had a minor bike **accident**.
我遇到輕微的自行車意外。

ac 朝向 (ad) + **cid** 落下 + **ent** 名詞

⇒ 朝向我落下
走在路上，如果有東西突然朝我的方向掉落，指的是「事故」、「意外」。

---

02 incident**
[ˈɪnsədənt]

名 事件

incidental* 形 偶然發生的；附帶的；伴隨的
incidentally* 副 附帶地；伴隨地
incidence** 名（事件的）發生率

a serious shooting **incident**
嚴重槍擊事件

in 向內 + **cid** 落下 + **ent** 名詞

⇒ 掉進裡面的
指的是突然掉向我這邊的事情，與 accident 的意思相近。accident 通常用來指交通事故或天然災害，incident 則是指具有暴力性或危險性的事件。

---

03 coincident
[koˈɪnsədənt]

形 同時發生的；巧合的

coincide* 動 同時發生
coincidence*
名 巧合；同時發生

This change was **coincident** with his birth.
這項改變剛好在他出生的時候生效。

co 一起 (com) + **in** 向內 + **cid** 落下 + **ent** 形容詞

⇒ 一起掉進裡面的
兩個東西一起掉進裡面，指的是「同時發生的」，也就是「巧合的」。

---

04 deciduous
[dɪˈsɪdjuəs]

形（樹木）落葉的

deciduous trees such as oaks or maples
橡樹或楓樹等等的落葉木

de 向下 + **cid** 落下 + **uous** 形容詞

⇒ 葉子向下掉落的
每逢秋冬就會向下掉落的葉子，稱作「落葉」。

114

05 occident
['ɑksədənt]

名 西半球；西方；歐美國家

occidental 形 西半球的；西方的
Occidentalism
名 西洋風格；西洋習俗；西洋精神

differences between the Orient and the Occident
東方與西方的差異

oc 向下 (ob) + **cid** 落下 + **ent** 名詞

⇒ 太陽落下的方向
太陽從東邊升起、西邊落下，因此太陽落下的方向為「西方」。

---

cide
剪裁（cut）→ 殺死（kill）

---

01 suicide**
['suə,saɪd]

名 自殺；自殺行為
形 自殺的

suicidal*
形 自殺的；自我毀滅的

commit suicide
自殺

sui 自己的 + **cide** 殺死

⇒ 殺死自己
cide 原本的意思為「剪裁」，若剪裁有生命的東西，則是指「殺死」。因此殺死自己，便是指「自殺」。

02 homicide*
['hɑmə,saɪd]

名 殺人（罪）

The homicide rate went down.
兇殺率下降了。

homi 人 + **cide** 殺死

⇒ 把人殺死
homi 近似 human（人類）。而把人殺死，便是指「殺人」。

03 pesticide
['pɛstɪ,saɪd]

名 殺蟲劑；農藥

a pesticide-free method of farming
無農藥的農耕方法

pest(i) 害蟲 + **cide** 殺死

⇒ 殺死害蟲
能夠殺死害蟲的東西，稱作「殺蟲劑」，另外也可以指「農藥」。

04 decide**
[dɪ'saɪd]

動 決定；決心

decision*** 名 決定
decisive**
形 決定性的；決定的

I've decided to run for student council president!
我決定要參選學生會主席！

de 分開 + **cide** 剪裁

⇒ 把東西剪開
把東西剪開，可以衍生為「決定」、「決心」。

🎧 046

circul

變化形 circum, circu

圓圈（circle）

---

01 circular**
['sɝkjəlɚ]

形 圓形的；迂迴的；拐彎抹角的；供傳閱的
名 通知；公告；傳單

The boat took a **circular** route.
船走迂迴的路徑。

| circul | + | ar |
| 圓圈 | | 形容詞 |

⇒ 圓形的

形容形狀為圓形的東西，另外還可以衍生為「迂迴的」、「拐彎抹角的」。還可以表示「供傳閱的」。

---

02 circulate*
['sɝkjə,let]

動 （使）循環；（使）傳播；傳閱

circulation**
名 循環；運行；（貨幣、消息等的）流通，傳播

circulate false reports
散布虛假的報導

| circul | + | ate |
| 圓圈 | | 動詞 |

⇒ 繞著圈圈轉

按照圓圈的形狀旋轉，表示「循環」的意思。血液在身體裡「旋轉」，指的是 blood circulation（血液循環）。

---

03 circumstance*
['sɝkəm,stæns]

名 環境；狀況

circumstantial 形 與狀況有關的

be affected by external **circumstances**
受外界環境的影響

| circum | + | stance |
| 圓圈 | | 站著的地方 |

⇒ 把站著的地方圍成圓圈

在自己的周遭畫一個圈，指的是「環境」；圍繞著工作或事件，指的是「狀況」。

近義詞 具有「環境」之意的單字

circumstance [cincum+stance → 把站著的地方圍成圓圈] 情況；環境
environment [en+viron+ment → 圍成圓圈的地方]（周邊）環境；自然環境
surroundings [sur(r)+ound(ings) → 溢出至周邊的東西] 環境；周邊；周圍

---

04 circuit**
['sɝkɪt]

名 環道；環行；一周；〈電學〉回路

Electricity travels through **circuits**.
電在電路上流動。

| circu | + | it |
| 圓圈 | | 走 |

⇒ 繞著圓圈走

賽車比賽專用的「圓形」道路，稱作「環形車道」。

05 circus*
[ˈsɝkəs]

名 馬戲團；馬戲表演；馬戲表演場

amazing **circus** performers
出色的馬戲團表演者

circu(s)
圓圈

⇒ 圓形的地方

馬戲團表演的地方是圓形場地，上方用布幕圍起來。該單字本來是指馬戲表演場地，而後泛指表演本身。

---

cit

叫喚（call）

---

01 cite*
[saɪt]

動 引用；舉出；表揚

citation* 名 引用；列舉

cite the source
引用來源

cit(e)
叫喚

⇒ 叫喚出來

在網路上使用照片或影片時，必須把檔案叫喚出來。「引用」時標示出處，也帶有「叫喚出來」的概念。

02 excite*
[ɪkˈsaɪt]

動 使興奮；激起

excitement** 名 興奮；激動
exciting**
形 令人興奮的；令人激動的

The leaflet **excited** her curiosity.
這張傳單激起了她的好奇心。

ex + **cit(e)**
向外　　叫喚

⇒ 向外叫喚

將沈睡的情感向外叫喚出來，表示「使興奮」、「激起」之意。

03 recite*
[rɪˈsaɪt]

動 背誦；朗誦；列舉

recital 名 背誦；朗誦；列舉

recite a poem line by line
逐句朗誦詩篇

re + **cit(e)**
再次　　叫喚

⇒ 再唸一次

在不知不覺中唱出印象深刻的歌曲，表示不用看歌詞，就能「背誦」、「朗誦」出來。另外，還能衍生為「列舉」的意思。

civi
變化形 citi

城市（city）
市民（citizen）

01 civic *
['sɪvɪk]

形 城市的；市民的；公民的

civically 副 有關市民地

a sense of **civic** duty
身為公民的責任感

civi（城市）+ (i)c（形容詞）
⇒ 城市的
居住在同個城市內的人互相尊重，表示「公民的」概念。

02 civil **
['sɪvḷ]

形 公民的；有禮貌的

civilian * 名 平民；百姓
civility 名 禮貌；有禮貌的舉止

the **civil** service exam
公務員考試

civi（市民）+ (i)l（形容詞）
⇒ 市民的
「城市」指文明化的集團，集團中的人遵守著一定的秩序，因此可以用來表示「有禮貌的」。

03 civilize
['sɪvə,laɪz]

動 使文明；使開化；教化

civilization * 名 文明

act like **civilized** people
表現得有如文明人

civi(l)（市民）+ ize（動詞）
⇒ 變成市民
「開化」小村莊的居民，告訴他們城市的生活方式，他們才能「變得文明」。

04 citizen *
['sɪtəzn̩]

名 市民；居民

citizenship * 名 市民權

encourage **citizens** to ride bicycles
鼓勵市民騎自行車

citi(z)（城市）+ en（人）
⇒ 城市的人
住在城市的人，指「市民」。

claim

喊叫（shout）

PART 2 重要字根
DAY 14
civi • citi • claim

01 claim ***
[klem]

動 要求 (= demand)；聲稱；主張
名 要求；權利；主張

claim the attention of users
喚起使用者的注意

claim
喊叫

⇒ 大聲喊叫

大聲喊叫，表示大聲說出「要求」。小孩肚子餓的時候會大聲哭泣或喊叫，就連小孩都懂得「主張」自己的「權利」。

近義詞 具有「主張」之意的單字

claim [claim → 大聲喊叫] 主張；要求；請求
assert [as+sert → 提出主張] 斷言；主張
allege [al+lege → 上前爭論] 斷言；強烈主張
insist [in+sist → 立場不動] 堅持；主張

02 exclaim
[ɪksˋklem]

動 大聲喊叫；驚叫

exclamation 名 叫喊；驚叫

"Wow!" he **exclaimed**.
他大聲叫：「哇！」

ex	+	claim
向外		喊叫

⇒ 出聲喊叫

指向外發出聲音喊叫。感嘆句或警語後方會加上驚嘆號 exclamation mark，同樣帶有大聲喊叫的意思。

03 proclaim *
[proˋklem]

動 宣告；公布；聲明

proclamation *
名 宣布；公布；公告

proclaim that the suspect is innocent
宣告嫌疑犯為清白

pro	+	claim
向前		喊叫

⇒ 走向前喊叫

走到大家的前方，告知注意事項，才能讓所有人都知道。因此走向前喊叫，表示向大家「宣告」、「公布」。

04 acclaim *
[əˋklem]

動 向……歡呼；稱讚
名 歡呼；稱讚

acclaimed * 形 受到讚揚的

highly **acclaimed** novels
受到高度讚譽的小說

ac	+	claim
朝向 (ad)		喊叫

⇒ 朝向某個人喊叫

當你看到眼前出現喜歡的藝人時，便會高聲喊著那個人的名字。因此，朝向某個人喊叫，指的是「向……歡呼」的意思。

119

🎧 048

clin
變化形 clim

傾斜（lean）
彎曲（bend）

01 decline**
[dɪˋklaɪn]

名 減少；衰退
動 減少；衰退；婉拒

declination 名 減少；衰退

All the patients are **declining** in health.
所有病患的健康狀況都在衰退當中。

decline her invitation to dinner
婉拒她晚餐的邀請

近義詞 具有「拒絕」之意的單字
decline [de+clin(e) → 為離開而傾斜] 減少；婉拒
reject [re+ject → 送回後方] 拒絕；婉拒
refuse [re+fuse → 通過原來的位置] 拒絕；婉拒

de + clin(e)
分開   傾斜

⇒ 為離開而傾斜

若原本走的方向為直線，而突然離開原有的方向傾斜的話，表示向下「衰退」。若接到某項提案，不願意接手，表示「婉拒」。

02 incline
動 [ɪnˋklaɪn]
名 [ˋɪnklaɪn]

動 傾斜；有意；點頭
名 斜坡

inclination*
名 傾斜；傾向；趨勢
inclined**
形 傾斜的；有……傾向的

They are **inclined** to make amends for their actions.
他們傾向改變行動。

相關用法 incline one's head 點頭

in + clin(e)
向內   彎曲

⇒ 想法向內彎曲

若想法向內彎曲，指朝向心裡的方向彎曲，表示「有意」、「點頭」之意。

03 climate**
[ˋklaɪmɪt]

名 氣候；風土；趨勢

be impacted by **climate** change
受到氣候變化的衝擊

clim + ate
傾斜   名詞

⇒ 太陽折射的程度

「氣候」會根據太陽光折射的強弱而有所變化。該單字原本指「氣候」的意思，而後衍生為「風土」、「趨勢」。

DAY 15

clos
變化形 clud

關閉（close）

---

01 close ★★★
動 名 [kloz]
形 副 [klos]

- 動 關閉；打烊；結束
- 名 結束
- 形 近的
- 副 靠近地

closure ★ 名 關閉；打烊；結束
closing ★★ 形 最後的
　　　　　　 名 關閉；結尾

sitting too **close** to the monitor
坐得離螢幕太近

clos(e) 關閉
⇒ 將某個空間或事件關上
商店關門，表示營業時間「結束」、「打烊」之意。另外，若合約或事件處於無法再次開啟的狀態，則表示「終止」之意。

---

02 closet ★
[ˈklɑzɪt]

- 名 壁櫥；衣櫥（= wardrobe）
- 形 私下的；祕密的

a **closet** full of new clothes
放滿新衣服的衣櫥

clos 關閉 + **et** 名詞
⇒ 被關上
「壁櫥」、「衣櫥」的門平時都屬於關起的狀態，因此便能用該字根表示「壁櫥」。

---

03 disclose ★
[dɪsˈkloz]

- 動 揭發；公開（= reveal）

disclosure ★ 名 揭發；公開

disclose confidential information
揭發機密資訊

dis not + **clos(e)** 關閉
⇒ 不關起來
不關起來，指的就是「打開」。將祕密存在抽屜內關起來不讓人知道，如果打開的話，表示「揭發」、「公開」。

---

04 enclose ★
[ɪnˈkloz]

- 動 圍住；封入

enclosure ★ 名 圍住；圍入；圍場

enclose two letters of reference
封入兩封推薦信

en 向內 (in) + **clos(e)** 關閉
⇒ 放進裡面關上
放進裡面關上，指的就是把東西包起來的概念，因此表示「封入」，將信紙或照片放進信封內封起來。

049

05 con**clud**e ★★
[kənˋklud]

動 斷定；決定；結束

conclusion ★★★ **名** 結論；決定
conclusive ★ **形** 決定性的；確定的

conclude that the test result is reliable
斷定考試結果可信

con (完全 (com)) + **clud(e)** (關閉)

⇒ 完全關上

若要完全解決（關上）問題或煩惱，得做出「決定」。另外，decide（決定）的字根 cid 的意思為「剪裁」，表示「剪掉煩惱」之意，建議一併記下。

06 ex**clud**e ★★
[ɪkˋsklud]

動 把⋯⋯排除在外；逐出

exclusion ★★
名 排除在外；被排除在外的事物
exclusive ★★
形 排外的；獨家的；專用的

exclude the possibility of cooperation
排除合作的可能性

ex (向外) + **clud(e)** (關閉)

⇒ 趕到外面並關上

把某樣東西趕到外面後，關起門來不讓它進來，表示「排除在外」之意。

07 in**clud**e ★★★
[ɪnˋklud]

動 包含

inclusion ★★ **名** 包含；內含物
inclusive ★ **形** 包含的

It **includes** hotel and airfare.
這包含了旅館費和機票票價。

in (向內) + **clud(e)** (關閉)

⇒ 放進裡面後關上

明天就是出國旅遊的日子。擔心天候不佳會下雨，於是把傘放進包包裡關起來，表示我的行李「包含」雨傘。

cogn
變化形 gno, not

知道（learn, know）

01 **cogn**itive ★★
[ˋkɑgnətɪv]

形 認知的；認識的

cognition ★ **名** 認知；認識
cognitively
副 認知上地；認識上地

the loss of **cognitive** intrigue
失去認知好奇心

cogn(i) (知道) + **tive** (形容詞)

⇒ 知道的

指對某個東西有概念，表示「認知的」意思。

02 recognize**
['rɛkəg,naɪz]

動 認出；認可

recognition** 名 辨認；認可
recognizable* 形 可辨認的

Bob instantly **recognized** the error.
鮑伯立刻就找出了錯誤。

re + **cogn** + **ize**
再次　　知道　　動詞

⇒ 再次認出

如果在電視上看到自己「認識」的人，便能認出對方。另外，也可以表示此人的實力獲得「認可」。

03 diagnose*
[,daɪəg'noz]

動 診斷；判斷

diagnosis**
名 診斷；診斷結果；診斷書

diagnostic** 形 診斷的；判斷的

diagnose and treat a disease
診斷並治療疾病

dia + **gno(se)**
橫跨　　知道

⇒ 橫跨過去後才知道

生病時，需要醫師「診斷」才能知道生了什麼病。「橫跨過去」可以表示徹底檢視的概念。

04 ignore**
[ɪg'nor]

動 忽視；不理會

ignorance** 名 無知；忽視
ignorant* 形 無知的；忽視的

completely **ignore** the fact
完全忽視事實

i + **gno(re)**
不 (in)　　知道

⇒ 無法認出

無法認出，指沒辦法辨識，衍生為「不理會」、「忽視」之意。

近義詞 具有「忽視」之意的單字

ignore [i+gnore → 無法認出] 忽視；不理會
neglect [neg+lect → 不做選擇] 忽視；忽略
discount [dis+count → 不計算] 忽視
disregard [dis+regard → 不去在意] 不理會（意見或提議）；忽視

05 notice**
['notɪs]

名 公告；通知
動 注意；通知

noticeable*
形 顯而易見的；值得注意的

the **notice** on the bulletin board
布告欄上的公告

not + **ice**
知道　　名詞

⇒ 讓人注意到的內容

表示「讓人注意到的內容」，指「公告」的意思。

06 notify*
['notə,faɪ]

動 通知；告知

notification* 名 通知（書）
notifiable
形 （疾病或犯罪）須報當局的

be **notified** of the final results by email
以電子郵件的方式收到最終結果的通知

not + **ify**
知道　　動詞

⇒ 讓人知道

畢業典禮的日期有所更動，為了讓全校畢業生都知道這件事，學校得發出日期更動的「通知」。

PART 2 重要字根

DAY 15

clos · clud · cogn · gno · not

07 notion**
['noʃən']

名 概念；看法

notional 形 理論上的；概念上的

the classical **notion** of democracy
民主的古典概念

not(知道) + **ion**(名詞)
⇒ 很清楚的事情
「知道」某件事，表示腦中對這件事有一定的「概念」。

---

commun
變化形 common

共同的（common）

---

01 community***
[kə'mjunətɪ]

名 社群；社區；共同體

He grew up in a farming **community**.
他在農耕社群中長大。

commun(共同的) + **ity**(名詞)
⇒ 共同體
聚在一起「共同」生活或行動的團體，稱作「共同體」。

02 communicate**
[kə'mjunə,ket]

動 溝通；交流

communication*** 名 溝通；交流

communicative* 形 溝通的；健談的

communicate by email
以電子郵件溝通

commun(共同的) + **(i)cate**(動詞)
⇒ 同時讓人知道
把我的想法分享給別人知道，指的是「溝通」。

03 communal*
[kə'mjunəl]

形 公用的；公共的

Vampire bats return to their **communal** nests.
吸血蝙蝠回到牠們群體的巢穴。

commun(共同的) + **al**(形容詞)
⇒ 共同的
指的是「共同」擁有的東西，表示「公用的」、「公共的」狀態。

04 common***
[ˈkɑmən]

形 普通的；常見的；經常的

commonly** 副 通常；一般
commonality* 名 共通性；平民

make a **common** mistake
犯常見的錯誤

common
共同的

⇒ 共同擁有的
如果一直咳嗽、甚至發燒，就會覺得自己得了感冒。因為這是大部分感冒的人都會有的症狀，也就是「常見的」症狀。

衍生詞 由字根 commun 衍生的單字

communism [commun+ism → 共同所有主義] 共產主義
commonsense [common+sense → 共同知道的知識] 常識
commonplace [common+place → 在很多地方都看得到的] 司空見慣的事

---

cord
變化形 cor, cour

心臟；內心（heart）

01 cordial**
[ˈkɔrdʒəl]

形 友好的；衷心的；真摯的

cordially
副 友好地；衷心地；真摯地

a **cordial** greeting
真摯的問候

cord 內心 + **ial** 形容詞

⇒ 發自內心的
發自「內心」深處的溫暖，指的是「真摯的」情感。

02 discord*
[ˈdɪskɔrd]

名 不一致；不合（↔ harmony 和諧）

discord within the family
家人間的爭吵

dis 分開 + **cord** 內心

⇒ 內心分開
與心不在此人一起工作，勢必會意見「不一致」，有時還會發生「爭吵」。

03 core★★
[kor]

名 核心；精髓
形 核心的；重要的

the **core** of his argument
他的論點的核心

cor(e) 心臟

⇒ 核心的

心臟幫助我們把血液送到身體各處，供給氧氣和營養，因此心臟扮演維持生命最「重要的」、「核心的」角色。

04 courage★★
[ˈkɝɪdʒ]

名 勇氣；英勇

courageous★ 形 勇敢的；英勇的
encourage★★ 動 鼓勵；促進

She gathered up her **courage**.
她鼓足了勇氣。

cour 內心 + **age** 名詞

⇒ 內心被填滿的狀態

內心被填滿，指的是無所畏懼的狀態，也就是充滿「勇氣」的意思。

---

corpor
變化形 corp

身體（body）

---

01 corporate★★
[ˈkɔrpərɪt]

形 公司的；企業的；團體的

corporation★ 名 公司；企業；法人

collaborative **corporate** culture
共同合作的企業文化

corpor 身體 + **ate** 形容詞

⇒ 一個身體的

員工們聚集在一起，就像是擁有「同個身體」的組織般，因此該單字指的是「公司」或「企業」。

02 incorporate★★
[ɪnˈkɔrpəˌret]

動 包含；合併；組成公司

incorporated★★
形 合併的；結合的；法人組織的

incorporate several new safety features
包含幾個新的安全功能

in 向內 + **corporate** 一個身體

⇒ 進入裡面成為一個身體

從外部進到裡面，成為身體的一部分，指的是「組成公司」或「合併」。

03 corps*
[kɔr]

名 兵團；部隊；
（經專門訓練或有特種使命的）團

the diplomatic **corps**
外交使團

corp(s)
身體

⇒ 屬於同個身體

很多個身體聚在一起，變成如同屬於同個身體般，指的是「團體」。請特別留意 **-ps** 不發音。

04 corpse*
[kɔrps]

名 屍體；殘骸

The **corpse** was found in the basement.
這具屍體在地下室被發現。

corp(se)
身體

⇒ 僅剩下身體

這個單字同樣是出自於「身體」。人死後，靈魂離開，僅剩下身軀，因此該單字的意思為「屍體」、「殘骸」。

---

count

想；計算（count）

---

01 count**
[kaʊnt]

動 算數；計算；包含；有重要意義
名 計數；計算；總數

countless* 形 數不盡的；無數的
counter**
名 計算者　形 相反的
副 相反地　動 反對；反擊

count the children in the room
數房間內的小孩人數

count
想

⇒ 想著所有的數字

想著所有的數字，表示「算數」、「計算」。另外，也有「包含」之意。

02 discount*
名 [ˋdɪskaʊnt]
動 [dɪsˋkaʊnt]

名 折扣
動 將……打折扣

provide a 50% **discount**
打 50% 的折扣

dis + **count**
not　　計算

⇒ 不加入計算

商品五折「優惠」，指的是去除原來價格的 50%，不加入計算。

PART 2 重要字根
DAY 15
cord · cor · cour · corpor · corp · count

127

03 **account*****
[əˈkaʊnt]

名 帳簿；帳戶；描述；常客
動 把……視為；解釋；對……負責

accountant* 名 會計師；會計人員
accounting** 名 會計；會計學
accountable*
形 可說明的；(對……)有解釋義務的

open an **account** at a bank
在銀行開戶

a brief **account** of what happened
有關事情經過的簡要說明

[相關用法] take into account
　　　　　 斟酌……；考慮……
[相關用法] account for
　　　　　 說明……；解釋……

ac + **count**
在 (ad)　　計算

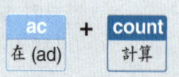

⇒ 加入計算

在「帳簿」上記錄交易金額，方便之後再計算；個人放在銀行的帳簿稱作「帳戶」；獲得店家信賴，願意讓對方賒帳、之後再計算，指的是「常客」。「計算」也可以表示內心想著什麼，因此可以用來表示「把……視為」之意。

DAY 16

cover	覆蓋（cover）

01 cover**
['kʌvɚ]

動 遮蓋；覆蓋
名 遮蓋物；蓋子；(書的)封面

coverage** 名 覆蓋；覆蓋範圍

cover tables with a protective cloth
用防護布蓋住桌子

cover 覆蓋

⇒ 蓋上以遮蔽

「覆蓋」意即「遮蔽」使物品不被看見。因為物品在覆蓋物內部，所以也有「包含」的意思。

02 recover**
[rɪ'kʌvɚ]

動 復原；恢復健康

recovery** 名 復原；恢復健康
recoverable
形 可恢復的；可復原的

He's still **recovering** from surgery.
他還在從手術復原當中。

re 再次 + **cover** 覆蓋

⇒ 再次覆蓋

因受傷而撕裂的地方「再次」以皮膚「覆蓋」，也就是傷口「復原」的意思。

03 discover**
[dɪs'kʌvɚ]

動 發現；發覺

discovery**
名 發現；被發現的事物

discover the cause of the accident
發現事故的肇因

dis not + **cover** 覆蓋

⇒ 去除覆蓋物

有一個蓋著蓋子的盤子，將「蓋子」掀開，看到盤子上放著披薩，「發現」了今天的晚餐。

04 uncover*
[ʌn'kʌvɚ]

動 揭開……的蓋子；
　　 移去……的覆蓋物；揭露

uncover widespread corruption in the police force
揭露警方大規模的貪汙腐化

un not + **cover** 覆蓋

⇒ 打開

和前面學到的 discover（發現）字源構造相同。「沒有」蓋子「覆蓋」，就是「打開」的意思。

🎧 053

crea
變化形 cre

生長（grow）→製造（make）

---

01 create★★★
[krɪˋet]

動 創造；製作

creature★ 名 生物；創造物
creative★★
形 創造性的；有創造力的

create a completely new style of music 創造出一種全新風格的音樂

crea(te) 製造

⇒ 使全新誕生

「全新製造出」目前不存在的東西，也就是「創造」的意思。

---

02 recreate★
[ˌrɪkriˋet]

動 重現；轉換氣氛

recreation★ 名 消遣；娛樂

recreate a typical German village
重現典型的德國鄉村

re 再次 ＋ **crea(te)** 製造

⇒ 重新按照原狀製造

「重新製造」成原本的樣貌，即「重現」的意思。另外，也可表示將沉寂的氣氛重新「塑造成」原本的狀態，亦即代表「轉換氣氛」的意思。

---

03 increase★★★
動 [ɪnˋkris]
名 [ˋɪnkris]

動 名 增加；增大

increasingly★★ 副 越來越多地

Global society will **increase** annual investments.
全球化社會下，年度投資將會增長。

in 向內 ＋ **crea(se)** 生長

⇒ 在內部增加生長

若內部一直有某種東西在增加生長，數量會「增加」，數值會「增大」。

---

04 decrease★★
動 [dɪˋkris]
名 [ˋdikris]

動 名 減少；減小

decrease the overall amount of uneaten food
減少剩餘食物的總量

de 向下 ＋ **crea(se)** 生長

⇒ 向下生長

看到原本上漲的股票走勢「向下生長」，眼前將頓時一片黑暗，因為這代表收益「減少」了。

---

05 concrete★★
[ˋkɑnkrit]

形 有形的；具體的
名 混凝土

have a **concrete** example
有具體的例子

con 一起(com) ＋ **cre(te)** 生長

⇒ 一起生長

混合水泥、礫石、水等材料建造建築物的混凝土工法，是羅馬時代最尖端的技術。這裡衍生出堅固「有形的」、「具體的」等意思。

cred

相信（believe）

01 credit**
[ˈkrɛdɪt]

名 信用；帳面餘額；榮譽；學分
動 把錢存進銀行帳戶；信任

pay by **credit** card
用信用卡付款

相關用法 take credit for
因……而得到好評

cred(it)
相信

⇒ 相信並認可
受「信任」幾乎與「被認可」同義。在大學獲得認可，就是獲得「學分」。在銀行「存錢」，代表「相信」銀行而將金錢委託銀行保管。

02 credible*
[ˈkrɛdəbl]

形 可信的；確實的

incredible* 形 難以置信的

predict the outcome with **credible** information
憑可信的資訊預測結果

cred + **ible**
相信　　可以……的

⇒ 可以相信的
「可以相信的」，通常指的就是「確實的」。

---

cult

耕作（grow）

01 cultivate*
[ˈkʌltəˌvet]

動 耕作；栽培；培養

cultivation* 名 耕作；栽培；培養

The creativity that children possess needs to be **cultivated**.
孩子擁有的創造力需要加以培養。

cult + **iv(e)** + **ate**
耕作　　形容詞　　動詞

⇒ 使成長
指開墾土地「栽培」作物。不只是農作物，在表示「讓文化或才能成長」時亦可使用。

131

🎧 054

02 culture***
[ˈkʌltʃɚ]

名 文化；教養；陶冶

cultural*** 形 文化的；教養的

people across different cultures
不同文化的人們

cult 耕作 + **ure** 名詞

⇒ 生成的事物

「文化」不會一瞬間突然從天上掉下來，而是長久以來由社會成員分享傳承，在生活方式中「生成的」產物。

03 agriculture**
[ˈægrɪˌkʌltʃɚ]

名 農業

agricultural** 形 農業的

Approximately 40 percent of the population relies on agriculture.
大約百分之 40 的人口倚賴農業為生。

agri 農業 + **cult** 耕作 + **ure** 名詞

⇒ 耕作農田之事

「耕作農田」之事，即為「農業」。

---

cur

奔跑（run）
注意；關心（care）

---

01 current***
[ˈkɝənt]

形 現在進行中的；當前的
名 流動；水流

currently 副 目前；當前
currency** 名 貨幣；流通

Consider your work and your current life.
思考一下你的工作和目前的生活。

cur(r) 奔跑 + **ent** 形容詞

⇒ 正在奔跑的

還在「奔跑中」，代表賽跑還沒結束，亦即「現在進行中的」的意思。水因為會往低處持續「前進」，所以也有「（水）流」的意思。

02 curriculum**
[kəˈrɪkjələm]

名 學校課程

the high school curriculum
高中課程

cur(ri) 奔跑 + **culum** 名詞

⇒ 進行的狀態、過程

進行課程的狀態，表示課程「進度」的意思。

03 concur*
[kən`kɝ]

動 同意；一致；同時發生

concurrence
名 意見一致；同時發生

concurrent*
形 一致的；同時發生的

concur with his opinion
贊成他的意見

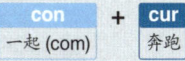

con	+	cur
一起 (com)		奔跑

⇒ 一起奔跑

為了「一起奔跑」，應朝著相同的目標前進，也就是對於要朝向何處奔跑，「使所有人的意見一致」。

04 occur***
[ə`kɝ]

動 發生；想起

occurrence**
名 發生；出現；事件

let the same situation **occur** again
讓同樣的情況再次發生

相關用法 sth occur to sb
某人想起某事

oc	+	cur
朝向 (ob)		奔跑

⇒ 朝向……奔跑

某個事件「朝著」我「奔跑而來」，也就是該事件「發生」在我身上。另外，某個想法「朝著」我「奔跑而來」，表示「想起」某個想法的意思。

05 recur*
[rɪ`kɝ]

動 再次發生；反覆出現

recurrence*
名 再次發生；反覆出現

recurrent*
形 再次發生的；反覆出現的

The theme of love **recurs** throughout the book.
愛的主題在這本書裡反覆出現。

re	+	cur
再次		奔跑

⇒ 再次奔跑

「再次奔跑」，表示重新奔跑先前已經跑過的路線。「我每年參加大學學測」，表示「大學學測」這個狀況在我身上「再次發生」。

06 excursion*
[ɪk`skɝʒən]

名 遠足；短程旅行

go on an **excursion** to the coast
到海邊去玩

ex	+	cur(s)	+	ion
向外		奔跑		名詞

⇒ 向外奔跑出去

「向外」奔跑「出去」，表示「去郊遊」的意思。

07 cure**
[kjʊr]

動 治療；消除（弊病等）
名 治療；療法；對策

cure social ills
消弭社會的弊病

cur(e)
關心

⇒ 帶著關心進行照護

與 care（照顧）字源相同。最關心某人的時候，就是那個人生病時，為其「治療」的時候。

08 curious**
[`kjʊrɪəs]

形 好奇的；愛探究的；稀奇古怪的

curiosity* 名 好奇心

I'm **curious** about why he called.
我很好奇他為什麼打電話來。

cur(i)	+	ous
關心		形容詞

⇒ 充滿關心的

想像戀愛的時候，對一個人非常「關心」，代表「有很多好奇的事」。

09 accurate**
['ækjərɪt']

形 準確的；精確的

accuracy**
名 正確(性)；準確(性)

accurately
副 確實(= exactly)；準確地；精確地

give an **accurate** description
提供準確的描述

ac	+	cur	+	ate
朝向 (ad)		注意		形容詞

⇒ 對某對象加以注意的
如果要進行「精確的」作業，當然要「對」那件事「加以注意」。

---

dam
變化形 demn

損失 (loss)

---

01 damage**
['dæmɪdʒ]

名 損害；損失；賠償金 (-s)
動 損害；毀壞

The biggest problems are **damage** to the eyes.
最大的問題是對眼睛造成了傷害。

dam	+	age
損失		名詞

⇒ 損失、損害
意指經濟上或物理上的「損害」。

02 condemn*
[kən'dɛm]

動 責備；譴責；宣告……有罪

condemnation*
名 譴責；定罪；宣告有罪

condemn any acts of violence
譴責任何的暴力行為

con	+	demn
完全 (com)		損失

⇒ 造成完全的損失
「God damn」這句話應該在電影裡常常聽到，意思是「該死」。希望由 God (神) 降下 damn (損失)，也就是「祈求降下詛咒」的意思。condemn 是「責備」某人，使其受到「完全的損失」。

dem　　人們（people）

01 democracy**　名 民主主義；民主國家**
[dɪˋmɑkrəsɪ]

democratic**
形 民主主義的；民主的；民眾的

democratize
動 使民主化；使大眾化

比較 auto**cracy**　名 獨裁；獨裁政治

in the instability of American **dem**ocracy
在美國民主不安定的狀態之下

dem(o) 人們 ＋ **cracy** 統治

⇒ 國民的統治

cracy 是帶有「統治」意義的字根。由「人們」一起「統治」，就是「民主主義」。而 autocracy 是「獨自統治」，故為「獨裁」。

02 epidemic*　名 流行病；（流行病的）傳播
[ˏɛpɪˋdɛmɪk]
形 傳染的；（風潮等）極為流行的

a flu epi**dem**ic
流感的傳播

相關用法 reach epi**dem**ic proportions
達到流行的比例

epi 上面 ＋ **dem** 人們 ＋ **ic** 形容詞

⇒ 在人們上面拓展的

在「人們」上面拓展的事物，表示在人們之間擴散的「流行」或「流行性疾病」。

DAY 17

🎧 056

| **dict** 變化形 dic | 說（speak） |

01 **dict**ate *
['dɪktet]

動 命令；指示；聽寫
名 命令；指示

dictation 名 命令；指示；聽寫
dictator 名 獨裁者；支配者

dictate the moral standards of society
規定社會的道德標準

dict 說 + **ate** 動詞

⇒ 說話並指使

ate 為帶有「使對方做某事」意思的動詞詞尾。讓其他人施行某段「話」的內容，即為「命令」或「指示」的意思。使說出的話被記錄成文字，則有「聽寫」的意思。

02 **dict**ionary *
['dɪkʃən,ɛrɪ]

名 字典

diction 名 措詞；發音

check the **dictionary** for spelling
查字典確認拼法

dict 說 + **ion** 名詞 + **ary** 名詞

⇒ 與說話相關的書

為了充分傳達「話」的內容，選擇適當的單字非常重要。說明單字的目錄及各自的發音、意義、使用範例等的書籍，即為「字典」。

03 pre**dict** **
[prɪ'dɪkt]

動 預言；預料；預報

pre**dict**ion * 名 預言；預報
pre**dict**able *
形 可預言的；可預料的

Scientists invent models, or theories, to **predict** the data.
科學家發明模型或理論來預測資料。

pre 提前 + **dict** 說

⇒ 提前思考而說出

「提前」思考還未到來的未來並「告知」，為「預測」的意思。

04 contra**dict** *
[ˌkɑntrəˈdɪkt]

動 否定；反駁；與……矛盾

contradiction *
名 否定；反駁；矛盾

contradictory **
形 矛盾的；喜歡反駁的

The evidence **contradicts** the man's tearful testimony.
證據內容跟此人含淚所做的證詞互相矛盾。

contra 相反 + **dict** 說

⇒ 說反對的意見

「反對」別人的話，並「說」出相反的意見，即為「反駁」。「說」出與自己說過的話或建立的原則「相反」之內容，即為「矛盾」。

05 ad**dict**
名 [ˈædɪkt]
動 [əˈdɪkt]

名 上癮者
動 使沉溺；使上癮

addiction * **名** 沉溺；上癮
addictive **形** 令人上癮的
addicted **形** 上癮的

a recovering drug **addict**
正在恢復健康的毒品上癮者

ad 朝向 + **dict** 說

⇒ 針對一個對象說

「上癮」的人只會想著那個事物，並滿口「訴說」有關該事物的內容，代表的是「說話」的內容只針對那個事物。

06 ver**dict** *
[ˈvɝdɪkt]

名 (陪審團的) 裁決；裁定

The jury finally reached a **verdict**.
陪審團最終作出了裁決。

ver 真實的 + **dict** 說

⇒ 誠實地說

陪審員團做出「評斷」時，不偏重於任何感情，應「說」出「真實」的情形。

07 de**dic**ate *
[ˈdɛdəˌket]

動 奉獻；獻(身)；把(時間、精力等)用於……

dedicated ** **形** 專注的；獻身的
dedication *
名 奉獻；專心致力；獻身

dedicate his life to preserving nature
奉獻他的人生來保護大自然

de 分開 + **dic** 說 + **ate** 動詞

⇒ 宣告會離開世界

「說」出自己會完全「離開」世界，僅隸屬於神的麾下，即為「獻身」的意思。

08 in**dic**ate **
[ˈɪndəˌket]

動 指出；表明；象徵

indication ** **名** 指示；徵兆
indicator * **名** 指標

New employees look for signals **indicating** socially acceptable behavior within the organization.
新的員工會在組織內尋找代表社交上合宜行為的信號。

in 裡面 + **dic** 說 + **ate** 動詞

⇒ 指出並述說

箭射進瞄準的箭靶「裡面」，代表針對箭靶。準確將目標挑出來「述說」，以期可以命中「裡面」，亦即「指點」、「指出」的意思。

doc

指導（teach）

01 doctor**
['dɑktɚ]

名 醫生；博士

doctorate　名 博士學位

go and see a **doctor** immediately
立刻去看醫生

a **doctor**'s degree in philosophy
哲學博士學位

doc(t) 指導 + **or** 人

⇒ 指導者
基本上表示身為「指導」者的「老師」。「博士」是接受長時間的教育，而達到可以指導他人境界的人。此外，也帶有向患者「解說」疾病的「醫師」的意思。

02 doctrine**
['dɑktrɪn]

名 （宗教的）教義，教訓；原理

teach religious **doctrine**
指導宗教的教義

doc(tr) 指導 + **ine** 名詞

⇒ 指導的內容
一定要「指導」的內容，表示「原理」或「教訓」的意思。

03 document**
名 ['dɑkjəmənt]
動 ['dɑkjə,ment]

名 文件；公文；單據
動 記錄

documentation*
名 紀錄；證明文件

documentary*
名 紀錄片
形 文件的；紀實的

attach **documents** to an email
在電子郵件中夾帶文件

doc(u) 指導 + **ment** 名詞

⇒ 指導的事物
接受「指導」時，不是只用耳朵聽，還會動手認真作筆記，也就是將指導的事物「記錄」成「文件」。

don

變化形 dot, dos

給予（give）

PART 2 重要字根
DAY 17
doc．don．dot．dos

01 donate
[ˈdonet]

動 捐贈；捐助

donator
名 捐贈者；器官捐贈者（= donor）
donation * **名** 捐贈；捐款；捐贈物

All money raised will be **donated** to charity.
所有募到的錢都將捐給慈善機構。

don 給予 + **ate** 動詞
⇒ 給予作為禮物
不期待任何代價，將自己擁有的東西像禮物一樣直接「給予」，意即「捐贈」。

02 pardon *
[ˈpɑrdn̩]

名動 原諒；寬恕；赦免

the power to grant **pardons**
予以寬恕的權力

I beg your **pardon**.
對不起（我請求你的原諒）。

par 完全 (per) + **don** 給予
⇒ 完全給予
「赦免」就是「完全給予」犯人自由。想像一下我們沒有移動的自由、休息的自由，會有多麼難受，所以給予自由就等同於給予全部。

近義詞 具有「原諒」之意的單字

pardon [par+don → 完全給予] 赦免；原諒
excuse [ex+cuse → 排除於指責之外] 原諒；諒解；辯解
forgive [for+give → 完全放開處罰的意思] 原諒

03 anecdote *
[ˈænɪkˌdot]

名 故事（= story）；軼事；趣聞

He combined biographical **anecdotes** with critical comment.
他將帶有傳記色彩的個人軼事與批判性的意見合而為一。

an 不 (un) + **ec** 向外 (ex) + **dot(e)** 給予
⇒ 沒有拿出來的事物
還「沒有」「向外」公開的故事，也就是尚未廣為世人所知的故事——「軼事」。

04 antidote *
[ˈæntɪˌdot]

名 解毒劑；矯正方法

an **antidote** to this poison
此毒藥的解毒劑

anti 抵抗 + **dot(e)** 給予
⇒ 給予抵抗
我們的體內如果有毒素入侵，應該要快點吃下可對該有毒物質「給予」「抵抗」的「解毒劑」。

05 dose**
[dos]

名 (藥物等的) 一劑,一次服用量

dosage*
名 (藥的) 劑量,服用量

a **dose** of medicine
一次的服藥量

dos(e)
給予

⇒ 給予的量

吃藥的時候,不可以想要吃多少就吃多少,而要依照醫院「給予的」藥量服用,也就是應遵守「服用量」。

---

equ 相同的 (equal)

01 equal***
[ˋikwəl]

形 同等的;平等的
動 等於;與……相同

equally* 副 同等地;平等地
equality* 名 同等;平等

Everyone should be given an **equal** opportunity.
每個人都應該要有平等的機會。

equ + **al**
相同的 + 形容詞

⇒ 所有都一樣的

數或量都「一樣」,換句話說,表示地位相同而「同等的」狀態,或是賦予的條件相同而「平等的」狀態。

02 equation**
[ɪˋkweʒən]

名 相等;〈數學〉方程式;等式

equate* 動 等同

I couldn't solve this **equation**.
我不會解這個方程式。

equ + **at** + **ion**
相同的 + 動詞 + 名詞

⇒ 看起來相同的事物

不同的兩者看起來「一模一樣」。數學中的「等式」,為表示等號 (=) 左、右兩邊的數值互相「相同」的算式。

03 equilibrium**
[͵ikwəˋlɪbrɪəm]

名 平衡;均衡

equilibrate 動 (使) 平衡

maintain internal **equilibrium** by adjusting its physiological processes
調節其生理過程以維持體內平衡

equ(i) + **libr** + **ium**
相同的 + 天秤 + 名詞

⇒ 兩邊相同,找到平衡的狀態

只有在天秤兩邊的秤盤上,放置重量「相同」之物體,才能使其不偏向其中一邊,成為找到「均衡」的狀態。

04 **equ**i**val**ent** **
[ɪˈkwɪvələnt]

形 相等的；同等的
名 相等物；等價物

equivalence* 名 相等

equivalent to 50% of their annual income
等同於他們年收入的百分之 50%

equ(i) 相同的 + **val** 價值 + **ent** 形容詞

⇒ 有相同價值的

「價值」「相同」的物品被賦予「同等的」價值，而被視為「等價物」。

05 **equ**i**voc**al*
[ɪˈkwɪvəkəl]

形 有歧義的；
模稜兩可的（= ambiguous）

equivocation 名 含糊其辭
unequivocal*
形 毫不含糊的；明確的

issue an **equivocal** statement
做出模稜兩可的言論

equ(i) 相同的 + **voc** 聲音 + **al** 形容詞

⇒ 聽起來一模一樣的聲音

所謂的同音異義詞，是因為發音相同而聽起來一模一樣，但是意義卻不同的單字。例如，「ㄆㄟˊ」可以是陪伴的「陪」，也可以是賠償的「賠」。故此字表示「模糊」、「混淆」的意思。

06 ad**equ**ate** **
[ˈædəkwɪt]

形 足夠的（= sufficient）；適當的

adequacy* 名 足夠；適當
inadequate**
形 不充分的；不適當的

adequate funding for a technology initiative
科技法案有足夠資金

ad 在 + **equ** 相同的 + **ate** 形容詞

⇒ 使與基準相同

及格的分數門檻為 60 分，如果和該分數為「相同的」水準，即為「足以」及格的狀態。

---

ess
變化形 **sent**

存在（be）

01 **ess**ence** **
[ˈɛsns]

名 本質；要素；精髓

essential** 形 本質的；必要的
essentially** 副 實質上；本來

Their core **essence** has not been damaged.
它們的核心本質並未遭到破壞。

ess 存在 + **ence** 名詞

⇒ 經常存在的東西

就算外表改變，也會經常「存在」的東西，那就是最重要的「本質」。

02 present***
形 名 ['prɛzn̩t]
動 [prɪ'zɛnt]

形 現在的；出席的；在場的
動 發表；授與；呈獻
名 現在；禮物

presence***
名 出席；在場；存在；面前
presently* 副 不久；現在
presentation**
名 發表；禮物；贈送

present my new idea to the company
向公司發表我的新想法

I got this **present** from my friend yesterday.
我昨天從我朋友那裡得到這個禮物。

pre + **sent**
前面   存在

⇒ **現在存在於我眼前的事物**
只要知道字源，就能輕鬆整理出各詞性的字義。首先是形容詞的字義。「在」我「前面」的時間，為「現在的」、「今天的」時間。「在」老師「前面」的學生，即為「出席」課堂的學生。動詞「展現」、「發表」、「授與」等也一樣，這些全部都是向「在前面的」人進行的行動；在朝會時間，校長對著「前面的」學生「授與」獎項。名詞「禮物」亦為相同道理。想像一下收到包裹時的心情，經過幾天的等待，「現在」那個包裹就「在」我的「面前」時，才是「存在」於我手上的禮物。

03 represent**
[,rɛprɪ'zɛnt]

動 表現；象徵；代表

representation** 名 表現；代表
representative**
名 典型；代表物；代表人
形 典型的；代表性的；代表的

represent a meaningful achievement for the human rights movement
象徵人權運動一個有意義的成就

re + **pre** + **sent**
再次   前面   存在

⇒ **重新存在於眼前**
進入某家餐廳的網站後，只要看到「象徵」該網站的商標，這家餐廳就會在腦海中「重新」「存在」。

04 absent**
形 ['æbsn̩t]
動 [æb'sɛnt]

形 缺席的（↔ present 出席的）；不在場的
動 缺席

absence** 名 缺席；缺乏
absentee 名 缺席者；不在場者

absent from the meeting
缺席會議

ab + **sent**
分開   存在

⇒ **存在於分開的地方**
上課時間，學生卻「在」與教室「分開」的地方，意即該學生「缺席」。

estim

變化形 esteem

評價（assess）

PART 2 重要字根
DAY 17
ess · sent · estim · esteem

01 esteem**
[ɪsˋtim]

動 尊重；尊敬；認為
名 尊重；尊敬（= respect）；評價

esteemed* 形 受人尊敬的

enhance confidence and self-esteem
提高自信與自尊

esteem 評價

⇒ 評價

這個單字是將字根當中的 i 以發音相同的 ee 替代而成，字義就如字面上所示，為「評價」的意思。「評價」某事，即代表對該事物好好「思考」。獲得好的評價，也帶有「尊敬」的意義。

近義詞 具有「尊敬」之意的單字

esteem [esteem → 評價] 尊敬；評價；思考
admire [ad+mir(e) → 注視且驚訝] 尊敬；感嘆
respect [re+spect → 向後一步看] 尊敬

02 estimate**
動 [ˋɛstə,met]
名 [ˋɛstəmət]

動 估計；推估；評價
名 估計；估量；估價

estimated** 形 估計的
estimation* 名 估計；評價

a rough **estimate** on the number of visitors
旅客人數的粗略估計

estim 評價 + **ate** 動詞

⇒ 評價數值

考慮各種狀況，在執行業務時「評價」需要多少費用，也就是「估算」並「推估」費用的意思。

03 overestimate
動 [,ovɚˋɛstə,met]
名 [,ovɚˋɛstəmət]

動 高估；對⋯⋯評價過高
名 過高的估計；過高的評價

overestimate the threat
高估威脅

over 向上 + **estim** 評價 + **ate** 動詞

⇒ 向上評價

比起原本的水準，被「評價」為「更高的」水準，即為「高估」。我們容易「高估」時間，時常認為還剩下很多時間。

04 underestimate*
動 [,ʌndɚˋɛstə,met]
名 [,ʌndɚˋɛstəmət]

動 低估；對⋯⋯評價過低
名 過低的估計；過低的評價

underestimate the importance of communication
低估溝通的重要性

under 向下 + **estim** 評價 + **ate** 動詞

⇒ 向下評價

與 overestimate 相反，比原來的水準「向下」「評價」，亦即「低估」的意思。希望大家不要「低估」自己的潛力，以真正的夢想為目標。

143

DAY 18

🎧 060

fa 變化形 fess　　　說（speak）

---

01 fable
['febḷ]

名 寓言；虛構的故事

fabulous* 形 寓言的；極好的

enjoy reading Aesop's **fables**
喜愛閱讀伊索寓言

fa(ble) 說
⇒ 說出的內容、故事
「述說」某件事時，有時會將不存在的事物編造得像真的一樣，以更有趣的方式敘述。「寓言」或以前的「故事」也是此過程的產物。

---

02 fame*
[fem]

名 名聲；聲譽

famous** 形 有名的

Fame would be dependent on celebrity.
名聲會受出名程度所左右。

fa(me) 說
⇒ 顯而易見的話、名氣
人們有多常「述說」有關某人的事，就是那人的「名聲」。

---

03 fate**
[fet]

名 命運；宿命（= destiny）

fatal* 形 命運的；致命的
fateful*
形 重大的；決定命運的；命中註定的

The sailor suffered a cruel **fate**.
這名水手遭遇了殘酷的命運。

fa(te) 說
⇒ 神的旨意
在宗教的意義上，「話」表示神的旨意。因為是神的旨意，就是無可避免的「命運」。

---

04 fairy*
['fɛrɪ]

名 仙子；妖精

My son still believes the tooth **fairy** is real.
我兒子仍然相信牙仙子（譯註：能取走他們脫落的乳牙，並留下錢幣）是真實存在的。

fa(i) 說 + **ry** 名詞
⇒ 在故事中的事物
不是實際存在於現實中的事物，而是存在於人們「述說」的故事裡，也就是「妖精」。

05 infant**
[ˈɪnfənt]

名 嬰兒；幼兒
形 嬰兒的；幼兒的；初期的

infancy* 名 嬰兒期；幼年；初期
infantile* 形 幼稚的；嬰兒的

a program for **infants** under two
給兩歲以下幼兒看的節目

in	+	fa(nt)
not		說

⇒ 還不能說話

表示因為還「不能」「說話」，只能用哭聲和肢體動作表達意思的「幼兒」。

06 preface*
[ˈprɛfɪs]

名 序言

The third edition contains a different **preface**.
第三版有一個不同的序言。

pre	+	fa(ce)
前面		說

⇒ 在前面述說的文章

在書籍最「前面」「敘述」這本書之內容或目的的文章，也就是「序言」。

07 confess*
[kənˈfɛs]

動 坦白；自白；承認

confession* 名 坦白；自白；承認

He **confessed** his sins.
他坦承了他的罪過。

con	+	fess
完全		說

⇒ 完全誠實地說

將偷偷犯下的罪行「完全」「說出」，表示誠實地「自白」的意思。

08 professional***
[prəˈfɛʃənəl]

形 職業（上）的；職業性的；專業的

profess 動 聲稱；自稱
professor* 名 教授；教師
profession* 名 職業

get a **professional** opinion
獲得專業的見解

pro	+	fess	+	ion	+	al
前面		說		名詞		形容詞

⇒ 站在前面述說

能夠在某人的「面前」「述說」的人，表示其為該領域的「專家」，也是領袖。沒有實力的人無法站在眾人面前說話。一個領域中，最優秀的專家，即為該領域的 professor（教授）。

fall

變化形 fal, fail, faul

欺騙（deceive）→錯誤（miss）

01 fallacy*
['fæləsɪ]

名 謬誤；謬論；錯誤

fallacious 形 謬誤的；騙人的

expose the **fallacy** of their ideas
揭露他們想法中的謬誤

fall + **acy**
欺騙　　名詞

⇒ 欺騙的事

「欺騙」他人，使其相信「錯誤的想法」是正確的，或是引起「錯誤」。

02 false**
[fɔls]

形 錯誤的；不真實的

falsify 動 竄改；偽造
falsehood* 名 虛假；謊言

The assumption is **false**.
這個假設是錯誤的。

fal(se)
欺騙

⇒ 欺騙他人

「欺騙」他人，就是說出「錯誤的」、「不是事實的」話。

03 fail**
[fel]

動 失敗；不及格；失靈

failure*** 名 失敗；失敗者
failing** 名 缺點；弱點

The child **fails** to develop his math skills.
這個小孩未能建立起他的數學技巧。

fail
錯誤

⇒ 事情出錯

事情如果順利，則為成功；如果「出錯」了，即為「失敗」。如果不想在考試時失敗，必須減少應考時犯下的失誤或「錯誤」。

04 fault**
[fɔlt]

名 缺點；缺陷；錯誤

faulty* 形 有缺點的；不完美的

It's not your **fault**.
這不是你的錯。

faul(t)
錯誤

⇒ 錯誤的事

人的個性中，錯誤的部分稱為「缺點」。機械上出現錯誤的地方則為「缺陷」。

fare　走（go）

01 fare
[fɛr]

名（交通工具的）票價
動 去；度過

business class **fares**
（飛機）商務艙費用

fare
走

⇒ 走、前往的費用

從「走」的基本字義，衍生出為了前往某地而應支付的「費用」。人生如果正順利地「走」在正確的道路上，表示「過得」很好，所以也有「度過」的意思。

02 farewell*
[ˌfɛrˈwɛl]

名 告別；離別問候

have a surprise **farewell** party
舉辦驚喜的告別會

fare 走 ＋ **well** 好好地

⇒ 好好地走

表示「一路順風」的意思，也就是「離別問候」。此外，Good bye（再見）也有「往旁邊（by）順利（good）經過」的字源意義。

03 welfare**
[ˈwɛlˌfɛr]

名 福利；福祉；幸福

the **welfare** of its citizens
其市民的福祉

wel(l) 好好地 ＋ **fare** 走

⇒ 過得好

如同前面說明過的，fare 也帶有「度過」的意思。讓人們能夠過得「好」（well），即是「福利」的根本意義。

PART 2 重要字根
DAY 18
fall · fal · fail · faul · fare

fend
變化形 fen

打擊（strike）

01 de**fend**★★
[dɪˋfɛnd]

動 防禦（↔ attack 攻擊）；防護；防守

defense★ 名 防禦；防護
defensive★ 形 防禦的；保護的

defend workers' rights
捍衛工人的權利

de + **fend**
分開　打擊

⇒ 遠離攻擊

受到某人「攻擊」時，不要乖乖挨打，應該遠離，讓攻擊不觸碰到自己的身體，也就是「防禦」。

02 **fen**ce★
[fɛns]

名 柵欄；籬笆
動 把……用柵欄（或籬笆）圍起來

fender 名 （汽車等的）防護板

a house with a green fence
有著綠色圍籬的屋子

(de)fence
防禦

⇒ 幫助防禦的事物

這個單字是將 defense 縮短而產生的單字（但注意 s 改成 c，拼法不同）。棒球場的圍欄是讓觀眾不能隨意進出比賽區域而進行「防禦的」東西。運動項目「擊劍」（fencing）是「防禦」攻擊的比賽。

03 of**fend**★
[əˋfɛnd]

動 冒犯；觸怒；犯罪

offense 名 冒犯；觸怒；罪過
offensive★ 形 冒犯的

He offended her with his silly joke.
他講蠢笑話冒犯了她。

of + **fend**
面對 (ob)　打擊

⇒ 面對對方攻擊

走在路上，卻有人「面對」自己「揮拳」，肯定會相當不快。「毆打」他人是讓對方「心情不好」的事，也是「違反」法律的行為。

fest
變化形 **feast**

喜悅（joy）

01 fest**ival***
[ˈfɛstəvl]

名 節日；慶祝活動
festive 形 節日的；喜慶的；歡樂的
sing and dance in the **festival**
在慶典中唱歌跳舞

fest	+	iv(e)	+	al
喜悅		形容詞		名詞

⇒ 欣喜的活動
不知道大家是否參加過「祭典」？現場非常熱鬧，人們全都沉浸在滿是喜悅的氣氛當中。

02 **feast***
[fist]

名 宴會；筵席
動 盛宴款待；使（感官等）得到享受
the traditional recipes for a Thanksgiving **feast**
感恩節大餐的傳統做法

feast
喜悅

⇒ 喜悅的宴會、筵席
意指考試合格或是應將七旬的「喜悅」之事時，舉行可以「盡情吃喝」的「筵席」。

---

fid
變化形 **fed, fai, fy**

相信（trust）

01 con**fid**ent**
[ˈkɑnfədənt]

形 確信的；有自信的
confidence** 名 自信；信心；把握
She had become more **confident** and active.
她變得更加自信積極。

con	+	fid	+	ent
完全 (com)		相信		形容詞

⇒ 完全相信的
「完全」「相信」自己的人，是「有自信的」人。

02 **fid**elity*
[fɪˈdɛlətɪ]

名 忠誠；忠貞；盡責
infidelity 名 不忠誠；不貞
the movie's **fidelity** to historical facts
這部電影對於歷史事實考究的精確程度

fid(el)	+	ity
相信		名詞

⇒ 信任
對於「忠實的」人，就可以予以「信賴」。

03 federal**
['fɛdərəl]

形 聯邦（制）的；聯邦政府的

a study of the 1974 Canadian **federal** elections
有關 1974 年加拿大聯邦選舉的研究

fed(er) 相信 + **al** 形容詞

⇒ 在信任關係中的

必須互相信任，才能結為「同盟」。美國是由五十多個州結為同盟的「聯邦國家」。美國的搜查機構 FBI（聯邦調查局），即為 Federal Bureau of Investigation 的縮寫。

04 faith**
[feθ]

名 信任；信仰

faithful*
形 忠實的；忠誠的；如實的

I have great **faith** in his judgment.
我對他的判斷有極大的信心。

fai(th) 相信

⇒ 堅固的信任

意指對於任何對象的堅固「信任」，也可為對於神的信任──「信仰」的意思。

05 defy*
[dɪ'faɪ]

動 反抗；蔑視；向……挑戰

defiance* 名 反抗；蔑視；挑戰

a mysterious illness which had **defied** the doctors
挑戰醫師們本領的神祕疾病

de 分開 + **fy** 相信

⇒ 從信任遠離

「遠離信任」，換言之，即為無法信任的意思。無法信任的規範會「被輕視」，而被輕視的規範當然會「被反抗」。

---

fil

絲（thread）
線（line）

---

01 filament
['fɪləmənt]

名 細絲；燈絲

The **filament** is heated by an electric current.
電流燒熱了燈絲。

fil(a) 絲 + **ment** 名詞

⇒ 細絲

鎢絲燈泡內，可以看到非常細而捲曲的金屬「絲」。如果電力通過，這些絲將變熱且發光，這些絲即為「燈絲」。

02 file** [faɪl]

名 文件夾；公文箱；檔案
動 把……歸檔；提出（申請等）；提起（訴訟等）

make a back-up **file**
製作備份檔

file important documents
將重要文件歸檔

fil(e)
線

⇒ 用絲線綑綁
過去因為沒有釘書機或資料夾，所以當有許多張紙時，會用絲線綑綁並加以保管，這就是「檔案」最早的樣貌。

03 profile** [ˋprofaɪl]

名 側面（像）；輪廓；個人簡介
動 描繪……的輪廓

a short **profile** of each candidate
每位候選人的簡短介紹

pro 向前 + **fil(e)** 線

⇒ 把線向前抽出
只把「線」「向前」抽出，表示大略畫出「輪廓線」的意思。以文章為例，即為「概要」。可以得知某人之概要的資訊，就是那個人的「個人簡介」。

---

fin

結束（end）
界線（boundary）

---

01 fine** [faɪn]

形 美好的；優秀的；健康的；精細的
名 罰金；罰款
動 對……課徵罰金

finely* 副 微小地；精細地

The plan sounds **fine**.
這個計畫聽起來不錯。

pay a **fine** for speeding
繳納超速的罰金

fin(e)
結束

⇒ 結束、位於最終端的
英文中，「I'm fine, thank you.」中的 fine 的意思為「很好」。過去被認為非常「出色的」工藝品，是以收尾工作做得有多細緻、多完美來評斷，所以也有「精細的」的意思。另外，在「繳納『罰金』便可不用入監，罪刑也『結束』」的意義上，也有「罰鍰」、「罰金」、「滯納金」的意義。

02 final*** [ˋfaɪnl]

形 最後的；最終的
名 決賽；期末考

finally* 副 最後；終於
finalize 動 完成；結束
finalist 名 晉級決賽者

the **final** decision whether to swallow or reject food
決定要吞下或吐出食物的最終決定

fin 結束 + **al** 形容詞

⇒ 結束的、最後的
完全等同於字源本身的意思。搭乘遊樂設施時，站在隊伍最「尾端」的人，將會「最後」搭乘。

03 finance**
['faɪnæns]

- 名 財政；金融；資金
- 動 提供資金給……

financial*** 形 財政的；金融的

She's an expert in **finance**.
她是一名金融專家。

fin (結束) + **ance** (名詞)

⇒ 結束債務

這個字原本有「結束」債務的意思，但現在不只是償還債務，還衍生出籌措「資金」的意思。

04 finish**
['fɪnɪʃ]

- 動 結束；完成
- 名 結束；（比賽等的）最後階段

finite* 形 限定的；有限的
infinite** 形 無限的；極大的
infinity* 名 無限；無限的距離（或時間、空間、數量等）

finish writing the speech
寫完演講稿

fin (結束) + **ish** (動詞)

⇒ 結束

如同字源所示，意思是「結束」。finish line 的意思是「終點線」，是畫在賽跑「結束」之處的線。

05 refine*
[rɪ'faɪn]

- 動 精煉；使完善

refinement* 名 精煉；優雅
refinery 名 精煉廠；煉油廠

Programmers are constantly **refining** software.
程式設計師不斷地在使軟體更臻完善。

re (再次) + **fin(e)** (結束)

⇒ 重新結束事情

「重新」進行工作，「結束」後變得更好，亦即「改善」的意思。「提煉」石油的過程，是多次「重覆」加熱蒸發原油，再使其冷卻的過程。

06 confine*
動 [kən'faɪn]
名 ['kɑnfaɪn]

- 動 限制；囚禁
- 名 界線(-s)；邊界(-s)

confine him to well-heated rooms
將他限制在溫暖的房間內

con (全部；一起 (com)) + **fin(e)** (界線)

⇒ 使全部存在於界線內

制定出「界線」，使「全部」只待在界線內，即為「囚禁」或「限制」的意思。

07 define**
[dɪ'faɪn]

- 動 給……下定義；規定

definite** 形 明確的；肯定的
definitely**
副 明確地；肯定地；當然
definition** 名 定義；規定

New media can be **defined** by four characteristics.
新媒體能用四個特徵來定義。

de (分開) + **fin(e)** (界線)

⇒ 分開界線

三角形的「定義」是用三條線段連結三個點而成的多邊形，而四邊形的「定義」則是用四條線段連結四個點而成的多邊形。像這樣規定概念的「界線」，將三角形和四邊形完全「分開」，即為「下定義」。

DAY 19

firm 確實的（firm）

01 firm **
[fɝm]

- 名 公司
- 形 穩固的；結實的；堅定的
- 動 使穩固；使確定下來

firmly 副 穩固地；堅定地

a **firm** decision
難以撼動的決定

firm 確實的

⇒ 確實的

一家公司的前身可能只是一群人的聚會，在成為「公司」的過程中，此種聚會開始擁有「確實的」法律實體。實際上，firm 的意思是「確實的」事物，後來衍生出「公司」的意義。

02 confirm **
[kənˋfɝm]

- 動 證實；確認

confirmation * 名 確認；批准

confirm a theory
證實理論

con 完全 (com) + **firm** 確實的

⇒ 使其完全確實

表示某事物真正「確實」，就是「展現該事物為事實的」過程，亦即「確認」事實。

03 affirm *
[əˋfɝm]

- 動 斷言；證實；同意

affirmation * 名 斷言；證實；同意
affirmative *
- 形 肯定的；表示同意的
- 名 肯定（的語句）；同意（的語句）

The government **affirmed** its support for social protection.
政府同意支持社會保障。

af 朝向 (ad) + **firm** 確實的

⇒ 向……確實地說出

「向」某人「確實地」說出某事，即為「斷言」。擁有這種信心的人就是「正面的」人。對於某個案件表示正面意見，即為「同意」這件事的意思。

flect

變化形 flex

彎曲（bend）

01 reflect**
[rɪˋflɛkt]

動 反射；反映；反省

reflection** 名 反射；映像；反思
reflective* 形 反射的；反照的；思考的

reflect the view of most members
反映大部分成員的看法

re 相反 + flect 彎曲

⇒ 朝反方向彎曲並展現

光線抵達反射板或鏡子，並「朝反方向」「彎曲」，也就是「反射」。這個單字也有「映照」於鏡中的意思，還有「反映」的意思。

02 deflect*
[dɪˋflɛkt]

動 （使）偏斜；（使）轉向

deflection* 名 偏斜；偏向

deflect attention away from the issue
將注意力從那項議題上拉開

de 分開 + flect 彎曲

⇒ 朝其他方向彎曲

朝遠遠「分開」的方向彎曲，也就是使其往別的方向「擦過」。曲棍球比賽中，所謂的 deflection shot 就是攻擊手甩開守備手，「偏斜地」將球射出。

03 flex
[flɛks]

動 屈曲（四肢等）；使（肌肉）收縮

flexible** 形 可彎曲的；有彈性的；靈活的
flexibly 副 易曲地；靈活地
flexibility 名 適應性；靈活性；彈性

Slowly flex your right ankle.
慢慢地彎起你的右腳踝。

flex 彎曲

⇒ 彎曲身體

做熱身運動時，將身體「彎曲」使其得以「放鬆」，變得「柔軟」。除了身體之外，我們會用「有彈性」來表達柔軟的思考方式。

flict

打擊（strike）

01 afflict
[ə'flɪkt]

動 使痛苦；使苦惱

affliction **名** 苦惱；折磨

support **afflicted** children with chronic diseases
支持受慢性病所苦的孩子們

af 在 (ad) + **flict** 打擊

⇒ 打擊對方

從「打擊」的字義衍生出「折磨」的意思。通常折磨便是「打擊」或「毆打」某人。

02 conflict**
名 ['kɑnflɪkt]
動 [kən'flɪkt]

名 衝突；不一致
動 衝突；矛盾

a **conflict** of interest
利益上的衝突

con 一起 (com) + **flict** 打擊

⇒ 互相打擊

不是單方面打擊一方，而是「一起」「打擊」的狀況，也就是「打架」的意思。從這裡再衍生出「糾紛」、「衝突」等意思。

03 inflict*
[ɪn'flɪkt]

動 使遭受（損傷等）；施加

infliction
名 施加；施加的事物（如痛苦、負擔、懲罰等）

inflict pain on people
將痛苦施加於人民身上

in 向內 + **flict** 打擊

⇒ 毆打

被打了當然會痛，「毆打」其他人就是對那個人「施加痛苦」並「折磨」那人的行為。

PART 2 重要字根

DAY 19

flect ▪ flex ▪ flict

🎧 066

flu
變化形 flux, fluct

流淌；潮流（flow）

---

01 **flu**id**
['fluɪd]

名 液體；流體
形 流動的；不固定的；流暢的

fluidity* 名 流動性；易變性

fluid guitar playing
流暢的吉他表演

flu(id)
流淌

⇒ 流動的狀態

像水或空氣等沒有形態而「流逝的」事物，亦即「液體」、「流體」。會流動的東西通常不會是堅固，而是「柔軟」的。

---

02 **flu**ent*
['fluənt]

形 （語言）流利的；流暢的

fluently 副 流利地；流暢地
fluency* 名 流暢

be **fluent** in French
法文很流利

flu + **ent**
流淌　　形容詞

⇒ 如水流動的

說話時像水「流動」一樣，表示說話時沒有阻礙，順暢地說出的意思。fluent 特別指的是可以「流暢地」說出外語的狀態。

---

03 af**flu**ence*
['æfluəns]

名 豐富；富裕

affluent* 形 豐富的；富裕的
affluently 副 富裕地；充足地

live in **affluence**
生活在富裕之中

af + **flu** + **ence**
朝向(ad)　流淌　名詞

⇒ 溢出

可以往其他方向「溢出」，量十分豐富，亦即「富裕」且「豐足」的意思。形容想法或點子多到溢出來，也可用這個單字表達。

---

04 in**flu**ence***
['ɪnfluəns]

名 影響；影響力；勢力
動 對……造成影響

influential** 形 有影響力的

have an **influence** on the outcome
對結果有影響

in + **flu** + **ence**
向內　流淌　名詞

⇒ 流入

若其他物質或流行、文化「向內」「流淌」，內部將會經歷變化。引發變化或某種現象，即代表造成「影響」。

05 influenza
[ˌɪnfluˈɛnzə]

名 流行性感冒（= flu）

the outbreak of avian **influenza**
禽流感爆發

in + **flu** + **enza**
向內　流淌　名詞

⇒ 向體內流入

和前面所學的 influence 擁有相同的字源。從外部「受到影響」而罹患的疾病，就是「感冒」。感冒是因為外來的病毒進入身體「內」而感染的。

06 flux*
[flʌks]

名 流動；不斷的變動

be in a state of **flux**
處於不斷變動的狀態

flux
潮流

⇒ 水流

像水「流動」一樣，持續發生變化的意思。在流動的江面上搭船，船的位置會「不斷變化」。

07 fluctuate
[ˈflʌtʃuˌet]

動 波動；動盪

fluctuation* **名** 波動；動盪

Vegetable prices **fluctuate** through the seasons.
菜價會隨著季節波動。

fluct(u) + **ate**
潮流　動詞

⇒ 使其流動

這是閱讀英文報紙時，常常可以看到的單字之一。若用來描述油價或股價走勢起起伏伏，則表示「動盪」的意思。

form

形態；製作（form）

01 form***
[fɔrm]

名 形狀；形態；外形
動 形成；構成；建立

formal** **形** 正式的；拘泥形式的
formative* **形** 形成的；造形的；構成的
formation** **名** 形成；構成；結構

They **formed** a band in the late 1990s.
他們在 1990 年代晚期成團。

form
形態

⇒ 形成形態

uniform 是 uni（一個的）、form（形態），意即由一種形態製成的衣服。landform 是 land（土地）、form（形態），意即土地的形態——「地形」的意思。

02 in**form** **
[ɪnˈfɔrm]

動 通知;告知

information *** 名 資訊
informative * 形 見聞廣博的

inform them of updates and changes
通知他們最新消息及變化

[相關用法] inform A of B 告知 A B 事

in	+	form
向內		製作

⇒ 在腦海中製作形態

在腦海「內部」「製作形態」，即為告知某事，使人醒悟。這個單字也有「告知」大略資訊或梗概的意思。

近義詞 具有「告知」之意的單字

inform [in+form → 在腦海中製作形態] 告知;給予情報;通知
notify [not(i)+fy → 使知道] 告知;(正式地)通知
report [re+port → 把情報向後搬] 告知;報告;發表

03 re**form** **
[ˌrɪˈfɔrm]

動 名 改革;革新

reformation 名 改革;革新
[比較] re-formation
　　　　名 再建構;再形成

reform the college entrance system
改革大學入學制度

re	+	form
再次		製作

⇒ 再次製作

把老舊的物品重新修復，亦即表示「重新」「製作」的意思。重新製造老舊的制度，即為「改革」。

04 con**form** *
[kənˈfɔrm]

動 遵照;順應;與……一致

conformity * 名 遵從;一致
conformance 名 遵從;一致

conform to our way of thinking
與我們的思考方式一致

con	+	form
一起(com)		製作

⇒ 互相製作成相似的形態

互相「合作」「製作」出一個結果，換言之，就是做出互相「一致」的意見。因為是同意他人的意見，所以也衍生出「順應」的意思。

05 **form**ula **
[ˈfɔrmjələ]

名 配方;〈數學〉公式;
〈化學〉分子式

formulaic 形 公式的;俗套的
formulate *
動 使公式化;用公式表示;
　 系統地闡述

use some mathematical **formulas**
運用一些數學公式

form	+	ula
製作		名詞

⇒ 簡單的形式

意思是經過長久時間「形成」的原理。依照傳統訂定的「製造法」，亦即依據原則產生的「公式」。

fort
變化形 force

力量；用力（force）
強大的（strong）

PART 2 重要字根
DAY 19
form・fort・force

01 fort*
[fort]

名 要塞；堡壘

fortify 動 築堡壘於……
fortress* 名 要塞；堡壘

the site of an old fort
舊堡壘的遺址

| fort |
| 力量 |

⇒ 擁有力量的地方
「要塞」是在軍事上「力量」集中的重要場所。

02 effort**
[ˈɛfət]

名 努力；盡力；成就

effortless 形 毫不費力的；容易的

They concentrated all their physical and mental effort on survival.
他們將全部身心的力量集中在存活這件事上。

| ef | + | fort |
| 向外 (ex) | | 用力 |

⇒ 出力的動作
「向外」使出「力量」，就是「努力」的意思。

03 comfort**
[ˈkʌmfət]

名 舒適；使人舒服的東西
動 安慰；使舒適

comfortable**
形 舒適的；自在的

Chicken soup is a nice comfort food.
雞湯是一種可以安穩情緒的食物。

| com | + | fort |
| 完全 | | 強大的 |

⇒ 完全健康的
「完全」「健康的」狀態，指的就是「舒適的」狀態。

04 force***
[fors]

名 力；力量；武力；軍隊 (-s)
動 強迫

forceful* 形 強而有力的；堅強的
forced** 形 受強迫的；不自然的

the driving force
驅動力

| force |
| 用力 |

⇒ 用力量處理
指的是為了使喚他人做事，而「用力量」處理的動作。比自己強大的人強行委託自己做事，也就是「強迫」的意思。

05 enforce*
[ɪnˈfors]

動 執行；強制

enforcement* 名 執行；強制

They're in charge of enforcing the law.
他們負責執行法律。

| en | + | force |
| 使做 | | 力量 |

⇒ 施力
如果要讓汽車移動，就需要動力。同樣的，如果要讓事情進行，必須要施加「力量」來「執行」。

06 reinforce** [ˌriɪnˈfɔrs]

動 強化；增強

reinforcement* **名** 強化；增強

reinforce the army
強化軍隊

re	+	in	+	force
再次		使做		力量

⇒ 再次施力

意即「再次」施加「力量」。因為是非常重要的事，所以將已經執行的事項再次「補強」並「強化」。可以視為在 enforce（執行）前面多加一個 re 字首。

---

frag
變化形 fract

打破（break）

---

01 fragment*
名 [ˈfrægmənt]
動 [frægˈment]

名 碎片；破片
動 （使）成碎片

fragmentary* **形** 零碎的；不全的

glass **fragments** from broken car windows
車窗破裂產生的玻璃碎片

frag	+	ment
打破		名詞

⇒ 打破的碎片

打破玻璃的話，會碎成更小的玻璃「碎片」。

02 fragile*
[ˈfrædʒəl]

形 易碎的；易損壞的；脆弱的

fragility **名** 脆弱；易碎性

Remove any **fragile** ornaments on the shelf.
將櫃子上任何脆弱的裝飾品移開。

frag	+	ile
打破		容易做的

⇒ 容易打破的

大家應該很常在裝著碗盤或玻璃瓶的箱子上看到寫著「小心破損」的標籤，這在英文中就是用「FRAGILE」標示。因為是玻璃，所以「容易破損」。

03 fractal
[ˈfræktḷ]

名 〈幾何學〉不規則碎片形；分形

A snowflake is an example of a **fractal** pattern.
雪花是不規則形狀的一個例子。

fract	+	al
打破		名詞

⇒ 打破的樣子

依據特定算式，破碎成相同模樣的圖形即稱為「分形」。

04 fraction*
[ˈfrækʃən]

名 部分；一部分；〈數學〉分數

fractional **形** 部分的；少量的

pay a **fraction** of the cost
只付費用的一部分

fract	+	ion
打破		名詞

⇒ 打碎的數

分數 1/2 即為將整數 1「打碎」成一半的數。分數的「分」帶有「分開」的意思。

DAY 20

fund
變化形 **found**

地面（bottom）→ 基礎（base）

01 fund ★★
[fʌnd]

名 資金；基金
動 為……提供資金；資助

funding ★★ 名 資金；基金
defund 動 停止為……提供資金

manage a trust **fund**
管理信託基金

fund 地面；基礎

⇒ 基礎資金
表示為了開創事業的「基礎」「資金」。

02 fundamental ★★
[ˌfʌndəˈmɛnt!]

形 基礎的；基本的

fundamentally ★★
副 基礎地；基本地
fundamentalism 名 基本主義

the **fundamental** nature of causality
因果關係的基礎本質

fund(a) 基礎 + **ment** 名詞 + **al** 形容詞

⇒ 形成基礎的
形成「基礎」的性質，亦即「基本的」。成為基礎的規則是「基本原則」。

03 found ★★★
[faʊnd]

動 建立；建造；設立

founder ★ 名 創立者
foundation ★★
名 建立；基礎；基金會；機構

The college was **founded** in 1670.
這所大學創立於 1670 年。

found 基礎

⇒ 奠定基礎
為了「建立」團體，應該最先做的工作是奠定「基礎」。唯有打好基礎，才能在上面「建立」好的團體或國家。

近義詞 具有「建立」之意的單字

found [found → 奠定基礎]（團體、機構等）建立；設立；在……上建立基礎
establish [e+sta+bl+ish → 安定地建立]（團體、機構等）設立；建立
institute [in+stit(u)+te → 在內部建立] 開始；（團體、機構等）設立
build [build → 創造可以居住的地方]（建築物）建造；建立

04 profound ★
[prəˈfaʊnd]

形 深切的；極度的；深層的；深奧的

profundity 名 深度；深淵；深奧
profoundly 副 深切地；極度地

have a **profound** effect on society
對社會有深遠的影響

pro 前面 + **found** 基礎

⇒ 先形成之基礎的
越早形成的基礎，會向「越深的」地方沈積，表示更「深層」。

161

fus

融化（melt）
傾倒（pour）

01 fuse*
[fjuz]

動 （保險絲）熔斷；熔化；融合
名 保險絲；熔線

fusion* **名** 熔化；融合

The ear is the only sense that **fuses** an ability to measure with an ability to judge.
耳朵是唯一能夠融合測量能力和判斷能力的感官。

[相關用法] fuse A with B 將 A 與 B 融合

fus(e) 融化

⇒ 融化並合成

互不相同的事物，在維持本身樣貌的前提下，很難合而為一。必須「融化」原本的樣貌並合成，才能不分彼此地「融合」。

02 confuse*
[kən'fjuz]

動 使困惑；混淆

confusing* **形** 令人困惑的
confused** **形** 感到困惑的
confusion** **名** 困惑

We **confuse** means with ends.
我們把手段跟目的搞混了。

con 一起 (com) + **fus(e)** 傾倒

⇒ 一起傾瀉

提供資訊或知識時，應該一個一個慢慢地告知，才能輕易理解。各式各樣的東西「一起」「傾倒」的話，接受方將會非常「困惑」。

03 diffuse*
動 [dɪ'fjuz]
形 [dɪ'fjus]

動 （使）擴散；（使）傳播
形 四散的；擴散的

diffusion* **名** 擴散；傳播
diffuser **名** 擴散器；散布者

Their ideas **diffused** to the rest of the world.
他們的想法傳播到世界的其他角落。

dif 分開 (dis) + **fus(e)** 傾倒

⇒ 傾倒至分開的地方

大家有沒有曾經在他人的家裡或商店內，看過為了讓室內氣味變好而放置的「擴香劑」？在混合了香料的液體中插入藤枝，使香味能「傾瀉」至「分開」的地方，是讓香氣「擴散」的道具。

04 infuse
[ɪn'fjuz]

動 將……注入；向……灌輸

infusion* **名** 注入；注入物；灌輸

Her success **infused** the team with new energy.
她的成功為團隊注入了新的力量。

in 向內 + **fus(e)** 傾倒

⇒ 向內部傾倒

「向內」「傾倒」，就是「灌輸」的意思。「沖泡」茶葉就是將茶葉泡在水中，讓茶的成分「向水裡」「傾倒」。

05 refuse**

[rɪˋfjuz]

動 拒絕（= turn down）；不願做……

refusal** 名 拒絕

refuse to answer the question
拒絕回答問題

re 再次 + fus(e) 傾倒

⇒ 向原本的位置再次傾倒

在酒席上，不接受倒給自己的酒，並將其「再次」「傾倒」至原本的位置，也就是「拒絕」的意思。

---

gar
變化形 **guar**

覆蓋（cover）

---

01 garment*

[ˋɡɑrmənt]

名 衣服；服飾
動 穿衣服；給……穿衣服

costly **garments** of Chinese silk
昂貴的中國絲綢服飾

gar 覆蓋 + ment 名詞

⇒ 覆蓋住身體的動作

用「衣服」「覆蓋」身體，藉此保護並「裝飾」身體。

02 guarantee**

[ˌɡærənˋti]

名 保證；保證書
動 保證；擔保

The program **guarantees** employment after the training period.
此課程保證培訓期過後必能就職。

guar(antee) 覆蓋

⇒ 覆蓋權利

此處的「覆蓋」，有「負起責任」守護的意思。受品質「保證書」「覆蓋」的期間內，消費者有受「保障」使用品質優良之產品的權利。

gard
變化形 guard

注視（watch out）

01 regard**
[rɪˋgɑrd]

動 注意；考慮；關心；視為
名 注意；關心；尊重

regarding* 介 關於；就……而論
regardless*
副 不管怎樣；無論如何

Dreams have been **regarded** as prophetic communications.
夢一直被視為預言性的交流。

re（向後）＋ gard（注視）
⇒ 注視後方
「注視後方」，即表示「傾注關心」與「注意」，並幫助「照護」的意思。

02 guard**
[gɑrd]

名 警衛；保鑣
動 保衛；守衛

guard and maintain human progress
守護並維持人類的進步

guard（注視）
⇒ 注視是否安全
「注視者」是否有奇怪的人侵入，「保護」財產與人身安全的人，就是「警衛」、「保鑣」。

03 guardian*
[ˋgɑrdɪən]

名 守護者；監護人；管理員

His aunt has been appointed as his legal **guardian**.
他的阿姨被指定為他的法定監護人。

guard（注視）＋ ian（人）
⇒ 注視的人
「注視」並保護小孩等無法自己照顧自己的對象者，也就是「監護人」、「守護者」的意思。

gener

變化形 gen, gn

出身（born）
發生（origin）
種類（kind）

---

01 generate **
[ˈdʒɛnəˌret]

動 (使)產生；(使)發生；造成

generation ** **名** 世代；時代
generative * **形** 有生產能力的；能產生的

generate extra income
產生額外的收入

gener（出身） + **ate**（動詞）

⇒ **使發生**

在「出身」這個字根加上形成動詞的字尾，表示使其誕生的意思，也就是「使發生」、「造成」的意思。

---

02 de**gener**ate *
[dɪˈdʒɛnəˌret]

動 下降；衰退；退步；墮落
形 衰退的；退化的；墮落的

degeneration * **名** 衰退；退化；墮落

The protest **degenerated** into complete chaos.
抗議行動淪為徹底的混亂。

de（分開） + **gener**（出身） + **ate**（動詞）

⇒ **與天生的原貌分開**

與「天生的」樣貌「分開」，即為「變質」的意思。在此基礎上添加否定的意思，則帶有「退步」、「墮落」的意思。

---

03 general ***
[ˈdʒɛnərəl]

形 一般的；普遍的
名 將軍；上將

generally *** **副** 通常；一般地；普遍地
generalize * **動** 使一般化；歸納

My **general** impression of the hotel was good.
我對於這家旅館的大致印象還不錯。

gener（種類） + **al**（形容詞）

⇒ **同一種類中大部分擁有的**

屬於同一「種類」的個體中，絕大部分具備的特徵，即是該種類的「一般性」特徵；也可以指在軍隊中，橫跨「整個」部隊擁有權威的人——「將軍」。

---

04 generic *
[dʒɪˈnɛrɪk]

形 一般的；普通的；通用的；（藥物或商品）無專利的
名 無商標的產品；無專利的藥品

generic characteristics of counselling
諮詢的一般特徵

gener（種類） + **ic**（形容詞）

⇒ **屬於相同種類的**

結合屬於相同「種類」的事物，其中的任何一個所擁有的特徵，對於這所有事物來說都是「一般的」、「普通的」。

05 generous**
[ˈdʒɛnərəs]

形 慷慨的；大方的

generosity* 名 慷慨；大方

He has a very **generous** heart.
他擁有一顆非常慷慨的心。

gener (出身) + **ous** (形容詞)

⇒ 擁有良好出身特徵的

現在大部分國家都廢止了身分制度，但是在過去，好的「出身」指的就是貴族。如果是擁有許多特權的貴族「出身」，應當以「慷慨的」態度對待他人。

06 gentle**
[ˈdʒɛntl]

形 溫和的；溫柔的；輕柔的

gentleman* 名 紳士
gently*
副 溫和地；溫柔地；輕柔地

a **gentle** breeze from the sea
從海上吹來的輕柔微風

gen(t) (出身) + **le** (形容詞)

⇒ 如良好出身般的

「出身」良好的貴族除了慷慨之外，還有許多應該具備的品德。應該要「親切」且「穩重」，還需要擁有「溫和」的個性。

07 genius*
[ˈdʒinjəs]

名 天才；天賦

This film is definitely a work of **genius**.
這部電影無疑地是一部天才之作。

gen(ius) (出身)

⇒ 天生的特別能力

帶著比他人更傑出的能力「出身的」人，即為「天才」。

08 ingenious*
[ɪnˈdʒinjəs]

形 心靈手巧的；製作精巧的；巧妙的

ingenuity*
名 心靈手巧；獨創性；巧妙

They've come up with an **ingenious** solution.
他們想出了一個巧妙的解決辦法。

in (裡面) + **gen(i)** (出身) + **ous** (形容詞)

⇒ 擁有天生才能的

從「特別的才能在裡面與生俱來」的意思上，衍生出「巧妙的」意思。巧妙的意思，也可用於形容「奇特」且「獨創」的事物。

09 genuine**
[ˈdʒɛnjʊɪn]

形 真正的；真誠的

genuinely 副 真正地；真誠地

express **genuine** concern for refugees
對難民們表達真誠的關心

gen(u) (出身) + **ine** (形容詞)

⇒ 依照出生之原樣的

不是經過妝點或模仿的樣貌，而是「天生的」樣子，亦即「真正」的面貌。

10 gene**

[dʒin]

名 基因；遺傳因子

genetic** 形 基因的；遺傳性的
genetics* 名 遺傳學

Genes would have changed during the human revolution.
基因在人類革命之際應已產生變化。

gen(e) 發生

⇒ 使生物發生的事物

人類的孩子是人類；牛的孩子是牛。父母與孩子屬於同一種類，因為孩子是由父母傳承的「基因」而「產生」的。

11 gender**

[ˈdʒɛndɚ]

名 性別

gender discrimination at work
職場上的性別歧視

gen(d) 種類 + er 事物

⇒ 人類的種類

區分人類「種類」的基準之一，就是「性別」。

12 genocide*

[ˈdʒɛnəˌsaɪd]

名 種族滅絕；集體屠殺

be accused of **genocide**
被控告犯下集體屠殺

gen(o) 種類 + cide 殺死

⇒ 殺死整個集團

以宗教或人種等為基準，將隸屬於同一「集團」的人全部「殺死」，即為「集體屠殺」。

13 homogeneous*

[ˌhoməˈdʒiniəs]

形 同種的；同質的
(↔ heterogeneous 異質的)

homogeneity* 名 同種；同質

culturally **homogeneous** groups
文化上同種的群體

homo 相同的 + gen(e) 種類 + ous 形容詞

⇒ 屬於相同種類的

homo 的意思是「相同的」。一般我們知道的 homo，是 homosexual（同性戀者）的簡稱。homogeneous 如同其字源的本意，為屬於「相同」「種類」的意思。

14 hydrogen*

[ˈhaɪdrədʒən]

名 氫氣

oxygen* 名 氧氣
nitrogen* 名 氮氣

drop a **hydrogen** bomb
投下氫彈

hydro 水 + gen 發生

⇒ 使產生水的事物

「氫」和氧氣結合並「產生」「水」。此外，以前的人因為相信氧氣會產生酸，而以 oxy（酸）+ gen（產生）命名氧氣，不過這個說法已被證實為錯誤。

15 pregnant**

[ˈprɛgnənt]

形 懷孕的；充滿……的

pregnancy** 名 懷孕

She's five months **pregnant**.
她懷孕五個月了。

pre 之前 + gn 出身 + ant 形容詞

⇒ 出生之前的

小孩在「出生」之「前」的狀態，也就是媽媽「懷孕」的狀態。

🎧 072

gest
變化形 gist

搬運（carry）

01 gesture*
[ˋdʒɛstʃɚ]

名 手勢；示意動作

a **gesture** of understanding
表示了解的手勢

gest	+	ure
搬運		名詞

⇒ 搬運意思的行動
用身體代替語言傳達並「搬運」意思的，即為「手勢」。

02 congest
[kənˋdʒɛst]

動 (使)阻塞；(使)擁堵

congestion* 名 阻塞；擁堵

Construction work was **congesting** the area.
建築工程阻塞了這個區域的交通。

con	+	gest
一起 (com)		搬運

⇒ 一口氣搬運
向倉庫運送行李時，把所有物件「一口氣」「搬運」的話，入口就會「阻塞」。

03 digest*
[daɪˋdʒɛst]

動 消化；吸收(資訊)

digestion* 名 消化
digestive* 形 消化的
　　　　　　 名 消化藥

digest the sugar in cow's milk
消化牛奶中的糖分

di	+	gest
分開 (dis)		搬運

⇒ 分散後搬運
將食物各自「分解」成小單位的物質後，「搬運」至體內各個角落的過程，即為「消化」。「消化」某個概念，即代表「吸收」該概念的意思。

04 register**
[ˋrɛdʒɪstɚ]

動 登記；註冊；登錄
名 登記；註冊；登記簿

registration* 名 登記；註冊
registry 名 登記處；註冊處

register as a seller
註冊成為賣家

re	+	gist(er)
向後		搬運

⇒ 向後搬運
如果不記錄成目錄，只用雙眼看，當需要某件事物時，便無法完美地記住。將情報「向後」「搬運」以便隨時查看，意即「登記」。

Break Time
檢視自己的學習方式 ②

Q 我學習的時候,腦中經常浮現雜念,請問有沒有什麼好方法可以消除雜念呢?

A

腦波降低讀書法

我原本注意力也容易散漫,而且雜念也很多。不過,在養成一種習慣後,我擁有了不輸他人的集中力,那個習慣就是在讀書前做一下熱身運動。

就算是世界級的運動選手,也必須做完熱身運動,再正式開始運動。如果沒有先放鬆身體就下場運動,受傷的風險高,而且也無法正常發揮實力。傑出的運動選手都一定會將準備運動貫徹到底。

就我而言,在開始讀書之前為了提高集中力,有一件事情一定要做。**我當考生的時候,絕對不會跳過這件事就馬上開始讀書。這件事就是讓「腦波下降」。**雖然這個方法的名稱看起來很艱澀,但簡單來說就是冥想。大家現在也可以立刻做做看,做起來非常簡單,效果也很好。

在休息時間和朋友開心聊天後,或是在走廊上玩完踢牛奶盒後,如果立刻在書桌前坐下開始讀書,注意力可以集中嗎?答案是「不行」!在心情興奮的狀態下,就算想盡辦法開始讀書,也無法持久。

這個時候,就花個兩分鐘試試看冥想吧!時間更久一點也沒有關係,但是只要兩分鐘,就可以確實地看到變化。首先,坐在書桌前並端正姿勢。挺直腰部,雙眼輕輕閉上,並慢慢地呼吸。想像一下,你們的頭頂上有一道光。頭上的這道光,是蘊含了一切真理、知識與智慧的正向之光。現在,這道光穿過頭頂進入腦中,慢慢地、慢慢地下降。想像這道光在體內下降的同時,也把此刻堆積在體內的不良氣息——疲勞、壓力、不安、興奮等等向下擠壓。這道光慢慢地向下走,使我們的雙眼清明,接著行經鼻子;通過嘴巴與頸部;穿過胸部與腹部,再經過腰部與腿部,最後由腳底排出。

好了,試過之後,現在感覺如何?各位現在的精神與身體都進入了讀書的最佳狀態,全身充滿良好的氣息,腦波也轉換成適合讀書的 α 波。除此之外,心情也沉澱了下來。

我在每次開始讀書時都會進行這個腦波下降法,現在已經成為習慣,是我在開始專心讀書前的必經程序。做完這個準備工作後再讀書,可以輕鬆地專注於讀書這件事上,而且只要一開始專注在讀書這件事上,集中力也可以長久維持。而且不只是讀書,在考試的時候,也可以常常利用這個方法來集中精力,並減少失誤的發生。讓心情放鬆而且更加清爽的「腦波下降法」,推薦大家現在立刻試試看喔!

——修改自《翻轉成績與人生的學霸養成術(66 Day Study)》

DAY 21

🎧 073

grad
變化形 gree, gred, gress

行走（walk）→階段（grade）

---

01 grade＊＊
[gred]

名 等級；年級；成績
動 把……分級；把……分類；
　　幫……打分數

get good **grades** in science subjects
在自然科得到好成績

grad(e) 階段

⇒ 等級

學校以「年級」與「成績」對學生做「分類」。在考試中獲得更高「等級」的方法很簡單，只要將實力提高一個階段即可。

---

02 degrade＊
[dɪˋgred]

動 貶低；降低……的地位；降級

比較 **downgrade**
　　動 貶低；使降級；使降職
　　名 下坡路

degrade the value of the artwork
貶低藝術作品的價值

de 向下 ＋ **grad(e)** 階段

⇒ 向較低階段走

這個字是 upgrade（向較高階段走）的反義詞。意思是「向較低階段」走，包含了「鄙視」、在組織內的地位「降低」、品味或名聲「下墜」、品質「低落」等。

---

03 gradual＊＊
[ˋgrædʒʊəl]

形 逐漸的；逐步的；漸進的

gradually＊＊ 副 逐漸；漸漸

a **gradual** change in the climate
氣候的逐漸變化

grad(u) 階段 ＋ **al** 形容詞

⇒ 階段性的

階梯被設計成一階一階向上走的形式。一個階段一個階段向前進，意即「漸進的」。

---

04 graduate＊
動 [ˋgrædʒʊˏet]
名 [ˋgrædʒʊɪt]

動 畢業
名 大學畢業生

graduation＊ 名 畢業；畢業典禮
undergraduate＊
形 大學的；大學生的

She's going to **graduate** from high school tomorrow.
她明天就要從高中畢業了。

grad(u) 階段 ＋ **ate** 動詞

⇒ 進行階段

依照規定「分段」進行教育課程後，便能從學校「畢業」。

05 **grad**ation
[ɡreˈdeʃən]

名 逐漸的變化；(變化的)階段；(色彩的)層次

the color **gradations** on the map
地圖上的色彩層次

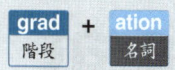

grad 階段 + **ation** 名詞

⇒ 進行階段向上走

展現色彩一點一點按照階段變化過程的色彩表，稱為「層次」。

06 de**gree**★★★
[dɪˈɡri]

名 等級；學位；〈溫度、角度單位〉度

obtain a doctor's **degree**
得到博士學位

de 分開 + **gree** 階段

⇒ 分開的階段

分開的階段，也就是「等級」或「度」等單位。從「等級」的字義還衍生出「學位」的意思。

07 in**gred**ient★
[ɪnˈɡridɪənt]

名 材料；構成要素

measure **ingredients** according to a recipe
根據食譜估算材料

in 裡面 + **gred(i)** 行走 + **ent** 名詞

⇒ 進入裡面的東西

向某處「行走」，也有「進入」的意思。進入內部的事物，即為「材料」或「構成要素」的意思。

> **近義詞** 具有「材料」之意的單字
> **ingredient** [in+gred(i)+ent → 進入裡面的東西] 材料；構成要素
> **material** [mater+ial → 物質] 物質；材料；資料；內容
> **resource** [re+source → 在此上來的東西] 資源；材料；資產

08 ag**gress**ive★★
[əˈɡrɛsɪv]

形 積極的；有攻擊性的；有侵略性的

aggression★★ 名 攻擊；侵略
aggressively
副 積極地；有攻擊性地；有侵略性地

learn **aggressive** behavior from the media
從媒體學到攻擊性的行為

ag 朝向 (ad) + **gress** 行走 + **ive** 形容詞

⇒ 先朝向對方走去的

不是等著敵人來襲，而是先「朝向」敵人「前進」，也就是「有攻擊性的」且「積極的」的意思。

09 con**gress**★
[ˈkɑŋɡrəs]

名 (國會)議會；會議

Congress will pass a budget resolution.
國會將通過一個預算案。

con 一起 (com) + **gress** 行走

⇒ 一起行走的

「國會」的字源，帶有「一起」朝著更好的方向「前進」的正面意義。

grat
變化形 gree, grace

喜悅（joy）
令人喜悅的（pleasing）
感謝（thanks）

---

01 gratitude *
[ˈgrætə,tjud]

名 感謝；感激之情

a letter of **gratitude**
一封感謝信

| grat(i) | + | tude |
| 感謝 | | 名詞 |

⇒ 感謝的狀態

字尾 tude 表示狀態、程度。「感謝」的「狀態」，就是感謝的心態，亦即用心感受的「謝意」。

---

02 grateful **
[ˈgretfəl]

形 感謝的；感激的

I'm very **grateful** for your support.
我很感謝您的支持。

| grat(e) | + | ful |
| 感謝 | | 充滿……的 |

⇒ 感謝的

正如字面上看到的，意思是「感謝的」。以信件或電子郵件要求某事時常用的「I would be grateful.」，意思是「先感謝您的幫助」。

---

03 gratify
[ˈgrætə,faɪ]

動 使喜悅；使滿意

gratification *
名 喜悅；滿意；使人滿意之事

be **gratified** to hear the news
很開心聽到這個消息

| grat | + | ify |
| 喜悅 | | 動詞 |

⇒ 使喜悅

若要「使」對方「喜悅」，就須「滿足」其要求的條件。

---

04 congrat**ulate
[kənˈgrætʃə,let]

動 恭賀；祝賀；恭喜

congratulation
名 祝賀；祝賀詞（-s）

congratulate him on his victories
恭喜他的勝利

| con | + | grat(ul) | + | ate |
| 一起 (com) | | 喜悅 | | 動詞 |

⇒ 一起感到喜悅

發生好事的時候「一起」「感到喜悅」，也就是「恭賀」的意思。

05 a**gree****
[əˋgri]

動 同意;承認;意見一致;協議;
(針對提案)回應

agreed** **形** 意見一致的
agreeable*
形 令人愉快的;欣然贊同的
agreement** **名** 同意;一致;協議
disagree* **動** 不一致;意見不合

We **agreed** on delaying the date.
我們同意延後日程。

[相關用法] agree with 對……表示同意

a	+	gree
在 (ad)		令人喜悅的

⇒ 讓對方喜悅

給予暗戀對象「喜悅」的人,就是在那個人告白時,對其「回應」或「同意」的人。

近義詞　具有「同意」之意的單字
agree [a+gree → 讓對方喜悅] 同意;協議;(針對提案)回應
assent [as+sent → 朝向對方一樣感受] 同意;贊成
consent [con+sent → 一起感受] 同意;許可;視為一致
concur [con+cur → 一起奔跑] 同意

06 **grace****
[gres]

名 (神的)恩典;優雅

graceful* **形** 優雅的
gracious*
形 慈祥的;有禮貌的;優雅的
graceless **形** 不優雅的;粗魯的

She accepted the invitation with **grace**.
她優雅地接受了邀請。

grace
喜悅

⇒ 神的喜悅

神的「喜悅」,亦即神賜下的喜悅,也就是「恩典」的意思。在「讓人『感到喜悅』的態度」的意義上,還衍生出「優雅」的意思。

grav
變化形 griev

重的（heavy）

---

01 grave**
[grev]

名 墳墓
形 嚴重的；重大的

gravely 副 嚴重地；重大地

make a **grave** error
犯嚴重的錯誤

grav(e) 重的

⇒ 嚴重的

從「沉重的」衍生出「嚴重的」的意思。世界上的所有空間中，最「嚴重」且嚴肅的地方，就是「墳墓」。只要這樣思考，很容易就可以記住這個字的名詞意思。

---

02 gravity*
[ˈɡrævətɪ]

名 重力；引力；地心引力

There is no **gravity** in space.
太空中沒有重力。

grav 重的 + **ity** 名詞

⇒ 拉住重量的力

因為有「重力」，而可以感覺到「重量」。因為月球的重力比地球弱，所以在月球測量體重時，結果會比較輕。

---

03 aggravate
[ˈæɡrəˌvet]

動 使惡化；加重

The plan would **aggravate** the situation.
此計畫可能會使情況惡化。

ag 在 (ad) + **grav** 重的 + **ate** 動詞

⇒ 加上重量

在已經很嚴重的情況加上重量，就是「惡化」的意思。

---

04 grieve*
[griv]

動 傷心；哀悼

grief* 名 傷心；哀悼

grieve for the death of innocent citizens
為無辜市民的死哀悼

griev(e) 重的

⇒ 傷心

如果遇到嚴重且傷心的事情，我們會用心裡很「沉重」來表示，而這個字的字根正好就是「重的」的意思。這個字可用來描述「傷心」，或是為某人的狀況「哀悼」。

hab

變化形 hib

擁有（have）
抓住（hold）

PART 2 重要字根

DAY 21

grav · griev · hab · hib

01 habit**
['hæbɪt]

名 習慣；習俗；習性

habitual* 形 習慣的；習以為常的

the **habit** of reading newspapers
閱讀報紙的習慣

hab(it)
擁有

⇒ 一直擁有的東西

烙印在我的身體與心中，一直「擁有」的東西即為「習慣」，而某個社會長時間「擁有」的東西則為「習俗」。

02 habitat*
['hæbə,tæt]

名 （動植物的）棲息地；生長地

the polar bear's natural **habitat**
北極熊的自然棲息地

hab(itat)
擁有

⇒ 擁有領域

在自然界的紀錄片中，可以看到動物之間為了占領地盤，而拼上性命打鬥。我所「擁有」的領域，就是我的「棲息地」。

03 inhabit*
[ɪn'hæbɪt]

動 居住於……；棲息於……

inhabitant 名 居民；棲居的動物

Only 8 families **inhabit** the area.
只有 8 個家戶住在這個地區。

in + **hab(it)**
裡面　　擁有

⇒ 占據裡面

和前述 habitat 的說明中，「擁有」即為「棲息」的意思有關。「擁有」「裡面」，即為占據且「居住」於裡面的意思。

近義詞 具有「居住」之意的單字

inhabit [in+hab(it) → 占據裡面] 居住；棲息
live [live → 活著] 活著；居住；過（生活）；生存
reside [re+side → 再次坐下] 活著；居住
dwell [dwell → 停留] 活著；居住；停留；留下

04 ex**hib**it** [ɪgˋzɪbɪt]

名 展示會；展示品
動 展示；表示

exhibition* 名 展示會；表現

The Modern Pottery Museum **exhibits** collections of artistic ceramic works.
現代陶瓷博物館展示了館藏的陶瓷藝術作品。

ex 外面 + **hib(it)** 擁有

⇒ 交出擁有的東西

「展示品」其實都是某人的「收藏品」，昂貴者甚至可達數萬。把「擁有」的東西交至「外面」，也就是「展示」的意思。

05 in**hib**it* [ɪnˋhɪbɪt]

動 禁止；抑制

inhibition* 名 禁止；抑制

Some foods and drinks **inhibit** growth in children.
有些食物和飲料會抑制孩子的成長。

in 裡面 + **hib(it)** 抓住

⇒ 留在裡面

想要出去玩，卻被「留」在書房「裡面」，就是「不要出去玩，待在書房裡讀書」的意思。把想做的事只「留在」心「裡」不實行，即為「抑制」的意思。

06 pro**hib**it* [prəˋhɪbɪt]

動 禁止；使不能做；妨礙

prohibition* 名 禁止

prohibit any cell phone use while driving
禁止開車時有任何使用手機的情形

pro 前面 + **hib(it)** 抓住

⇒ 在前面抓住

原本想要偷偷抽煙，卻被某人在「前面」「抓住」了，也就是「禁止」吸煙的意思。

近義詞　具有「禁止」之意的單字
prohibit [pro+hib(it) →在前面抓住] 禁止；使不能做
inhibit [in+hib(it) → 留在裡面] 抑制；阻礙；禁止
ban [ban →（命令不要做）說] 禁止；反對
forbid [for+bid →（命令不要做）要求] 禁止；妨礙；不允許

---

hand　　　　手（hand）

---

01 **hand**y* [ˋhændɪ]

形 手邊的；便利的

be **handy** to carry
方便攜帶

相關用法　come in handy
　　　　　可備不時之需；用得著

hand 手 + **y** 形容詞

⇒ 善用手做的

表示有「手」藝的意思，也有「便於」用「手」操控的意思。

02 **hand**icap *
[ˈhændɪˌkæp]

名 障礙；不利條件

handicapped *
形 有生理缺陷的；殘障的

have a good showing despite **handicap**
雖然條件不利，還是有很好的表現

hand	+	i	+	cap
手		裡面 (in)		帽子

⇒ 將手放入帽子中

handicap 指的是施加「不利的」條件。把「手」放進「帽子」「裡面」，挑出不利的條件。

03 **hand**cuff
[ˈhændˌkʌf]

名 手銬
動 給……戴上手銬；限制

The police officer put **handcuffs** on the suspect.
警官給嫌犯戴上手銬。

hand	+	cuff
手		扣上

⇒ 銬在手上的東西

「銬在」「手」上的東西，也就是「手銬」。

04 **hand**ful *
[ˈhændfəl]

名 一把；少數；少量

a **handful** of sand
一把沙

hand	+	ful
手		充滿……的

⇒ 充滿手的

「充滿」一隻「手」的量，表示量並不多的意思。

05 **hand**le **
[ˈhændl]

動 操作；管理；處理
名 把手

Mature people know how to **handle** their frustration.
成熟的人知道如何處理他們的挫折。

hand(le)
手

⇒ 動手

動「手」表示為了解決問題狀況而移動雙手工作，在這裡是「處理」的意思，也可以指用手觸碰而能夠做出某些動作的物品——「把手」的意思。

06 before**hand** *
[bɪˈforˌhænd]

副 事先；提前

discuss sensitive issues **beforehand**
事先討論敏感議題

before	+	hand
之前		手

⇒ 預先採取措施

在事情發生「之前」事先「採取措施」，也就是「事前」的意思。

hap

運氣；偶然（luck）

01 happy**
['hæpɪ]

形 幸福的；快樂的

happily* 副 幸福地；快樂地
happiness 名 幸福；快樂

the **happy** faces of the students
學生們快樂的表情

hap(p)	+	y
運氣		形容詞

⇒ 運氣好的

我們通常把「運氣」好稱為「幸運」。當「幸運」來敲門，會感覺到「幸福」。中文的幸運和幸福皆用了「幸」字，和英文的字源結構相同。

02 happen**
['hæpən]

動 偶然發生；碰巧

happening** 名 事情；事件

Miracles **happen** only to those who believe in them.
奇蹟只會發生在相信奇蹟的人身上。

hap(p)	+	en
偶然		動詞

⇒ 偶然發生

這就是我們說發生「偶發事件」（happening）時的 happen，指的是事情「偶然發生」。

03 haphazard*
[ˌhæp'hæzəd]

形 偶然的；隨意的

The decisions are taken in a **haphazard** way.
這些決定是隨意做出的。

hap	+	hazard
偶然		危險

⇒ 冒著偶發危險的

把人生交給命運，是相當危險的事。不要苟且過日子，眼裡不要只看著「運氣」，認真讀書吧！這樣一來，好運總會找上門。

DAY 22

heal
變化形 hol

完整的（whole）

01 heal *
[hil]

動 治癒；癒合；痊癒

heal the wound
治癒傷口

相關用法 **heal** up/over 傷口痊癒

heal 完整的

⇒ 使完整

在問題發生之前，將生病的身體變成「完整的」狀態，所以是「治癒」的意思。

02 health ***
[hɛlθ]

名 健康；健康狀況

healthful 形 有益於健康的
healthy ** 形 健康的

Excessive sugar intake might endanger your **health**.
攝取太多糖可能會危害你的健康。

heal 完整的 ＋ **th** 名詞

⇒ 完整的狀態

身體或精神處於「完整的」狀態，代表沒有生病或不舒服之處，亦即「健康」的意思。

03 whole ***
[hol]

形 全部的；全體的；整個的
名 全部；全體；整體

wholly ** 副 完全地；全部
wholeness * 名 全部；整體；完全

He spent his **whole** life searching for the truth.
他終其一生尋找真相。

(w)hol(e) 完整的

⇒ 完整的塊狀

heal 和 **whole** 的發音十分相近。雖然和 **heal** 的拼法不同，不過字源相同。完整的塊狀，意思就是「全體的」。

hered
變化形 herit, heir

繼承人（heir）

01 heredity*
[hə'rɛdətɪ]

名 遺傳

the role of **heredity** in personality development
遺傳在人格發展中所扮演的角色

hered 繼承人 + **ity** 名詞
⇒ 傳承給繼承人
表示將個性、性格、體質等傳承給「繼承人」，也就是子女，亦即「遺傳」的意思。

02 heritage**
['hɛrətɪdʒ]

名 文化遺產；傳統

The child acquires the **heritage** of his culture by observing and imitating adults.
孩子靠著觀察、模仿成人而習得了其文化的傳統。

herit 繼承人 + **age** 名詞
⇒ 傳承給繼承人的事物
祖先們除了將物質的財產傳承給「繼承人」之外，還會將文化、風俗、思想等「文化遺產」與「傳統」流傳下去。

03 inherit*
[ɪn'hɛrɪt]

動 繼承（傳統、遺產等）；
經遺傳而獲得（性格、特徵等）

inheritance*
名 繼承；繼承權；遺產

disinherit **動** 剝奪……的繼承權

He **inherited** a beach house from his aunt.
他從他的阿姨那裡繼承了一間海邊小屋。

in 裡面 + **herit** 繼承人
⇒ 進入繼承人裡面
意指原本屬於父母或祖父母的財產，現在進入「繼承人」的領域「裡面」，也就是「繼承」的意思。

04 heir*
[ɛr]

名 繼承者；後繼者

heirship **名** 繼承權

an **heir** to the throne
王位的繼承者

heir 繼承人
⇒ 財產繼承人
意思是某人過世時，被指定繼承其財產的「繼承者」。

horr
變化形 hor

顫抖（tremble）

01 horror*
[ˋhɔrə]

名 恐怖；恐懼

horrify 動 使恐懼
horrific* 形 可怕的

the horrors of war
戰爭的恐怖

horr 顫抖 + **or** 東西

⇒ 讓身體顫抖的事物

處於可怕的狀況時，手會不禁顫抖。如果太害怕，不只是手，全身各個角落都會發抖。害怕到讓身體「顫抖」的感覺，就是「恐怖」。

02 horrible*
[ˋhɔrəbl]

形 可怕的

horribly 副 可怕地；非常

It looks great, but tastes horrible.
這外觀看起來不錯，嚐起來卻很糟。

horr 顫抖 + **ible** 容易做的

⇒ 因為可怕而發抖的

在新聞中看到非常殘忍的犯罪消息時，因為消息太「可怕」，而全身「發抖」。

近義詞 具有「可怕的」之意的單字

horrible [horr+ible → 因為可怕而發抖的] 可怕的；害怕的
terrible [terr+ible → 使驚嚇的] 可怕的；毛骨悚然的
awful [aw(e)+ful → 充滿恐怖的] 可怕的；惡毒的
dreadful [dread+ful → 充滿害怕的] 可怕的；惡毒的

03 abhor
[əbˋhɔr]

動 嫌惡

abhorrent 形 令人嫌惡的
abhorrence 名 嫌惡

I abhor violence of any kind.
我嫌惡任何種類的暴力。

ab 分開 + **hor** 顫抖

⇒ 討厭到讓人發抖而遠離

光是想到就十分「不寒而慄」，而想要盡可能遠遠「分離」，亦即「嫌惡」。

host

客人（guest）
陌生人（stranger）

01 host ★★
[host]

名 主人；主持人；主辦人
動 以主人身分招待；主持；主辦

host a late-night concert
主持深夜音樂會

host = 客人

⇒ 迎接客人

「客人」來訪時，邀請客人的「主人」會出來迎接，也就是邀請「客人」並「主辦」活動的意思。

02 hostel ★
[ˈhɑstl]

名 （便宜的）旅社；青年旅館

This **hostel** is suitable for backpackers.
這家旅社適合背包客。

a youth **hostel**
青年旅館

host (客人) + el (名詞)

⇒ 迎接客人的地方

迎接「客人」，讓他們可以睡覺休息並用餐的地方，就是「住宿場所」。青年旅館的主要客人是背包客。hotel（飯店）與hospital（醫院）也是相同的字源，只不過不同的是，來到醫院的人全部都是生病的人。

03 hostage
[ˈhɑstɪdʒ]

名 人質；抵押品

an attempt to rescue **hostages**
嘗試拯救人質

host (陌生人) + age (名詞)

⇒ 被抓住的陌生人

為了使對方接受我們的要求而抓住的「陌生人」，就是「人質」。

04 hostile ★★
[ˈhɑstl]

形 敵對的；不友善的（= unfriendly）；敵方的

hostility ★ **名** 敵意

The speaker did not expect such a **hostile** reception.
講者沒料到會受到如此不友善的接待。

host (陌生人) + ile (形容詞)

⇒ 對待陌生人的

雖然陌生人有可能是帶著好意而來的客人，但也有可能是前來刺探的敵軍。尚未掌握身分的陌生人，很難親近對待，會以「敵對的」態度待之。

hum   大地（earth）

01 **hum**iliate
[hjuˋmɪlɪˌet]

動 羞辱；使丟臉
humiliation* 名 羞辱；丟臉
The teacher **humiliated** him in front of his classmates.
老師在同學面前羞辱他。

| hum 大地 | + | ili 形容詞 | + | ate 動詞 |

⇒ 向地面壓低
向「地面」壓低，亦即「給予恥辱感」，使人想要趴在地上，讓其他人看不到。在中文中，形容感到丟臉時，也會說想要「挖個地洞鑽進去」。

02 **hum**ility
[hjuˋmɪlətɪ]

名 謙遜（= modesty）
She accepted the award with gratitude and **humility**.
她懷著感激和謙遜接受了獎項。

| hum 大地 | + | ili 形容詞 | + | ty 名詞 |

⇒ 像大地一樣低的姿勢
「壓低」自己的態度，也就是「謙遜」。謙遜地認為自己的實力還不夠的人，為了勉強自己，自然會更加努力。

03 **hum**ble*
[ˋhʌmbl]

形 謙遜的；卑微的
動 使謙遜
He's **humble** about his success.
他對自己的成功非常謙遜。

| hum(b) 大地 | + | le 形容詞 |

⇒ 像大地一樣低的
認為自己處在比他人「低的」位子，就是態度「謙遜」。此外，也指地位或身分「低下」，表示「卑微」的意思。

ide

看(see)
想法(idea)

01 idea ***
[aɪˋdɪə]

名 想法;點子;觀念

There was a major problem with this **idea**.
這個想法有一個重大的問題。

ide(a) 看

⇒ 看著而想起
「看著」某個事物,在腦中想到的,就是對該事物的「想法」。

02 ideal **
[aɪˋdɪəl]

名 理想
形 理想中的;完美的(= perfect)

ideally* 副 理想上地
idealize* 動 將……理想化
idealistic* 形 理想主義的;空想的

The school provides an **ideal** environment for students.
這間學校提供了學生一個理想的環境。

ide 想法 + **al** 形容詞

⇒ 在想法中的
世界上的所有事情如果都能如自己的「想法」進行,那真的是再好不過了。存在於「想法」中,非常完美的狀態,即為「理想的」的意思。

03 ideology **
[ˌaɪdɪˋɑlədʒɪ]

名 思想;想法;意識形態

ideological*
形 思想的;意識形態的

powerful carriers of **ideology**
思想的有力媒介

ide(o) 想法 + **logy** 學問

⇒ 有關觀念的學問
人們依照各自所屬的社會階級,對於藝術、政治、經濟等,會有不同的「想法」,這些觀念的體系就是「意識形態」。

insula
變化形 isol

島嶼（island）

PART 2 重要字根
DAY 22
ide · insula · isol

01 pen**insula**＊
[pə'nɪnsələ]

名 半島

tensions on the Korean **peninsula**
朝鮮半島的緊張情勢

pen 幾乎是 ＋ **insula** 島嶼

⇒ 幾乎和島嶼一樣的大地

「幾乎」和「島嶼」沒什麼不同，大部分被水包圍，但是和島嶼不同的是，這是與陸地相連的土地，也就是「半島」。這兩個字的組合包含了「大半的條件和島嶼沒有不同」的意思。

02 **insul**ate
['ɪnsə,let]

動 隔離；使絕緣

insulation＊ 名 隔離；絕緣（體）

insulate against the cold
防冷

insul(a) 島嶼 ＋ **ate** 動詞

⇒ 以島嶼分離

因為難以逃離而出名的監獄，通常位於島上，這是因為「島嶼」四面環海，可以徹底「隔離」受刑人。此外，也衍生出隔離聲音或熱能的意思。

03 **isol**ate＊
['aɪsl,et]

動 隔離；使孤立

isolation＊＊ 名 隔離；孤立

He was **isolated** from his peer group.
他被孤立於其同儕群體之外。

isol 島嶼 ＋ **ate** 動詞

⇒ 送至島上

擁有與 **insulate** 相同的字源結構。送到「島嶼」上，使其「孤立」。

🎧 081

| **it** | 走（go） |

01 exit *
[ˈɛksɪt, ˈɛgzɪt]

名 出口；退場
動 出去；離去

The nearest **exit** was locked.
距離最近的出口被鎖上了。

ex + **it**
向外　　走

⇒ 向外走出

選手從比賽場地裡面「向外」「走出」，就是「退場」。走出外面時，得從「出口」離開。

02 trans**it** *
[ˈtrænzɪt]

名 動 運送；通過

transition** 名 過渡；轉變；變遷

The product was damaged in **transit**.
產品在運送的途中壞掉了。

trans + **it**
橫貫　　走

⇒ 橫貫、通過

如果要把事物或人向其他地方「運送」，自然會「通過」位於途中的地區。

03 **it**inerary *
[aɪˈtɪnəˌrɛrɪ]

名 旅程；旅行行程表

plan an **itinerary** for New York
計劃一趟去紐約的旅行

it(iner) + **ary**
走　　　　名詞

⇒ 旅途

到處走走的動作就是旅行，所以從字根「走」衍生出「旅行」的意思。決定要以什麼順序走過哪些地方的旅行途徑，就是「旅行行程表」。

04 in**it**iate *
[ɪˈnɪʃɪˌet]

動 開始；創始

initial*** 形 開始的；最初的
　　　　　名 （字的）起首字母
initially** 副 最初；開頭
initiative** 名 主動的行動；倡議

initiate an investigation of drug smuggling
展開毒品走私的調查

in + **it(i)** + **ate**
裡面　　走　　　動詞

⇒ 進入裡面

在外面雙手抱胸觀望，突然「進入」狀況「內」，代表正式「開始」的意思。

DAY 23

journ　一天（day）

01　journey＊＊
['dʒɝnɪ]

名 旅行；旅程；路程

A long, tough **journey** is ahead of me.
充滿荊棘的漫漫長路就在我眼前。

journ(ey)
一天

⇒ 一天的日程、旅程

原本是指「一天」的「旅行」或應做的事項，現在的意思則包含了超過一天的旅行。

02　journal＊＊
['dʒɝnl]

名 雜誌；期刊；日記（= diary）

journalist＊
名 新聞記者；新聞工作者

journalism＊　　名 新聞工作；新聞業

be published in a **journal**
被刊登在期刊上

journ(al)
一天

⇒ 每天來的事物

原本是指「一天」寫一次的「日記」，不過現在也指每隔一定期間發行的一般文章。

junct　連結（join）
變化形 join

01　juncture＊
['dʒʌŋktʃɚ]

名 接合；接合處；情況

We are at such a critical **juncture**.
我們正處於一個非常關鍵的情況中。

junct + **ure**
連結　　名詞

⇒ 連結的地方
「連結的」地方，就是「接合處」。

🎧 082

02 con**junct**ion**
[kənˋdʒʌŋkʃən]

名 連接；關聯；〈文法〉連接詞

the **conjunction** of two events
兩個事件之間的關聯

con	+	junct	+	ion
一起 (com)		連結		名詞

⇒ 一起連結起來的事物

在學習文法的時候，應該學過連接詞。把單字和單字、子句和子句「一起」「連結」起來的，不就是「連接詞」嗎？

03 **join****
[dʒɔɪn]

動 連結；參加

joint** 形 連接的；共同的
　　　　 名 關節

I'd like to **join** the school rock band.
我想要加入校內的搖滾樂團。

join
連結

⇒ 連結

單獨一個字根也能形成單字。「加入」或「加盟」聚會，可以視為把自己與聚會「連結」。

---

just
變化形 jud

正確的（just）

---

01 **just*****
[dʒʌst]

副 正好；只是
形 正義的；正直的；公平的；正當的

justly* 副 公正地；公平地；正當地
justify** 動 證明……是正當的；為……辯護
justice** 名 正義；司法

get a **just** reward
獲得正當的報酬

相關用法 just-in-time
　　　即時的（譯註：管理學用語，表示在需要的時候，按需要的量，生產所需的產品）

相關用法 just in case 以防萬一

just
正確的

⇒ 正確的、正確地

正確的意思，即為「正好」命中的意思，也就是「正確地」命中的意思。

02 ad**just** *
[ə`dʒʌst]

動 調節；調整；適應

adjustment ** **名** 調節；調整；適應

adjust to university life
適應大學生活

ad	+	just
在		正確的

⇒ 正確地扳正

意指扳「正」以符合位置。調整機械或整理衣著時，也能用 adjust 這個單字。人類「適應」其他環境，也是「矯正」自己來符合其他環境。

03 **jud**ge **
[dʒʌdʒ]

名 法官；裁判員
動 審判；判決；判斷

judgment ** **名** 審判；判決；判斷
judgmental **形** 好批判的
judicial * **形** 司法的；審判的
jurisdiction * **名** 司法權

His work was **judged** objectively.
他的作品受到了客觀的評斷。

jud	+	ge
正確的		說話

⇒ 說正確的話

法院的「法官」是「告訴」我們對錯的人。在運動比賽中，「裁判」負責「判斷」選手們是否「符合」比賽規則。

近義詞 具有「評價」之意的單字

judge [jud+ge → 說正確的話] 判斷；評價
evaluate [e+valu+ate → 向外顯示價值] 評價；檢定；審查
estimate [estim+ate → 賦予價值] 推定；判斷；評價
assess [as+sess → 坐在旁邊看] 測量；估算；評價
appraise [ap+praise → 訂定價格] 觀察；檢定；判斷

04 pre**jud**ice *
[`prɛdʒədɪs]

名 偏見；歧視

prejudicial *
形 引起偏見的；不利的

appearance-based **prejudice**
基於外觀的偏見

pre	+	jud	+	ice
提前		正確的		名詞

⇒ 提前判斷正確與錯誤

指「提前」「判斷」結果的意思。因為不曾好好讀過書，便認為自己頭腦不聰明，成績不會太理想，這就是「成見」。不要提前判斷，好好努力一次吧！

🎧 083

kin
變化形 kind, kid

誕生（birth）

---

01 kin *
[kɪn]

名 親屬；親戚（= kinfolk）；同類

kinship * 名 親屬關係；親密關係

bring their blood **kin**
將他們的血親帶來

kin 誕生

⇒ 誕生的人

從「在一個家族中『誕生』」的意義，衍生出「親戚」的意思。最近，親戚之間只有在逢年過節的時候才能難得見上一面，以前則是「誕生」在同一個院子裡，並一起生活。

---

02 kind ***
[kaɪnd]

名 種類
形 親切的

kindness * 名 親切；好意
kindly * 副 親切地

She always speaks **kind** words.
她口中總是充滿著親切的話語。

kind 誕生

⇒ 從出生開始即具備的個性

在有身分制度的時代，通常認為家世良好的人「天生擁有」善為別人著想的品格，所以有天性「親切的」的意思。另外，人們也認為，這種個性將家世良好的人歸類為同一「種類」。

---

03 kindergarten
[ˋkɪndɚˏɡɑrtṇ]

名 幼稚園

Sam wants to be a **kindergarten** teacher.
山姆想要成為幼稚園老師。

kind(er) 誕生 + **garten** 庭園

⇒ 孩子們遊玩的庭園

「誕生的」，指的就是「孩子」。由「出生不久的『孩子』遊玩的『庭園』」，衍生出照料小孩的地方，也就是「幼稚園」的意思。

---

04 kidnap
[ˋkɪdnæp]

動 綁架；誘拐（= abduct）
名 綁架

kidnapper 名 綁架犯

kidnap ten tourists
綁架十名旅客

kid 孩子 + **nap** 抓

⇒ 把孩子抓走

指拐騙剛「出生的」孩子並「抓走」的意思，但現在「綁架」成年人也可以用這個字。

190

labor

工作（labor）

DAY 23 — kin・kind・kid・labor

01 labor**
[ˈlebɚ]

- 名 勞動；勞力；勞工
- 動 勞動；工作；努力

laborious* 形 費力的；勤勉的

spend time in household **labor**
在家務勞動上花時間

相關用法 be in labor 陣痛（分娩）中

labor 工作
⇒ 勞動
移動身體並動腦的事，就是「工作」，亦即「勞動」。形容詞 laborious 又是什麼意思呢？就是「費力的」。

02 laboratory**
[ˈlæbrə,tɔrɪ]

名 實驗室；研究室

undergo **laboratory** tests
接受實驗室檢查

labor(at) 工作 + **ory** 場所
⇒ 工作的場所
意思是人們聚在一起「工作」的「場所」，也是設置進行該項工作所需設備的地方，亦即「實驗室」、「研究室」。

03 elaborate**
形 [ɪˈlæbərət]
動 [ɪˈlæbə,ret]

- 形 精心製作的；精巧的
- 動 精心製作；詳盡闡述

elaboration 名 精心製作；精巧

serve **elaborate** meals
提供精心製作的餐點

e 向外 (ex) + **labor** 工作 + **ate** 動詞
⇒ 將工作向外拋出
用盡渾身的力氣將「工作」或「勞動」向「外」拋出，也就是「花費心力」「精巧地製作」。

04 collaborate*
[kəˈlæbə,ret]

動 合作；共同工作

collaboration** 名 合作；協作
collaborative* 形 合作的；協作的

be encouraged to **collaborate** with others
被鼓勵與其他人合作

col 一起 (com) + **labor** 工作 + **ate** 動詞
⇒ 一起工作
許多人「一起」做「工作」的意思。

lav
變化形 laundr

洗滌（wash）

01 lave
[lev]

動 洗；為……沐浴

lavage 名 洗濯；清洗

lave hands and legs
清洗手腳

lav(e) 洗滌

⇒ 用水清洗
lav 是指用水「清洗」的動作，也就是用水洗滌的意思。

02 lavatory
[ˈlævə,torɪ]

名 廁所；盥洗室；洗手間

In the hall there is a **lavatory**.
大廳有洗手間。

lav(at) 洗滌 + **ory** 場所

⇒ 清洗的場所
飛機上標示著 lavatory 的地方，就是「清洗的」「場所」，意即設有洗手洗臉台的「化妝室」。

03 laundry*
[ˈlɔndrɪ]

名 送洗的衣服；洗好的衣服；洗衣店

hang the **laundry** out on the line
將洗好的衣服晾在外面的繩子上

laundr 洗滌 + **y** 名詞

⇒ 清洗
把髒衣服用水「洗滌」，意即「洗衣」。另外，洗衣機的英文為 laundry machine 或 washing machine。

---

lax
變化形 lay, lease

鬆懈（loose）

01 relax*
[rɪˈlæks]

動 休息；放鬆

relaxation* 名 休息；放鬆

lay down and **relax** on the beach
在海灘躺下休息

re 再次 + **lax** 鬆懈

⇒ 心情再次鬆懈
讓心情「再次」「鬆懈」，就是「消除緊張」，舒舒服服地「休息」。

02 relay *
['rɪle]

名 接替；接力賽
動 傳遞；傳達；轉告

a 400-meter **relay** race
400 公尺接力賽

re 後面 + **lay** 鬆懈

⇒ 在後面鬆懈地跑

狩獵時，前面的獵狗如果累了，便與其他獵狗輪流，使其在「後面」「放鬆地」跑，這便是 relay（接力跑）的由來。從「繼續進行」的意思，衍生出「轉播」、「轉達」的意思。

03 delay **
[dɪ'le]

動 延期；延遲（= postpone）
名 延遲；耽擱

delay the introduction of innovative products
延遲創新產品的引入

de 分開 + **lay** 鬆懈

⇒ 甩開而使鬆懈

不將日程訂得太緊，「拋開」原本的日程而「放鬆」，也就是「推遲」、「延期」。

04 release **
[rɪ'lis]

動 釋放；發行（產品）；抒發（感情）
名 釋放；發行；抒發

release himself from the control of his parents
（他）將他自己從雙親的控制中釋放出來

re 再次 + **lease** 鬆懈

⇒ 再次解放

將被關進監獄的人再次「解放」，也就是「釋放」的意思。從此處再衍生出「『發行』新產品」，或者「『抒發』感情」的意思。

lect

收集（gather）
選擇（choose）

01 collect **
[kə'lɛkt]

動 收集；領取；(使)聚集

collection ** 名 收集；收藏品
collective ** 形 集體的；共同的

collect measurable data in experiments
在實驗中收集可測量的資料

col 一起 (com) + **lect** 收集

⇒ 聚集在一個地方

「一起」「收集」，一般指的是針對一個主題，收集各式各樣的事物。例如，知名設計師的作品「系列」，就是將該設計師作品聚集起來並展開的時裝秀或展示會。

🎧 085

02 reco**llect**
[ˌrɛkə'lɛkt]

動 記住 (= remember)；
回想 (= recall)

recollection* **名** 記憶；回憶
recollective **形** 記憶的；回憶的

reco**llect** old memories
回憶往事

re 再次 + **col** 一起 (com) + **lect** 收集

⇒ 再次將想法收集在一個地方

將以前聽過的話或發生過的事「再次」「試著收集」起來，也就是「回想」的意思。重新回想上課內容並一邊讀書，以後會更容易「記憶」。

03 e**lect***
[ɪ'lɛkt]

動 選舉；選出

election** **名** 選舉；投票

be e**lect**ed as the leader of the group
被選為團體的領袖

e 向外 (ex) + **lect** 選擇

⇒ 向外選擇

從各項事物中「選出」一項並「向外」抽出的意思。透過投票，從數名候選人中「選擇」，也就是「選出」的意思。

04 neg**lect****
[nɪg'lɛkt]

動 名 忽視；疏忽

negligence* **名** 疏忽；過失
negligent **形** 疏忽的；粗心的

We tend to neg**lect** coordination.
我們有忽視協調的傾向。

neg not + **lect** 選擇

⇒ 不做選擇

「不」「選擇」，按照原本的樣貌放置的意思。不做選擇的理由很多，可能是不太喜歡，也有可能是完全看不見的緣故，也就是「無視」的的意思。

05 **lect**ure*
['lɛktʃɚ]

名 授課；演講
動 講課；演講

lecturer **名** 演講者

special **lect**ures on natural history and environmental science
自然史與環境科學的特別課程

lect 選擇 + **ure** 名詞

⇒ 選擇而朗誦的動作

「授課」是由老師「選擇」喜歡的事物，並加以講解。大學一學期的教材雖然是厚重的原文書，但是不會全部都在一學期內學完。教授只會選擇需要的部分進行講授。

近義詞 具有「授課」之意的單字

lecture [lect+ure → 選擇而朗誦的動作] 演講；授課
lesson [less(on) → 朗誦的動作] 課程；教學；（一節）課
course [cours(e) → 跑]（連續的）授課；講座；進行；課程
sermon [ser+mon → 整理的動作] 說教；講述
instruction [in+struct+ion → 建立結構的動作] 說明；教導；教育

DAY 24

leg — 法律 (law)

01 legal ***
['ligl]

形 法律上的；合法的

legality* 名 合法性

get **legal** advice
獲得法律上的建議

leg (法律) + **al** (形容詞)
⇒ 法律的

在字根 leg 後面加上形容詞字尾，成為「法律的」的意思。

02 legislation **
[,lɛdʒɪs'leʃən]

名 立法；法案

legislate 動 制定（或通過）法律
legislative* 形 立法的；有立法權的

the seat belt **legislation**
安全帶法案

leg(is) (法律) + **lat** (提案) + **ion** (名詞)
⇒ 提案法律

將某個規則「提案」制定為「法律」，即為「立法」。在台灣，立法院就是進行立法的機構。

03 legitimate **
[lɪ'dʒɪtəmɪt]

形 合法的；適當的

These are **legitimate** concerns that many people share.
這些是許多人都會有的合理疑慮。

leg(itim) (法律) + **ate** (形容詞)
⇒ 法律允許的

「法律」允許的，即代表「合法的」的意思。如果是合法的事，也可以說是「適當的」事情。

04 legacy *
['lɛgəsɪ]

名 遺產；遺物

She received a small **legacy** from her parents.
她從她父母那裡得到了一小筆遺產。

leg (法律) + **acy** (名詞)
⇒ 法律上認證的事物

富豪過世後，留下的遺產會引起紛爭。透過遺囑在「法律」上被認定的財產，也就是「遺產」。

🎧 086

lev
變化形 lieve

提高（lift）

---

01 lever*
[ˈlɛvɚ]

名 槓桿；操縱桿

leverage* 名 槓桿作用；影響力
動 發揮重要功效

pull the **lever** to start the machine
拉起操縱桿來啟動機器

lev 提高 + **er** 工具
⇒ 向上提起的工具
如果使用「槓桿」，儘管只有用一點點力量，也能把沉重的物品輕鬆「提起」。

---

02 alleviate*
[əˈlivɪˌet]

動 減輕；緩和

alleviation 名 減輕；緩和

alleviate symptoms of depression
減輕憂鬱症的症狀

al 朝向(ad) + **lev(i)** 提高 + **ate** 動詞
⇒ 提起
把其中一「邊」「提起」，那一邊的重量就會「減輕」。

---

03 elevate*
[ˈɛləˌvet]

動 提高；舉起；提升……的職位

elevator* 名 電梯；起重機
elevation* 名 提高；高度

elevate the women's status
提高婦女的地位

e 向外(ex) + **lev** 提高 + **ate** 動詞
⇒ 向外提起
意思是向外「提高」。在公司裡，將人「提高」就是「晉升」。我們常常使用的電梯，則是可以快速輕鬆地將我們往高樓層送。

---

04 relevant***
[ˈrɛləvənt]

形 有關的；切題的

relevance* 名 關聯；切題
irrelevant* 形 無關的

Your opinions were not **relevant** to the topic of the talk.
您的意見和演講主題無關。

re 再次 + **lev** 提高 + **ant** 形容詞
⇒ 再次把對話向上提起
補習班老師除了在補習班上課之外，有時還會出現在新聞裡。每到學測指考的季節，媒體就會向他們「再次」「提出」訪問，因為他們是跟考試「有關」的人。

05 relieve *
[rɪˋliv]

動 緩和；解除；使安心

relief ** 名 緩和；解除；寬心

put some ice on the wound to **relieve** the pain
在傷口上面放一些冰塊來緩和疼痛

re + **lieve**
再次 　 提高

⇒ 把狀態再次提高
意思是把不好的狀態「再次」「提升」到好的狀態。把煩惱憂鬱的心情向上提升，就能「消除」不安，如此一來就能「安心」。

---

liber
變化形 liver

自由（free）

---

01 liberal *
[ˋlɪbərəl]

形 自由的；自由主義的

liberty ** 名 自由
liberalize 動 (使)自由化
liberalism * 名 自由主義

a **liberal** interpretation of the copyright law
對於著作權法較為自由的詮釋

liber + **al**
自由 　 形容詞

⇒ 自由的
表示沒有任何限制的「自由」狀態。從現行規律或制度中獲得「自由」的人，容易擁有「進步的」意見。通識課程被稱為 liberal arts，這是源於中世紀時的「自由」市民（freeman）與上流階層研讀的科目。

---

02 liberate *
[ˋlɪbə͵ret]

動 使自由；解放

liberation 名 釋出；解放

liberate people from poverty
將人們從貧窮中解放出來

liber + **ate**
自由 　 動詞

⇒ 給予自由
給予「自由」，就是「使自由」的意思。

---

03 deliver **
[dɪˋlɪvɚ]

動 遞送；生(嬰兒)

delivery ** 名 遞送；分娩

Your furniture will be **delivered** within 2 days.
您的傢俱會在兩天內送達。

de + **liver**
分開 　 自由

⇒ 使其自由並送往分離的地方
讓自己原本擁有的東西「自由」，放任其「離開」，而衍生出「遞送」的意思。在腹中懷著孩子，然後分離使其「自由」，即為「生產」。

lic 引誘（allure）

01 delicate**
['dɛləkət]

形 精細的；優雅的；脆弱的

delicacy* 名 精美；優雅；纖弱

These wine glasses are **delicate** and fragile.
這些酒杯精細而脆弱。

de + **lic** + **ate**
分開　引誘　形容詞

⇒ 朝分離的地方引誘

發現做工「精細」的作品時，讓人自然會想要靠近仔細觀看。那份精細「引誘」了我。精細的東西不能隨意伸手觸碰，因為它們十分「脆弱」，容易破碎。

近義詞 具有「精細的」之意的單字
delicate [de+lic+ate → 朝分離的地方引誘] 精細的；優雅的；脆弱的
exquisite [ex+quisit(e) → 尋找並向外挑出] 精巧的；精細的；非常美麗的
subtle [sub+tle → 在下面的細絲] 微妙的；敏感的；精細的
fine [fin(e) → 善後處理完善的] 品質好的；良好的；不錯的；精細的

02 delicious*
[dɪ'lɪʃəs]

形 美味的

The chocolate cake was **delicious**.
巧克力蛋糕非常美味。

de + **lic(i)** + **ous**
分開　引誘　形容詞

⇒ 散發誘人味道的

跟前面學到的 delicate 來自相同的字源結構。為了有所區別，這個字主要使用於食物，加上了另一個形式的形容詞字尾 ous，意思是食物「美味」到可以「引誘」人。

03 elicit*
[ɪ'lɪsɪt]

動 引出；激起（反應）

elicit positive responses from students
激起學生的正面反應

e + **lic** + **it**
向外 (ex)　引誘　動詞

⇒ 向外引誘

「引誘」想法或情感，使其能「向外」表現，也就是「激起」反應的意思。

lig

變化形 li, leag, ly

綁（bind）

01 oblige*
[əˋblaɪdʒ]

動 強迫；施恩於……；使感激

obligate **動** 使負義務；對……施恩
obligation ** **名** 義務；責任；恩惠
obligatory* **形** 有義務的；必須的

All employers are **obliged** to pay the national minimum wage.
所有的雇主都必須支付（員工）全國最低工資。

ob (朝向) + **lig(e)** (綁)

⇒ 被義務或責任束縛

不管願不願意，如果某件事和自己「綁」在一起，就不得不去做那件事，也就是「強迫」的意思。「貴族義務」（noblesse oblige）也是由此產生，指的是如果身為貴族（社會的領導階層），不管願不願意，都有必須履行的道德義務。

02 religion**
[rɪˋlɪdʒən]

名 宗教；信仰

religious* ** **形** 宗教的；虔誠的
religiously* **副** 虔誠地

the decline of authoritarian **religion**
威權信仰的式微

re (再次) + **lig** (綁) + **ion** (名詞)

⇒ 和神再次綑綁的事物

站在宗教的觀點來看，人類是神用雙手創造出來的產物，然後遠離神的手來到這個世界。想要「再次」和神「綁」在一起的人，會尋求宗教的力量。

03 liable*
[ˋlaɪəbl]

形 容易……的；負有責任的

liability* **名** 傾向；責任

They are jointly **liable** for the damage.
他們對於損失都共同負有責任。

li (綁) + **able** (可以……的)

⇒ 可以綁上責任的

當事情出錯時，伴隨而來的責任如果綁在我的身上，就代表這件事是我「有責任的」事。

04 league*
[lig]

名 聯盟；同盟

The team was kicked out of the **league**.
那一隊被踢出聯盟之外。

相關用法 be in a different league
遠遠勝過其他

leag (綁) + **ue** (名詞)

⇒ 綁在一起的事物

美國的職業棒球「聯盟」是將多個職棒球隊「綁」在「一起」的集團。不是任何球隊都可以參加職業棒球比賽，只有加入聯盟的球隊才可以參加。

05 rely**
[rɪˋlaɪ]

動 依靠;信賴

reliable** **形** 可靠的;可信賴的
reliability **名** 可靠;可信賴性
reliance* **名** 依靠;信賴

rely exclusively upon satellite information
僅依靠衛星資訊

[相關用法] rely on 依靠……;依賴……

re 再次 + **ly** 綁

⇒ 緊綁

只用繩子「綁」住並懸掛的動作,表示「依靠」繩子的意思,也代表非常「信賴」的意思。

---

limin
變化形 limit

界線（boundary）

---

01 eliminate**
[ɪˋlɪmə,net]

動 除去;排除;淘汰

elimination* **名** 除去;排除;淘汰

eliminate different options
排除不同的選擇

[相關用法] eliminate A from B
　　　　　將 A 從 B 中除去

e 向外 (ex) + **limin** 界線 + **ate** 動詞

⇒ 送出界線之外

送出「界線」之「外」,表示將其「除去」,不留在裡面的意思。

02 preliminary**
[prɪˋlɪmə,nɛrɪ]

形 預備的;初步的
名 預備;開端

The **preliminary** design was leaked to the press.
初步的設計已洩漏被新聞界得知。

pre 前面 + **limin** 界線 + **ary** 形容詞

⇒ 開始前的狀態

比賽賽跑時,在出發「界線」之前的意思,代表比賽的「預備」階段。

03 limit**
[ˋlɪmɪt]

名 界線;限制
動 限制;限定

limited** **形** 有限的
limitation* **名** 限制;極限
limitless* **形** 無限的;無限制的

limit creative and academic development
限制創意和學術的發展

limit 界線

⇒ 畫下界線

畫下「界線」的目的,是「限制」使人無法跨越。

lin 線（line）

01 line★★★
[laɪn]

名 線條；隊伍
動 排隊

linear★★ 形 直線的；線性的
lining★ 名 內襯

draw a straight line
畫一條直線

lin(e) 線

⇒ 線條
在電影院售票亭前，人們站成一條直「線」，就是「排隊」。

02 airline
[ˈɛr͵laɪn]

名 航線；航空公司

This airline has an excellent safety record.
這家航空公司有著非常卓越的安全紀錄。

air 空氣 ＋ **lin(e)** 線

⇒ 在空中開路的
雖然肉眼看不到，不過在「空中」有著為了讓飛機經過而指定的「線」，也就是「航線」。沿著航線行駛飛機的公司，就是「航空公司」。

03 deadline★
[ˈdɛd͵laɪn]

名 截止期限；截稿時間

the deadline for application
申請的截止期限

dead 結束 ＋ **lin(e)** 線

⇒ 截止線
指定到某時為止必須「結束」的時間「線」，即為「截止期限」。如果超過這條線，提出的機會就會消失。有時候超過截止期限，就等同於完全結束。

04 outline★
[ˈaʊt͵laɪn]

名 輪廓；大綱
動 畫出……的輪廓；概述

a brief outline of the history of China
中國歷史的簡要大綱

out 外面 ＋ **lin(e)** 線

⇒ 外面的線
事物「外面」的邊「線」，即為「輪廓線」。

衍生詞 由字根 lin 衍生的單字

baseline [base+lin(e) → 在基礎的線] 基準值；基準點
headline [head+lin(e) → 在頭上的線] 標題；頭條新聞
sideline [side+lin(e) → 在旁邊的線] 側線；周圍；副業
streamline [stream+lin(e) → 利於水流動的線] 名 流線形
　　　　　　　　　　　　　　　　　　　　　　　動 使成流線形；使精簡化

🎧 089

lingu
變化形 langu

舌頭（tongue）
語言（language）

01 **langu**age*
[ˈlæŋgwɪdʒ]

名 語言；話語

Language offers something more valuable than mere information exchange.
語言提供了比單純的訊息交換更為有價值的東西。

langu 舌頭 + age 名詞

⇒ 移動舌頭的事

孩子長大的過程中，第一次構思語言時不是寫字，而是説話。所以，為了開口説話而讓「舌頭」運動，便是代表「語言」的意思。

02 **lingu**ist*
[ˈlɪŋgwɪst]

名 語言學家；懂數國語言的人

linguistic** 形 語言學的
名 語言學（-s）

Many **linguists** have doubts about his theory.
許多語言學家對他的理論存疑。

lingu 語言 + ist 人

⇒ 擅長語言的人

可以指「語言」能力非常傑出，可以流暢使用各種外語的人，也可以是專門研究語言學的「語言學家」。

03 bi**lingu**al*
[baɪˈlɪŋgwəl]

形 懂兩種語言的；雙語的
名 懂兩種語言的人

She's **bilingual** in Korean and French.
她懂韓語和法語兩種語言。

bi 二 + lingu 語言 + al 形容詞

⇒ 駕馭兩種語言的

意指自由自在地使用「兩」種「語言」。不只是擅於使用，而是有兩個可以如母語一般運用的語言。

liter

文字（letter）

01 literal*
[ˈlɪtərəl]

形 照字面上的；如實的

literally** 副 照字面上地；實在地

a **literal** interpretation of the text
對於原文的字面詮釋

liter 文字 + **al** 形容詞

⇒ 文字的

如果朋友對自己說：「我們之間好像隔了一道牆」，就代表那位朋友感覺到距離感。若是依照「字面上」的意思解釋，以為是有一道物理性的牆，這就令人尷尬了。

02 literate*
[ˈlɪtərɪt]

形 能讀寫的；有文化修養的

literacy** 名 識字；讀寫能力
illiterate* 形 文盲的；未受教育的

achieve a fully **literate** society
達到充分識字的社會

liter 文字 + **ate** 形容詞

⇒ 識字的

識字的人，代表能夠「閱讀並撰寫」文章的人。

03 literature***
[ˈlɪtərətʃɚ]

名 文學

literary** 形 文學的；文藝的

He's an expert in German **literature**.
他是德國文學的專家。

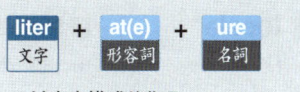

liter 文字 + **at(e)** 形容詞 + **ure** 名詞

⇒ 以文字構成的作品

意指以文字寫成的藝術作品，也就是「文學」。

DAY 25

🎧 090

loc — 場所（place）

01 local★★★
['lokl]

形 當地的；鄉土的；局部的
名 當地居民

locally★★ 副 在當地；局部地
localize 動 使具地方色彩；使局部化
localization 名 地方化；局部化

The current **local** time in L.A. is 6 p.m.
洛杉磯的目前當地時間為晚上六點。

The restaurant is well known by **locals**.
這家餐廳在當地人中相當知名。

loc（場所）+ **al**（形容詞）

⇒ 與場所有關的
與生活「場所」有關的，就是在該地區固有的事物，或是與此相關的事物。

02 locate★
['loket]

動 把……設置在；確定……的地點

location★★ 名 位置；地點

Our city has only one fire station **located** downtown.
我們的城市只有一個消防站，設置在市中心。

loc（場所）+ **ate**（動詞）

⇒ 放置於場所
在戲劇或電影的宣傳文句中，有「全程當地取景」（all locate）的用法，此處的 locate 即為 location（位置）的簡稱，意指不是在攝影棚裡拍攝，而是將演員們「放在」實際「場所」進行拍攝。

03 allocate★
['ælə,ket]

動 分配；分派

allocation★★ 名 分配；分派

Students will be **allocated** a desk.
學生們將會被分配到一張書桌。

al（在 (ad)）+ **loc**（場所）+ **ate**（動詞）

⇒ 放置在其他場所
各自放在指定「場所」的意思。

近義詞 具有「分配」之意的單字
allocate [al+loc+ate → 放置在其他場所] 分配；分派
assign [as+sign → 標示任務] 委託；安排；分配
distribute [dis+trib(ute) → 分開並給予] 分發；分配

04 relocate
[rɪˈloket]

動 移動；將……重新安置
relocation 名 改變位置
The community center will **relocate** to Main Street.
社區中心將會移動到大街上。

re 再次 + loc 場所 + ate 動詞
⇒ 再次站穩腳步
「再次」放置於「場所」，也就是在其他位置「重新安置」。

long
變化形 ling

長的（long）

01 long ***
[lɔŋ]

形 長的；長久的
副 長地；長久地
動 渴望

length ***
名 （距離）長度；（時間）長短
lengthen 動 （使）變長；（使）延長
longing * 形 渴望的

spend **long** hours in front of the screen
花極長時間在螢幕前

long 長的
⇒ 長度長的
表示時間或距離「長」的意思。長時間盼望著某個特定時間或事件，表示非常「渴望」之意。

02 along ***
[əˈlɔŋ]

介 沿著……；順著……
副 向前；一起

alongside **
介 在……旁邊；沿著……的邊

walk **along** a beautiful trail
沿著一條美麗小徑走

相關用法 get along with 跟……處得好

a 朝向 (ad) + long 長的
⇒ 向……長久地
「朝著」某處「長久地」繼續前進，表示「沿著」該方向行走的意思。「跟著」某人走，即為與那人「一起」走的意思。

03 prolong *
[prəˈlɔŋ]

動 延長；拖延

This new drug could **prolong** human life.
這種新藥能延長人類壽命。

pro 向前 + long 長的
⇒ 向前長長延伸
想像做柔軟度測試時，把身體向前伸直的樣子。向前長長伸長，就是「延長」的意思。

🎧 091

04 **long**evity*
[lɑn'dʒɛvətɪ]

名 長壽；壽命

enjoy good health and **longevity**
享有良好健康及長壽

have a career of great **longevity**
擁有極長的職涯

long	+	**ev**	+	**ity**
長的		壽命		名詞

⇒ **長的壽命**

意指「長的」壽命，這個字的字義就如同字源的意思，也就是壽命「長」。中文的長壽也有「長」這個字。這個單字也可以用來描述電池壽命或連續工作時間長。

05 **long**itude
['lɑndʒə,tjud]

名 經度

latitude* 名 緯度
altitude* 名 高度

The **longitude** of Taipei is 121°E.
台北的經度是東經 121 度。

long(i)	+	**tude**
長的		名詞

⇒ **地圖上的縱向長線**

地圖上有直的和橫的座標軸。橫向延伸的線是緯度，而縱向的「長」線是經度。

06 **ling**er*
['lɪŋɚ]

動 繼續逗留

A few fans **lingered** after the performance.
一些粉絲在表演結束之後還逗留不去。

ling(er)
長的

⇒ **久留**

演講的時候，會有一些學生在「長」時間的演講中，一次都沒有站起來，全程「留在」座位上，甚至演講結束後還繼續「留下來」問演講者問題。

---

lud
變化形 **lus**

玩；演奏（play）

01 **lud**icrous*
['ludɪkrəs]

形 荒謬的；滑稽的

ludicrously 副 荒謬地；滑稽地

a **ludicrous** idea
荒謬的想法

lud(i)	+	**cr**	+	**ous**
玩		道具		形容詞

⇒ **玩耍道具的**

為了「玩耍」而說的話是玩笑話，玩笑話通常很「荒謬」而且「詼諧」。

近義詞 具有「荒謬」之意的單字

ludicrous [lud(i)+cr+ous → 玩耍道具的] 荒謬的；荒唐無稽的
funny [fun(n)+y → 有趣的] 好笑的；荒謬的；特異的；反常的
absurd [ab+surd → 聽不到的] 荒謬的；荒唐無稽的；不合理的
ridiculous [rid(i)+cul+ous → 使發笑的行動] 好笑的；荒謬的；荒唐無稽的
laughable [laugh+able → 好笑的] 荒謬的；荒唐無稽的

---

02 allude
[əˈlud]

動 暗示；轉彎抹角地說到

allude to problems with his colleague
向他的同事暗示問題

al (朝向 ad) + **lud(e)** (玩)

⇒ 捉弄某人似地說

「向」某人說話時，不直接明說，而是開玩笑或「捉弄」似地繞著圈子說話的意思。從這裡衍生出「偷偷地說」、「暗示」的意思。

---

03 prelude*
[ˈprɛljud]

名 序言；〈音樂〉序曲

prelusive 形 序言的；作為序曲的

His remark was merely a **prelude** to a long speech.
他的評論僅僅是漫長演說前的一個序曲。

pre (提前) + **lud(e)** (演奏)

⇒ 提前演奏的曲子

原本的意思是為了檢視演奏者的狀態，而在演出「前」「演奏」的曲子，後來演變成具備一定形式的「序曲」。

---

04 illusion*
[ɪˈluʒən]

名 錯覺；幻覺；錯誤的觀念

illusionist 名 魔術師
illusory* 形 幻覺的；虛假的

cause an optical **illusion**
造成錯視

il (裡面 in) + **lus** (玩) + **ion** (名詞)

⇒ 附和玩笑

可以想像「附和」他人編造之謊言，附和謊言而相信錯誤訊息，就是「誤會」並「混淆」的意思。

---

05 collusion*
[kəˈluʒən]

名 共謀；勾結；詐欺

collude 動 共謀；勾結
collusive 形 共謀的

collusion between two countries
兩個國家之間的共謀

col (一起 com) + **lus** (玩) + **ion** (名詞)

⇒ 一起嘲弄的動作

「一起」「嘲弄」某人，說好聽一點是一起開玩笑，但是若帶有不良意圖，就是「勾結」。

PART 2 重要字根
DAY 25
long · ling · lud · lus

lumin

變化形 lun, luc, lus

光（light）

01 lumin**ary**
[ˈlumə,nɛrɪ]

名 專家（= expert）；傑出人物；發光體

She is a **luminary** in the world of physics.
她是物理學領域的專家。

lumin（光）+ **ary**（名詞）
⇒ 發光的事物

每到聖誕時節，街上都可以看到用燈火製作的美麗造景物——「光雕」。這個單字與光雕的字源相同，成為喚醒人們意識之「光」的人，就是「指導者」，而指導者也就是「專家」。

02 il**lumin**ate*
[ɪˈlumə,net]

動 照亮；用燈裝飾（房屋等）

illumination* 名 照明；燈飾

The room was **illuminated** by a small lamp.
一盞小燈照亮了這間房間。

il（裡面 in）+ **lumin**（光）+ **ate**（動詞）
⇒ 光線照耀

晚上去看棒球比賽時，燈光明亮到令人刺眼的程度，這是為了讓觀眾清楚地看到比賽內容而用燈光「照亮」的緣故。

03 **lun**ar
[ˈlunɚ]

形 月亮的；陰曆的

lunatic 名 瘋子
　　　　形 精神錯亂的；瘋狂的

比較 solar* 形 太陽的；陽曆的

the **lunar** calendar
陰曆（農曆）

lun(ar)（光）
⇒ 在夜空中發光的

在沒有電力與燈泡的時代，「月亮」是照亮夜空的唯一「光芒」。

04 **luc**id
[ˈlusɪd]

形 明白的；清楚易懂的

lucidly 副 明白地；清楚易懂地

give a **lucid** speech
做一個清楚的演說

luc（光）+ **id**（形容詞）
⇒ 明亮地發光的

按照字面上的意思解釋，就是像光一樣「明白的」。與 lucid 字源相同的單字 lux，是亮度的單位。

05 illustrate*
[ˈɪləˌstret]

動 (用圖、實例等) 說明；加入插圖

illustration** 名 說明；圖解；實例
illustrative* 形 說明性的

an **illustrated** textbook
有插圖的教科書

il	+	lus(tr)	+	ate
裡面 (in)		光		動詞

⇒ 光線照耀

和 illuminate 的字源結構相同。舉例來說，猶如「光線」照耀般清楚地「說明」。中文的「說明」也使用了「明」這個字。

mag
變化形 meg, max

非常的；大的（great）

01 magnify
[ˈmæɡnəˌfaɪ]

動 擴大；誇張

magnification 名 擴大；倍率
magnificent* 形 壯麗的；豪華的
magnificently 副 壯麗地；豪華地

magnifying glasses
放大鏡

mag(ni)	+	fy
大的		動詞

⇒ 養大

在意思為尺寸「大」的 mag(ni) 後面，加上形成動詞的字尾。把某個事物養大，就是「擴大」的意思。

02 magnitude**
[ˈmæɡnəˌtjud]

名 巨大；重要度；程度

the **magnitude** of an earthquake
地震的規模

mag(ni)	+	tude
大的		名詞

⇒ 程度較大

顯示大小有多「大」的意思。描述湖水面積有多大、星星有多明亮、地震的規模有多大時，皆可使用這個單字。

03 mega
[ˈmɛɡə]

形 大的；許多的

It was his first **mega** hit album.
這是他第一張爆紅的專輯。

meg(a)
非常的；大的

⇒ 尺寸非常大的

字源和單字的意思相同，表示非常「大的」的意思。主要放在名詞前，使用方法跟字首一樣。

04 **maxim***
[ˈmæksɪm]

名 格言；座右銘

act according to one's own **maxim**
依循自己的座右銘行事

max(im)
大的

⇒ 偉大的話語
意思是「偉大的」話語。中文的「偉大」也使用「大」這個字，偉大的話語包含有價值的教訓，也就是「格言」。

05 **maximize***
[ˈmæksəˌmaɪz]

動 使增加至最大限度
（↔ minimize 使減到最小）

maximization* **名** 盡量增大
maximum** **形** 最大的；最多的
名 最大量；最大數

maximize the use of the raw materials
將原料的使用最大化

max(im) 大的 + **ize** 動詞

⇒ 做得最大
「做得」「很大」的意思。相反的，比原本的尺寸還要小的尺寸是 mini size，而做得很小就是 minimize。

---

mand

變化形 mend

命令（order）

---

01 **mandatory***
[ˈmændəˌtɔrɪ]

形 義務的（= obligatory）；命令的

mandate* **名** 命令
動 授權；委任

Your participation is **mandatory**.
你有參加的義務。

mand(at) 命令 + **ory** 形容詞

⇒ 命令的
所有社會成員都必須遵守的「命令」，就是法律。如果是依據法律或規則制定的，就算不願意，也有執行的「義務」。

02 **command****
[kəˈmænd]

名 命令；控制
動 命令；指揮；控制

commander* **名** 指揮官；領導人

The area is under military **command**.
這個區域受軍事控制。

相關用法 be in command of 統率

com 完全 + **mand** 命令

⇒ 強烈地命令
參加學校營隊時，教官會對學生們「強力地」大聲「命令」，因為需要「指揮」數百名的學生。

03 de**mand** ★★★
[dɪˈmænd]

名 動 要求；需要

demanding ★★
形 令人吃力的；要求高的

demand a detailed explanation
要求一個詳細的解釋

[相關用法] on demand
一經要求；在有需求時

de	+	mand
向下		命令

⇒ 向下降低命令

稍微將「命令」的水準「向下」降低，就不再是命令，而成為「要求」。

[近義詞] 具有「要求」之意的單字

demand [de+mand → 向下降低命令] 要求；需要
require [re+quire → 再次詢問] 需要；要求
request [re+quest → 再次詢問] 請求；申請；要求
claim [cla(im) → 叫喚；喊叫] 主張；要求；請求

04 recom**mend** ★★
[ˌrɛkəˈmɛnd]

動 勸告；推薦

recommender 名 勸告者
recommendation ★
名 勸告；推薦；推薦信

I highly **recommend** this book to anyone.
我極推薦這本書給任何人看。

re	+	com	+	mend
再次		完全		命令

⇒ 重新命令

將「命令」的意思稍微弱化，用於描述「勸告」或「推薦」某事，也就是將自己有經驗的事情，「再次」讓某人嘗試看看的意思。

manu

變化形 man

手（hand）

01 **manu**al ★★
[ˈmænjʊəl]

名 說明書；手冊（= handbook）
形 手的；手工的；用手操作的

manually 副 手工地；用手地

Read the **manual** before you start.
在開始之前讀一下手冊。

manu	+	al
手		形容詞

⇒ 用手做的

表示直接用「手」做的事物。從「一手可掌握之大小的書」，衍生出尺寸小巧的「說明書」的意思。

02 **man**age**

[ˋmænɪdʒ]

動 管理;經營;處理

manager** **名** 負責人;經理
management***
名 管理;經營;處理

She was asked to **manage** a new team.
她被要求管理一個新的團隊。

man(age)
手

⇒ 用手摸

在中文裡,「整理」並「維修」某事物,也代表「管理」該事物的意思。也有用自己的「手」親自「完成」的意思。

03 **man**euver

[məˋnuvɚ]

名 動作;(部隊等的)調動
動 操作;啟動;(部隊等)實施調動

Parking a car in a small space is a difficult **maneuver**.
在狹小的空間停車是很困難的動作。

man	+	euver
手		工作 (oper)

⇒ 動手工作

指「手」「工作」的意思。不勞動身體,只運用雙手作業,也就是「操作」或「啟動」機械的意思。

04 **man**ifest**

[ˋmænə͵fɛst]

動 顯示;(徵兆)出現;顯露
形 明白的;清楚的
名 貨單;旅客名單

manifest the problem in lots of different ways
用許多不同的方法指出問題

man(i)	+	fest
手		掌握

⇒ 掌握在手中

不是隱隱約約看見,而是彷彿「掌握在手中」一樣,表示非常「明白的」的意思。

05 **man**ipulate*

[məˋnɪpjə͵let]

動 操作;操縱;對待

manipulation* **名** 操作;操縱

The body is trained, disciplined, and **manipulated** in sports.
在運動中,身體能受到訓練、控制並操弄。

man(i)	+	pul	+	ate
手		滿溢的 (ple)		動詞

⇒ 抓在手中操作

意指用「手」「操作」,代表擅於「操作」機械或「對待」他人的意思。「操弄」事實等於是「欺騙」某人。

DAY 26

mater
變化形 matr, metr

母親（mother）

---

01 matter***
[ˈmætɚ]

名 物質；重要的事情；物品
動 重要；要緊

The size of the house didn't **matter**.
房子有多大並不重要。

相關用法 as a matter of fact 事實上

mat(t)er 母親
⇒ 構成的事物
如同所有的人類都是從「母親」的腹中誕生的，世上萬物都是從各自根源的「物質」而來。「物質」也有「重要的事」、「問題的核心」的意思。

---

02 material***
[məˈtɪrɪəl]

名 材料；素材；資料
形 物質的；重要的

materialism 名 物質主義；唯物論

Material prosperity can help individuals attain higher levels of happiness.
物質的富裕可以幫助個體獲得更高程度的快樂。

mater 物質 ＋ **ial** 名詞
⇒ 與物質相關的事物
意思是構成「物質」或物體的「材料」。

---

03 maternity**
[məˈtɝnətɪ]

名 母性（= motherhood）；母親身分
形 懷孕的；孕婦的

take **maternity** leave
請產假

mater(n) 母親 ＋ **ity** 名詞
⇒ 母親的特性
母親們普遍擁有的特性，即為「母性」。

---

04 matrix**
[ˈmetrɪks]

名 母體；基礎；〈數學〉矩陣

emerge from a complex socio-cultural **matrix**
從複雜的社會文化基礎中浮現出來

matr(ix) 母親
⇒ 母體
如同胎兒在「母體」內獲得養分並受到保護，文化或社會現象也在適當的「基礎」上生根並發展。像「母體」一樣，懷抱著括號內數字的樣子，就是數學的「矩陣」。

PART 2 重要字根
DAY 25 26

manu · man · mater · matr · metr

213

095

05 metropolis*
[məˈtrɑplɪs]

名 大都市；重要都市

metropolitan 形 大都市的

migration into the industrial **metropolis**
移入重要工業都市

metr(o) 母親 + polis 都市

⇒ 成為母體的都市
如同「母親」懷著孩子一樣，擁有眾多人口與多種設施的「都市」，即為「大都市」。

---

mechan
變化形 mach

機械（machine）

---

01 mechanic
[məˈkænɪk]

名 維修技師

mechanical** 形 機械的

work as an auto **mechanic**
當汽車維修技師

mechan 機械 + ic 形容詞

⇒ 與機械相關的
從事與「機械」相關工作的人，也就是「維修技師」。

02 mechanism*
[ˈmɛkəˌnɪzəm]

名 機械裝置；體系；機制

adopt a more elaborate defense **mechanism**
採取更為完備的防禦機制

mechan 機械 + ism 名詞

⇒ 機械構造
意指由「機械」構成的「裝置」，也有像「機械」裝置一樣整頓完善的「體系」的意思。

03 machinery*
[məˈʃinərɪ]

名 機械（類）

machine** 名 機器；機械

operate heavy **machinery**
操作重型機械

mach(in) 機械 + ery 名詞

⇒ 機械的集合
統一指稱「機械」的單字，也就是「機械類」。為了耕作農田，需要曳引機（tractor）、耕耘機（cultivator）等各種機械。這些機械都可稱為農業機械（farm machinery）。

medi

變化形 mid, me

中間（middle）

PART 2 重要字根

DAY 26

mater・matr・mechan・mach・medi・mid・me

---

01 **medi**um** **
[ˈmidɪəm]

形 中間的
名 媒體（= media）；媒介

a **medium**-sized company
中型公司

a powerful advertising **medium**
強而有力的廣告媒介

medi(um) 中間

⇒ 中間的

中等尺寸是介於大與小之間的尺寸。mass media（大眾媒體）的 media 就是這個單字的複數形，指的是在「中間」將資訊與大眾連結的電視、新聞等。

---

02 **medi**eval** **
[ˌmidɪˈivəl]

形 中世紀的；中古風的

interesting aspects of **medieval** music
中世紀音樂的有趣層面

medi 中間 + **ev** 時代 + **al** 形容詞

⇒ 在中間的時代

在古代（ancient）與近代（modern）「中間」的「時代」，也就是「中世紀」。

---

03 **medi**ate* *
[ˈmidɪˌet]

動 仲裁；斡旋

mediation* 名 仲裁；斡旋
mediator 名 仲裁者；斡旋者

mediate the dispute between the two countries
仲裁兩個國家之間的爭端

medi 中間 + **ate** 動詞

⇒ 介入爭執之中

兩個朋友互相打架鬥毆，鬧得不可開交，如果想要阻止，就必須介入兩人之「中」，先將他們分開。介入爭執之中，就是「仲裁」爭執的意思。

---

04 im**medi**ate** **
[ɪˈmidɪət]

形 立即的；目前的；直接的

immediately** 副 立即；直接地

depend on the **immediate** circumstances
根據當前的情況

im not + **medi** 中間 + **ate** 形容詞

⇒ 沒有介入其中之事物的

沒有介入「中間」之事物，表示中間什麼都沒有，非常「接近」的意思。在時間上相當接近，代表「立即的」的意思；而關係上相當接近，則代表「直接的」的意思。

215

🎧 096

近義詞 具有「即時的」之意的單字
immediate [im+medi+ate → 沒有介入其中之事物的] 即時的；當面的；直接的
instant [in+stant → 站在近處的] 即時的；立即的
prompt [pro+mpt → 向前擺出] 即時的；迅速的

---

05 inter**medi**ate**
[ˌɪntɚˈmidɪət]

形 中級的；中等程度的

a course for **intermediate** learners
給中級學習者的課程

| inter + medi + ate |
| 之間　中間　形容詞 |

⇒ 位於兩者之間的

位於上級與下級「中間」的階段，也就是「中級」。

---

06 **Medi**terranean*
[ˌmɛdətəˈrenɪən]

形 地中海的

the positive effects of the **Mediterranean** diet
地中海飲食的正面效果

| medi + terra(n) + ean |
| 之間　大地　形容詞 |

⇒ 位於陸地之間的

攤開歐洲地圖，找找看地中海吧！明明是海洋，卻神奇地被土地圍繞。「地中海」就是在「陸地」「中間」的海洋。

---

07 a**mid***
[əˈmɪd]

介 在……之間；在……之中

The resort sits **amid** dense forest.
這個度假勝地位於濃密的森林之中。

| a + mid |
| 裡面　中間 |

⇒ 事情進行的途中

意指事情正如火如荼進行的「中間」時間點，或是被某些事物包圍的「中間」位置。

---

08 **mid**st*
[mɪdst]

名 中央；中間

They are struggling in the **midst** of a financial crisis.
他們在財務危機中掙扎。

| mid(st) |
| 中間 |

⇒ 中間部分

空間上或時間上最「中間」的部分，也就是「中央」、「正中間」的意思。

---

09 **mid**night*
[ˈmɪdˌnaɪt]

名 午夜；半夜十二點

I waited until **midnight**.
我一直等到午夜。

| mid + night |
| 中間　夜晚 |

⇒ 夜晚的中間時間點

古羅馬人認為「午夜」是日沒與日出，也就是「夜晚」的「中間點」。

10 **mid**term
[ˈmɪd͵tɝm]

名 期中；期中考
形 期中的

We have a math **midterm** next week.
我們下週要考數學期中考。

mid 中間 + **term** 期間

⇒ 期間的中間時間點

意指一定「期間」的「中間」時間點。學期「中間」舉行的考試，稱為「期中考」。

11 **me**an**
[min]

名 方法(-s)；平均值；中間
動 意指……
形 吝嗇的；卑鄙的

meaning***　名 意思；意義
meaningful*　形 有意義的

its role as **means** of production
其作為生產方法的角色

the **mean** of all measurements
所有測量值的平均

me(an) 中間

⇒ 中間程度的值

身高既不高也不矮，介於「中間」的話，表示身高為「平均」。不偏向於任何一邊、位於「中間」的人，便是走在「中庸之道」的人。為了抵達遙遠的目標，在「中間」連接的，便是「方法」。

12 **me**anwhile*
[ˈmin͵hwaɪl]

副 在這期間；同時

Meanwhile, he cooked dinner.
在此同時，他也在煮晚餐。

me(an) 中間 + **while** 期間

⇒ 在事件進行的途中

意指某個事件正在進行的「途中」，也可以是兩個事件的「中間」時間點。還可以在話說到一半突然打斷，並開始說其他事情的時候使用。

---

medic
變化形 med

治病（heal）

---

01 **medic**al***
[ˈmɛdɪkl]

形 醫學的；醫療的

medic　名 醫生；醫學院學生
medically　副 醫學上地
medication*　名 藥物；藥物治療

donations of used **medical** equipment
捐獻二手之醫療設備

medic 治病 + **al** 形容詞

⇒ 治病的

研究「治病」方法的是「醫學」，而治病的行為就是「醫療」行為。

02 **medic**ine**
['mɛdəsn̩]

名 藥；醫術；醫學

take the appropriate **medicine**
服用適當的藥物

medic 治病 + **ine** 名詞

⇒ 治病的事物

身體或精神上若有不適，為了「治病」，應該要吃「藥」並尋求「醫術」的協助。

03 re**med**y*
['rɛmədɪ]

名 處理方案；解決方案；治療
動 補救；糾正；治療

remedy economic injustice
糾正經濟上的不公義

相關用法 beyond remedy 補救不了

re 向後 + **med(y)** 治病

⇒ 醫治並恢復生病前的狀態

生病的話，應該要尋找可以「治療」的「解決方法」。

近義詞 具有「解決方案」之意的單字

remedy [re+med(y) → 醫治並恢復生病前的狀態] 處理方案；解決方案；治療
solution [sol(ut)+ion → 使鬆懈的動作] 解決方案
answer [an+swer → 對其發誓] 回答；解決方案

---

memor
變化形 memb

銘記在心的（mindful）

---

01 **memor**y**
['mɛmərɪ]

名 記憶（力）；回憶；〈電腦〉記憶體

memorial* 名 紀念物；紀念碑 形 紀念性的
memorize 動 記住；背誦
memorable*
形 難忘的；值得紀念的

have a good **memory**
記憶力很好

memor 銘記在心的 + **y** 名詞

⇒ 記憶

銘記在心裡，就是要好好「記住」。電腦設備中有一種零件叫做「記憶體」，是電腦在處理資料時，「記憶」必要資訊與結果的裝置。

02 com**memor**ate*
[kə'mɛmə,ret]

動 紀念

commemoration
名 紀念；紀念活動
commemorative* 形 紀念的

commemorate great moments in national history
紀念國家歷史上偉大的時刻

com 一起 + **memor** 銘記在心的 + **ate** 動詞

⇒ 一起記憶

因為是擁有重大意義的事件或人，所以和他人「一起」「銘記在心」，也就是「紀念」的意思。

03 remember**
[rɪˋmɛmbɚ]

動 記得；記住（= recall）

remembrance*
名 紀念；往事；記憶

remember a few stories
記得一些故事

re + memb(er)
再次　銘記在心的

⇒ 重新銘記於心中
過去的事情再次銘記於心中，即為「記憶」。

---

ment
變化形 min, mon

心（mind）
想（think）

---

01 mental***
[ˋmɛntl]

形 精神的；心理的

mentality*　名 智力；心理狀態

the dangers of playing violent games to **mental** health
玩暴力遊戲對心理健康的危害

ment + al
心　　形容詞

⇒ 心中的
在「心」這個字根後面結合形容詞字尾 al，成為表示「與心相關的」單字。

---

02 mention**
[ˋmɛnʃən]

動 提到
名 提及

mention what happened in the meeting
提到會議中發生的事

ment + ion
想　　名詞

⇒ 使想起
在西方國家，「想法」即為口中說出的話。告知「使其想起」，即為「提及」。

---

03 comment**
[ˋkɑmɛnt]

名 意見；評論
動 發表意見；發表評論

commentary*　名 評論；實況報導
commentator*　名 解說員；評論員

receive positive **comments** from analysts
從分析師那裡得到正面的評論

com + ment
一起　　心

⇒ 一起在心中想起的事物
讀書、看電影或接收消息時，表達和這些「一起」在「心」裡浮現的意見，也就是「提及」並「評論」的意思。

04 remind*
[rɪˋmaɪnd]

動 使想起；提醒

reminder* **名** 提醒者；提醒物；提示
remindful* **形** 令人回想的

The incident **reminded** him of his responsibility.
這起事件讓他想起了他該負的責任。

[相關用法] remind A of B 使 A 想起 B

re + **min(d)**
再次 心

⇒ 重新在心中想起

看到催繳單，就會在「心中」「再次」想起尚未繳納上一期的電費。催繳單讓我們「想起」支付費用這件事。

05 admonish
[ədˋmɑnɪʃ]

動 忠告；警告

He was **admonished** for neglect of duty.
他因為怠忽職守而受到警告。

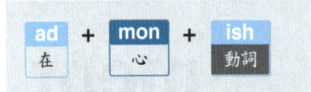

ad + **mon** + **ish**
在 心 動詞

⇒ 留下正確的心態

為了讓走在歧途上的人們留下正確的「心態」，有時需要給予「忠告」。

06 monument*
[ˋmɑnjəmənt]

名 紀念碑；遺址

monumental* **形** 紀念性的

erect a **monument** in honor of the great scientist
豎立紀念碑來表示對這位偉大科學家的尊敬

mon(u) + **ment**
心 名詞

⇒ 使在心中想起的事物

在美國的華盛頓特區，華盛頓紀念碑（Washington Monument）是觀光客必去的地方。來到這個地方，會讓我們在「心」中想起美國的第一任總統喬治‧華盛頓。

DAY 27

merc　變化形 mark　　交易（trade）

01 merchant*
[ˈmɝtʃənt]

名 商人；貿易商

Gregorio Dati was a successful **merchant** of Florence.
格雷戈里奧・達蒂是佛羅倫斯一位成功的商人。

merc(h) + ant
交易　　　人

⇒ 從事商業交易的人
從事「商業交易」的人，也就是買賣物品的人。意即「商人」或「貿易商」。

近義詞　具有「商人」之意的單字
merchant [merc(h)+ant → 從事商業交易的人] 商人；貿易商
trader [trad+er → 沿著路交易的人] 商人；貿易業者；證券業者
dealer [deal+er → 進行分配的人] 商人；中間商；證券經紀人
shopkeeper [shop+keep+er → 守著商店的人] 店長；商人

02 merchandise*
動 [ˈmɝtʃənˌdaɪz]
名 [ˈmɝtʃənˌdaɪs]

動 經營；推銷
名 商品；貨物

merchandising 名 推銷活動
merchandiser 名 商人

deal in wool, silk, and other **merchandise**
羊毛、絲綢及其他商品的交易

merc(h) + and + ise
交易　　 人(ant)　動詞

⇒ 從事商業交易；商人販賣物品
在前面學到的 merchant 加上動詞字尾 ish 所形成的單字。最初的意思是買賣物品，後來也衍生出商人為了讓物品賣得好，而進行「推銷」的意思。

03 commerce*
[ˈkɑmɝs]

名 商業；貿易

commercial** 形 商業的；商業化的
　　　　　　　　名 商業廣告
commercialize 動 使商業化

international **commerce**
國際貿易

com + merc(e)
一起　　交易

⇒ 許多人買賣物品
「許多」人「交易」商品的行業，即為「商業」。透過線上進行的商品交易稱為 e-commerce，也就是「電子商業交易」（electronic commerce）的意思。

04 market★★★
['mɑrkɪt']

名 市場
動 販賣；行銷

marketing★ 名 行銷
marketplace★ 名 市場形勢；市場

the flea **market**
跳蚤市場

mark(et)
交易

⇒ 購買物品的場所

意指進行「商業交易」的場所。購買或販賣物品的場所，稱為「市場」。

---

merg
變化形 mers

淹沒；浸泡（dip）

---

01 emerge★★
[ɪ'mɝdʒ]

動 浮現；露出

emergence★★ 名 浮現；現身
emergency★★ 名 緊急情況

The line of distant mountains was gradually **emerging** through the mist.
遙遠的山際線漸漸從霧氣中顯現出來。

e + **merg(e)**
向外 (ex) 淹沒

⇒ 浮出水外

即「淹沒」於水中的事物，「向外」「浮出」的意思。

02 submerge
[səb'mɝdʒ]

動 (使)潛入水中；浸沒

Flood waters **submerged** the village.
洪水淹沒了村落。

sub + **merg(e)**
向下 浸泡

⇒ 向水面下浸泡

向水面「下」「浸泡」至頭頂，也就是「潛入」水中。

03 immerse
[ɪ'mɝs]

動 使浸沒；使沉浸

immersion★ 名 浸沒；沉浸

be **immersed** in French culture
沉浸在法國文化當中

im + **mers(e)**
裡面 淹沒

⇒ 完全淹沒

完全「淹沒」於事情或書本時，便是「沉浸」的意思。

meter

變化形 metr

測量（measure）

PART 2 重要字根

DAY 27

merc ■ mark ■ merg ■ mers ■ meter ■ metr

01 dia**meter****
[daɪˈæmətɚ]

名 直徑

The **diameter** of the moon is 3,480km.
月球的直徑是 3,480 公里。

dia 橫跨 + meter 測量

⇒ 橫跨過圓形測量出的長度

「直徑」一詞，就是用不彎曲的直線「橫跨」過圓形「測量」出的長度。

02 thermo**meter**
[θɚˈmɑmətɚ]

名 溫度計；體溫計

read the outside **thermometer**
讀取外頭溫度計的溫度

thermo 熱 + meter 測量

⇒ 測量溫度的道具

意指「測量」「熱度」的工具。最近，市面上好像出現只要一秒就能知道溫度的電子「溫度計」。

03 geo**metr**ic*
[ˌdʒiəˈmɛtrɪk]

形 幾何（學）的

geometry* 名 幾何學
geometrician
名 幾何學家（= geometer）

be decorated with **geometric** patterns
用幾何圖案裝飾

geo 大地 + metr 測量 + ic 形容詞

⇒ 測量土地

「幾何學」是源自土地測量技術發達的埃及，由「測量」「土地」的學問發展而來。

04 sym**metr**y*
[ˈsɪmɪtrɪ]

名 對稱；均衡

symmetrical* 形 對稱的

the perfect **symmetry** of the building
此棟建築的完美對稱

sym 相同的 (syn) + metr 測量 + y 名詞

⇒ 數值互為相同的事物

意指測量長度後發現數值相同，也就是「對稱」、「均衡」的意思。數學中的對稱，指的是由中心點測量出的長度相同。

🎧 100

migr 移動 (move)

01 migrate *
['maɪˌgret]

動 遷移；移居

migration **　**名** 遷移；遷徙

Some of the dollars previously spent on newspaper advertising have **migrated** to the Internet.
過去有一些花在報紙廣告的經費，已經轉移到了網路上面。

Thousands of birds **migrate** to warmer countries.
數以千計的鳥遷徙到較為溫暖的國家。

migr 移動 + **ate** 動詞

⇒ 往他處移動

指的是從一個地方往其他地方移動。就像候鳥每到特定季節都會「移動」或「移居」其他地方一樣，表示更換場所的意思。

02 immigrate
['ɪməˌgret]

動 移入

immigrant *　**名** (外來) 移民
immigration *　**名** 移民入境；移居

He has **immigrated** to Australia from Japan.
他從日本移民到澳洲。

im 向內 (in) + **migr** 移動 + **ate** 動詞

⇒ 進入內部

出國旅行後重新回到自己的國家時，必須經過的手續——「入境審查」，英文就是 immigration。這是對「進入」國「內」的人進行的審查工作。

03 emigrate
['ɛməˌgret]

動 移出

emigration *　**名** 移民出境；移居

emigrate to find work
移民出境去找工作

e 向外 (ex) + **migr** 移動 + **ate** 動詞

⇒ 向外走出

和上一個單字只有字首不同。這個字首是「向外」走出的意思，所以指的是「移民」海外。

min 小的（small）

01 minor**
['maɪnɚ]

形 較少的；較小的；次要的
（↔ major 較多的；較大的）
名 未成年人；輔修科目

minority** 名 少數；少數民族

I had a **minor** bike accident on my way home.
我在回家路上碰到了輕微的自行車意外。

min(or) 小的
⇒ 小的
指的是在整體數字中數值較「少」，或尺寸較「小」的部分。從瑣碎的字義中，也衍生出「輕微的」的意思。

02 minus*
['maɪnəs]

形 負的
介 減去……

The temperature dropped to **minus** 10 degrees.
氣溫跌到了負 10 度。

min(us) 小的
⇒ 如此小的
就是數學「加減」中的「減」。以前搭船的商人們，為了區分物品重量超過或不足，而開始使用這個單字。

03 minimum**
['mɪnəməm]

名 最小量；最小數；最小限度

minimal** 形 最小的；極小的
minimize* 動 使減少至最小限度

The essay must be a **minimum** of 3 pages and a maximum of 5.
論文最少須有 3 頁，最多則不得超過 5 頁。

min(imum) 小的
⇒ 最小的事物
意思是可分配的「最少」量。

04 minister**
['mɪnɪstɚ]

名 牧師；部長；閣員

ministry** 名 （政府的）部

the **Minister** for Foreign Affairs
外交部長

min(is) 小的 + ter 更……的
⇒ 更小的人
意思是在「更小」一階的位置侍奉的人。最初的意思是下人或在家裡僱用的僕人，後來發展出接受神意之人——「牧師」，或是服侍國王的人——「閣員」。

05 administer*
[əd'mɪnəstɚ]

動 管理；經營；運作

administration
名 管理；經營；行政

administrative **
形 管理的；行政的

administrator*
名 管理人員；行政人員

administer after school programs
經營課後班

ad	+	min(is)	+	ter
朝向		小的		更……的

⇒ 向更小的人交付的事

在前面學到的 minister 加上字首 ad。向牧師或官員交付的工作，就是「管理」並「運作」教會或國家的事。

06 diminish*
[də'mɪnɪʃ]

動 縮小；變弱；(使) 減少

diminution* **名** 縮小；降低；減少
diminutive **形** 微小的
名 極小的人 (或物)

The overall speed **diminished** steadily.
整體速度穩定地降低。

di	+	min	+	ish
完全 (de)		小的		動詞

⇒ 完全變得很小

漸漸縮小，直到最後「完全」變得「很小」，表示量「縮減」或數字「減少」的意思。

近義詞 具有「減少」之意的單字

diminish [di+min+ish → 完全變得很小] 縮小；變弱；(使) 減少
decrease [de+crease → 向下減少] 縮減；縮小；減少；使減少
decline [de+cline → 向下彎曲] 減少；下墜；拒絕
dwindle [dwin(dle) → 變得稀微] (漸漸) 縮減
lessen [less+en → 使變小] 縮小；縮減；減輕

---

mir
變化形 mar

吃驚 (wonder)

---

01 miracle*
['mɪrəkl]

名 奇蹟；奇蹟般的人 (或物)

miraculous* **形** 神奇的；驚人的

The Bible tells of the many **miracles** of God.
聖經中敘說了許多神蹟。

mir	+	acle
吃驚		名詞

⇒ 吃驚的事

所謂「吃驚的」事情，就是「奇蹟」的意思。大家如果不管何時何地都能一點一滴累積讀書的習慣，便可創造驚人的讀書奇蹟。

02 admire *
[əd`maɪr]

動 敬佩；欣賞

admirable *
形 可敬佩的；令人讚賞的

admiration * 名 敬佩；欣賞

I **admired** my history teacher during my schooldays.
我在學校讀書時，非常敬佩我的歷史老師。

ad (在) + **mir(e)** (吃驚)

⇒ 因他人而吃驚

如果遇到擁有傑出能力與出色人品的人，一開始會感到「吃驚」，然後會漸漸對那個人產生「尊敬」之心。

03 marvel *
[`mɑrvl]

動 感到驚奇；驚歎
名 令人感到驚奇的事物（或人）

marvelous * 形 令人驚歎的；非凡的

marvel at her cheerful attitude
對她興高采烈的態度感到驚奇

mar(vel) 吃驚

⇒ 震驚

有一家名為「漫威」（Marvel Comics）的美國漫畫公司，是將蜘蛛人、綠巨人浩克、鋼鐵人等令人「驚豔」的角色畫成漫畫作品的地方。

mod　　尺度（measure）

01 moderate *
形 [`mɑdərɪt]
動 [`mɑdə͵ret]

形 中等的；適度的；溫和的
動 減輕；減少

moderately ** 副 適度地；溫和地

moderate-intensity exercise
中強度運動

mod(er) (尺度) + **ate** (形容詞)

⇒ 符合尺度的

符合「尺度」，代表沒有脫離可測量的範圍，指的是「中等的」的意思。

02 modern *
[`mɑdən]

形 現代的；時髦的

modernize 動 使現代化

The house looks very **modern**.
這間房子看起來很時髦。

mod(ern) 尺度

⇒ 現在水準的

表示符合時間「尺度」之意的拉丁文為 modo（現在），modern 則是源自於該單字，意思是現在這個時代──「現代」。

03 **mod**est*
[ˈmɑdɪst]

形 謙虛的；適當的

modest clothes for juniors
適合小孩子的衣服

mod(e)	+	st
尺度		形容詞

⇒ 符合尺度的

意指「適當的」。自尊心不過度而「適當」，表示「謙虛的」的意思。

04 **mod**ify*
[ˈmɑdəˌfaɪ]

動 修改；修正

modification** 名 修改；修正

modify the original image
修改原圖

mod(i)	+	fy
尺度		使做

⇒ 使其符合尺度

使符合「尺度」，亦即「修正」的意思。修正報告書內容，或是糾正想法時，也會用到這個單字。

05 ac**com****mod**ate*
[əˈkɑməˌdet]

動 為……提供住宿；容納

accommodation**
名 住處；停留處

There will be enough parking spaces to **accommodate** 100 cars.
這裡會有足夠容納 100 台車的停車空間。

ac	+	com	+	mod	+	ate
在 (ad)		完全		尺度		動詞

⇒ 使完全符合尺度

意指提供充分「符合」人數的空間。accommodation 就是提供該空間之「住宿設施」的意思。

06 com**mod**ity*
[kəˈmɑdətɪ]

名 日用品；原物料

buy and sell rice, flour and other basic **commodities**
買賣米、麵粉和其他基本日用品

com	+	mod	+	ity
完全		尺度		名詞

⇒ 正好符合尺寸的事物

「符合」尺度的事物，使用起來比較方便。這個字的意思為使生活便利而使用的「生活必需品」，或是可加工而符合「尺度」的「原物料」。

DAY 28

mort
變化形 murd

死亡（death）

---

01 mortal*
['mɔrtl̩]

形 終有一死的；致命的

mortality** 名 必死性；死亡率
immortal* 形 不死的；不朽的

face **mortal** danger
面臨致命的危機

mort 死亡 + **al** 形容詞

⇒ 死亡造成影響的

所有的人類都無法脫離死亡的影響，也就是「無法避免死亡的」命運。這個單字指的是可以召來「死亡」，非常「致命的」意思。

---

02 mortgage*
['mɔrgɪdʒ]

名 抵押；抵押借款
動 抵押

We're considering taking out a **mortgage**.
我們在考慮抵押借款。

mortgage loan
抵押貸款

mort 死亡 + **gage** 誓約

⇒ 死亡的契約

次級貸款危機讓美國陷入混亂，是非常可怕的一件事。用房子抵押而獲得的貸款如果無法償還，該份契約將會「死去」並被廢止，而房子也會被交到銀行手上。

---

03 mortify
['mɔrtə͵faɪ]

動 給予屈辱；使驚慌；苦行

mortification 名 屈辱；難堪
mortifying 形 令人難為情的

He was **mortified** at having to explain his secret past.
他必須說明他隱藏的過去，這讓他十分難堪。

mort 死亡 + **ify** 動詞

⇒ 使死亡

給予非常嚴重的「屈辱」，讓人感覺到快要「死去」。折磨自己，讓自己好像快要「死去」，就是「苦行」的意思。

近義詞 具有「使驚慌」之意的單字
mortify [mort+ify → 使死亡] 給予屈辱；使驚慌；苦行
embarrass [em+bar(rass) → 用棍棒妨害] 使驚慌
confuse [con+fus(e) → 一起傾瀉] 混亂；使混亂；使驚慌
perplex [per+plex → 完全複雜地摺疊] 使慌亂

04 murder ★★
['mɝdɚ]

名 謀殺；兇殺
動 謀殺；殺害

murderer* 名 殺人犯；兇手

commit a **murder**
犯下謀殺罪

murd(er)
死亡

⇒ 殺死
把人「殺死」，也就是「殺人」的意思。

---

mot
變化形 mob, mov, mom

移動（move）

---

01 motive ★
['motɪv]

名 動機；（行動的）緣由；目的
形 （引起）運動的

motivate* 動 使產生動機；激起
motivation★★ 名 動機

They might have an ulterior **motive** for offering to help us.
他們主動幫助我們，可能是有不可告人的動機。

mot + **ive**
移動　形容詞

⇒ 使移動的
使人「移動」的想法，即為「動機」。讀書的動機很重要，不是因為頭腦不聰明而不會讀書，而是因為沒有「動機」，無法動腦而不會讀書。

02 emotion ★★
[ɪ'moʃən]

名 感情；情緒

emotional★★ 形 感情的；情緒的

feel mixed **emotions**
感受到五味雜陳的情緒

a display of **emotions**
情感表現

e + **mot** + **ion**
向外(ex)　移動　名詞

⇒ 心向外移動
某個事件讓我的心「移動」，把喜怒哀樂向外展露，也就是「感情」。

03 promote**
[prə`mot]

動 促進；促銷；提倡；晉升

promoter* 名 促進者；提倡者
promotion** 名 促進；促銷；晉升
promotional* 形 促進的；促銷的

promote a healthy lifestyle
提倡健康的生活方式

promote to the position of manager
晉升至經理的職位

pro	+	mot(e)
向前		移動

⇒ 向前移動

把物品「向前」「移動」過來，就是讓該物品比其他產品更容易被看見，具有「宣傳」意圖的行動。在公司裡做出良好成果的人，會被「移動」到「前面」的職位，也就是「晉升」。

04 remote**
[rɪ`mot]

形 偏僻的；遙遠的

remotely* 副 偏僻地；遙遠地

live in a **remote** village
住在偏僻的村莊

相關用法 remote control
遠端遙控；遙控器

re	+	mot(e)
向後		移動

⇒ 向後移動的

「向後」「移動」，就是放在眼睛看不到的「偏僻」、「遙遠」的地方。

05 motor**
[`motɚ]

名 馬達；引擎；汽車(= automobile)
形 動力驅動的；汽車的

motorist 名 駕駛者

be powered by an electric **motor**
以電力引擎驅動

mot	+	or
移動		工具

⇒ 使移動的裝置

「馬達」提供讓機器「移動」的動力。

06 mobile**
[`mobl]

形 可移動的；可活動的

mobility** 名 活動性；機動性
mobilize* 動 組織；動員

access information through **mobile** devices
用可移動裝置取得資訊

mob	+	ile
移動		可以……的

⇒ 可以移動的

可以快速輕鬆「移動」的裝備，也就是「有移動性的」裝備。我們隨身帶著的手機，英文就是 mobile phone。

07 remove**
[rɪ`muv]

動 移開；去除

removal* 名 移開；去除
removed** 形 分離的

remove his name from the list
把他的名字從名單中除去

re	+	mov(e)
向後		移動

⇒ 向後移動挑出

與 remote 擁有相同的字源結構。「向後」「移動」挑出，也就是「去除」的意思。

08 moment *
['momənt]

名 瞬間；時刻；重要關頭

momentary *
形 短暫的；隨時會發生的

momentous * 形 重大的

Could you wait a **moment**?
您能等一下嗎？

mom 移動 + ent 名詞

⇒ 移動

拍攝「移動的」動物或人的照片，有時會因為晃動而模糊。這是因為被照片拍下來的樣子，只是非常短的「瞬間」。

衍生詞 由字根 mot 衍生的單字

automobile [auto+mobile → 自己移動的] 汽車
commotion [com+mot+ion → 一起移動的] 喧鬧；騷動
motorcycle [motor+cycle → 有引擎的輪子] 摩托車
momentum [mom+ent+um → 移動的力量] 彈力；加速度；運動量

---

mount
變化形 mound, min

登上（go up）
突出（project）

01 mount
[maʊnt]

動 增加；登上；設置；開始

The pressure on our team has continued to **mount**.
籠罩在我們團隊之上的壓力持續高漲。

mount a public relations campaign
展開公關活動

mount 登上

⇒ 登上山

從「『登上』山」的意思，衍生出將裝備放在上方，也就是「設置」的意思。另外，將某個活動「放上」舞臺，就是活動「開始」的意思。

02 amount ***
[ə'maʊnt]

名 量；金額
動 合計；相當於……

decrease the overall **amount** of uneaten food
減少廚餘的總量

a 在 (ad) + mount 登上

⇒ 累積上的量

想要得知整體的量，只要「在」其中一邊的某處累積「上去」即可。求出「總額」時，也是在計算機將數字累積「上去」進行計算。

近義詞 具有「量」之意的單字

amount [a+mount → 累積上的量] 量；金額
quantity [quant+ity →（量）極多] 量；多量
volume [vol+ume → 捲起的事物] 容量；體積

03 paramount*
[ˈpærəˌmaʊnt]

形 最重要的；最高的 (= supreme)

Information security has become a **paramount** issue.
資訊安全已變成最首要的課題。

par + **a** + **mount**
完全   在(ad)   登上

⇒ 完全登上山頂的

意指「完全」「登上」山頂，山頂是山「最高」的地方。舉辦活動時，最高的位置通常會被安排給「最重要的」人。

04 surmount
[sɚˈmaʊnt]

動 克服；解決

surmount obstacles instead of avoiding them
克服障礙而非逃避

sur + **mount**
向上(super)   登上

⇒ 攀上障礙物

「攀上」障礙物，表示不感到挫折，「克服」障礙物的意思。

05 mound*
[maʊnd]

名 (一)堆；小丘；投手丘

a small **mound** of sand
一小堆沙子

mound
突出

⇒ 稍微突出的土地

棒球中，投手站著的地方為「投手丘」。仔細觀察就會發現，該處是比其他地方稍微「突起」，像「丘陵」一樣的地方。

06 eminent*
[ˈɛmənənt]

形 卓越的；突起的

eminently* 副 卓越地
eminence* 名 卓越；高處

biographies of **eminent** artists
卓越藝術家的傳記

e + **min** + **ent**
向外(ex)   突出   形容詞

⇒ 向外浮上突出的

把全校學生集合在運動場時，有個學生的頭「向外」「突出」，這是因為身高太高才會這樣。同樣的，某人的實力向外浮現，就是非常「卓越的」的意思。

07 prominent*
[ˈprɑmənənt]

形 顯著的；有名的；突起的

prominently* 副 顯著地；重要地
prominence* 名 顯著；突起

a **prominent** figure in the field of IT
IT 領域內的顯赫人物

pro + **min** + **ent**
向前   突出   形容詞

⇒ 向前浮上突出的

「向前」「浮現」「突出」的狀態，也就是比他人「顯眼」的狀態。

mut

變換;交換(change)

01 mutant
['mjutənt]

形 突變的;變種的
名 突變體

mutation* 名 突變;變種

study a new breed of **mutant**
研究一個新的突變體

mut 變換 + **ant** 形容詞

⇒ 形態或特性變換的

不知道大家是否看過《X戰警》系列電影?《X戰警》系列的劇情重點是「變種人」(mutants)種族與人類間的糾葛。變種人種族是「變換」人類特性,擁有超能力之個體的「突變人」,出生時帶著X基因。

02 mutual**
['mjutʃuəl]

形 相互的;共同的

mutually 副 相互地

a lack of **mutual** understanding
缺乏相互理解

mut(u) 交換 + **al** 形容詞

⇒ 與對方交換的

與對方「交換」,不是單方面地給予,而是「互相」交換的意思。

03 commute*
[kə'mjut]

動 通勤;變換
名 通勤

commuter 名 通勤者;上班族

commute to work by bus
搭乘公車通勤

相關用法 commute A for/into B
將 A 換成 B

com 一起 + **mut(e)** 變換;交換

⇒ 一起變換

一起「變換」,代表一來一往的意思,從這個意義上發展出「通勤」的意思。只要想成把自己的位置從家裡變換成公司,就很簡單了。

nat 出生的（born）

01 nation**
['neʃən']

名 國家；國民；民族

national***
形 國家的；國民的；國內的
[比較] international*** 形 國際的
[比較] multinational* 形 多國的
nationality* 名 國籍；民族
nationalism* 名 民族主義

an agreement between **nations**
國家之間的協議

in both the rich and poor **nations**
富裕國家及貧窮國家皆是

nat 出生的 + **ion** 名詞

⇒ 出生的地方

在移民、旅行等國家之間的移動不如現在活躍的過去，「出生的」地方就是自己的「國家」。「出生」在同一個地區、一起生活的人們，即為一個「民族」。

02 native**
['netɪv]

形 母國的；土生土長的；天生的
名 本地人；土著；本地動植物

She's a **native** Californian.
她是加州當地人。

native species of plants
土生的植物物種

nat 出生的 + **ive** 形容詞

⇒ 照出生時之原樣的

表示和「出生的」地方有關之事物，用來描述「母國的」的意思。也從「跟『出生』地有關」的意義，衍生出「天生的」的意思。

03 nature***
['netʃɚ]

名 自然；本性

natural***
形 自然的；天然的；天生的
naturally** 副 自然地；天生地

human **nature** and its role in developing culture
人類的本性及其在發展文化時所扮演的角色

Pests and diseases are part of **nature**.
害蟲和疾病是大自然的一部分。

nat 出生的 + **ure** 名詞

⇒ 天生的性質

不以人工的事物加工，依照地球「出生」原樣的狀態，也就是「自然」。人從出生起與生俱來的性質，即為「本性」。

04 innate*
[ɪn'et]

形 天生的；固有的

innately* 副 天生地；固有地

an **innate** ability to learn language
學習語言的天賦

in 裡面 + **nat(e)** 出生的

⇒ 裡面具有並出生的

從「出生」時開始，在「裡面」擁有的特性，就是「天生的」特性。

DAY 29

🎧 106

nav
變化形 nau

船（ship）

---

01 navigate*
[ˈnævəˌɡet]
動 航行；導航
navigation* 名 航行；導航
It helps you **navigate** while driving.
它能在你開車時幫助你導航。

nav + ig + ate
船 　駕駛 　動詞
⇒ 駕駛船前進
搭著「船」並「駕駛離開」，即為「航海」。因為是在沒有道路的海洋上行駛，也衍生出找路的意思。

---

02 navy*
[ˈnevɪ]
名 海軍
形 海軍的；藍色的（= navy blue）
比較 army** 名 陸軍；軍隊
比較 air force 名 空軍
My brother joined the **Navy** last year.
我哥哥去年加入了海軍。

nav(y)
船
⇒ 搭船的
海軍搭乘「船」，執行攻擊與防禦任務。許多國家象徵海軍的顏色為「藍色」，因為這個顏色和深邃湛藍的大海顏色相似。

---

03 naval*
[ˈnevl̩]
形 海軍的；海上的
an old **naval** base
舊海軍基地

nav + al
船 　形容詞
⇒ 在船上的　在「船」上的事物，也就是「海上的」的意思。也和在職業上需要搭船的「海軍」相關。

---

04 nausea*
[ˈnɔsɪə]
名 暈眩；噁心
nauseous
形 想嘔吐的；使人厭惡的
It may cause **nausea** and fever.
它可能會導致暈眩及發燒。

nau(s) + ea
船 　名詞
⇒ 搭船會出現的症狀
搭上隨著波濤搖晃的船，會感到肚子不舒服，出現「暈眩」現象。這個字從「船」而來，但是不限於「暈船」，也可以用來描述一般的「暈眩」、「噁心」。

---

05 nautical
[ˈnɔtɪkl̩]
形 船員的；船舶的；航海的
nautically 副 航海上
obey **nautical** rules on a vessel under way
航海時在船上服從航海規定

nau(tic) + al
搭船的 　形容詞
⇒ 船員的　意思是與「船」相關，或與搭船的「船員」相關的事物。

neg

變化形 ne, ny

不（not）

PART 2 重要字根

DAY 29

nav・nau・**neg**・ne・ny

---

01 **neg**ative ***
[ˋnɛgətɪv]

形 否定的；負面的；不好的

negate * 動 否定；取消
negatively 副 否定地

We need to curb our **negative** thoughts.
我們必須克制自己的負面想法。

neg(at) 不 + **ive** 形容詞

⇒ 否定的

中文的「否定」也使用了「否」字。不管什麼事都說不行的人，就是「負面的」人。

---

02 **neg**otiate *
[nɪˋgoʃɪ͵et]

動 協商；談判

negotiation * 名 協商；談判
negotiator 名 協商者；談判者

negotiate the price
協商價格

neg 不 + **oti** 玩 + **ate** 動詞

⇒ 工作不玩樂

如果「不」「玩樂」，像螞蟻一樣認真工作，就可以「克服辛苦」。像服貿「協商」一樣，彼此意見不合，最後好不容易談成協議時，也可以使用這個單字。

---

03 **neg**ligent
[ˋnɛglɪdʒənt]

形 不注意的（= careless）；不關心的；不負責任的（= irresponsible）

negligence 名 疏忽；粗心；隨便
negligently 副 不注意地

be **negligent** in duties
怠忽職守

neg 不 + **lig** 挑選 + **ent** 形容詞

⇒ 不挑選

在字根 lect 學到的 neglect 字源結構上，加上形容詞字尾。不挑選某物，代表「不關心的」的意思。

---

04 **ne**utral **
[ˋnjutrəl]

形 中立的；公平的

neutralize 動 使中立化；抵銷
neutrality * 名 中立

adopt a **neutral** position
採取中立立場

a **neutral** nation/country
中立國

ne 不 + **utr** 兩者皆 + **al** 形容詞

⇒ 哪一邊都不是的

哪一邊都不偏重，站在「中立」立場的人，也就是非常「公平」的人。

---

05 de**ny** **
[dɪˋnaɪ]

動 否認；否定；拒絕（= refuse）

denial * 名 否認；否定；拒絕

deny all previous values
否定過去所有的價值標準

de 分開 + **ny** 不

⇒ 表示不是

苦惱後，在「分開的」位置鄭重地「說不是」，也就是「拒絕」。

nerv
變化形 neuro

神經（nerve）

---

01 nerve**
[nɝv]

名 神經；勇氣

The noise really gets on my **nerves**.
那個噪音真的搞得我心浮氣躁。

相關用法 have the nerve to do
有膽量去做……

nerv(e) 神經

⇒ 神經

nerv 是來自表示「腱」、「筋」之古代語的字源，意即連接頭和身體的筋——「神經」；讓身體移動的「力量」。從「力量」又衍生出「勇氣」的力量。

---

02 nervous**
[ˋnɝvəs]

形 緊張的；神經的

nervously 副 緊張地
nervousness 名 緊張；擔憂

Hannah was **nervous** and trembling.
漢娜感到緊張並顫抖著。

nerv 神經 + **ous** 形容詞

⇒ 心煩的

表示總是心煩的意思。如果有令人「緊張的」事情，就算想要思考別的事，整個人的「神經」還是會集中在那件事情上。

---

03 neurosis*
[njʊˋrosɪs]

名 精神官能症；神經官能症

neurotic 形 精神病的；神經質的

struggle with anxiety **neurosis**
與焦慮性神經病搏鬥

neuro 神經 + **sis** 疾病

⇒ 神經症狀

中文也有罹患「精神官能症」的說法。神經上出現「疾病」，就算只是些微的刺激，也會有過度的反應。

---

nom
變化形 noun

名字（name）

---

01 nominate
[ˋnɑməˏnet]

動 提名；指定

nominee 名 被提名者；被任命者
nomination* 名 提名；任命

Our play was **nominated** for an award.
我們的劇本獲得獎項提名。

nom(in) 名字 + **ate** 動詞

⇒ 呼喚名字

仔細觀察知名電影的海報，有時候會以「獲得奧斯卡獎最多獎項提名」進行宣傳，意思就是「名字」被提出，作為獎項候選人的意思。

02 noun*
[naʊn]

名 名詞

pronoun 名 代名詞

an example of an uncountable **noun**
不可數名詞的例子

noun
名字

⇒ 表示名字的話

人和事物的「名字」，即為「名詞」。
這個單字是由表示「名字」之字根
nom 的發音變化而來。

---

norm 規範（rule）

01 norm**
[nɔrm]

名 規範；基準

compared to some **norm** group
與某個標準群體比較起來

norm 規範

⇒ 規範

在古代語中，norma 表示木工的
「尺」，從這裡再延伸至測量人們
行動的尺，也就是「規範」、「基準」
的意思。

02 normal***
[ˈnɔrml]

形 正常的；普通的；身心健全的

normally** 副 正常地；通常
abnormal* 形 不正常的；異常的

the most **normal** and competent child
最為正常且有能力的孩子

norm 規範 + **al** 形容詞

⇒ 規範的

「規範」是大家說好要遵守的約定，
因此遵守規範是「正常」且「普通」
的行為。

03 enormous**
[ɪˈnɔrməs]

形 巨大的

enormously 副 巨大地

an **enormous** amount of information
極為大量的資訊

e 向外 (ex) + **norm** 規範 + **ous** 形容詞

⇒ 脫離規範的

比起「規範」更「向外」，就是尺
寸大的意思。不是只有略大的程度，
而是異常地「非常巨大的」的意思。

nounc 告知 (make known)

01 announce* [əˋnaʊns]
- 動 宣布；發表；播報
- announcement* 名 宣布；通知
- announce the science essay contest
  宣布進行科學論文比賽

an 在 (ad) + **nounc(e)** 告知
⇒ 告知其他人
指的是為了將某事「告訴」許多人，需要準備「發表」的情況。

02 denounce [dɪˋnaʊns]
- 動 批評；譴責；指控
- denunciation 名 批評；譴責；指控
- They publicly denounced the politician.
  他們公開譴責那位政客。

de 向下 + **nounc(e)** 告知
⇒ 中傷
將某人「向下」「告知」，便是貶低某人，亦即不是稱讚，而是「批評」並「批判」的話。

03 pronounce* [prəˋnaʊns]
- 動 發音；發表意見；宣稱
- pronunciation* 名 發音
- It is difficult to pronounce the word.
  這個字很難發音。

pro 前面 + **nounc(e)** 告知
⇒ 發出聲音說
出來「前面」「說話」，就是自己有話要說而發聲的意思。換句話說，即為「發表意見」。從「發出聲音說」的意思，衍生出「發音」的意思。

04 renounce* [rɪˋnaʊns]
- 動 （正式地）中止；放棄（= give up）；拒絕（= reject）
- renouncement* 名 中止；放棄；拒絕
- renunciation* 名 （權利等的）宣告放棄；宣布脫離關係
- The terrorists didn't renounce violence.
  恐怖分子並未停止暴力行動。

re 再次 + **nounc(e)** 告知
⇒ 再次告知
到處「告知」王位繼承權是我的，後來又「重新」「告知」不是我的，也就是「放棄」王位繼承權的意思。

近義詞 具有「拒絕」之意的單字

renounce [re+nounc(e) → 再次告知]（正式地）中止；放棄；拒絕
reject [re+ject → 向後丟；回轉] 拒絕；否決
refuse [re+fuse → 再次傾倒] 拒絕；否決
deny [de+ny → 說不是] 否認；否定；否決

nov 新的 (new)

01 novel**
['nɑvl]

名 小說
形 新的；新穎的；新奇的

novelty *
名 新穎（的事物）；新奇（的經驗）
novelize 動 編成小說

Many early successes of cinema were adaptations of popular **novels**.
許多早期的賣座電影都是流行小說改編的。

a detective **novel**
偵探小說

nov(el) 新的
⇒ 新的故事
任何人都會感興趣的「新」故事，就是「小說」。

02 novice*
['nɑvɪs]

名 新手；初學者

You are a **novice** at swimming.
你是游泳新手。

nov(ice) 新的
⇒ 新來的人
指的是「新」來而需要指導的人，因為沒有經驗，只能從基礎開始學習，也就是「初學者」。

03 innovate
['ɪnə͵vet]

動 創新；革新

innovation ** 名 創新；新事物
innovative ** 形 創新的

constant efforts to **innovate** and experiment
持續努力創新並實驗

in 裡面 + **nov** 新的 + **ate** 動詞
⇒ 從裡面換新
不只是更換表面，而是「從裡面開始」全部「換新」。中文的「革新」因為也有將所有事物換「新」的意思，所以使用了「新」這個字。

04 renovate
['rɛnə͵vet]

動 更新；裝修

renovation 名 更新；裝修

The science museum was **renovated**.
科學博物館重新翻修過了。

re 再次 + **nov** 新的 + **ate** 動詞
⇒ 再次換新
將目前辦公室或商店的裝潢全部更換、再次換新的業者，稱為專業「裝修」業者。

numer
變化形 nom

數字（number）
順序（order）

01 numerous ★★
[ˈnjumərəs]

形 很多的；多樣的

numeral 名 數字
　　　　 形 表示數字的
numerously 副 多數地；無數地

Laughing prevents **numerous** diseases.
笑能防百病。

numer 數字 + **ous** 形容詞
⇒ 數目多的
「數目」多，也代表種類「多樣的」意思。聚集許多人的集團，可以遇到各式各樣的人。

02 numerable
[ˈnjumərəbəl]

形 可數的；可計算的

separate from **numerable** things
與可數的事物分開

numer 數字 + **able** 可以……的
⇒ 可用數字表現的
可用數字表現的事物，就是如同一個、兩個、三個等「可數的」意思。

03 anomie
[ˈænəmi]

名 混亂；無秩序

anomic 形 混亂的；無秩序的

in the midst of **anomie**
在混亂當中

a not + **nom(ie)** 順序
⇒ 無秩序的狀態
在這個字裡，字首 a 表示否定意義「不」（not）、「沒有」（without）。如果沒有秩序，就會成為「混亂」與「無秩序」的狀態。

DAY 30

nutr
變化形 nur, nour

給予養分（nourish）
→照顧（nurse）

01 nutrient*
[ˈnjutrɪənt]

名 營養素；養分

the essential **nutrients** in soil
土壤中的必要營養素

nutr(i) 給予養分 + **ent** 名詞

⇒ 給予養分的物質
為我們的身體供給「養分」的事物，就是食物中含有的「營養素」。碳水化合物、脂肪、蛋白質是我們身體所需的三大營養素。

02 nutrition*
[njuˈtrɪʃən]

名 營養；營養物

nutritional* 形 營養的
nutritionist 名 營養師
malnutrition* 名 營養失調；營養不良

They are necessary for human **nutrition**.
它們對於人類營養是必要的。

nutr(it) 給予養分 + **ion** 名詞

⇒ 供給營養成分的行為
學校餐廳裡有設計菜單的「營養師」，他們設計出營養均衡的菜單，讓我們可以「攝取」正確的「營養」。

03 nurse**
[nɝs]

名 護理師
動 照顧；治療

visit **nursing** homes
拜訪療養院

nur(se) 照顧

⇒ 照顧生病的人
大家都知道的單字 nurse（護理師）也是來自於這個字根。就像是培養並照顧植物，「照顧」生病虛弱的患者，並協助進行「治療」的人，就是「護理師」。

04 nursery*
[ˈnɝsərɪ]

名 托兒所；育兒室

send a child to the **nursery**
將孩子送到托兒所

nur(se) 照顧 + **ery** 場所

⇒ 照顧孩子的場所
代替父母「照顧」孩子的地方，就是「托兒所」。newborn nursery 特別指的是照顧剛出生幼兒的婦產科新生兒室。

PART 2 重要字根
DAY 29 30

numer · nom · nutr · nur · nour

05 **nur**ture*
[ˈnɝtʃɚ]

動 培育；養成
名 培育；養育

nurturer **名** 養育者

the best environment for **nurturing** plants
培育植物的最佳環境

nur(t) 照顧 + **ure** 名詞

⇒ 好好照顧養育的動作

意指「飼育」還沒長大的動物，或是「培育」未成熟的植物，表示培養夢想或想法、理念的意思，也就是「養成」的意思。

06 **nour**ish
[ˈnɝɪʃ]

動 滋養；養育

nourishing **形** 滋養的；有營養的
nourishment* **名** 滋養；養育

stimulate oil production and **nourish** the skin
刺激油脂產生來滋養肌膚

a well-**nourished** baby
營養良好的嬰兒

nour 給予養分 + **ish** 動詞

⇒ 給予養分

護手霜或洗髮乳的外包裝上有些商品會標示「滋養」的字樣，這是在強調為乾燥龜裂的表面「提供各種營養成分」功能的產品。

---

oper
變化形 **offic**

工作（work）

---

01 **oper**ate**
[ˈɑpəˌret]

動 經營；操作；運轉

operator** **名** 經營者；操作者
operation*** **名** 經營；操作；運轉
operational** **形** 經營上的；操作上的
operative** **形** 操作的；運行著的

This machine does not **operate** properly.
這台機器運作不太正常。

oper 工作 + **ate** 動詞

⇒ 工作

生意人的「工作」就是「經營」商店，而如果機械「工作」，就是「運轉」。

02 **co**oper**ate*
[koˈɑpəˌret]

動 協力；合作

cooperation** **名** 協力；合作
cooperative* **形** 協力的；合作的

motivate people to **cooperate** with peers
鼓勵人們與同儕合作

co 一起 (com) + **oper** 工作 + **ate** 動詞

⇒ 一起工作

不是自己一個人工作，而是和他人「一起」「工作」，也就是「協力」工作的意思。

03 office★★★
['ɔfɪs]

名 辦公室；職務

officer★★ 名 高級職員
officiate 動 執行職務

have a meeting at the **office**
在辦公室開會

offic(e)
工作

⇒ 業務；職場

意思是「工作」的場所——「辦公室」，也可以指在辦公室內履行的「職務」。

04 official★★
[ə'fɪʃəl]

名 公務員；官員
形 官方的；正式的；公務上的

officially★ 副 官方地；正式地

receive an **official** letter from the admissions office
收到來自招生辦公室的正式信函

contact a government **official**
聯絡政府官員

offic(i) + **al**
工作　　　形容詞

⇒ 和工作相關的

不是個人的，而是和「工作」有關的事物，也就是「正式的」的意思。從這個意思再衍生出從事政府正式業務的人——「公務員」。

---

opt
變化形 op

看（see）

---

01 optic★
['ɑptɪk]

形 視覺的；光學的

optics 名 光學

the **optic** nerve
視覺神經

opt + **ic**
看　　形容詞

⇒ 可見的

我們透過「眼睛」「觀看」世界，因此「看」這個字和「視覺」密切相關。因為「看」這個行為其實是看到事物反射的「光」，所以表示「光學的」的意思。

02 optical★
['ɑptɪkl]

形 視覺的；光學的

optically 副 視力地；光學地

There are many **optical** illusions.
視錯覺有很多種。

opt + **ical**
看　　形容詞

⇒ 與「看」相關的

指人類擁有的感覺中與「看」相關的，也就是「視覺性的」。

🎧 111

03 synopsis
[sɪˋnɑpsɪs]

名 概要；摘要（= summary）

a **synopsis** of the novel
小說的概要

syn 一起 + **op** 看 + **sis** 名詞

⇒ 集中在一個地方看
意為聚集在「一個地方」「看」。並非仔細觀看所有內容，而是寫成可以大略瀏覽的文章。

---

ordin 順序（order）

---

01 ordinary**
[ˋɔrdṇ͵ɛrɪ]

形 通常的；平凡的

ordinarily* 副 通常地；一般地
extraordinary**
形 特別的；非凡的；異常的

use **ordinary** household ingredients
使用一般的家常材料

ordin 順序 + **ary** 形容詞

⇒ 按照順序發生的
每天都一樣，按照「順序」發生的事，指的是像早上起床先吃飯，再出門上學、讀書一樣「平凡」的事。

02 ordinance
[ˋɔrdṇəns]

名 法令；規定

the smoking ban **ordinance**
禁菸法令

ordin 順序 + **ance** 名詞

⇒ 有順序的
所謂的「順序」，是為了讓一件事正確地進行，而一定要遵守的規則。這個單字的意思就是所有人都應該遵守的「法令」或「規定」。

03 coordinate*
動 [koˋɔrdṇet]
形 [koˋɔrdṇɪt]

動 調整；協調
形 同等的；協調的

coordinator*
名 協調者；同等的人（或物）
coordination* 名 調整；協調

They can **coordinate** their actions.
他們能夠調整他們的行動。

co 一起(com) + **ordin** 順序 + **ate** 動詞

⇒ 所有事物配合順序
配合「順序」，將「所有」事物放入一個過程中，意思就是「調整」以符合「順序」。「造型師」會幫忙從帽子到鞋子進行「調整」。

04 sub**ordin**ate *

形 名 [sə'bɔrdn̩ɪt]
動 [sə'bɔrdn̩,et]

形 下級的；次要的；隸屬的
名 下屬；部下
動 使服從

sub 下面 + ordin 順序 + ate 形容詞

⇒ 在下一順序的

職等的「順序」在「下面」的「下屬」員工，就是須「服從」上司的人。

subordination * 名 次級；附屬

play a **subordinate** role
扮演次要角色

---

organ

變化形 urgeon, ergy

工作（work）
→（身體的）器官（organ）

---

01 **organ** **

['ɔrgən]

名 器官；機關

organic ** 形 器官的；有機體的

the **organ** transplant waiting list
器官移植的等待名單

organ 器官

⇒ 在體內工作的器官

在體內工作的「器官」，也就是心臟、胃等「內臟」的意思。

02 **organ**ism *

['ɔrgən,ɪzəm]

名 生物；有機體

for the survival of every living **organism**
為了每種生物的存活

organ 器官 + ism 名詞

⇒ 由器官組成的主體

所有的「生物」或「有機體」，都最少由一種「器官」組成。

03 **organ**ize *

['ɔrgə,naɪz]

動 組織；構成；準備

organization *** 名 組織；機構
organized **
形 有組織的；有系統的
disorganized
形 雜亂無章的；缺乏條理的

I have to **organize** the fashion show.
我必須張羅時裝秀。

organ 器官 + ize 動詞

⇒ 器官組成身體

如同將「器官」集合起來組成我們的「身體」，奧運或世界盃等大型活動是由小的活動與順序「組成」而來。

近義詞　具有「構成」之意的單字

organize [organ+ize → 器官組成身體] 組織；構成；準備
construct [con+struct → 一起建立] 建設；組合；構成
compose [com+pos(e) → 放入各種要素] 構成；作曲
constitute [con+stit(u)+te → 一起站著] 構成；實現

04 surgeon*
['sɝdʒən']

名 外科醫生

surgery** 名 (外科)手術
surgical* 形 外科的;手術的

a plastic **surgeon**
整形外科醫師

s 手(cir) + **urgeon** 工作

⇒ 用手工作的人

用「手」「工作」的人,也就是找出身體的病痛,並用「手」進行精密「作業」的「外科醫生」。

05 energy***
['ɛnədʒɪ]

名 活力;精力;能量

energetic*
形 精力充沛的;充滿活力的

invest time and **energy** to do a project
投入時間和精力來執行專案

en 裡面 + **ergy** 工作

⇒ 工作時必須的事物

如果要「工作」,身體「內」必須要有「能量」。考試期間,如果喝了「能量飲料」,「活力」會在身體內流動。

06 synergy
['sɪnədʒɪ]

名 加乘效果;協同作用

synergistic 形 加乘的;協同作用的

create **synergy** in the workplace
在職場帶來加乘效果

syn 一起 + **ergy** 工作

⇒ 一起工作時的效果

「加乘效果」,指的是「一起」「工作」時出現更好的結果。

---

ori
變化形 ort

發生;浮現(rise)

01 origin**
['ɔrədʒɪn]

名 起源;開始;出身

original***
形 最初的;原始的;有獨創性的
名 原物;原著
originally** 副 起初;獨創地
originate* 動 起源於;來自

theories about the **origin** of mankind
有關人類起源的理論

ori(gin) 發生;浮現

⇒ 浮現;開始

想像沉澱於水面下的事物向上浮起的樣子,也就是先前沒有的東西全新登場,意思就是「起源」、「開始」。

02 orient

名 [ˈɔrɪənt]
動 [ˈɔrɪˌɛnt]

名 東方
動 使熟悉環境；使朝向……

oriental* 形 東方的；東方文化的
orientation** 名 方向；新生訓練

the treasures of the Orient
東方珍寶

ori 浮現 + **ent** 名詞

⇒ 太陽升起的地方

因為太陽從東邊升起，並從西邊落下，所以在西方人的觀點上，東方即是太陽先「升起」的地方。和英國相比，台灣早八個小時日出。

03 abort

[əˈbɔrt]

動 流產；墮胎；中斷（計畫等）

abortion* 名 流產；墮胎

The mission was aborted.
任務中止了。

ab 錯誤的 + **ort** 浮現

⇒ 無法出生的

「浮現」也代表「開始」、「出生」的意思。腹中的孩子如果無法誕生，即為「流產」，而工作的結果如果無法浮現，就是「中斷的」。

pan

變化形 past

麵包（bread）

01 company***

[ˈkʌmpənɪ]

名 公司；朋友；陪伴

Tina works for a design company.
提娜在設計公司上班。

com 一起 + **pan(y)** 麵包

⇒ 一起吃麵包的人

「一起」把「麵包」分著吃的人，即為一起餬口的人，也就是一起工作的同事或是「公司」。有東西吃的時候，一起分著吃的人就是「朋友」。

02 companion*

[kəmˈpænjən]

名 同伴；伴侶

companionate 形 同伴的；友愛的
companionship*
名 友誼；伴侶關係

a good companion for my brother
我哥哥的理想伴侶

com 一起 + **pan** 麵包 + **ion** 名詞

⇒ 一起吃麵包

西方的「麵包」就等於是我們的「飯」，一起吃飯的人，就是一直在一起的人。

03 accompany *
[əˈkʌmpənɪ]

動 陪伴;同行

accompaniment *
名 佐餐食品或飲料;伴奏音樂

Children under eight must be **accompanied** by an adult.
未滿八歲的孩童必須由一位大人陪同。

ac	+	com	+	pan(y)
在 (ad)		一起		麵包

⇒ 一起吃麵包並行動

「一起」吃「麵包」並行動,是指彼此相同且非常適合的意思。就像麵包與奶油一直形影不離,也就是「同行」。

04 pantry
[ˈpæntrɪ]

名 食品儲藏室

The flour is stored in a separate **pantry**.
麵粉存放在一個獨立的食品儲藏室裡。

pan	+	try
麵包		場所

⇒ 放置麵包的場所

從保管「麵包」的場所,衍生出保管各種食材之「儲藏室」的意思。

05 paste *
[pest]

名 黏膠;牙膏;麵糰

pasty
形 漿糊的;麵糊狀的;(臉色)蒼白的

Use **paste** to attach the label.
用黏膠把標籤貼起來。

past(e)
麵包

⇒ 麵包的麵糰

指的是像「麵包」的麵糰一樣,有黏性又可以不斷拉長之事物。黏貼壁紙時使用的「黏膠」、擠出使用的「牙膏」、披薩的「麵糰」等,都可稱為 paste。

06 pastel
[ˈpæstl]

名 粉蠟筆;淡淺色
形 粉蠟筆的;(色彩)淡的

draw the flowers with colored **pastels**
用彩色粉蠟筆來畫花朵

past(el)
麵包

⇒ 為麵包麵糰染色的動作

在沒有顏料的時代,會在麵糰裡加入色素,充當上色的工具。這樣一來,麵糰會隱約散發出顏色,所以明亮輕薄的顏色都稱為「淡淺色」。

Break Time

檢視自己的學習方式 ③

Q 如果想要滴水不漏地將單字背起來，要重覆多少次呢？有沒有可以減少次數的好方法？

A

快速記憶 100 個英文單字的讀書方法

當我們必須背誦 100 個英文單字時，要看幾次呢？居然要重覆讀 68 次！不過，這次我們稍微換了個方法，而這麼一來，只要 38 次就可以全部背下來。這其中的差異在於，這次我們不是在一天內全部背起來，而是分成了三天。我們一天各看了 13 次，第三天的時候，就算只看了 12 次也能全都背起來，所以總共是 38 次。

幾乎只花了將近一半的時間，也能達到相同的效果。 腦袋還是同一顆，單字的難易度也沒有差異，只是在方法上有小小的不同而已。因為這種細小的差異，而能讓讀書的成果產生變化，這樣的例子實在是不勝枚舉。更令人驚訝的是，這種差別若累積起來，不只是成績，連人生也會改變。

這個實驗是由一個名叫艾賓浩斯（Hermann Ebbinghaus）、針對記憶開發進行實驗的人在 1885 年時發表的。時至今日，我們還是每天都在收集單字並背誦。

學生們自習時，也照樣沿襲了這個方法。不只是背起來更辛苦，就算好不容易背起來，也會更快就忘記。這麼一來，學生們自然會有相同的感想：「我好像真的很笨」。

再來看看另一個實驗。這次，我們先決定好讀書的時間再背誦單字，分別：
(1) 用 30 分鐘待在位子上背誦 20 個單字。
(2) 用三天的時間，每天各用 10 分鐘背誦 20 個單字。單字背誦所花的時間一樣是 30 分鐘，並且在四天後進行測驗。

如我們所預期的，**把單字分成三天背誦的成績更好**，用滿分 100 分換算，居然高出 20 分之多。花相同的時間讀書，結果卻有天壤之別。

就算用一樣的時間讀書，有人考得好，有人卻考得差。儘管讀書的分量相同，有些人可以很快就讀完，有些人卻得花上大量時間，甚至連應該記的單字都背不起來。這並不是能力的問題，而是跟方法有關，許多人並不是頭腦不聰明，只是方法錯了而已。

這就是「間隔效果」。不要一次匆匆囫圇吞棗，而是隔一段時間再重新複習。

——修改自《翻轉成績與人生的學霸養成術（66 Day Study）》

DAY 31

🎧 114

par
變化形 pair

同等的（equal）

---

01 com**par**e**
[kəmˋpɛr]

動 比較；比喻

comparison** **名** 比較
comparative** **形** 比較的；相對的
comparable**
形 可比較的；比得上的

Comparing computers to humans can be confusing.
將電腦比喻為人類，可能會造成混淆。

| com | + | par(e) |
| 一起 | | 同等的 |

⇒ 檢視是否同等
檢視是否互相同等，也就是「比較」。

---

02 **par****
[pɑr]

名 同等；平均；〈高爾夫〉標準桿數

parity* **名** 同等

The player made **par** on the eleventh hole.
這位選手在第 11 洞時追平標準桿。

par
同等的

⇒ 同等的事物
高爾夫是將球擊出，使其掉入洞中的運動比賽。每個洞可以擊球的次數各有限制，若擊入的次數與規定的次數「相同」，則記錄為標準桿數。

---

03 **pair****
[pɛr]

名 一雙

one **pair** of shoes
一雙鞋

pair
同等的

⇒ 同等的事物
手套、鞋子、耳環等，一般是由「相同」的兩個組成「一雙」。

para 旁邊（beside）

01 para**llel****
[ˈpærə͵lɛl]

- 形 平行的；類似的
- 名 平行線（或面）；類似的人（或事物）
- 動 使成平行；與……平行；與……類似

parallelism 名 平行；類似

the **parallel** bars competition
雙槓競賽

para 旁邊 + **llel** 另一個的

⇒ 在旁邊的其他事物

一直並肩在「旁邊」但是互不相見的事物，就是數學中「平行」的定義。

02 para**graph****
[ˈpærə͵græf]

名 段落

paragraphic 形 分段的

You should separate the **paragraph** when there is a change of topic.
主題改變時，你必須分段落。

para 旁邊 + **graph** 寫

⇒ 寫在旁邊的記號

近來在為文章「分段」時，直接換行書寫就好，但是以前則需要在新段落的「旁邊」加上「記號」，進行分段。paragraph 原本是添加段落記號的意思，現在指的則是「段落」本身。

03 para**phrase***
[ˈpærə͵frez]

動 改述；以不同的話解釋

accurately **paraphrase** the information
正確地改述資訊

para 旁邊 + **phrase** 說

⇒ 相似地說

「吃飯了嗎？」與「用餐了嗎？」雖然意思相同，卻是兩句不同的話。像這樣換成相似的意義說出口的話，就是「改述」。

part
變化形 par, port

部分（part）
分開（divide）

---

01 part***
[pɑrt]

名 一部分；部分
動 使分開；使分離

partly** **副** 部分地；不完全地
partial** **形** 部分的；偏袒的
partially** **副** 部分地；偏袒地

check the first **part** of the recording
檢查錄音的第一部分

part 部分

⇒ 被分成部分

去速食店吃漢堡時，常常會看到「徵求兼職夥伴」的徵才廣告。「兼職」指的不是一整天都在工作，而是將上午或下午分成較短的時段，只有「部分」時間在工作的型態。

---

02 partition
[pɑrˋtɪʃən]

名 部分；分開；分隔
動 把……分成部分；隔開

the **partitions** between the desks
書桌之間的間隔

[相關用法] partition of 分隔成……

part 分開 + **(i)tion** 名詞

⇒ 分開的動作

K 書中心的書桌之間都會用「隔板」隔開，讓人眼中只能看到要讀的書，把會讓人注意力渙散的妨礙要素與自己「分開」。

---

03 party**
[ˋpɑrtɪ]

名 派對；政黨；派系

have a **party** to celebrate her safe return
舉辦派對慶祝她平安歸來

part 部分 + **y** 名詞

⇒ 分開部分的動作

「派對」不是全校的人都參加的活動，而是只邀請「一部分」跟自己比較熟的朋友參加。想法互相符合的人「分」成派系一起行動，也稱為 party。

---

04 particle*
[ˋpɑrtɪkl]

名 粒子；極小量

an air purifier with dust **particle** filters
內含塵粒濾網的空氣清淨機

part(i) 部分 + **cle** 名詞

⇒ 分開部分

分開部分，就是再次分開的意思。一再分解而成為肉眼不可見的小碎塊，即稱為「粒子」。

05 particular*** [pəˈtɪkjələ]

形 特殊的；特定的；異常的

particularly* 副 特別；尤其

Do you do anything **particular** before bed?
你在睡覺前會做什麼特別的事嗎？

part(i) 部分 + **cul** 名詞 + **ar** 形容詞

⇒ 小部分的
有些人在韓式、日式、中式等多樣的食物中，唯獨偏愛屬於非常小「部分」，像是蚵仔麵線這種「特定的」食物。

06 apart** [əˈpɑrt]

形 分開的；分離的
副 分開地；分離地

apartness 名 孤立；冷漠

He has to take the engine **apart**.
他必須將引擎拆開。

a 在 (ad) + **part** 分開

⇒ 分成
電池可「分離」的智慧型手機，可與手機「分開」攜帶。

07 depart** [dɪˈpɑrt]

動 離開；出發

departure* 名 出發

What time did your bus **depart**?
你的公車是幾點走的？

de 分開 + **part** 分開

⇒ 原本緊貼一起的東西被分開
火車和月台「分離」而「離開」車站，前往下一個目的地。從原本所在的地方分離，即為向其他地方「出發」的意思。

08 counterpart* [ˈkaʊntɚˌpɑrt]

名 對應的人（或物）

The minister will meet her Chinese **counterpart**.
（我國）總理將與中國總理見面。

counter 互視 + **part** 部分

⇒ 對面
開會或交易時，坐在談判桌「對面」的人，意即「對方」或「與自己對應的人」。

09 parcel* [ˈpɑrsl]

名 小包；包裹；（土地的）一片

比較 **package*** 名 包裹

send the **parcel** by express mail
用快遞寄送包裹

par(cel) 分開

⇒ 分開的事物
多出許多食物，想要「分享」給朋友。從「盛出一部分用『小包裝』包起」，衍生出「包裹」的意思。

10 portion** [ˈporʃən]

名 部分；一部分；（食物等）一份

proportion 名 比例；均衡

a small **portion** of meat
一小份肉

port 部分 + **ion** 名詞

⇒ 分開之物的一部分
某人「分享」給我，或是分配給我的，就是屬於我的「份」。

PART 2 重要字根
DAY 31
part · par · port

pass
變化形 past

通過（pass）

---

01 pass**
[pæs]

動 通過；經過；傳遞；及格
名 經過；通行證；及格

passenger** **名** 乘客；旅客
passerby **名** 路過的人；行人

finally **pass** the examination
終於通過考試

相關用法 pass by 經過

pass 通過

⇒ 通過
為了前往下一階段，必須「通過」規定的程序。大學入學考試「合格」，表示經過考試的階段，而得以就讀大學的意思。

---

02 passage**
[ˈpæsɪdʒ]

名 通行；經過；通道；小徑；
（文章的）一段

without reference to the **passage** of time
與時間的經過毫無關係

pass 通過 + **age** 名詞

⇒ 通過的行為
意思代表「通過」的行為，也可以是通過的途徑——「道路」、「步道」、「航路」等。

---

03 passenger**
[ˈpæsndʒɚ]

名 乘客；旅客

None of the **passengers** were injured.
乘客都沒有受傷。

pass(eng) 通過 + **er** 人

⇒ 通過的人
在前面學過的單字 passage，接上表示行為主體的字尾 er 而形成的單字。朝著目的地「通過」道路的人，即為「乘客」。

---

04 compass*
[ˈkʌmpəs]

名 指南針；圓規；範圍
動 圖謀；計畫

navigate using a map and a **compass**
利用地圖和指南針航行

com 完全 + **pass** 通過

⇒ 完全通過時需要的距離
在沒有精密測量裝備的時代，是由人親自走過，測量出「完全」「通過」該「空間」時所需的步數。從這個觀點上產生「測量」的意思，然後再衍生成測量方向的道具——「指南針」，以及測量距離的「圓規」的意思。

05 sur**pass**
[sɚˋpæs]

動 超越;勝過;優於

surpassing **形** 非凡的;卓越的

results that **surpass** their expectations
超越他們期待的結果

sur	+	pass
上面 (super)		通過

⇒ 從上面經過
因為太過傑出,而從一般人的水準「上面」「通過」之意。

近義詞 具有「傑出」之意的單字

surpass [sur+pass → 從上面經過] 傑出;凌駕;超過
exceed [ex+ceed → 向界線外走] 超過;凌駕;優越
excel [ex+cel → 向外浮出] 傑出;卓越
outstand [out+stand → 站在外面] 傑出;出眾

06 **pass**port *
[ˋpæs͵port]

名 護照

All travelers need a **passport**.
所有旅客都需要護照。

pass	+	port
通過		港口

⇒ 通過港口時需要的物品
在沒有飛機的時代,長途旅行都是依靠船隻。旅客在「通過」「港口」時,為了證明自己的身分,一定要攜帶的東西就是「護照」。

07 **past**ime
[ˋpæs͵taɪm]

名 消遣;娛樂

Skiing is a favorite **pastime** in winter.
在冬天,滑雪是一項受大家喜愛的消遣活動。

past	+	(t)ime
通過		時間

⇒ 度過時間的事物
某個學生說,自己只要有空閒時間就會騎腳踏車,「度過」了許多「時間」。所以,騎腳踏車就是這位學生的「消遣」、「娛樂」。

DAY 32

🎧 117

path
變化形 pat, pass

感受（feel）
經歷痛苦（suffer）

---

01 pathetic*
[pəˈθɛtɪk]

形 可憐的；可悲的；
激起情感的（= emotional）

pathos
名（文學或音樂作品、演講）激起憐憫的因素

a **pathetic** little old dog
可憐的小老狗

path(et) 感受 + **ic** 形容詞

⇒ 感受情感的

看到電影主角流淚的場面，有時自己也不自覺地跟著流下淚水。「感受」到主角的悲傷，心中覺得「可憐」而變得「感性」。

---

02 empathy*
[ˈɛm,pəθɪ]

名 同感；同理心

have **empathy** for the poor
對窮人有同理心

em 裡面 (in) + **path** 感受 + **y** 名詞

⇒ 感受到心意的感覺

把我的心「放入」其他人的心情與狀況而「感受」到的感覺，就是「同感」。

---

03 sympathy**
[ˈsɪmpəθɪ]

名 同情心

sympathetic**
形 同情的；有同情心的

We have **sympathy** for the accident victims.
我們很同情事故的受害者。

sym 一起 (syn) + **path** 感受 + **y** 名詞

⇒ 一起感受到的感覺

中文的「同情」也使用了「同」字，因為一起感受感情，就是「同情」。

---

04 antipathy*
[ænˈtɪpəθɪ]

名 反感；厭惡（= hostility）

antipathetic
形 引起反感（或厭惡）的

antipathy to different cultures
對其他文化的反感

anti 抵抗 + **path** 感受 + **y** 名詞

⇒ 感受相反的感覺

如果有人對我所說的任何事都「感受」「相反」，而且還說出「如果是我，絕對不會這樣」的話，那麼這個人說不定是對我有「反感」的人。

05 patient***
[ˈpeʃənt]

形 有耐心的
名 患者

patiently 副 有耐心的
patience* 名 耐心

chronically ill **patients**
慢性病患者

pat(i) 經歷痛苦 + **ent** 形容詞

⇒ 經歷痛苦的

「患者」「經歷著痛苦」，在病情痊癒之前，必須有耐性地忍耐。

06 passion**
[ˈpæʃən]

名 熱情；激情

passionate* 形 熱情的；熱烈的

a talent and **passion** for science
對科學的才能與熱情

pass 經歷痛苦 + **ion** 名詞

⇒ 感覺；痛苦

為了我要達成的夢想，應該要能夠「忍受痛苦」，才算是有熱情。所以，熱情也含有忍受「苦難」的意思。

07 compassion*
[kəmˈpæʃən]

名 憐憫；同情

compassionate*
形 憐憫的；有同情心的

Her heart was touched with **compassion**.
她的心被憐憫之意觸動了。

com 一起 + **pass** 感受 + **ion** 名詞

⇒ 一起感受到的感覺

與前面學到的 sympathy 有相同的字源結構。與他人一起感覺到相同的情感，即為「同情」。

08 passive**
[ˈpæsɪv]

形 被動的；消極的（↔ active 積極的）

passiveness 名 被動；消極

Watching television is a **passive** activity.
看電視是一種被動的活動。

pass 經歷痛苦 + **ive** 形容詞

⇒ 經歷痛苦的

對期末考不安而「感覺到痛苦」，是因為必須「被動地」面對考試。不要只是承受考試帶來的痛苦，藉由建立讀書計畫並加以實踐，積極戰勝考試吧！

---

patr
變化形 patter

父親（father）

---

01 patriot
[ˈpetrɪət]

名 愛國者

patriotic 形 愛國的
patriotism* 名 愛國心；愛國精神

My brother was a great **patriot**.
我哥哥是一位偉大的愛國者。

patr(i) 父親 + **ot** 名詞

⇒ 為父親的國家奉獻者

「父親」的國家，即是我的祖國。為祖國奉獻的人，就是「愛國者」。

02 patron*
['petrən']

名 贊助者；主顧

patronize 動 贊助；光顧

This parking lot is for the use of **patrons**.
停車場是給來店顧客專用的。

patr	+	on
父親		名詞

⇒ 像父親一樣的人

商店的「老客戶」或「贊助者」，對該商店來說，就像「父親」一樣提供幫助，使商店得以維持經營。

03 pattern***
['pætən']

名 花樣；圖案；形態；模範
動 以圖案裝飾

Keeping a regular sleep **pattern** can help.
保持固定的睡眠模式可能會有所助益。

patter(n)
父親

⇒ 成為典範的人

一個好的「父親」，應該努力讓自己成為孩子們可以追隨的「模範」。而所謂的「圖樣」，便是照著最一開始畫出的花紋，以此為典範無限反覆而做成的。

---

ped
變化形 pat, pod

腳（foot）

---

01 pedal
['pɛdl]

名 踏板
動 踩踏板

press down the **pedal**
踩下踏板

ped	+	al
腳		名詞

⇒ 用腳踩的東西

如果要高興地騎著腳踏車奔馳，就必須努力地用「腳」踩「踏板」。腳踏車的踏板和鋼琴的延音踏板，都是用「腳」踩的東西。

02 pedestrian*
[pə'dɛstrɪən]

名 步行者
形 步行的；行人的；平凡的

It may cause **pedestrian** congestion.
這可能會造成行人堵塞。

ped(estr)	+	ian
腳		人

⇒ 用腳走動的人

不藉由汽車或腳踏車移動，而是靠自己雙「腳」走動的人，即為「行人」。也從「不去摸索更快的方法、照實進行」，衍生出「平凡的」的意思。

03 **ped**icure
[ˈpɛdɪˌkjʊr]

名 足部護理；修趾甲

I will get a **pedicure** next week.
我下週會去修趾甲。

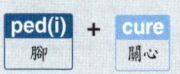

ped(i) + **cure**
腳　　　關心

⇒ 對腳的關心

對「腳」產生關心並照顧的行為，就是「足部護理」。除此之外，表示手部護理的 manicure，是表示「手」的字根 manu 之變化形。

04 im**ped**e *
[ɪmˈpid]

動 妨礙；拖延

impediment * 名 妨礙；障礙物

be **impeded** by government regulations
受到政府規定的妨礙

im + **ped(e)**
裡面 (in)　　腳

⇒ 把腳困在裡面

中文在表示事情受到妨礙時，也會用「綁手綁腳」形容，和這個單字的意思相似。把「腳」困在「裡面」，使其無法跨出一步，就是「妨礙」、「拖延」之意。

05 ex**ped**ition *
[ˌɛkspɪˈdɪʃən]

名 探險；旅程；迅速

expedite 動 迅速完成；促進

the first manned **expedition** to Mars
首次有人火星探勘

ex + **ped(it)** + **ion**
向外　　　腳　　　名詞

⇒ 把腳向外伸出的動作

把「腳」「伸出」腳鐐外的意思。在體驗新事物的意義上，有「探險」的字義。因為可以自由活動雙腳，所以也有「迅速」行動的意思。

近義詞 具有「探險」之意的單字

expedition [ex+ped(it)+ion → 把腳向外伸出的動作] 探險；旅程；迅速
exploration [ex+plor+ation → 向外發出巨大聲音的動作] 探查；考察；探險
adventure [ad+ven(t)+ure →（偶然）來臨的狀況] 冒險（精神）；探險

06 dis**pat**ch **
[dɪˈspætʃ]

動 派遣（人員）；傳送（消息）

dispatcher 名 發送者

We are not allowed to **dispatch** any messages.
我們不被允許發送任何訊息。

dis + **pat(ch)**
分開　　　腳

⇒ 抽回腳

就像掉入陷阱時，非常迅速地將「腳」抽回並離開，這個單字的意思就是緊急「派遣」人員，或緊急「傳送」消息。

07 tri**pod****
['traɪ,pɑd]

名 三腳架

tripodal　**形** 三腳架的；有三腳的

They set up their **tripods**.
他們立起他們的三腳架。

tri + **pod**
三　　　腳

⇒ 有三隻腳的東西

就算一個人旅行，也能留下超讚相片的訣竅之一，就是帶上三腳架。三腳架因為有三隻「腳」，所以可以穩定地將相機固定在想要的位置。

---

pel
變化形 pul, peal

拖出（drive）

---

01 com**pel***
[kəm'pɛl]

動 強迫

compulsory*　**形** 義務的；強制的
compulsion*　**名** 強迫

The students were **compelled** to wear socks.
學生們被強迫穿襪子。

feel **compelled** to say something
覺得被迫說話

com + **pel**
完全　　拖出

⇒ 強制拖出

有個老是喜歡待在家裡的朋友，只有在我約他一起去買些衣服，「強制」將他「拖出來」，才肯出門。因為是被「強迫」才外出，所以他一直想回家。

近義詞 具有「強迫」之意的單字
compel [com+pel → 強制拖出] 強迫
force [force → 以力量行事] 強迫；使某人做事
impose [im+pose → 放在裡面] 導入；課徵；強迫

---

02 dis**pel***
[dɪ'spɛl]

動 驅散；消除

dispel the anxiety
消除憂慮

dis + **pel**
分開　　拖出

⇒ 遠遠拖出

我們可能會有「我可以做得好嗎？」這種疑問，可是不能將這份疑問一直留在心中。我們必須把對自己的懷疑「拉到」遙遠的地方，完全「甩掉」才行。

03 ex**pel** *
[ɪkˋspɛl]

動 驅逐；排出（空氣等）

expulsion * 名 驅逐；排除
expulsive 形 逐出的；開除的

The boy was **expelled** from school.
男孩被學校踢了出去。

ex 向外 + **pel** 拖出

⇒ 向外趕走

「向外」「拖出」，使其無法再次回來，就是「驅逐」的意思。

04 im**pel**
[ɪmˋpɛl]

動 推動；強迫（= compel）

impellent 形 推動的；強迫的

impel him to stay home
強迫他待在家

im 向內 (in) + **pel** 拖出

⇒ 向內拉入

「向內」「拉入」，指的是為了讓人做某件事，而將其強行捲入該狀況，也就是「強行使喚」的意思。

05 pro**pel**
[prəˋpɛl]

動 推進；驅策

propeller 名 螺旋槳；推進器
propulsion 名 推進（力）

a car **propelled** by solar energy
由太陽能所驅動的汽車

pro 向前 + **pel** 拖出

⇒ 向前拖走

飛機上的「螺旋槳」可以製造出風，讓飛機「向前」移動。

06 re**pel**
[rɪˋpɛl]

動 擊退；抵禦；排斥（↔ attract 吸引）

repellence 名 擊退；抵禦；排斥
repulsive 形 擊退的；抵禦的；排斥的

repel the attack
抵禦攻擊

re 向後 + **pel** 拖出

⇒ 向後推走

走在狹窄的巷弄時，如果讓對方向後退，有時會感到一股莫名的勝利感。把侵入我國領土的敵人「向後」「推走」，就是「擊退」。

07 **pul**se *
[pʌls]

名 脈搏；搏動

Check the **pulse** in your wrist.
測看看你手腕的脈搏。

pul(se) 拖出

⇒ 將血從心臟拖出

心臟每次跳動，都會將血液向外推出。隨者血液被「拖出」，血管壁會出現波動，這就是「脈搏」。

120

08 im**pul**se *
[ˈɪmpʌls]

名 衝動；推動力

impulsive * 形 衝動的；有推動力的

a sudden **impulse** to travel to somewhere
突然想到某處旅行的衝動

im (裡面 in) + **pul(se)** (拖出)

⇒ 引出行動的刺激
從我心「裡」「引出」想要做某個行動的欲望，這種刺激就是「衝動」。

09 ap**peal** **
[əˈpil]

名 呼籲；吸引力；控訴
動 呼籲；吸引；控訴

appealing * 形 懇求的；有吸引力的

appeal for public assistance
呼籲大眾的協助

ap (朝向 ad) + **peal** (拖出)

⇒ 朝其他方向拖出
意思是因為有「魅力」，而「吸引」了他人的注意。在人多的場所示威，也是為了「吸引」他人的關注，並進行「控訴」。

---

pen
變化形 pun, pain, pine

處罰（penalty）
痛苦（pain）

---

01 **pen**alty *
[ˈpɛnltɪ]

名 處罰；刑罰；罰款

There are **penalties** for delay.
延遲的話會有罰金。

death **penalty**
死刑

pen (處罰) + **al** (形容詞) + **ty** (名詞)

⇒ 接受處罰的動作
在運動比賽中犯規，需要接受處罰。足球的「十二碼罰球」（penalty kick）是對犯規隊伍的處罰，給予對方球隊射門的機會，讓犯規隊伍不利。

02 **pun**ish *
[ˈpʌnɪʃ]

動 處罰；教訓

punishment ** 名 處罰；教訓
punishing *
形 精疲力盡的；繁重費力的

punitive * 形 懲罰的；苛刻的

Those who broke their promises were **punished**.
違反諾言的人受到了處罰。

pun (處罰) + **ish** (動詞)

⇒ 給予處罰
對做錯事的人「給予處罰」，也就是好好「教訓」，使其下次不會再犯下相同的錯誤。

264

03 pain ***
[pen]

名 疼痛；痛苦
動 使痛苦；感到痛苦

painful ** 形 疼痛的；痛苦的
painless 形 不痛的；容易的

It helps decrease **pain**.
這有助於減緩疼痛。

相關用法 be a pain in the neck
受人討厭

pain
痛苦

⇒ 痛苦、病痛
「痛苦」的範圍很廣。腳如果被石頭絆到而跌倒，會感到疼痛。如果讓他人失望，心中則會覺得痛苦。

04 pine *
[paɪn]

名 松樹
動 痛苦；憔悴

piny 形 與松樹有關的

the faint scent of **pine**
松樹的微弱氣味

pine
痛苦

⇒ 使產生痛苦
原本是讓「痛苦」產生的意思，現在也衍生出因為思念而感到「非常痛苦」的意思。另外，名詞「松樹」的意思，是從其他字源 pin（失銳的針）而來的意思。

DAY 33

🎧 121

| **per** | 嘗試（try） |

01 ex**per**ience ★★★
[ɪkˋspɪrɪəns]

名 經驗；體驗
動 經歷（= undergo）；體驗

experienced 形 有經驗的；老練的
experiential ★
形 經驗的；來自經驗的

What kind of work **experience** is required?
需要什麼樣的工作經驗呢？

ex（向外） + **per(i)**（嘗試） + **ence**（名詞）

⇒ 出來外面而經歷的事物
如果不走出家門，就無法累積任何經驗。到「外面」「嘗試」，也就是「經驗」和「體驗」。

02 ex**per**iment ★★
名 [ɪkˋspɛrəmənt]
動 [ɪkˋspɛrə͵mɛnt]

名 實驗；試驗
動 進行實驗；試驗

experimental ★★
形 實驗性的；試驗性的

The **experiment** must be repeatable.
實驗必須具有可重複性。

ex（向外） + **per(i)**（嘗試） + **ment**（名詞）

⇒ 向外拿出並嘗試看看
把腦海中的想法「向外」拿出並進行「嘗試」，就是「實驗」。第一個發明飛機的萊特兄弟，也是將腦中的點子拿出來，製造出飛機並進行實驗。

03 ex**per**t ★★
[ˋɛkspɚt]

名 專家
形 專門的

expertise ★★ 名 專門知識；專門技術

He is a computer **expert**.
他是一位電腦專家。

ex（向外） + **per(t)**（嘗試）

⇒ 在外面嘗試的人
出去「外面」直接碰撞「嘗試」，才能成為真正的「專家」。像這樣出去外面的行動，帶有挑戰並累積經驗的意思。

04 peril*
['pɛrəl]

名 危險；危機
動 使有危險

perilous* 形 危險的

face financial **peril**
面臨財務危機

per(il)
嘗試

⇒ 隨著嘗試而來的危險
新的「嘗試」，總是會伴隨著「危險」。

近義詞 具有「危險」之意的單字
peril [per(il) → 隨著嘗試而來的危險] 名 危險；危機 動 使有危險
risk [risk → 前向危險的地方] 名 危險（性）；冒險；賭博 動 承擔風險
hazard [hazar(d) → 機會、運氣] 名 危險（要素） 動 推測；涉險

---

pet
變化形 **peat**

尋找；追求（seek）

---

01 com**pete****
[kəm'pit]

動 競爭；競技

competent** 形 有能力的；能幹的
competence** 名 能力；權限
competitor* 名 競爭者；對手
competitive** 形 競爭激烈的；好競爭的
competition* 名 競爭；競技

compete with the best players in the world
與世界上最優秀的選手競技

com	+	pet(e)
一起		尋找

⇒ 一起到處尋找
樹林中獵物的數量是固定的，卻有許多人同時一起出去「尋找」獵物，這是朝著同一個目標「競爭」。

02 **pet**ition*
[pə'tɪʃən]

名 請願；請願書
動 向……請願；請求

The court rejected his **petition**.
法庭拒絕了他的請願。

pet(it)	+	ion
追求		名詞

⇒ 追求目標
如果迫切地想「追求」或達成「目標」，就會向神或其他人「懇求」或「請求」。

03 ap**pet**ite*
['æpə,taɪt]

名 胃口；欲望

appetizer 名 開胃菜

appetite for French cuisine
享用法國美食的胃口

ap	+	pet(ite)
對 (ad)		追求

⇒ 對某事的強烈欲求
比起一味地督促學習，在學生心裡種下自己「追求」知識的「欲望」，才是真正的教育。

04 repeat**
[rɪˋpit]

動 重複

repeatedly** **副** 重複地；一再
repetition** **名** 重複；反覆

repeat the same words
重複同樣的話

re	+	peat
再次		追求

⇒ 再次追求

原本想吃草莓口味的冰淇淋，但是店員錯聽成香草口味。如果我真正「追求」的是草莓口味，就該「重複」向店員要求草莓口味的冰淇淋。

---

phas
變化形 phan, phen

展現（show）

---

01 emphasize*
[ˋɛmfəˌsaɪz]

動 強調；使顯得突出

emphasis** **名** 強調；加強語氣

emphasize the necessity of teamwork
強調團隊合作的必要性

em	+	phas	+	ize
裡面 (in)		展現		動詞

⇒ 使在裡面看到

翻閱教材時，可以發現讀了許多次的那頁，上面有滿滿的筆記。其中，需要再「看」一次，真正重要的部分，便會用星號「強調」。

02 phase**
[fez]

名 階段；方面

phasic **形** 局面的；形勢的

The project is in its initial phase.
這個計畫目前處於初期階段。

phas(e)
展現

⇒ 樣貌、看到的場面

月亮的樣子會隨著週期從新月轉變為滿月。「展現」出這種變化的「階段」、「局面」，就稱為 phase。

03 phantom*
[ˋfæntəm]

名 幽靈；鬼魂
形 幽靈似的；幻覺的

Some phantom islands may have existed.
有一些虛幻的島嶼可能曾經存在過。

phan(tom)
展現

⇒ 只能用看的事物

在出現「幽靈」的電影或動畫中，幽靈們可以自由地穿過牆壁。因為祂們只能用肉眼「看見」，卻沒有實體。

04 **phen**omenon** 名 現象；奇蹟
[fə'namə,nan]

phen(o) 展現 + **menon** 名詞

phenomenal* 形 非凡的；驚人的

The **phenomenon** can be observed in all aspects of our daily lives.
這個現象可以在我們日常生活中的各個面向觀察到。

⇒ 值得看的事物
最近，人們真的很常喝咖啡，甚至比吃飯還要頻繁，這是值得好好注意並「觀察」的社會「現象」。

PART 2 重要字根

DAY 33

pet ▪ peat ▪ phas ▪ phan ▪ phen ▪ phon

---

phon   聲音（sound, voice）

---

01 **mega**phone 名 擴音器
['mɛgə,fon]

mega 大的 + **phon(e)** 聲音

put a **megaphone** to the mouth and shout
將擴音器拿近嘴巴並大叫

⇒ 發出非常巨大聲響的事物
百萬畫素相機指的是畫素非常大的相機。擴音器是讓「聲音」變得非常「大聲」的工具。

02 **micro**phone* 名 麥克風 (= mic)
['maɪkrə,fon]

micro 小的 + **phon(e)** 聲音

There was a problem with the **microphone** you used.
你用的麥克風有問題。

⇒ 傳達微小聲音的事物
對著「麥克風」説話時，連悄悄話這麼「小的」「聲音」也可以生動地傳達。

03 **tele**phone** 名 電話
['tɛlə,fon]

tele 遙遠的 + **phon(e)** 聲音

telephonic 形 電話的

call you on the **telephone**
打電話給你

⇒ 把聲音傳遞到遠方的事物
因為電話很普及，所以去了遠方很久不見的朋友，就算有可能忘記長相，也不可能忘了聲音。

123

04 phonics
['fɑnɪks]

名 拼讀法

phonic　形 聲音的；語音的

Phonics is a very effective way of teaching children to read.
拼讀法是一個教導孩子讀字非常有效的方法。

phon（聲音）＋ ics（學問）
⇒ 關於發音的學問
有時候會有就算看著拼字，也不知道該如何讀的窘境。只要學習英語單字如何發出「聲音」的相關學問──「拼讀法」，就會有所幫助。

05 symphony
['sɪmfənɪ]

名 交響曲；交響樂團

symphonize　動 一起演奏

The **symphony** today announced its new conductor.
交響樂團今日公布了他們的新指揮。

sym（一起 (syn)）＋ phon(y)（聲音）
⇒ 一起發出聲音的事物
各種樂器各自發出「聲音」，卻能展現配合在「一起」的美麗和諧，就是「交響曲」。

---

ple
變化形 ply, pli

填補（fill）

01 plenty**
['plɛntɪ]

名 豐富；充足；大量
形 很多的；足夠的
副 很；非常

plentiful*　形 豐富的；充足的；多的

What we want is **plenty** of ties.
我們需要大量的領帶。

ple(n)（填補）＋ ty（名詞）
⇒ 豐富的量
充分「填滿」，就是「豐富」的意思。

02 complete***
[kəm'plit]

形 完整的；完成的
動 使完整；完成

completely**　副 完整地；完全地
completion**　名 完成；實現
complement*
　動 補充　名 補充物；〈文法〉補語

The construction was **complete**.
工程完畢了。

com（完全）＋ ple(te)（填補）
⇒ 完美的
將不足的部分「完全」「填滿」，便不再不足，而會變得「完美」。補充修飾句子的主詞與動詞，使句子完整的句子成分──「補語」（complement），也是從這裡衍生出來的。

03 deplete
[dɪˋplit]

動 用盡；使枯竭

depletion＊ 名 消耗；枯竭
depletive 形 使消耗的；使枯竭的

deplete the earth's natural resources
用盡地球的自然資源

de (相反) + **ple(te)** (填補)
⇒ 填滿的相反
與「填補」能量「相反」的，就是能量「枯竭」。

04 comply＊
[kəmˋplaɪ]

動 遵從（要求、命令等）

compliant＊ 形 遵從的

He refused to **comply** with a court order.
他拒絕遵從法院的命令。

com (完全) + **ply** (填補)
⇒ 填補基準
「完全」「填補」法律或上司的指示，意思就是「遵從」或守住基準。

05 compliment＊
名 [ˋkɑmpləmənt]
動 [ˋkɑmpləˌmɛnt]

名 讚美之詞；恭維之詞
動 讚美

complimentary＊
形 讚美的；恭維的

take it as a **compliment**
將其視為讚美

com (完全) + **pli** (填補) + **ment** (名詞)
⇒ 填補的話
這個字源於為了「完全地」「填補」對話，而說一些對方愛聽的話。雖然可能是包含真心的「讚美」，不過有時候也可能只是為了填補話語空白所說的「恭維之詞」。

06 supply＊＊＊
[səˋplaɪ]

動 名 供給

supplier＊ 名 供給者

new renewable energy **supply**
新的再生能源供給

sup (下面(sub)) + **ply** (填補)
⇒ 從下面開始填滿
需要的東西快要用光而見底時，從「下面」開始「填補」，即為「供給」。

07 supplement＊
名 [ˋsʌpləmənt]
動 [ˋsʌpləˌmɛnt]

名 補充（品）；附錄
動 補充；追加

supplementary＊
形 補充的；追加的

You should take vitamin **supplements**.
你必須吃維他命補充劑。

sup (下面(sub)) + **ple** (填補) + **ment** (名詞)
⇒ 從下面填滿補充
意思為「額外填滿」「補充」已經有的東西。為了「補充」體內不足的營養，可以想到口服維他命等營養「補充劑」。

PART 2 重要字根
DAY 33
phon・ple・ply・pli

08 implement**
動 [ˈɪmpləˌmɛnt]
名 [ˈɪmpləmənt]

動 進行；執行
名 工具；器具

implementation 名 實施；執行

attempt to **implement** a recovery plan
嘗試進行復原計畫

im	+	ple	+	ment
裡面 (in)		填補		名詞

⇒ 填補內部

源自於工人「填補」必要設備的單字，所以帶有「工具」的意思。同時，也有使用裝備「進行」工作的意思。

09 accomplish*
[əˈkɑmplɪʃ]

動 完成；實現

accomplishment* 名 成就；功績
accomplished** 形 已實現的；熟練的

accomplish the main goal
完成主要的目標

ac	+	com	+	pl(i)	+	ish
朝向 (ad)		完全		填補		動詞

⇒ 向完全填補的方向進行

「完全填滿」任務代表「完成」工作，而「完全填滿」目標則代表「實現」。

---

plore

喊叫；哭（cry）

---

01 deplore
[dɪˈplor]

動 譴責；對……深感悲痛

People **deplore** all violence.
人們譴責所有的暴力。

de	+	plore
完全		哭

⇒ 大哭且悲傷

長大成人之後，通常不會隨便哭泣。之所以會大哭，就是真的很「悲傷」或「被譴責」的表現。

02 explore**
[ɪkˈsplor]

動 探索；探求

exploration** 名 探索；探求
explorer 名 探索者
exploratory* 形 探索的；探查的

I've wanted to **explore** the Amazon.
我從以前就想探索亞馬遜。

ex	+	plore
向外		喊叫

⇒ 大聲叫喊

意指追趕獵物時，獵人們大聲「喊叫」。就像在尋找獵物一樣，這個字是「探索」、「探求」未知的意思。

03 implore
[ɪmˈplor]

動 懇求；乞求

imploration **名** 懇求；乞求

He **implored** her to change her mind.
他懇求她回心轉意。

im (裡面 in) + **plore** (喊叫)

⇒ 強力懇求
在對方心「裡」「喊叫」，使其聽從自己想要的要求，即為「懇求」。

---

point
變化形 punct

刺（prick）→ 地點（point）

---

01 appoint*
[əˈpɔɪnt]

動 任命；安排；預約

appointment** **名** 任命；(正式的)約會

She's been **appointed** as a new teacher.
她被指派為新老師。

ap (在 ad) + **point** (地點)

⇒ 放在地點
意思是決定要放在哪個「地點」。決定人選就是「任命」，而決定約定即為「預約」。

02 disappoint
[ˌdɪsəˈpɔɪnt]

動 使失望

disappointed* **形** 感到失望的
disappointing* **形** 令人失望的
disappointment* **名** 失望

I hope I won't **disappoint** the director.
我希望我不會讓主管失望。

dis (分開) + **ap** (在 ad) + **point** (地點)

⇒ 從位置上遠離
有一位看起來非常有能力的長官候選人，但是他卻被爆出有詐欺前科。換句話說，「令人失望」的樣貌讓他「遠離」了長官的「位子」。

03 pointed**
[ˈpɔɪntɪd]

形 尖銳的；有尖頂的

pointedly **副** 尖銳地；刻意地

the **pointed** caution
尖銳嚴厲的告誡

point(ed) (地點)

⇒ 一個地點
向一個「地點」集合，尾端慢慢變窄的樣子，即為「尖銳」的樣子。

04 punctual
[ˈpʌŋktʃʊəl]

形 守時的

punctuality **名** 守時

New employees are fairly **punctual**.
新進員工們非常守時。

punct (刺) + **ual** (形容詞)

⇒ 指著正確時間的
中文用「分毫不差」形容守時。不是大概壓線趕上，而是「正確地遵守」約定好的時間。

DAY 34

polic
變化形 polit, polis

都市 (city)

---

01 police ★★
[pəˋlis]

名 警察

The **police** should prevent crime.
警察必須防治犯罪。

polic(e)
都市

⇒ 都市
我們「城市」的秩序由「警察」守護，如果沒有他們，都市的秩序將難以維持。

---

02 policy ★★★
[ˋpɑləsɪ]

名 政策；策略

develop social welfare **policy**
制定社會福利政策

polic 都市 + **y** 名詞

⇒ 都市行政
古希臘地區是由多個個別的都市型國家分立，而不是一個統一的國家。在那個地方，市民們一起決定「都市」前進方向的「政策」。

---

03 politics ★★
[ˋpɑlətɪks]

名 政治；政治學

politic ★ 形 精明的；狡猾的
political ★★★ 形 政治的
politician ★ 名 從事政治者；政客

She decided to go into **politics**.
她決定踏入政壇。

polit 都市 + **ics** 學問

⇒ 與都市國家相關的學問
原本 politics 指的是研究經營「都市」國家、並調整都市國家間利害關係的方法這一門學問，現在則表示治理國家的工作本身。

---

04 cosmopolis ★
[kɑzˋmɑpəlɪs]

名 國際都市

cosmopolitan ★
形 國際性的；世界主義的

the conditions of a modern **cosmopolis**
現代國際都市的狀況

cosmo 世界 + **polis** 都市

⇒ 世界級的都市
意指來自「世界」各國的人一起居住的「都市」。台北也是一個「國際都市」。

popul

變化形 publ

人們（people）

PART 2 重要字根
DAY 34
polic · polit · polis · popul · publ

---

01 **popul**ate
[ˋpɑpjə͵let]

動 居住於……；移民於……

population ★★★
名 人口；（某地區）全體居民
populous 形 人口眾多的

a densely **populated** area
人口密集的區域

popul	+	ate
人們		動詞

⇒ 人們活著
「人們」活著，也就是許多人在某地區居住並生活的意思。

---

02 **popul**ar ★★★
[ˋpɑpjəlɚ]

形 受歡迎的；流行的；大眾的

popularity ★★ 名 流行；大眾化
popularly ★ 副 大眾化地

the most **popular** book club in our city
我們市內最受歡迎的書友會

contrary to **popular** belief
與大眾的信念相反

popul	+	ar
人們		形容詞

⇒ 人們的
意思是屬於許多「人們」或很多「人們」知道的事物。pop song 是 popular song 的簡稱，意思是「流行」歌曲。

---

03 **publ**ic ★★★
[ˋpʌblɪk]

形 公眾的；公共的
名 公眾；大眾

publicity ★ 名 （公眾的）注意；宣傳
publicize 動 宣傳；公布
publicist ★ 名 宣傳員；廣告人員；公關人員

She is good at **public** speaking.
她很擅長公開演說。

publ	+	ic
人們		形容詞

⇒ 人們的
並非只是一個人，而是關於許多「人們」的事物。

---

04 **publ**ish ★
[ˋpʌblɪʃ]

動 出版；發表

publisher ★★ 名 出版商
publishing ★★ 名 出版（業）
　　　　　　　 形 出版（業）的
publication ★★ 名 出版；出版物

It was **published** in a well-known journal.
它被發表在一個知名的期刊中。

publ	+	ish
人們		動詞

⇒ 向人們告知
如果有想向「許多人」告知的事情，便「出版」成書，或是透過新聞、報紙、社群媒體等各種管道告訴眾人。

05 republic*
[rɪˈpʌblɪk]

名 共和國
形 共和國的;共和主義的

republican*
名 共和主義者;(美國)共和黨人士
republicanism* 名 共和主義
比較 **democracy**＊＊
名 民主國家;民主主義
monarchy*
名 君主國;君主政治
oligarchy
名 寡頭政治;寡頭政治國家
aristocracy*
名 貴族;貴族政治國家

a man from the **Republic** of China (ROC)
來自中華民國的人

| re 集會 (res) | + | publ 人們 | + | ic 形容詞 |

⇒ **人們的集會**
意指「人們」「聚集」起來建立的「國家」。這個單字指的是的國家主權在於國民的「共和國」。

---

port

港口（port）
搬運（carry）

---

01 portable*
[ˈpɔrtəb!]

形 便於攜帶的;輕便的
名 手提式製品

portability 名 可攜帶性;輕便

portable devices such as smartphones
可攜帶裝置，如智慧型手機

| port 搬運 | + | able 可以……的 |

⇒ **可以搬運的**
電腦初問世時又大又重，只能放在一個固定的地方使用。後來，人們開始想要「可以」四處「搬運」使用的電腦，所以輕薄短小的筆記型電腦或平板電腦等「攜帶型的」電腦便應運而生。

02 portal*
[ˈpɔrt!]

名 正門;入口;(身體上的)口

the south **portal** of the cathedral
大教堂的南入口

| port 港口 | + | al 名詞 |

⇒ **入口**
「港口」是船隻停泊，得以進入該國都市的「入口」。進入入口，就等於是「開始」。為了在網路上獲得想要的資訊而連上的「入口網站」，就等於是通向資訊大海的入口。

03 **port**folio*
[ˈportˈfolɪ,o]

名 公事包；文件夾；作品集；投資組合

submit a design **portfolio**
繳交設計作品集

| **port** 搬運 | + | **folio** 樹葉 |

⇒ 搬運樹葉或紙張的東西

指的是可以放入像「樹葉」般輕薄的紙張，並「搬運」的「公事包」。收集設計作品放入公事包，就變成了「作品集」。在裝入股票或債券等投資標的之意義上，也有「投資組合」的意思。

04 ex**port****
動 [ɪksˈport]
名 [ˈɛksport]

動 輸出
名 輸出（品）

exporter　名 出口商；輸出國
exportable　形 可輸出的

the country's biggest **export**
國家最大宗的輸出品

| **ex** 向外 | + | **port** 搬運 |

⇒ 向國家外搬運

利用船隻或飛機，把物品「搬運」至國家「外」，也就是「出口」物品。

05 re**port*****
[rɪˈport]

動 報導；報告
名 報導；報告；報告書

reporter*　名 記者
reportedly*　副 據報導；據傳聞

put photographs in the **report**
在報導裡放入照片

| **re** 向後 | + | **port** 搬運 |

⇒ 向後搬運資訊

如果發生事件或意外，先前往現場確認相關事實，再將該事實「向後」「搬運」並好好整理，最後向大眾「報導」，便是記者的工作。

06 sup**port*****
[səˈport]

動 名 支持；支援；支撐

supporter*　名 支持者；擁護者
supportive**　形 支援的；贊助的
supportable　形 可支持的

support original thought
支持原創想法

| **sup** 下面 (sub) | + | **port** 搬運 |

⇒ 從下面支撐重量並搬運

從「下面」「搬運」，即為完全支撐上面重量的動作，意為「支持」或「支援」被支撐的東西。

07 trans**port****
名 [ˈtrænsport]
動 [trænsˈport]

名 運輸；交通工具
動 運送；運輸

transportation*　名 運輸
transporter　名 輸送者；運輸機

the city's **transport** system
城市的交通系統

[相關用法] be transported with
以……運送

| **trans** 橫貫 | + | **port** 搬運 |

⇒ 橫貫搬運

從目前在的地方「橫貫」，移動物品或人，也就是「運輸」。

PART 2 重要字根
DAY 34

popul · publi · port

277

pot
變化形 pos

力量（power）
能力（ability）

01 potential ***
[pə'tɛnʃəl]

形 潛在的；可能的
名 潛力；可能性

potentially 副 潛在地；可能地
potent* 形 強而有力的

known or **potential** resources
已知或潛在的資源

pot + **ent** + **ial**
力量　形容詞　名詞

⇒ 有力量

如果擁有可以解決或做某件事的「力量」，表示擁有「潛力」或「可能性」。

02 possess **
[pə'zɛs]

動 擁有；控制

possession **
名 擁有；個人物品（-s）

possessive 形 占有欲強的

the creativity that children **possess**
孩子所擁有的創造力

pos + **sess**
力量　坐

⇒ 有坐著的權限

力量指的就是權限：對於自己所「擁有」的東西，可以隨心所欲鋪在地上「坐著」的「權限」。如果把他人的東西隨意鋪在地上坐著，主人可是會生氣的。

03 possible ***
['pɑsəbl]

形 可能的；有可能做到的

possibly ** 副 可能地
possibility ** 名 可能（性）
impossible ** 形 不可能的

find the best **possible** solution
找到最好的可能解決之道

相關用法 as soon as possible 盡快

pos(s) + **ible**
力量　可以……的

⇒ 有可以做到之力量的

擁有「可以做到」的「力量」，表示就算很困難，還是「可以」完成某事的意思。

prehend

變化形 pris

抓住（seize）

01 ap**prehend**
[ˌæprɪˈhɛnd]

動 擔憂；理解；逮捕（= arrest）

apprehension *
名 擔憂；理解；逮捕

apprehensive * 形 擔憂的

apprehend the complicated rule
理解複雜的規則

ap 在 (ad) + **prehend** 抓住

⇒ 心已經被抓住

「因為」某事而讓心被「抓住」的意思。中文裡「掛心」的用法，就是因為心被留住，而操心「擔憂」。「抓住」嫌犯或犯人，就是「逮捕」。

02 com**prehend** *
[ˌkɑmprɪˈhɛnd]

動 理解；領悟

comprehension * 名 理解力
comprehensive **
形 全面的；綜合的

comprehensible * 形 可理解的

fully **comprehend** the report
充分理解這份報告

com 一起 + **prehend** 抓住

⇒ 抓住全體

「一起」「抓住」整體內容，就是「理解」全部之意。我們常說的閱讀測驗即為 reading comprehension，是要測驗我們對整篇文章了解多少。

03 **pris**on **
[ˈprɪzn̩]

名 監獄；看守所；禁錮
動 監禁；關押

prisoner * 名 囚犯

He'll get out of **prison** soon.
他很快就能出獄了。

pris 抓住 + **on** 名詞

⇒ 被抓住的地方

「看守所」是牢牢「抓住」囚犯的地方。在法庭上被判刑而進入看守所後，直到刑期結束前，是無法隨意離開的。

prim
變化形 prin, pri

第一個的（first）

01 prime**
[praɪm]

形 主要的；首位的
名 全盛時期

primary*** 形 主要的；初級的
primarily** 副 主要地
primitive** 形 原始社會的；原始的

the **prime** suspect of the murder
謀殺案的首要嫌疑犯

prim(e) 第一個的

⇒ 第一重要的

把一切都向後推的「第一」重要之事，就是「最重要的」。

02 primitive**
[ˋprɪmətɪv]

形 原始社會的；原始的

primitively 副 原始地；最初地

the offspring of **primitive** man
原始人的後代

prim(i) 第一個的 + **tive** 形容詞

⇒ 最初與社會有關係的

人類「最初」形成之社會稱為「原始社會」。因為是遙遠的過去，所以站在現在的觀點，看起來可能是未開化且落後的。

03 prince*
[prɪns]

名 王子；諸侯

The **prince** dressed in servant's attire.
王子身著僕人的服裝。

a crown **prince**
王儲（王位接班人）

prin(ce) 第一個的

⇒ 第一人

國王駕崩後，成為「第一人」的人，就是「王子」。也可以指封建時代，在各地區行使接近最高權力的「諸侯」或領主。

04 principal**
[ˋprɪnsəpl]

形 主要的；首要的
名 校長；社長；首長

principally 副 主要地

the **principal** source of income
收入的主要來源

prin 第一個的 + **cip** 獲得 + **al** 形容詞

⇒ 獲得第一個位子

學校裡，在行政上擁有最高地位，坐在「第一個」位子上做出「主要」決策的人，就是「校長」。

05 **prin**ciple★★★

['prɪnsəpl]

名 原則；原理

the conduct required by the **principle**
受原則所要求的行動

相關用法 in principle 原則上

prin	+	cip	+	le
第一個的		獲得		名詞

⇒ **占據首位的規則**

工作時，被定為「第一個」要考慮的事項，即為「原則」或「原理」。

06 **pri**or★★

['praɪɚ]

形 在前的；優先的

priority★★ 名 居前；優先

without **prior** notice
沒有事前通知

相關用法 prior to 在……之前

pri(or)
第一個的

⇒ **比任何事都前面**

「第一個」事件比起其他事件發生得更「前面」，意指比起其他事件，重要到足以放在「第一個」位置，並從而衍生出「優先的」的意思。

DAY 35

🎧 129

priv — 分開（separate）

01 **priv**ate***
['praɪvɪt]

形 私人的；個人擁有的（↔ public 公眾的）

privately* 副 私下地；不公開地
privacy* 名 隱私權

Super stars have no **private** life.
超級巨星沒有私人生活。

priv 分開 + **ate** 形容詞
⇒ 從公共領域分開的
從任何人都可以知道的公共領域「分開」，意思即為「個人的」或「私人的」。

近義詞 具有「私人的」之意的單字
private [priv+ate → 從公共領域分離的] 私人的；個人擁有的
personal [person+al → 與個人相關的] 個人的；私人的
intimate [intim+ate → 最內部的] 親近的；私人的

02 **priv**ilege*
['prɪvlɪdʒ]

名 特權；優待；榮幸
動 給予……特權或優待

underprivileged
形 社會地位低下的；貧困的

It was a **privilege** to meet him in person.
能夠見到他本人是一種榮幸。

priv(i) 分開 + **lege** 法律
⇒ 分開適用的法律
與一般人「分開」，依照針對特定個人訂定的「法」，而得以特別享有的「優惠」。

03 de**priv**e*
[dɪ'praɪv]

動 剝奪；使喪失

deprivation* 名 剝奪；損失

deprive him of the right to see his child
剝奪他見孩子的權利

相關用法 deprive A of B
從 A 身上剝奪 B

de 完全 + **priv(e)** 分開
⇒ 完全地分開
將權力或物品從某人身上「完全」地「分開」，即為「剝奪」之意。

prob
變化形 prov

試驗（test）
證明（demonstrate）

PART 2 重要字根
DAY 35
priv · prob · prov

01 probe*
[prob]

動 探查；調查
名 探針

use technology to **probe**
運用科技來調查

prob(e)
證明

⇒ 為了證明而尋找證據
想要找可以證明自己言論的「證據」，必須嚴密地「調查」相關的事項。

02 probable**
[ˈprɑbəbl]

形 很有可能的；有充分根據的

probably*** 副 或許；可能
probability** 名 可能性；機率

the **probable** cause of the accident
意外的可能原因

prob 證明 + **able** 可以……的

⇒ 可以證明的
如果有人說「可以證明」自己說過的話，便會讓人覺得他的話「真有其事」。

03 prove**
[pruv]

動 證明；顯示

proof** 名 證據

prove the existence of premonitory dreams
證明預知夢的存在

prov(e)
證明

⇒ 藉由試驗證明
意思是透過試驗「證明」是否真的如此。

04 approve*
[əˈpruv]

動 贊成；承認

approval** 名 贊成；承認

approve the sale of the property
贊成賣掉資產

ap 朝向 (ad) + **prove** 證明

⇒ 認為已經證明
有國家過去曾有一段時間，在公務員選拔時，多了思想檢驗的步驟。必須「證明」自己不是共產份子，錄取的資格才會被「承認」。

put　想（think）

01 computer ★★
[kəmˈpjutɚ]
名 電腦

compute ★　動 計算
computation ★　名 計算

Dust gets into the **computer**.
灰塵跑到電腦裡了

com 一起 + **put** 想 + **er** 東西
⇒ 許多事一起想的物品
「電腦」可以「一起」「計算」多個條件，快速地算出結果。

02 dispute ★★
[dɪˈspjut]
名 動 爭論；爭執

disputation　名 爭論
disputable　形 有討論餘地的

a border **dispute**
邊界的紛爭

dis 分列 + **put(e)** 想
⇒ 想法各自遠離
「想法」「各自」遠離即為意見分歧，因此會與自己不同的意見「爭論」。

03 deputy ★
[ˈdɛpjətɪ]
名 副手；代理人
形 副的；代理的

depute　動 指定……為代理人；委任

the **deputy** director
副主任（副會長）

de 分開 + **put(y)** 想
⇒ 分開思考的人
雖然與領導者的權限「分開」，但是可以讀懂領導者的「想法」並且可以做出相應行動的人，就是「副手」。

04 impute
[ɪmˈpjut]
動 歸咎於……；責怪

impute the accident to his assistant
將事故歸咎於他的助理

im 裡面(in) + **put(e)** 想
⇒ 認為原因在其中
「認為」原因在某人「裡面」，就代表針對某件事的失誤「責怪」某人的意思。

05 reputation ★★
[ˌrɛpjəˈteʃən]
名 名聲；聲望

reputable　形 有好名聲的

The pianist had an international **reputation**.
這位鋼琴家享譽國際。

re 再次 + **put** 想 + **ation** 名詞
⇒ 偉大到可以讓人再次想起
如果只聽過一次就不會再想起，就代表不是那麼重要。不過，如果真的十分優秀，讓人總是「再次」「想起」的人物，必定會獲得好的「名聲」。

quir

變化形 quer, quest, quisit

尋求（seek）
問（ask）

PART 2 重要字根
DAY 35
put · quir · quer · quest · quisit

01 acquire**
[əˈkwaɪr]

動 獲得；習得

acquisition** 名 獲得；習得
acquisitive 形 渴望得到的

the cultural knowledge we **acquire**
我們所習得的文化知識

ac 朝向 (ad) + **quir(e)** 尋求

⇒ 接近尋找的方向

如果有正在「尋找」的東西，就往那個「方向」前進吧！如此一來便會漸漸縮短距離，最後得以「獲得」。

02 inquire*
[ɪnˈkwaɪr]

動 詢問；調查

inquiry** 名 詢問；調查
inquisition 名 調查；審訊

inquire about tickets
詢問票券

in 裡面 + **quir(e)** 問

⇒ 詢問裡面有的事物

「詢問」「裡面」有什麼，即為「調查」的意思。

03 require***
[rɪˈkwaɪr]

動 需要；要求

requirement**
名 需要；必需品；要求

require slow, steady muscle activity
需要緩慢穩定的肌肉活動

re 再次 + **quir(e)** 問

⇒ 反覆詢問

如果事情不是那麼重要，可能問一次就夠了。不過，如果是「必要」的事物，便會「反覆」「詢問」。

04 query*
[ˈkwɪrɪ]

名 詢問；質問
動 質問

a number of **queries** regarding admission
一些有關入學的問題

quer(y) 問

⇒ 詢問尋求

一直「詢問」，表示積極「尋求」自己想要的事物。如果對上課內容感興趣，請發問來獲得自己想要「尋求」的答案吧！

05 conquer*
[ˈkɑŋkɚ]

動 征服；克服

conquest* 名 征服；克服
conqueror 名 征服者

The tribe was easily **conquered**.
這個部落被輕易地征服了。

con 完全 (com) + **quer** 尋求

⇒ 完全尋求

經過多次思考，最後終於得以解決困難的問題，「完全」「找到」解答，就算是「征服」了那個問題。

06 request**
[rɪˋkwɛst]

動 名 請求；央求

Customers **request** new features.
顧客要求開發新的功能。

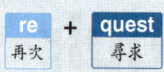

re 再次 + **quest** 尋求

⇒ 反覆尋求

因為迫切地希望而「反覆尋求」，最後這個行為將會近於「請求」、「央求」。

07 exquisite*
[ɛkˋskwɪzɪt]

形 精美的；精緻的

exquisitely **副** 精美地；精緻地

exquisite handmade crafts
精緻的手工藝品

ex 向外 + **quisit(e)** 尋求

⇒ 尋求並向外挑出

意指只「尋求」好的商品，並特別陳列在「外面」。只有具備最佳品質且「非常美麗」的物品，才可以這麼做。

---

rad 光線（beam）

---

01 radiant*
[ˋredɪənt]

形 喜氣洋洋的；容光煥發的

radiate **動** 放射；發散
radiance **名** 喜氣洋洋；容光煥發

give a **radiant** smile
露出燦爛的笑容

rad(i) 光線 + **ant** 形容詞

⇒ 射出光線

朝漆黑的天空射出「光線」，便會一閃一閃地「發光」而變得「明亮」。

02 radiator
[ˋredɪˌetɚ]

名 暖氣裝置；散熱器

He put a **radiator** in his office.
他在他的辦公室放了一台暖氣。

rad(i) 光線 + **at** 動詞 + **or** 名詞

⇒ 發熱的機器

西歐國家常使用將空氣加熱的暖氣設備──「散熱器」，發燙的熱氣從「散熱器」上像「光線」一樣發射出來。

03 **rad**io★★
[ˈredɪˌo]

名 收音機；廣播節目；無線電通訊

get on a **radio** playlist
登上廣播節目播放清單

rad(io)
光線

⇒ 送出電波的事物
電視台就好像發射「光線」一樣，射出「電波」使人們可以聽到「廣播」節目。

04 **rad**ioactive★
[ˌredɪoˈæktɪv]

形 具有放射性的；有輻射性的

radiation★ 名 輻射(能)

dump **radioactive** waste
丟棄輻射廢料

rad(io) + **act** + **ive**
光線　　　活動　　形容詞

⇒ 與活動的光線相關的
藉由積極「活動」來破壞生命體細胞或物質構造的「光線」，即為「放射線」。

05 **rad**ius★
[ˈredɪəs]

名 半徑；方圓

within a one-kilometer **radius**
在方圓一公里之內

rad(ius)
光線

⇒ 輪子的幅條
馬車車輪的幅條和太陽光往四方射出的樣子相似，所以 rad 也有「輪子的幅條」的意思。輪子的幅條從車輪的中心往輪框延伸，故車輪幅條的長度和車輪的「半徑」長度一樣。

---

rang
變化形 rank

隊伍 (line)

---

01 **rang**e★★★
[rendʒ]

名 範圍；山脈
動 範圍橫跨……

rangy 形 四肢修長的；寬廣的

a whole **range** of questions
所有範圍的問題

rang(e)
隊伍

⇒ 隊伍形成的範圍
想像彷彿「隊伍」般整齊並排的「山脈」，便可輕鬆記起這個單字。

02 arrange**
[əˋrendʒ]

動 排列;整理;準備

arrangement**
名 排列;整理;準備

arrange an interview
安排面試

ar	+	rang(e)
朝向 (ad)		隊伍

⇒ 朝一個方向排隊
想要將物品整理整齊的話,就必須使其並排成「隊伍」。

近義詞 具有「整理」之意的單字

arrange [ar+range → 朝一個方向排隊] 排列;整理;準備
organize [organ+ize → 形成身體] 組織;整理
order [order → 符合順序] 整頓;整理

03 rank**
[ræŋk]

名 階級;等級
動 將……分級;將……排名

ranking* **名** 等級 **形** 等級高的

be promoted to the **rank** of leader
被拔擢到領導者階級

rank
隊伍

⇒ 隊伍排成的順序
人們如果想排成「隊伍」,便需要基準。在軍隊就依據「階級」,而在公司則按照「職位」排序。

DAY 36

rect
變化形 reg, reig, rig

擺正（put straight）
→正確地引導（guide）；統治（rule）

---

01 correct ★★
[kə`rɛkt]

形 正確的；恰當的
動 改正；矯正

correction ★★ 名 訂正；校正

The **correct** answer was obvious.
正確答案非常明顯。

cor 全部 (com) + **rect** 擺正

⇒ 全部擺正

「全部」「擺正」，就是「改正」、「矯正」的意思。

---

02 direct ★★★
[də`rɛkt, daɪ`rɛkt]

形 直接的；筆直的
副 直接地；筆直地
動 將（注意力或談話等）指向……；指示

directly ★★★ 副 直接地；筆直地
director ★★ 名 主管；導演
direction ★★★ 名 方向；指示

the **direct** and strong language
直接又強而有力的語言

di 分開 (dis) + **rect** 擺正

⇒ 在分開的狀態下擺正

在「分開」的狀態下「直接」前進，也就是跳過中間，「立刻」進行之意。「立刻說」，意思即為「直接」說。而像導演一樣，在「分開」的狀態下讓人「正確地行動」，指的就是「指示」。

---

03 directory ★
[də`rɛktərɪ, daɪ`rɛktərɪ]

形 指導性的
名 指南；電話簿

find a doctor's number in a telephone **directory**
在電話簿裡尋找一位醫生的號碼

di 分開 (dis) + **rect** 正確地引導 + **ory** 名詞

⇒ 分開而正確引導的行動

從「正確引導」的意思衍生出「需要的資訊」時，可扮演「指導性」角色的「指南」、「電話簿」等字義。

---

04 erect ★
[ɪ`rɛkt]

形 豎立的
動 使豎立；建立

erection ★ 名 豎立；建立

The memorial was **erected** after the accident.
這個紀念碑是在事故之後建立的。

e 向外 (ex) + **rect** 擺正

⇒ 豎立

建築物或紀念雕像「豎立」在「外面」，即為「建立」之意。

05 rectangle*
['rɛk,tæŋgl]

名 長方形

rectangular* 形 長方形的

simple shapes such as **rectangles** and triangles
簡單的形狀，如長方形與三角形

rect + **angle**
擺正　　角度

⇒ 以直角形成的圖形

如果讓水平線與垂直線相遇，兩條線則會形成「直角」。單純以直角構成的圖形，即為「長方形」。

06 regime**
[rɪ'ʒim]

名 政體；政權

overthrow the ruthless **regime**
推翻殘暴的政權

reg + **ime**
統治　　名詞

⇒ 統治體系

領導者「正確地領導」國家的行為，即為「統治」。regime 是在 rect 的變化形 reg 後面加上名詞字尾 ime 所形成的單字，有統治「制度」或「體制」的意思。

07 reign*
[ren]

名 統治；統治時期
動 統治；支配

How long did the king **reign**?
那位國王在位多久？

reig(n)
統治

⇒ 國王統治的期間

意指國王君臨「統治」的期間。

08 right***
[raɪt]

形 正確的；右邊的
副 正確地；恰當地；向右邊
名 右邊；公正；權利
動 糾正（錯誤等）

righteous 形 正直的；正當的

You did the **right** thing.
你做了對的事。

rig(ht)
擺正

⇒ 正的

即為字根本身的意思。儘管最近左撇子和兩手皆可運用的人多不勝數，但是在不久之前，大家還是相信使用「右手」才是「正確的」。

09 rigid**
['rɪdʒɪd]

形 嚴格的；堅固的

rigidity 名 嚴格；堅固

the **rigid** social control
嚴格的社會控制

rig(id)
擺正

⇒ 正的

連一絲誤差都沒有，非常「正確」，也就是「嚴格的」的意思。

10 rigor
['rɪgɚ]

名 嚴格；嚴苛；精確

rigorous* 形 嚴格的；嚴苛的

rigor of the law
法律的嚴格性

rig + or
擺正　名詞

⇒ 正確地適用

對所有人「正確地適用」法律或規律，除了「嚴格」之外，有時也帶有「嚴苛」地或「徹底」地適用的意思。

11 region***
['ridʒən]

名 地區；地帶（= area）

regional** 形 地區的；局部的
regionally** 副 地域性地

The entire **region** was submerged.
整個地區都沒入水中了。

reg + ion
統治　名詞

⇒ 統治的區域

國王的「統治權」所能及的領域，就是國王所管轄的「地區」。如果脫離該地區，國王的命令就會失效。

12 regular**
['rɛgjəlɚ]

形 有規則的；正常的；定期的

regularly 副 有規律地；定期地
regularity*
名 規則性；有規律的事
regulate* 動 調節；管理
irregular* 形 不規則的

They held **regular** monthly meetings.
他們舉辦了每個月的固定會議。

reg(ul) + ar
統治　形容詞

⇒ 統治良好的

「統治」良好，代表好好遵守「規則」之意。

---

rot
變化形 rol

輪子（wheel）
卷軸（roll）

01 rotate*
['rotet]

動 旋轉（= revolve）；輪流

rotation* 名 旋轉
rotary 形 旋轉的 名 圓環

The Earth **rotates** around the Sun.
地球繞太陽公轉。

rot + ate
輪子　動詞

⇒ 迴轉

意指「輪子」透過「迴轉」而移動。從物品或人的順序「循環」的意義上，衍生出「輪流」的意思。

02 control***
[kənˈtrol]

名 動 支配；統治；控制

controller* **名** 管理者；控制者

control the situation
控制情況

cont + rol
對照 (counter) 卷軸

⇒ 確認卷軸文件

以前，管理階級會將重要的內容毫無闕漏地記錄在卷軸上。為了讓租稅或徵兵等國家「支配」的必要業務不出紕漏，必須「對照」「卷軸」文件進行確認，而這就是「控制」。

近義詞 具有「支配」之意的單字

control [cont+rol → 確認卷軸文件] 支配；統治；控制
rule [rule → 擺正、使正確] **名** 規則 **動** 統治；治理；支配
govern [govern → 注視] 統治；治理；支配
dominate [dom(in)+ate → 收拾家裡] 支配；統治；君臨

03 enroll
[ınˈrol]

動 記入；登記

enrollment **名** 登記；入會

Only five students **enrolled** in this course.
只有 5 名學生登記這門課。

en + rol(l)
裡面 (in) 卷軸

⇒ 記入卷軸內

在沒有製書技術的年代，會將紙張捲起進行保管。在「卷軸」「裡面」有著什麼內容，即為「記錄」之意。也可以是為了參與團體或活動，在記錄名字的地方「登記」。

04 scroll*
[skrol]

名 卷軸
動 捲動

scrolled **形** 卷軸形的

a long paper **scroll**
一束很長的紙卷

sc + rol(l)
證書 卷軸

⇒ 卷軸

源自於「卷軸」本身，指的是裡面記錄的「名單」，後來衍生出與捲動卷軸動作相似的「捲動」電腦滑鼠滾輪之意。

rupt

打破（break）

PART 2 重要字根
DAY 35 rot · rol · rupt

01 bank**rupt***
[ˋbæŋkrʌpt]
- 形 破產的（= broken）
- 動 使破產
- 名 破產者

bankruptcy* 名 破產；徹底失敗

go **bankrupt** due to accumulated debts 因日積月累的債務而破產

bank（書桌；位子）＋ rupt（打破）
⇒ 打破書桌

這個字是源自於金融仲介業者在無法償還債務時，會「打破」書桌，宣告「破產」的行為。

02 cor**rupt***
[kəˋrʌpt]
- 形 腐敗的；墮落的
- 動 (使)腐敗；(使)墮落

corruption* 名 腐敗；墮落

bribe **corrupt** officials 收買腐敗官員

cor（完全 (com)）＋ rupt（打破）
⇒ （道德上）完全地打破的

「腐敗」的官吏，他們的良心在道德上，已經是「完全」「打破」的狀態。

近義詞 具有「不正直的」之意的單字
- **corrupt** [cor+rupt → 道德上完全打破的] 腐敗的；不正直的
- **dishonest** [dis+honest → 不正直的] 不正直的；不誠實的
- **devious** [de+vi(a)+ous → 從道路脫離的] 步入歧途的
- **underhand** [under+hand → 私下祕密交付] 不正當的

03 dis**rupt***
[dɪsˋrʌpt]
- 動 使混亂；使中斷

disruptive* 形 引起混亂的
disruption* 名 混亂；中斷

Terrorist attacks will **disrupt** the economy.
恐怖攻擊將會擾亂經濟。

dis（不；壞的）＋ rupt（打破）
⇒ 惡意地打得粉碎

在安靜的場所「打碎」玻璃製品，就會「妨礙」該活動，使其暫時「中斷」。

04 e**rupt**
[ɪˋrʌpt]
- 動 噴出；爆發

eruption* 名 噴出；爆發

since the volcano **erupted** in the city
自從火山在市內爆發以來

e（向外 (ex)）＋ rupt（打破）
⇒ 向外打破

如果火山活動勃發，熔岩便會在燒得滾燙後，「衝破」地表向外「噴出」。

05 inter**rupt***
[͵ɪntəˋrʌpt]
- 動 打斷；打擾；妨礙

interruption* 名 打擾；阻礙

I hope I didn't **interrupt** anything.
我希望我沒有造成任何打擾。

inter（之間）＋ rupt（打破）
⇒ 打破關係

和朋友用手機開心地聊著天，媽媽卻突然打開房門進來，從「中間」「打破」對話，也就是「妨礙」的意思。

scend
變化形 scand

爬上（climb）

01 ascend *
[ə`sɛnd]

動 登高；上升

ascent * 名 上升；上坡路
ascending * 形 上升的

Kids watched as the airplane **ascended**.
孩子們看著飛機上升。

a 朝向 (ad) + **scend** 爬上

⇒ 向上爬
就像朝山頂的「方向」，沿著斜坡慢慢「爬上去」，代表「向上爬」的意思。

02 descend *
[dɪ`sɛnd]

動 走下；下降

descent * 名 下降；下坡路
descendant * 名 子孫

descend the stairs
走下樓梯

de 向下 + **scend** 爬上

⇒ 向下走下去
和朝山頂方向爬上去的動作相反，朝著山「下」的方向走「下去」。

03 transcend *
[træn`sɛnd]

動 超越

transcendental *
形 超凡的；超自然的

transcend cultural barriers
超越文化的屏障

trans 橫貫 + **scend** 爬上

⇒ 橫貫而爬上
「橫貫」障礙物而「向上爬」，最後帶有不理會障礙物並「超越」的意義。

04 scandal *
[`skændl]

名 醜聞；恥辱

scandalous * 形 可恥的；誹謗性的

a series of political **scandals**
一連串的政治醜聞

scand 爬上 + **al** 名詞

⇒ 突然跳出的障礙物
好好走在路上，卻突然有障礙物「跳出來」，便會被絆倒而腳步不穩。看到藝人聲勢如日中天卻因為意外的「醜聞」而墜落，就此淡出螢幕自我反省時，便會想到這個單字。

sci

知道（know）

01 science***
[ˈsaɪəns]

名 科學

scientific** 形 科學的；科學上的
scientist* 名 科學家

the barrier to science
科學的障礙

sci 知道 + ence 名詞
⇒ 自然法則相關的知識
集結已「研究出」的自然法則事實，形成「科學」這一門學問。

02 conscious**
[ˈkɑnʃəs]

形 神志清醒的；意識到的

consciousness** 名 清醒；意識
consciously 副 有意識地
unconscious** 形 無意識的
subconscious* 形 潛意識的

The patient was fully conscious.
病患的意識完全清楚。

con 一起 (com) + sci 知道 + ous 形容詞
⇒ 一起知道的
從麻醉中甦醒的患者如果可以「一起」「認出」周遭的狀況並作出反應，就代表「意識恢復」了。

近義詞 具有「意識到的」之意的單字

conscious [con+sci+ous → 一起知道的] 意識到的
aware [(a)ware → 注意到的] 知道的；意識到的
sensible [sens+ible → 可感知的] 明智的；意識到的
cognizant [cogn+iz+ant → 知道的] 意識到的；知道的

03 conscience*
[ˈkɑnʃəns]

名 良心

conscientious*
形 憑良心的；認真的

a matter of individual conscience
個人良心的問題

con 一起 (com) + sci 知道 + ence 名詞
⇒ 一起知道的事物
會感到「良心」不安的行動，就是同一社會成員「一起」「知道」是不好的行為。

sect
變化形 seg

剪斷(cut)

---

01 section ★★★
[ˈsɛkʃən]

名 碎片;(事物的)部分
sectional* 形 部分的

the front page of the sports **section**
運動版的頭版

sect 剪斷 + **ion** 名詞

⇒ 剪斷的碎塊
把大的事物「剪斷」分成多個部分，就是「碎片」。也可以指組織的部屬、土地的區域、新聞的各領域版面。

---

02 sector ★★
[ˈsɛktɚ]

名 扇形;部門;領域
sectoral 形 部門的

a **sector** of the economy
經濟的其中一個領域

sect 剪斷 + **or** 名詞

⇒ 剪掉的部分
原本表示自圓形「剪下的」扇形部分，也可以用來表示「部門」或「領域」。

---

03 insect*
[ˈɪnsɛkt]

名 昆蟲

insect bites
昆蟲咬咬

in 裡面 + **sect** 剪斷

⇒ 身體被區分的動物
身體明確「區分」成頭、胸、腹部的節肢動物，即為「昆蟲」。

---

04 intersection*
[ˌɪntɚˈsɛkʃən]

名 十字路口;交叉點
intersectional 形 交叉的

Turn right at the **intersection**.
在十字路口右轉。

inter 之間 + **sect** 剪斷 + **ion** 名詞

⇒ 從中間剪斷的點
如果有「橫越」馬路的另外一條道路，這兩條路被切斷的點就是「十字路口」。

---

05 segment ★★
名 [ˈsɛgmənt]
動 [sɛgˈmɛnt]

名 部分;〈數學〉弧
動 分離;分割

segmentation* 名 分割
segmental 形 部分的

They are divided into eight **segments**.
它們被分成八個部分。

seg 剪斷 + **ment** 名詞

⇒ 剪斷的事物
意思是從整體「剪下」「分配」的部分。橘子或柳丁剝去果皮後，剩下的果肉可以用手輕鬆分開，所以這個字可以指分離的碎塊。也有圓周的「部分」──「弧」的意思。

DAY 37

sens
變化形 sent

感受（feel）

---

01 sense***
[sɛns]

名 感覺；認知；意義
動 感覺到；領會

sensitive** 形 敏感的；神經過敏的
sensible** 形 明智的；合理的
sensibility* 名 感覺；感受力
nonsense* 名 胡說八道

have a strong **sense** of smell
有很強的嗅覺

sens(e) 感受
⇒（用五感）感受
意思是用身體的五種感覺器官「感受」外部的刺激，而產生「認知」。

---

02 sensation*
[sɛnˋseʃən]

名 感覺；轟動；轟動的事件（或人物）

sensational* 形 感覺的；引起轟動的

He had no **sensation** in his hand.
他的手沒有知覺。

sens(e) 感受 + **ation** 名詞
⇒ 刺激
意思是因為刺激非常大的事件而「引起風暴」。節目中常常提到「引起轟動」這句話，意思就是讓世界吵吵鬧鬧，以喚醒所有人的「感覺」。

---

03 sensual*
[ˋsɛnʃʊəl]

形 官能的；肉體上的

sensuality 名 官能性

sensual pleasures
肉體上的愉悅

sens 感受 + **ual** 形容詞
⇒ 肉體上所感受到的
相對於精神上的振奮，刺激肉體上的「感覺」，即為「官能的」的意思。

---

04 sentiment*
[ˋsɛntəmənt]

名 感情；情緒；感傷

sentimental* 形 情感上的；多愁善感的

an intense **sentiment** of grief
強烈的悲愴情感

sent(i) 感受 + **ment** 名詞
⇒ 對某事感覺到的感受
表示經歷了某事，而「感受」到對該事件的「情感」。

05 con**sent****
[kənˈsɛnt]

名動 同意；贊成

consensus** 名 共識

a letter of **consent** from their parents
來自他們父母的同意書

con (一起 (com)) + sent (感受)

⇒ 一起感受

如果想進行校外教學，學校必須獲得家長的「同意」，這也是在確認家長是否有「一起」「感受到」校外教學的必要性。

06 re**sent***
[rɪˈzɛnt]

動 感到憤怒；憎恨

resentful* 形 憎恨的
resentment* 名 憤怒；憎恨

The boys **resented** being dropped from the team.
男孩們對於被踢出團隊感到十分憤怒。

re (完全) + sent (感受)

⇒ 強烈地感受

對於令人「感到憤怒」的事件，自然會使人「感受」到「強烈的」情緒。

---

sequ
變化形 sec

跟去（follow）

---

01 **sequ**ence**
[ˈsikwəns]

名 連續；一連串；順序

sequel* 名 續集
sequential* 形 連續的

arrange the portraits in chronological **sequence**
根據年代順序排列肖像畫

sequ (跟去) + ence (名詞)

⇒ 繼續接續的動作

不結束某件事，而是一直「跟在後面」延續下去，就代表事情「連續」發生。

02 con**sequ**ence** 名 結果；重要性

[ˈkɑnsə͵kwɛns]

consequent* 形 隨之發生的
consequently* 副 因此

a direct **consequence** of irresponsibility
不負責任所導致的直接後果

con	+	sequ	+	ence
一起 (com)		跟去		名詞

⇒ 一起跟上來的事物
只要做出行動，之後衍生出的相關「結果」會「一起」「跟過來」。

近義詞 具有「結果」之意的單字

consequence [con+sequ+ence → 一起跟上來的事物] 結果；重要性
result [re+sult → 再次跑過來的事物] 結果；成果
outcome [out+come → 出來外面的事物] 結果
effect [ef+fect → 行動結果向外展現] 效果；結果
upshot [up+shot → 向上湧現的事物] 結果；結尾

03 sub**sequ**ent** 形 接著發生的

[ˈsʌbsɪ͵kwɛnt]

subsequence 名 後繼；後果
subsequently 副 隨後；接下來

the **subsequent** edition of the book
這本書之後的版本

sub	+	sequ	+	ent
下面		跟去		形容詞

⇒ 從下面跟來的
從「下面」「跟上來的」事情，就是「接下來」將發生的事。

04 pro**sec**ute 動 起訴；告發

[ˈprɑsɪ͵kjut]

prosecution* 名 起訴；告發
prosecutor 名 檢察官；公訴人

prosecute child abusers
起訴虐待孩童者

pro	+	sec	+	ute
前面		跟去		動詞

⇒ 率先跟上
「率先」「跟上」某事，表示「施行」為了完成工作的先行階段。這個單字也可適用於檢察官向法院「起訴」案件的狀況。為了開啟審判，檢察官必須先起訴案件，在審判之「前」「跟上」案件。

05 **sec**ond***

[ˈsɛkənd]

形 第二的；次等的
副 第二；其次
名 第二名；秒
動 支持；贊同

secondary* 形 第二的；中等的

the **second**-week program
第二週的課程

sec	+	ond
跟去		形容詞

⇒（在第一個後面）跟上來的
在第一個之後「跟上來的」，就是「第二個」。

serv
變化形 sert, serg

服侍（serve）
守護（protect）

---

01 conserve *
[kənˈsɝv]

動 保存；保護；節省

conservation** 名 保存；保護
conservative** 形 保守的
conservatism* 名 保守主義

in order to **conserve** fuel
為了保存燃料

con	+	serv(e)
完全 (com)		守護

⇒ 完全地守護

如果想要「珍惜」並「保護」自然，就算覺得麻煩，也要「完全」「遵守」環境保護守則。保守主義也是一樣，指的是避免改革，想要「徹底地」「守護」當前體制與現象的思考方式。

---

02 deserve *
[dɪˈzɝv]

動 值得獲得……；應受……

deserved* 形 應得的

She **deserved** praise for her hard work.
她應該為她的努力得到讚美。

de	+	serv(e)
完全		服侍

⇒ 好好服侍

不分晝夜認真地背單字並複習，值得接受「好好的」「對待」，意即這是個「值得獲得」好成績的學生。

---

03 observe **
[əbˈzɝv]

動 觀察；遵守

observant 形 觀察力敏銳的
observation** 名 觀察
observance* 名 遵守

the data we **observe** about the universe
我們所觀察有關宇宙的資料

ob	+	serv(e)
朝向		守護

⇒ 守護一邊

士兵如果是接到「守護」東「邊」的任務，就會依照命令望著東邊。這麼一來，就會「目擊」東邊發生的事。「遵守」法律，就是完完全全「遵照」法律的內容。

---

04 preserve **
[prɪˈzɝv]

動 保存；防腐；保護

preservation* 名 保存；保護

preserve the natural habitats
保護自然棲息地

pre	+	serv(e)
提前		守護

⇒ 事先守護

後代子孫們好好「保護」著的祖厝古宅被「保存」得非常好，這都是因為他們在房子毀損之前「事先」「守護」。

05 reserve**
[rɪˋzɝv]

動 保留；預約

reservation* 名 預約

reserve a booth to sell these items
預約一個攤子來賣這些貨品

re	+	serv(e)
後面		守護

⇒ 放在後面守護

向書店「預約」書，書店老闆便不會把它賣掉，而是「向後」抽出，另外「保留」。

06 servant*
[ˋsɝvənt]

名 下人；僕人

serve** 動 為……服務；供應
名 服務；侍候；上菜

a big house with **servants**
有僕人的大房子

serv	+	ant
服侍		人

⇒ 服侍的人

「服侍」主人並操持家事的人，就是「下人」或「僕人」的意思。

07 dessert
[dɪˋzɝt]

名 飯後甜點

I'll have the apple pie for **dessert**.
我點心要蘋果派。

des	+	sert
不 (dis)		服侍

⇒ 結束服務

「甜點」端上桌後，表示用餐的「服務」全都「結束」了。

08 sergeant*
[ˋsɑrdʒənt]

名 (軍隊)中士；(警察)小隊長

The **sergeant** suffered from injuries.
中士因為受傷而十分痛苦。

serg(e)	+	ant
服侍		人

⇒ 服侍的人

在軍隊「服從」命令的人，意思就是「中士」或「小隊長」。

---

sid
變化形 seat, set

坐 (sit)

---

01 president**
[ˋprɛzədənt]

名 總統；董事長；主席

preside 動 主持；管轄
presidency* 名 總統職位
presidential* 形 總統的

a meeting with the **president** of an organization
與組織首長共同召開的會議

pre	+	sid	+	ent
前面		坐		人

⇒ 坐在前面的人

在公司活動中，「坐」在最「前面」的人就是「董事長」。同樣的，在國家慶典「坐」在最「前面」的人即為「總統」。

02 resident*
['rɛzədənt]

名 居民；住院醫生
形 居住的；常駐的

reside* 動 居住
residence* 名 居住；住所

open to local **residents**
對當地居民開放

| **re** + **sid** + **ent** |
| 再次　坐　人 |

⇒ 再次坐下停留的人

不像旅客來了一下子就走，不斷「重新」到訪並「停留」的人，就是「居民」。

03 subside
[səb'saɪd]

動 消退；平靜

subsidence 名 消退；平靜

The pain will **subside** in a day.
疼痛將會在一天內消退。

| **sub** + **sid(e)** |
| 下面　坐 |

⇒ 在下面坐下

一陣暴風來襲後，波濤「向下」「平息」，就可以看到大海恢復「平靜」的樣子。

04 seat**
[sit]

名 座位

seating* 名 座位；座席

We'll change your **seat** to the aisle side.
我們將會把您的座位換到走道側。

| **seat** |
| 坐 |

⇒ 坐的地方

人 sit（坐下）的地方是 seat（座位）。坐在座位上時，必須繫上 seat belt（安全帶）。另外，有一種名為「轎車」（sedan）的車種。sedan 原本的意義是「坐著」不動，所以也有轎子的意思。

05 settle**
['sɛtl]

動 安頓；解決

settlement* 名 安頓；解決

They are going to **settle** their differences.
他們要解決他們之間的差異。

| **set(tle)** |
| 坐 |

⇒ 使坐下

讓到處亂跑的學生「坐在」位子上，意思就是使他們靜靜等待著。從這裡衍生出在某個地區「安頓」下來，或「解決」問題使其安定的意義。

sign

標記（token）

01 sign**
[saɪn]

名 符號；標誌；手勢；徵兆
動 簽名；做手勢

signature* 名 簽名

sign a confidential agreement
簽署機密協定

sign 標記

⇒ 某事即將發生的標記

「徵兆」或「跡象」，就是某件事情即將發生的「標記」。

02 signal**
[ˈsɪgnl]

名 信號
動 打信號

signalize 動 向……發信號

give us the **signal** to stop
給我們停止的信號

sign 標記 + **al** 名詞

⇒ 信號

雙臂交叉做出 X 字「標記」，就是在送出叫人不要做某事的「信號」。

03 signify*
[ˈsɪgnə,faɪ]

動 表示……的意思；表明

significance** 名 重要性；意義
significant***
形 重大的；有意義的
significantly**
副 重大地；有意義地

The 50 stars on the flag **signify** the fifty states.
國旗上的 50 個星星代表 50 州。

sign 標記 + **ify** 動詞

⇒ 標記使人得以知道意思

「標記」是為了快速簡單地傳達意思而使用。「標記」不是為了看起來好看，而是為了「表示」意思。

04 assign*
[əˈsaɪn]

動 分配；選派

assignment*
名 （分派的）任務；作業

assign tasks to all members of the group
指派任務給團隊所有成員

as 在 (ad) + **sign** 標記

⇒ 在業務上標記

在各種業務上，「標記」該業務負責人的名字，也就是「分配」業務的意思。

05 de**sign**★★★
[dɪˋzaɪn]

- 名 設計；圖樣
- 動 設計；構思

designer ★ 　名 設計師

a special lecture on interior **design**
室內設計的特別課程

de (分開(分離)) + **sign** (標記)

⇒ 另外標記

過去的家具製作不需要額外的「設計」過程，直接進入製作流程。隨著作品漸漸變得精緻，開始從製作過程衍生出「額外」「標記」出「計畫」的流程，這就是設計的由來。

06 de**sign**ate★
[ˋdɛzɪɡˌnet]

- 動 標出；指定；指派
- 形 指定的

designation ★ 　名 指定；任命

designate the building a historic landmark
將這棟建築指定為歷史地標

de (分開(分離)) + **sign** (標記) + **ate** (動詞)

⇒ 分開標記

身障人士專用停車空間是和一般停車空間「分開」「標記」，讓一般人無法使用的地方。

07 re**sign**★
[rɪˋzaɪn]

- 動 辭職；放棄

resignation ★ 　名 辭職；放棄

She was forced to **resign** as Prime Minister.
她被迫辭去首相之職。

re (向後) + **sign** (標記)

⇒ 標示以表示會向後退

「標記」表示將從負責的職責「向後」退出，即為告知「辭退」的意思。

DAY 38

simil
變化形 simul, sembl

相似的（like）
一起（together）

01 **simil**ar***
[ˈsɪmələ]

形 相似的；類似的

similarity** 名 相似(點)；類似(點)
similarly** 副 同樣地

share **similar** beliefs
擁有相似的信念

simil 相似的 + **ar** 形容詞
⇒ 相似點多的
意思是兩者的「相似」點多到看起來幾乎一模一樣。

02 as**simil**ate*
[əˈsɪmɪˌlet]

動 吸收；(使)同化

assimilation* 名 吸收；同化

assimilate into an alien culture
被異文化同化

as 朝向 (ad) + **simil** 相似的 + **ate** 動詞
⇒ 朝相似的方向改變
來到台灣的外國人慢慢地將自己的生活方式朝著和台灣人「相似的」「方向」改變，漸漸被台灣文化「同化」並吸收。此外，與知識同化，代表「完全理解」的意思。

03 **simul**ate*
[ˈsɪmjəˌlet]

動 假裝；模擬

simulation* 名 模擬實驗

simulate battle conditions
模擬戰爭實況

simil 相似的 + **ate** 動詞
⇒ 使相似
如果未來發生戰爭，因為無法親眼看到將發生什麼狀況，所以軍隊會利用電腦做出和實際「相似的」狀況，進行「模擬實驗」。

04 **simul**taneous*
[ˌsaɪmlˈteniəs]

形 同時發生的；同步的

simultaneously 副 同時地

simultaneous interpretation
同步口譯

simul 相似的 + **taneous** 形容詞
⇒ 相似時間的
將英文說話者所說出的話，幾乎在「相似的」「時間點」翻譯成中文，就是「同步口譯」。

05 resemble *
[rɪˈzɛmbl]

動 相像；相似

resemblance * 名 相似；相似程度

She **resembles** her mother very closely.
她長得非常像她母親。

re	+	sembl(e)
非常		相似的

⇒ 看起來非常相似
如果和父親或母親看起來「非常」「相似」，其他人總是會說我們與父母看起來很「相像」。

06 assemble *
[əˈsɛmbl]

動 集合；收集；組裝

assembly ** 名 集會；集合

This chair is easy to **assemble**.
這張椅子很容易組裝。

as	+	sembl(e)
朝向 (ad)		一起

⇒ 朝一個方向一起做
意指將擁有相似目的的人「聚集」起來，使其朝一個方向「一起」做事。此外，從「為了製造器具或機械，將零件『一起』收集在一邊」的意義，衍生出「組裝」的意思。

---

soci
同事（companion）

---

01 society ***
[səˈsaɪətɪ]

名 社會；協會

social ***
形 社會的；社交的
（↔ antisocial 反社會的；非社交的）
socialize 動 使社會化
sociable 形 好交際的
socialism * 名 社會主義

the members of **society**
社會的成員

soci(e)	+	ty
同事		名詞

⇒ 同事集團
從「同事」之間融洽的集團，產生「社會」的意思。貴族「社會」是由地位相似的貴族組成的集團。

02 sociology *
[ˌsoʃɪˈɑlədʒɪ]

名 社會學

sociologist 名 社會學家
sociological *
形 社會學的；社會學上的

some ideas related to **sociology**
一些與社會學有關的想法

soci(o)	+	log(y)
社會的		想法

⇒ 有關社會的學問
對於「社會」進行「思考」，即為研究社會，而這門學問便是「社會學」。

03 as**soci**ate *
動 [əˈsoʃɪˌet]
名 [əˈsoʃɪət]

動 聯想；使有關聯；融洽
名 同事

association ** 名 協會；關聯

People **associate** cooking with femininity.
人們會將做菜和女人味聯想在一起。

as	+	soci	+	ate
朝向 (ad)		同事		動詞

⇒ 以同事的身分加入群體

「同事」是互相「融洽」的關係。想到字根字首，就會「聯想」到讀書，並與讀書有「關聯」。這是因為字根字首與讀書這件事「融合」了。

近義詞 具有「使有關聯」之意的單字

associate [as+soci+ate → 以同事的身份加入群體] 聯想；使有關聯；融洽
connect [con+nect → 一起接續] 連結；使有關係
combine [com+bi(ne) → 使兩者一起做] 結合；具備
link [link → 連結部位] 連結；使有關聯
relate [re+late → 向後帶來] 使有關聯

---

solv　　　　使放鬆（loosen）

01 **solv**e **
[sɑlv]

動 解決；解答

solution *** 名 解決方法；解答
solvent * 名 溶媒 形 有溶解力的

solve organizational problems
解決組織性的問題

solv(e)
使放鬆

⇒ 將交錯的繩結鬆解開

錯綜複雜的狀況，會用「難纏」來形容。如同讓繩結變得「放鬆」就能「解開」，把狀況糾結的部分「鬆開」，就是「解決」問題的意思。

02 ab**solv**e
[əbˈzɑlv]

動 宣判無罪；赦免

absolution 名 赦免

He was **absolved** of all blame.
他犯的錯全都被赦免了。

ab	+	solv(e)
分開		使放鬆

⇒ 使從罪行放鬆

讓某人從犯下的罪過「放鬆」，就是讓處罰「放寬」，也就是讓其不必付出犯罪的代價，所以帶有「宣判無罪」或「赦免」之意。

03 dissolve*
[dɪˋzɑlv]

動 (使)分解；(使)溶解

dissolution* 名 分解；溶解

Salt **dissolves** in water.
鹽會溶於水。

dis	+	solv(e)
分開		使放鬆

⇒ 使其放鬆而分開

砂糖或鹽等物質「溶解」於水的過程，是組成該物質的分子互相「鬆開」，並與水混合的過程。

04 resolve**
[rɪˋzɑlv]

動 解決；決心做……
名 決心；堅決

resolution** 名 決心；(正式)決定
resolute* 形 堅決的

the best way to **resolve** a dilemma
解決進退兩難最好的辦法

re	+	solv(e)
再次		使放鬆

⇒ 再次解開

把難纏的問題「重新」「放鬆解開」，就是「解決」該問題。

soph　　明智的（wise）

01 sophist
[ˋsɑfɪst]

名 (古希臘的)學者；詭辯論者

The **sophists** like to engage in disputes.
詭辯論者喜歡爭論。

soph	+	ist
明智的		人

⇒ 具備知識的人

在古希臘指的是「明智的」學者，但是後來這個意思出現變質，成為「詭辯論者」的意思。所謂的詭辯，就是將不合理的話，偽裝成煞有其事的言論。

02 sophisticated**
[səˋfɪstɪˌketɪd]

形 (人)世故老練的；(事物)精緻的；(事物)複雜的

sophistication* 名 世故；精緻；複雜

a more **sophisticated** approach
更為精密的方法

sophist(ic)	+	at	+	ed
具備知識的人		動詞		受……的

⇒ 像有知識的人一樣精煉

「知識」會好好磨練人，使我們變得「幹練」且有「教養」。形容工藝品或機器十分精煉，即代表非常「精緻」、「複雜」的意思。

03 philo**soph**y**
[fəˈlɑsəfɪ]
名 哲學

philosopher* 名 哲學家
philosophical** 形 哲學上的

a difference between **philosophy** and science
哲學與科學之間的差異

phil(o)	+	soph	+	y
愛		明智的		名詞

⇒ 喜愛智慧的事物

「喜愛」「知識」的人研究世界的根本原理，並發展成知識的學問，即為「哲學」。

04 **soph**omore
[ˈsɑfəmor]
名 二年級學生

比較 **freshman**
名 新鮮人（一年級學生）
junior*
名 三年級學生
形 年紀較輕的；資淺的
senior**
名 四年級學生
形 年紀較長的；資深的

He's a **sophomore** in college.
他是大學二年級生。

soph(o)	+	more
明智的		糊塗的

⇒ 外表明智，實際上卻糊塗的人

入學過了一年，校園生活中該知道的都知道，看起來很「明智」，實際上卻還是到處碰撞的「糊塗」之人，就是「二年級」的學生。

spon
變化形 spond, spou

約定（**promise**）
發誓（**pledge**）

01 **spon**sor*
[ˈspɑnsɚ]
名 贊助者；支持者
動 贊助；支持

sponsorship* 名 贊助；支持

sponsor a local sports team
支持本地的運動團隊

spon(s)	+	or
約定		人

⇒ 約定給予幫助的人

為了讓活動順利進行，而答應給予精神或物質幫助的人，就是「贊助者」。

02 re**spond****
[rɪˈspɑnd]
動 回答；回應

respondent* 名 回答者；被告人
response** 名 回答；回應
responsible**
形 有責任感的；須負責任的
responsibility** 名 責任；義務

respond to unfair criticism
回應不公正的批評

re	+	spond
再次		約定

⇒ 再次約定的答覆

收到邀請參加聚會的邀請函後，「再次」送出「約定」參加的回覆，即為「回應」邀請。

03 correspond**
[ˌkɔrɪˈspɑnd]

動 一致；相對應；通信

correspondence**
名 一致；對應；通信；信件

correspondent*
名 通訊記者；特派員 **形** 符合的

The statistics **corresponded** with his experience.
統計數據與他的經驗相一致。

cor 一起 (com) + **respond** 回應

⇒ 一起回應

我所寄出的信件，對方「一起」「回應」，即為「往來書信」之意。同樣的，言語或行動相互「一致」，表示並非各玩各的，而是「一起」「回應」的意思。

04 spouse*
[spaʊs, spaʊz]

名 配偶

spousal **形** 配偶的

invite our employees and their **spouses**
邀請我們的員工及其配偶

spou(se) 約定

⇒ 約定將來的人

和我「約定」一輩子的人，就是我的「配偶」。

---

stick
變化形 sting, stinct, sti

棍棒 (stick) → 用棍棒刺 (prick)

01 sticker
[ˈstɪkɚ]

名 貼紙

put price **stickers** on the items
在商品上面貼價錢貼紙

stick 刺 + **er** 東西

⇒ 刺的東西

在沒有膠水或黏著劑的時代，會在牆壁表面「刺入」尖銳的針來張貼紙張。現在則是使用「貼紙」型的便條紙。

02 sting*
[stɪŋ]

動 刺，螫，叮；(使)刺痛
名 螫針；刺痛

Bees **sting** when they feel threatened.
當蜜蜂覺得被威脅時，便會螫人。

sting 刺

⇒ 刺

仙人掌或玫瑰為了防止人們隨便伸手觸碰，會用尖刺「刺人」。

03 di**sting**uish ** 動 區分；識別
[dɪˋstɪŋgwɪʃ]

distinct ** 形 有區別的；清楚的
distinction ** 名 區別；差別；優秀

distinguish between purple and violet
區分紫色與紫蘿蘭色

de	+	sting(u)	+	ish
分開 (dis)		棍棒		動詞

⇒ 用棍棒分開

在兩者之間用「棍棒」刺入，將其「分開」，也就是「區分」兩邊的意思。

04 ex**ting**uish 動 熄滅（火等）；使（熱情、希望等）破滅
[ɪkˋstɪŋgwɪʃ]

extinguisher 名 滅火器
extinct * 形 滅絕的；(火)熄滅了的

They were working to **extinguish** the blaze.
他們正努力撲滅火災。

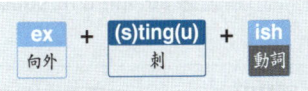

ex	+	(s)ting(u)	+	ish
向外		刺		動詞

⇒ 向外抽出

用「棍棒」毆打或「刺入」，將其「向外」趕出。「滅火」的狀況也是一樣，可以說是「刺著」火並將其「向外」趕出。意思就是趕走某物，並「結束一切」的意思。

05 in**stinct** * 名 本能；直覺
[ˋɪnstɪŋkt]

instinctive * 形 出於本能的；直覺的

the **instinct** for survival
生存本能

in	+	stinct
裡面		刺

⇒ 刺進心裡

「刺」進心「裡」，就是將壓抑的「本能」喚醒。

06 **sti**mulus ** 名 刺激(物)；激勵(物)
[ˋstɪmjələs]

stimulate * 動 刺激；激勵
stimulating * 形 激動人心的
stimulant 名 刺激物；興奮劑

a **stimulus** for remembering information
有助於記住資訊的刺激

sti(mulus)
刺

⇒ 刺入並加以刺激

期中考成績低到足以「刺」傷自己，這在期末考的準備上，是一種良好的「刺激」。

07 **sti**tch * 名 一針；針腳
[stɪtʃ] 動 縫；繡

The doctor **stitched** the wound.
醫生縫合了傷口。

sti(tch)
刺

⇒ 刺入針

要在布料上「刺」入針，才可以縫出「針腳」。縫出「針腳」的行為就是「縫」布。

DAY 39

🎧 144

strict
變化形 strai(n), stra, stress

緊緊拉住（tighten）
綁起（bind）

---

01 strict**
[strɪkt]

形 嚴格的；嚴謹的

strictly** 副 嚴格地；嚴謹

strict hierarchical structures
嚴格的階級結構

strict
緊緊拉住

⇒ 毫無縫隙地拉住

毫無例外地「嚴格」適用規則，就代表用規則的準繩，將所有行動毫無空隙地「緊緊拉住」。

---

02 district**
[ˋdɪstrɪkt]

名 地區；區域；行政區

visit the financial **district**
造訪金融圈區

di + **strict**
分開 (dis)　綁起

⇒ 另外綁著的地方

某個地區裡居住空間密集，而另一個地區裡則是工廠較為密集。根據不同的用途，將地區「另外」「綁著」，則前者可稱為居住「特區」，而後者就是產業「園區」。

---

03 restrict*
[rɪˋstrɪkt]

動 限制；限定；約束

restrictive* 形 限制的
restriction* 名 限制；約束

measures to **restrict** the sale of toys
管制玩具販賣的措施

re + **strict**
向後　緊緊拉住

⇒ 向後緊緊拉住

如果車子跑得太快，發生意外的危險也會增加，所以為了將車子的速度「向後」「拉住」，須在每條道路上個別設下速度「限制」。

---

04 strain**
[stren]

名 壓力；張力；負擔；拉傷
動 (使)緊張；拉緊

My eyes were **strained** from excessive computer work.
我的眼睛因為過度使用電腦而操勞不已。

strain
緊緊拉住

⇒ 強力拉住而驅使

如果提了太重的東西，肌肉會被「緊緊拉住」，造成「巨大」負擔並有可能受傷，這便代表肌肉受到「殘酷驅使」的意思。

05 con**strain**＊
[kənˋstren]

動 強迫；壓抑；限制

constraint＊ 名 強迫；抑制；限制

be **constrained** by budget
受預算限制

con	+	strain
一起 (com)		綁起

⇒ 一起綁住

自制力強的人在生氣時，會將脾氣「好好綁起」不隨便爆發，「壓抑住」怒火。

06 re**strain**＊
[rɪˋstren]

動 抑制；限制；阻止

restraint＊ 名 抑制
restrained＊ 形 受限制的；克制的

restrain the boy from hitting his friend
阻止男孩毆打他的朋友

相關用法 restrain A from B
　　　　 阻止 A 做 B

re	+	strain
向後		綁起

⇒ 向後拉住綁起

孩子如果在公共場所到處亂跑，父母就必須將其「向後」「拉住」，「限制」孩子的行動。

07 **strai**t
[stret]

名 海峽；困境 (-s)

on the other side of the **strait**
在海峽的另一頭

strai(t)
緊緊拉住

⇒ 拉住的動作

彷彿將大海往陸地的方向「拉」得長長的，也就是「海峽」。台灣海峽是台灣與中國之間的狹長大海。而從「生活情況像是被拉住一樣越變越窄」的意思，衍生出「困境」的意義。

近義詞 具有「困境」之意的單字

strait [strai(t) → 拉住的動作]（經濟上的）匱乏；困境
difficulty [dif+fic+ulty → 和簡單的事物分離] 困難；困境
hardship [hard+ship → 困難] 困難；難關；匱乏

08 **stra**nd＊
[strænd]

名 線；繩子；(繩、線等的) 股
動 搓 (繩索等)

stranded＊ 形 擱淺的；被困住的

Some boats were **stranded** in the ocean.
有幾艘船被困在海上。

stra(nd)
綁起

⇒ 綁住腳

基本上表示由各種纖維「綁起」而製成的「繩子」。背此單字時，聯想用「繩子」綁住「無法動彈」的意思，能夠更輕鬆地記起來。

PART 2 重要字根
DAY 39
strict · strain(n) · stra · stress

313

09 di**stress**★★
[dɪˋstrɛs]

名 憂慮；痛苦；折磨
動 使憂慮；使煩亂

distressful 形 令人苦惱的；不幸的
distressing★ 形 令人痛苦的

It causes **distress** in our relationships.
這件事給我們的關係帶來痛苦。

di 分開 (dis) + **stress** 緊緊拉住

⇒ 緊緊拉住，使其分離

我們常聽到的「壓力」（stress）也是從這個字根而來的單字，表示被該做的事情緊緊拉住，而感受到沉重。distress 則是用力「拉扯」，讓繩子「脫落」，意思是給予相當大的「痛苦」與「折磨」。

近義詞 具有「痛苦」之意的單字

distress [di+stress → 緊緊拉住，使其分離] 痛苦
suffering [suf+fer+ing → 從下面承擔起] 痛苦；折磨
misery [miser+y → 可憐的] 痛苦；悲慘；貧困
agony [agon+y → 比賽] 嚴重的痛苦；苦惱
anguish [angu+ish → 緊緊絞住的感覺] 痛苦；悲痛

---

struct
變化形 stroy, stry

建立（build）

---

01 **struct**ure★★★
[ˋstrʌktʃɚ]

名 構造；結構；建築物
動 構造；組織；建造

structural★★
形 構造上的；建築上的

the **structure** of the heart
心臟的構造

struct 建立 + **ure** 名詞

⇒ 被建立的事物

雖然大理石原來只是石頭，但將大理石「立」在地上做出樣貌，就會是方方正正的「建築物」。

02 con**struct**★★
[kənˋstrʌkt]

動 建設；創立

con**struct**ion★★★ 名 建設；建築物
con**struct**ive★ 形 建設性的；有益的
con**struct**or 名 施工者；營造商

construct a new bridge
建一座新橋

con 一起 (com) + **struct** 建立

⇒ 集中於一地建立

將鋼筋、木材、混凝土等「集中於一地」，「建立」起建築物，也就是「建設」的意思。

03 in**struct**＊
[ɪnˋstrʌkt]

動 指示；教導

instruction＊＊
名 指示；教導；操作指南（-s）
instructional＊
形 教學的；教學用的
instructor＊ **名** 指導者；講師
instructive＊
形 有教育意義的；有啟發性的

People are **instructed** not to travel at night.
人們被指示晚上不得亂跑。

in	＋	struct
裡面		建立

⇒ 在裡面建立

在心「中」「建立」起某種概念，即為「教導」。老師們在指導學生時，會做出各式各樣的指示，所以也有「指示」之意。

04 ob**struct**＊
[əbˋstrʌkt]

動 妨礙；阻止

obstruction＊ **名** 妨礙；障礙
obstructive＊ **形** 妨礙的

be **obstructed** by the collapsed building
被倒塌的建築物擋住去路

ob	＋	struct
面對		建立

⇒ 抵抗而建立

在我要走的路上，莫名地有一堆石頭「樹立」在我「面前」，這堆石頭便是在「妨礙」我的路。

05 de**stroy**＊＊
[dɪˋstrɔɪ]

動 破壞；毀滅

destruction＊＊ **名** 破壞；毀滅
destructive＊＊ **形** 破壞的；毀滅性的

destroy the invaders very efficiently
非常有效率地摧毀入侵者

de	＋	stroy
not		建立

⇒ 不建立而破壞

「建立」建築物的「相反」行為，就是「破壞」。

06 indu**stry**＊＊＊
[ˋɪndəstrɪ]

名 工業；產業；勤勞

industrial＊＊ **形** 工業的；產業的
industrious **形** 勤勞的
industrialize **動** 使工業化

a fast growing mat-making **industry**
快速成長的地毯產業

indu	＋	stry
以……的狀態 (into)		建立

⇒ 站著的狀態

一直不休息並「站著」的「狀態」，就是「勤勉」的意思。所有產業皆來自人們的「勤勞」。

sult
變化形 sault

跳起（leap）

01 in**sult**＊
動 [ɪnˋsʌlt]
名 [ˋɪnsʌlt]

動 名 侮辱

insulting＊ 形 侮辱的；無禮的

She was **insulted** by his rudeness.
她因他的無禮而感覺受到侮辱。

in 裡面 ＋ **sult** 跳起

⇒ 在心中跳起

某人彷彿在我心「中」「激起」烈火，對我說出無禮的言語，就是在「侮辱」我。

近義詞 具有「侮辱」之意的單字

insult [in+sult → 在心中跳起] 侮辱
offend [of+fend → 正面攻擊對方] 冒犯；侮辱
outrage [out+rage → 向外發怒] 使憤慨；侮辱
affront [af+front → 擱面] 侮辱；使傷心
defame [de+fame → 將名譽向下放] 毀損名譽；侮辱

02 ex**ult**
[ɪgˋzʌlt]

動 狂喜；歡欣鼓舞

exultation 名 狂喜；歡欣鼓舞
exultant 形 狂喜的；歡欣鼓舞的

The team leader **exulted** at the victory.
隊長對勝利狂喜不已。

ex 向外 ＋ **(s)ult** 跳起

⇒ 一邊向外跳起一邊感到高興

聽到殷切期盼的合格消息，因為太高興，便「向外」「跳起」，不由自主地「手舞足蹈」。

03 as**sault**＊＊
[əˋsɔlt]

名 暴行；攻擊；突襲
動 施暴；攻擊；突襲

assaultive 形 攻擊性的

The young man was charged with **assault**.
那位年輕人被指控施暴。

as 朝向 (ad) ＋ **sault** 跳起

⇒ 朝他人的方向跳起

試著想像在戰鬥中提著槍，朝敵人的方向跳起並進行攻擊的場面吧！朝他人的「方向」「跳起」，就是突然「施暴」，也就是「突襲」之意。

sum
變化形 sem, sam

採取（take）

01 as**sum**e★★
[əˋsjum]

動 假設；以為

assumption★★ 名 假設
assumptive 形 假設的

We **assumed** everything was fine.
我們假設一切都順利。

as 朝向 (ad) + **sum(e)** 採取

⇒ 朝一個方向採納想法

還沒有確切的證據，卻「採納」某想法認為應該會如此，就是「假設」。

02 con**sum**e★
[kənˋsjum]

動 消費；消耗；吃

consumption★★
名 消費(量)；消耗(量)
consumer★★ 名 消費者

consume a large amount of meat
食用大量的肉

con 完全 (com) + **sum(e)** 採取

⇒ 完全採取

掛在服飾店的衣服不屬於我，必須要付錢「消費」，那件衣服才能「完全」地被我「採用」。

03 pre**sum**e★
[prɪˋzum]

動 假設；推算

presumption★ 名 假設；推算
presumably★★ 副 據推測；大概

He should be **presumed** innocent.
他應該被假定為清白。

pre 提前 + **sum(e)** 採取

⇒ 提前採取

在結果出爐前，「提前」「採取」分數，即為「推算」成績。

04 re**sum**e★
[rɪˋzum]

動 重新開始；恢復

resumption 名 重新開始；恢復
比較 **résumé** 名 履歷表

resume negotiations on the deal
重啟交易的協商

re 再次 + **sum(e)** 採取

⇒ 再次採取

運動選手「再次」「採取」已經中斷的訓練，即為「重新開始」訓練。

05 ex**em**pt★
[ɪgˋzɛmpt]

形 被免除的；被豁免的
動 免除；豁免

exemption★
名 (義務等的)免除；免(稅)

exempt from taxes
免除稅賦

ex 向外 + **(s)em(pt)** 採取

⇒ 向外排除

所有人都要繳納稅金，只有特定人士可以不用繳納，被「向外」排除，這表示為他們「免去」稅賦。

PART 2 重要字根
DAY 39
sult・sault・sum・sem・sam

06 example ★★★ 名 例子；範例；榜樣
[ɪɡˋzæmpl]

exemplify ★
動 例示；作為……的例子

These words are all **examples** of verbs.
這些字都是動詞的例子。

ex 向外 + **(s)am** 採取 + **ple** 名詞

⇒ 向外排除的動作

另外「採取」並「向外」排出，意思就是從許多事物中，挑出一個作為「例子」。sample（樣本）也是來自於example這個字；將產品中的一件「向外」「取出」並展示的東西，就是樣本。

---

tact
變化形 tang, tag, teg

接觸（touch）

---

01 tact ★
[tækt]

名 要領；機敏；手腕

tactful 形 機敏的；老練的
tactfully 副 機敏地；老練地

a lack of **tact** and knowledge
缺乏要領及知識

tact 接觸

⇒ 接觸的技術

「眼光」很敏銳的人，與他人「接觸」應對之「要領」非常傑出。

02 intact ★★
[ɪnˋtækt]

形 完整無缺的；原封不動的；未受損傷的

The old houses were preserved **intact**.
老房子被保存得完好如初。

in not + **tact** 接觸

⇒ 不接觸的

任何人完全「不接觸」，即表示維持「不被損傷」的狀態。

03 contact ★★★
[ˋkɑntækt]

名 動 接觸；聯絡

You can **contact** us during business hours.
您可以在上班時間聯絡我們。

con 一起(com) + **tact** 接觸

⇒ 一起接觸

久違地傳了訊息「聯絡」想念的朋友，也算是我們「一起」「接觸」的意思。

04 tactic ★
[ˋtæktɪk]

名 策略；手法；戰術 (-s)

tactical ★ 形 策略上的；戰術的
tactically 副 策略高明地；戰術性地

guerilla **tactics** used by terrorists
恐怖份子所用的游擊戰術

tact 接觸 + **ic** 名詞

⇒ 整理的動作

為了讓原本歪掉的物品變得整齊，用手「接觸」的意思。在戰鬥中，將物資或人力「整理」整齊，就是「戰術」的意思。

05 tactile *
['tæktl]

形 (有)觸覺的；有形的

tactility 名 觸知性；觸感

a vivid **tactile** dream
栩栩如生、彷彿可以觸碰到的夢

tact	+	ile
接觸		形容詞

⇒ 接觸物品的

是不是好的衣料，得用皮膚「接觸」才知道，也就是利用「觸覺」判別衣料的品質。

06 tangible *
['tændʒəbl]

形 可觸知的；擁有實體的

tangibility 名 實質性；明確性

demand **tangible** evidence
要求明確的證據

tang	+	ible
接觸		可以……的

⇒ 可以觸摸的

用手「可以接觸的」東西，可以說是真的「擁有實體」的東西，這個東西的存在非常「明確」。

07 contagious
[kən'tedʒəs]

形 (疾病)接觸傳染性的；(感情)有感染力的

contagiously 副 傳染性地；蔓延地

Hugs and laughter are **contagious**.
擁抱和歡笑是有感染力的。

com	+	tag(i)	+	ous
一起(com)		接觸		形容詞

⇒ 一起接觸傳遞的

原本發生在非洲的伊波拉病毒，之所以會擴散到全世界，是因為在人們「一起」「接觸」的過程中，病毒被「傳染」出去了。

08 integer *
['ɪntɪdʒɚ]

名 〈數學〉整數；整體

an **integer** greater than zero
大於 0 的整數

in	+	teg	+	er
not		接觸		東西

⇒ 不接觸的事物

不管是物品還是自然，如果人的手不「接觸」，就不會發生損傷。所以，手不去碰觸即為「完整」的意思。數字中，不像分數一樣是減少一部分而損傷的樣子，而是像 -1、0、3 一樣是完整樣貌的數，我們便稱之為「整數」。

09 integrate *
['ɪntə,gret]

動 使成一體；使完整；整合

integrity ** 名 正直；清廉
integration ** 名 整合；完成
integral **
形 構成整體所必需的；完整的

integrate learning with play
將學習和遊玩結合

相關用法 integrate A with B
將 A 與 B 合為一體

in	+	teg(r)	+	ate
not		接觸		動詞

⇒ 以不動手的狀態製作

所謂不動手的狀態，就是「完整」的意思。各自分開時，若出現不足匱乏的部分也「統合」在一起，就能互相補足缺少的部分，而變得「完整」。

DAY 40

🎧 148

techn	技術（technique）

01 technique ★★
[tɛkˋnik]
名 技術；技巧；手藝

technical★★
形 技術的；科技的；專門的

technician★　名 技術人員；技師

a variety of insects' hunting **techniques**
各種捕捉昆蟲的技巧

| techn 技術 | + | ique 名詞 |

⇒ 技術
聽到「技術」這個詞，可能先想到與科學相關的內容，但是這個單字和領域無關，而是表示人所操作的「技巧」或「手藝」。

02 technically ★
[ˋtɛknɪk!ɪ]
副 嚴格上來說；技術上

They are **technically** still students.
嚴格上來說，他們還是學生。

| techn 技術 | + | ical 形容詞 | + | ly 副詞 |

⇒ 技術上嚴密地說的話
為了鑽研「技術」，需要「嚴格地」執行。所以，「以技術上來說」，也有「嚴格上來說」的意思。

03 technology ★★★
[tɛkˋnɑlədʒɪ]
名 科技；工藝

technological★★
形 科技的；工藝的

develop new **technologies**
發展新的科技

| techn(o) 技術 | + | log(y) 想法 |

⇒ 與技術相關的學問
有關如何開發「技術」並運用於產業的想法，就是「科技」和「工藝」。

tect   覆蓋（cover）

01 de**tect** ★★
[dɪˈtɛkt]

動 發現；偵測

detective ★   **名** 偵探
                  形 偵探的；偵測用的
detection ★★   **名** 發現；偵測

the failure to **detect** spoiled food
未能發現腐壞的食物

de (not) + **tect** (覆蓋)
⇒ 不覆蓋並掀去

意指「不」「覆蓋」並掀去覆蓋物。掀去覆蓋物的話，就可以「發現」藏起的事物。和在字根 cover 章節學到的 discover、uncover 意思相近。

02 pro**tect** ★★
[prəˈtɛkt]

動 保護

protective ★★   **形** 保護的
protection ★★   **名** 保護

poison to **protect** themselves in the wild
讓他們能夠在野外保護自己的毒

pro (前面) + **tect** (覆蓋)
⇒ 在前面覆蓋

讓珍貴的東西不受到傷害，而出現在「前面」「覆蓋住」，就是「保護」。

temper   混合（mix）→ 使協調（moderate）

01 **temper** ★
[ˈtɛmpɚ]

名 氣質；脾氣
動 緩解

The teacher lost her **temper**.
老師動怒了。

[相關用法] lose one's temper
         動怒；發飆

temper (混合)
⇒ 在心中混合的事物

從「生完氣恢復原本的狀態、本來的『性質』」，衍生出「緩解」的意思。混合怒氣、沉著、冷靜等人類的各種情感之狀態，就是那個人的「脾氣」。

02 temper**ate**＊
[ˈtɛmprɪt]

形 溫和的；節制的

temperance 名 溫和；節制

This region has a **temperate** climate.
此地區氣候溫和。

temper	+	ate
混合		形容詞

⇒ 和諧的狀態

適當地「混合」而和諧的狀態，即表示「溫和」、適當的狀態之意。也可以表示人的行動非常「節制」、「穩健」。

03 temper**ature**＊＊
[ˈtɛmprətʃɚ]

名 溫度；氣溫

keep their body **temperature** from dropping
防止他們的體溫下降

temper(at)	+	ure
混合		名詞

⇒ 混合的程度

冷和熱的東西根據「混合」的程度，「溫度」會有所不同。

---

tempt
變化形 tent

試驗（test）
嘗試（try）

---

01 tempt＊
[tɛmpt]

動 誘惑；吸引

temptation＊ 名 誘惑

She **tempted** me into buying a new bag.
她誘惑我買一個新的包包。

tempt
試驗

⇒ 試驗

把裝有巧克力的碗放在孩子面前，「試驗」他們會不會吃，也就是用巧克力「誘惑」孩子。想一下考驗人類的「夏娃的蘋果」，就能更容易理解。

02 at**tempt**＊＊＊
[əˈtɛmpt]

名 嘗試；努力
動 嘗試

attempt to explain a messy desk
嘗試解釋為何書桌這麼亂

at	+	tempt
朝向 (ad)		嘗試

⇒ 帶著目的嘗試

不放棄艱澀的數學問題，持續往解題的「方向」「嘗試」，最後就可以找到正解。

03 tentative*
['tɛntətɪv]

形 嘗試的；暫行的

tentatively　副 試驗性地；暫時地

The schedule is **tentative** and subject to change.
這個計畫表只是暫定的，還有可能會更動。

tent	+	ative
嘗試		形容詞

⇒ 嘗試的

不做出在何時何地見面的約定，而是有時間就見一面的話，只是對見面的「嘗試」，不是確定的，而是「暫行的」約定。

---

tend
變化形 tens

伸出（stretch）

---

01 tend**
[tɛnd]

動 傾向……；易於……；照顧

tendency**　名 傾向；趨勢

They **tend** to downplay the consequences.
他們有低估結果的傾向。

tend
伸出

⇒ 伸出去

不斷「伸出去」的樹枝，會朝著某一邊傾斜。不考慮各個方向，只關心特定方向並「伸出」的話，容易做出偏向該方向的行動。

02 tender*
['tɛndɚ]

形 溫柔的；柔軟的

tenderness　名 溫和；柔軟

Wait until the meat is **tender**.
等肉軟一些。

tend(er)
伸出

⇒ 長長地伸出

拉扯麵糰使其不斷向兩頭「延伸」，就會「變軟」並彎曲。

03 attend**
[ə'tɛnd]

動 出席；前往；照顧

attendance*　名 出席；出席人數
attendant*　名 服務員；侍者
attention***　名 注意；注意力
attentive*　形 注意的

He decided not to **attend** the conference.
他決定不出席研討會。

at	+	tend
朝向 (ad)		伸出

⇒ 朝某個方向踏出腳步

朝學校的「方向」「踏出」腳步，就能「出席」課程。向某人「伸」出手，就是關心並「照顧」那個人。

04 contend*
[kən'tɛnd]

動 競爭；奮鬥；主張

contention* 名 競爭；爭論；論點

They were **contending** for the championship.
他們在爭奪冠軍。

| con 一起 (com) | + | tend 伸出 |

⇒ 朝著獎項一起伸出

想要獲得獎項的人「一起」「伸出」手臂，也就是為了爭奪那個獎項互相「較量」的意思。

05 extend**
[ɪk'stɛnd]

動 延長；延伸；擴展

extent*** 名 長度；程度
extension** 名 伸長；伸展；擴大
extensive** 形 廣泛的；廣大的

The forest **extends** for miles to the east.
這座森林延伸好幾里，直到東邊。

| ex 向外 | + | tend 伸出 |

⇒ 向外伸出

在既有的地下鐵路線「之外」，興建新的地鐵站而「伸長」路線，就是「延長」地下鐵路線。

06 intend*
[ɪn'tɛnd]

動 想要；打算

intent** 名 意圖；目的
         形 熱切的；專心致志的
intention** 名 意圖；目的
intentional* 形 有意的

The coach **intended** to leave his team.
教練打算離開他的團隊。

| in 裡面 | + | tend 伸出 |

⇒ 從裡面伸出心意

從心「裡」「伸出」應該由我來做的意志，就是我「意圖的」方向。

07 pretend*
[prɪ'tɛnd]

動 裝作……；假裝

pretension 名 誇耀；假裝
pretense 名 虛偽；假裝

We **pretended** we had not seen her.
我們假裝沒有見到她。

| pre 前面 | + | tend 伸出 |

⇒ 在前面伸出去

在其他人因為懷疑而詢問之前，先在「前面」將各種藉口一字「攤開」，也就是為了說謊而事先採取好措施。這個字的意思即為「裝作……」、「假裝」的意思。

近義詞 具有「裝作……」之意的單字

pretend [pre+tend → 先伸出去] 裝作……；假裝
feign [feign → 形成] 裝作……；假裝；（以謊言）裝飾
assume [as+sume → 採取往那個方向的想法] 推斷；採取；裝作……

08 tense *
[tɛns]

形 拉緊的；緊張的

tension ** 名 張力；緊張

a **tense** atmosphere
緊張的氣氛

tens(e)
伸出

⇒ 繩子緊緊伸直
等待考試結果的學生們緊張的樣子，好像緊緊「拉直」的繩子，感覺馬上就會斷了。

---

term　　　界線（boundary）

01 term ***
[tɝm]

名 用語；學期；期間；條款(-s)
動 命名；把……稱為

The **term** euphemism derives from a Greek word.
euphemism（委婉語）這個詞是從希臘字來的。

the **terms** of payment
支付條款

term
界線

⇒ 指定時間或意義的界線
將有兩個輪子的車子稱作摩托車，並決定摩托車跟其他車種的「界線」，就是決定「用語」，也從這裡衍生出動詞的意思「命名」。在字根 fin（界線）的章節看到的 define 的字義也很相似，大家可以參考一下。

02 term**inate** *
[ˈtɝməˌnet]

動 (使)結束；(使)終止

terminal **
名 (火車、巴士等的)總站　形 終點的
termination *
名 結束；終止

terminate the contract
終止合約

term(in) + **ate**
界線　　　動詞

⇒ 劃下界線
合約中訂定的日期屆滿時，就等於劃下合約時間的「界線」，並「結束」合約。

03 de**term**ine **
[dɪˈtɝmɪn]

動 下決心；決定

determined ***
形 已下決心的；堅定的
determination ** 名 決心；堅定

The outcome is **determined** by your actions.
結果依你的行動而定。

de + **term(ine)**
分開　　　界線

⇒ 劃下界線，使其分開
劃下「界線」並區分從何處開始、到哪裡為止是我的責任，而哪裡又是同事的責任，就是「決定」業務內容。

🎧 151

terr　　　大地（earth）

01 terrace *
['tɛrəs]

名 露臺；平臺屋頂

the **terrace** overlooking the park
俯瞰公園的露臺

terr(ace) 大地

⇒ 離地面很近的區域
咖啡廳或餐廳的「露臺」座位通常設在戶外，形同在「地面」上擺放桌椅。

02 terrain *
[tɛ'ren]

名 地形；地區

pass through mountainous **terrain**
穿過山區

terr 大地 ＋ **ain** 名詞

⇒ 大地的樣貌
這個字的意思就和其字源一樣，是「地形」的意思。中文的「地形」指的也是大地的模樣。

03 territory **
['tɛrə,torɪ]

名 領土；領域

territorial *　形 領土的；土地的

defend his **territory** and family
保護他的領土和家人

terr(i) 大地 ＋ **tory** 場所

⇒ 大地上統治權所及的場所
我國的「領土」，即為我國統治權所能觸及的「土地」範圍。

04 terrestrial *
[tə'rɛstrɪəl]

形 地球的；陸地的

extraterrestrial
名 外星人　形 地球之外的

changes in **terrestrial** ecosystems
陸地生態系的變化

terr(estri) 大地 ＋ **al** 形容詞

⇒ 與大地相關的
與我們生活的「大地」相關，也就是「與地球相關」的意思。

326

Break Time

檢視自己的學習方式 ④

Q 在讀英文單字時,有沒有提升專注力的好方法呢?

A ### 大幅提升專注力的英文單字學習法

觀察許多學生的學習情況,會發現學生們常常會有時間管理不佳的狀況。此時,如果用碼錶來測量注意力集中的時間,會有非常大的幫助。這樣做本身也有助於集中精力,也能測出正確的學習量。我自己覺得讀了兩個小時,但是扣掉東想西想、擔心、安排計畫的時間,實際上常常讀不到半個小時。

在學習英語的時候也是一樣。好好集中精神的話,每一頁都可以看得很快,但是如果集中力差,則彷彿要經過漫長的歲月才能看完一頁。在這種情況下,有個創新的解決方法,那就是**決定好學習每一頁的平均「基準時間」,並一邊確認時間,一邊用這個速度學習**。

Step 1 決定每一頁要讀的基準時間。

隨意翻開單字書,然後按照自己平常的方式,把左邊一頁背下來,並測量看看花了多長時間。假設此時背一頁需要三分鐘,那麼以後讀每一頁的標準時間就是「三分鐘」。

Step 2 用設定好的基準時間來學習。

現在,請大家翻開要學習的那一頁,然後用設定好的三分鐘讀左頁。接下來,用三分鐘讀右頁。如果時間超過了,也不要沮喪,這只是為了讓大家儘量集中精神學習的方法而已。

Step 3 複習剛剛讀過的兩頁。

先不要翻到下一頁,而是再用三分鐘,把剛才讀過的兩頁再複習一次。因為是複習,所以速度會明顯變快,三分鐘應該是綽綽有餘。這麼一來,在總共九分鐘的時間裡,這兩頁我們就讀了兩遍。這不僅能提高集中力,還能獲得複習的效果。

DAY 41

🎧 152

test
證人；作證（witness）

---

01 **test**ify *
['tɛstə,faɪ]

動 作證；陳述

testimony * **名** 證詞；陳述
testimonial
名 證明書；紀念物
形 證明的；感謝的

They need to **testify** at the trial.
他們必須出庭作證。

test（證人）＋ **ify**（動詞）

⇒ 成為證人
在法庭上成為「證人」，即代表針對目擊的事件進行「陳述」。

---

02 at**test** *
[ə'tɛst]

動 證實；證明

attestation **名** 證實；證明；證據

attest the authenticity of the signature
證明簽名的真實性

at（朝向 (ad)）＋ **test**（作證）

⇒ 朝該方向作證
「朝被告的方向」陳述「證言」，就是「證明」被告的主張是正確的。

---

03 con**test** *
名 ['kɑntɛst]
動 [kən'tɛst]

名 競爭；競賽
動 競爭；與……競賽

contestant **名** 參賽者

win prizes at a number of invention **contests**
在一些發明競賽中贏得獎項

con（一起 (com)）＋ **test**（作證）

⇒ 和許多人一起作證
從「和許多人『一起』陳述『證詞』，並且互相『爭執』辯論自己的主張為正確」的意義，產生「競爭」的意思。

---

04 de**test**
[dɪ'tɛst]

動 討厭；憎惡

detestation **名** 討厭；憎惡

My younger sister **detests** rats.
我妹妹痛恨老鼠。

de（向下）＋ **test**（作證）

⇒ 向下作證
如同某人向下看，表示「無視」之意，「向下」帶有否定的意義。針對某人「向下」陳述「證詞」，即為說那個人的壞話，並「討厭」那個人。

05 protest **

名 [ˈprotɛst]
動 [proˈtɛst]

名 抗議；反對
動 抗議；聲明

protester 名 抗議者

join the non-violent **protest**
參加非暴力抗議

pro + test
前面　作證

⇒ 在前面作證

隨著新學期的展開，常常可以看到大學生因反對學費調漲而進行「示威」。「抗議」的人站到「前面」來，「證明」學費調漲為什麼不恰當。

---

text

織布（weave）

---

01 text ***

[tɛkst]

名 文章；正文；原文
動 傳簡訊

textual* 形 本文的；原文的
textbook* 名 課本；教科書

It contains images, sound and **text**.
這包含了圖片、聲音和文字。

text
織布

⇒ 以文字編織的事物

中文常常用「有條理」來形容一篇理論結構好的文章。不論在東方或西方，撰寫「文章」都常常以「織布」比喻。

02 texture *

[ˈtɛkstʃɚ]

名 (織物的) 結構，質地；觸感

textural 形 結構的；質地的

the **texture** of silk
絲綢的觸感

text + ure
織布　名詞

⇒ 織布的感覺

撫摸以柔軟的棉製成的「布」時，「觸感」非常好。

03 textile *

[ˈtɛkstaɪl]

名 紡織品

They exported the finest **textiles**.
他們輸出最為精緻的織品。

text + ile
織布　名詞

⇒ 織好的布

意指為了縫製衣物而織成的布，也就是「衣料」。台灣製造「衣料」或「織品」的紡織產業，在 1950 年代開始大幅成長。

🎧 153

04 con**text**★★★
['kɑntɛkst]

名 上下文；(事件的)來龍去脈

contextual★ 形 上下文的

the historical **context** of the artworks
藝術作品的歷史背景

understand the **context**
了解上下文

con 一起 (com) + **text** 織布

⇒ 一起編織的事物

想要正確掌握某個事件的話，必須知道「脈絡」，也就是應該好好觀察和該事件「一起」「編織」的前後狀況為何。以文章來說，就是與該文章相關的「上下文」。

05 pre**text**★
['pritɛkst]

名 托詞；藉口

as a **pretext** for working together
作為一起工作的藉口

pre 前面 + **text** 織布

⇒ 在前面編織成的事物

小時候如果沒有交作業，為了掩蓋沒寫作業的事實，大家應該都有在「前面」「編織」要如何說出「藉口」的經驗。現在當然不能再這樣做了。

近義詞 具有「托詞」之意的單字

pretext [pre+text → 在前面編織成的事物] 托詞；藉口
excuse [ex+cuse → 找出原因] 辯解；托詞
plea [plea → 懇求] 哀求；懇求；藉口

---

tom
剪裁 (cut)

01 a**tom**★
['ætəm]

名 原子

atomic★ 形 原子的
atomize 動 使粉碎

The hydrogen **atom** is the simplest **atom**.
氫原子是最簡單的原子。

a not + **tom** 剪裁

⇒ 無法再剪的事物

「原子」其實可以再分裂成電子、質子、中子，但是原子在首次被發現的時候，被認為是「無法」再「剪開」的最小單位。

02 anatomy*
[əˋnætəmɪ]

名 解剖；解剖學；分析

anatomic 形 解剖的；解剖學的

The man knew nothing about **anatomy**.
這個人對解剖學一竅不通。

ana + **tom(y)**
向上　　剪裁

⇒ 向上分開身體

「向上」「分開」身體露出內部構造，即為「解剖」。也從剪碎的意義衍生出「分析」、「分解」的意思。

---

ton
變化形 tun

聲音（sound）

---

01 tone**
[ton]

名 語調；語氣；色調；氣氛

in a surprised **tone** of voice
用驚訝的語氣說話

a pale skin **tone**
蒼白的膚色

ton(e)
聲音

⇒ 聲音的狀態

字根 ton 是源自前面學到的字根 tend（伸展）。說話時，「聲音」怎麼「伸展」，能決定「語調」和「語氣」。

02 intonation
[ˌɪntəˋneʃən]

名 聲調；抑揚頓挫

the right pronunciation and **intonation**
正確的發音和聲調

in + **ton** + **ation**
裡面　　聲音　　名詞

⇒ 從裡面出來的聲音

應依照句子是直述句或是疑問句，在句子「裡面」調節「聲音」的高低，賦予其「抑揚頓挫」。

03 monotonous*
[məˋnɑtənəs]

形 單調的

monotonously 副 單調地

an escape from **monotonous** routines
從單調的例行公事中逃離出來

mono + **ton** + **ous**
一　　　聲音　　形容詞

⇒ 一種聲音的

如果只聽「一種」「聲音」，會因為沒有變化，而感到「單調」且令人厭煩。

PART 2 重要字根
DAY 41
text・tom・ton・tun

04 tune*
[tjun]

名 歌曲；曲調
動 調音；使一致

tuning* 名 調音
tuneful 形 悅耳的；音調優美的

play a familiar **tune**
演奏熟悉的曲子

tun(e) 聲音

⇒ 聲音的連續

意思是樂器的「聲音」連續綿延而形成的「曲調」，也可表示管弦樂團在演奏開始前為樂器「調音」。

---

tort
變化形 tor

扭（twist）

---

01 torture*
['tɔrtʃɚ]

名 拷問；痛苦
動 拷問；折磨

torturous 形 折磨人的

torture a prisoner
拷問囚犯

tort 扭 + **ure** 名詞

⇒ 扭曲的事物

過去的「拷問」主要是讓人的身體「扭曲」，藉此給予痛苦。

02 distort*
[dɪs'tɔrt]

動 扭曲；曲解

distortion* 名 扭曲；失真

The truth was **distorted** by the media.
真相被媒體扭曲了。

dis 分開 + **tort** 扭

⇒ 扭曲而分開

在服裝店裡，常常使用稍微凹陷的全身鏡，因為凹面鏡可將實際的樣子「扭曲」，讓人看起來更瘦。顧客看到和自己實際樣貌「相去甚遠」的「扭曲」模樣感到滿意，就會提高購買衣服的可能性。

03 ex**tort**
[ɪkˋstɔrt]

動 敲詐

extortion **名** 敲詐；勒索

extort large sums of money
敲詐大筆金錢

ex	+	tort
向外		扭

⇒ 扭曲而向外抽出

流氓們像是在拷問一樣「扭曲」比自己弱小的人，藉此「向外抽出」想要的東西，也就是「敲詐」金錢。

04 re**tort**
[rɪˋtɔrt]

動 反駁；反擊

Mr. Duvall **retorted** harshly.
杜瓦先生厲聲反駁。

re	+	tort
再次		扭

⇒ 再次扭曲

「再次」「扭曲」對我的指責，就等於不忍受對方的話，並進行「反駁」。

05 **tor**ment *
名 [ˋtɔrˏmɛnt]
動 [tɔrˋmɛnt]

名 痛苦；苦惱
動 折磨；煩擾

continuous physical **torment**
持續的肉體折磨

tor	+	ment
扭		名詞

⇒ 扭曲的事物

「苦惱」在腦海中「扭曲」，引起頭痛。

06 **tor**que *
[tɔrk]

名 扭轉力；迴轉力

Torque can cause objects to rotate.
扭轉力能讓物體轉動。

tor(que)
扭

⇒ 扭曲的力量

「扭曲的」力量也就是旋轉的力量，在物理學上稱為「迴轉力」。喜歡汽車的人不可能不知道扭力；扭力就是和車輪連接的軸「迴轉」的力量。「扭力好」即代表可以讓車輪高速迴轉，迅速提高速度的意思。

07 **tor**ch *
[tɔrtʃ]

名 火炬；火把

the Olympic **torch**
奧林匹克火炬

tor(ch)
扭

⇒ 扭轉而放在一個地方的事物

過去沒有手電筒的時代，會「擰」起繩子製成「火把」。只要聯想酒精燈的燈芯，就相當容易理解。

🎧 155

tribut

分攤（assign）
支付（pay）

01 at**tribut**e**
動 [əˋtrɪbjut]
名 [ˋætrɪˌbjut]

動 把……歸因於；把……歸咎於
名 特性；屬性

attribution 名 歸因；歸屬

attribute environmental damage to tourism
將環境破壞歸因於觀光

at	+	tribut(e)
朝向 (ad)		分攤

⇒ 向……分攤

向某人「分攤」事情的原因，就是將事情的責任「歸咎」到那個人身上。

02 con**tribut**e**
[kənˋtrɪbjut]

動 捐獻；貢獻

contribution** 名 捐獻；貢獻
contributor* 名 捐贈者；貢獻者

volunteer work to **contribute** to the community
貢獻社區的志願工作

con	+	tribut(e)
一起 (com)		支付

⇒ 一起支付

某人從事有意義的事，如果我也抱著「一起」參加的心而「支付」費用，就代表我也對那件事進行了「捐贈」。

03 dis**tribut**e*
[dɪˋstrɪbjut]

動 分配；流通

distribution*** 名 分配；流通
distributor 名 分配者；批發商

Printed materials were **distributed** to residents.
印刷品分配給居民了。

dis	+	tribut(e)
分開		分攤

⇒ 個別分開

為了向全國各地的消費者銷售商品，將產品「分攤」給各個地區，就是「流通」。

DAY 42

tru — 結實的（firm）

01 true ***
[tru]

形 真的；真實的

truth *** 名 事實；真實性；真理
truly ** 副 真正地；真實地

reveal your **true** feelings
展現你的真實感覺

tru(e) 結實的

⇒ 結實而確實的

就算狀況改變，「真實」也不會出現變化，就像在狂風暴雨中也「堅固地」聳立著的樹木一樣。事實上，tree（樹木）也有同樣的字源。

02 trust **
[trʌst]

名 信賴；信任；信託
動 信賴；信任；託付

trustful 形 信任的；輕易信任別人的

He betrayed my **trust**.
他背叛了我的信任。

tru(st) 結實的

⇒ 結實而可依靠

看到總是「穩穩地」站著的人，便會產生可依靠的「信賴」。對於「可信賴」的對象，才能「信託」財產。

03 trustworthy *
[ˈtrʌst͵wɝðɪ]

形 值得信賴的

Most of the information is accurate or **trustworthy**.
大部分的資訊都是正確，或值得信賴的。

trust 信賴 + **worthy** 有價值的

⇒ 有信賴價值的

聽到某個傳聞，如果想要相信那是事實，消息的出處必須有「值得信賴的」價值。

04 entrust
[ɪnˈtrʌst]

動 委託；託付（= put in trust）

One of my neighbors **entrusted** his dog to me.
我的一位鄰居將他的狗託付給我。

en 使做 + **trust** 信賴

⇒ 信賴

只有在「信賴」某人的時候，才能將工作「委託」給那個人。搭乘飛機的乘客因為完全相信機長，而將自身的安全「託付」給他們。

05 distrust*
[dɪsˈtrʌst]

名 動 不信任；懷疑

distrustful 形 不信任的；懷疑的

a deep **distrust** of the media
對於媒體的深深不信任

| dis + trust |
| not 信賴 |

⇒ **不信賴且懷疑**

「不信賴」，就等於「懷疑」且「不相信」。

---

tum
變化形 tom, thum

膨脹（swell）

---

01 tumor*
[ˈtjumɚ]

名 腫瘤

tumoral 形 腫瘤的

a rare brain **tumor**
罕見的腦腫瘤

| tum + or |
| 膨脹 東西 |

⇒ **身上脹起的東西**

因為身體機能異常，細胞不正常地增殖而使該部位「膨脹」的東西，就是「腫瘤」。

02 tumult
[ˈtjumʌlt]

名 騷動；吵鬧；混亂

cope with the **tumult** of emotions
處理情緒的混亂

相關用法 in a tumult
（情緒上）混亂不已

| tum(ult) |
| 膨脹 |

⇒ **心情膨脹的現象**

吵吵鬧鬧引起「騷動」，代表因為某件事讓心情「膨脹」。

03 tomb*
[tum]

名 墳墓；墓碑

Gold, jewels and other treasures were buried in the **tombs**.
黃金、珠寶和其他寶藏都埋在墳墓裡。

| tom(b) |
| 膨脹 |

⇒ **隆起的土地**

在古希臘，也有像台灣的墳墓一樣從地面上「隆起」的「墳墓」。

04 thumb*
[θʌm]

名 大拇指

My son sucked his **thumb** until he was nine.
我兒子吸拇指的習慣一直延續到九歲。

相關用法 thumb up/down 贊成／反對

| thum(b) |
| 膨脹 |

⇒ **腫起的手指**

大拇指跟其他手指比起來較短且較粗，與其說是手指，看起來較像從手掌「腫起」的一部分。

turb
變化形 **troub**

擾亂（disorder）
旋轉（whirl）

PART 2 重要字根
DAY 42
tru・tum・tom・thum・turb・troub

01 turbulence*
['tɝbjələns]

名 亂流；動亂

turbulent* 形 亂流的；混亂的

an era of political **turbulence** in Europe
歐洲政治動亂的時代

turb(ul) 擾亂 + **ence** 名詞

⇒ 擾亂的事物

擾亂並妨礙飛機順利飛行，讓乘客們不安，就是「亂流」。飛機如果進入亂流層，就會像遇到波濤一樣晃動。

02 turbine
['tɝbaɪn]

名 渦輪（機）

the powerful **turbine** engines
強力的渦輪引擎

turb 旋轉 + **ine** 名詞

⇒ 不停旋轉

像電風扇一樣「旋轉」而產生動力的裝置，稱為「渦輪機」。在船難電影《鐵達尼號》中，可以看到巨大「渦輪機」的扇葉擦撞到冰河的場景。

03 disturb*
[dɪs'tɝb]

動 妨礙；打擾

disturbance* 名 打擾；不安
disturbing*
形 令人煩擾的；令人不安的
disturbed*
形 感到煩擾的；感到不安的

Noise and bright light may **disturb** sleep.
噪音和亮光可能會擾亂睡眠。

dis 完全 + **turb** 擾亂

⇒ 擾亂而使集中力下降

正在煩惱重要問題時，旁邊突然發出吵鬧的聲音「擾亂」四周而使專注力降低，就是「妨礙」思考。

04 trouble**
['trʌbl]

名 麻煩；煩惱；困難
動 麻煩；使煩惱

troublesome*
形 麻煩的；令人煩惱的

We were in **trouble**.
我們陷入麻煩了。

troub(le) 擾亂

⇒ 擾亂的動作

對於討厭做菜的人來說，準備餐點是讓那個人的心「慌亂」的「麻煩」。

🎧 157

us
變化形 ut

使用（use）

01 use***
動 [juz]
名 [jus]

動 用；使用
名 使用（方法）；用途

usage** 名 用法；使用
useful*** 形 有用的
useless* 形 無用的；無價值的

You can **use** the delivery service.
你可以使用送貨服務。

相關用法 be of use 有用

us(e) 使用
⇒ 用

「使用」代表知道「用途」與「使用方法」。use 與中文的「使用」一詞相同，可以用於語言、物品、場所等各種對象。

02 abuse**
名 [əˋbjus]
動 [əˋbjuz]

名 濫用；誤用；虐待
動 濫用；虐待

abusive* 形 濫用的；虐待的

prevent child **abuse**
防範兒童虐待

ab 分開 + **us(e)** 使用
⇒ 遠離使用方法

「遠離」正常的「使用法」，表示使用太多次或使用錯誤，也就是「誤用」。

03 misuse*
名 [mɪsˋjus]
動 [mɪsˋjuz]

名動 濫用；誤用；虐待

misuse our ocean resources
濫用我們的海洋資源

mis 錯誤的 + **us(e)** 使用
⇒ 錯誤使用

研究經費只能使用在研究上，如果「錯誤」「使用」在研究之外的目的，會被指責是「濫用」研究經費。與 abuse 意義相同。

衍生詞 由字根 us 衍生的單字

reuse [re+us(e) → 再次使用] 再利用
disuse [dis+us(e) → 不使用] 廢棄；廢止
peruse [per+us(e) → 完全地使用] 精讀；熟讀

04 utilize*
[ˋjutḷˌaɪz]

動 活用；利用

utility** 名 功利；效用
utilization* 名 活用；利用

utilize all this information
活用這所有的資訊

ut 使用 + **il** 形容詞 + **ize** 動詞
⇒ 製作成方便使用的狀態

「活用」電腦和「使用」電腦不同；utilize 比 use 再更進一步，意思是符合用途，好好地「利用」。

05 utensil
[juˋtɛnsl]

名 器具；用具 (= implement)

stainless steel cooking **utensils**
不鏽鋼廚具

ut(en) + sil
使用　　符合的

⇒ 適合使用的

刀、鍋子、平底鍋是「適合」在廚房中「使用」的料理「用具」。

---

vac
變化形 van, vain

空著的（empty）

---

01 vacate
[ˋveket]

動 空出；搬出

vacant * 形 空的；空著的
vacancy 名 空房；空白；空虛
vacation * 名 假期

They were asked to **vacate** their rooms.
他們被要求搬出他們的房間。

vac + ate
空著的　動詞

⇒ 空出

為了「空出」合約到期的房子，必須「離開」那棟房子。

02 vacuum *
[ˋvækjʊəm]

名 真空
動 用吸塵器清掃

Space is a **vacuum**.
太空是真空的。

a **vacuum** cleaner
（真空）吸塵器

vac(uum)
空著的

⇒ 空著的空間

物質完全不存在、完全「空著的空間」，稱為「真空」。中文的「真空」一詞也使用了「空」這個字。

03 evacuate
[ɪˋvækjʊˌet]

動 撤離；使避難

evacuation * 名 撤離；疏散

All employees should **evacuate** immediately.
所有員工都必須立即撤離。

e + vac(u) + ate
向外 (ex)　空著的　動詞

⇒ 向外空出

如果發布颱風警報，該地區的人民應走出屋「外」，「空出」房子，並往安全的地方「避難」。

PART 2 重要字根
DAY 42
us・ut・vac・van・vain

04 vanish *
['vænɪʃ]

動 消失；消逝

vanishing **形** 消失的

She **vanished** without a trace.
她消失得無影無蹤。

van	+	ish
空著的		動詞

⇒ 空出來而消失

魔術師可以「空出」裝有兔子的帽子，讓兔子看起來像是「突然消失」一樣。

05 vain *
[ven]

形 徒然無功的；愛慕虛榮的

vainly **副** 徒勞地；愛慕虛榮地

make a **vain** attempt
做一個徒勞的嘗試

vain
空著的

⇒ 使空出

農夫努力工作收穫的果實內部如果是「空的」，應該會覺得這段日子的辛勞全都是「徒勞無功」。

---

vad   走（go）

---

01 invade *
[ɪn'ved]

動 侵入；侵擾

invasive * **形** 侵入的；侵略性的
invasion ** **名** 侵入；侵擾

Germs can **invade** plants, animals, and people.
病菌能夠入侵植物、動物及人類體內。

in	+	vad(e)
裡面		走

⇒ 走入裡面

未經許可便「走入」其他國家或他人家「裡」，就是「入侵」的行為。

02 evade *
[ɪ'ved]

動 躲避；逃避（= avoid）

evasion * **名** 逃避；藉口

evade military service
逃避兵役

e	+	vad(e)
向外 (ex)		走

⇒ 向外走出

今天原本說好要請客的朋友，在沒有結帳的情況下，悄悄「走出」餐廳「外」，這就是在「逃避」付錢。

03 pervade
[pɚˋved]

動 瀰漫於……；流行於……

pervasive* 形 普遍的；瀰漫的

A feeling of loneliness **pervades** the movie.
這部電影瀰漫著孤獨的氛圍。

per 貫通 + vad(e) 走

⇒ 貫穿而走

當自己支持的隊伍贏了比賽時，勝利的喜悅將「貫穿」粉絲之間並「遊走」，在觀眾席間「瀰漫」。

---

val
變化形 vail

有價值的（worth）
有力的（strong）

---

01 value***
[ˋvælju]

名 價值；重要性
動 重視；評價

valuable* 形 有價值的；值錢的
devalue 動 降低……的價值

practice its moral **value**
實踐其道德上的價值

val(ue) 有價值的

⇒ 有價值的事物

如果某事物「有價值」，便會更加「重視」。如果有「重視」的夢想，那就每天把它寫在日記上吧！光憑這個小動作，就能反覆想起夢想的「價值」，成為努力的動力。

02 valid**
[ˋvælɪd]

形 有效的；妥當的

validate* 動 使生效；確認
validity* 名 效力；確實
invalid* 形 無效的；病弱的

present a **valid** ID
出示有效身分證

val 有價值的 + id 形容詞

⇒ 依舊有價值的

護照到 2027 年 6 月 20 日之前「有效」，代表到那時為止都「保有」護照的「價值」。

近義詞 具有「妥當的」之意的單字

valid [val+id → 依舊有價值的] 有效的；妥當的
appropriate [ap+propri+ate → 當作自己的東西] 適合的；妥當的；相稱的
reasonable [reason+able → 可以找出理由的] 妥當的；合事理的；合理的

🎧 159

03 valor
[ˋvælɚ]

名 勇氣；英勇

The warriors demonstrated their **valor** and pride.
戰士展現了他們的勇氣及自尊。

val 有力的 + **or** 東西

⇒ 有力的狀態

力量非常強大的話，便會覺得好像不管任何敵人都可以戰勝，心中充滿「勇氣」。

04 ambivalent*
[æmˋbɪvələnt]

形 雙面的；
（對某一人事物）有矛盾情緒的

ambivalence* 名 矛盾心理

Jenny's response was quite **ambivalent**.
珍妮的回覆十分矛盾。

ambi 雙方的 + **val** 有價值的 + **ent** 形容詞

⇒ 兩面的

智慧型手機可以用來看網路漫畫，也可以和朋友聊天，相當方便，但是也會降低專注力而妨礙讀書。在好的方面「有價值」，在壞的方面也「有價值」，將對使用者造成「雙面的」影響。

05 evaluate**
[ɪˋvæljʊ͵et]

動 評價；評估（= assess）

evaluation* * 名 評價；評估

use technology to probe and **evaluate** the body
使用科技來探究並評估身體

e 向外 (ex) + **val(u)** 有價值的 + **ate** 動詞

⇒ 向外展現價值

老師對學習評鑑進行「評價」並給予分數，就等於是將該份作業的「價值」向「外」顯現的意思。

06 available***
[əˋveləbl]

形 可以使用的；可得到的；有空的

availability* * 名 可利用性；可得性

We have many seats **available** on that day.
我們當天會有非常多座位。

a 朝向 (ad) + **vail** 有價值的 + **able** 可以……的

⇒ 可有價值地利用的

尋找休假期間停留的住宿場所時，已經被預約的房間，不管再便宜再好，對我一點價值也沒有。某個房間對我有價值，代表是我「可以使用的」房間。

07 prevail*
[prɪˋvel]

動 勝過；流行

prevalence* 名 流行（程度）；廣泛
prevalent* 形 流行的；普遍的

Negative attitudes **prevail** among the scientists.
負面情緒在科學家之間蔓延。

pre 前面 + **vail** 有力的

⇒ 以力量超越

流感正在全國各地「流行」，代表流感的「力量」「超越」免疫力。

DAY 43

vent
變化形 ven

來（come）

---

01 adventure *
[æd'vɛntʃɚ]

名 冒險；冒險活動

adventurous *
形 富於冒險精神的；充滿危險的

go on an **adventure**
去冒險

ad 朝向 + **vent** 來 + **ure** 名詞

⇒ 朝我的方向來的事

前往叢林「冒險」，卻遇到老虎。並不是我主動朝著老虎走去，而是老虎往我「這邊」「來」。所謂的「冒險」，就是像這樣頂著「意料之外的」風險而進行的挑戰。

---

02 venture **
['vɛntʃɚ]

名 冒險事業
動 冒險；大膽行事

venturous 形 好冒險的；大膽的

The project was a joint **venture**.
這個計畫是一個合資事業。

vent 來 + **ure** 名詞

⇒ 接近的事

將 adventure 縮寫成 venture，並從「冒險」的意思衍生出「冒著危險前往」，也可以表示像是在「冒險」一樣，冒著風險來「創業」。

---

03 event ***
[ɪ'vɛnt]

名 事件；活動

eventful 形 變故多的
eventual * 形 最終的
eventually ** 副 最終

host a charity **event**
主辦慈善活動

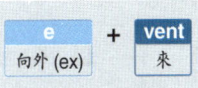

e 向外 (ex) + **vent** 來

⇒ 向外出來的事物

「向外」「出來」而進行，讓任何人都可以知道的事，也就是公開的「事件」或「活動」。

---

04 invent *
[ɪn'vɛnt]

動 發明；捏造

inventive *
形 發明的；有發明才能的

invention * 名 發明；發明物
inventor * 名 發明家

invent a time machine
發明時光機

in 裡面 + **vent** 來

⇒ 在裡面想起來

意指在腦海「裡」想起「來」，而從「發想」的意義上，衍生出「發明」之意。

05 prevent**
[prɪˋvɛnt]

動 防止；預防

prevention** **名** 防止；預防
preventive* **形** 防止的；預防的

It **prevented** gas from escaping.
它能防止氣體逸失。

pre 提前 + **vent** 來

⇒ 預想而先行到來

在意外發生前，「事先」「前來」進行必要措施，即可「阻止」意外。

06 convene
[kənˋvin]

動 召集（會議）；聚集

convention* **名** 會議；召集
conventional** **形** 慣例的；普通的；傳統的

The meeting will **convene** on Monday.
會議將於星期一召開。

con 一起 (com) + **ven(e)** 來

⇒ 一起來

「召開」主管會議時，主管會「一起」「來到」會議室討論事情。

07 intervene*
[ˌɪntɚˋvin]

動 介入；干涉

intervention** **名** 介入；干預；斡旋

intervene in a dispute
介入爭執當中

inter 之間 + **ven(e)** 來

⇒ 來到兩者之間

兩個國家進行戰爭時，聯合國等國際機構「來到」兩國「之間」，即代表「介入」狀況並解決問題之意。

08 venue*
[ˋvɛnju]

名 （事件、行動等的）發生地；集合地

the most popular **venue** for wedding receptions
最受歡迎的婚宴舉辦場所

ven(ue) 來

⇒ 人們來到的地方

「人們」「前來」觀賞比賽的「地方」，就是比賽進行的「場所」。

09 avenue*
[ˋævəˌnju]

名 大街；大道

a broad **avenue** lined with trees
兩旁種滿樹的寬廣大道

a 朝向 (ad) + **ven(ue)** 來

⇒ 前來目的地的路

意思是為了往「來」目的地的「方向」而設置的「道路」。

10 revenue**
[ˋrɛvəˌnju]

名 收益；稅收

the company's expenses and dwindling **revenue**
公司的支出與日益短少的收益

re 再次 + **ven(ue)** 來

⇒ 回來的事物

表示作為工作代價而「回來」的「收益」。另外，也可以是表示政府或機構的賦稅「收入」。

近義詞 具有「收入」之意的單字

revenue [re+ven(ue) → 回來的事物] 收益；稅收
earnings [earn+ings → 賺到的事物] 所得；收入；收益
profit [pro+fit → 事先做] 利益；收益

11 souvenir
[ˌsuvəˋnɪr]

名 紀念品

It's a **souvenir** from my trip to Germany.
這是我去德國旅行回來的紀念品。

sou	+	ven(ir)
下面 (sub)		來

⇒ 使從下面產生想法的事物

看著從旅遊地點買回來的「紀念品」，旅行當時的記憶會從「下面」向上浮起「來」，最後封存在記憶中。

vert
變化形 **vers, vor**

轉（turn）

01 advertise*
[ˋædvɚˌtaɪz]

動 為……做廣告；公布

advertiser 名 廣告主
advertisement* 名 廣告

The film was **advertised** well enough.
這部電影做足了廣告。

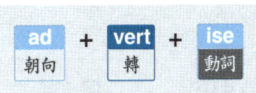

ad	+	vert	+	ise
朝向		轉		動詞

⇒ 引開注意

公司行號為了將人們的注意力「轉向」各自想賣的商品，而進行「廣告」。

02 avert*
[əˋvɝt]

動 避開；防止

avertible 形 可避開的

avert economic collapse
防止經濟崩潰

a	+	vert
分開 (ab)		轉

⇒ 轉頭

從「為了『脫離』某個對象而『轉』頭迴避」的意義，衍生出「躲避」的意思。

03 convert*
動 [kənˋvɝt]
名 [ˋkɑnvɝt]

動 轉變；改造；使改變信仰
名 皈依者

convertible 形 可轉換的；可改變的

The sofa was **converted** into a bed.
這張沙發被改造成了床。

con	+	vert
完全 (com)		轉

⇒ 完全調轉方向

機械或傢俱的用途「完全」「轉向」，就是經過「改造」，而可以用於其他目的。

04 controvert
['kɑntrə,vɝt]

動 反駁；爭論

controversy** 名 爭論；爭議
controversial** 形 有爭議的

He failed to **controvert** any particular allegation.
他無法反駁任何特定的指控。

contro 相反 (contra) + **vert** 轉

⇒ 朝反方向轉

將他人的話朝「反方向」「轉」，即代表「回應」那句話，亦即「反駁」。

05 introvert
['ɪntrə,vɝt]

名 內向者 (↔ extrovert 外向者)

an **introvert** by nature
天生內向的人

intro 向內 + **vert** 轉

⇒ 向裡面轉的人

無法將想法或言語往外說出而「向內」「轉向」的人，即為「內向的」人。

06 pervert
動 [pɚ'vɝt]
名 ['pɚvɚt]

動 使變壞；扭曲
名 變態者；行為反常者

perversion 名 歪曲；曲解

Those newspapers **perverted** the truth.
這些報紙扭曲了事實。

per 完全 + **vert** 轉

⇒ 完全轉向

從「將原本良好的意思『完全』相反地『轉向』變成惡意」，成為「扭曲」之意。喜歡某事物的感情「歪斜」，而對該對象執著到令人感到異常的人，也有「變態」的意思。

07 converse*
動 形 [kən'vɝs]
名 ['kɑnvɝs]

動 交談
名 相反的事物
形 相反的

conversation** 名 對話

I was **conversing** with my client.
我正在跟我的客戶談話。

con 一起 (com) + **vers(e)** 轉

⇒ 一起轉動說話的順序

和對方「一起」「轉動」說話的順序並表述，即為「對話」。只盡情說出自己想說的話，則不是「對話」。

08 diverse**
[dɪ'vɝs, daɪ'vɝs]

形 各式各樣的 (= various)

divert* 動 使轉向；使分心
diversity** 名 多樣性
diversion* 名 轉向；消遣
diversify 動 使多樣化；從事多種經營

the harmony of the **diverse** cultures
各種文化的調和

di 分開 (dis) + **vers(e)** 轉

⇒ 朝分開的方向轉

如果「轉動」使事物朝向互相「分開」的方向，就會變成朝著「各式各樣的」方向。

09 reverse**
[rɪˋvɝs]

動 (使)反轉；倒退
名 相反；反面

reversible *
形 可反轉的；雙面可用的

The situations were **reversed**.
情況反轉了。

re	+	vers(e)
相反		轉

⇒ 朝相反的方向轉動

身處困難的狀況時，會謀求事情的「反轉」，意思就是把不好的狀況朝「相反」的方向旋轉，「換成」好的狀況。

10 vortex
[ˋvɔrtɛks]

名 漩渦；渦流

a swirling cloud **vortex**
不停轉動的雲漩

vor(tex)
轉

⇒ 團團轉的事物

水或空氣不停「旋轉」，就會產生「渦流」或「旋風」。

衍生詞 由字根 vert 衍生的單字

subvert [sub+vert → 向下轉] 顛覆
invert [in+vert → 向內轉] 顛倒；倒置
vertigo [vert+igo → 團團轉的感覺] 暈眩；頭暈

---

vest 衣服（garment）

01 vest
[vɛst]

名 (貼身穿的)背心；(無袖保暖)內衣
動 使穿衣；賦予(權力、財產等)

wear a wool **vest**
穿著羊毛背心

vest
衣服

⇒ 使穿上衣服

使某人穿上神職人員的「衣服」，就等於「賦予」那個人作為神職人員的權限。

02 divest
[dɪˋvɛst, daɪˋvɛst]

動 使脫去；處置；剝奪

divestiture
名 脫去(衣服)；剝奪財產或權利

The company had to **divest** assets.
這家公司必須處理資產。

di	+	vest
分開 (de)		衣服

⇒ 除去衣服

「脫去」「衣服」，表示「剝奪」那件衣服所代表的職責或資格。

PART 2 重要字根

DAY 42

vert ▪ vers ▪ vor ▪ vest

03 invest *
[ɪnˋvɛst]

動 投資;投入(時間、金錢等)

investment ** **名** 投資;投資資金

invest in real estate
投資房地產

in	+	vest
向內		衣服

⇒ 在裡面穿衣服

前面提到,「衣服」象徵著「權限」。「在裡面」穿上「衣服」,代表給予身為最內部者的權限,也就是金錢的處理權限之意。將錢交付給企業,讓他們好好使用,就是「投資」。

---

via
變化形 vey, voy

路(way)

---

01 via **
[ˋvaɪə, ˋvɪə]

介 經由……;透過……

I arrived in London **via** Moscow.
我經由莫斯科抵達倫敦。

via
路

⇒ 經由道路

就像人們「經過」「道路」朝目的地走,這個單字代表工作時經過的中轉站或方法,是一個介系詞。

02 deviation *
[͵divɪˋeʃən]

名 脫軌;偏向;偏差

deviate * **動** 脫軌;偏離

There have been slight **deviations**.
有一些輕微的偏差。

de	+	via	+	tion
分開		路		名詞

⇒ 從道路脫離

從「引導至正『途』」這句話可以知道,「路」帶有規範或規則的意思。從「道路」上離開,就是「脫軌」。

03 convey **
[kənˋve]

動 運送;傳播;傳達

conveyor **名** 運送者;輸送帶

messages that maps can **convey**
地圖可傳達出的訊息

con	+	vey
一起 (com)		路

⇒ 一起走在路上

我和行李「一起」走在「路上」,即為「搬運」行李。我和腦海中的想法「一起」走在朝向別人前進的「道路」,就是把我的想法「傳達」給他人。

04 **voy**age*
['vɔɪɪdʒ]

名 動 旅行；航海

voyager 名 航海者；旅客

his second **voyage** to America
他的第二趟美國之旅

voy + **age**
路　　名詞

⇒ 上路

暫時外出到住家附近，通常不會說「上路」。所謂的「上路」，通常指的是搭船或飛機，進行長途「旅行」的意思。

05 en**voy**
['ɛnvɔɪ, 'ɑnvɔɪ]

名 使節；特使

the UN's special **envoy**
聯合國特使

en + **voy**
上面 (in)　　路

⇒ 站上道路

肩負特別的使命而走上「道路」的人，我們通常稱為「使節」或「特使」。

---

vict
變化形 vinc

征服（conquer）

---

01 **vict**ory**
['vɪktərɪ]

名 勝利

victorious* 形 勝利的

their 2 to 1 semifinal **victory**
他們在準決賽2比1得到勝利

vict + **ory**
征服　　名詞

⇒ 贏過敵人

凱薩從龐培戰爭凱旋歸來後，留下了「我來（veni）、我看（vidi）、我征服（vici）」這句名言，victory 就是源於此時的 vici。
另外，veni 和前面學過的字根 vent（來）是相同的字源，而 vidi 則和最重要的字根 vis（看）有相同的字源。因為是名言，所以把整句話記下來吧！

02 con**vict**

動 [kənˈvɪkt]
名 [ˈkɑnvɪkt]

動 判……有罪；使深感有錯
名 囚犯

conviction** 名 定罪；確信

The man was **convicted** on fraud charges.
那個人被判詐欺罪。

con	+	vict
完全 (com)		征服

⇒ 在判決中完全獲勝

法官「宣告有罪」，是因為在審判時檢方的辯論「完全」「勝利」了。因為有透過確切的證據「證明」有罪的意思，所以名詞形 conviction 也有「確信」的意思。

03 e**vict**

[ɪˈvɪkt]

動 收回（財產）；逐出（房客）
（= expel）

eviction 名 收回；逐出

Some tenants were **evicted** from the building.
有一些房客被逐出大樓。

e	+	vict
向外 (ex)		征服

⇒ 勝利並向外送出

在圍繞著房子的紛爭中「勝利」的人，便可占有那棟房子，並擁有把原本居住在房子裡的人「趕出去」的權力。

04 con**vinc**e*

[kənˈvɪns]

動 說服；使確信

convincible 形 可說服的；確信的

The food company failed to **convince** consumers.
這家食品公司未能取信於消費者。

con	+	vinc(e)
完全 (com)		征服

⇒ 在紛爭中完全獲勝

用我的理論「完全」「戰勝」對方的懷疑，才能讓對方「接受」我的意見。

05 pro**vinc**e*

[ˈprɑvɪns]

名 省；州；地區

provincial* 形 省的；地方的

Quebec is the largest **province** in Canada.
魁北克是加拿大最大的省。

pro	+	vinc(e)
向前		征服

⇒ 向前推進而贏得的地區

軍隊在推進至國境「前」引發的戰爭中贏得「勝利」而占領的土地，意思就是「地區」。

06 in**vinc**ible

[ɪnˈvɪnsəbl]

形 無敵的

invincibility 名 無敵

The tennis player has been **invincible** on the court for 7 years.
這位網球選手七年來在球場上無人能敵。

in	+	vinc	+	ible
not		征服		可以……的

⇒ 無法贏過的

力量太過強大，任何人都「無法戰勝」的對手，就是「無敵」的存在。

DAY 44

viv 變化形 vit — 活著（live）

01 revive *
[rɪ`vaɪv]

動 甦醒；恢復活力；重新流行

revival * 名 甦醒；再生；再流行

try to **revive** the economy
試著復甦經濟

re (再次) + **viv(e)** (活著)
⇒ 再次活下來

激勵灰心喪志的人，就可以讓那個人心中的希望「再次」「活下來」，漸漸「恢復活力」。

02 survive **
[sə`vaɪv]

動 從……中逃生；活得比……長

survivor * 名 倖存者
survival ** 名 倖存

survive in the wild
在野外中倖存下來

sur (超出 super) + **viv(e)** (活著)
⇒ 克服並活著

在意外中「活下來」，意思即為克服死亡的瞬間「倖存」下來。「活得久」就是活「超過」平均壽命。

03 vivid *
[`vɪvɪd]

形 生動的；（色彩、光線等）鮮明的

vividly * 副 生動地；鮮明地

She has **vivid** memories of that morning.
她對於那天早晨有鮮明的記憶。

viv (活著) + **id** (形容詞)
⇒ 好像活著的

閱讀優秀作家的紀行，文中描寫的風景就像在我的眼前「活過來」一樣「生動」。

04 vital **
[`vaɪtl]

形 生命的；必要的

vitalize
動 賦予……生命；給予……活力

play a **vital** role in recovery
在康復時扮演重要角色

vit (活著) + **al** (形容詞)
⇒ 生活中必要的

食衣住行是人類「活」得像人一樣的「必要」條件。

05 vitamin*
['vaɪtəmɪn]

名 維他命

a good source of **vitamin** D
維他命 D 的一個良好來源

foods rich in **vitamin** C
富含維他命 C 的食品

vit 活著 + **amin** 胺基酸

⇒ 生命必要的胺基酸
首次發現維他命的科學家，誤以為維他命中包含胺基酸，因此以「維持『生命』所需之胺基酸」的意思為其命名。缺乏維他命雖然不會致死，但是會產生軟骨症、夜盲症等的症狀。

VOC
變化形 voic, vok, vow

叫喚（call）
嗓音（voice）

---

01 voice**
[vɔɪs]

名 嗓音；聲音

vocal* 形 聲音的；聲樂的

Hannah vaguely heard her mother's **voice**.
漢娜隱約聽到她媽媽的聲音。

voic(e) 叫喚

⇒ 叫喚的聲音
為了「叫喚」遠方的朋友，而發出「嗓音」。

02 vocabulary**
[və`kæbjə,lɛrɪ]

名 字彙；字彙量

the reason for acquiring a large **vocabulary**
習得大量字彙的理由

voc(a) 叫喚 + **bul** 名詞 + **ary** 名詞

⇒ 叫喚名字的東西
就算再好吃的食物，如果不知道那道菜的名字，將難以「叫喚」菜名點菜。所謂的「字彙」，是我們為了「叫喚」某個事物而使用的單字，也代表我們知道的全體單字量。

03 vocation*
[vo`keʃən]

名 職業；天職；使命

vocational 形 職業的

a **vocation** as a writer
作家的職業

voc 叫喚 + **ation** 名詞

⇒ 神叫喚的聲音
神「叫喚」我，使我從事指導孩子的工作，那麼教師或講師的工作就是我的「天職」或「使命」。

04 advocate *
動 [ˈædvəˌket]
名 [ˈædvəkɪt]

動 提倡；支持；擁護
名 提倡者；支持者；擁護者

advocacy 名 提倡；支持；擁護

efforts to **advocate** their own culture
支持他們自身文化所做的努力

ad 朝向 + **voc** 叫喚 + **ate** 動詞

⇒ 叫來

這個字原本的意思是接到「支持」的要求而被審判長「召來」的辯護律師，現在則表示「支持」或「擁護」某人的行為。

05 convocation
[ˌkɑnvəˈkeʃən]

名 召集；（宗教、學術上的）會議

deliver the **convocation** address
進行大會演說

con 一起 (com) + **voc** 叫喚 + **ation** 名詞

⇒ 一起召集

「叫喚」許多人「一起」前來，就是召開大型「集會」的意思。

06 provoke *
[prəˈvok]

動 誘發；挑釁

provocation * 名 挑釁；激怒

They **provoked** an angry response.
他們誘發了一個憤怒的反應。

pro 前面 + **vok(e)** 叫喚

⇒ 叫喚上前

一直「叫喚」靜靜待著的人「向前」站出來並不斷嘮叨，有可能會「誘發」對方的暴力反應或不耐。

07 evoke *
[ɪˈvok]

動 喚起（想法、記憶等）

evoke memories of rejection
喚起被拒絕的回憶

e 向外 (ex) + **vok(e)** 叫喚

⇒ 向外叫喚

把想法「向外」「叫出」，就是「喚起」，使想起某個想法的意思。

08 invoke *
[ɪnˈvok]

動 祈求（神祇）；行使（法律）；啟動（程式）

invocation * 名 祈願；請求

He **invoked** his right to remain silent.
他行使了他的緘默權。

in 裡面 + **vok(e)** 叫喚

⇒ 召回

雖然這個單字有很多意思，但只要確實知道核心意義「叫喚」就可以了。「呼喚」神祇，就是「祈求」神的慈悲。「叫出」法律或規則，亦即「行使」。「喚來」電腦程式，即為「啟動」程式。

PART 2 重要字根

DAY 44　viv・vit・voc・voic・vok・vow

09 vowel*
[ˈvaʊəl]

名 母音

consonants and **vowels**
子音與母音

vow(el)
嗓音

⇒ 不受阻礙的嗓音
所謂的「母音」，是發聲器官不出現摩擦或封閉，從喉嚨原封不動發出的「聲音」。

vol
變化形 will

意志（will）

01 voluntary**
[ˈvɑlənˌtɛrɪ]

形 自發的；自願的

voluntarily 副 自發地；自願地

a **voluntary** effort to accomplish something
自願努力達成某事

vol(unt) 意志 + **ary** 形容詞

⇒ 有意志的
擁有想要讓社區變乾淨的「意志」的人，會參與清潔「自願」服務。

02 benevolent*
[bəˈnɛvələnt]

形 慈善的；仁慈的
(↔ malevolent 有惡意的；壞心腸的)

benevolently 副 仁慈地；行善地
benevolence* 名 仁慈；善舉

a **benevolent** old lady
一位仁慈的老太太

bene 好的 + **vol** 意志 + **ent** 形容詞

⇒ 希望過得好的
帶著「善良」「意志」的人們，會參與「慈善」活動。

03 will***
[wɪl]

助 （表示單純將來）將；（表示意志）要
名 意志；意願
動 發揮意志力

willful 形 故意的；任性的

The patient didn't lose the **will** to live.
那位病患並未失去求生意志。

will 意志

⇒ 有意志的
will 和 vol 的發音很相似。這個單字本身帶有「意志」的意思，也用來當作表達未來從事某件事之「意志」的助動詞。

volv
變化形 volu

捲動（roll）

---

01 involve★★
[ɪnˈvɑlv]

動 使捲入；牽涉；包含

involvement★★ **名** 捲入；牽連

Mike should be **involved** in developing a plan.
在制定計畫時，應讓參可參與。

[相關用法] be involved in 加入；參與

in + **volv(e)**
向內 + 捲動

⇒ 向內拉入

被「捲入」某件事情「內」，就等於被那件事「牽涉其中」的意思。

---

02 evolve★
[ɪˈvɑlv]

動 發展；進化

evolution★★ **名** 發展；進化
evolutionary★ **形** 發展的；進化的

Most evolutionists believe that birds **evolved** from dinosaurs.
大部分的演化學家相信鳥類是從恐龍進化而來的。

e + **volv(e)**
向外 (ex) + 捲動

⇒ 向外展開

從「把『捲起』的物品慢慢展開，使其『向外』展現」的意義上，產生使其慢慢「發展」的意思。用在生物體上的話，便成為「進化」的意思。

---

03 revolve★
[rɪˈvɑlv]

動 旋轉；迴轉

revolution★★ **名** 革命；巨大變革
revolutionary★★
形 革命的；巨大變革的

The Earth **revolves** around the Sun.
地球繞著太陽旋轉。

re + **volv(e)**
再次 + 捲動

⇒ 再次捲動

如果捲動再捲動，就會讓該物品「迴轉」，意思是像地球一直繞著太陽轉動一樣，畫著圓不停「迴轉」。從「捲起的物品被展開，然後『再次』被捲起」的意義上，revolution 則成為「革命」的意思。

近義詞 具有「旋轉」之意的單字

revolve [re+volv(e) → 再次捲動] 旋轉；迴轉
turn [turn → 旋轉] 旋轉；轉動；轉身
rotate [rot+ate → 旋轉]（以軸為中心）迴轉；循環
spin [spin → 快速旋轉]（非常快速地）旋轉；迴轉

04 volume★★★
[ˈvɑljəm]

名 容量；體積；音量；〈單位〉冊

voluminous★ 形 龐大的

an academic library with over 15,000 **volumes**
擁有超過一萬五千本藏書的學術圖書館

volu（捲動）＋ **me**（名詞）

⇒ 團團捲起的事物

在沒有製本技術的過去，通常會將紙捲起保管，捲起的一束就和「一本」書一樣。現在不只是指書本，也代表各種物品的「容量」、「體積」之意。

---

vot
變化形 vow

發誓（vow）

---

01 vote★★
[vot]

名 投票；選票
動 投票

voter 名 投票者

vote for independence
為了獨立而投票

vot(e)（發誓）

⇒ 發誓支持

將支持特定政治人物的誓約化為實際行動，就是在選舉當天進行「投票」。

02 devote★
[dɪˈvot]

動 將……奉獻（給）；把……專用（於）

devotion★ 名 獻身；忠誠
devotee 名 （狂熱的）崇拜者

She **devoted** most of her time to writing.
她將大部分時間都獻給寫作。

de（分開）＋ **vot(e)**（發誓）

⇒ 發誓分開

神職者是「發誓」與世俗之物「分開」，只隸屬於神的一群人。神職者一輩子為了「獻身」於神而活。

03 vow★
[vaʊ]

名 誓言（= oath）
動 發誓（做……）

take a **vow** of obedience
發誓服從

a marriage **vow**
婚姻誓言

vow（發誓）

⇒ 對神發誓

「起誓」是從「向神明嚴肅地『發誓』」的意思而來。就算是和他人約定的事情也一定要遵守，那麼向神明發誓所做的約定就更不用說了。

war

注意（be cautious）
注視（watch）

PART 2 重要字根
DAY 44
volv · volu · vot · vow · war

01 warn*
[wɔrn]

動 警告；提醒

warning** 名 警告；警報

warn friends by emitting alarm calls
發出警報來警告朋友

war(n) 注意
⇒ 使注意
某地區竊盜案件頻傳，而要求人們「注意」的告示板，就是為了針對竊盜案件進行「警告」而豎立的。

02 aware**
[əˋwɛr]

形 知道的；意識到的

awareness 名 意識；察覺

We're aware of the dangers of smoking.
我們知道抽菸的危險性。

(a)war(e) 注意
⇒ 正在注意的
登山時「注意」有沒有蛇出沒，表示「知道」這座山有蛇存在，並一直花心思「在意」的意思。

03 beware*
[bɪˋwɛr]

動 當心；注意

The sign said "Beware of toxic gases."
告示寫著「當心毒氣」。

be + war(e)
有   注意
⇒ 在注意的狀態
危險似乎到處都存在。不斷「集中注意力」，表示一直「警戒」著四周。

04 award*
[əˋwɔrd]

名 獎
動 授予；判給

awarder 名 頒獎者
awardee 名 得獎者

One of my students was awarded first prize.
我的一位學生得了第一名。

a + war(d)
向外 (ex)   注意
⇒ 注意並注視外面
給予「獎項」時，評審會「集中注意力」「查看」誰表現得更好，然後決定得獎者。

05 reward**
[rɪˋwɔrd]

名 報償；賞金
動 報償；獎勵

rewardless 形 無報酬的；徒勞的

attain some extrinsic reward
獲得一些外部獎勵

re + war(d)
完全   注視
⇒ 注意並注視
「注意並注視」那個人的努力與辛勞，最後依此決定相對應的「獎勵」。

PART 3

超重要字首

DAY 45-52

字首放在單字的前面,決定單字的方向和性質。
雖然個數不多,但是使用頻率非常高。
以下我們只選出最重要的 16 個超重要字首。

DAY 45

🎧 167

pro — 前面（forth） — **pro**tect 保護

protect 是一個動詞，「pro（前面）＋ tect（覆蓋）」，意即在前面防禦並掩護，也就是「保護」的意思。想像一下戰爭電影出現的場面：為了「保護」自己的同袍，在「前面」拚上性命阻擋敵軍。

另外，**prolong** 這個動詞，如果知道字首和字根，也可以很簡單就理解。「pro（前面）＋ long（長長地）」，向前長長地拉出，意即向前拉出來「延長」長度。

01 **pro**noun*
[ˋpronaʊn]

名 代名詞

subjective personal **pronouns**
主格人稱代名詞

pro 前面 ＋ **noun** 名詞
⇒ 指稱位於前面之名詞的話

這個字意思是「代名詞」。noun 和 name 的字源相同。正如同中文的「代名詞」也使用了「名」這個字，在英文中也放入了表示名字的字源。

02 **pro**phet*
[ˋprɑfɪt]

名 預言家；先知

prophecy* 名 預言

The **prophet** predicted the fire.
預言家預知了火災。

pro 前面 ＋ **phet** 說
⇒ 站在前面說話的人

phet 和 confess（告白）中的 fess 相同的字根 fa 的變化形，意思是「說話」。在事情爆發之「前」，事先「說話」的人，就是「預言家」。

03 **pro**gress**
名 [ˋprɑgrɛs]
動 [prəˋgrɛs]

名 前進；進展；進步
動 向前進；進展；進步

progressive**
形 向前進的；進步的

A lecture was in **progress** in the hall.
講堂裡有一門課正在進行中。

pro 前面 ＋ **gress** 走
⇒ 向前走

「向前」更加「前進」的意思。「向前進」被正面地解釋，衍生出「進步」的意思。

複習 之前學過的字首 pro 單字

prologue [pro+log(ue) → 在本文前面說的話] 序言；序曲
produce [pro+duce → 向前拉] 生產；製作
profit [pro+fit → 事先做] 利益；收益
program [pro+gram → 在前面寫並貼上] 方案；計畫；過程

pre

提前（already）
之前（before）

preview
預告

> **preview** 是由 pre（提前）與 view（觀看）組成，所以意思是「提前觀看」。只要知道字源，就可以直觀地理解單字，不需要死記。另外，這個單字也有「試映會」的意思。試映會就是在電影上映前，「提前觀賞」的活動。
>
> fa(ce) 這個字根代表「說話」的意思，所以 **preface** 就是「提前」「說話」，亦即「序言」的意思。喜歡運動比賽的人應該知道 pre-season 這個術語，表示在正式球季「前」，選手們進行示範賽的時候。

01 **pre**vious***
[ˈpriviəs]

形 以前的；在前的

previously** 副 以前；事先

compared to the **previous** year
與前一年比較起來

pre 提前 + **vi** 路 + **ous** 形容詞

⇒ 已經經過的
指的是比既定的時間點還要「前面」發生的事情。

02 **pre**mature*
[ˌpriməˈtjʊr]

形 不成熟的；過早的

prematurely 副 過早地

suffer from **premature** baldness
因為過早禿頭而苦惱

pre 之前 + **mature** 成熟的

⇒ 變成熟前的狀態
mature 是一個形容詞，指的是「熟的」、「成熟的」的意思。「成熟前」的狀態，表示要採收還「太早」的意思。

03 **pre**historic*
[ˌprihɪsˈtɔrɪk]

形 史前的

prehistory 名 史前時代

visit the **Prehistoric** Museum
參觀史前博物館

pre 之前 + **historic** 歷史的

⇒ 歷史被記錄前之時代的
石器時代或青銅器時代等，因為沒有以文字留下的歷史而被稱為史前時代，意思是「歷史」被記錄「前」的時代。中文的「史前時代」也使用了「前」和「史」兩個字。

04 **pre**pay
[priˈpe]

動 預付；提前繳納

prepaid 形 預付的；已付的
prepayment 名 預付；提前繳納

prepay for a room on the hotel's website
在旅館網站上預付一間房間的費用

pre 提前 + **pay** 付錢

⇒ 提前支付費用
在把物品拿到手前「提前」「支付費用」，也就是「預付」的意思。

05 predetermine
[ˌpridɪˋtɝmɪn]
動 事先決定

predetermination 名 事先決定

predetermine an answer to the offer
針對提議事先決定一個答案

pre 提前 + **determine** 決心

⇒ 提前決定
determine 是在字根 term（界線）下學過的單字。「提前」畫下「界線」，也就是事先決定的意思。

---

re　　向後（back）　　***refill***
　　　　再次（again）　　再次填滿

> 在一些物超所值的麵店，只要碗裡還留著湯，就可以免費加麵，就是可以重複續餐「再次」享用的店。續餐享用就是「re（再次）+fill（填滿）」食用的意思。字首 re 也有「向後」的意思，所以續餐就是「再次」返回原來的狀態，也就是讓時間「向後」的意思。「再次」與「向後」原本就是同一個意思。

01 remain ***
[rɪˋmen]
動 仍是……；餘留；繼續存在
名 剩餘(物)(-s)；遺物(-s)；遺跡(-s)

remainder ** 名 剩餘物；其餘的人
remaining ** 形 剩餘的

She wished all the memories would **remain** in her mind forever.
她希望所有回憶都將永存她的心中。

re 向後 + **main** 留下

⇒ 留在後面
main 是字根 man（留下）的變化形。「留在」「後面」，表示就算人們都走了，還是「繼續留在」那個位子上。來自同一個字根的 permanent 則是「完全」「留下」的狀態，也就是「永久的」的意思。

02 recline
[rɪˋklaɪn]
動 (使)斜倚；(使)後仰

recliner 名 躺椅

recline comfortably on a sofa
舒服地躺在沙發上

re 向後 + **cline** 傾斜

⇒ 向後傾倒
可以「向後」「傾倒」的沙發或椅子，稱為「躺椅」。這種椅子因為可以「向後」靠坐，真的非常舒服。

03 re**gress**
[rɪˋgrɛs]

動 退化；退步（↔ progress 進步）

regression* 名 退化；退步
regressive 形 退化的；退步的

regress to a child state
退化至兒童的狀態

re 向後 + gress 走

⇒ 向後走

「向後」「走」，就是往回走走過的路，帶有否定的意思，亦即「退化」或「退步」到發展前的狀態。

04 re**vert***
[rɪˋvɝt]

動 重返；回復

revert to the original plan
重返原計畫

re 向後 + vert 轉

⇒ 重返

「向後」「迴轉」，所以就是「重返」原先的狀態之意。

05 re**tract**
[rɪˋtrækt]

動 縮回；撤回（= withdraw）

retraction 名 收縮；撤回
retractable 形 可縮回的；可取消的

Cats can extend and **retract** their claws.
貓能伸出及縮回牠們的爪子。

re 向後 + tract 拉

⇒ 向後拉

這個單字裡有在〈超重要字根〉篇學到的 tract (拉)。「向後」「拉」，就是把說過的話重新「收回」，也就是「撤回」之意。

06 re**voke**
[rɪˋvok]

動 取消；撤回

Once you've reissued your certificate, you should **revoke** your old certificate.
一旦你重新申請執照，你就得將舊的廢除。

re 向後 + voke 叫喚

⇒ 叫喚至後面

「叫喚」已經出發的人來「後面」，表示「取消」或「撤回」。

07 re**turn***
[rɪˋtɝn]

動 名 返回；歸還；回報

I'm here to **return** this book.
我來這裡歸還這本書。

re 向後 + turn 轉

⇒ 向後回來

「向後」「回來」，就是「返回」的意思，非常簡單！

複習 之前學過的字首 re 單字

rebate [re+bate → 向後抽] 退還；折扣
reduce [re+duc(e) → 向後拉] 縮減；使減少；減低
reflect [re+flect → 向後彎曲] 照耀；反射；反映
remove [re+move → 向後移動] 收拾；除去

08 reconcile *
[ˈrɛkənsaɪl]

動 使和解；調停

reconciliation 名 和解；調停
reconcilable
形 可和解的；可調停的

reconcile with her boyfriend
（她）和她男友和解

| re 再次 | + | con 一起 (com) | + | cil(e) 呼叫 |

⇒ 再次召喚聚集在一個地方

council 從「一起」「召集」的意思，衍生出「會議」的意思。而相隔遙遠的兩個人「再次」「相聚」，則是「和解」。

09 recruit *
[rɪˈkrut]

動 徵募（新兵）；補充（新成員）
名 新兵；新成員

recruiting * 名 徵募
recruitment * 名 新兵徵募；補充

recruit future leaders
徵募未來的領導者

| re 再次 | + | cruit 成長 |

⇒ 再次養大

軍隊或公司招募新血時會使用 recruiting 這個字，也就是增加人員並「重新」「養大」組織規模之意。

10 recycle *
[riˈsaɪkl]

動 回收再利用；使再循環

recyclable 形 可回收再利用的
recycling * 名 回收再利用

recycle paper and cans
回收紙和罐子再利用

| re 再次 | + | cycle 循環 |

⇒ 再次循環

cycle 和 circle（圓圈）的字源相同。如果畫了一個圓，最後會重新回到開始的點。「再次」「挪用」資源就是「再利用」。

11 renew *
[rɪˈnju]

動 （使）更新；（使）恢復

renewal * 名 更新；恢復
renewable *
形 可更新的；可恢復的

renew an expiring passport
更換即將過期的護照

| re 再次 | + | new 新的 |

⇒ 再次翻新

在大家都知道的單字 new 前面加上字首 re 而成的單字，就是「再次」「翻新」，亦即「更新」成新的東西。

12 retail *
[ˈritel]

名 動 零售
形 零售的

retailer 名 零售商

start a **retail** business
展開零售生意

| re 再次 | + | tail 剪裁 |

⇒ 再次剪成小塊

tailor 是「剪裁」衣服的人，也就是裁縫師。從過去「需要購入寬大的布料剪裁成較小布塊販賣」的現象，衍生出「零售商」的意思。

13 **re**place**
[rɪˋples]

動 代替；替換；放回

replacement** **名** 代替；替換
replaceable **形** 可替換的

replace an old computer with a new one
將舊電腦換成新的

相關用法 replace A with B 把 A 換成 B

| **re** 再次 | + | **place** 使位於 |

⇒ 再次放在該位置

「再次」使其「位於」該位置，亦即「放回原位」。從「將其他物品放在同一位置」的意思，衍生出「替代」之意。

近義詞　具有「替代」之意的單字

replace [re+place → 再次放在該位置] 代替；替換；放回
substitute [sub+stit(u)+te → 設置在下面] 代替；替換；放回
supersede [super+sede → 安置在上面] 代替；更換；更替（人）

14 **re**plenish
[rɪˋplɛnɪʃ]

動 把……裝滿；補充

replenishment **名** 再裝滿；補充

replenish the refrigerator with food
補充冰箱的食物

相關用法 replenish A with B
用 B 將 A 裝滿

| **re** 再次 | + | **ple(n)** 充滿 | + | **ish** 動詞 |

⇒ 再次填滿

和前面學過的代表單字 **refill** 的字源構造相同。「再次」「填滿」，就是「補充」的意思。

15 **re**produce*
[͵riprəˋdjus]

動 生殖；複製；重現

reproduction**
名 生殖；再生；重現

reproductive*
形 生殖的；複製的；重現的

His character is perfectly **reproduced** in the book.
他的性格在這本書中完美地重現。

| **re** 再次 | + | **produce** 生產 |

⇒ 重新生產

如同字面上的意思，「再次」「生產」。相同的東西「再次」「製作」，即為「複製」；而動物「再次」「生產」與自己相似的生命體，就是「生殖」。

DAY 46

in¹ 變化形 im　　裡面（in）　　**in**put 輸入

in 正如同其介系詞的意思，表示「裡面」，是我們已經知道的單字。**input** 是「in（裡面）+ put（放置的）」，也就是「輸入」到某個東西裡面的意思。相反地，**output** 是「out（向外）+ put（拿出的）」。有 input 才有 output，這句話是說「有進才有出」的意思。凡事都必須注入努力，才會得到想要的結果。

01 **in**come**
['ɪn,kʌm]

名 所得；收入（= earnings）

Ben's annual **income** is around $40,000.
班的年收入大約有四萬美元。

in（裡面）+ **come**（來）
⇒ 進入裡面的東西
意思是進來「裡面」的東西。出門在外努力工作，錢就會進到家中，也就是所謂的「所得」、「收入」。

02 **in**take*
['ɪn,tek]

名 攝取；吸入

Food **intake** is essential for the survival of every living organism.
食物攝取對每一個生命體的存活來說，都是必要的。

in（裡面）+ **take**（獲得）
⇒ 向內收下的動作
「向內」「收下」食物即為「攝取」，而呼吸並「收下」空氣則是「吸入」。

03 **in**sight**
['ɪn,saɪt]

名 洞察力；深刻理解

insightful*
形 具洞察力的；有深刻見解的

gain **insights** through journal-keeping 透過記錄日誌來獲得洞察力

in（裡面）+ **sight**（看）
⇒ 看裡面的動作
「看穿」「內部」的本質，而非只是外表，也就是「洞察」並「理解」。

04 **in**flow
['ɪn,flo]

名 流入（↔ outflow 流出）

the **inflow** of fresh water
淡水的流入

in（裡面）+ **flow**（流動）
⇒ 向內流入
「向內」「流進來」，就是「流入」。這個單字的中文字義與英文字義的字源相同，中文也是使用流動的「流」與進入的「入」。

05 indoor*
['ɪn͵dor]

形 室內的；在室內使用的
(↔ outdoor 室外的)

indoors* 副 在室內；往室內

the harmful effects of **indoor** air pollution
室內空氣汙染的有害影響

an **indoor** swimming pool
室內游泳池

in 裡面 + **door** 門

⇒ 門內

在「門內」的事物，就是在「室內」的東西。「室內運動」的英文是 indoor sports，最近還有在室內進行的攀岩運動呢！

06 inborn
[ɪn'bɔrn]

形 天生的 (= innate)

比較 acquired** 形 後天的；習得的

have an **inborn** talent for cooking
擁有烹飪的天賦

in 裡面 + **born** 出身

⇒ 帶在身體裡面出生的

從「出生」時開始便帶在身體「裡面」的能力，便是「天生的」。

07 inherent**
[ɪn'hɪrənt]

形 內在的；固有的；本質上的

inherently 副 天性地；固有地

the **inherent** nature of human beings
人類固有的本質

in 裡面 + **her** 附著 + **ent** 形容詞

⇒ 附著在裡面的

「附著」在「裡面」，即為「內含的」的意思。中文的「內含」也使用內部的「內」和包含的「含」二字。因為是在裡面的事物，所以也有「固有的」、「本質上的」的意思。

08 import**
動 [ɪm'port]
名 ['ɪmport]

動 輸入；進口 (↔ export 輸出；出口)
名 輸入；進口商品

importer 名 輸入業者；進口商
importable 形 可輸入的

the huge demand for **imported** oil
對於輸入之石油的龐大需求

im 裡面 + **port** 港口

⇒ 進入港口內

載著「進口品」的船進入港口「裡面」，也就是「進口」的意思。這個字和在〈重要字根〉篇學到的 export (出口) 互為反義詞。

09 imprison
[ɪm'prɪzn]

動 監禁 (= jail)；束縛

imprisonment* 名 監禁；束縛

be **imprisoned** for life
終身監禁

im 裡面 + **prison** 監獄

⇒ 關進監獄中

指的就是關進「監獄」「裡」，只是 in 的發音遇上 prison 的 p，而變形成 im 而已。

ex
變化形 es, e

向外（out）

exit
出口

> **exit**（出口）這個字隨處可見。在綠色的逃生出口標誌上，通常不是以中文「逃生出口」，而是以英文 exit 標示。「ex（向外）＋ it（走）」就是在緊急狀況下，從這扇門「向外」走出去的意思。大家在搭地鐵時，應該聽過廣播內容中有「You may exit on the right.」這句話，意思是讓乘客從右側的門下車。

01 exercise ★★
[ˋɛksɚˌsaɪz]

名 運動；練習
動 運動；練習；行使

get some minutes of **exercise** after a meal
在每一餐後都做幾分鐘的運動

ex（向外） + **ercis(e)**（關住）
⇒ 走出圍籬外

在過去，如果老是將家畜關在圍籬內會很容易染病，所以會將牠們放「出去」。原本的意思是「運動」，後來從「試著活動身體」的意思上衍生出「練習」之意。

02 examine ★★
[ɪgˋzæmɪn]

動 檢查；調查；考試

examination ★★
名 考試（= exam）；檢查；調查

The goods will be **examined** for signs of damage.
貨物將會接受檢查，看看有沒有損壞的跡象。

ex（向外） + **amine**（移動）
⇒ 向外取出

意指「向外」「取出來」看。在機場「檢查」行李時，如果發現可疑物品，海關便會要求將所有物品「拿出來」。為了知道學生們的實力到什麼程度，而要求他們所有知識都「拿出來」的，就是「考試」。

03 excuse ★
名 [ɪkˋskjus]
動 [ɪkˋskjuz]

名 辯解；理由
動 辯解；原諒

excusable 形 可辯解的；可原諒的

Excuse me for being so late.
請原諒我那麼晚到。

try to make **excuses**
試著找藉口

ex（向外） + **cuse**（原因）
⇒ 向外排除原因

被認為是事件肇因的人，幫他們將該烙印「向外」排除，就是「原諒」。而為了讓該肇因向外排除所說的話，就是「辯解」。

PART 3 超重要字首

DAY 46

in¹ · im · ex · es · e

04 **ex**ecute*
[ˈɛksɪˌkjut]

动 執行;行刑

execution** 名 執行;處決
executive** 名 行政主管;執行者
形 行政上的;執行的

The investment strategy was well **executed**.
投資策略執行得宜。

ex 向外 + **(s)ec(ute)** 跟著走

⇒ 在外遵從國王的命令

意思是徹底「執行」國王的命令，甚至可以「遵從」國王的命令「向外」走。意思是在國王決定要不要處罰罪犯後，根據該命令在外面「執行」刑罰，也就是「行刑」之意。

05 **ex**cavate
[ˈɛkskəˌvet]

动 挖掘;發掘

excavation* 名 挖掘;(發掘出的)古蹟或文物

excavate a tunnel
挖掘隧道

ex 向外 + **cav** 洞窟 + **ate** 動詞

⇒ 挖洞並向外取出

大家應該已知道 cave 是「洞窟」的意思。挖洞並「向外」掏出，依照字根的意思，想像一下「挖掘」遺跡或恐龍骨頭的場景即可。

06 **ex**pand**
[ɪkˈspænd]

动 張開(帆、翅膀等);(使)擴展;(使)膨脹

expansion** 名 擴展;膨脹
expansive* 形 擴展的;廣闊的

the construction for **expanding** the parking lot
擴大停車場的工程

ex 向外 + **pand** 展開

⇒ 向外展開

pand 的意思是「展開」，和 pan（平底鍋）的字源相同；平底鍋是平展、用來進行料理的工具。expand 是「向外」寬闊地「展開」，亦即「膨脹」之意。

近義詞 具有「擴張」之意的單字

expand [ex+pand → 向外展開] 被擴大;擴張;膨脹
extend [ex+tend → 向外伸出] 伸長;延長;擴張
enlarge [en+large → 使變大] 擴大;擴張;增加
widen [wide(n) → 使變寬] 拓寬;培養;擴大;擴張

07 **ex**hale
[ɛksˈhel]

动 呼出;吐氣(↔ inhale 吸氣)

exhalation 名 呼氣

exhale slowly through the mouth
從嘴巴慢慢地吐氣

ex 向外 + **hale** 呼吸

⇒ 向外吐氣

exhale 的 ex 是「向外」的意思，亦即「吐氣」之意。inhale 的 in 是「向內」的意思，所以便是「吸氣」。

08 exhaust*
[ɪgˈzɔst]

- 動 耗盡；使精疲力盡
- 名 廢氣；排氣管

exhausted*
- 形 耗盡的；精疲力竭的
  (= worn out)

They get **exhausted** and give up their studies easily.
他們會筋疲力盡，並輕易地放棄學習。

ex (向外) + **haust** (排出)

⇒ 向外排出

燃燒「燃料」時「向外」「排出」的，就是「廢氣」。從「把能量都拿出來使用」的意思，衍生出「筋疲力盡」之意。

09 exile*
[ˈɛksaɪl, ˈɛgzaɪl]

- 名 流亡；流亡者
- 動 流放；使離鄉背井

He has lived in **exile** for 10 years.
他已經過了 10 年的流亡生活。

ex (向外) + **ile** (流浪)

⇒ 向國外漂泊

大家是否曾聽過有人「流亡」海外的新聞？在自己的國家遭受迫害而無法繼續生活，便「向外」「漂泊」，即為「流亡」。

10 exodus*
[ˈɛksədəs]

- 名 （大批人的）離開；移居國外

the population **exodus** from rural areas
鄉村地區的大量人口外流

ex (向外) + **(h)odus** (路)

⇒ 向外走出的道路

hodus（道路）也是表示 method（方法）的字根。必須知道「向外」走出的「道路」和「方法」，才可以「逃脫」。

11 exotic*
[ɪgˈzɑtɪk]

- 形 異國情調的；外來的

exotically 副 異國情調地；外來地

There were lots of **exotic** birds in the zoo.
動物園裡有許多外國種的鳥。

ex(o) (向外) + **tic** (形容詞)

⇒ 從外面來的

出國旅行時，通常會為了家人、朋友購買當地的物品並帶回國。「從外面」進來的物品通常具有「異國情調」。

12 exterior*
[ɪkˈstɪrɪɚ]

- 形 戶外的；外部的；對外的
- 名 外部；外表

clean and repair **exterior** walls
清理並修繕外牆

ex(ter) (向外) + **ior** (更……的)

⇒ 在更外面的

「戶外的」意思是與建築物「外面」有關的事物。這個單字和「室內設計」（interior）的意思互為相反。

13 extreme**
[ɪkˋstrim]

形 極度的；極嚴重的
名 極端

extremely** 副 極度地；非常
extremity* 名 極端；絕境

extreme environmental conditions
極為惡劣的環境條件

ex(tre) 向外 + **me** 最……的

⇒ 在最外面的

位在最「外面」的意思，是位於邊緣。不是位於中心部分，而是偏重於某一邊，亦即「極度的」、「極嚴重的」之意。

14 escape**
[əˋskep]

動 逃跑；避免
名 逃跑；逃避

escapable 形 可避免的

We went to Hokkaido to **escape** the summer heat.
我們去北海道避暑氣。

es 向外 + **cape** 斗篷

⇒ 走出斗篷外

cape 是在〈超重要字根〉cap 中學到的單字，意思是蓋在頭上的「斗篷」。「走出斗篷外」，表示從包覆著我的事物「逃跑」。電腦鍵盤上的 Esc 鍵就是 escape 的縮寫，想從正在施行的程序「向外」走出時，可以使用這個按鍵。

15 escort*
動 [ɪsˋkɔrt]
名 [ˋɛskɔrt]

動 護送；陪同
名 護衛隊；護衛者

The guests were **escorted** by two managers.
客人由兩位經理陪同前往。

es 向外 + **cort** 指引

⇒ 在外面指引

在「外面」「指引」，就是「護送」的意思。總統或海外貴賓「外出」時，必定會讓「護衛隊」隨行。

16 eject
[ɪˋdʒɛkt]

動 逐出；噴出

ejection 名 驅逐；噴出

be **ejected** from the classroom
被逐出教室

e 向外 + **ject** 丟

⇒ 向外拋棄

「向外」「拋棄」，就是「趕出去」的意思，也可表示火山爆發時，岩漿、煤氣等向外「噴發」的意思。不知道大家有沒有看過活火山爆發的場面？就好像火山把岩漿「向外」「丟擲」一樣。

17 erode *
[ɪˋrod]

動 腐蝕；侵蝕

erosion* 名 腐蝕；侵蝕

erode parts of the building
腐蝕掉建築的一部分

e	+	rode
向外		啃食

⇒ 向外啃食

rodent 為「齧齒類動物」，指的是像老鼠一樣，擁有可以「啃食」的牙齒之動物。

18 eradicate *
[ɪˋrædɪ͵ket]

動 根絕；消滅

eradication 名 根除；消滅
eradicative 形 根除的；消滅的

eradicate racism from our society
將種族主義從我們的社會之中消滅

e	+	rad(ic)	+	ate
向外		根		動詞

⇒ 向外拔出根部

意思就是「拔去根部」。所謂的「根絕」，就是連裡面的東西都「向外」「拿出」，全部消滅的意思。另外，uproot 是「向上」拔出「根部」的意思，所以也帶有「根絕」、「連根拔起」的意思。

19 evaporate
[ɪˋvæpə͵ret]

動 （使）蒸發；（使）消失

evaporation* 名 蒸發；消失

As the water **evaporated**, the traces of dissolved salts were gradually concentrated.
當水蒸發時，溶解的微量食鹽將會逐漸被濃縮。

e	+	vapor	+	ate
向外		蒸氣		動詞

⇒ 蒸氣向外排出

vapor 的意思為「蒸氣」，成為蒸氣並「向外」排出就是「蒸發」，而從蒸發的意思又衍生出「消失」之意。中文也一樣，會用「蒸發」來描述「消失」的現象。

20 eligible *
[ˋɛlɪdʒəbl]

形 有資格的；合適的

eligibility* 名 資格

be **eligible** for the Nobel Prize
有獲得諾貝爾獎的資格

e	+	lig	+	ible
向外		挑選		可以……的

⇒ 可以挑出的

lig 是 collect 的字根 lect（挑選）的變形。這個單字源自於從許多人之中「挑選」出婚對象的狀況，表示「擁有」優秀「資格」的意思。

複習 之前學過的字首 ex 單字

effort [e(f)+fort → 向外施力的事物] 努力；貢獻
emotion [e+mot+ion → 向外移動] 感情
elect [e+lect → 向外選擇] 選出；選擇
eliminate [e+limin+ate → 向界線外送出] 清除；除去
emerge [e+merg(e) → 跑出水外] 出現；浮起

DAY 47

🎧 174

| **out** | 向外（out）
傑出的（excelling） | ***out*door**
室外的 |

> out 就如同其副詞，是「外面」的意思。**outdoor** 因為是「out（外面）＋ door（門）」，所以意思是在「室外」進行的運動。所謂的平凡水準之「外」，就是超越平凡，非常「傑出」的意思。
>
> 打線上遊戲時出現的 **Time Out**，意思是超過訂定的時間之「外」。這時雖然很可惜，不過需要重新再打一局。

01 **out**burst *
[ˋaʊtˏbɝst]

名 (情感)爆發；(火山)噴發；激增

a sudden **outburst** of anger
憤怒的突然爆發

| out | ＋ | burst |
| 向外 | | 爆裂 |

⇒ 向外爆裂

「向外」「爆裂」，就是「爆發」之意。也可以表示留在裡面的東西爆發，即「激增」的意思。

02 **out**come **
[ˋaʊtˏkʌm]

名 結果

比較 **income** ** 名 所得；收入

achieve a satisfactory **outcome**
得到令人滿意的結果

| out | ＋ | come |
| 向外 | | 來 |

⇒ 向外出來的事物

俗話說「種瓜『生』瓜，種豆『生』豆」，只要認真努力，就會「出現」好的「結果」。

03 **out**let *
[ˋaʊtˏlɛt]

名 排放；發洩途徑；暢貨中心

seek an **outlet** for frustrations
找尋宣洩挫折的方式

a single **outlet** sink
僅有單個排水口的水槽

| out | ＋ | let |
| 向外 | | 使做 |

⇒ 使向外出去

在「暢貨中心」，為了讓堆積在倉庫的庫存商品可以「向外」銷售「出去」，而以更低的價格販賣物品，也就是庫存商品傾瀉而出的「出路」。

04 **out**look*
[ˋaʊt͵lʊk]

名 觀點；展望（= perspective）

have a positive **outlook** on life
對人生持正面觀點

an **outlook** for investment in manufacturing
對於投資製造業的展望

out 向外	+	look 看

⇒ 向外看的視角

「外面」，換句話說，就是「眺望」世界的視角，亦即「觀點」。就算是看著相同的東西，也會隨著「看出去」的觀點不同，而有不同的想法。

05 **out**going*
[ˋaʊt͵goɪŋ]

形 外向的；喜歡外出的

She has an **outgoing** personality.
她的個性外向。

out 向外	+	going 出去

⇒ 向外出去

喜歡不斷「向外」「跑出去」和朋友見面的人，便是「外向的」人。

06 **out**standing**
[͵aʊtˋstændɪŋ]

形 顯著的；傑出的

outstandingly 副 顯著地；傑出地

praise for the **outstanding** performance by the orchestra
對於管弦樂團完美演出的讚美

out 向外	+	standing 站著的

⇒ 站在外面的

如果「站在」一般人聚集的領域「外」，將會非常顯眼，也就是站在「顯眼的」位置。在群體中顯眼的人，一般來說就是擁有「傑出」能力的人。

07 **out**door*
[ˋaʊt͵dor]

形 室外的（↔ indoor 室內的）

outdoors 副 在室外；往室外

enjoy a variety of **outdoor** activities
享受各種室外活動

out 向外	+	door 門

⇒ 門外的

在「門外」的空間，就是「戶外」。

08 **out**flow
[ˋaʊt͵flo]

名 流出；流出物

control the **outflow** of chemical substances
控制化學物質的流出

out 向外	+	flow 流

⇒ 向外流

應該要在內部的事物「向外」「流」，就是「流出」的意思。

09 **out**do*
[͵aʊtˋdu]

動 凌駕；勝過

The skater was anxious to **outdo** his rivals.
那位溜冰選手急切地想要勝過他的對手。

out 傑出的	+	do 做

⇒ 做得很傑出

就算是同一件事情，有人會「做」得更「傑出」，那就是具有「凌駕」他人實力的人。

10 **out**perform 動 凌駕;勝過
[͵aʊtpɚˋfɔrm]

In a few years, computers may be able to **outperform** human intelligence.
在幾年內,電腦有可能可以凌駕於人類智慧之上。

out 傑出的 + **perform** 履行

⇒ **傑出地履行**
比起其他人更「傑出地」「履行」事務,就是做得比他們更好的意思,也就是「凌駕」他人。和前面學到的 outdo 有類似的字源和意思。

衍生詞 由字首 out 衍生的單字

outwit [out+wit → 更傑出的智慧] 比……智高一籌
outlive [out+live → 更向外生活] 比……活得更久;長壽
outdated [out+dated → 超過日期] 過時的;老舊的
outgrow [out+grow → 向外生長] 身體長太大而穿不下衣服;比……長得更大

---

over

越過（over）
上面（above）
過度（excessively）

overaction
誇張的行動

> 我們常常說「太 over 了!」,over 就是 **overaction**(誇張的行動)的縮寫。就如同介系詞 over 的意思,指的是「越過……」之意。如果要超越的話,就必須越過某個事物的上方,所以也有「上面」的意思。此外,由從上方流溢的意思,衍生出「過度」的字義。

01 **over**come**
[͵ovɚˋkʌm] 動 克服;戰勝

find a way to **overcome** failure
尋找克服失敗的方式

over 越過 + **come** 來

⇒ **度過難關**
在難關面前不退縮,反而「越過」難關而「來」,就是「克服」難關。

02 **over**take
[ˌovɚˈtek]

動 追上（= catch up）；
（數量或程度上）大於……

The tortoise **overtook** the hare and won the race.
烏龜追上兔子而贏了賽跑。

相關用法 be overtaken by
遭遇（事故、不幸等）

over 越過 + **take** 抓住
⇒ 超越前面的事物
想像一下賽跑的時候，「超過」前面的人，向更前面跑去的狀況。

03 **over**due*
[ˌovɚˈdju]

形 到期未付款的；過期的

pay **overdue** bills
繳納過期帳單

over 越過 + **due** 預定的
⇒ 超過預定期限的
意思是「超過」「預定」期限仍未支付款項的狀態，也就是「超過付款期限」的意思。

04 **over**night*
副 [ˌovɚˈnaɪt]
形 [ˈovɚˌnaɪt]

副 整夜；一夜之間
形 一整夜的；突然的

stay in town **overnight**
在鎮上過一夜

over 越過 + **night** 夜晚
⇒ 跨越夜晚
「夜晚」向隔天早晨「跨越」的期間，也就是「夜間」的意思。

05 **over**time*
[ˈovɚˌtaɪm]

名 加班；加班時間
形 加班的；超過時間的
副 加班地

work **overtime** to meet a deadline
加班工作來趕上截止日期

over 越過 + **time** 時間
⇒ 超過決定的時間
「超過」決定好的工作「時間」還繼續工作，就是「加班」。

06 **over**hear
[ˌovɚˈhɪr]

動 偶然聽到；偷聽

overhear a conversation between two students
偶然聽到兩個學生之間的對話

over 越過 + **hear** 聽
⇒ 隔著牆聽
意思是路過時，「偶然聽到」牆「另一頭」的人所說的話。

07 **over**seas*
[ˌovɚˈsiz]

形 （在）海外的
副 在海外；向海外

meet **overseas** fans
與海外粉絲見面

offer opportunities to study **overseas**
提供海外進修的機會

over 越過 + **sea(s)** 大海
⇒ 跨越大海的
從台灣「跨越」東海「海域」，能夠抵達日本與韓國。對台灣來說，日韓就是「外國」、「海外」。

08 overall ★★
形 副 [ˌovɚˈɔl]
名 [ˈovɚˌɔl]

形 全面的；從頭到尾的
副 全面；從頭到尾
名 工作服

the **overall** sound of a musical piece
一段音樂全部的音

over	+	all
上面		所有東西

⇒ 所有東西上面的

在「所有東西」「上面」，表示包括「全面的」事物。也可以指在工作時，保護全身的「作業服」。

09 overhead ★
形 [ˈovɚˌhɛd]
副 [ˌovɚˈhɛd]

形 在頭頂上的；整體的
副 在頭頂上

The puffy clouds were floating **overhead**.
胖胖的雲朵在空中飄浮。

an **overhead** projector (OHP)
投影機（在頭上投影的工具）

over	+	head
上面		頭

⇒ 頭的上方

和前面學到的單字 overall 相似，也帶有形容詞「整體的」的意思。

10 overlap ★
動 [ˌovɚˈlæp]
名 [ˈovɚˌlæp]

動 （與……）重疊；（與……）部分相同
名 重疊

My interests don't **overlap** with my twin brother's at all.
我跟我雙胞胎弟弟的興趣完全不同。

over	+	lap
上面		重疊

⇒ 在上方重疊

在已經纏繞布的部分「上面」，再「疊上」其他布料，就會出現「重疊」的部分。我所關心的事和朋友關心的如果重疊，就可以說我們有「共同」關心的事。

11 overlook ★
[ˌovɚˈluk]

動 俯瞰；忽略

overlook dangers without thinking rationally
未理性思考而忽略危險

相關用法 look over 快速查看

over	+	look
上面		看

⇒ 從上面看

從「上面」「看」的時候，很難像靠很近一樣仔細觀看。這麼一來，自然會產生「忽略」的部分。

12 oversee ★
[ˌovɚˈsi]

動 監督

overseer 名 監督者；工頭

oversee the whole project
監督整個專案

over	+	see
上面		看

⇒ 從上面查看

從上方看著整體的狀況並進行指揮，也就是「監督」的意思。

13 over**view**＊＊
[ˈovɚ͵vju]

名 概要；概述

give a brief **overview** of the course
提供課程的簡短概要

over	+	view
上面		看

⇒ 從上面整體觀看

「概要」是關於重點內容的簡短說明，在進入詳細內容前，讓我們可以從「上面」「看到」整體的內容。

14 over**whelm**＊
[͵ovɚˈhwɛlm]

動 壓倒；征服

overwhelming＊＊
形 壓倒的；勢不可擋的

be **overwhelmed** by the scale of the city
被城市的規模所懾服

over	+	whelm
上面		下壓

⇒ 從上面向下壓

觀看格鬥或摔角比賽時，從「上面」「向下壓」的力量太強了，導致無法抵抗，這就是「壓倒」對方，使其動彈不得的意思。

15 over**charge**
[͵ovɚˈtʃɑrdʒ]

動 對……索價過高
（↔ undercharge 對……索價過低）

The hospital **overcharged** its patients.
那家醫院對病患收費過高。

over	+	charge
過度		要求

⇒ 過度要求

比起原來的價格，「過度」「要求」更多金額，亦即「索價過高」的意思。例如明明只吃了 100 元的飯，卻付了 200 元。

16 over**eat**
[͵ovɚˈit]

動 吃太多

overeating 名 過度進食

stress-related **overeating**
與壓力有關的過度進食

相關用法 overeat oneself
吃太多而弄壞身體

over	+	eat
過度		吃

⇒ 吃太多

eat 是大家都知道的單字。「過度」「食用」，就是「吃太多」的意思。另外，overdrink（喝太多）就是酒喝得「過多」的意思。

17 over**flow**＊
動 [͵ovɚˈflo]
名 [ˈovɚ͵flo]

動 充滿；(滿到)溢出
名 過剩；溢出

Her brain **overflows** with bright ideas.
她的腦中充滿著鮮明的想法。

相關用法 be filled to overflowing
（某處）人山人海

over	+	flow
過度		流淌

⇒ 過度流動

過去，夏天如果雨下得太多，橋可能會被淹沒。雨水「過度」向江裡「流」而「溢出」，讓橋樑被淹沒。

18 overload*
動 [‚ovɚˋlod]
名 [ˋovɚ‚lod]

動 使超載；使負荷過多
名 超載；超荷

The trailer is already **overloaded** with cargo.
把車上的貨物已經超載了。

over 過度 + **load** 裝載行李

⇒ 過度裝載行李

每台貨運車可以裝載的行李重量有限。1 噸的貨車上「過度」「裝載」了 1.5 噸的行李，就是「超載」。這樣是非常危險的。

19 overpay
[‚ovɚˋpe]

動 支付過多（↔ underpay 支付過少）

overpayment 名 支付過多

overpay income taxes
支付過多的所得稅

over 過度 + **pay** 支付

⇒ 過度支付

意思是比起適當的價錢更加「過度」地「支付」費用，也就是「支付過多」之意。

20 overthrow*
動 [‚ovɚˋθro]
名 [ˋovɚ‚θro]

動 名 推翻；打倒

a plot to **overthrow** the government
推翻政府的陰謀

over 過度 + **throw** 丟

⇒ 過度丟出

「丟出」可說是「過度的」極大力量，也就是帶著完全破壞意圖的行動。「過度」把國王「丟出」，就是打倒那個人，使其無法繼續坐在王位上。也有「打倒」體制或思想的意思。

21 overwork
動 [‚ovɚˋwɝk]
名 [ˋovɚ‚wɝk]

動 (使) 過勞；過度使用
名 過勞

The employees were tired from **overworking**.
員工們因過勞而感到疲累。

over 過度 + **work** 工作

⇒ 過度工作

中文的「過勞」，意思就是「過度勞動」。有很多上班族因為過勞而弄壞身體，所以應該改善讓員工「過度」「工作」、使其身體感到疲憊，並「殘酷驅使」員工的企業文化。

22 **over**dose

名 [ˈovɚˌdos]
動 [ˌovɚˈdos]

名 動 用藥過量

an **overdose** of painkillers
止痛藥服用過量

over	+	**dose**
過度		服用

⇒ 過度服用

dose 在前面有學過。出現在帶有「給予」之意的字根 don 下，意思是給予的量，亦即服用量。「過度」「服用」，表示「用藥過量」。

23 **over**weight*

[ˌovɚˈwet]

形 超重的；過重的

prevent children from becoming **overweight**
防止小孩變得過重

over	+	**weight**
過度		重量

⇒ 重量過重的

跟標準相比，「過度的」「重量」就是「過重」。

衍生詞 由字首 over 衍生的單字

override [over+ride → 向上爬過去] 無視；駁回
overbearing [over+bearing → 在上面的姿態] 高壓的；傲慢的
overvalue [over+value → 過度賦予價值] 高估；過度重視

DAY 48

🎧 178

com 　一起（together）　**com**bination
變化形 con, co　　　　　　　　　結合；組合

> 大家應該都吃過「什錦」披薩，就是各種配料「一起」放在餅皮上而製成的披薩。無法選擇要吃哪一種披薩時，通常會點這種披薩。負責幫藝人搭配服裝的「時裝搭配師」英文為 fashion coordinator，當中的 **coordinator** 意思是「co（一起）＋ ordinat(e)（配合順序的）＋ or（人）」，亦即協助「調整」哪件襯衫要和哪條褲子「一起」穿的人。

01 **com**bine**
[kəmˋbaɪn]

動 結合（= combinate）；組合
combination** 名 結合；組合
You can **combine** two discount coupons.
你可以將兩張折價券結合一起使用。

| com | + | bin(e) |
| 一起 | | 兩者 |

⇒ 兩者一起合併
bin 表示「兩者」的意思，和後面即將學到的字首 bi 為同一字源。因為是將兩者「一起」合併，故有「組合」、「結合」之意。

02 **com**pact*
動 [kəmˋpækt]
形 [ˋkɑmpækt]

動 使緊密；壓緊
形 結實的；小型的

a **compact** car
小型車

| com | + | pact |
| 一起 | | 綁住 |

⇒ 一起緊緊綁住
「一起」「綁住」的話，便能很「簡單方便」地提著走。化妝品中的「粉餅」是將原本呈粉狀的蜜粉「一起」結合，並結實地壓製而成。

03 **com**pile*
[kəmˋpaɪl]

動 編纂；收集
compilation* 名 編纂；編寫
compile a list of new words
編製新字字表

| com | + | pile |
| 一起 | | 堆積 |

⇒ 一起堆在一個地方
「合輯」專輯曾經風靡一時。當時，因為大家都用 CD 聽音樂，所以唱片公司會將顧客喜歡類型的音樂依照主題集結在「一起」來發行。

04 con**front** *
[kən'frʌnt]

動 遭遇；對抗

confront a risk situation
遭遇危險情況

con	+	front
一起		碰頭

⇒ 兩人一起面對面

「一起」「碰頭」，即為面對面站著的意思。在戲劇或電影中，如果要表現處於敵對關係的兩人時，常常使用這一類的場景。

05 con**gregate**
['kɑŋgrɪ,get]

動 (使)聚集；(使)集合

congregation * **名** 集合；集會

Crowds **congregated** in the street.
群眾聚集在街道上。

con	+	greg	+	ate
一起		群體		動詞

⇒ 一起成為群體

字根 greg（群體）碰上字首 con（一起），意思是為了「一起」成為「群體」而「聚集」。使用相同字根的動詞 aggregate 則為「向一邊」「結合」的意思。

06 con**nect** *
[kə'nɛkt]

動 連接；連結

connection ** **名** 連接；關係

be **connected** to the Internet
連接上網路

con	+	nect
一起		接續

⇒ 一起接續

和網路連在「一起」，即表示「連接」上網路。

07 con**temporary** **
[kən'tɛmpə,rɛrɪ]

形 同時代的；現代的；最新的

contemporarily
副 同時代地；現代地

the **contemporary** art stream
現代藝術潮流

con	+	tempor	+	ary
一起		時候		形容詞

⇒ 一起度過時間的

對上 tempo（節拍），代表唱歌「時」可以好好地配合旋律唱。tempor 和 tempo 也是同一字根。以我所在的時間點為基準，「一起」度過「時間」，意思即為「現代的」、和我「同時代的」。

近義詞　具有「現代的」之意的單字

contemporary [con+tempor+ary → 一起度過時間的] 同時代的；現代的
modern [modern → 現在時代的] 現代的；近代的
present [pre+sent → 現在存在我面前的] 現在的；今日的
current [cur(r)+ent → 正在跑的] 現在的；當下的

08 coherent**
[ko'hɪrənt]

形 一致的；有連貫性的

coherently 副 一致地；有連貫性地

make a **coherent** argument
做一個條理分明的主張

co	+	her	+	ent
一起		黏著		形容詞

⇒ 一起黏著的

文章的內容如果反反覆覆，將讓人難以理解。文章的所有內容都「一起」「附著」在一個主題上，意思就是「一致」且「有連貫性」的意思。

09 correlation**
[ˌkɔrə'leʃən]

名 相互關係；相關性

correlate* 動 （使）互相關聯
correlative* 形 相關的

the **correlation** between a person's weight and height
一個人體重與身高的相關性

co(r)	+	relat	+	ion
一起		使有關聯		名詞

⇒ 一起有關聯

意思是「一起」牽連，也就是「互相」有關係。中文的「相互關係」也用了「互」和「相」，字源構造與英文相似。

10 colleague*
['kɑlig]

名 同事（= co-worker）；合夥人

discuss the idea with a **colleague**
和同事討論想法

co(l)	+	leag	+	ue
一起		聚集		名詞

⇒ 一起聚集的關係

leag 原本和 collect 的 lect（聚集）為相同的字根，只是改變了發音。「一起」「聚集」的人，指的就是「同事」或「合夥人」。

11 collide
[kə'laɪd]

動 相撞；衝突

collision* 名 相撞；衝突

Two helicopters have **collided** in mid-air.
兩架直升機在半空中相撞了。

co(l)	+	lide
一起		碰撞

⇒ 一起碰撞

兩邊「一起」「碰撞」，也就是「相撞」。兩邊「一起」打架鬥毆，即為「衝突」。

近義詞 具有「衝突」之意的單字

collide [co(l)+lide → 一起碰撞] 相撞；衝突
conflict [con+flict → 一起毆打] 衝突；碰撞
crash [crash(crush) → 破碎] 衝突；亂撞；墜落
clash [clash →（碰撞的聲音）] 交手；激烈衝突；衝突

inter

之間（between）
互相（together）

intersection
十字路口

> inter 是「之間」的意思。「間隙」的存在代表許多人事物在一起，所以也有「互相」的意思。代表「十字路口」之意的 **intersection** 是「inter（之間）+ section（區域）」，也就是「互相」穿越的路。
>
> 那麼，連結家中和外部的 **interphone** 是什麼？就是在家裡和外部「之間」的電話。其正式名稱是 intercom（內部通話設備），是 intercommunication 的縮寫。Interphone 是內部通話設備的一個品牌名稱。

PART 3 超重要字首
DAY 48
com．con．co．inter

01 **inter**national***
[ˌɪntɚˈnæʃənl]

形 國際性的；國際間的
（↔ domestic 國內的）

internationally
副 國際性地；在國際間

I won the first prize in an **international** cooking contest this year.
我在今年的一個國際烹飪比賽中獲得第一名。

| **inter** 之間 | + | **nation** 國家 | + | **al** 形容詞 |

⇒ 國家與國家之間的

只要知道 inter，就能認識下面全部的單字。桃園國際機場的英文名稱是 Taoyuan International Airport，此處是來往其他國家與台灣「之間」的飛機停泊的地方。

02 **inter**cultural
[ˌɪntɚˈkʌltʃərəl]

形 不同文化間的；跨文化的

interculturalism 名 相互文化主義

intercultural marriage
跨文化婚姻

| **inter** 之間 | + | **cultur** 文化 | + | **al** 形容詞 |

⇒ 文化與文化之間的

文化與文化「之間」，有許多相異點。所謂的「相互文化主義」，便是認同並包容那些差異的思考方式。

03 **inter**personal*
[ˌɪntɚˈpɝsn̩l]

形 人與人之間的；人際關係的

interpersonal skills to communicate with others
與他人溝通的人際關係技巧

| **inter** 之間 | + | **person** 人 | + | **al** 形容詞 |

⇒ 人與人之間的

學校選出學生會長，或公司採用新進員工時，評鑑標準之一即是「人際關係」，也就是評鑑一個人是否能在朋友們或同事們「之間」過得順遂。

04 **inter**val** ★★
[ˈɪntəvl]

名 間隔；距離；
（音樂會等的）休息時間

The training is repeated after a short **interval**.
訓練會反覆地在短暫的休息時間過後進行。

inter 之間 + **val** 牆壁

⇒ 牆與牆之間的空間

val 和 wall（牆壁）的字根相同，只是發音有些不同，意思是牆與「之間」存在的「間隔」。

05 **inter**act ★★
[ˌɪntəˈrækt]

動 互動；互相影響

interaction ★★ **名** 互動；互相影響

interact with foreign students
與外國學生互動

inter 互相 + **act** 行動

⇒ 互相收受

「互相」「行動」指的是互相交換想法並做出行動之意。這用中文來說，即是「互動」的意思。

06 **inter**change ★
動 [ˌɪntəˈtʃendʒ]
名 [ˈɪntəˌtʃendʒ]

動 交換
名 交換；交叉車道

interchangeable **形** 可交換的

an **interchange** of ideas and views
想法和觀點的交換

inter 互相 + **change** 變換

⇒ 以物易物

將我所擁有的東西和別人所擁有的「互相」「變換」，就是「交換」。「改變」我正在走的路線的地方，就是「交叉車道」。

07 **inter**fere ★
[ˌɪntəˈfɪr]

動 妨礙；干涉

interference ★★ **名** 妨礙；干涉

It is usually best to approve of the child's play without **interfering**.
一般來說，讓小孩子去玩而不加干涉，是最好的。

inter 互相 + **fere** 碰撞

⇒ 互相碰撞

來到遊樂園，常常會看到碰碰車，是一種互相撞來撞去的駕駛遊樂設施。大家都「互相」「碰撞」，「妨礙」我前往我想去的地方。

> **近義詞** 具有「妨礙」之意的單字
>
> **interfere** [inter+fere → 互相碰撞] 妨礙；干涉
> **interrupt** [inter+rupt → 在中間打破] 妨礙；中斷；介入
> **disturb** [dis+turb → 完全擾亂] 妨礙
> **hinder** [hind(er) → 放在後面] 阻礙；妨礙；使延遲

08 interpret**
[ɪnˋtɝprɪt]

動 解釋;詮釋;口譯

interpretation** **名** 解釋;口譯
interpreter **名** 口譯員
interpretable **形** 可解釋的;可翻譯的

interpret the hidden meaning of the poem
解釋詩中隱藏的意義

inter	+	pret
互相		定價

⇒ 在中間仲介價格

pret 和 price（價格）的字根相同，原本指的是居於賣家與買家「之間」，好好說明兩方想要的東西為何的意思，從這裡衍生出「解釋」、「口譯」之意。

---

trans　橫貫（across）

transformer　變壓器

> trans 的意思是「橫貫」並向其他地方去，變成其他東西。將 110 伏特的電壓轉換成 220 伏特，亦即「改變」電壓型態的裝置。同樣的，**transgender** 是「橫跨」至其他性別，亦即改變性別的意思。

---

01 transform**
[trænsˋfɔrm]

動 (使)改變

transformer **名** 變壓器
transformation** **名** 變化;變形
transformative **形** 變化的;變形的

The body **transforms** food into energy.
身體能將食物轉換成能量。

trans	+	form
橫貫		形態

⇒ 改變形態

學生們常常認為 transformer 是「會變身的機器人」。在《變形金剛》這部電影中，汽車「改變」「形態」，化身為巨大的機器人。這段場景不管看多少次都非常有趣。

---

02 translate*
[trænsˋlet]

動 翻譯;解釋

translation** **名** 翻譯
translator** **名** 翻譯者

translate English into Korean
將英文翻譯成韓文

trans	+	late
橫貫		移動

⇒ 移動至其他場所

如果要讓台灣的小說在其他國家出版，就必須進行「翻譯」。

181

03 **trans**plant*
動 [træns`plænt]
名 [`trænsplænt]

動 移植；移種
名 移植

kidney **transplant** surgery
腎臟移植手術

trans	+	plant
橫貫		種植

⇒ 移植到其他地方
指的是將植物「移種」，或是將身體器官「移植」到其他人體內。

04 **trans**fuse
[træns`fjuz]

動 輸（血）；注入

transfusion* 名 輸血；傾注

transfuse type A blood into a patient
幫病患輸 A 型的血

trans	+	fuse
橫貫		傾倒

⇒ 傾倒在其他地方
fuse 意指液體或氣體流動的「管線」。透過管線向「其他」地方移動「傾倒」，即為「注入」。

複習 之前學過的字首 trans 單字

transit [trans+it → 橫貫行走] 使移動；通過
transact [trans+act → 向對方行動] 交易
transfer [trans+fer → 搬向其他地方] 轉移；移動；轉乘
transcend [trans+cend → 橫貫而上] 超越

05 **trans**gender
[͵træns`dʒɛndɚ]

名 跨性別者；變性者

discrimination against **transgender** people
對跨性別者的歧視

trans	+	gender
橫貫		性別

⇒ 改變性別
如同前面解釋過的，這個單字是「改變」「性別」的意思。變成另一性別的身體的人，或是認為自己是另一性別的人，都可以用這個字描述。

06 **trans**ient*
[`trænzɪənt]

形 短暫的；一時的

transiently 副 短暫地；一時地
transience 名 短暫；無常

a **transient** worker
臨時工

trans(i)	+	ent
橫貫		形容詞

⇒ 容易向其他場所移動的
「橫貫」這個字首，包含前往其他場所的意思。容易向其他場所移動，等於只是暫時停留在這裡，亦即「暫時的」之意。

DAY 49

ad
變化形 a, ab, ac, ag, ap, ar, at

在（at, in）
朝向（to）
對於（towards）

ahead
在前；向前

這是個非常簡單且頻繁出現的字首。**ahead** 是在 head（頭）的前面加上 a（朝向），所以意思是「朝頭的方向」的意思。和中文一樣，英文的頭部方向也代表前面的意思，所以 ahead 是空間上或時間上的「前面」之意。

advice（建議）這個單字在〈重要字根〉篇已經學過了，意思是向「前面」「展現」的意思。換言之，這個單字帶有展現欲前進之道路的意思。ad 的變化形有點多，這是因為與字首結合之字根的起始發音相互配合，轉變為容易發聲的發音才會這樣。

01 **ad**here*
[əd`hɪr]

動 緊黏；固守

adherence* 名 固守；忠誠
adhesion* 名 黏著；固守
adhesive* 名 黏著劑
　　　　　　 形 有黏性的
adherent 名 追隨者

This paint **adheres** well to smooth surfaces.
這種黏膠能緊緊黏在光滑的表面上。

adhere to safety guidelines
固守安全守則

ad	+	here
在		附著

⇒ 緊貼

就像郵票貼在信封上，緊緊「黏在」表面。某人「附著在」一種意見上，表示「固守」該意見的意思。

02 **ad**jacent**
[ə`dʒesənt]

形 鄰接的；鄰近的

adjacency 名 鄰接；鄰近

Their house is **adjacent** to the school.
他們的房子就在學校的鄰近之處。

ad	+	jac	+	ent
在		躺		形容詞

⇒ 躺在附近的

躺在我們家附近睡覺的人，就是鄰居家裡的人。「躺在」「附近」即代表位在「鄰近」的距離之意。

03 **ad**olescent*
[ˌædlˈɛsn̩t]

名 青少年

adolescence *
名 青少年時期；青春期

the mental health problems of **adolescents**
青少年的心理健康問題

ad (在) + **olesc** (長大 (alesc)) + **ent** (名詞)

⇒ 長大成為大人

adult（大人）也是由字根 alesc（長大）產生的單字。擺脫了小孩的階段，卻還不是大人，而是仍在往「長大」之路「成長」的人，也就是「青少年」。

04 **ad**opt**
[əˈdɑpt]

動 採用；領養（孩子、寵物等）

adoption 名 採用；收養
adoptive 形 採用的；收養的

resist **adopting** the metric system
不願採用公制

adopt a new pet
領養新寵物

ad (朝向) + **opt** (挑選)

⇒ 朝自己的方向挑選

在我們耳熟能詳的單字中，有來自字根 opt（挑選）的單字，就是 option（選擇）。在各種物品中，「朝我的方向」挑選之物，就是我「採用」的東西。

05 **ad**ore
[əˈdor]

動 崇拜；愛慕

adorable 形 值得崇拜的；可敬重的
adoration 名 崇拜；敬愛

He **adores** his youngest brother.
他非常喜愛他最小的弟弟。

ad (朝向) + **ore** (說話)

⇒ 向神祈禱

「朝向」神明「祈禱」，即代表「崇拜」神祇之意。我們怎麼可能對自己不瞻仰的對象祈禱或訴說人生的問題呢？另外，我「非常喜歡」的人，因為在我眼中看起來非常厲害，所以也會成為崇拜的對象。

06 **ad**vent*
[ˈædvɛnt]

名 到來；出現

adventure * 名 冒險；冒險活動

The **advent** of the railroad would assure the canal's instant downfall.
鐵路的到來會導致運河立即倒塌。

ad (朝向) + **vent** (來)

⇒ 抵達

最近出現了很多關於第四次產業革命「來臨」的話題。我們並非原本就生活在第四次產業革命的時代，而是因為技術發展，讓新的時代「來到」我們的生活。

07 **ad**verb *
['ædvɚb]

名 副詞

adverbial 形 副詞的

This sentence doesn't contain an **adverb**.
這個句子裡沒有副詞。

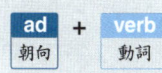

ad 朝向 + **verb** 動詞

⇒ 朝向動詞

「朝向」「動詞」就是修飾動詞，也就是「副詞」的文法角色。副詞除了可以修飾動詞以外，還能修飾形容詞、其他副詞，甚至整個句子。

08 **a**head **
[ə'hɛd]

副 在前；向前

We're **ahead** of schedule.
我們超前進度了。

a 朝向 + **head** 頭

⇒ 朝頭部的方向

決定方向的時候，通常以「頭部」朝向的方向為前面，所以「頭部」的「方向」和「前方」是同一個意思。

09 **ab**breviate
[ə'brivɪ,et]

動 縮短；縮寫

abbreviation 名 簡稱；縮寫

"Chief Executive Officer" is commonly **abbreviated** to "CEO."
Chief Executive Officer（執行長）一般縮寫成 CEO。

ab 朝向 + **brev(i)** 短的 + **ate** 動詞

⇒ 使變短

和 brief（短的）為相同字根，意思是簡短地發表要點。「向短的方向」變化，就是「縮短」的意思。將字詞縮短，就成為「簡稱」、「縮寫」。

10 **ac**celerate *
[æk'sɛlə,ret]

動 (使)加速；促進

acceleration * 名 加速(度)；促進

accelerate the decision-making process
加速決策過程

ac 朝向 + **celer** 快的 + **ate** 動詞

⇒ 使變快

我們常說「踩下油門」，「油門」的英文便是 accelerator。踩下油門，速度就會「變快」。

11 **ac**cessory *
[æk'sɛsərɪ]

名 配件；裝飾品
形 附屬的

sell computer **accessories** online
線上販售電腦配件

ac 朝向 + **cess** 走 + **ory** 名詞

⇒ 接近並附著的事物

意思是「靠近」而附加「於」某個對象的附屬品。指的是我們隨身的附屬品，如耳環、戒指等「裝飾品」。

183

12 accuse *
[əˋkjuz]

動 指控；把……歸咎於

accusation 名 指控；指責

He has been **accused** of robbery.
他被指控犯下搶案。

ac + **cuse**
在　　原因

⇒ 把原因轉嫁給對方

cuse 為 cause（原因）之變形，因此 accuse 是將「原因」轉嫁「於」對方的意思。在法庭「提告」是因為事情出錯的「原因」「在」對方身上，而要求其負起責任。另外，excuse 是讓對方從該原因脫身，亦即原諒之意。

---

13 acknowledge **
[ækˋnɑlɪdʒ]

動 承認；認可

acknowledgment * 名 承認；認可

They **acknowledged** their mistake.
他們承認了自己的錯誤。

ac + **knowledge**
對於　　知識

⇒ 對某事了解

看著美麗的花瓶，為了「認定」這是製作精良的青花瓷，首先須具備「針對」青花瓷的「知識」才行。

---

14 aggregate *
名 形 [ˋægrɪgɪt]
動 [ˋægrɪˌget]

名 集合體；總數
形 聚集的；合計的
動 （使）聚集；合計

aggregation * 名 聚集
aggregative 形 集合(性)的

the growth rate of **aggregate** demand
總需求成長率

ag + **greg** + **ate**
在　　群體　　形容詞

⇒ 附著於群體

旅行時，需要住宿費、交通費、餐費等各個部分的費用，將這些各自分散的費用集結成一個「群體」，即可得出「總額」。

---

15 applaud
[əˋplɔd]

動 （向……）鼓掌；（向……）喝采

applause * 名 鼓掌；喝采

The audience **applauded** his passionate performance.
觀眾對他充滿情感的演出喝采。

ap + **plaud**
朝向　　鼓掌

⇒ 向稱讚的對象鼓掌

看完精彩的演出後，會對演奏者「鼓掌」「喝采」。單純的鼓掌稱為 clap，而朝稱讚對象的方向鼓掌則稱為 applaud。

16 appreciate**
[əˈpriʃɪ,et]

動 欣賞；感謝；體會

appreciation**
名 欣賞；感謝；體會

appreciative*
形 有欣賞力的；感謝的

I **appreciate** your advice.
我感謝你的建議。

appreciate the beauty of nature
欣賞自然之美

ap	+	preci	+	ate
朝向		價格		動詞

⇒ 符合價值地賦予價錢

真的品質優良的東西，以合理的價錢購買，一點都不會讓人覺得可惜。給予合「於」價值的「價錢」，表示「看出」並認可價值的意思。如果認可他人幫助的價值，應該表現出相應的「感謝」之意。而感受藝術作品之「價值」，就是在鑑賞藝術品。

17 approach***
[əˈprotʃ]

動 接近；著手處理
名 接近；方法

approachable
形 可接近的；易親近的

an effective **approach** to enhancing learning
一個促進學習的有效方法

ap	+	proach
朝向		接近

⇒ 漸漸接近

「朝著我」漸漸「接近」的人，和我一點一點拉近距離。也就是那個人朝我「接近」。

18 appropriate***
形 [əˈproprɪɪt]
動 [əˈproprɪ,et]

形 適當的；相稱的
動 盜用；撥出（款項等）

appropriately 副 適當地；相稱地
appropriation* 名 盜用；撥款

Reading at an **appropriate** level is more enjoyable.
讀適合自己程度的讀物會更加愉快。

ap	+	propri	+	ate
朝向		自己的東西		動詞

⇒ 當做自己的東西

從一開始就製成像我的擁有物一樣的東西，將會非常「適合」我使用。雖然是別人的點子，但是看起來很「適合」自己使用，所以在未經許可的狀況下，直接拿去用的厚臉皮行為，就是「盜用」。

19 approximate*
形 [əˈprɑksəmɪt]
動 [əˈprɑksə,met]

形 接近的；大約的
動 （使）接近

approximately** 副 大約
approximation* 名 接近；近似值

determine the **approximate** cost
決定大約的花費

ap	+	proxim(us)	+	ate
在		最接近的		形容詞

⇒ 距離目標或基準最近的

假設身高有 179 公分，是非常「接近」180 公分的身高，這時便可以說身高「大約」有 180 公分。

PART 3 超重要字首

DAY 49

ad・a・ab・ac・ag・ap・ar・at

20 ar**ray****
[əˋre]

動 布置；排列；穿上（衣服）
名 （排列整齊的）一批；一系列；大量

a wide **array** of merchandise
一大批商品

ar	+	ray
在		準備

⇒ 使成為準備好的狀態

讓倉庫裡的商品成為「準備」好販賣的狀態，就是將商品「排列」在貨架上。也有人們「準備」向前站出，而「穿上」亮麗服裝的意思。

21 at**tach***
[əˋtætʃ]

動 貼上；附著

at**tachment**** **名** 附著；附件；愛慕

attach a file to the email
在電子郵件中附加檔案

at	+	(s)tach
在		木樁

⇒ 紮根

在表示「木樁」之意的單字 stake 加上字首，並將發音變成較容易發聲的 tach，就成為這個單字。打下「木樁」就是緊緊貼住不會掉落，亦即「附著」之意。

---

sub
變化形 sug

下面（under）
次要的（secondary）
鄰近的（near）

subway
地下鐵

> **subway** 是「sub（向下）＋ way（路）」，所以意思是地下鐵。中文的地下鐵也用了土地的「地」和下方的「下」二字。電視公司裡有製作人和製作助理，製作助理是在製作人「下方」進行輔助，扮演「次要的」角色。而 sub 不只是下方，還衍生出指稱周邊部分的「鄰近的」的意思。
>
> 英文的「字尾」是 **suffix**。此處的字首 sub 與 fix 的 f 發音同化，而成為 suf。這個字的意義是「sub（下面）＋ fix（決定）」。字尾位在單字最「下方」，決定單字的詞性。

01 **sub**marine*
[ˋsʌbməˌrin]

名 潛水艇
形 海底的；水下的

bomb enemy **submarines**
轟炸敵軍的潛水艇

sub	+	marine
下面		大海

⇒ 大海下面的

深深潛入「海」面「下方」航行，讓其他船隻看不到自己的船，就是「潛水艇」。

02 subtotal
[sʌb'tot!]

名 小計

add all the **subtotals**
將所有小計合起來

The **subtotal** for parts is about $500.
部分小計大約是 500 美金。

sub	+	total
下面		合計

⇒ **在下面階段性的合計**
如果將交通費、餐費、住宿費、入場費通通加起來是旅行的總經費，可以在「下面」先算出交通費的「總和」（先將地下鐵車資、公車車資、計程車費加總）。像這樣，subtotal 的意思是在總計算出前，先算出的「小計」。

03 subtract *
[səb'trækt]

動 減去；去掉

subtraction 名 扣除；減法

subtract $2,000 from the total
從總額中扣掉 2,000 美金

sub	+	tract
下面		拉

⇒ **向下拉**
「向下」「拉」的話，就會從原本的位置分離。分離金錢或數字，就是從整體金額「減去」之意。

04 suburb *
['sʌbɝb]

名 郊區；近郊

suburban * 形 郊區的；近郊的

move to a **suburb** of Atlanta
搬到亞特蘭大的郊區

sub	+	urb
鄰近的		都市

⇒ **都市附近**
位於「都市」「附近」的周邊地區，也就是「近郊」的意思，或者也可以指不是都市，卻鄰近都市的外圍地區——「郊區」。

05 subtitle
['sʌb,taɪt!]

名 副標題；字幕
動 給……加副標題；給……上字幕

The **subtitle** of this book was added by the editor.
編輯幫這本書加上了副標題。

The movie was shown with Korean **subtitles**.
這部電影以韓文字幕播映。

sub	+	title
次要的		標題

⇒ **副標題**
單憑標題不足以說明書籍或電影內容，而在標題下方附加的「次要的」「標題」，亦即「副標題」。也可以是幫助了解影片內容之「次要的」文字——「字幕」。

06 **sug**gest★★★
[sə'dʒɛst]

動 建議;提議;顯示;暗示

suggestion★★ **名** 建議;提議;暗示
suggestive★ **形** 示意的;暗示的

suggest several different solutions
建議幾個不同的解決方法

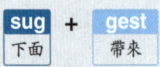

sug	+	gest
下面		帶來

⇒ 從下方帶來想法或意見

從心中的「下方」帶來想法或意見，並向對方提出，也就是「提案」的意思。

複習 之前學過的字首 sub 單字

submerge [sub+merge → 進入水底下] 潛水;浸泡
subordinate [sub+ordin+ate → 配合下方的順序] **形** 下級的 **動** 使從屬
subsequence [sub+sequ+ence → 從下方跟上的] 後果;接連發生的事件
support [sup+port → 從下方搬運] 支持;援助

DAY 50

de — 向下（down）／分開（away）／不（not） — **de**grade（等級、地位等）降低

> de 這個字首擁有許多意思。upgrade 大家非常熟悉，而 **degrade** 是它的反義詞，指的是將等級「向下」降低。
>
> 在〈超重要字根〉篇看過的 **deposit**，是「de（分開）＋ posit（放置的事物）」，也就是「合約金」或「保證金」，指的是因為擔心客人預約了卻不來，而使對方留下一部分費用離開的意思。
>
> 在日常生活中，我們常常使用 merit「有價值」這個詞。如果在這裡加上 de 成為 **demerit**，則變成「不是」（de）「優點」（merit），指的就是缺點。

01 **de**molish
[dɪˋmɑlɪʃ]

動 破壞；拆除

demolition * 名 破壞；拆除

The tower was **demolished** by the earthquake.
塔被地震震壞了。

de（向下）＋ **mol**（建造）＋ **ish**（動詞）

⇒ 向下建造建築物

中文在描述建造建築物時，會用「高築」這個詞。那麼，「向下」建造建築是什麼意思呢？就是將建造好的建築物「拆除」。

02 **de**preciate
[dɪˋpriʃɪ͵et]

動（使）……的價值降低；輕視（↔ appreciate 欣賞）

depreciation * 名 貶值；輕視

The value of the domestic currency **depreciates** rapidly.
本國貨幣的價值迅速下跌。

de（向下）＋ **prec(i)**（價格）＋ **ate**（動詞）

⇒ 向下決定價格

直到昨天還是新台幣三萬多元的旗艦智慧型手機，突然成為半價促銷活動的商品。這是因為競爭品牌推出了新產品，使其「價值降低」。

03 **de**sire **
[dɪˋzaɪr]

名 盼望；渴望；欲望
動 渴望；要求

desirable **
形 值得擁有的；渴望獲得的

this ancient **desire** to live forever
長生不死的古老欲望

de（向下）＋ **sire**（星辰）

⇒ 星星向下墜落時做的動作

這個單字源於在夜空中看到流星「向下」墜落而「許願」的場景，意思即為「盼望」。

04 despise *
[dɪˋspaɪz]

動 鄙視;輕蔑

She **despised** gossip in any form.
她鄙視任何形式的八卦。

de	+	spise
向下		看

⇒ 向下看

spise 是〈超重要字根〉spec（看）的變化形。視為比自己「下面」，亦即「鄙視」、「輕蔑」之意。

05 decay *
[dɪˋke]

動 (使)腐爛;(使)蛀牙;(使)衰退
名 腐爛;蛀牙;衰退

decadence **名** 衰微;墮落
decadent **形** 衰落的;墮落的

Tooth **decay** is the most common cause of a toothache.
蛀牙是牙痛一個最常見的原因。

de	+	cay
向下		掉落

⇒ 脫離掉落

小時候應該常常到牙科治療蛀牙。如果牙齒蛀得相當嚴重，已經到了難以治療的地步，便會自然地「脫落」。

06 deform
[dɪˋfɔrm]

動 使變形;使成畸形

deformed * **形** 變形的;畸形的
deformity * **名** 變形;畸形

Shoes can **deform** your feet if they are too tight.
如果鞋子太緊，可能會使你的腳變形。

de	+	form
分開		形態

⇒ 與原本的形態相去甚遠

form 是「形態」的意思，亦即透過毀損或改變去除原來的「形態」。

07 detach
[dɪˋtætʃ]

動 使分離(↔ attach 貼上;附著);派遣

detachment * **名** 分離;派遣

detach the wires from the ceiling
從天花板將電線拆卸下來

de	+	tach
分開		綑綁

⇒ 分開綑綁

意思和 attach（貼上;附著）相反。不一起綑綁，而是「分開」「綑綁」，也就是「分離」之意。

08 delegate *
名 [ˋdɛləgɪt]
動 [ˋdɛləˏget]

名 代表人
動 委派;把……委託給

delegation * **名** 代表團;委任

become a **delegate** of the Council
成為議會的代表人

de	+	leg	+	ate
分開		法律		動詞

⇒ 以法律排出

為了替整個團體的意見或利益辯護，會選出某人，賦予其「合法」權限，並將其派遣到遠遠「分開」的地方。選出的人即為集團的「代表人」。

09 **de**fault ★★
[dɪˋfɔlt]

名 不履行；不參加；棄權；預設值

The risk of **default** is greater.
棄權的風險更大。

change the **default** settings
修改初始設定

de 分開 + **fault** 失敗

⇒ 失敗而分開

意指「失敗」而「分開」的事物。從失敗回到原點的意思，衍生出「預設值」的意思。

複習 之前學過的字首 de 單字

defer [de+fer → 遠遠地搬運]（日期）延後；表示敬意
deceive [de+ceive → 另外獲取] 欺騙；欺瞞
depart [de+part → 分成部分] 離開；出發
deplete [de+ple(te) → 遠離填滿的狀態] 騰出；使減少
determine [de+termin(e) → 另外劃分] 決定

10 **de**code
[diˋkod]

動 破解（密碼、暗號等）
（↔ encode 把……編碼）；解讀

The secret message was **decoded** instantly.
祕密訊息馬上就被破解了。

de 不 + **code** 暗號化

⇒ 解開已暗號化的事物

如果主修電腦相關科系，會修一門 coding 的課，學習用電腦聽得懂的一種「暗號」輸入命令的方法。駭客們可以「解開」網路或電腦程式的「暗號」進行入侵，而這也是一種「解讀」的行為。

11 **de**forest
[diˋfɔrɪst]

動 砍伐森林

deforestation 名 砍伐森林

Some 20% of the rainforest has been **deforested**.
已有大約 20% 的森林受到砍伐。

de 不 + **forest** 森林

⇒ 除去森林

forest 是森林的意思。使其成為「不是」樹林的狀態，也就是「砍伐」。

12 **de**struct
[dɪˋstrʌkt]

動 摧毀；自毀

destruction ★★ 名 破壞；毀滅
destructive ★★ 形 毀滅性的

unilaterally **destruct** the treaty
單方面地破壞條約

de 不 + **struct** 建立

⇒ 除去已建立的事物

不建立或不組合，也可以指將該事物清除。這個字原本是美國航空專家在描述太空船自然解體或自動爆炸時所使用的單字。

13 demerit
[dɪˋmɛrɪt]

名 缺點；過失

consider the merits and **demerits** of each
考慮每一個項目的優缺點

de	+	merit
不		優點

⇒ 不是優點
不是優點，也就是「缺點」。

---

dis　　不（not）／分開（away）　　**dis**respect　無禮；失禮

> 這個字首大家都已經知道了吧！**disrespect** 是在 respect（尊敬）加上 dis（不），表示「不尊敬」，所以意思是「無禮」、「失禮」。
>
> 買東西時，店家給予的 **discount** 也是一樣，count 就是倒數（count down）的 count，所以這個單字的意思是「不」計算數字。不計算物品的價錢，並做出相當的折價，也就是「打折」。

---

01 disability**
[dɪsəˋbɪlətɪ]

名 無能；殘疾

disabled** 形 殘廢的；有缺陷的

special facilities for people with **disabilities**
殘疾人士專用的特殊設施

dis	+	ability
不		能力

⇒ 無能力
「不」具備「能力」，即沒有能力，也就是「無能」。也可以描述無法用身體從事某事的狀態。

---

02 disadvantage**
[ˌdɪsədˋvæntɪdʒ]

名 不利條件；缺點

To overcome **disadvantages** of their size, small animals have developed useful weapons.
為了克服體型小的不利條件，小型動物發展出了有用的武器。

dis	+	advantage
不		好處

⇒ 不利的事物
意指「不是」「好處」的事物。沒有益處，就是「不利之處」、「缺點」。

03 **dis**comfort*
[dɪsˋkʌmfət]

名 不舒服；不安；
使人不舒服（或不安）的事物

persistent neck or back **discomfort**
持續的頸部或背部不適

dis	+	comfort
不		舒適

⇒ 不舒服

「舒適鞋」（comfort shoes）是著重舒適度的機能性鞋款。而「不」「舒適」的事物，會讓人感到「不舒服」。

04 **dis**grace*
[dɪsˋgres]

名 丟臉；不光彩的行為
動 使丟臉

disgraceful **形** 不名譽的；丟臉的

be publicly **disgraced**
當眾丟臉

dis	+	grace
不		優雅；名譽

⇒ 不名譽

grace 是源於 grat（喜悅；恩寵）這個字根。不是名譽的事，也就是「丟臉」的意思。

05 **dis**honor
[dɪsˋɑnə]

名 丟臉；恥辱

His behavior brought **dishonor** to his family.
他的行為使得他們家蒙羞。

dis	+	honor
不		名譽；光榮

⇒ 不名譽

在海外電影節頒獎典禮上，得獎感言裡最常聽到的單字就是 honor，意思是因為得獎而感到光榮。但是如果得到的「不是」獎項而是惡評，不要說感到名譽了，根本是件「屈辱」的事。

06 **dis**order**
[dɪsˋɔrdə]

名 無秩序；動亂；疾病

reduce the chances of developing stress-related **disorders**
降低產生壓力相關疾病的機率

dis	+	order
不		順序；次序

⇒ 無秩序

意指沒有秩序而混亂，也就是「無秩序」、「騷動」。身體沒有秩序，處於恣意妄為的狀態，就是出現「疾病」的狀態。

07 **dis**courage*
[dɪsˋkɝɪdʒ]

動 使灰心；勸阻；打消

discourage enemies from attacking them
打消敵人攻擊他們的念頭

dis	+	courage
分開		勇氣

⇒ 遠離勇氣

courage 是從字根 cord（心臟）出現的單字。使其從具有「勇氣」的心態「遠離」，就是動搖勇氣，亦即「使灰心」的意思。

08 discredit*
[dɪsˋkrɛdɪt]

動 懷疑；敗壞……的名聲
名 懷疑；名聲敗壞

discredit the witness's statement
懷疑目擊者的供述

dis	+	credit
不		信賴

⇒ **信賴消失**

回想一下〈放羊的孩子〉的故事。一開始，村民們相信了放羊的孩子所說的話，不過當他一再說謊，少年便「失去」人們的「信任」，最後就算說了實話，人們也因為「懷疑」他而不願伸出援手。

09 disagree*
[͵dɪsəˋgri]

動 不同意；不一致

disagreement*
名 意見不合；不一致

disagree with both arguments
對於兩個主張都不同意

[相關用法] disagree with 對……不同意

dis	+	agree
不		同意

⇒ **不同意**

在表示「同意」的動詞 agree 加上字首 dis，成為「不同意」的意思。在講不同意之對象時，跟 agree 一樣，都使用介系詞 with。

10 disapprove
[͵dɪsəˋpruv]

動 反對；不贊同

disapproval* **名** 反對；不贊同

disapprove of drinking and driving
反對酒後開車

dis	+	approve
不		贊成

⇒ **不贊成**

approve（贊成）和 prove（證明）是來自相同的字源。因為無法以事實證明而不贊成，也就是「反對」的意思。

11 discard*
[dɪsˋkɑrd]

動 丟棄；拋棄

discard old clothes and shoes
丟棄舊衣服和舊鞋

dis	+	card
分開		卡片

⇒ **將卡片遠遠丟出**

原本指的是在紙牌遊戲中，將不需要的卡片丟掉的動作，即將「卡片」放在與手「分離」的地方。從「不再拿著那些卡片」之意，衍生出「丟棄」的意思。

12 **dis**connect
[ˌdɪskəˈnɛkt]

動 使分離；切斷

disconnection **名** 分離；切斷

The computer is **disconnected** from a power supply.
電腦的電源供應被切斷了。

dis	+	connect
不		連結

⇒ 切斷連結

如果沒有連上網路，代表與網路的連結「被切斷」了。阻斷物理上連結的事物，即為「分離」的意思。

13 **dis**like*
[dɪsˈlaɪk]

動 名 討厭

Most people **dislike** the former Prime Minister.
大多數人討厭他們的前總理。

dis	+	like
不		喜歡

⇒ 不喜歡

不喜歡，所以是「討厭」的意思。和 hate 的語氣一樣強烈。

14 **dis**obey
[ˌdɪsəˈbe]

動 不服從；違反

disobedience* **名** 不服從；違反
disobedient **形** 不服從的；違反的

purposefully **disobey** a judge's order
故意違反裁判的命令

dis	+	obey
不		服從

⇒ 不服從地跟隨

指的是不遵守規則或法則。在高速公路上，如果「不遵守」規定的速限，會因為「違反」速限而收到罰單。

15 **dis**qualify
[dɪsˈkwɑləˌfaɪ]

動 剝奪……的資格；取消……的資格

disqualification **名** 取消資格

be **disqualified** from joining the military
失去從軍的資格

dis	+	qualify
不		賦予資格

⇒ 不賦予資格

「不」給予資格，就是「剝奪資格」。在奧運比賽中，起跑犯規的選手將會失去出賽資格，留下「喪失資格」的紀錄。

16 **dis**regard*
[ˌdɪsrɪˈgɑrd]

動 無視；不顧

disregard a stop sign
無視停止的標示

dis	+	regard
不		產生關心

⇒ 不關心

「不」產生「關心」，就代表「無視」。

17 **dis**respect
[ˌdɪsrɪˋspɛkt]

名 不敬；無禮；輕視
動 不尊敬；對……無禮

disrespectful 形 不敬重的；無理的

show **disrespect** to the elderly
對老年人無禮

dis	+	respect
不		尊敬

⇒ 不尊敬
展現「不」尊敬的態度，亦即「無禮」之意。從不景仰的意思，衍生出「輕視」的意思。

複習 之前學過的字首 dis 單字

disappoint [dis+(ap)point → 未指名的] 使失望
discharge [dis+charge → 未背負行李] 解僱；釋放；履行
distrust [dis+trust → 不相信] 不信任

18 **dis**honest*
[dɪsˋɑnɪst]

形 不誠實的；不正直的；欺詐的

dishonesty 名 不誠實；不正直

hide a **dishonest** act
隱蔽不正直的行為

dis	+	honest
不		正直的

⇒ 不正直的
「不」「正直的」，也就是「不誠實的」。考試時的違規行為是什麼呢？就是「欺騙」監考官的行為。

19 **dis**content*
[ˌdɪskənˋtɛnt]

名 不滿；不滿足
形 不滿的

There is widespread **discontent** over the leadership.
眾人對於領導人多有不滿。

dis	+	content
不		滿足的

⇒ 不滿足的
content 和 contain「包含」的字源相同。心中未被填滿的不足狀態，也就是對事情「不滿」的狀態。

Break Time

檢視自己的學習方式 5

Q 我在學習單字的時候,偏好只用眼睛看。有沒有更有效的方法呢?

A

完全啟動頭腦的五感默背法

只有一顆引擎的飛機和有四顆引擎的飛機比起來,哪一台飛得比較快呢?當然是有四顆引擎的飛機。大家其實都是擁有四顆或是更多顆引擎的飛機,但是到目前為止都只用一顆引擎飛行。從現在開始,你們將會啟動更多引擎,以更快的速度學習。

人的大腦根據功能而有所分化,例如有負責聽覺的部分、負責視覺的部分、負責說話的部分、負責唱歌的部分等。如果大家在背英文單字時只用眼睛看,就會讓負責視覺的部分活躍起來,學到的單字也會主要儲存在這個地方。這就是啟動了一顆引擎。

但是,**如果用眼睛看的同時,也出聲將單字唸出來,就能活躍更多的大腦區域,並將訊息儲存在更多的地方**。這麼一來,記憶的效果會更好。如果邊聽發音邊學習,還可以保存在大腦的聽覺部分,效果又會更上層樓。如果再多寫幾次,手的肌肉也會產生記憶,效果又會再更好。事實上,只靠手寫背單字的人,就算口頭上無法正確地拼出來,但有只要拿起筆來寫,就可以拼出完整正確的字。

我們在發音時,最好模仿真實外籍教師的發音。小學、國中、高中時期如果有需要背的東西,老師有時候會編成歌曲讓學生背誦。這樣做不只能單純刺激大腦的視覺區和語言區,還可以同時刺激聲音區,讓學習效果更好。

大部分的英文單字都有重音,就像音樂一樣,有強弱之分。隨著重音不同,字義也會改變。依照重音的位置一起記住正確的發音,不僅對會話和聽力有幫助,也更能讓單字留在記憶中。

像這樣運用各種感覺背誦的讀書方法,叫做「五感默背法」。不過,我的意思並不是說,每次讀書的時候都一定要動員所有的感官。每個人的學習方式和環境不同,如果所有感官都使用,可能反而會陷入混亂而無法集中精神。而且每個人相對發達的感官也都不一樣。如果是在自習室唸書,就很難發出聲音朗讀;而如果出聲唸出單字,反而很容易疲倦。

如果大家有自己喜歡並有效的方法,可以就使用自己的方法,把注意力集中在想要專注的感官上。若是中途感到厭倦或想睡,也可以改變方法。發出聲音讀累了,就換成用眼睛看、用耳朵聽;若是覺得睏了,就換成用手邊寫邊背。像這樣運用全部的感官,或中途隨時改變的策略,是記住英文單字最基本也最容易的方法。不但可以減少厭倦的感覺,還可以提高專注力。

——修改自《翻轉成績與人生的學霸養成術(66 Day Study)》

DAY 51

🎧 190

| **un** | 不（not）
相反（opposite） | **un**happy
不幸的 |

> 這個字首簡單又好記，附加在字根或單字前面，來添加否定的意義。unhappy（不幸的）就是「不happy」的意思；uneasy（不安的）即為「不easy」的意思。從「不是」的意思，更進一步衍生出「相反」之意。unlock（開啟）即為lock（鎖上）的相反。

01 **un**fair *
[ʌnˋfɛr]

形 不公平的；不公正的

unfairness　名 不公平；不公正

It's **unfair** that you have to do all the work.
所有工作都要你做，這是不公平的。

un（不）＋ fair（公正的）
⇒ 不公正的
有失公正的狀況，就是「不公正的」狀況。中文也在許多概念前面加上「不」字來表達否定的意思。

02 **un**equal *
[ʌnˋikwəl]

形 不平等的；不勝任的

unequally　副 不平等地；不勝任地

reinforce **unequal** relationships
加劇不平等的關係

un（不）＋ equal（同等的）
⇒ 不同等的
契約上，兩方的責任如果「不」「同等」，這份契約即為「不平等的」契約。

03 **un**certain **
[ʌnˋsɝtn]

形 不確定的；無法確知的

uncertainty **　名 不確定
uncertainly　副 猶豫不決地

live in difficult and **uncertain** times
活在艱困且不確定的時代

un（不）＋ cert（確實的）＋ ain（形容詞）
⇒ 不確實的
在字根 cert（確實的）加上形容詞形字尾 ain，成為「確實的」的意思，然後再加上字首 un，則成為「不確實的」。

04 **un**sure
[ʌnˈʃur]

形 不確定的；沒有把握的

unsureness 名 沒有把握
unsurely 副 猶豫不決地

I was **unsure** about my ability.
我對自己的能力沒有把握。

un	+	sure
不		確實的

⇒ 不確定的

這次考試「不能」「確定」能不能拿到平均 90 分，意思就是「沒把握」可以拿到平均 90 分。

05 **un**usual**
[ʌnˈjuʒuəl]

形 不尋常的；獨特的

unusually* 副 不尋常地；非常

show **unusual** behavior
展現不尋常的行為

un	+	usual
不		平常的

⇒ 不尋常的

有一個朋友每天早上都喝咖啡配麵包，但今天卻吃饅頭配豆漿，跟「平常」不一樣，就是「不尋常的」。

06 **un**necessary**
[ʌnˈnɛsə͵sɛrɪ]

形 不必要的；多餘的

unnecessarily
副 不必要地；多餘地

an **unnecessary** expense
不必要的支出

un	+	necessary
不		必要的

⇒ 非必要的

有人「必須」要做的事情已經堆積如山卻不去做，反而找其他事情來做。我們通常會對他們說：不要再做這些「不必要的」事情了。

07 **un**conscious**
[ʌnˈkɑnʃəs]

形 無意識的；未發覺的
名 無意識

unconsciousness
名 無意識；無知覺

unconsciously
副 無意識地；未意識到地

some consequences of this **unconscious** assumption
這個無意的假設所帶來的一些結果

un	+	conscious
不		有意識的

⇒ 無意識的

conscious 是由 con（一起）＋ sci（知道）＋ ous（形容詞字尾）組成的。一起知道的，亦即「意識」的意思。如果是沒有意識的狀態，就是「無意識」狀態。

08 **un**fortunate*
[ʌnˈfɔrtʃənɪt]

形 不幸的；遺憾的

unfortunately* 副 不幸地；遺憾地

The **unfortunate** event took place yesterday.
這個不幸的事件於昨天發生。

un	+	fortun(e)	+	ate
不		運氣		形容詞

⇒ 沒有運氣的

fortune 是「運氣」的意思。從「因為幸運而累積了許多財富」的意思，衍生出「財產」之意。而因為沒有幸運之神的眷顧，就算努力工作，事情也無法順利完成，就會覺得「不幸」。

09 **un**natural*
[ʌnˋnætʃərəl]

形 不自然的;反常的

unnaturally 副 不自然地;反常地

His attitude seemed **unnatural**.
他的態度顯得很不自然。

un	+	natural
不		自然的

⇒ 不自然的

用刻意營造的親切或笑容,並無法獲得對方的好感,這是因為如果不是源於自然情感的行動,總會有哪裡「不正常」且「奇怪」,讓對方感到既不自在又尷尬。

10 **un**pleasant*
[ʌnˋplɛzn̩t]

形 令人不愉快的;討厭的

unpleasantly 副 令人不愉快地;不討人喜歡地

go through an **unpleasant** experience
經歷了一個令人不愉快的經驗

un	+	pleasant
不		心情好的

⇒ 心情不好的

我今天「心情」「不好」,表示今天感覺「不愉快」的意思。

11 **un**healthy*
[ʌnˋhɛlθɪ]

形 不健康的;危害健康的

attempt to change **unhealthy** habits
嘗試改變不健康的習慣

un	+	healthy
不		健康的

⇒ 不健康的

霧霾重重的日子裡,人們出門時紛紛戴上口罩,甚至人手一台空氣清淨機,並且自主減少外出的頻率,這是因為那天不是有益健康的好天氣。霧霾是會「危害健康的」因子。

12 **un**steady
[ʌnˋstɛdɪ]

形 不安定的

unsteadily 副 不安定地

He pushed the button with an **unsteady** hand.
他用搖搖晃晃的手按下按鈕。

un	+	steady
不		持續的

⇒ 不持續的

在學習超重要字根 sta(站立)時,也曾看過 steady。停留站立在一個位置,就是「持續」的意思。「不持續」就是不斷改變動作,亦即「不安定」的意思。

13 **un**willing*
[ʌnˋwɪlɪŋ]

形 不願意的;不情願的

unwillingly 副 不願意地;不情願地

I gave my **unwilling** approval.
我不情願地贊成了。

相關用法 be unwilling to do
　　　　不情願做……

un	+	willing
不		有意志的

⇒ 沒有意志的

父母說,今天天氣好又適逢週六,一起去爬個山吧!但是,我比較想和朋友打電動,「沒有意志」去登山,所以我應該要告訴他們我「不願意」去登山。

14 unfriendly
[ʌnˋfrɛndlɪ]

形 不友善的

act in an **unfriendly** manner
以不友善的態度行事

un	+	friendly
不		親近的

⇒ 不親近的

就算我主動搭話，對方默不作聲，看也不看我一眼，還「不親近地」對待我，由此可以看出，這個人對我「不友善」。

15 unlike**
[ʌnˋlaɪk]

形 不同的；不相似的
介 不像……

unlikely** 形 不可能的

Unlike the passage of time, biological aging resists easy measurement.
跟時間的流動不同，生物上的老化是無法輕易測量的。

un	+	like
不		像……的

⇒ 不像的

like 當作動詞使用時，意思是「喜歡」，但是作為形容詞使用時，意思是「一樣的」、「相似的」。「不一樣的」即為「不相像的」的意思。

16 unable**
[ʌnˋebl]

形 不能的；沒有能力的 (= incapable)

We were **unable** to find a suitable solution.
我們無法找到一個合適的解決方案。

un	+	able
不		可以……的

⇒ 做不到的

able 在前面的部分已經看過非常多次，大多是當作字尾使用，帶有「可以……的」的意思。但是這個字本身也可以當作形容詞，表示「可以做的」，也可以衍生出名詞 ability（能力）。「不能」「做到的」，即為「做不到的」的意思。

17 unbearable*
[ʌnˋbɛrəbl]

形 無法忍耐的

suffer from **unbearable** pain
承受無法忍耐的疼痛

un	+	bear	+	able
不		忍耐		可以……的

⇒ 無法忍耐的

bear（忍耐）加上形容詞字尾 able（可以的），成為 bearable（可以忍耐的）。然後再加上 un（不），即為 unbearable（無法忍耐的）。

18 unbelievable
[ˌʌnbɪˋlivəbl]

形 難以置信的 (= incredible)；驚人的

unbelievably 副 難以置信地

Their son has an **unbelievable** talent.
他們的兒子擁有驚人的才能。

un	+	believ(e)	+	able
不		相信		可以……的

⇒ 無法相信

就算用雙眼看著，還是「無法相信」眼前實際發生的光景，因為這光景太「驚人」了。

19 **un**comfortable* 形 不舒服的；不自在的
[ʌnˋkʌmfətəbl]

tolerate an **uncomfortable** situation
忍受不自在的情況

un	+	comfort	+	able
不		使放鬆		可以……的

⇒ **使無法放鬆的**
使我的身心無法放鬆的地方，就是「不舒服的」地方。

20 **un**questionable 形 毫無疑問的；確鑿的
[ʌnˋkwɛstʃənəbl]

He's a man of **unquestionable** courage.
毫無疑問，他是一位勇者。

un	+	question	+	able
不		詢問		可以……的

⇒ **無法詢問的**
這個字並不是指不讓他人提問的意思。這個單字的意思是，就算想要提問，也找不到任何可問的問題，非常「清楚的」、「毫無疑問的」的意思。

21 **un**reasonable* 形 不合理的；不講理的
[ʌnˋriznəbl]

unreasonably
副 不合理地；不講理地

They're making **unreasonable** demands.
他們做了不合理的要求。

un	+	reason	+	able
不		找理由		可以……的

⇒ **無法找理由的**
某個學生有天突然擋住學校化妝室的門口，並跟大家說，如果要使用化妝室，就得交過路費。問他為什麼要這麼做，他卻回答說：「我高興！」。找不到適當理由的行動，就是「不合理的」行動。

22 **un**touchable 形 無法動手的；望塵莫及的
[ʌnˋtʌtʃəbl]

The president's son was **untouchable**.
總統的兒子是碰不得的。

un	+	touch	+	able
不		觸摸		可以……的

⇒ **無法觸摸的**
意思是「無法觸摸」、「無法動手」的意思。對某人「無法出手」，表示那個人擁有非常強大的力量，而「無法處罰」他的意思。也可以描述「實力非常卓越」，使人無法觸及之意。

23 **un**employed* 形 失業的；無工作的
[ˌʌnɪmˋplɔɪd]

He was **unemployed** for a year.
他失業了一年。

un	+	employed
不		被僱用的

⇒ **不被僱用的**
不被任何公司僱用的人，就是「沒有工作」的人，亦即「失業的」狀態。

24 un**expected** ★★
[ˌʌnɪkˈspɛktɪd]

形 意外的；未預期到的

unexpectedly ★★
副 意外地；未預期到地

adjust to **unexpected** circumstances
適應意外的情況

un 不 + **expected** 預期的

⇒ 不被預期的

expect 是字根 spect（看）加上 ex（向外）形成的單字，意思是向外看，並「預測」之後的事。意料之外的事情來臨時，我們稱之為「意外」事件。

25 un**intended** ★
[ˌʌnɪnˈtɛndɪd]

形 非意圖的；偶然的

produce **unintended** consequences
產生偶然的結果

un 不 + **intended** 意圖的

⇒ 非意圖的

進入咖啡廳後，遇到了很久沒聯絡的小學同學。因為不是事先約好的，所以這個字的意思是「非意圖的」、「偶然的」見面。

26 un**known** ★★
[ʌnˈnon]

形 未知的；沒沒無聞的

explore the Amazon, the **unknown** and mysterious world
探索亞馬遜，一個未知且神祕的世界

un 不 + **known** 為人所知的

⇒ 不為人所知的

按照字源的意思，就是「沒有告知」的意思。「不為人知」表示「沒沒無聞」。

27 un**limited** ★
[ʌnˈlɪmɪtɪd]

形 無限制的；無數的

Children have **unlimited** potential.
孩子們有無限的潛力。

un 不 + **limited** 限制的

⇒ 不被限制的

自助餐是「不限」用餐量的餐廳，可以「無限量」想吃多少就吃多少。

28 un**paid** ★
[ʌnˈped]

形 未付款的；無報酬的

take **unpaid** leave
請無薪假

un 不 + **paid** 支付的

⇒ 未支付的

如果要求的金額沒有支付，就是處於「未付款」的狀態。而「不支付」工作報酬，就是「無報酬的」工作。

29 unseen*
[ʌnˋsin]

形 看不見的；沒見過的

be aware of **unseen** danger
察覺到看不見的危險

un + **seen**
不　　看見的

⇒ 看不見的
意思是「看不見」。如果眼睛「看不見」，怎麼可能曾經看過呢？如果看到之前沒看過的東西，就是「第一次看到」的意思。

30 untitled*
[ʌnˋtaɪtḷd]

形 無標題的；無合法權利的

I found an **untitled** manuscript in the attic.
我在閣樓裡發現了一份沒有標題的手稿。

un + **titled**
不　　加上標題

⇒ 沒有加上標題的
如果未決定檔名就儲存文件，文件名就會被保存為 untitled，也就是「無標題的」的意思。

31 unwanted*
[ʌnˋwɑntɪd]

形 不需要的；無用的；多餘的

draw **unwanted** attention
吸引了多餘的注意

un + **wanted**
不　　曾期盼的

⇒ 不曾期盼的
原本我「不希望」出現的客人竟然來訪，自然會讓人「不高興」，覺得「多餘」。

32 undo*
[ʌnˋdu]

動 解開；脫掉（衣服等）；復原（傷害等）

undone* 形 解開的；未完成的

try to **undo** the damage
試著將損傷復原

undo the screw
將螺絲鬆開

un + **do**
相反　 做

⇒ 相反地做
已經做過的事情卻向「相反」的方向進行，意味著「回到了原本的狀態」。這個字可用在各種場合：undo 衣服上的鈕釦，即為「解開」的意思；undo 衣服，就是「脫掉」衣服；而 undo 傷害，即為「復原」傷害。

33 unpack
[ʌnˋpæk]

動 解開行李

unpack the briefcase
將公事包裡的東西拿出來

un + **pack**
相反　 打包

⇒「打包行李」的相反
與打包行李相反的行為，就是「解開行李」。

34 **un**plug
[ʌnˋplʌg]

動 拔掉插頭

The printer wasn't broken. It was **unplugged**.
印表機沒壞，只是沒插插頭。

un 相反 + **plug** 插上插頭

⇒「插上插頭」的相反

plug 指的就是電器的插頭。和「插上插頭」相反，所以是「拔掉插頭」。

35 **un**tie *
[ʌnˋtaɪ]

動 解開；鬆開；使自由

She carefully **untied** her scarf.
她小心地鬆開她的圍巾。

un 相反 + **tie** 綁

⇒「綑綁」的相反

tie 指綑綁、打結，領帶（necktie）也可以說是繫在脖子上的結。綑綁、打結的相反行為，就是「鬆開繩結」。

36 **un**veil *
[ʌnˋvel]

動 除去……的面紗（或覆蓋物）；揭露

The city **unveiled** plans for a new art center.
城市公布了新藝術中心的興建計畫。

un 相反 + **veil** 遮擋

⇒「遮擋」的相反

我們會用「蒙上一層『面紗』」來形容內幕重重的事件。veil 是用「面紗」「遮擋」的意思，而相反行為就是「揭露」。

DAY 52

🎧 194

in² 變化形 im, il, ir　　不（not）　　***in**credible* 無法相信的；驚人的

> 在 DAY 46，我們學習了意味著「裡面」的字首 in，而這裡的字首 in 則是表示否定。它們長得一模一樣，不過是來自不同的字源。有一部名為 ***Incredibles*** 的電影（《超人特攻隊》），在 credible（可相信的）前面加上 in，意思是「不可置信的」。這是一部值得強力推薦的電影。
>
> 在這裡提供一個小技巧：有些學生會把 in、im、il、ir 一一背下來。但是，從方便發音的觀點來看，這些都只是根據後面出現的拼字，而形成的變化形。後面出現的字母是 b、m、p 時，in 會變成 **im**；後面出現的字母為 l 時，會變成 **il**；而字母為 r 時，則變成 **ir**。如果拼寫的字母相似，發音就會比較容易。

---

01 incorrect*
[ˌɪnkəˋrɛkt]

形 不正確的（= inaccurate）；不適當的

incorrectly 副 不正確地

Your email or password is **incorrect**. Please try again.
您的郵件地址或密碼輸入錯誤。請再試一次。

| in 不 | + | correct 正確的 |

⇒ 不正確的

在登入網站時，只要有一個字輸入「不正確」，就會出現「密碼『錯誤』，請重新輸入」的指示。

---

02 indefinite*
[ɪnˋdɛfənɪt]

形 不明確的；無限期的

indefinitely* 副 不明確地；無限期地

postpone a meeting for an **indefinite** period
無限期延後會議

| in 不 | + | definite 明確的 |

⇒ 不明確的

definite（明確的）是在字根 fin（界線）中看過的單字。不明確的事物是模稜兩可的。另外，如果沒有明確提出延長期限，就可視為「無限期」延長。

---

03 indirect**
[ˌɪndəˋrɛkt]

形 間接的（↔ direct 直接的）

indirectly 副 間接地

regulate **indirect** advertisement
管制間接廣告

| in 不 | + | direct 直接的 |

⇒ 不直接的

「不」「直接」，也可以說是「間接」。

04 **in**dispensable*
[ˌɪndɪsˋpɛnsəbl]

形 必須的；不可或缺的

Water, light, and air are **indispensable** to plants.
水、光線和空氣對植物來說是不可或缺的。

in	+	**dispens(e)**	+	**able**
不		分配		可以……的

⇒ 無法分享的

其他的東西都可以分享給他人，只有這個不能分享，也就是對自己來說「不可或缺的」東西。

近義詞　具有「必須的」之意的單字

indispensable [in+dispens+able → 無法分享的] 必須的；不可或缺的
vital [vit+al → 生命必須的] 必須的
necessary [ne+cess+ary → 無法離開的] 必要的；必須的
essential [ess(e)+en+tial → 一直存在的] 本質上的；必須的
requisite [re+quis+ite → 再次尋求] 需要的

05 **in**effective*
[ˌɪnəˋfɛktɪv]

形 沒有效果的；沒有力量的；無能的

ineffectiveness 名 無效；無能

make rational yet **ineffective** decisions
做合理但無效的決定

in	+	**effective**
不		有效果的

⇒ 沒有效果的

若演講沒有效果，表示為「沒有力量的」；人若是沒有效果的，則為「無能的」。

06 **in**evitable**
[ɪnˋɛvətəbl]

形 不可避免的（= unavoidable）；必然的

inevitably** 副 不可避免地；必然地

an **inevitable** consequence of the decision
這個決定所帶來的必然結果

in	+	**evit**	+	**able**
不		避免		可以……的

⇒ 無法避免的

使出渾身解數都「無法避免」的事件，表示這是必然的事，沒有必要一直反覆回想甚至感到後悔。

07 **in**expensive*
[ˌɪnɪkˋspɛnsɪv]

形 花費不多的；價錢低廉的（= cheap）

inexpensively 副 花費不多地

a relatively **inexpensive** price
相對便宜的價錢

in	+	**expensive**
不		昂貴的

⇒ 不昂貴的

看起來應該很貴，卻「不昂貴」的意思。並非單單只有價格便宜，而是在考慮品質後，價格可說是「低廉的」，就是 inexpensive。

08 **in**famous *
['ɪnfəməs]

形 惡名昭彰的 (= notorious)

比較 **unfamous** 形 沒沒無名的

The murderer is **infamous** for his cruelty.
那位兇手因為其殘酷的行徑而惡名昭彰。

in 不 + **famous** 有名的

⇒ 名聲不好的

這個單字乍看之下，會因為 famous 的意思是「出名的」，而誤認為 infamous 的意思是「沒沒無名的」。但是，famous 的意思是「有好名聲的」，所以 infamous 的意思是不好的:「惡名昭彰」。「沒沒無名的」則是和帶有否定意味的另一個字首 un 結合的 unfamous。

09 **in**formal **
[ɪnˋfɔrml]

形 非正式的；不拘禮節的

informally ** 副 非正式地

The two groups met for **informal** talks.
兩組人見面進行非正式會談。

in 不 + **form** 形式 + **al** 形容詞

⇒ 不具形式的

必須具備形式的場合，通常是正式的活動。在「非正式的」場合不必「拘泥於形式」，可以非常放鬆。

10 **in**sufficient **
[ˌɪnsəˋfɪʃənt]

形 不充分的；不足的

an **insufficient** supply of food
食物供應不足

in 不 + **sufficient** 充分的

⇒ 不充分的

近年來，青年們因為「不充分的」職缺、「不充分的」工資、「不充分的」個人時間而飽受痛苦。即使情況艱難，只要相信自己並時時全力以赴，好日子一定會到來。

11 **in**tolerable *
[ɪnˋtɑlərəbl]

形 無法忍耐的；無法容忍的

She felt the stress from her job was **intolerable**.
她覺得工作壓力難以忍受。

in 不 + **toler** 忍耐 + **able** 可以……的

⇒ 無法忍耐的

字根 toler 表示「忍耐」的意思，而名詞 tolerance 則是「寬容」的意思。在機械工程學中，也用來當作「公差」、「容許誤差」的意思，表示在某個範圍內，即使有錯誤，也可以忍受並視為正常產品。在這個範圍之外的，即為「過分的」誤差，「無法再忍受」。

12 invariable
[ɪnˈvɛrɪəbl]

形 不變的；恆定的 (= constant)

Majority rule is the **invariable** principle of democracy.
多數決原則是民主的不變法則。

| in 不 | + | vari 改變 | + | able 可以……的 |

⇒ 沒有改變的

就算歲月流逝、狀況改變，也毫無變化的事物，即為「不變的」東西。

13 invisible**
[ɪnˈvɪzəbl]

形 看不到的；無形的

invisibly** 副 看不到地；無形地

The "**invisible** hand" is a concept devised by the economist Adam Smith.
「看不見的手」是經濟學者亞當‧斯密所想出的一個概念。

| in 不 | + | vis 看 | + | ible 可以……的 |

⇒ 看不到的

回想一下在〈超重要字根〉篇解說過的 vis（看），並預測看看 invisible 的意思吧！沒錯，在 vis 加上 ible (able)，便成為 visible（看得到的）；接著在 visible 加上帶有否定意義的 in，則為「看不到的」。

14 inability**
[ˌɪnəˈbɪlətɪ]

名 無能；不能

His **inability** to concentrate can cause an accident.
他的無法專注可能會造成意外。

| in 不 | + | ability 能力 |

⇒ 沒有能力

這個單字的意思，和在字首 dis 中學到的 disability 相似。如果說 disability 是指因疾病、意外等原因失去能力的狀態，也就是「殘疾」，那麼 inability 則是指一般的「沒有能力」。

15 incompetence*
[ɪnˈkɑmpətəns]

名 無能；不稱職

incompetent*
形 無能力的；不能勝任的

criticize political **incompetence**
批判政治上的無能

| in 不 | + | competence 能力 |

⇒ 沒有能力

competence 源自於 compete（競爭）這個單字，擁有足以競爭的能力，亦即「有能力」的意思。而 incompetence 則是不具備能力，也就是「無能」之意。

16 inconvenience*
[ˌɪnkənˈvinjəns]

名 不便

inconvenient* 形 不便的

We apologize for the **inconvenience**.
造成不便，我們深感抱歉。

| in 不 | + | convenience 便利 |

⇒ 不方便

便利商店的英文是 convenience store。在這裡隨時都可以購買需要的東西，非常方便。

17 inequality *
[ˌɪnɪˈkwɑlətɪ]

名 不平等；不平衡

remove social **inequality**
消弭社會上的不平等

in	+	equ	+	al	+	ity
不		一樣的		形容詞		名詞

⇒ 不平等

如果在等長的時間內做分量相等的事情，最後獲得同樣的成果，得到的待遇也一樣，才算是平等。可是，有時候並不能盡如人願，這是因為社會「不平等」才會這樣。

18 injustice *
[ɪnˈdʒʌstɪs]

名 不公正；不公正的行為

compromise with **injustice**
與不公正的行為妥協

in	+	just	+	ice
不		正確的		名詞

⇒ 不公正

不正確，也就是「不公正」。中文裡也用了正直的「正」這個字。有人看到不公不義的事就無法忍受，也有人很能忍耐。

19 immature *
[ˌɪməˈtjʊr]

形 不成熟的；未臻完美的

immaturity 名 不成熟

emotionally **immature** adults
情感上尚未成熟的大人

im	+	mature
不		成熟的

⇒ 不成熟的

在 mature（成熟）上面添加了「不」，所以這個字為「不成熟的」的意思。因為 inmature 在發音上不太容易，故將發音和拼法改為 immature。

20 immense **
[ɪˈmɛns]

形 巨大的；廣大的（= enormous）

immensely * 副 巨大地；非常

an **immense** amount of data
數量龐大的資料

im	+	mense
不		測量

⇒ 多到無法測量的

和 measure（測定）來自相同的字根。多到「無法」「測量」，也就是「巨大的」。

21 immoral *
[ɪˈmɔrəl]

形 不道德的；淫蕩的

immorality 名 不道德；淫蕩

amoral
形 沒有道德的；與道德無關的

commit an **immoral** act
做出不道德的行徑

im	+	moral
不		道德的

⇒ 不道德的

有個保險用語叫做 moral hazard，意思是「道德風險」。正如同買了火災保險的人，反而更不小心用火，指的是不履行道德上自己應履行的義務。

22 **im**mortal *
[ɪˋmɔrtl]

形 不死的；不朽的

immortality 名 不死；不朽

enjoy **immortal** fame
享有不朽的名聲

im 不 + **mort** 死亡 + **al** 形容詞

⇒ 不死的

只要是人都註定會死，一想到自己總有一天會死，就覺得人生是虛無的。所以有些人相信，人類的肉體註定會死，但是只有靈魂是「不死」的，也就是靈魂「不朽」。

23 **im**partial *
[ɪmˋpɑrʃəl]

形 公正的；無偏見的
（= fair, unbiased）

impartially 副 公正地

A judge should be **impartial**.
法官應秉持公正。

im 不 + **part** 部分 + **ial** 形容詞

⇒ 不是部分的

看人和事物的時候，只看到一部分就做出判斷，很容易產生偏見。「不」偏向某一「部分」，才能做出「公正的」判斷。

24 **im**patient *
[ɪmˋpeʃənt]

形 沒有耐心的；無法忍受的

impatience * 名 無耐心

Don't be **impatient** with the children.
不要對小孩沒耐心。

im 不 + **patient** 有耐心的

⇒ 沒有耐心的

patient 具有「患者」和「有耐心的」兩個意思。這是因為患者直到病情好轉前，必須忍受痛苦並耐心等待。在這個單字前面加上否定的 im (in)，就成為「沒有耐心的」的意思。

25 **im**practical *
[ɪmˋpræktɪkl]

形 不切實際的；無實踐能力的

the enforcement of an **impractical** plan
執行不切實際的計畫

im 不 + **practic(e)** 施行 + **al** 形容詞

⇒ 無法進行實施的

學習計畫之所以失敗，可能是因為制定了「不切實際的」計畫。我們得先從容易實現的小目標開始實踐。

26 **im**proper*
[ɪmˋprɑpɚ]

形 不適當的（= inappropriate）

draw **improper** conclusions
做出不適當的結論

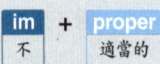

im	+	**proper**
不		適當的

⇒ 不適當的

在數學用語中，假分數的英文是 improper fraction，而真分數是 proper fraction。分數表示在整個部分中所佔的比例，所以分子比分母小的真分數為「適當的」。而假分數則因為分子比較大，所以被認為是「不適當的」。

27 **im**balance*
[ɪmˋbæləns]

名 不平衡；不均衡

The metabolic **imbalance** is a primary cause of disease.
新陳代謝不平衡是疾病的一個主要成因。

im	+	**balance**
不		均衡

⇒ 不均衡

跟 inbalance 比起來，imbalance 更容易發音，因為 m 和 b 兩個字母發聲的位置都在嘴唇。語言的發音偏好省力的方式，所以這個字自然成為容易發音的 imbalance。

28 **il**logical
[ɪˋlɑdʒɪkl]

形 不合邏輯的

illogical arguments
不合邏輯的論點

il	+	**logical**
不		有邏輯的

⇒ 沒有邏輯的

從來都不用功讀書，卻希望成績能提高，這是「不合邏輯」的事。讀書是無法作弊的，付出多少才能獲得多少結果。

29 **ir**rational*
[ɪˋræʃənl]

形 不理性的；不合理的

irrationality 名 不理性；不合理

It's **irrational** to be afraid of the number 4.
害怕 4 這個數字，是不理性的。

ir	+	**rational**
不		理性的

⇒ 不理性的

合理地分析一下，要求在一個月內完成需耗時一年的工程，這是「不理性」且「不合理的」要求。另外，在數學中，無理數的英文為 irrational number。

30 **ir**relevant**

[ɪˋrɛləvənt]

形 不相關的；不對題的

irrelevance 名 無關；不對題

The evidence is **irrelevant** to the case.
這個證據跟案件無關。

ir	+	relevant
不		相關的

⇒ 不相關的

美劇中，當對方在法庭上提到與案件無關的事時，律師或檢察官會說：「Objection! Irrelevant!」，意思就是「我方有異議！這和本案無關！」。

31 **ir**responsible*

[ˌɪrɪˋspɑnsəbl]

形 沒有責任感的；不須承擔責任的

irresponsibility
名 無責任感；不承擔責任

The **irresponsible** mother left her baby alone for an hour.
那位不負責任的母親放任她的嬰兒不管長達一個小時。

ir	+	respons(e)	+	ible
不		反應		可以……的

⇒ 無法反應的

在字根部分學到的 responsible（有責任感的）加上 ir（in），就成為「沒有責任感的」。

衍生詞 由字首 in 衍生的單字

inadequate [in+ad+equ+ate → 與基準不同的] 不充分的；不適當的
intangible [in+tang+ible → 無法觸碰的] 無形的
impertinent [im+per+tin+ent → 無法完全抓住的] 無禮的；沒有規矩的
illegal [il+leg+al → 不是法律的] 不法的；違法的
irregular [ir+regul+ar → 不被統治的] 不規則的
irresistible [ir+re+sist+ible → 無法相反地站著的] 無法抵抗的；魅惑的

PART 4

重要字首

DAY 53-58

讀完了〈超重要字首〉，接下來是〈重要字首〉，學測、公務員考試、轉學考、多益考試等，各類考試中必要的字首通通在這裡。這些字首到現在為止已經看過很多次，以後也會常常遇到。讓我們確實地把它們記到腦袋裡吧！

DAY 53

🎧 198

| **fore** | 提前；前面（before） |

01 **fore**father
['fɔr͵fɑðɚ]

名 祖先；祖宗

show respect to our **forefathers**
對我們的祖先表達敬意

fore 提前 + **father** 父親

⇒ 父親前面的父親

我父親前面的父親、祖父前面的父親、曾祖父前面的父親……。他們都是我的「祖先」，也可以說是「祖宗」。

02 **fore**see *
[fɔr'si]

動 預見；預知

foresight * 名 先見之明；展望

foresee natural disasters
預見自然災害

fore 提前 + **see** 看

⇒ 提前看

「提前」「看」，表示想像未來會發生什麼情況，也就是揣測並「預見」的意思。

03 **fore**tell
[fɔr'tɛl]

動 預言（= predict）

the ability to **foretell** the future
預言未來的能力

fore 提前 + **tell** 說

⇒ 提前說

提前說出尚未發生之未來的事情，也就是「預言」的意思。

04 **fore**finger
['fɔr͵fɪŋgɚ]

名 食指（= index finger）

比較　thumb　名 拇指
　　　middle finger　名 中指
　　　ring finger　名 無名指
　　　pinky finger　名 小指

point a **forefinger** at the door
用食指指著門

fore 前面 + **finger** 手指

⇒ 在前面的手指

我們提到手指時，就會想到從拇指到小指的五根手指，不過在英語裡，拇指並不一定包含其中。事實上，拇指與其他四根手指具有不同的解剖學特徵：拇指由兩根骨頭組成，而其他手指則有三根。拇指以外的手指中，以右手為基準，最「前面」的手指就是「食指」。

🎧 199

05 forehead *
['fɔr,hɛd]

名 額頭

He wiped the sweat of his **forehead**.
他擦去額頭上的汗水。

fore 前面 + **head** 頭

⇒ 頭的前面部分
在「頭部」的範圍內，最「前面的部分」就是「額頭」。

06 foremost *
['fɔr,most]

形 最前的；最先的；最重要的
副 在最前；首先；最重要地

This is one of the **foremost** museums in Asia.
這是亞洲最重要的博物館之一。

fore 前面 + **most** 最……的

⇒ 在最前面的
在「最」「前面」的，也就是第一個或第一名的位置，表示非常優秀且「最重要」的意思。

衍生詞 由字首 fore 衍生的單字

foreword [fore+word → 在前面的話] 前言；序言
forebear [fore+be+ar → 曾在前面存在的人] 祖先
foreshadow [fore+shadow → 在前面投射影子] 顯現預兆

---

ante
變化形 ant, anc

前面；之前（before）

01 antecedent
[,æntə`sidənt]

名 前例；先行事件
形 在前的；在先的

antecedently 副 在前地；先行地

trace the historical **antecedents**
追溯歷史 (先行) 事件

ante 之前 + **ced** 走 + **ent** 形容詞

⇒ 走在前面的
我們又看到我們在〈超重要字根〉篇學習過的 cede（走）。「前面」「經過」的事件，就是「前例」，也可以表示在某件事發生前先發生的「先行事件」。

02 ancestor*
['ænsɛstɚ]

名 祖宗；祖先

ancestral* 形 祖先的；祖傳的
ancestry* 名 （總稱）祖先；世系

the common **ancestor** of Neanderthals and modern people
尼安德塔人與現代人的共同祖先

an(te) 之前 + **cest** 走 + **or** 人

⇒ 走在前面的人

我們的「祖先」比我們「先」來到，並比我們「先」離開這個世界。

03 antique*
[æn'tik]

形 古代的；古風的
名 古董；古玩

antiquity* 名 古代；古老；古代遺物

collect **antique** furniture
收集古董傢俱

ant 之前 + **ique** 形容詞

⇒ 以前的

雖然是一般的飯碗，但如果是在「以前」的時代製作的，即為「古董」。

04 ancient**
['enʃənt]

形 古代的；古老的

ancient civilizations
古代文明

an **ancient** desire to live forever on the page
希望自己名字永留書頁的古老欲望

anc(i) 之前 + **ent** 形容詞

⇒ 之前的

意指比起我們生活的現代還要更「先前」的時代，也就是「古代的」。因為是從以前延續至今的意思，所以也可以指「古老的」、「很久以前的」。

---

post

後面；之後（after）

---

01 posterior*
[pɑs'tɪrɪɚ]

形 （空間或時間上）後面的
（↔ anterior（空間或時間上）前面的）

the **posterior** part of the eye
眼睛的後部

post(er) 後面 + **ior** 更……的

⇒ 在更後面的

可以指在空間上「在後面」的，也可以是時間上「在後面」的。

02 postpone*
[post`pon]

動 延期；延遲

postponement **名** 延期；延遲

postpone delivering bad news
拖延公布壞消息的時間

post	+	pon(e)
後面		放置

⇒ 把日程放到後面

本來想讀完書後再看網路漫畫，但是改變計畫，把讀書「放在」看網路漫畫「後面」，也就是將讀書「延後」至看網路漫畫之後。

03 postwar
[`postwɔr]

形 戰後的（↔ prewar 戰前的）

postwar American literature
戰後美國文學

the **postwar** generation
戰後世代

post	+	war
之後		戰爭

⇒ 戰後的

戰爭嚴重破壞了人民的生活和社會。戰爭前、後的生活不可能一樣，所以為了另外指出戰後時期，便創造了「戰後」一詞。

04 postscript
[`post͵skrɪpt]

名 附筆；附錄

a **postscript** to the tragic story
悲傷故事後的一個附筆

post	+	script
之後		書寫

⇒ 之後寫下的事物

信中的內容寫完結語「後」，另外再「寫下」的內容，稱為「附筆」。

衍生詞 由字首 post 衍生的單字

posterity [post(er)+ity → 從後面來的事物] 子孫；後代
postdate [post+date → 寫上之後的日期] 把日期遲填；發生於之後
postgraduate [post+graduate →（大學）畢業後的] **形** 研究所的 **名** 研究生

up

向上（up）

01 uphold *
[ʌpˋhold]

動 高舉；支持

uphold traditional moral values
支持傳統的道德價值

up 向上 + **hold** 撐起
⇒ 向上支撐

「向上」「支撐」主張或決定，便代表認為該主張或決定是正確的，而「表示支持」的意思。

02 uproot
[ʌpˋrut]

動 連根拔起；根除；把……趕出家園

The apple tree was **uprooted** in the storm.
蘋果樹在風暴中被連根拔起。

uproot discrimination and prejudice
根除歧視與偏見

up 向上 + **root** 根
⇒ 將根向上拉

把紮在地上的根「向上」拉，「根部」就會「被拔掉」。中文的「根除」有結束壞事的意思，英語也是一樣，具有徹底根除惡習和弊端之意。

03 upset **
[ʌpˋsɛt]

動 使心煩意亂；打亂
形 心煩意亂的；混亂的

He was deeply **upset** when I told the truth.
當我說出事實時，他非常憂心。

up 向上 + **set** 放置
⇒ 向上放置

讓下面部分朝上放置，就是「推翻」的意思。中文在描述傷心時，也會用「心情天翻地覆」來形容，而英語也是用這個字的「顛倒」意象來表示「生氣」或「傷心」的情感。

04 upside *
[ˋʌpˏsaɪd]

名 上面；好的一面
（↔ **downside** 下面；壞的一面）

an **upside** of running business with family
跟家人一起做生意的好處

[相關用法] upside down 上下顛倒

up 向上 + **side** 側面
⇒ 上面

「上方」的那一個「側面」，也就是「上面」。「下」帶有否定的意思，而「上」則帶有更正面且具發展性的意義，所以「上面」代表「好的一面」的意思。相反的，**downside** 則是下面、壞的一面的意思。

PART 4 重要字首

DAY 53

post・up

05 upright*
[ˈʌp,raɪt]

形 端正的；垂直的
副 挺直地；垂直地

She was sitting **upright** in the chair.
她直挺挺地坐在椅子上。

up 向上 + **right** 正確地

⇒ 正確地向上的

不向任何方向傾斜，「正確地」向「上」的姿勢，是非常「端正的」姿勢。

---

under

下面（under, below）

---

01 undergo*
[ˌʌndɚˈgo]

動 經歷；接受

undergoer 名 經歷者

undergo a major transformation
經歷巨大的變化

under 下面 + **go** 走

⇒ 在狀況下走

中文裡，如果我們說「在某種情況下」，意思就是「在該情況的影響之下」，也就是「正在經歷」那個狀況。在英語中也一樣，在「下面」表示「經歷」某事。

02 underline*
動 [ˌʌndɚˈlaɪn]
名 [ˈʌndɚ,laɪn]

動 畫底線；強調（= highlight）
名 底線

underline the importance of exercise
強調運動的重要性

under 下面 + **line** 畫線

⇒ 在下面畫線

課堂上老師要求畫線的部分，是真正重要的內容。因為非常重要，所以要畫下明顯的「底線」來「強調」。

03 underlie*
[ˌʌndɚˋlaɪ]

動 位於……的下面；構成……的基礎

underlying** **形** 在下面的；基本的

We tried to figure out the principles that **underlie** his decisions.
我們試著找出他的決定之下的原則。

under 下面 + **lie** 躺

⇒ 躺在下面
根本的事物會放在「下面」。建築物的「下面」的基礎為地基；進入現象「下方」，則可看到「原因」。「躺」在「下面」，指的就是構成其基礎部分的意思。

04 understate
[ˌʌndɚˋstet]

動 避重就輕地說；少報

understatement **名** 不充分的陳述

understate the repairing cost
少報修理費

under 下面 + **state** 說

⇒ 向下降低並說出
考試時錯了十個題目，卻把錯的題數「向下」減少，說自己只錯了五題，也就是「避重就輕地說」。

05 undertake**
[ˌʌndɚˋtek]

動 著手做；接受；同意

undertake a long-term project
著手進行長期計畫

under 下面 + **take** 採用

⇒ 在下面承攬
接受某件事並將其置於責任之「下」，也就是「負責」該工作的意思。放在我責任之下的工作，就是自己答應要做的事，所以也有「著手做」、「接受」的意思。

06 undergraduate*
[ˌʌndɚˋgrædʒʊɪt]

名 大學生
形 大學生的

a group of **undergraduate** students
一群大學生

under 下面 + **graduate** （大學）畢業

⇒ 在大學畢業以下的階段的
大學畢業「以下」的階段，指的是現在正在讀大學的意思，也就是「大學生」。

by

附帶的（secondary）
旁邊（beside）

01 **by**-product
[ˈbaɪˌprɑdʌkt]

名 副產物；副產品

比較 **coproduct** 名 副產物；聯產物

a **by-product** of gasoline refining
精煉石油的副產物

by 附帶的 + **product** 產物
⇒ 附帶的產物

工業化的目的，是利用技術生產更多的產品，進而豐富人們的生活。但是隨著工業化發展，煤炭燃料的使用增加，加速了環境污染。環境污染不是我們想透過產業化實現的目標產物，而是「副產物」。

02 **by**-election
[ˈbaɪɪˌlɛkʃən]

名 補選

hold a **by-election**
舉辦補選

by 附帶的 + **election** 選舉
⇒ 附帶的選舉

有時候會發生選舉的當選者在任期內死亡、辭職或失去資格，而不能繼續任職的情況。在這種情況下，不會等到下次的定期選舉，而是會進行「附帶」的「選舉」——「補選」。

03 **by**gone
[ˈbaɪˌgɔn]

形 過去的；已往的
名 過去的（不愉快的）事

a symbol of a **bygone** era
一個過去時代的象徵

by 旁邊 + **gone** 經過
⇒ 從旁邊經過

「過去」是已經逝去的時間。「從旁邊」擦身而「過」，不會再回來了。

04 **by**stander
[ˈbaɪˌstændɚ]

名 旁觀者；看熱鬧的人

比較 **onlooker** 名 觀眾；旁觀者

the **bystanders** of the shooting
槍擊案的旁觀者

by 旁邊 + **stand** 站著 + **er** 人
⇒ 站在旁邊的人

某件事情發生時，不是參與其中，只是「站在」「旁邊」的人，就是「旁觀者」。

05 bypass*
['baɪˌpæs]

名 旁道
動 繞過；置……於不顧

a **bypass** around the city
環市道路

by + **pass**
旁邊　　路

⇒ 向旁邊回頭的路

修路時，有時候會把路封起來。這麼一來，為了讓行人或車輛能從旁邊回頭，會在附近豎立指示「道路迂迴」的標誌牌。也有在公司「跳過」直屬上司，直接向高層報告的意思。

extra
變化形 **extro**

外面（outside）

01 extracurricular
[ˌɛkstrəkəˈrɪkjələ]

形 課外的

be involved in **extracurricular** activities
參加課外活動

extra + **curricular**
外面　　教學課程的

⇒ 教學課程外的

在國、英、數等「教學科目」之外，還有許多對學生有益的事物，所以學校也設立了圍棋社、話劇社、射箭社等，提供參加正規課程「以外」活動的機會。

02 extraterrestrial
[ˌɛkstrətəˈrɛstrɪəl]

形 地球之外的；外星人的
名 外星人

the search for **extraterrestrial** life
探尋地球之外的生命

extra + **terrestrial**
外面　　地球的

⇒ 在地球外面的

terrestrial（地球的）是已經在字根 terr（大地）學到的單字。「地球」「外」的廣闊宇宙對人類來說，還是未知的世界。很多人在看科幻小說或電影時，也都很好奇「地球」「外」有沒有「外星人」的存在。

03 **extra**ordinary**
[ɪkˋstrɔrdn̩͵ɛrɪ]

形 異常的；特別的；非凡的

except for **extraordinary** exceptions
除了特例以外

extra 外面 + **ordinary** 普通的

⇒ 普通以外的、不普通的

與「普通」人做出不同行動的人，我們通常會說他們相當「異常」。如果用在正面的意思，可以表示「特別」、「出色」。在中文裡，形容某人手藝很厲害時，我們也說「手藝非凡」。

04 **extra**vagant*
[ɪkˋstrævəgənt]

形 過度的；浪費的（= wasteful）

extravagance 名 過度；浪費

caution against **extravagant** spending
告誡不得過度花費

extra 外面 + **vag** 到處走動 + **ant** 形容詞

⇒ 過度徘徊而到處走動

vag 與 vague（模糊的）為相同的字源，意思是「到處走動」。在這裡加上字首 extra，用來形容過度漫無目的的行走。

05 **extro**vert*
[ˋɛkstrə͵vɝt]

名 性格外向者
（↔ introvert 性格內向者）
形 性格外向的（= extroverted）

people who are **extroverts**
外向的人

extro 外面 + **vert** 轉

⇒ 放眼外面的人

意為將視線「轉向」「外面」的人。究竟有多麼關心外面的世界，眼睛才會向外轉呢？有時間就喜歡外出見人的人，就是「外向的」人。

DAY 54

non   沒有的（not）

01 nonfiction
[ˌnɑnˈfɪkʃən]

名 非小說類散文文學

This **nonfiction** book is based on the life of a little Indian girl.
這本非小說是根據一位印地安小女孩的人生故事寫成的。

non 沒有的 + **fiction** 虛構；小說
⇒ 沒有虛構的
fiction（虛構；小說）的字根是 fic（製作），nonfiction 的意思是「沒有」製作的部分。我們將非創造、「實際的故事」稱為「非虛構」故事，又稱作「非小說」。

02 nonprofit
[ˌnɑnˈprɑfɪt]

形 非營利的
名 非營利團體

do volunteer work at a **nonprofit** organization
在非營利組織做義工工作

non 沒有的 + **profit** 利益
⇒ 沒有利益的
大家應該都有聽說過「非營利團體」，這些一般都是以學術研究或服務為目的的慈善團體。這些團體「沒有」「利益」，不過會接受捐贈或透過募捐來獲得經營費用。

03 nonsense*
[ˈnɑnsɛns]

名 胡說八道；胡鬧

The policy is **nonsense**.
這個政策根本是胡鬧。

non 沒有的 + **sense** 感覺；精神
⇒ 沒有意義的
中文裡有時也會說「沒有判斷力」，意思就是「沒有」正確的判斷或想法。

04 nonsmoking
[ˌnɑnˈsmokɪŋ]

形 禁菸的

nonsmoker 名 不抽菸的人

sit in the **nonsmoking** section
坐在禁菸區

non	+	smoking
沒有的		吸菸

⇒ 不能吸菸的

在國外旅行時，如果飯店的房間因為菸味而發出惡臭，可以立刻向櫃台要求更換成 nonsmoking room（禁菸房）。

05 nonstop
[ˌnɑnˈstɑp]

形 直達的；不停的；不休息的

The airline will offer **nonstop** flights to Singapore.
這家航空公司將提供前往新加坡的直達航班。

non	+	stop
沒有的		停止

⇒ 沒有停止的

搭乘前往美國或歐洲的長途班機時，會在位於中轉機場「停留」等待幾個小時，然後再改搭下一趟飛機。有些航班「不會」在中間點「停留」，而是直接飛往目的地，這就是 nonstop flight（直航班）。當然，直航航班價格會比較貴。

anti

變化形 ant

抵抗（against）
相反的（opposite）

01 antiaging
[ˌæntɪˈedʒɪŋ]

形 抗老化的

antiaging skin care products
抗老化的肌膚護理產品

anti	+	aging
抵抗		老化

⇒ 抵抗老化的

這是化妝品廣告中經常出現的單字，「抗老化」化妝品指的就是含有「防止老化」成分的化妝品。

02 **anti**bacterial
[͵æntɪbækˋtɪrɪəl]

形 抗菌的

antifungal 形 抗真菌的

use **antibacterial** hand soap
使用抗菌洗手皂

anti	+	bacterial
抵抗		細菌的

⇒ 抗菌的

中文的「抗菌」顧名思義，就是「對抗」「細菌」的性質或作用。英文和中文的字源結構相同。

03 **anti**body*
[ˋæntɪ͵bɑdɪ]

名 抗體

detect the presence of **antibodies**
偵測到抗體的存在

have an **antibody** test
做抗體檢測

anti	+	body
抵抗		身體

⇒ 抗體

這是生物學的單字。「抗體」與進入體內的細菌結合，使細菌無法活動。簡單來說，抗體能發揮「對抗」細菌之作用，在免疫上扮演極為重要的角色。

04 **anti**social*
[͵æntɪˋsoʃəl]

形 反社會的；非社交性的

antisocial personality disorder
反社會人格疾患

anti	+	social
抵抗		社會的

⇒ 對抗社會的

想像一下，與社會敵對的叛逆者，他們不管在哪裡，都喜歡用「反社會的」眼光看待社會，而且帶著「非社交性的」性格獨自行動。

05 **ant**arctic
[ænˋtɑrktɪk]

形 南極的

The most famous **antarctic** animal is the penguin.
南極最知名的動物是企鵝。

ant	+	arctic
相反的		北極的

⇒ 位於北極相反方向的

位於北極「相反方向」的另一個端點，就是「南極」。

06 **ant**onym
[ˋæntə͵nɪm]

名 反義詞

"Dark" is the **antonym** of "bright."
「黑暗」是「光明」的反義詞。

ant	+	onym
相反的		名字

⇒ 帶著相反意義的名字

表示「相反」之意的「名字」，就是「反義詞」。加上字首 syn（相同的），便成為帶有「相同」意思的名字，亦即 synonym（同義詞）。

counter
變化形 contra

抵抗（against）
相反的（opposite）

01 **counter**attack 動名 反攻；反擊
[ˋkaʊntərəˌtæk]

The Air Force and the Navy took part in the **counterattack**.
空軍和海軍加入反擊行動。

counter 抵抗 + **attack** 攻擊

⇒ 反擊

被敵方攻擊後，我軍也進行「攻擊」，亦即「反擊」。

02 **contra**ry ★★ 形 相反的（= opposite）；對立的
[ˋkɑntrɛrɪ]

be **contrary** to Paul's opinion
和保羅的意見相反

contra 相反的 + **ry** 形容詞

⇒ 相反的

指的是「相反的」東西。所謂「相反的」意見，就是像贊成和反對、接受和拒絕等互為相反的意見。

複習 之前學過的字首 counter 單字

counterpart [counter+part → 相反部分] 對應的人（或物）
contradict [contra+dict → 反對地說] 矛盾；反駁
contrast [contra+st → 反對地站] 動 對照；形成反差 名 差異；對照；對比
contraception [contra+cept+ion → 無法接受] 避孕

with　分開（away）

01 withdraw*
[wɪðˋdrɔ]

動 抽回；提取；撤銷

withdrawal* 名 抽回；提取；撤銷

withdraw from an engagement
撤銷契約

with 分開 + draw 拉

⇒ 拉過來使分開

在戰鬥中敗北，故將士兵拉回，使其和敵方分開，也就是「中斷」戰鬥並「撤銷」作戰。「取消」定存並將錢拿回，即為「提取」款項。

02 withhold*
[wɪðˋhold]

動 拒絕給予；隱瞞

withhold an important fact from consumers
隱瞞消費者重要的事實

相關用法 withdraw A from B
拒將 B 給予 A

with 分開 + hold 抓

⇒ 分開使其抓不到

「分開」使其「抓不到」，也就是「不給予」，並把它們收拾得遠遠的。孩子什麼都向嘴裡塞，所以要趕快收得遠遠的，以免被他們拿到。

mal　壞的（bad）

01 malice*
[ˋmælɪs]

名 惡意；敵意

malicious* 形 惡意的；懷恨的

There was no **malice** in her tone.
她的語氣裡並沒有惡意。

mal 壞的 + ice 名詞

⇒ 壞心

具有「仇恨」關係，代表彼此都有「壞心」、「惡意」。

02 **mal**function
[mælˈfʌŋkʃṇ]

- 名 機能不全；故障；疾病
- 動 機能失常；發生故障

an engine **malfunction**
引擎故障

mal	+	function
壞的		機能

⇒ 錯誤的機能

使用電腦或電子產品時，有時會出現 malfunction 的提示，表示功能運行錯誤，也就是「故障」的意思。

03 **mal**ady
[ˈmælədɪ]

- 名 疾病；（社會的）弊病

suffer from a rare **malady**
罹患罕見病症

a social **malady**
社會的弊病

mal	+	ad	+	y
壞的		帶著		名詞

⇒ 帶著不好事物的狀態

指的是身體「狀況」「不好」。此外，中文裡也會在出現嚴重社會問題時，說「社會生病了」，這個單字也同樣可以表示「嚴重的問題」或「弊端」。

04 **mal**ign
[məˈlaɪn]

- 動 誹謗（= slander）污衊
- 形 惡意的；有害的

repeatedly attempt to **malign** his image
不停試圖汙衊他的形象

mal	+	ign
壞的		誕生

⇒ 天生壞的

ign 和 gener（誕生）的字根相同，意思是從「誕生」時起便具備「壞的」性質。

05 **mal**eficent
[məˈlɛfəsṇt]

- 形 作惡的；
  有害的（↔ beneficent 有益的）

maleficent destroyers of other species
摧毀其他物種的有害生物

mal(e)	+	fic	+	ent
壞的		做		形容詞

⇒ 做壞事的

指的是不斷「做」「壞事」，亦即「有害的」狀態。迪士尼角色中的梅菲瑟（Maleficent），是在《睡美人》中登場的「壞」魔女的名字。

06 **mal**evolent
[məˈlɛvələnt]

- 形 有惡意的（↔ benevolent 仁慈的）；
  有害的

malevolently 副 惡意地；傷害地

be **malevolent** toward the success of others
對他人的成功懷有惡意

mal(e)	+	vol	+	ent
壞的		意圖		形容詞

⇒ 帶著不好意圖的

vol 和 will（意圖）的字根一樣，因為是帶著不好的意圖，所以意思是「惡意的」。用中文解釋，也是由不好的「惡」、意思的「意」二字組成。

mis

錯誤的（wrong）

01 mistake**
[mɪˋstek]

- 名 錯誤；失誤；誤會
- 動 弄錯；誤解（= misunderstand）；把……誤認為

mistakenly 副 錯誤地

I deleted some pictures by **mistake**.
我錯刪了一些照片。

mis 錯誤的 + **take** 接受

⇒ 接收錯誤

「錯誤」「接受」對方的意思，就是「誤會」。由誤會開始而導引出的行為，未來會成為令人後悔的「失誤」。

02 mischief*
[ˋmɪstʃɪf]

- 名 惡作劇；傷害

mischievous 形 惡作劇的；有害的

love to make **mischief**
喜歡惡作劇

mis 錯誤的 + **chief** 結果

⇒ 錯誤的行動

chief（主要的）是來自字根cap（頭）的單字。CEO是chief executive officer（最高執行者；執行長）的簡稱，也就是說，mischief意味著「壞事」達到「最高」點，最終導致事件爆發。

03 misconception*
[ˌmɪskənˋsɛpʃən]

- 名 誤解；錯誤想法

misconceive 動 （產生）誤解

correct **misconceptions**
修正錯誤的想法

mis 錯誤的 + **conception** 想法

⇒ 誤會

conception（想法）和 conceive（懷有）這兩個單字我們曾經學過。名詞 conception 加上 mis，就是「誤解」；若是動詞 conceive 加上 mis，就是「產生誤解」。

04 misbehave
[ˌmɪsbɪˋhev]

- 動 行為不禮貌；行為不端

misbehavior 名 不禮貌；品行不端

Kids often **misbehave** in order to get attention.
孩子常常會用不乖來獲取注意力。

mis 錯誤的 + **behave** 行動

⇒ 做出錯誤的行動

根據法律或規則，「錯誤的」行為是「不正當的」行為，而做出「錯誤」行為的青少年是問題青少年。

PART 4 重要字首

DAY 54

mal・mis

437

05 misconduct
動 [mɪskɑnˋdʌkt]
名 [mɪsˋkɑndʌkt]

動 作錯誤行為
名 不規矩；錯誤行為

She publicly apologized for her **misconduct**.
她為自己的錯誤行為公開道歉。

mis 錯誤的 + **conduct** 行動
⇒ 做出錯誤的行動

和上面學到的 misbehave 字源意思相同，意思是「做出錯誤行動」。

06 misfortune *
[mɪsˋfɔrtʃən]

名 不幸；災難

Misfortune turns to knowledge.
不幸會轉化為知識。

mis 錯誤的 + **fortune** 幸運
⇒ 不幸

「錯誤的」運氣找上門，所以是「不幸」。但是，人的一生中，區分幸運和不幸最重要的標準，就是自己付出了多少努力。

07 mishap
[ˋmɪs͵hæp]

名 事故；災難

reach the destination without any **mishaps**
沒有任何意外地抵達目的地

mis 錯誤的 + **hap** 偶然
⇒ 事故

happen（發生）是在 hap（偶然）這個字根下學到的單字，意思是「錯誤」發生的「偶然」。

08 mismatch *
名 [ˋmɪsmætʃ]
動 [mɪsˋmætʃ]

名 不一致；不協調
動 使錯配

the **mismatch** of names and pictures
名字和圖片不一致

mis 錯誤的 + **match** 相接
⇒ 不太適合的組合

衣服搭配得恰到好處時，我們會說「it matches you」，意思是「和你很相配」。組合「錯誤」而不適合，則是「不一致」、「不協調」的意思。

09 mislead
[mɪsˋlid]

動 把……帶錯方向；把……引入歧途

misleading 形 使人誤解的；騙人的

be **misled** by the mass media
被大眾媒體誤導

mis 錯誤的 + **lead** 引導
⇒ 向錯誤的方向引導

「引導」「錯誤」，亦即向不是真的方向引導，尤其是指傳遞「錯誤」資訊，為人們帶來混亂。

10 **mis**place
[mɪsˋples]

動 隨意擱置；誤置

misplacement **名** 隨意擱置；誤置

misplace a key somewhere
將鑰匙亂放在某處

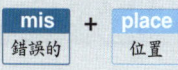

| **mis** 錯誤的 | + | **place** 位置 |

⇒ **放在錯誤的位置**
物品沒有放回原位，而是放在「錯誤的」「位置」，之後便不容易尋找。

11 **mis**understand
[͵mɪsʌndɚˋstænd]

動 誤會；誤解

He **misunderstood** her friendly gesture.
他誤解了她表示友好的手勢。

| **mis** 錯誤的 | + | **understand** 理解 |

⇒ **理解錯誤**
「理解」「錯誤」，就是「誤會」。

衍生詞　由字首 mis 衍生的單字

misdeed [mis+deed → 錯誤的行動] 不良行為；惡行
misdiagnosis [mis+diagnosis → 錯誤的診斷]（疾病、問題等）誤診
mistrust [mis+trust → 無法相信] 不信賴；不相信
miscall [mis+call → 呼叫錯誤] 叫錯名字；錯誤叫喚或稱呼

DAY 55

🎧 208

| **bio** | 生命（life） |

01 **bio**logy *
[baɪˋɑlədʒɪ]

名 生物學

biologist * 名 生物學家
biological ** 形 生物的；生物學的

miss **biology** class
錯過生物課

bio 生命 + **log(y)** 學問

⇒ 和生命相關的學問

log 是從「語言」到「思想」，再從「思想」擴張到「學問」之意的字根。研究「生命」體的學問，就是「生物學」。

02 **bio**diversity *
[ˌbaɪodaɪˋvɝsətɪ]

名 生物多樣性

legal efforts to preserve **biodiversity**
為了保存生物多樣性，在法律上所做的努力

The number of species is a common measure of **biodiversity**.
物種數是生物多樣性一個常見的測量指標。

bio 生命 + **diversity** 多樣性

⇒ 生物體的多樣性

diversity（多樣性）是在字根 vert（轉）下學到的單字。從「互相朝著不同方向轉」之意，成為「多樣性」的意思。隨著環境破壞，許多動植物瀕臨滅絕危機或已經滅絕，「生物多樣性」正在減少。

03 **bio**ethics
[ˌbaɪoˋɛθɪks]

名 生物倫理學

controversial topics in the field of **bioethics**
生物倫理學領域中爭議不休的主題

bio 生命 + **ethics** 倫理學

⇒ 生命倫理學

隨著生命科學的發展，複製人、基因製造相關的倫理問題開始受到廣泛討論，「生命倫理學」就是反思這些問題的學問。

04 **bio**rhythm
[ˋbaɪoˌrɪðəm]

名 生物節奏；生物週期

Travelling across time zones may disturb your **biorhythm**.
跨時區移動可能會擾亂你的生物節奏。

bio 生命 + **rhythm** 節奏

⇒ 生命活動的節奏

指的是睡眠時間、荷爾蒙變化等，週期性規律反覆的「生命」活動。

05 antibiotic*
[ˌæntɪbaɪˈɑtɪk]

名 抗生素
形 抗生的；抗菌的

avoid the overuse of **antibiotics**
避免過度使用抗生素

anti + **bio** + **tic**
抵抗　生命　形容詞

⇒ 抑制微生物的

如果罹患咽喉炎、扁桃腺炎等，然後去醫院看病，醫生通常會開立可以「對抗」造成發炎之「生物體」的物質「抗生素」作為處方。

---

dia　　橫跨（across）

---

01 dialect*
[ˈdaɪəlɛkt]

名 方言；土話

speak a **dialect** of southern Germany
講德國南部的方言

dia + **lect**
橫跨　話

⇒ 橫跨的話

遠遠「橫跨」的「話」，就是「方言」。中國大陸有許多「方言」，來自越遠方的方言越難聽得懂。

02 diarrhea
[ˌdaɪəˈriə]

名 腹瀉

suffer from **diarrhea**
受腹瀉之苦

dia + **(r)rhea**
橫跨　潮流

⇒ 橫跨的潮流

我們熟悉的單字 rhythm（節奏）也來自字根 rhea，這個單字的意思是「橫跨」內臟四處「流動」，亦即「腹瀉」。

03 diagonal*
[daɪˈægənl]

形 對角線的；斜的
名 對角線；斜線

move in a **diagonal** direction
斜斜地移動

dia + **gon** + **al**
橫跨　稜角　形容詞

⇒ 橫跨稜角的

octagon（八角形）、hexagon（六角形）的 gon 是稜角的意思。「橫跨」過稜角，即為「對角線」之意。

複習 之前學過的字首 dia 單字

diagram [dia+gram → 用線橫跨畫出的圖] 表格；圖形；圖表
dialogue [dia+logue → 跨越向對方說話的動作] 對話
diameter [dia+meter → 橫跨圓而測量出的距離] 直徑
diagnose [dia+gnose → 識破] 診斷；揭露（原因等）

PART 4 重要字首
DAY 55
bio ▪ dia

eco

環境（environment）
家（house）

01 ecosystem*
[ˈɛko͵sɪstəm]

名 生態系

destroy the delicate **ecosystem**
摧毀脆弱的生態系

eco 環境 + **system** 制度；體制

⇒ 環境組織而成的體制
所有生物都與環境及其他生物形成密切的關係並生存著。生物和「環境」互相連結形成的一個「體系」，就是「生態系」。

02 eco-friendly*
[ˈɛko͵frɛndlɪ]

形 環保的

prefer **eco-friendly** products
偏好環保產品

eco 環境 + **friendly** 親切的

⇒ 對環境親切的
所謂對環境親切的產品，便是指「環保的」產品，是將生產和使用過程中產生的環境破壞降到最小的產品。

03 ecology*
[ɪˈkɑlədʒɪ]

名 生態學；生態

ecologist 名 生態學家
ecological* 形 生態學的；生態的

cause damage to the marine **ecology**
對海洋生態造成破壞

eco 環境 + **log(y)** 想法

⇒ 與環境相關的學問
與「環境」相關的「學問」，就是「生態學」。

04 economy**
[ɪˈkɑnəmɪ]

名 經濟；經濟情況；節約

economic*** 形 經濟的；經濟學的
economical* 形 節約的；節儉的

disrupt the world **economy**
擾亂世界經濟

eco 家 + **nomy** 管理

⇒ 家庭生計管理
廣義來說，「環境」就是我們賴以生存的「家園」。這個單字原本為管理家庭生計之意，但是不僅限於家庭，描述更大規模的國家經濟時也可以使用。

geo

地球；大地（earth）

01 geometry *
[dʒɪˈɑmətrɪ]

名 幾何學

geometric *
形 幾何學的；幾何圖案的

require knowledge of **geometry**
需要幾何學的知識

geo	+	metr	+	y
大地		測量		名詞

⇒ 測量大地的行為

「幾何學」原本是為了「測量」「大地」而發展出來的。古希臘數學家厄拉托西尼運用幾何知識，只用兩個地點之間的距離和大地上出現的影子所形成的角度，就計算出地球的周長。

02 geothermal
[ˌdʒioˈθɝml]

形 地熱的

Geothermal energy can be used for electricity generation.
地熱能源可以用來發電。

geo	+	therm	+	al
大地		熱		形容詞

⇒ 從大地產生的熱

中文的「地熱」也使用了大地的「地」和炎熱的「熱」二個字，所以字源結構完全相同。「大地」產生的熱到底有多熱，只要到溫泉走一趟就知道了。

衍生詞 由字首 geo 衍生的單字

geography [geo+graphy → 書寫與大地有關的文章] 地理學
geology [geo+logy → 與大地有關的學問] 地質學
geocentric [geo+centric → 地球中心的] 地球中心的

micro

小的（small）

01 microscope *
[ˈmaɪkrəˌskop]

名 顯微鏡

look into the **microscope**
用顯微鏡觀察

micro	+	scope
小的		看

⇒ 可以看到小東西的工具

組成我們身體的細胞因為太小，光憑肉眼是看不見的。想要「看」到像細胞一樣非常「小的」東西，便需要「顯微鏡」的幫助。

02 microorganism 名 微生物
[ˌmaɪkroˈɔrɡəˌnɪzəm]

the spread of harmful **microorganisms**
有害微生物的散播

micro	+	organism
小的		有機體

⇒ 小的有機體

像細菌一樣非常「小的」「有機體」，叫做「微生物」。中文的「微生物」也含有微小的「微」字。

03 microwave *
[ˈmaɪkrəˌwev]

名 微波爐；微波

heat frozen lasagna in the **microwave**
用微波爐加熱冷凍千層麵

micro	+	wave
小的		波長

⇒ 小的波長

正如字源一樣，指的是「波長」短的電磁波。我們在家裡用的微波爐，是利用微波使水分子振動來加熱食物的機器。

tele

在遠方的（distant）

01 **tele**pathy
[təˈlɛpəθɪ]

名 心電感應

communicate through **telepathy**
用心電感應溝通

tele 在遠方的 ＋ **pathy** 感覺；感情

⇒ 遙遠的感覺

突然想要喝珍珠奶茶，朋友卻先向我提出一起去買珍珠奶茶的要求。他好像「從遠處」「感受」到了我的心，我們之間出現了「心電感應」。

02 **tele**scope＊
[ˈtɛləˌskop]

名 望遠鏡

make observations through a **telescope**
用望遠鏡來進行觀察

tele 在遠方的 ＋ **scope** 看

⇒ 可以看到遠處事物的工具

micro（小的）＋ scope（看）是顯微鏡的意思。如果以 tele（在遠方的）取代 micro，就是能「看到」「遠處」事物的工具，也就是「望遠鏡」。

03 **tele**vision＊＊
[ˈtɛləˌvɪʒən]

名 電視

watch a movie on **television**
在電視上觀賞電影

tele 在遠方的 ＋ **vis** 看 ＋ **ion** 名詞

⇒ 可以看到遠方景象的東西

打開「電視」，就可以看到遠處的消息或風景。既可以收看美國的新聞，也可以看到南極和撒哈拉沙漠的絕景。

04 **tele**communication
[ˌtɛlɪkəmjunəˈkeʃən]

名 遠端通訊；電信

configure a **telecommunications** network
安裝電信網路

tele 在遠方的 ＋ **communication** 溝通

⇒ 從遠處溝通

使用電話或網絡，就算在「很遠」的地方也能進行「溝通」，亦即可以進行「遠端通訊」。

PART 4 重要字首

DAY 55

micro · tele

auto

自行（self）

01 automobile*
[ˈɔtəməˌbɪl]

名 汽車
形 汽車的；
　自動推進的（= automotive）

produce **automobiles** that pollute the air
製造出會汙染空氣的汽車

auto 自行 + **mob** 移動 + **ile** 形容詞

⇒ 可自行移動的

只要靜靜地坐在汽車內並踩下油門，就可以讓輪子「自行」「移動」，向前行駛。

02 automatic**
[ˌɔtəˈmætɪk]

形 自動的

automatically 副 自動地；習慣性地

an **automatic** temperature control system
自動控溫系統

auto 自行 + **mat** 行動 + **ic** 形容詞

⇒ 自行行動

走到自動門的門口，不用用手推門，門會「自動」打開。感應器捕捉到人的動作，使門「自行」「行動」。

03 autonomy**
[ɔˈtɑnəmɪ]

名 自治；自治權

greater **autonomy** from the central government
中央政府所給予的更大自治權

auto 自行 + **nom** 法律 + **y** 名詞

⇒ 擁有自己的法律

台灣實行地方自治制度，每個地方自治團體都有各自的議會，該議會可制定各項自治法規。因為中央政府認可各個地方的「自治權」，所以允許他們「自行」擁有「法律」。

DAY 56

ob
變化形 oc, op

面對（against）
朝向（towards）

---

01 obvious**
[ˈɑbvɪəs]

形 明顯的；顯然的

obviously** 副 明顯地；顯然地

It was an easy task and the correct answer was **obvious**.
這個練習很簡單，正確答案也很明顯。

| ob 面對 | + | vi 路 (via) | + | ous 形容詞 |

⇒ 常常在路上遇到的
在「路」上來來往往總是會「遇到」的事物，表示看得很「清楚」。從「任誰看了都知道的事情」，也衍生出「顯然」的意思。

---

02 obscure**
[əbˈskjʊr]

形 黑暗的；模糊的；難以理解的
動 使變暗；使難理解

obscurity* 名 黯淡；模糊；難解

be written in **obscure** language
用難以理解的語言寫成

| ob 朝向 | + | scure 覆蓋 |

⇒ 籠罩
意指「被覆蓋」。從「因為被覆蓋而看不清楚」，成為「模糊的」、「難以理解的」的意思。

---

03 obsession*
[əbˈsɛʃən]

名 執著；著迷

obsess 動 使著迷；使煩擾
obsessive 形 令人著迷的；令人煩擾的
（= obsessional）

have an **obsession** with money
對金錢執著

| ob 朝向 | + | sess 坐 | + | ion 名詞 |

⇒ 面向坐著
只「面對」某個物品「坐著」，就代表對其非常「執著」的意思。

PART 4 重要字首

DAY 55 56

auto・ob・oc・op

447

04 occasion**
[əˈkeʒən]

名 場合；重大活動；時機

occasional**
形 偶爾的；特殊場合的

occasionally** 副 偶爾

beautiful dresses for special **occasions**
特殊場合穿的漂亮洋裝

oc	+	cas	+	ion
朝向		分離		名詞

⇒ 一下子掉下來的狀況

與形容「極端情況」時使用的名詞 case（情況；時候）來自相同的字根。某一天突然「降臨」在眼前的事件，就可以說是「特殊」情況。

05 opportunity**
[ˌɑpəˈtjunətɪ]

名 機會

It's a good **opportunity** for your hard work and great ideas to be recognized.
這是一個你的努力和好點子被認可的好機會。

op	+	port(un)	+	ity
朝向		港口		名詞

⇒ 適合航海的時候

在船作為主要的遠距離交通工具的時代，只有適航天氣才能出港。港口吹起適合的風時，就是可以乘船出去的「機會」。

06 opposite**
[ˈɑpəzɪt]

形 相反的；對立的；對面的
名 對立面；對立物
介 在……對面

oppose* 動 反對；反抗
opposition** 名 反對；反抗

come to **opposite** conclusions
得出相反的結論

op	+	pos	+	ite
朝向		放置		形容詞

⇒ 面對……放置的

不和我面向同一個地方，而是「相對立」的人，就是「位於」我「對面」的人。在足球場上，對方的球門也是在我方的「對面」。

複習 之前學過的字首 ob 單字

oblige [ob+lig(e) → 強制綁起] 強迫；施恩於；使感激
obstruct [ob+struct → 面對面建立] 阻擋；妨礙
obstacle [ob+sta+cle → 面對面站著] 障礙；障礙物

ab
變化形 adv

分開（away）
從（from）

---

01 **ab**normal *
[æbˋnɔrml]

形 不正常的；變態的

abnormality * 名 異常；變態

an **abnormal** rise in sea levels
海平面不正常的上升

| ab 分開 | + | normal 正常的 |

⇒ 遠離正常事物的

形容詞 normal（正常的）是來自 norm（標準）的單字。脫離標準，即為「脫離」「正常的」事物。

---

02 **ab**solute **
[ˋæbsə͵lut]

形 絕對的；完全的；確實的
名 絕對的事物

absolutely **
副 絕對地；完全地；確實

say with **absolute** certainty
完全肯定地說

| ab 分開 | + | sol(ute) 放鬆地解開 |

⇒ 完全分開解開

意思是將綑綁在一起的東西「解開」並「分開」，也就是完全獨立，不受其他事物影響的狀態。這個單字指的是「絕對的」、「確實的」狀態。

---

03 **ab**sorb *
[əbˋzɔrb]

動 吸收

absorption * 名 吸收

Greenhouse gases have been known to **absorb** heat.
眾人皆知溫室氣體會吸收熱。

| ab 分開 | + | sorb 吸；喝 |

⇒ 通通喝光

原本的意思是指一滴都不剩全部「喝掉」。毛巾把地上的水分全都「吸走」，亦即「吸收」的意思。

---

04 **ab**duction
[æbˋdʌkʃən]

名 誘拐；綁架

abduct 動 誘拐；綁架
abductor 名 誘拐者

keep a child safe from **abduction**
保護小孩不受綁架威脅

| ab 分開 | + | duct 引導 | + | ion 名詞 |

⇒ 引導至偏僻的地方

我們在字根 duct（引導）下學過了 abduct，意為「引導」到「偏僻的」地方，也就是「誘拐」的意思。在這裡加上名詞字尾，就成為了名詞。

PART 4 重要字首
DAY 56
ob・oc・op・ab・adv

05 advance**
[əd`væns]

動 前進；進展；進步
名 前進；發展

advanced** 形 先進的；高級的
advancement*
名 前進；進展；提高

advances in digital technology
數位科技的進步

相關用法 in advance 事先；提前

adv + **ance**
從　　前面

⇒ 從前面經過的

「向前」「走」，表示「前進」的意思。通常意味著向積極的方向前進，因此也衍生出「發展」之意。

06 advantage**
[əd`væntɪdʒ]

名 優點；優勢；利益

advantageous* 形 有利的；有益的

The **advantage** of booking tickets in advance is that you can choose seats.
事先訂票的好處就是你可以選位子。

相關用法 take advantage of 利用……

adv + **ant** + **age**
從　　前面　　名詞

⇒ 在前面的事物

在競爭中「領先」，表示佔了「上風」，也可以指能使自己更「向前」進一步的「優勢」。

近義詞 具有「優勢」之意的單字

advantage [adv+ant+age → 在前面的事物] 優勢
merit [merit → 當然的補償] 價值；優點
benefit [bene+fit → 好好進行的事] 優惠；利潤

se   分開（away）

01 separate***
動 [`sɛpə͵ret]
形 [`sɛpərət]

動 (使)分開；(使)分離；(夫妻)分居
形 分開的；個別的

separation** 名 分開；分離；分居
separative 形 傾向分離的
separately** 副 分離地；個別地

My sister and I have **separate** bedrooms.
我妹妹跟我的房間是分開的。

se + **par** + **ate**
分開　　準備　　動詞

⇒ 各自準備

把原本合在一起的東西「分開」「準備」，指的就是「分開」成「個別」的狀態。夫妻分居也可以用這個單字來描述。

02 secure** [sɪˋkjʊr]

- 形 安全的；安心的；牢固的
- 動 使安全；獲得；拴牢

security** 名 安全；防護
securely 副 安全地；牢固地

The child must be **secure** in his parents' power.
孩子在父母力量的保護下，必定非常安全。

se	+	cure
分開		照顧

⇒ 分開並照顧的

從危險「分開」並「照顧」，也就是「安全」地照顧之意；也衍生出「確實地保護」，使其遠離危險的意思。

03 select** [səˋlɛkt]

- 動 選擇；挑選
- 形 精選的；上等的

selection** 名 選擇；被挑選出的人（或物）
selective** 形 有選擇性的

select an opponent randomly
隨機選擇對手

se	+	lect
分開		選擇

⇒ 選出

在網路上購物時，雖然會看到所有商品，但是只會把自己喜歡或看中的商品放入購物車。為了和其他商品做出區別而「另外」「挑出」，就是「選擇」的意思。

04 segregate [ˋsɛgrɪˏget]

- 動 分離；隔離並差別對待（= discriminate）

segregation 名 分離；種族隔離

segregate work life from family life
將工作生活與家庭生活分開

se	+	greg	+	ate
分開		群體		動詞

⇒ 使自群體分開

從「群體」「分開」之意。另外給大家作為參考，字首 ag（ad）有「在……」的意思，因此 aggregate 為「貼近群體」，亦即「合起來」的意思。

近義詞 具有「分離」之意的單字

separate [se+par+ate → 各自準備] 動（使）分開；（使）分離；（夫妻）分居 形 分開的；個別的
segregate [se+greg+ate → 使自群體分開] 分離；隔離並差別對待
part [part → 分成部分] 名 部分；一部分 動 分開；分離
detach [de+tach → 各自綁住] 分離；揭開；離開
disconnect [dis+connect → 不連結] 失去聯絡；分離

05 seclude [sɪˋklud]

- 動 使孤立；使隔離

He **secluded** himself in another room.
他將自己關在另一間房間裡。

se	+	clude
分開		關閉

⇒ 獨自關住

和其他人「分開」「關著」，簡單來說就是「孤立」某人，使其無法和其他人一起玩。

06 severe** [sə`vɪr]

形 嚴重的；嚴格的；非常困難的

severely 副 嚴重地；嚴格地

A **severe** storm destroyed the barn.
一場嚴重的風暴吹壞了糧倉。

se 分開 + **vere** 親切的

⇒ 和親切相去甚遠的

與「親切」相去甚「遠」的老師，就是只要稍微違反規則，就會胡亂訓斥的「嚴」師。

07 secret** [`sikrɪt]

名 祕密；奧祕
形 祕密的；私下的

secretary*
名 祕書；（政府機關等的）祕書官

secretly* 副 祕密地；私下地

unlock new **secrets** of the DNA molecule
發現 DNA 分子的新祕密

se 分開 + **cret** 篩選

⇒ 另外篩選出的事物

心中有很多話，有些可以對別人說，有些卻不能說。將應該自己珍藏的事「另外」「篩選」出來，就是「祕密」。

---

syn
變化形 sym

一起（together）
一樣的（same）

---

01 synthesis** [`sɪnθəsɪs]

名 合成；綜合

synthetic 形 合成的；綜合的
synthesize 動 合成；綜合

a **synthesis** of Eastern and Western cultures
東西方文化的融合

syn 一起 + **thes** 放置 + **is** 名詞

⇒ 合而為一的事物

把相異的事物「聚集」到「一處」，意即整體合併，所以這個單字是「綜合」、「統合」的意思。在醫院做的綜合檢查，意思也是全身「一起」檢查。

02 synonym [`sɪnə,nɪm]

名 同義詞

synonymous* 形 同義的

replace a difficult word with a more common **synonym**
將困難的字用比較常見的同義詞取代

syn 一樣的 + **onym** 名字

⇒ 名字相同的事物

在學習字首 anti（相反的）時，我們曾短暫見過這個單字。antonym 是具有相反意義的單字，所以是「反義詞」；synonym 則是帶有相同意義的單字，也就是「同義詞」。查英文字典時常常會看到這兩個字。

03 **syn**chronize
[ˈsɪŋkrənaɪz]

動 (使)同時發生；(使)同步

synchronize the caption displays with the video
使字幕的呈現和影片同步

syn 一起 + **chron** 發生 + **ize** 動詞

⇒ 同時發生

奧運有一個項目叫做「水中芭蕾」（synchronize swimming）。兩人在水中越是正確地同時做出「相同的」動作，就可以得到越高分。

04 **sym**biotic *
[ˌsɪmbaɪˈɑtɪk]

形 共棲的；共生的

symbiosis 名 共生（關係）

a **symbiotic** relationship between algae and corals
藻類與珊瑚的共生關係

sym 一起 + **bio** 生命 + **tic** 形容詞

⇒ 一起活著的

中文的「共生」，也使用了共同的「共」與生活的「生」二字，亦即「共同」「生活」的意思。

複習 之前學過的字首 syn 單字

synergy [syn+ergy → 一起工作] 同時上升；加乘效果
sympathy [sym+pathy → 一起感受] 同情；憐憫；認同；支持
symphony [sym+phon(y) → 一起發出聲音] 交響曲；交響樂；交響樂團

bene

好的（good）

01 **bene**fit **
[ˈbɛnəfɪt]

名 利益；優惠

beneficent 形 有益的；慈善的
beneficiary * 名 受益人；受惠者

You can enjoy all the **benefits** of membership for only $50 per year.
每年只要 50 美元，您就能享受所有的會員優惠。

bene 好的 + **fit** 製作

⇒ 好好製作的事物

fit 是 factory（工廠）的字根 fac（製作）的變化形。「好好」「製作的」，也就是給予「優惠」或「利益」。在描述優惠券或贈品等購買優惠時，會使用這個單字。

02 beneficial ★★
[ˌbɛnəˈfɪʃəl]

形 有益的；有利的

A well-balanced diet is **beneficial** to health.
均衡飲食對健康是有益的。

bene	+	fic(i)	+	al
好的		製作		形容詞

⇒ 給予利益的

和上面所學的 benefit 有相同的字源結構，只是再加上形容詞字尾而已。「給予利益」，所以是「有利的」的意思。

03 benefactor
[ˈbɛnəˌfæktɚ]

名 贊助人；捐助者

benefaction 名 捐助；施捨

a **benefactor** of the educational institution
教育機構的贊助人

bene	+	fact	+	or
好的		製作		人

⇒ 給予利益的人

指的是「贊助人」，尤其是指透過捐款，一起創造「良好」「價值」的人。

近義詞 具有「贊助人」之意的單字

benefactor [bene+fact+or → 給予利益的人] 贊助人
sponsor [spon(s)+or → 答應支援的人] 名 贊助人；廣告業者 動 贊助
patron [patr+on → 像父親一樣的人] 贊助人；熟客
supporter [sup+port+er → 從下面搬運的人] 贊助人；支持者

04 benediction
[ˌbɛnəˈdɪkʃən]

名 祝福；祝禱

give the **benediction** before a meal
在用餐之前祝禱

bene	+	dict	+	ion
好的		說		名詞

⇒ 說好話的行為

字典的英文是 dictionary，意思是收集「話」的書。而 benediction 是說「好話」，亦即「祝福」。

DAY 57

super
變化形 sur

上面（above, over）
超出（beyond）

---

01 superb* [sʊˋpɝb]

形 華麗的；出色的（= excellent）；極好的

superbly
副 華麗地；出色地；極好地

a very enjoyable week with **superb** weather
天氣極佳、十分愉快的一週

super(b)
上面

⇒ 在上面的

不管是英文還是中文，「上面」都表示肯定，而「下面」則表示否定的意思。在其他東西「上面」，即為「優秀」、「出色」的意思。

---

02 superior* [səˋpɪrɪɚ]

形 上級的；優秀的
名 上司；長輩

superiority* 名 上級；優勢

be given **superior** scores on intelligence tests
在智力測驗得到優秀的成績

super + **ior**
上面   更……的

⇒ 在更上面的

指的是身分或階級處於「更高」的地位，也可以指公司、組織的「上司」或「長輩」。從「實力更勝一籌」的意義上，也有「優秀的」的意思。

---

03 superficial* [ˌsupɚˋfɪʃəl]

形 表面的；膚淺的

superficially 名 外表上；膚淺地

superficial differences such as size, age or race
表面的差異，如體型、年齡或種族

super + **fic(i)** + **al**
上面   表面   形容詞

⇒ 在表面上的

所謂的「表面」，指的是外表的一面。無法深入內心深處的本質，只能停留在表面，即為「表面的」、「膚淺的」的意思。

04 **super**fluous *
[suˋpɝfluəs]

形 過剩的；
不必要的 (= unnecessary)

Some parts of the report are **superfluous**.
報告中有某些部分是不必要的。

super + **flu** + **ous**
上面　流洩　形容詞

⇒ 向上流溢出

意思是「豐餘」到從「上面」「溢出」，溢出的部分即為「不必要的」部分。

05 **super**natural *
[͵supɚˋnætʃərəl]

形 超自然的

a belief in **supernatural** phenomenon
相信超自然現象

super + **natural**
上面　自然的

⇒ 超過自然事物的

意思是「超出」了一般自然現象的範圍。與死者溝通、狼人、惡靈等等，這些東西都是無法用自然法則解釋的「超自然」現象。

06 **sur**face ***
[ˋsɝfɪs]

名 表面；外觀
動 顯露；浮出水面

Approximately 30 percent of the Earth's **surface** is land.
地球表面大約有 30% 是陸地。

sur + **face**
上面　表面

⇒ 升上表面

中文裡也有「浮上水面」的說法，這是形容在選秀節目中，原本不太顯眼的候選人逐漸「嶄露」頭角，或者隱藏的祕密「暴露」時使用的單字。

07 **sur**plus *
[ˋsɝpləs]

名 過剩；盈餘；順差
形 過剩的；剩餘的

The trade **surplus** remains elevated.
貿易順差持續增長。

sur + **plus**
超出　加上

⇒ 超過並加上

簡單地說，plus 就是「加上」。「超過」投入的費用，剩下非常多的錢，也就是「過剩」之意。如果收入超過支出，就是「順差」。

08 **sur**prise **
[səˋpraɪz]

名 驚奇；令人驚訝的事物
動 使驚奇；使感到驚訝

surprised ** 形 感到驚訝的
surprising ** 形 令人驚訝的

The news came as a big **surprise**.
那則新聞實在令人驚訝不已。

sur + **prise**
超出　抓住

⇒ 越過來抓住

在戰鬥中，敵軍突然「越過」我們的土地，在我們的高地上「站穩了腳跟」，指的就是好像遭受意想不到的攻擊時一樣「令人驚訝」的事。

09 surrender*
[sə`rɛndɚ]

- 動 (使)投降；(使)自首；交出
- 名 投降；自首；交出

The troops have **surrendered** to the enemy.
軍隊已經向敵軍投降了。

sur	+	render
上面		給予

⇒ 傳給

「投降」時，會下跪並交「上」統治權，這個單字就是這樣產生的。

10 surround*
[sə`raʊnd]

- 動 圍繞；圍住

surrounding**
- 名 周圍；環境(-s)
- 形 周圍的；附近的

surround ourselves with a wall of fear
用一堵恐懼之牆包住我們自己

sur(r)	+	ound
上面		流溢

⇒ 溢出、遮掩

ound 與 water（水）來自相同的字源，意思是水從「上面」「溢出」，把周圍都「包圍」起來。

11 survey**
- 名 [`sɝve]
- 動 [sə`ve]

- 名 民意調查；考察；測量
- 動 調查；考察；測量

surveyor 名 調查員；考察者
surveyee 名 受調查者；受訪者

a **survey** on the impact of mass media
對大眾媒體的影響進行的調查

conduct a **survey**
進行調查

sur	+	vey
上面		看

⇒ 從上面查看

在沒有地圖的年代，在山「上」「看」，可以一眼「觀察」出地形，並進行「調查」。

per — 完全 (completely)

01 perfect *
形 [ˈpɝfɪkt]
動 [pɚˈfɛkt]

形 完美的；理想的
動 使完美；做完

perfection *
名 完美；盡善盡美；完成

perfect timing
完美的時機

per (完全) + fec(t) (製作)
⇒ 完全做出的
per 有「完全」、「自始至終」的意思。所謂製作「完全」的產品，就是從頭到尾都很「完美的」產品。

02 perform **
[pɚˈfɔrm]

動 表演；演奏；執行

performance ***
名 表演；執行；成果

She **performed** in a huge international event.
她在盛大的國際賽事中演出。

per (完全) + for(m) (製作)
⇒ 完全提供
努力到最後，以「完整」的狀態「提供」作品，指的是「表演」、「演奏」。

03 permanent **
[ˈpɝmənənt]

形 永遠的；永久的；固定性的

permanently
副 永久地；長期不變地

lead to **permanent** brain damage
導致永久的腦部損傷

per (完全) + man (留下) + ent (形容詞)
⇒ 完全留下的
man (留下) 是動詞 remain (餘留) 的字根。表示就算時間流逝，也會「完全」「留下」，也就是「永久的」的意思。

04 persevere
[ˌpɝsəˈvɪr]

動 堅持不懈

perseverance *   名 堅持不懈

persevere despite difficulties or obstacles
儘管有困難或障礙，仍堅持不懈

per (完全) + severe (極嚴重的)
⇒ 對自己非常嚴酷的
意思是「忍耐」到對自己「殘酷」的程度。忍耐本來就是若不嚴加鞭策自己，便不可能做到的事。

05 persuade**
[pɚˋswed]

動 說服；使某人相信

persuasion*
名 說服；(宗教上的)信仰

She **persuaded** her dad to change his mind.
她說服她爸爸改變心意。

per	+	suade
完全		忠告

⇒ 忠告到聽進去為止

意思是緊追到最後「進行忠告」。另外給大家參考，dissuade 是用 dis（不）取代 per，意思是不斷「提出忠告」，直到某事結束為止，亦即讓人「打消念頭」之意。

複習 之前學過的字首 per 單字

perplex [per+plex → 完全複雜地摺疊的] 使困惑
persist [per+sist → 完全站起] 固執地繼續；持續
perspective [per+spec(t)+ive → 完全（洞悉）看著的事物] 觀點；視角；遠近畫法

---

en
變化形 em

使做（make）

---

01 enable**
[ɪnˋebl]

動 使能夠；使成為可能

Recent technologies **enable** us to produce magazines online.
近年的科技讓我們能夠在線上製作雜誌。

en	+	able
使做		可以……的

⇒ 使可以做某事

意思是「使可以」，也包含了「幫助」別人，使其可以做到某事的意思。

02 encourage**
[ɪnˈkɝɪdʒ]

動 激發勇氣（↔ discourage 勸阻）；鼓勵；獎勵；慫恿

encouragement＊＊
名 鼓勵；獎勵

I really **encourage** you to participate in this event.
我十分鼓勵你去參加這個活動。

en（使做）+ **courage**（勇氣）
⇒ 使有勇氣

在來自字源 cour（心臟；內心）的單字 courage 加上字首 en，意思是在心中注入「勇氣」。若擴展其字義，則衍生出使人產生做某事的想法，也就是「鼓勵」、「慫恿」的意思。

近義詞 具有「獎勵」之意的單字
encourage [en+courage → 使有勇氣] 激發勇氣；獎勵
promote [pro+mote → 向前行動] 促進；宣傳；獎勵
stimulate [stimul+ate → 使興奮；指出] 刺激；激勵；獎勵

03 endanger＊
[ɪnˈdendʒɚ]

動 危害；危及

endangered＊ **形** 瀕臨絕種的

endanger the lives of the soldiers
危及士兵的生命

en（使做）+ **danger**（危險）
⇒ 使危險

en 也有「放入」的意思。「使危險」，就是把某人或某物「放入危險狀況中」。

04 enlarge＊
[ɪnˈlɑrdʒ]

動 （使）放大；（使）擴充

enlargement＊ **名** 放大；擴充

enlarge the font size
將字體放大

[相關用法] enlarge on 根據……詳細說明

en（使做）+ **large**（大的）
⇒ 變大

在大家都知道的形容詞 large 前加上字首 en，就變成了這個字。用電腦編輯圖像時，「放大」的按鈕就是 enlarge。

05 enrich＊
[ɪnˈrɪtʃ]

動 使豐富；使充實

enrichment＊ **名** 豐富；充實

enrich the experience by travelling
靠著旅行來豐富經驗

en（使做）+ **rich**（富有的）
⇒ 使富有

意思是變成「富翁」。從像有錢人一樣，擁有很多某種東西的意義，衍生出「使豐富」的意思。

06 ensure**
[ɪnˈʃʊr]

動 使確實去做……；保障；確保

The news team tries to **ensure** accurate and fair reporting.
新聞團隊試著確保報導的正確公正。

en	+	sure
使做		確實的

⇒ 使確實

有一句常用的慣用語叫做 make sure，與 ensure 的字源意思相同，兩者的意思都是「使確實」，亦即「保障」的意思。

近義詞 具有「保障」之意的單字

ensure [en+sure → 使確實] 使確實去做……；保障；確保
assure [a(s)+sure → 使安全] 打包票；確信；保障
guarantee [guarant(ee) → 遵守] 保障；約定

07 entitle
[ɪnˈtaɪtl]

動 給……權力（或資格）；
將書取名為……

entitlement* **名** 權利；資格

publish a book **entitled** "Secret"
出版一本名為《秘密》的書

en	+	title
使做		標題

⇒ 做出標題

意指為書加上「標題」。title 的原意為「書名」，亦即「書的名字」，後來也包括職級、官職的名稱。

08 embark*
[ɪmˈbɑrk]

動 上船（或飛機等）
（↔ disembark 登陸）；從事；著手

embark on a risky business
著手進行大膽的事業

em	+	bark
使做		小船

⇒ 使搭上船

en 的發音隨著後面的子音改變成 em。因為搭上船是航海的開始，所以具有「開始從事」的意義。

09 empower*
[ɪmˈpaʊɚ]

動 授權；使能夠

empowerment* **名** 授權

The city government is **empowered** to make decisions on local matters.
市政府被授權能夠對地方事務作決策。

em	+	power
使做		力量

⇒ 使有力量

指的是賦予可以做某事的「力量」、「權力」。disempower 因為添加了否定的字首 dis，所以是剝奪已賦予的權力。

a	非常（very） 不（not）

01 alike**
[əˈlaɪk]

形 相同的；相似的
副 相同地；相似地

like*** 介 連 像……
動 喜歡

She and her brother are **alike** in a number of ways.
她跟她哥哥在一些層面上很相似。

a 非常	+	like 相像的

⇒ 非常相像

為了強調的意思而加上字首 a，則表示「非常地……」的意思。如果用 alike 代替 like，就表示兩人非常「相似」。

02 ashamed*
[əˈʃemd]

形 非常羞恥的

shame** 名 羞恥心；恥辱
動 使感到羞恥

feel **ashamed** of a torn coat
因為破舊的大衣而感到非常羞恥

a 非常	+	shamed 羞恥的

⇒ 非常羞恥的

shame 的過去分詞 shamed 本身有「羞恥的」的意思，加上字首 a 可以更加強調其意義，意思就變成「非常羞恥的」。

03 amaze
[əˈmez]

動 使驚訝（= astonish）

maze 名 迷宮；混亂 動 使混亂
amazing* 形 驚人的；令人驚訝的
amazement* 名 驚訝

His rapid recovery has **amazed** both him and his doctors.
他康復極為迅速，讓他自己和醫生都驚訝不已。

a 非常	+	maze 使混亂

⇒ 使非常混亂

maze 表示讓人混亂的，而 amaze 就是讓人非常混亂，而使人「驚訝」的。

04 arise**
[əˈraɪz]

動 升起；發生

if the occasion **arises**
必要的時候（字面：當機會出現的時候）

a 非常	+	rise 起來

⇒ 某件事真的發生

擔心或期待的特別事件「真的」「發生」時，就可以使用這個單字。

05 asocial
[eˋsoʃəl]

形 反社會的；非社交的

an **asocial** personality
反社會人格

a	+	social
不		社會的

⇒ 不社會性的

字首 a 作為否定的意思使用時，發音是 [e]。「不是」「社會性」，所以意思是「反社會性」、「非社交性」。

06 apolitical
[ˏepəˋlɪtɪkl]

形 不關心政治的；厭惡政治的

apolitically 副 不關心政治地

He's **apolitical** and doesn't support any political party.
他不關心政治，也不支持任何政黨。

a	+	political
不		政治的

⇒ 不政治的

「不」政治性的，就是「對政治漠不關心」。最近，對政治漠不關心的人很多，越來越多人選舉日不去投票，而是從事個人活動的人。

PART 4 重要字首
DAY 57

DAY 58

🎧 220

mono
變化形 mon

一（one）
獨自（alone）

---

01 monorail
[ˈmɑnəˌrel]

名 單軌電車

take a **monorail** to the hotel
搭乘單軌電車去旅館

mono	+	rail
一		線路

⇒ 一條線路的
我們四周常見的火車或地鐵，都是行駛在兩條鋼鐵打造的路線上；而「單軌電車」顧名思義，就是沿著一條線路行駛的列車。

---

02 monolingual
[ˌmɑnəˈlɪŋgwəl]

形 僅懂一種語言的；單語的
名 僅懂一種語言的人

confuse **monolingual** readers
使僅懂一種語言的讀者感到困惑

mono	+	lingual
一		語言

⇒ 使用一種語言的
在學習字根 lingu（語言）時，我們曾看過 bilingual（懂兩種語言的）這個單字。如果用 mono（一個）來取代 bi（兩個），則表示「僅懂一種語言的」。

---

03 monotone
[ˈmɑnəˌton]

名 單調；〈音樂〉單音調

monotonous *
形 單調的；無變化的

speak in a weary **monotone**
用疲倦、沒有抑揚頓挫的聲音說話

mono	+	tone
一		聲音

⇒ 一種音調
如果講話時沒有高低強弱，只用「一種」「音調」，那就太「單調」了，會很難吸引聽者的注意力。

---

04 monopoly *
[məˈnɑplɪ]

名 獨占；壟斷

monopolistic 形 獨占的；壟斷的
monopolize 動 獨占；壟斷

have a **monopoly** on Internet services
壟斷網路服務

mono	+	poly
獨自		販賣

⇒ 獨自販賣
有個人把國內所有的米都買光了，所以現在只有他「一個人」可以「賣」米，這代表他「壟斷」了米的市場。無論他的米價有多貴，大家也沒有其他方法，只能向他買米。

05 monarch*
[ˈmɑnɚk]

名 君主；國王；女王

monarchy* 名 君主國；君主政治

The **monarch** enjoyed absolute power.
君主享有絕對的權力。

mon	+	arch
獨自		支配

⇒ 獨自支配的人

在過去，國王的話就是法律。如果國王要一個人死，那個人就必須死，這是因為「國王」「獨自」「統治」了整個國家。

06 monk*
[mʌŋk]

名 修道士；僧侶

He has lived a simple life like a **monk**.
他過著有如修道士般的簡樸生活。

mon(k)
獨自

⇒ 獨自走動的人

「修道士」們一輩子都不結婚，「獨自」生活，這是為了斷絕塵世姻緣，專心奉獻於神。

---

uni
變化形 un

一（one）

---

01 uniform**
[ˈjunəˌfɔrm]

名 制服；軍服
形 相同的；不變的

wear a **uniform**
穿制服

uni	+	form
一		形態

⇒ 一種形態

校服的英文是 school uniform。從遠處看著穿校服的一群學生，分不清楚誰是誰，這是因為「制服」會讓穿著它的人看起來都是「一種」「形態」。

02 unicorn
[ˈjunɪˌkɔrn]

名 獨角獸

I saw a white **unicorn** in my dream.
我在夢中看到一頭白色的獨角獸。

uni	+	corn
一		角

⇒ 一隻角的禽獸

這是出現在童話或神話中的幻想動物。正如字源所示，獨角獸只長了「一隻」「角」。

03 **uni**fy
[ˋjunə,faɪ]

動 統一；使一致

unification* 名 統一；一致

The king **unified** the country after years of war.
在多年的戰爭後，國王統一了國家。

uni 一 + **fy** 製作

⇒ 使成為一個
將兩個國家合併「成為」「一個」國家，就是「統一」。

04 **uni**on**
[ˋjunjən]

名 合併；聯盟

the student **union** office
學生會辦公室

uni 一 + **on** 名詞

⇒ 一個的事物
EU 是 European Union（歐洲聯盟）的縮寫。歐盟國家使用共同貨幣歐元，成員國之間也不徵收關稅。雖然是多個國家的集合，但就好像是「一個」國家一樣。

05 **uni**que**
[juˋnik]

形 獨特的；獨一無二的

Everyone has a **unique** personality.
每個人都有獨一無二的個性。

uni 一 + **que** 形容詞

⇒ 只有一個的
世界上「只有一個」，代表該事物與其他東西之間，擁有可明確區分的「獨特的」特徵。每個人都是這個世界上「獨一無二」的存在，都擁有自己的「固有」價值。

06 **uni**te*
[juˋnaɪt]

動 使聯合；統一

unity* 名 聯合；團結；統一

The community members have **united** to protest against the city's development plan.
社區成員聯合起來一起反對都市發展計畫。

uni 一 + **te** 動詞

⇒ 成為一個
美國的正式國名是 the United States of America（美利堅合眾國）。這個名稱源於將北美大陸上的多個州「聯合」起來，成為「一個」國家的意義。

07 **uni**verse**
[ˋjunə,vɝs]

名 宇宙；全世界

universal*
形 全體的；普遍的；一般的

university* 名 大學

our existence in this **universe**
我們在這個宇宙當中的存在

uni 一 + **verse** 改變

⇒ 變成一個大事物
包含所有事物和時間的「一個」整體，就是「宇宙」。

08 unanimous*
[juˋnænəməs]

形 全體一致的；異口同聲的

unanimously 副 全體一致地
unanimity 名 全體一致；一致同意

reach a **unanimous** decision
做出大家都同意的決定

un + **anim** + **ous**
一　　　心　　　形容詞

⇒ 心成為一體的

今天晚上大家吃披薩的「心」成為「一體」，也就是大家「異口同聲」決定晚餐吃披薩。

---

bi
變化形 bin

二（two）

---

01 bicycle*
[ˋbaɪsɪkl̩]

名 腳踏車

ride a **bicycle**
騎腳踏車

bi + **cycle**
二　　　圓圈

⇒ 有兩個輪子的

在我們搭乘的交通工具中，有「兩個」「輪子」的是「自行車」。摩托車雖然也有兩個輪子，但是因為裝有馬達，所以和自行車做出區分，稱為 motorcycle。

02 binary*
[ˋbaɪnərɪ]

形 二元的；二進位的

Computers use the **binary** system.
電腦使用二進位系統。

bin + **ary**
二　　　形容詞

⇒ 成為兩個的

僅使用零和一「兩個」數字呈現數的方法，就是「二進位法」。

03 binocular
[bɪˋnɑkjələ˞]

形 雙眼的
名 雙眼望遠鏡

abnormal **binocular** vision
不正常的雙眼視覺

bin + **ocul** + **ar**
二　　　眼睛　　形容詞

⇒ 用兩眼看的

telescope（望遠鏡）有兩種，一種是用單眼看的，另一種是用兩隻眼睛看的。其中，用兩眼看的稱為 binocular telescope。

du
變化形 dou

二 (two)

01 dual**
[ˈdjuəl]

形 雙的；雙倍的；雙重的

A lot of working mothers are struggling to perform **dual** roles.
許多職業媽媽努力扮演雙重角色。

du 二 + **al** 形容詞

⇒ 兩個的

對電腦有興趣的讀者應該很熟悉「雙核」一詞，亦即一個 CPU 內有兩個核心，和單核比起來處理速度更快。

02 double**
[ˈdʌbl]

形 雙的；雙倍的；雙層的
名 兩倍
動 (使)變成兩倍；把……對折
副 雙倍地；雙重地

The cost will approximately **double**.
成本會大概變成兩倍。

His statement has **double** meaning.
他的話有兩層意義。

dou 二 + **ble** 折

⇒ 折成兩層

將十張紙「折」成「兩層」，就會變成二十張，厚度增加成「兩倍」。

03 doubt**
[daʊt]

動 懷疑
名 懷疑；疑問

Paul raised his **doubt**.
保羅提出了他的疑問。

dou(bt) 二

⇒ 擁有兩邊性質的狀態

朋友雖然說站在我這邊，但是和我討厭的人關係也很好。兩邊都有關係，令人不禁「懷疑」朋友是不是真的站在自己這邊。

twi
變化形 twee

二（two）

01 **twi**ce ★★
[twaɪs]

名 兩次；兩倍

flower **twice** during the year
一年開花兩次

twi(ce)
二

⇒ 成為兩個
數字 two（二）也是來自這個字根。twice 從「二」衍生出「兩次」或「兩倍」的意思。

02 **twi**n ★
[twɪn]

名 雙胞胎之一；雙胞胎 (-s)
形 雙胞胎的；成對的

three pairs of identical **twins**
三對同卵雙胞胎

twi(n)
二

⇒ 兩個
孩子一次生出兩個，也就是「雙胞胎」。同時指稱雙胞胎的兩者時，常常會用複數形 twins。

03 **twi**st ★
[twɪst]

動 扭轉；搓成，編成；曲解
名 扭；搓／編成的東西；曲解

She **twisted** her hair nervously.
她緊張地捲著她的頭髮。

twi(st)
二

⇒ 用兩條線製成的繩子
如果想拿「兩」條線製成繩子，就得把兩條線「搓」在一起。把他人的話「扭曲」，就是「曲解」。

04 **twi**light ★
[ˈtwaɪˌlaɪt]

名 黃昏時分；暮光

The valley looked more beautiful in **twilight**.
山谷在暮光中看起來更加美麗。

twi 二 + **light** 光

⇒ 兩道光交叉的時刻
當太陽西下，陽光變得昏暗的同時，天空的另一邊也開始可以看到月亮。陽光和月光「兩」道「光」交錯的時刻，也就是夕陽西下的時刻。

223

05 between ★★★
[bɪˈtwin]

介 在……之間

the relationship **between** language and thinking
語言與思考之間的關係

[相關用法] come between
損害……之間的關係；挑撥……

be (旁邊 by) + **twee(n)** (二)

⇒ 在兩旁的

如果 102 棟在 101 棟旁邊，也在 103 棟旁邊，就代表 102 棟位於 101 和 103 棟「之間」。

---

tri　　三（three）

---

01 triple ★
[ˈtrɪpḷ]

形 三倍的；三重的
動 (使)變成三倍

Average labor productivity has **tripled** in the past 20 years.
平均勞動生產率在過去的 20 年內增加成三倍。

tri (三) + **ple** (折)

⇒ 折成三層

就像 double 從折成兩層的意義衍生出「兩倍」的意思，「折」成「三」層就是變成「三倍」。

02 triangle ★
[ˈtraɪˌæŋgḷ]

名 三角形；三角關係

a **triangle**-shaped object
三角形的物體

tri (三) + **angle** (折)

⇒ 三個角形成的圖形

「三」個「角」形成的圖形，就是「三角形」。

03 tribe ★
[traɪb]

名 部落；種族

the customs of the Masai **tribe**
馬賽人部落的傳統

tri (三) + **be** (有)

⇒ 有三位以上的人

要成為一個「部落」，兩人有點少，至少要有「三」人以上才行。

470

04 trivial *
[ˈtrɪvɪəl]

形 瑣碎的；不重要的；平常的

trivia 名 瑣事；細微末節

The issue seemed **trivial** at first.
這個議題在一開始時顯得無關緊要。

tri	+	via	+	al
三		路		形容詞

⇒ 三條路相遇的

只要是「三」條「路」交會處，就是很多人來往的地方。這裡不是特殊的族群才能聚集的祕密場所，而是「常見」且「平凡」的地方。

衍生詞 由字首 tri 衍生的單字

trilogy [tri+log(y) → 三個故事] 三部曲
tridimensional [tri+dimension+al → 三種次元] 三次元的
trident [tri+dent → 三個牙齒] 三叉戟
trio [tri(o) → 三] 三人組；三重奏

---

multi

多數的（many, much）

---

01 multitask
[ˌmʌltɪˈtæsk]

動 多工處理

Multitasking is about multiple tasks alternately sharing one resource.
多工處理指的是許多任務輪流使用同一個資源。

multi	+	task
多數的		課題

⇒ 一次解決多個課題

一邊聽音樂，一邊吃飯，還可以用智慧型手機玩遊戲。三項「工作同時進行」，就是「多工處理」。

02 multimedia *
[ˌmʌltɪˈmidɪə]

名 多媒體

a **multimedia** exhibition on the history of technology
關於科技史的多媒體展覽

multi	+	media
多數的		媒體

⇒ 多數的媒體

media 是在字根 medi（中間）學到的單字——medium（媒體）的複數形。複合使用影像、音頻、文字等「多數」的溝通「媒體」，即為「多媒體」。

03 **multi**tude ★★
[ˋmʌltə͵tjud]

名 許多；群眾

attract a **multitude** of visitors
吸引非常多訪客

| **multi** 多數的 | + | **tude** 名詞 |

⇒ **非常多的數**
意思是「非常多的數量」，也可以指的是聚集很多人，於是衍生出「群眾」之意。

04 **multi**cultural ★
[͵mʌltɪˋkʌltʃərəl]

形 多元文化的；融合多種文化的

raise awareness for **multicultural** families
喚起（眾人）對多文化家庭的意識

| **multi** 多數的 | + | **cultur(e)** 文化 | + | **al** 形容詞 |

⇒ **多數文化聚集的**
指的是「多數的」「文化」聚在一起的現象。台灣也有很多國家的人移入，讓台灣逐漸形成「多元文化」社會。

PART 5

字尾

DAY 59-60

字尾是決定單字詞性的關鍵,
所以在判斷文章脈絡上非常實用。
懂得字尾,便能衍生出無數個單字,也可以預測單字。
字尾可分成名詞、動詞、形容詞和副詞字尾,
但是一點也不複雜。
好好掌握接下來出現的單字吧!

DAY 59

🎧 225

名詞字尾

01 -er
變化形 -or, -ar

名尾 執行動作者
（做……的人、做……的工具）

employer** 名 雇主
— employ 動 僱用
hacker 名 入侵者；駭客
— hack 動 未經允許侵入他人的電腦系統
stroller 名 散步者 — stroll 動 散步
editor** 名 編輯 — edit 動 編輯
prosecutor 名 檢察官
— prosecute 動 提起訴訟
scholar* 名 學者
— school 名 學校 動 教育

employ 僱用	+	er 做……的人

⇒ 僱用的人、雇主

字尾 er 是指「做……的人」或「做……的工具」。我們熟悉的 scanner（掃描機）、sneakers（運動鞋）都是由 er 所衍生出來的單字。

02 -ee

名尾 接受動作者（被……的人）

employee** 名 員工
— employ 動 僱用
trainee* 名 受訓者 — train 動 訓練
examinee 名 受檢查者
— examine 動 檢查
adoptee 名 養子
— adopt 動 採用；領養

employ 僱用	+	ee 被……的人

⇒ 被僱用的人、員工

如果說 er 指的是執行動作的人，那麼 ee 就是指成為接受動作的人。加上字尾 ee 後，重音便會落在 ee 上，所以在讀的時候要特別加強 ee 的發音。

03 -ist

名尾 執行動作者（做……的人）

artist** 名 藝術家 — art 名 藝術
terrorist* 名 恐怖份子
— terror 名 恐怖；驚駭
specialist** 名 專家；專科醫生
— special 形 特別的；專門的
psychologist* 名 心理學家
— psychology 名 心理學

art 藝術	+	ist 做……的人

⇒ 藝術家

字尾 ist 也表示「做……的人」之意，主要構成 artist（藝術家）、pianist（鋼琴家）、scientist（科學家）等表示職業的單字。另外給大家做為參考，historian（歷史學者）、electrician（電氣技師）中使用的字尾 (i)an 也呈現出專業性，意指「做某事的人」。

04 -ant
變化形 -ent

名尾 執行動作者（做……的人）

Protestant* 名 新教教徒
— protest 動 抗議
assistant* 名 助手 — assist 動 幫助
consultant* 名 顧問
— consult 動 諮詢
resident* 名 居民 — reside 動 居住
recipient* 名 接受者
— receive 動 接受

protest 抗議 + **ant** 做……的人

⇒ 新教教徒
Protestant 指的是「新教教徒」。這個字是在動詞 protest（抗議）後面加上 ant（做……的人）所形成的，意指自十六世紀宗教改革以來，對當時天主教教會「抗議的人」。

05 -ary

名尾 執行動作者（做……的人）

secretary* 名 祕書 — secret 名 祕密
missionary* 名 傳教士
— mission 名 傳教；任務
beneficiary* 名 受益人；受惠者
— benefit 名 利益

secret 祕密 + **ary** 做……的人

⇒ 管理祕密的人、祕書
祕書最大的作用是什麼？處理雇主的大小事，並守住自己在工作過程中知道或聽到的「祕密」。

06 -ive

名尾 執行動作者（做……的人）

detective* 名 偵探 — detect 動 偵查
relative*** 名 親戚
— relate 動 使有關聯；有關係
representative** 名 代表人
— represent 動 代表

detect 偵查 + **ive** 做……的人

⇒ 偵探
detective 指的是像福爾摩斯等等我們所熟悉的「偵探」，而 detector 則是「探測器」。

07 -ion
變化形 -ation, -tion

名尾 動作；性質；狀態

introduction** 名 介紹
— introduce 動 介紹
circulation** 名 循環
— circulate 動 循環
expectation** 名 期待
— expect 動 期待
decision*** 名 決定；決心
— decide 動 決定

introduc(e) 介紹 + **tion** ……的動作

⇒ 介紹
創造名詞最常見的方法，就是在動詞後面加一個 ion。即使是不認識的單字，只要裡面帶有 ion，就可以從前面的動詞推測出單字的字義。

08 -ment

名尾 動作；性質；狀態

improvement** 名 改善；提升
— improve 動 改善
agreement** 名 同意；贊成
— agree 動 同意
assessment*** 名 評估
— assess 動 評估
investment** 名 投資
— invest 動 投資

improve 提升 + **ment** ……的動作

⇒ 改善；提升
ment 也是創造名詞時常見的字尾之一。學習字根字首，英文肯定會有巨大的提升（improvement）。

09 -ness

名尾 動作；性質；狀態

kindness* 名 親切；好意
— kind 形 親切的
weakness** 名 弱點
— weak 形 弱的
awareness** 名 意識
— aware 形 有意識的
fitness* 名 適當；健康
— fit 形 適當的

kind	+	ness
親切的		……的事物

⇒ 親切

我們常說：「Thank you for your kindness.」（感謝你的好意。）。在表示性質、狀態的形容詞後加上 ness，則形成抽象名詞。

10 -ance

變化形 -ence

名尾 動作；性質；狀態

endurance* 名 忍耐；耐力
— endure 動 忍耐；持久
insurance** 名 保險
— insure 動 加入保險
difference*** 名 差異
— differ 動 不同
dependence** 名 依賴
— depend 動 依賴
confidence** 名 信心；信賴
— confide 動 信賴

endur(e)	+	ance
忍受		……的動作

⇒ 忍受的動作；忍耐

ance 也是表示動作、性質、狀態的字尾。

11 -al

名尾 動作；性質；狀態

proposal** 名 提案；求婚
— propose 動 提案
survival** 名 倖存
— survive 動 倖存
arrival** 名 抵達 — arrive 動 抵達
removal** 名 去除
— remove 動 去除
refusal** 名 拒絕
— refuse 動 拒絕
denial* 名 否定 — deny 動 否定

propos(e)	+	al
提案		……的動作

⇒ 提案；求婚

propose 從「『向前』『提出』意見」的意思，變成了「提案」。這裡再加上帶有「……的動作」之意的字尾 al，就成為「提案的動作」。

12 -ure

名尾 動作；性質；狀態

departure** 名 出發
— depart 動 出發
signature* 名 簽名 — sign 動 簽名
moisture* 名 濕氣
— moist 形 潮濕的
architecture* 名 建築
— architect 名 建築師

depart	+	ure
出發		……的動作

⇒ 出發

在機場或火車站，我們可以看到很多寫著 departure（出發）和 arrival（抵達）的標示。

13 -th

名尾 動作；性質；狀態

strength*** 名 力量；強度
— strong 形 強力的
length*** 名 長度 — long 形 長的
death*** 名 死亡
— dead 形 死去的
truth*** 名 事實
— true 形 真實的；事實的

| streng + th |
| 強力的 (strong) ……的事物 |

⇒ 力量；強度

如果將 strong（強力的）、long（長的）、deep（深的）、wide（寬的）、broad（廣的）分別改成名詞，就成為 strength（強度）、length（長度）、depth（深度）、width（寬度）、breadth（幅度）。因為 th 的加入，發音和拼法會出現些微的改變。

14 -cy

名尾 動作；性質；狀態

accuracy** 名 正確性
— accurate 形 正確的
fluency* 名 流暢性
— fluent 形 流暢的
privacy* 名 隱私
— private 形 私人的
emergency** 名 緊急情況
— emergent 形 緊急的

| accura(te) + cy |
| 正確的 ……的性質 |

⇒ 正確性

台灣的英語學習者因為過於重視 accuracy（準確性），而忽略了 fluency（流暢性）。不過，比起文法上的「精確」表達，「流暢地」傳達自己的想法更為重要。

15 -ty
變化形 -ity

名尾 動作；性質；狀態

novelty* 名 新穎
— novel 形 新穎的 名 小說
difficulty** 名 困難
— difficult 形 困難的
generosity* 名 慷慨
— generous 形 慷慨的；寬宏大量的
responsibility*** 名 責任
— responsible 形 須負責任的

| novel + ty |
| 新的 ……的性質 |

⇒ 新

字根 nov 是「新」的意思。novel 就是講述前所未有、「嶄新」故事的「小說」。如果在後面加上表示性質的字尾 ty，意思就是「新穎」。

16 -ry
變化形 -y

名尾 動作；行業；種類

machinery** 名 機械類
— machine 名 機械
jewelry 名 珠寶類 — jewel 名 珠寶
inquiry** 名 詢問；調查
— inquire 動 詢問；調查
delivery** 名 遞送
— deliver 動 遞送
discovery** 名 發現
— discover 動 發現
robbery* 名 搶劫
— robber 名 搶劫犯；強盜
fishery 名 漁場；漁業
— fisher 名 漁夫
bakery 名 麵包店
— baker 名 麵包師傅

| machine + ry |
| 機械 ……類 |

⇒ 機械類

字尾 ry 如同 machinery（機械類）、jewelry（珠寶類）等，是表示集合的「種類」。此外，它還能表示名詞字尾的一般意義——「動作」，更可以代表從事這種動作的「行業」。

17 -ory

變化形 -orium

名尾 場所

laboratory** 名 研究室；實驗室
— labor 名 工作；勞動
dormitory 名 宿舍
— dormitive 形 睡眠的 名 安眠藥
lavatory 名 廁所；盥洗室；洗手間
— lave 動 洗；為……沐浴
auditorium 名 禮堂 — audit 動 審計；旁聽

labor(at) + ory
工作 + 做……的場所

⇒ 研究室

labor 的意思是下工夫工作或勞動，而做那些事的「場所」，就是「研究室」。此外，在像是 dormitory（宿舍）、auditorium（禮堂）等熟悉的單字中，也可以看到表示「場所」的字尾。

18 -ics

名尾 學問

economics** 名 經濟學
— economy 名 經濟
politics** 名 政治學 — political 形 政治的
physics* 名 物理學
— physical 形 物理性的
statistics** 名 統計學
— statistical 形 統計的

econom(y) + ics
經濟 + ……學

⇒ 經濟學

字尾 ics 的意思是「學問」。在大學學科的英文名稱中，我們也可以找到 ics 的蹤影。前面學到的 logy，如同 sociology（社會學）、biology（生物學）、geology（地質學）等，也可以用來表示「學問」的意思。

19 -ship

名尾 資格；特性

membership** 名 會員資格
— member 名 會員
ownership** 名 所有權
— owner 名 所有者
citizenship* 名 市民權 — citizen 名 市民
leadership** 名 領導才能
— leader 名 領導者
relationship*** 名 關係；人際關係
— relation 名 關係；關聯

member + ship
會員 + ……資格

⇒ 會員資格

字尾 ship 附在名詞之後，能增添「資格」、「特性」的意思。大家可能加入了飯店、電信公司、電影院等各式各樣的 membership，這表示在相應的店家，擁有身為「會員」的「資格」。

20 -ism

名尾 主義；特性

optimism* 名 樂觀主義
— optimistic 形 樂觀的
pessimism* 名 悲觀主義
— pessimistic 形 悲觀的
racism* 名 種族主義 — race 名 種族
socialism* 名 社會主義
— social 形 社會的

optim(istic) + ism
樂觀的 + 主義

⇒ 樂觀主義

當杯子裡剩下一半的水時，樂觀者會認為「還有一半的水」，而悲觀者則會認為「只剩下一半的水了」。

21 -hood

名尾 時代；時期；關係

childhood** 名 童年 — child 名 孩童
neighborhood* 名 鄰近地區
— neighbor 名 鄰居
motherhood* 名 母性；母親身分
— mother 名 母親
brotherhood 名 兄弟關係
— brother 名 兄弟

child + hood
孩童 + ……時期

⇒ 孩提時期

字尾 hood 的意思是「時代；時期」，像是 babyhood（嬰兒期）、childhood（兒童期）、adulthood（成人期），是一系列非常容易預測的單字。

動詞字尾

01 -ize

動尾 使成為……；使……化

memorize 動 記住
— memory 名 記憶
specialize* 動 使專門化
— special 形 特別的；專門的
fertilize 動 使肥沃；施肥
— fertile 形 肥沃的
modernize 動 使現代化
— modern 形 現代的
organize* 動 組織
— organ 名 組織；器官

memor(y) 記憶 + **ize** 使成為……

⇒ 記住

要想成為「記憶」，就必須要「記住」。但是不能盲目背誦，要先進行理解，就像現在大家透過字根字首來理解英文單字，然後自然而然地記住一樣。

02 -ate

動尾 使做……

motivate* 動 賦予動機
— motive 名 動機
activate* 動 使活化
— active 形 活躍的
graduate* 動 畢業
— grade 名 階段；年級
dominate** 動 支配
— dominant 形 支配的
regulate* 動 控制
— regular 形 規律的；定期的

motiv(e) 動機 + **ate** 使做……

⇒ 賦予動機

字尾 ate 像 accurate（正確的）一樣，可以用來當作形容詞字尾，也像 motivate（賦予動機）一樣，用來當作動詞字尾。小心不要把詞性搞混了。

03 -ify

變化形 -fy

動尾 使做……

simplify* 動 使單純
— simple 形 單純的
classify* 動 分類
— class 名 種類；級別
purify 動 使純淨 — pure 形 純淨的
justify** 動 證明……是正當的
— just 形 公正的
qualify* 動 使具有資格
— quality 名 資格；品質

simpl(e) 單純的 + **ify** 使做……

⇒ 使單純

字尾 ify 是源於字根 fac（製作）的字尾，意思是「使（讓）做……」。在 simple（單純的）後面加上字尾 ify，就成為「使單純」的意思。

04 -en

動尾 使做……

strengthen* 動 強化
— strength 名 力量
soften* 動 軟化 — soft 形 柔軟的
brighten 動 使明亮
— bright 形 明亮的
frighten* 動 使驚恐
— fright 名 驚訝；驚恐

strength 力量 + **en** 使做……

⇒ 強化

前面探討名詞字尾 th 時，也出現過 strength。strong（強力的）加上字尾 th 成為 strength（力量），而現在加上字尾 en，表示更有「力量」，也就是「強化」的意思。

DAY 60

🎧 228

形容詞字尾

01 -able
變化形 -ible

形尾 可能性（可以……的）

available*** 形 可使用的
— avail 動 有用處
valuable** 形 珍貴的
— value 名 價值
respectable* 形 值得尊敬的
— respect 動名 尊敬
comfortable** 形 舒適的
— comfort 名 舒適
responsible** 形 須負責任的
— response 名 回應
sensible** 形 明智的
— sense 動名 感覺

avail	+	able
有用處		可以……的

⇒ 可使用的

前面看過很多次的 able 又出現了。able 是表示「可以的」形容詞，當成字尾時也帶有相同的意思。

02 -ful

形尾 豐富（充滿……的）

meaningful** 形 有意義的
— meaning 名 意義
powerful** 形 強大的
— power 名 力量
hopeful* 形 充滿希望的
— hope 名 希望
colorful* 形 多采多姿的
— color 名 色彩
beautiful** 形 美麗的
— beauty 名 美麗

meaning	+	ful
意義		充滿……的

⇒ 有意義的

看到字尾 ful，應該會想起形容詞 full「滿滿的」，ful 就是從 full 而來的。充滿意義就是「有意義的」，充滿希望就是「充滿希望的」，而充滿力量就是「強大的」的意思。

03 -less

形尾 缺乏（沒有……的）

careless* 形 不注意的
— care 名 注意
hopeless* 形 無望的
— hope 名 希望
homeless* 形 無家可歸的
— home 名 家
endless** 形 無盡的
— end 名 結束
worthless* 形 無價值的
— worth 名 價值

care	+	less
注意		沒有……的

⇒ 不注意的

看到字尾 less，只要想想形容詞 less（更少），就能知道意思了。如果說 ful 是「滿滿的」，那麼 less 就是「沒有的」，兩者剛好是反義詞。我們可以比較一下 careful（謹慎注意的）和 careless（不注意的），以及 hopeful（充滿希望的）和 hopeless（絕望的）。

04 -ern

字尾 方向（……的）

eastern** 形 東邊的
— east 名 東邊
western** 形 西邊的
— west 名 西邊
southern** 形 南邊的
— south 名 南邊
northern** 形 北邊的
— north 名 北邊

east	+	ern
東邊		……的

⇒ 東邊的

在東、西、南、北等「方向」加上字尾 ern，就成為了形容詞。順帶一提，中文習慣說「東、西、南、北」，但是在英文中，大家比較習慣的順序是「North, South, East, and West」。

05 -ic

變化形 -ical

字尾 性質；傾向（……的）

economic*** 形 經濟的
— economy 名 經濟
[比較] economical* 形 節約的
historic* 形 歷史上有重大意義的
— history 名 歷史
[比較] historical***
　　　 形 歷史的；有關歷史的
basic*** 形 基礎的
— base 名 基礎
typical** 形 典型的
— type 名 類型

econom(y)	+	ic
經濟		……的

⇒ 經濟的

字尾 ic 和 ical 都表示「性質」、「傾向」，而且很多單字後面加上 ic 和 ical 都可以成為一個字。例如，為了表示與 economy（經濟）有關的東西，在名詞加上 ic，成為形容詞 economic（經濟的）。如果加上 ical，則成為形容詞 economical——表示根據經濟狀況，進行「節約」。

06 -ous

字尾 性質；傾向（……的）

humorous* 形 幽默的
— humor 名 幽默
envious 形 羨慕的 — envy 名 羨慕
luxurious* 形 奢侈的
— luxury 名 奢侈
glorious* 形 光榮的
— glory 名 光榮
ambiguous* 形 模稜兩可的
— ambiguity 名 模稜兩可

humor	+	ous
幽默		……的

⇒ 幽默的

我們常常說「I like humorous people.」（我喜歡幽默的人。）這句話。不僅是 humor「幽默」這個單字，添加了字尾 ous 的 humorous，在實際生活中也經常使用。

07 -ar

變化形 -ary, -ory

字尾 性質；傾向（……的）

familiar** 形 熟悉的
— family 名 家人
momentary* 形 短暫的
— moment 名 瞬間
elementary* 形 基本的
— element 名 要素
complementary** 形 補充的
— complement 動 補充 名 補充物
satisfactory** 形 令人滿意的
— satisfy 動 使滿意

famili	+	ar
家人		……的

⇒ 熟悉的

在名詞後面加上字尾 ar，也可以創造出形容詞。「家人」就是我們既熟悉又親近的人，所以 familiar 具有「熟悉的」的意思。

🎧 229

08 -al
變化形 -ual

形尾 性質；傾向（……的）

natural＊＊＊ 形 自然的
— nature 名 自然
financial＊＊＊ 形 財務的
— finance 名 財務
traditional＊＊＊ 形 傳統的
— tradition 名 傳統
habitual＊ 形 習慣性的
— habit 名 習慣
spiritual＊＊ 形 精神的
— spirit 名 精神

natur(e) 自然 ＋ al ……的

⇒ **自然的**

字尾 al 也能表現性格或傾向。如果在名詞 nature（自然）的後面加上 al，就會變成 natural（自然的）。

09 -ate

形尾 性質；傾向（……的）

passionate＊ 形 熱情的
— passion 名 熱情
separate＊＊＊ 形 分離的
— separation 名 分離
delicate＊＊ 形 脆弱的
— delicacy 名 脆弱
desperate＊ 形 絕望的
— despair 名 絕望

passion 熱情 ＋ ate ……的

⇒ **熱情的**

我們在先前的動詞字尾部分也看到了 ate。字尾 ate 可以製造出動詞，也可以創造出形容詞，但是請記得兩者的發音不同。字尾 ate 在動詞中發音為 [et]，而在形容詞中的發音為 [ət]，單憑發音就能分出詞性。聽一下音檔，確認一下發音吧！

10 -ant
變化形 -ent

形尾 性質；傾向（……的）

pleasant＊＊ 形 令人愉快的
— please 動 使愉快
abundant＊ 形 豐富的
— abound 動 豐富
different＊＊＊ 形 不同的
— differ 動 不同
excellent＊＊ 形 出色的
— excel 動 突出
confident＊＊ 形 有信心的
— confide 動 信賴

pleas(e) 使快樂 ＋ ant ……的

⇒ **快樂的**

字尾 ant 就如同前面的 assistant 一樣，是表示「執行動作者（做……的人）」的名詞字尾，也可以像這裡一樣附加在動詞後面，形成表示「性質」的形容詞。

11 -ly

形尾 性質；傾向（……的）

lovely＊ 形 可愛的 — love 名 愛
timely＊ 形 及時的 — time 名 時間
yearly＊ 形 每年的 — year 名 年
costly＊ 形 昂貴的 — cost 名 費用

love 愛 ＋ ly ……的

⇒ **可愛的**

看到字尾 ly，我們可能會習慣性地將其視為副詞「……地」，不過以 ly 結尾的形容詞也很多。當我們稱讚一個人「今天格外 lovely」時，這裡的 lovely 就不是副詞，而是形容詞，表示「可愛的」。

12 -y

形尾 性質；傾向（充滿……的）

cloudy 形 多雲的 — cloud 名 雲
lucky* 形 幸運的 — luck 名 幸運
salty 形 鹹的 — salt 名 鹽
wealthy* 形 富有的
— wealth 名 財富；富有

cloud	+	y
雲		充滿……的

⇒ 多雲的

sunny（晴朗的）、windy（多風的）、cloudy（多雲的）、rainy（下雨的）、snowy（下雪的）、foggy（起霧的）等表現天氣的單字中，大部分都加了字尾 y，意思是「充滿……的」，而 cloudy 的意思就是天上「滿滿都是雲」。lucky 則是「充滿幸運的」的意思。

13 -ish

形尾 性質；傾向（像……的）

childish* 形 幼稚的
— child 名 孩童
比較 childlike 形 孩子般的；天真的
foolish* 形 愚蠢的 — fool 名 傻子
selfish* 形 自私的 — self 名 自己

child	+	ish
孩童		像……的

⇒ 如孩童般的；幼稚的

加上字尾 ish，就代表「等同的」的意思。因為與接在 finish（結束）、punish（懲罰）等動詞後面的字尾 ish 發音和拼法相同，所以要特別注意。另外，字尾 like 也可以解釋為「和……一樣的」，不過字尾 ish 具有通常含有貶意，而 like 則是代表正面的意義。

14 -ive

變化形 -ative

形尾 性質；傾向（……的）

attractive** 形 有吸引力的
— attract 動 吸引
defective* 形 有缺陷的
— defect 名 缺陷
productive** 形 有生產力的
— product 名 產品；產物
talkative 形 喜歡說話的
— talk 動 說
informative* 形 提供資訊的
— inform 動 告知；提供資訊

attract	+	ive
牽引		做……的

⇒ 有吸引力的

如果一個人是能「牽動人心」的人，就是「有吸引力的」人。字尾 ive 可附加在動詞或名詞後面，成為形容詞。

副詞字尾

01 -ly

副尾 方式（……地）

fluently 副 流暢地
— fluent 形 流暢的
regularly 副 規律地
— regular 形 規律的
easily*** 副 簡單地
— easy 形 簡單的
actually*** 副 事實上
— actual 形 實際的
finally** 副 最後
— final 形 最後的
suddenly** 副 突然地
— sudden 形 突然的

fluent 流暢的 + **ly** ……地

⇒ 流暢地

在英文中，大部分副詞都使用字尾 ly，但是有 ly 的單字並不全都是副詞。regularly（規律地）是在形容詞 regular（規律的）後加上 ly，變成副詞；而 timely（及時的）則是在名詞 time（時間）後面加上 ly，變成形容詞。一般的公式為：形容詞＋ ly ＝副詞；名詞＋ ly ＝形容詞。

02 -ward

副尾 方向（朝……）

eastward 副 朝東邊
— east 名 東邊
westward 副 朝西邊
— west 名 西邊
upward 副 朝上面
— up 副 朝上面；在上面
downward 副 朝下面
— down 副 朝下面；在下面

east 東邊 + **ward** 朝……

⇒ 朝東邊

字尾 ward 具有「朝……方向」的意思，上下、東西南北等方向都可以附加使用。前面看到的 eastern 是形容詞「東邊的」，而 eastward 則是副詞「朝東邊」。up 和 upward 兩者都是副詞，但是加上了字尾 ward 則更強調方向性。

03 -way

副尾 方法；方向；程度

變化形 -ways, -wise

anyway** 副 無論如何；不管怎樣
— any 形 任何的
halfway* 副 在中途；不完全地
— half 名 一半
always*** 副 總是
— all 形 全部的
sideways* 副 朝一邊
— side 名 側面
otherwise** 副 以另外的方式
— other 形 其他的
clockwise 副 順時鐘地
— clock 名 時鐘

any 任何的 + **way** 方法

⇒ 不管怎樣

字尾 way 表示「方法」、「方向」。對方釋出善意但你想拒絕時，可以說「thanks anyway」（不管怎樣都謝謝你）來鄭重地拒絕。

Break Time

檢視自己的學習方式 6

Q 我的讀書時間非常不足，有沒有什麼可以增加讀書時間的好方法呢？

A 一天能夠讀 18 小時的「雜耍讀書法」

我曾經有過在短時間內取得爆發性進步的經驗。在準備考試的時候，我實在是沒有時間，因此我養成了一個習慣，**讀完書之後，我從學過的內容中挑出大約三個需要背誦或不知道的內容記入腦中，然後站起來。**接著，在走路、排隊、刷牙、吃飯的時候，不斷在腦海裡旋轉回想著這三件事。開始的時候，會覺得回想三件事有點吃力，但是到後來就算有五件，也可以輕易地在腦海中不斷旋轉。如果記不起來，可以寫在小冊子上，偶爾拿出來看一下。這個方法對我來說就是一次的複習，可以節省非常多時間。

讀書就只能坐在書桌前，是大家先入為主的觀念。從那之後，我再也不用非得坐在桌子前讀書不可了。只要動腦就可以學習，所以我把醒著的時間全部都運用在學習上面了。即使大考將至，所剩的時間不多，運用這個方法就可以保有充足的學習時間。

像這樣不停旋轉回想三件事的學習方法，我將其命名為**「雜耍學習法」**。如果要表演雜耍，就不能休息，必須不斷地旋轉拋球，只要有一瞬間停下來，球就會掉到地上。**大家從現在開始也要一起來玩雜耍，一次可以拋接多個球，讓它們不斷旋轉──只不過我們是用英文單字來代替球罷了。**

──修改自《讀到瘋狂，才叫讀書》

附錄 用字源搞定多義字

address　字源意義：直接朝某個方向走去
1. 直接向對方說 ▶ 搭話；接近
2. 直接去找對方時需要的 ▶ 地址
3. 直接向聽眾發表意見 ▶ 演說

appreciate　字源意義：賦予某物價格
1. 賦予高價 ▶ 高度評價；瞭解真實價值
2. 賦予文學或藝術作品價值 ▶ 鑑賞（文學、藝術品等）
3. 高度評價某人的行動 ▶ 感謝（某人）
4. 物品價值被高估 ▶ 價格上漲

bar　字源意義：棍棒
1. 外表為棒狀的事物 ▶ 棍子
2. 橫穿並鎖上門的棍子 ▶ 門閂
3. 用木隔板區分法官席和原告／被告席、旁聽席的地方 ▶ 法庭
4. 擺上木棍模樣的桌子做生意的店家 ▶ 酒吧

bill　字源意義：放在信封內的重要文件
1. 裝在信封裡每月寄過來的文件 ▶ 請款單
2. 裝在信封裡來往的錢 ▶ 紙幣
3. 裝入信封提交給議會的事物 ▶ 法案
4. 國王或國家發出的正式文件 ▶ 海報

board　字源意義：木板
1. 貼在牆上寫字的木板 ▶ 黑板；布告欄
2. 過去沒有餐桌，所以在木板上吃飯 ▶ 伙食
3. 電視劇中，公司董事們圍坐在長木桌前進行的事 ▶ 董事會
4. 坐船時鋪上木板，從陸地跨上船 ▶ 搭乘（船、飛機等）
5. 收到用木板盛裝的餐點 ▶ 寄宿

branch　字源意義：樹枝
1. 從總部或總公司像樹枝一樣分出來的 ▶ 分店；分部
2. 像細小樹枝一樣分開的 ▶ 領域；部門
3. 樹枝從樹上分開 ▶ 分支；分岔

break　字源意義：打破；打碎
1. 摔破而碎裂 ▶ **發生故障**
2. 好好的情侶關係破裂，放棄了戀愛關係 ▶ **中斷**
3. 打破規則 ▶ **違反**
4. 打破連續的讀書時間，在中途休息 ▶ **休息**
5. 將紙幣打破成幣值較小的硬幣 ▶ **換（零錢）**

capital　字源意義：頭
1. 在眾多城市中居於領導地位的都市 ▶ **首都**
2. 句子中最前面的字 ▶ **大寫**
3. 砍去頭部 ▶ **死刑的**
4. 頭部是身體最重要的部位 ▶ **最重要的**
5. 很久以前，家畜的頭數就是財產 ▶ **資本**

cast　字源意義：丟擲
1. 脫下並丟擲衣服 ▶ **脫去**
2. 為了討好而經常搭話，看著對方時還頻送秋波 ▶ **轉移目光**
3. 把主角的角色拋給某演員 ▶ **選角**
4. 鐵匠將鐵水倒入模具 ▶ **鑄造**
5. 像拋出光線一樣閃閃發亮 ▶ **發（光）**

character　字源意義：刻上的事物
1. 刻在人身上的 ▶ **個性；品性**
2. 刻在物品上的 ▶ **特性；特徵**
3. 劇中各具獨特性格和特徵的人 ▶ **登場人物**
4. 寫字也可以說是刻下來 ▶ **文字**

charge　字源意義：填滿
1. 將應收款項的金額填到紙張上 ▶ **（費用）請款單**
2. 將工作的負擔填進他人的職責範圍 ▶ **分配（義務、責任等）；責任**
3. 將罪責歸於他人 ▶ **起訴；譴責**
4. 手機電池充滿電力 ▶ **充電**
5. 槍裡裝滿實彈 ▶ **裝填彈藥**

附錄　用字源搞定多義字

487

civil　字源意義：市民的
1. 以市民身分生活的平凡人 ▶ 平民的
2. 作為市民應具備的態度 ▶ 慎重的；有禮貌的
3. 市民就是國民，所以是在國內的人 ▶ 國內的
4. 與市民之間糾紛相關的 ▶ 民事的

collect　字源意義：一起收集
1. 收集稅金或基金 ▶ 徵收（稅收、基金等）
2. 集中精神到一處 ▶ 調整心態
3. 從接電話的一方收錢的電話 ▶（打電話時）由接聽者付費

compact　字源意義：一起綁住
1. 相互緊綁在一起的狀態 ▶ 密密麻麻的；稠密的
2. 整體內容根據主旨綁定好的文章 ▶（文體）簡潔的
3. 整理四散的物品，並綁成體積小的狀態 ▶ 小型的
4. 將粉末聚集在一起，用力壓製而成的化妝品 ▶（化妝用）粉餅
5. 密實地綁住裝滿 ▶ 填滿

company　字源意義：一起吃麵包的人
1. 一起吃麵包的行為；就算是介紹認識的，也能一起吃一頓普通的飯 ▶ 陪伴
2. 一起吃麵包的關係；一個人吃光了就不是朋友 ▶ 朋友
3. 一起做麵包吃的地方；換句話說，就是賺錢餬口的地方 ▶ 公司
4. 軍隊一起吃飯的組織單位 ▶（軍隊的）中隊

compose　字源意義：一起放置
1. 各種東西協調地放在一起 ▶ 構成
2. 將不同的音放在一起 ▶ 作曲
3. 將各種表達方式放在一起，形成一個故事 ▶ 寫文章
4. 將內心的不安、擔心等全部放下 ▶ 鎮定下來

contract　字源意義：一起拉
1. 將所有事物都拉到一點 ▶ 使收縮
2. 將兩人的意見集中拉到一個支點 ▶ 簽約
3. 全身被一種疼痛所折磨 ▶ 患病

coordinate

字源意義：將一切按照順序排列

1. 一切事物按照標準或順序進行整頓 ▶ **調整**
2. 將服裝按順序調整 ▶（服裝、傢俱等）**協調；裝飾**
3. 站上相同順序 ▶ **同等的**
4. 以橫、豎順序標示，以便在地圖上找到的事物 ▶ **座標**

count

字源意義：一起思考

1. 多個數字一起考慮 ▶ **算術；計算**
2. 捉迷藏的時候，也把我想成其中一員 ▶ **將……計算在內**
3. 認為會那樣 ▶ **視為**
4. 計算結果時無法忽略的重要事項 ▶ **有重要意義**

cover

字源意義：覆蓋

1. 蓋住遮掩 ▶ **蓋住；隱藏**
2. 掩蓋任何主題或問題 ▶ **處理**
3. 用獨家報導覆蓋報紙頭版 ▶ **報導**
4. 用我帶的錢蓋住費用 ▶ **補貼**
5. 覆蓋損失 ▶ **保障；補償**
6. 用腳步覆蓋道路 ▶ **旅行；走**

custom

字源意義：變熟悉的事物（習慣）

1. 長期在一個社會中受眾人遵守，而變熟悉的事物 ▶ **習慣；風俗**
2. 習慣性對進口物品支付的費用 ▶ **關稅**
3. 習慣性地來店裡的客人 ▶ **熟客**

declare

字源意義：使明白

1. 明確發表意見 ▶ **宣言**
2. 明確說出審判結果 ▶ **宣判**
3. 明確公開我從國外帶回來的物品 ▶（向海關）**申報**

decline

字源意義：使偏離

1. 直線傾斜 ▶ **下降；減少**
2. 情況向下傾斜 ▶ **衰退**
3. 鄭重地低頭說不想 ▶（鄭重地）**拒絕**

489

deliver

字源意義：解放使自由

1. 將信件或行李自由釋放到其他地方 ▶ **配送；轉達**
2. 將胎兒解放到世界上 ▶ **分娩**
3. 自由地闡述自己的主張 ▶ **演說**
4. 將承諾的話付諸行動 ▶ **遵守（承諾）；拿出（結果）**

deposit

字源意義：放在下面

1. 放下東西 ▶ **放置**
2. 沉入下面靜置的事物 ▶ **沉澱物**
3. 錢或貴重物品確實收好 ▶ **存款；寄放**
4. 放在下面就走的錢；以後再領取即可的錢 ▶ **保證金；訂金**

digest

字源意義：卸運

1. 分解食物並轉移 ▶ **消化**
2. 消化教學內容 ▶ **吸收；理解**
3. 將最核心的部分獨立出來，使其容易理解 ▶ **概要**

draw

字源意義：拉

1. 過去在地上拖著長棍畫畫 ▶ **畫畫**
2. 引出別人的反應或心情 ▶ **引出（反應）；誘惑**
3. 從銀行帳戶中提款 ▶ **取出（錢）**
4. 拉出寫有名字的紙 ▶ **抽籤**
5. 和局無勝負，還要繼續比賽；勝負難分，拖拖拉拉的狀況 ▶ **和局；平手**

drive

字源意義：趕

1. 把牛、馬等趕向自己想要的方向 ▶ **趕（牲畜）**
2. 開車 ▶ **駕駛**
3. 指使別人按照我的意願去做 ▶ **逼迫；使喚（做出某種行動）**
4. 朝著目標趕工 ▶ **推進**

dull

字源意義：糊塗的

1. 愚蠢而無法領悟的 ▶ **遲鈍的**
2. 顏色或色澤遲鈍 ▶ **模糊的**
3. 愚蠢的人說的話不有趣 ▶ **單調；無聊**
4. 事業失去活力，變得遲鈍的狀態 ▶ **停滯；萎靡不振**

edge

字源意義：**稜角；邊緣**

1. 刀的邊緣 ▶ **刀刃**
2. 把刀刃對準對手的形勢 ▶ **優勢；有利**
3. 位在刀刃上的情況 ▶ **危機**
4. 刀刃很薄，每一步邁出的距離像刀刃的厚度一樣，一點點前進 ▶ **徐徐前進**

engagement

字源意義：**信誓旦旦**

1. 向對方堅定地發誓 ▶ **約定；預約；簽約**
2. 戀人間堅定地發誓結婚 ▶ **訂婚**
3. 發誓在一起並引起關注或介入 ▶ **介入；參與**
4. 向國家堅定發誓忠誠，並與敵人戰鬥 ▶ **戰鬥**
5. 公司和員工之間建立牢固的關係 ▶ **雇用；工作**

even

字源意義：**一模一樣的**

1. 高低一樣的 ▶ **平坦的**
2. 不偏向某一邊，雙方立場相同 ▶ **公平的；公正的**
3. 可以分成相同兩份的數 ▶ **偶數的**
4. 強調一模一樣的話 ▶ **甚至（……也一樣）**

fair

字源意義：**美麗的**

1. 社會秩序優美 ▶ **公正的；公平的**
2. 天氣很美好 ▶ **晴朗的**
3. 數量豐富到美好的狀態 ▶ **相當多的；相當的**

fancy

字源意義：**想像**

1. 毫無根據的想像 ▶ **幻想**
2. 總是被吸引而陷入想像 ▶ **喜歡**
3. 發揮想像力裝飾的 ▶ **裝飾品多的；華麗的**
4. 想像的世界裡才有可能出現的價格 ▶ **昂貴的；高級的**

feature

字源意義：**製作好的狀態**

1. 製作完畢的形態中顯眼的部分 ▶ **特徵**
2. 決定面部形態特徵的事物 ▶ **五官；面部長相**
3. 特定新聞或節目 ▶ **特輯新聞（或節目）**
4. 使非常顯眼 ▶ **作為特色；使主演**

figure　字源意義：模樣；狀態
1. 顯示形態的數量 ▶ **數值**
2. 仿照事物的形狀繪製的 ▶ **圖畫；圖形**
3. 身體形態或形狀 ▶ **身材**
4. 形態更清晰的人 ▶ **（重要）人物；大人物**
5. 模樣或形態具體地形象化 ▶ **打聽出；理解**

flat　字源意義：展開
1. 均勻展開的樣子 ▶ **平坦的；平地的**
2. 擁有不變平坦的決心 ▶ **堅決的**
3. 輪胎洩氣變平了 ▶ **洩氣的**
4. 費用平平的 ▶ **均一的**
5. 市場表現平平 ▶ **不活躍的**

free　字源意義：不被束縛的
1. 不受束縛的狀態 ▶ **自由的**
2. 不拘泥於要做的事情或約定，時間自由的狀態 ▶ **閒暇的**
3. 沒有付錢義務的自由狀態 ▶ **免費的**

gather　字源意義：聚集
1. 把大家召集在一處 ▶ **聚集；收集**
2. 收集果實 ▶ **採集；收穫**
3. 了解收集的信息 ▶ **推測**
4. 眉頭一用力聚攏就會皺 ▶ **皺（眉）**
5. 逐漸收集 ▶ **增加**

grade　字源意義：階段
1. 在學校的階段 ▶ **年級**
2. 學校根據考試結果授予的階段 ▶ **成績；等級**
3. 表示商品好壞的階段 ▶ **品質**

hang　字源意義：吊掛
1. 掛東西 ▶ **掛；吊掛**
2. 吊死罪犯 ▶ **判處絞刑**
3. 掛上裝飾品 ▶ **裝飾**

heavy　字源意義：重的
1. 重的東西就是量多的東西 ▶ **重的；大量的**
2. 提重物時，肉體上會很吃力 ▶ **很吃力的**
3. 吃太多、太厚重而不舒服的狀態 ▶ **消化不良**
4. 感覺沉重的天氣 ▶ **（天氣）悶熱的**
5. 心情沉重的 ▶ **憂鬱的**
6. 文字沉重冗長 ▶ **（文章、文體）乏味的**

issue　字源意義：向外出現的事物
1. 從會議當中出現的重要主題 ▶ **議題；爭論**
2. 當眾揭露 ▶ **發表**
3. 印製紙幣並向外投放 ▶ **發行**
4. 雜誌等定期刊物出來的順序 ▶ **（出版品的）期，號**
5. 外露的某種行動之結局 ▶ **結果**

moderate　字源意義：符合尺度的
1. 不超出可衡量尺度之水準的 ▶ **中間程度的**
2. 適當地玩遊戲，就是節制的 ▶ **適當的；節制的**
3. 氣候不會太熱也不會太冷，很適當的 ▶ **溫和的**
4. 使不加重而處於適中狀態 ▶ **緩和；緩解**

odd　字源意義：剩下一個的
1. 將東西平分成相同的兩個，留下一個的 ▶ **單數的**
2. 襪子莫名其妙只剩一隻 ▶ **不成對的**
3. 只穿一隻襪子過來，看起來怪怪的 ▶ **奇怪的；特別的**

operate

字源意義：(使)工作
1. 做生意的人工作 ▶ **經營**
2. 機器工作 ▶ **運轉；啟動**
3. 發動汽車 ▶ **駕駛**
4. 醫生啟動手術設備 ▶ **進行手術**
5. 藥在體內努力工作 ▶ **(藥物)有效果**

overlook

字源意義：從上面看
1. 從上往下看 ▶ **俯瞰**
2. 從上面看，自然容易錯過某些地方 ▶ **忽視**
3. 裝作沒看見別人的過失，就這樣過去了 ▶ **視而不見**
4. 考試時，監考老師從上方俯瞰 ▶ **監考**

plain

字源意義：平平的
1. 地面平整的土地 ▶ **平地；平原**
2. 像平地一樣沒有曲折、不斷連綿的土地 ▶ **平凡的；普通的**
3. 如果臉像平地一樣沒有起伏，就不是帥氣的長相 ▶ **不好看的**
4. 不加修飾簡單的 ▶ **明確的；易懂的**

press

字源意義：按壓
1. 依自己的想法壓迫對方 ▶ **施加壓力**
2. 向對方施壓，使其動作加快 ▶ **催促；逼迫**
3. 用熨斗和熱氣一起壓平衣服 ▶ **熨燙(衣服)**
4. 對水果施加壓力，用力按壓 ▶ **榨出(果汁等)**
5. 過去的印刷機是在版上塗上墨水，再按壓在紙上拓印 ▶ **印刷；報紙**

raise

字源意義：抬高
1. 抬起身體 ▶ **站起來**
2. 提出並抬高意見 ▶ **提案；提出**
3. 使動植物或嬰兒的高度逐漸提高 ▶ **養育**
4. 帶有目的累積資金 ▶ **募款**
5. 調漲薪水是一件令人開心的事 ▶ **調漲；提高**

settle 字源意義：使坐下
1. 讓過著流浪生活的人在一個地區待著 ▶ **定居**
2. 使心情沉靜舒緩 ▶ **使鎮定**
3. 讓事件平靜 ▶ **解決**
4. 讓猶豫不決的心向某一邊扎根 ▶ **決定**

solid 字源意義：一個的
1. 與液體或氣體不同，為一個整體的 ▶ **固體的**
2. 物質凝聚在一起而稠密、堅硬的 ▶ **堅固的**
3. 不與其他物質混合，僅由一種物質組成的 ▶ **純粹的**
4. 知識、學問融為一體而確實的 ▶ **誠實的；不膚淺的**

spare 字源意義：另外分離
1. 另外留下的東西；預備好的 ▶ **剩下的；多餘的**
2. 我的東西不用在我身上，而是把一部分分給別人 ▶ **分讓；騰出**
3. 現在不使用，為了將來而另外存起來 ▶ **節約**
4. 不進行處罰，並將其另外從犯錯之列分開 ▶ **原諒**
5. 不和鄰居分享，只為了自己活著而背地累積 ▶ **吝惜；節約**

spot 字源意義：點；污漬
1. 衣服上沾到了斑點 ▶ **污漬**
2. 地圖上的特定點 ▶ **場所；地點**
3. 在任何場所或場合立即完成的 ▶ **即時的；當場做出的**
4. 沾上污漬 ▶ **瑕疵；骯髒**
5. 正確指出寶物所在地點，即可找到寶物 ▶ **發現**

spring 字源意義：跳出
1. 蜷縮著，卻突然被某種力量彈起 ▶ **彈簧**
2. 萬物全新湧出、開始生長的季節 ▶ **春天**
3. 從地底冒出芽 ▶ **發芽**
4. 活潑的力量湧出 ▶ **朝氣；活力**

附錄　用字源搞定多義字

suit　　字源意義：跟隨
　　　　　1. 上衣和下衣配成一套 ▶ **一套（衣服）；西裝**
　　　　　2. 與案件附帶發生的 ▶ **訴訟**
　　　　　3. 像一套西裝一樣成套的；常常附帶在一起的東西，表示很相配的意思 ▶ **適合**
　　　　　4. 跟隨我的特徵的 ▶ **對……方便**

sustain　字源意義：從下面抓住
　　　　　1. 從下面抓住 ▶ **支撐**
　　　　　2. 不受任何苦難影響，繼續緊緊抓住 ▶ **持續**
　　　　　3. 一家之主支撐家庭生活 ▶ **扶養（家庭）**
　　　　　4. 從下面抓住他人的主張或意見 ▶ **認可；支持**

term　　字源意義：界線
　　　　　1. 上學的期間中，最初和最終的界線 ▶ **學期；期間**
　　　　　2. 簽訂契約時，明確地說明彼此義務或責任的界線 ▶ **（契約的）條件**
　　　　　3. 決定並指稱特定單字字義之界線 ▶ **術語**
　　　　　4. 在事物或現象加上特定用語 ▶ **命名**

yield　　字源意義：交付
　　　　　1. 做出並交付某物 ▶ **生產；產出**
　　　　　2. 把自己的東西乾脆地讓給別人 ▶ **讓步**
　　　　　3. 在戰爭中敗北，把土地讓給敵人 ▶ **屈服**

INDEX

INDEX

字根字首字尾 INDEX 　　　　　　　　　　　　　　　　　　　字根 **字首** 字尾

a	462	commun	124	ful	480	limin	200
ab	449	cord	125	fund	161	lin	201
able	480	corpor	126	fus	162	lingu	202
act	91	count	127	gar	163	liter	203
ad	387	**counter**	434	gard	164	loc	204
al	476, 482	cover	129	gener	165	log	47
alter	92	crea	130	geo	443	long	205
ama	93	cred	131	gest	168	lud	206
ance	476	cult	131	grad	170	lumin	208
ann	94	cur	132	graph	42	ly	482, 484
ant	475, 482	cy	477	grat	172	mag	209
ante	422	dam	134	grav	174	**mal**	435
anti	432	**de**	395	hab	175	mand	210
apt	94	dem	135	hand	176	manu	211
ar	481	**dia**	441	hap	178	mater	213
arm	95	dict	136	heal	179	mechan	214
art	96	**dis**	398	hered	180	medi	215
ary	475	doc	138	hood	478	medic	217
astro	97	don	139	horr	181	memor	218
ate	479, 482	**du**	468	host	182	ment	219
audi	99	duc	33	hum	183	ment	475
auto	446	**eco**	442	ic	481	merc	221
bar	100	ee	474	ics	478	merg	222
base	101	**en**	459	ide	184	meter	223
bat	102	en	479	ify	479	**micro**	444
bene	453	equ	140	**in**	365, 412	migr	224
bi	467	er	474	insula	185	min	225
bio	440	**ern**	481	**inter**	383	mir	226
board	103	ess	141	ion	475	**mis**	437
break	104	estim	143	ish	483	mit	49
by	428	**ex**	367	ism	478	mod	227
camp	106	**extra**	429	ist	474	**mono**	464
can	107	fa	144	it	186	mort	229
cap	26, 29	fac	36	ive	475, 483	mot	230
car	108	fall	146	ize	479	mount	232
cast	109	fare	147	ject	45	**multi**	471
cede	31	fend	148	journ	187	mut	234
centr	110	fer	40	junct	187	nat	235
cern	111	fest	149	just	188	nav	236
cert	113	fid	149	kin	190	neg	237
cid	114	fil	150	labor	191	nerv	238
cide	115	fin	151	lav	192	ness	476
circul	116	firm	153	lax	192	nom	238
cit	117	flect	154	lect	193	**non**	431
civi	118	flict	155	leg	195	norm	239
claim	119	flu	156	less	480	nounc	240
clin	120	**fore**	421	lev	196	nov	241
clos	121	form	157	liber	197	numer	242
cogn	122	fort	159	lic	198	nutr	243
com	380	frag	160	lig	199	**ob**	447

498

oper	244	pos	58	solv	307	tri	470		
opt	245	**post**	423	soph	308	tribut	334		
ordin	246	pot	278	spec	66	tru	335		
organ	247	**pre**	360	spir	70	tum	336		
ori	248	prehend	279	spon	309	turb	337		
ory	478	press	62	sta	72	**twi**	469		
ous	481	prim	280	stick	310	ty	477		
out	372	priv	282	strict	312	**un**	404		
over	374	**pro**	359	struct	314	**under**	426		
pan	249	prob	283	**sub**	392	**uni**	465		
par	252	put	284	sult	316	**up**	425		
para	253	quir	285	sum	317	ure	476		
part	254	rad	286	**super**	455	us	338		
pass	256	rang	287	**syn**	452	vac	339		
path	258	**re**	361	tact	318	vad	340		
patr	259	rect	289	tain	82	val	341		
ped	260	rot	291	techn	320	vent	343		
pel	262	rupt	293	tect	321	vert	345		
pen	264	ry	477	**tele**	445	vest	347		
pend	52	scend	294	temper	321	via	348		
per	266	sci	295	tempt	322	vict	349		
per	458	scrib	64	tend	323	vis	87		
pet	267	**se**	450	term	325	viv	351		
phas	268	sect	296	terr	326	voc	352		
phon	269	sens	297	test	328	vol	354		
ple	270	sequ	298	text	329	volv	355		
plic	54	serv	300	th	477	vot	356		
plore	272	ship	478	tom	330	war	357		
point	273	sid	301	ton	331	ward	484		
polic	274	sign	303	tort	332	way	484		
popul	275	simil	305	tract	85	**with**	435		
port	276	soci	306	**trans**	385	y	483		

單字 INDEX

- A -		abstract	85	accurate	134	adjacent	387
abbreviate	389	abuse	338	accuse	390	adjective	46
abduct	35	accelerate	389	achieve	30	adjust	189
abduction	449	accept	27	acknowledge	390	administer	226
abhor	181	access	32	acquire	285	admire	227
abnormal	449	accessory	389	active	92	admit	49
abort	249	accident	114	actual	91	admonish	220
absent	142	acclaim	119	adapt	94	adolescent	388
absolute	449	accommodate	228	addict	137	adopt	388
absolve	307	accompany	250	adept	95	adore	388
absorb	449	accomplish	272	adequate	141	advance	450
abstain	83	account	128	adhere	387	advantage	450

advent	388	antidote	139	atom	330	biography	43
adventure	343	antipathy	258	attach	392	biology	440
adverb	389	antique	423	attempt	322	biorhythm	440
advertise	345	antisocial	433	attend	323	board	103
advise	87	antonym	433	attest	328	brake	105
advocate	353	apart	255	attitude	95	breach	105
affect	37	apolitical	463	attract	85	break	104
affirm	153	apology	47	attribute	334	breakdown	104
afflict	155	appeal	264	audience	99	breakfast	104
affluence	156	appetite	267	audit	99	breakthrough	105
aggravate	174	applaud	390	audition	99	brick	105
aggregate	390	apply	55	auditorium	99	broadcast	109
aggressive	171	appoint	273	auditory	99	by-election	428
agree	173	appreciate	391	autograph	42	bygone	428
agriculture	132	apprehend	279	automatic	446	bypass	429
ahead	389	approach	391	automobile	446	by-product	428
airline	201	appropriate	391	autonomy	446	bystander	428
alarm	96	approve	283	available	342	**- C -**	
alike	462	approximate	391	avenue	344	cabbage	30
alleviate	196	apt	94	avert	345	calligraphy	43
allocate	204	arise	462	award	357	campaign	106
allude	207	armistice	95	aware	357	campsite	106
along	205	army	95	**- B -**		campus	106
alter	92	arrange	288	bankrupt	293	canal	107
alternative	92	array	392	bar	100	cane	107
amateur	93	arrest	78	barn	100	cannon	107
amaze	462	artificial	38	barrel	100	canyon	107
ambivalent	342	artisan	97	barrier	100	cap	29
amiable	93	artist	97	base	101	capable	26
amid	216	artwork	96	baseline	101	cape	29
amity	93	ascend	294	basement	101	capital	29
amount	232	ashamed	462	bat	102	capture	26
anatomy	331	asocial	463	battle	103	career	108
ancestor	423	aspect	67	beforehand	177	carriage	108
ancient	423	aspire	70	benediction	454	carrier	108
anecdote	139	aspirin	70	benefactor	454	carry	108
anniversary	94	assault	316	beneficial	454	cast	109
announce	240	assemble	306	benefit	453	central	110
annual	94	assign	303	benevolent	354	certain	113
anomie	242	assimilate	305	between	470	certificate	113
antarctic	433	assist	79	beware	357	champion	106
antecedent	422	associate	307	bicycle	467	channel	107
antiaging	432	assume	317	bilingual	202	charge	109
antibacterial	433	asterisk	98	binary	467	chef	30
antibiotic	441	astrology	98	binocular	467	chief	30
antibody	433	astronaut	97	biodiversity	440	circuit	116
anticipate	26	astronomy	97	bioethics	440	circular	116

circulate	116	complicity	55	contact	318	crisis	112
circumstance	116	compliment	271	contagious	319	criticize	112
circus	117	comply	271	contain	82	cultivate	131
cite	117	component	59	contemporary	381	culture	132
citizen	118	compose	59	contend	324	cure	133
civic	118	compound	59	content	84	curious	133
civil	118	comprehend	279	contest	328	current	132
civilize	118	compress	62	context	330	curriculum	132
claim	119	compromise	51	continent	84	- D -	
climate	120	computer	284	continue	84	damage	134
close	121	conceive	27	contraception	28	deadline	201
closet	121	concentrate	110	contract	85	debase	102
cognitive	122	concern	111	contradict	137	debate	102
coherent	382	conclude	122	contrary	434	decay	396
coincident	114	concrete	130	contrast	78	deceive	27
collaborate	191	concur	133	contribute	334	decide	115
colleague	382	condemn	134	control	292	deciduous	114
collect	193	conduct	35	controvert	346	decline	120
collide	382	confer	41	convene	344	decode	397
collusion	207	confess	145	converse	346	decrease	130
combat	102	confident	149	convert	345	dedicate	137
combine	380	confine	152	convey	348	deduce	34
comfort	159	confirm	153	convict	350	deduct	35
command	210	conflict	155	convince	350	default	397
commemorate	218	conform	158	convocation	353	defeat	39
comment	219	confront	381	cooperate	244	defect	37
commerce	221	confuse	162	coordinate	246	defend	148
commit	49	congest	168	cordial	125	defer	41
commodity	228	congratulate	172	core	126	deficient	38
common	125	congregate	381	corporate	126	define	152
communal	124	congress	171	corps	127	deflect	154
communicate	124	conjunction	188	corpse	127	deforest	397
community	124	connect	381	correct	289	deform	396
commute	234	conquer	285	correlation	382	defy	150
compact	380	conscience	295	correspond	310	degenerate	165
companion	249	conscious	295	corrupt	293	degrade	170
company	249	conscription	65	cosmopolis	274	degree	171
compare	252	consent	298	cost	79	delay	193
compass	256	consequence	298	count	127	delegate	396
compassion	259	conserve	300	counterattack	434	delicate	198
compel	262	conspicuous	67	counterpart	255	delicious	198
compensate	53	conspire	70	courage	126	deliver	197
compete	267	constant	77	cover	129	demand	211
compile	380	constitute	80	create	130	demerit	398
complete	270	constrain	313	credible	131	democracy	135
complex	57	construct	314	credit	131	demolish	395
complicate	54	consume	317	criminal	112	denounce	240

deny	237	disappoint	273	donate	139	enroll	292
depart	255	disapprove	400	dose	140	ensure	461
depend	52	disarm	96	double	468	entertain	82
deplete	271	disaster	98	doubt	468	entitle	461
deplore	272	discard	400	dual	468	entrust	335
deploy	56	discern	111	duct	35	envoy	349
deposit	59	discharge	109	duplicate	54	epidemic	135
depreciate	395	disclose	121	- E -		equal	140
depress	62	discomfort	399	eccentric	111	equation	140
deprive	282	disconnect	401	eco-friendly	442	equilibrium	140
deputy	284	discontent	402	ecology	442	equivalent	141
descend	294	discord	125	economy	442	equivocal	141
describe	64	discount	127	ecosystem	442	eradicate	371
deserve	300	discourage	399	ecstasy	78	erect	289
design	304	discover	129	educate	33	erode	371
designate	304	discredit	400	effect	37	erupt	293
desire	395	discriminate	112	effort	159	escape	370
despise	396	disgrace	399	egocentric	111	escort	370
dessert	301	dishonest	402	eject	370	essence	141
destroy	315	dishonor	399	elaborate	191	establish	73
destruct	397	dislike	401	elect	194	estate	75
detach	396	dismiss	51	elevate	196	esteem	143
detain	83	disobey	401	elicit	198	estimate	143
detect	321	disorder	399	eligible	371	evacuate	339
determine	325	dispatch	261	eliminate	200	evade	340
detest	328	dispel	262	embargo	101	evaluate	342
deviation	348	dispose	59	embark	461	evaporate	371
devote	356	dispute	284	embarrassed	100	event	343
diagnose	123	disqualify	401	emerge	222	evict	350
diagonal	441	disregard	401	emigrate	224	evident	88
diagram	44	disrespect	402	eminent	233	evoke	353
dialect	441	disrupt	293	emit	49	evolve	355
dialogue	47	dissolve	308	emotion	230	exact	91
diameter	223	distant	77	empathy	258	examine	367
diarrhea	441	distinguish	311	emphasize	268	example	318
dictate	136	distort	332	employ	56	excavate	368
dictionary	136	distract	86	empower	461	exceed	31
differ	41	distress	314	enable	459	except	28
diffuse	162	distribute	334	enclose	121	excite	117
digest	168	district	312	encourage	460	exclaim	119
diminish	226	distrust	336	endanger	460	exclude	122
diploma	56	disturb	337	enemy	93	excursion	133
direct	289	diverse	346	energy	248	excuse	367
directory	289	divest	347	enforce	159	execute	368
disability	398	doctor	138	enlarge	460	exempt	317
disadvantage	398	doctrine	138	enormous	239	exercise	367
disagree	400	document	138	enrich	460	exhale	368

exhaust	369	fame	144	general	165	horrible	181
exhibit	176	fare	147	generate	165	horror	181
exile	369	farewell	147	generic	165	host	182
exist	79	fate	144	generous	166	hostage	182
exit	186	fault	146	genius	166	hostel	182
exodus	369	feast	149	genocide	167	hostile	182
exotic	369	feat	39	gentle	166	humble	183
expand	368	federal	150	genuine	166	humiliate	183
expect	68	fence	148	geography	43	humility	183
expedition	261	fertile	42	geology	48	hydrogen	167
expel	263	festival	149	geometric	223	- I -	
expend	52	fidelity	149	geometry	443	idea	184
experience	266	filament	150	geothermal	443	ideal	184
experiment	266	file	151	gesture	168	ideology	184
expert	266	final	151	grace	173	ignore	123
expire	71	finance	152	gradation	171	illogical	418
explicit	55	fine	151	grade	170	illuminate	208
exploit	56	finish	152	gradual	170	illusion	207
explore	272	firm	153	graduate	170	illustrate	209
export	277	flex	154	grammar	44	imbalance	418
expose	60	fluctuate	157	grateful	172	immature	416
express	62	fluent	156	gratify	172	immediate	215
exquisite	286	fluid	156	gratitude	172	immense	416
extend	324	flux	157	grave	174	immerse	222
exterior	369	force	159	gravity	174	immigrate	224
extinguish	311	forecast	110	grieve	174	immoral	416
extort	333	forefather	421	guarantee	163	immortal	417
extract	86	forefinger	421	guard	164	impartial	417
extracurricular	429	forehead	422	guardian	164	impatient	417
extraordinary	430	foremost	422	- H -		impede	261
extraterrestrial	429	foresee	421	habit	175	impel	263
extravagant	430	foretell	421	habitat	175	implement	272
extreme	370	form	157	handcuff	177	implore	273
extrovert	430	formula	158	handful	177	imply	55
exult	316	fort	159	handicap	177	import	366
- F -		found	161	handle	177	impose	60
fable	144	fractal	160	handy	176	impractical	417
facility	36	fraction	160	haphazard	178	impress	63
facsimile	36	fragile	160	happen	178	imprison	366
fact	36	fragment	160	happy	178	improper	418
factor	36	fund	161	heal	179	impulse	264
faculty	37	fundamental	161	health	179	impute	284
fail	146	fuse	162	heir	180	inability	415
fairy	144	- G -		heredity	180	inborn	366
faith	150	garment	163	heritage	180	incessant	32
fallacy	146	gender	167	homicide	115	incident	114
false	146	gene	167	homogeneous	167	incline	120

503

include	122	inspire	71	isolate	185	luminary	208	
income	365	install	74	itinerary	186	lunar	208	
incompetence	415	instant	77	**- J -**		**- M -**		
inconvenience	415	instate	75	jet	46	machinery	214	
incorporate	126	instinct	311	join	188	magnificent	38	
incorrect	412	institute	80	journal	187	magnify	209	
increase	130	instruct	315	journey	187	magnitude	209	
indefinite	412	insufficient	414	judge	189	maintain	82	
indicate	137	insulate	185	juncture	187	malady	436	
indirect	412	insult	316	just	188	maleficent	436	
indispensable	413	intact	318	**- K -**		malevolent	436	
indoor	366	intake	365	kidnap	190	malfunction	436	
induce	34	integer	319	kin	190	malice	435	
industry	315	integrate	319	kind	190	malign	436	
ineffective	413	intend	324	kindergarten	190	manage	212	
inept	95	interact	384	**- L -**		mandatory	210	
inequality	416	intercept	28	labor	191	maneuver	212	
inevitable	413	interchange	384	laboratory	191	manifest	212	
inexpensive	413	intercultural	383	language	202	manipulate	212	
infamous	414	interfere	384	laundry	192	manual	211	
infant	145	intermediate	216	lavatory	192	manufacture	37	
infect	38	intermission	50	lave	192	manuscript	65	
infer	42	international	383	league	199	market	222	
inflict	155	interpersonal	383	lecture	194	marvel	227	
inflow	365	interpose	60	legacy	195	material	213	
influence	156	interpret	385	legal	195	maternity	213	
influenza	157	interrupt	293	legislation	195	matrix	213	
inform	158	intersection	296	legitimate	195	matter	213	
informal	414	interval	384	lever	196	maxim	210	
infuse	162	intervene	344	liable	199	maximize	210	
ingenious	166	interview	88	liberal	197	mean	217	
ingredient	171	intolerable	414	liberate	197	meanwhile	217	
inhabit	175	intonation	331	limit	200	mechanic	214	
inherent	366	introduce	33	line	201	mechanism	214	
inherit	180	introspection	69	linger	206	mediate	215	
inhibit	176	introvert	346	linguist	202	medical	217	
initiate	186	invade	340	literal	203	medicine	218	
inject	45	invariable	415	literate	203	medieval	215	
injustice	416	invent	343	literature	203	Mediterranean	216	
innate	235	invest	348	local	204	medium	215	
innovate	241	invincible	350	locate	204	mega	209	
inquire	285	invisible	415	logic	48	megaphone	269	
inscribe	64	invoke	353	long	205	memory	218	
insect	296	involve	355	longevity	206	mental	219	
insight	365	irrational	418	longitude	206	mention	219	
insist	79	irrelevant	419	lucid	208	merchandise	221	
inspect	68	irresponsible	419	ludicrous	206	merchant	221	

mess	51	motive	230	nursery	243	outlook	373
metropolis	214	motor	231	nurture	244	outperform	374
microorganism	444	mound	233	nutrient	243	outstanding	373
microphone	269	mount	232	nutrition	243	overall	376
microscope	444	multicultural	472	**- O -**		overboard	104
microwave	444	multimedia	471	object	46	overcharge	377
midnight	216	multiple	57	oblige	199	overcome	374
midst	216	multitask	471	obscure	447	overdose	379
midterm	217	multitude	472	observe	300	overdue	375
migrate	224	murder	230	obsession	447	overeat	377
minimum	225	mutant	234	obstacle	78	overestimate	143
minister	225	mutual	234	obstruct	315	overflow	377
minor	225	**- N -**		obtain	83	overhead	376
minus	225	nation	235	obvious	447	overhear	375
miracle	226	native	235	occasion	448	overlap	376
misbehave	437	nature	235	occident	115	overload	378
mischief	437	nausea	236	occur	133	overlook	376
misconception	437	nautical	236	offend	148	overnight	375
misconduct	438	naval	236	offer	40	overpay	378
misfortune	438	navigate	236	office	245	overseas	375
mishap	438	navy	236	official	245	oversee	376
mislead	438	negative	237	omit	49	overtake	375
mismatch	438	neglect	194	onboard	103	overthrow	378
misplace	439	negligent	237	operate	244	overtime	375
missile	51	negotiate	237	opportunity	448	overview	377
mission	50	nerve	238	oppose	60	overweight	379
mistake	437	nervous	238	opposite	448	overwhelm	377
misunderstand	439	neurosis	238	oppress	63	overwork	378
misuse	338	neutral	237	optic	245	**- P -**	
mobile	231	nominate	238	optical	245	pain	265
moderate	227	nonfiction	431	ordinance	246	pair	252
modern	227	nonprofit	431	ordinary	246	pantry	250
modest	228	nonsense	431	organ	247	par	252
modify	228	nonsmoking	432	organism	247	paragraph	253
moment	232	nonstop	432	organize	247	parallel	253
monarch	465	norm	239	orient	249	paramount	233
monk	465	normal	239	origin	248	paraphrase	253
monolingual	464	notice	123	otherwise	92	parcel	255
monologue	47	notify	123	outbreak	105	pardon	139
monopoly	464	notion	124	outburst	372	part	254
monorail	464	noun	239	outcome	372	participate	26
monotone	464	nourish	244	outdo	373	particle	254
monotonous	331	novel	241	outdoor	373	particular	255
monument	220	novice	241	outflow	373	partition	254
mortal	229	numerable	242	outgoing	373	party	254
mortgage	229	numerous	242	outlet	372	pass	256
mortify	229	nurse	243	outline	201	passage	256

passenger	256	politics	274	principal	280	query	285
passion	259	ponder	53	principle	281	**- R -**	
passive	259	popular	275	prior	281	radiant	286
passport	257	populate	275	prison	279	radiator	286
paste	250	portable	276	private	282	radio	287
pastel	250	portal	276	privilege	282	radioactive	287
pastime	257	portfolio	277	probable	283	radius	287
pathetic	258	portion	255	probe	283	range	287
patient	259	position	58	proceed	31	rank	288
patriot	259	positive	58	proclaim	119	react	91
patron	260	possess	278	produce	34	rebate	103
pattern	260	possible	278	professional	145	recede	31
pedal	260	posterior	423	proficient	39	receive	27
pedestrian	260	postpone	424	profile	151	recite	117
pedicure	261	postscript	424	profit	39	recline	361
penalty	264	posture	58	profound	161	recognize	123
peninsula	185	postwar	424	program	44	recollect	194
pension	53	potential	278	progress	359	recommend	211
perceive	27	precede	31	prohibit	176	reconcile	363
perfect	458	predecessor	32	project	45	recover	129
perform	458	predetermine	361	prologue	47	recreate	130
peril	267	predict	136	prolong	205	recruit	363
permanent	458	preface	145	prominent	233	rectangle	290
permit	50	prefer	41	promise	51	recur	133
perplex	56	pregnant	167	promote	231	recycle	363
persevere	458	prehistoric	360	pronoun	359	reduce	33
persist	80	prejudice	189	pronounce	240	refer	40
perspective	69	preliminary	200	propel	263	refine	152
perspire	71	prelude	207	prophet	359	reflect	154
persuade	459	premature	360	propose	60	reform	158
pertain	83	premise	51	propound	61	refuse	163
pervade	341	prepay	360	prosecute	299	regard	164
pervert	346	prescribe	64	prospect	68	regime	290
pesticide	115	present	142	protect	321	region	291
petition	267	preserve	300	protest	329	register	168
phantom	268	president	301	prove	283	regress	362
phase	268	press	62	provide	88	regular	291
phenomenon	269	presume	317	province	350	reign	290
philosophy	309	pretend	324	provoke	353	reinforce	160
phonics	270	pretext	330	psychology	48	reject	45
photograph	43	prevail	342	public	275	relax	192
physiology	48	prevent	344	publish	275	relay	193
pine	265	preview	88	pulse	263	release	193
plenty	270	previous	360	punctual	273	relevant	196
pointed	273	prime	280	punish	264	relieve	197
police	274	primitive	280	purpose	61	religion	199
policy	274	prince	280	**- Q -**		relocate	205

rely	200	review	88	sophisticated	308	subsequent	299
remain	361	revise	87	sophomore	309	subside	302
remedy	218	revive	351	souvenir	345	subsist	80
remember	219	revoke	362	special	66	substance	73
remind	220	revolve	355	species	67	substitute	81
remit	50	reward	357	specific	66	subtitle	393
remote	231	right	290	specimen	67	subtotal	393
remove	231	rigid	290	specious	66	subtract	393
renew	363	rigor	291	spectacle	69	suburb	393
renounce	240	rotate	291	specter	69	succeed	32
renovate	241	- S -		spectrum	69	suffer	41
repeat	268	scandal	294	speculate	67	sufficient	38
repel	263	science	295	sponsor	309	suggest	394
replace	364	script	65	spouse	310	suicide	115
replenish	364	scroll	292	stable	73	superb	455
replicate	54	seat	302	stage	73	superficial	455
reply	55	seclude	451	stagnant	74	superfluous	456
report	277	second	299	stall	74	superior	455
represent	142	secret	452	stance	73	supernatural	456
reproduce	364	section	296	standard	72	superstition	81
republic	276	sector	296	standpoint	72	supervise	87
reputation	284	secure	451	standstill	72	supplement	271
request	286	seduce	34	state	74	supply	271
require	285	segment	296	static	75	support	277
resemble	306	segregate	451	station	76	suppose	61
resent	298	select	451	stationery	76	suppress	63
reserve	301	sensation	297	statistics	75	surface	456
resident	302	sense	297	statue	76	surgeon	248
resign	304	sensual	297	stature	77	surmount	233
resist	80	sentiment	297	status	77	surpass	257
resolve	308	separate	450	stay	77	surplus	456
respect	68	sequence	298	steady	78	surprise	456
respire	71	sergeant	301	sticker	310	surrender	457
respond	309	servant	301	stimulus	311	surround	457
rest	78	settle	302	sting	310	survey	457
restrain	313	severe	452	stitch	311	survive	351
restrict	312	sign	303	strain	312	susceptible	28
resume	317	signal	303	strait	313	suspect	68
retail	363	signify	303	strand	313	suspend	52
retain	83	similar	305	strict	312	sustain	83
retort	333	simple	57	structure	314	symbiotic	453
retract	362	simulate	305	subject	45	symmetry	223
retrospect	69	simultaneous	305	submarine	392	sympathy	258
return	362	society	306	submerge	222	symphony	270
revenue	344	sociology	306	submit	50	synchronize	453
reverse	347	solve	307	subordinate	247	synergy	248
revert	362	sophist	308	subscribe	65	synonym	452

synopsis	246	transact	91	undo	410	vacuum	339
synthesis	452	transcend	294	unemployed	408	vain	340
system	79	transcript	65	unequal	404	valid	341
- T -		transfer	40	unexpected	409	valor	342
tact	318	transform	385	unfair	404	value	341
tactic	318	transfuse	386	unfortunate	405	vanish	340
tactile	319	transgender	386	unfriendly	407	venture	343
tangible	319	transient	386	unhealthy	406	venue	344
technically	320	transit	186	unicorn	465	verdict	137
technique	320	translate	385	uniform	465	vest	347
technology	320	transmit	50	unify	466	via	348
telecommunication	445	transplant	386	unintended	409	victory	349
telegram	44	transport	277	union	466	vision	87
telepathy	445	triangle	470	unique	466	visit	87
telephone	269	tribe	470	unite	466	vital	351
telescope	445	triple	470	universe	466	vitamin	352
television	445	tripod	262	unknown	409	vivid	351
temper	321	trivial	471	unlike	407	vocabulary	352
temperate	322	trouble	337	unlimited	409	vocation	352
temperature	322	true	335	unnatural	406	voice	352
tempt	322	trust	335	unnecessary	405	volume	356
tenant	84	trustworthy	335	unpack	410	voluntary	354
tend	323	tumor	336	unpaid	409	vortex	347
tender	323	tumult	336	unpleasant	406	vote	356
tense	325	tune	332	unplug	411	vow	356
tentative	323	turbine	337	unquestionable	408	vowel	354
term	325	turbulence	337	unreasonable	408	voyage	349
terminate	325	twice	469	unseen	410	**- W -**	
terrace	326	twilight	469	unsteady	406	warn	357
terrain	326	twin	469	unsure	405	welfare	147
terrestrial	326	twist	469	untie	411	whole	179
territory	326	**- U -**		untitled	410	will	354
testify	328	unable	407	untouchable	408	withdraw	435
text	329	unanimous	467	unusual	405	withhold	435
textile	329	unbearable	407	unveil	411	withstand	72
texture	329	unbelievable	407	unwanted	410	witness	88
theology	48	uncertain	404	unwilling	406		
thermometer	223	uncomfortable	408	uphold	425		
thumb	336	unconscious	405	upright	426		
tomb	336	uncover	129	uproot	425		
tone	331	underestimate	143	upset	425		
torch	333	undergo	426	upside	425		
torment	333	undergraduate	427	use	338		
torque	333	underlie	427	utensil	339		
torture	332	underline	426	utilize	338		
trace	86	understate	427	**- V -**			
track	86	undertake	427	vacate	339		

66 天英文單字習慣養成月曆

用「1＋3 讀書法」征服英文單字，同時養成讀書習慣吧！

1. 研讀今天要學習的內容。 學習
2. 十分鐘後複習。 複習一
3. 複習昨天學習過的內容。 複習二
4. 複習一週前學習過的內容。 複習三

＊學習和複習完每天的進度後，請打一個 V。

1	2	3	4	5	6	7	8	9	10	11
12	13	14	15	16	17	18	19	20	21	22
23	24	25	26	27	28	29	30	31	32	33
34	35	36	37	38	39	40	41	42	43	44
45	46	47	48	49	50	51	52	53	54	55
56	57	58	59	60	61	62	63	64	65	66

習慣開始成形

只差一步了！

習慣形成！

〈66 天英文單字習慣養成月曆〉的使用方法：請見第 20 頁的〈學習計畫〉

英文字根字首神奇記憶法
再也忘不了的英單速記秘訣

作　者　Kang Sung Tae（姜聲泰）
譯　者　莊曼淳／關亭薇／張盛傑
編　輯　張盛傑
校　對　劉育如／吳思薇
主　編　丁宥暄
內頁排版　蔡怡柔
封面設計　林書玉
製程管理　洪巧玲
發 行 人　黃朝萍
出 版 者　寂天文化事業股份有限公司
電　話　+886-(0)2-2365-9739
傳　真　+886-(0)2-2365-9835
網　址　www.icosmos.com.tw
讀者服務　onlineservice@icosmos.com.tw
出版日期　2025 年 01 月 初版五刷（寂天雲隨身聽 APP 版）

Copyright © 2019 by Kang Sung tae
Original Korean edition published by Key Publications, Seoul, South Korea
Traditional Chinese Translation Copyright © 2020 by Cosmos Culture Ltd.
版權所有　請勿翻印
郵撥帳號 1998620-0 寂天文化事業股份有限公司
訂書金額未滿 1000 元，請外加運費 100 元。
〔若有破損，請寄回更換，謝謝。〕

英文字根字首神奇記憶法：再也忘不了的英單速記秘訣
(寂天雲隨身聽 APP 版)/ Kang Sung Tae（姜聲泰）著；
莊曼淳 , 關亭薇 , 張盛傑譯 . -- 初版 . -- [臺北市] : 寂天
文化 , 2025.01
　　面；　公分
ISBN 978-626-300-296-8 (25K 平裝)

1.CST: 英語 2.CST: 詞彙

805.12　　　　　　　　　　　　113019992

英文字根字首神奇記憶法

再也忘不了的英單速記秘訣

作者 ┃ Kang Sung Tae（姜聲泰）
譯者 ┃ 莊曼淳／關亭薇／張盛傑

口袋單字書

急躁是讀書的最大敵人。
就算覺得讀書速度有點慢也別著急,
只要持之以恆就行了。
——姜聲泰

《英文字根字首神奇記憶法》
口袋單字書使用方法

1 **讀完主冊後,再用來複習。**
一定要先讀主冊,再翻閱口袋單字書反覆學習。

2 **在家自我測試吧!**
先沿著虛線折起來,然後看英文單字說出中文解釋,再看著中文解釋說出英文單字。如果一秒內不能馬上說出來,就是還沒學起來,請再重新學習。

3 **隨時隨地都可以讀。**
隨身帶著口袋單字書,在公車上、捷運上、床邊等各種場所讀,這樣可以記得更久。

DAY 1

cap¹	抓住（hold）・拿出（take）
01 capable	01 形 能夠……的；能幹的
02 capture	02 動 捕捉；抓住 名 俘虜；捕捉；截取（圖片）
03 anticipate	03 動 預期；預測
04 participate	04 動 參與；參加
05 conceive	05 動 懷有（想法）；想；懷孕
06 deceive	06 動 欺騙；欺瞞；欺詐
07 perceive	07 動 察覺；感知
08 receive	08 動 收到；接受
09 accept	09 動 同意；接受
10 contraception	10 名 避孕
11 except	11 介連 除了……之外
12 intercept	12 動 攔截；阻止
13 susceptible	13 形 易受影響的；敏感的

cap²	頭（head）
01 capital	01 名 首都；大寫字母；資本 形 大寫字母的；最重要的；死刑的
02 cap	02 名 帽子；蓋子；限度 動 覆蓋；超過
03 cape	03 名 披肩；斗篷；海角
04 cabbage	04 名 高麗菜
05 chief	05 形 主要的；首席的 名 首領；……長
06 achieve	06 動 達成；實現；成就
07 chef	07 名 廚師；主廚

cede	走（go）
01 precede	01 動（時間或空間上）處在……之前；先行
02 recede	02 動 後退；減弱
03 proceed	03 動 接著做；繼續進行
04 exceed	04 動 超出；超過
05 succeed	05 動 成功；升遷；繼承
06 access	06 名 入場；使用（權） 動 進入；使用；讀取（資料）
07 predecessor	07 名 前任；前身
08 incessant	08 形 連續不斷的；不停的

DAY 2

duc	引導（lead）
01 **educate**	01 動 教育
02 **introduce**	02 動 介紹；導入
03 **reduce**	03 動 減少；降低；縮小
04 **produce**	04 動 生產；製造；製作
05 **seduce**	05 動 吸引；引誘；誘騙
06 **induce**	06 動 引導；誘使
07 **deduce**	07 動 推論；追溯
08 **duct**	08 名 導管；管線
09 **abduct**	09 動 綁架；劫持
10 **conduct**	10 動 執行；指揮；帶領 名 行為；執行
11 **deduct**	11 動 抽出；（從一定金額中）扣除

fac	製作（make）・做（do）
01 **facility**	01 名 設備；功能
02 **facsimile**	02 名 臨摹；複製；傳真 動 複製；傳真
03 **fact**	03 名 事實；實際情況
04 **factor**	04 名 因素；要素；〈數學〉因數
05 **manufacture**	05 動 製造；生產
06 **faculty**	06 名 能力；全體教師；（大學）學系
07 **affect**	07 動 影響；假裝；假扮
08 **effect**	08 名 影響；效果；後果
09 **defect**	09 名 缺陷 動 脫離（國家）；叛逃
10 **infect**	10 動 感染
11 **artificial**	11 形 人工的；人造的
12 **deficient**	12 形 不足的；有缺陷的
13 **sufficient**	13 形 足夠的；充足的
14 **magnificent**	14 形 壯麗的；偉大的
15 **proficient**	15 形 精通的；熟練的
16 **profit**	16 名 利潤；收益 動 有益於……
17 **feat**	17 名 功績；事蹟；技藝
18 **defeat**	18 動 擊敗 名 失敗

DAY 3

fer	搬運（move）・承受（bear）
01 **offer**	01 動 提供；提議
02 **transfer**	02 動 搬；移動；轉乘 名 移動；轉乘
03 **refer**	03 動 提及；引用；參考
04 **prefer**	04 動 喜歡；偏好
05 **confer**	05 動 商討；賦予
06 **defer**	06 動 延期；推遲；聽從
07 **differ**	07 動 不同；意見不一致
08 **suffer**	08 動 受苦；受折磨
09 **infer**	09 動 推斷；推論
10 **fertile**	10 形 富饒的；肥沃的；豐富的

graph	畫畫（draw）・寫（write）
01 **autograph**	01 名（名人的）親筆簽名 動 親筆簽名
02 **photograph**	02 名 照片
03 **biography**	03 名 傳記；傳記文學
04 **calligraphy**	04 名 書法；書法藝術
05 **geography**	05 名 地理學
06 **diagram**	06 名 圖表；圖解
07 **program**	07 名 程式；計畫；節目；節目單 動 寫程式
08 **telegram**	08 名 電報
09 **grammar**	09 名 文法

ject	丟（throw）
01 **project**	01 名 方案；報告；企畫 動 計劃；投射；投擲
02 **reject**	02 動 拒絕；駁回
03 **inject**	03 動 注入；注射
04 **subject**	04 名 主題；科目；題材；國民 形 易受……的；受支配的 動 使服從；支配
05 **object**	05 名 物體；對象；目的 動 反對
06 **adjective**	06 名 形容詞
07 **jet**	07 名 噴射機；噴出物 動 噴出；射出

DAY 4

log	話（speech）‧想法（thought）
01 prologue	01 名 前言；開場白
02 dialogue	02 名 對話
03 monologue	03 名 獨白；長篇大論
04 apology	04 名 道歉；認錯
05 logic	05 名 邏輯；想法
06 geology	06 名 地質學
07 physiology	07 名 生理學；生理機能
08 psychology	08 名 心理學；心理
09 theology	09 名 神學；宗教信仰學

mit	傳送（send）
01 admit	01 動 承認；允許……進入
02 commit	02 動 犯（罪）；做（錯事）；承諾
03 emit	03 動 發出；散發
04 omit	04 動 遺漏；省略
05 permit	05 動 允許；准許 名 許可證
06 remit	06 動 傳送；匯款；免除（罰則）
07 submit	07 動 提交；投降
08 transmit	08 動 傳送；傳達
09 mission	09 名 任務；使命；外交使團
10 intermission	10 名 中場休息時間；中斷
11 missile	11 名 飛彈
12 dismiss	12 動 打發；不予考慮
13 premise	13 名 前提；預設
14 promise	14 動 承諾；答應 名 諾言；保證
15 compromise	15 動 妥協；讓步；損害 名 妥協；讓步
16 mess	16 名 骯髒；雜亂 動 把……弄亂

DAY 5

pend 懸掛（hang）

01 depend　　01 動 依賴；取決於……
02 expend　　02 動 花費（錢）；耗費（精力）
03 suspend　　03 動 懸掛；中斷
04 ponder　　04 動 深思；衡量
05 compensate　　05 動 補償；抵銷
06 pension　　06 名 退休金；補助金

plic 折（fold）

01 complicate　　01 動 使複雜化
02 duplicate　　02 動 複製；拷貝　形 一對的
03 replicate　　03 動 複製；重現
04 complicity　　04 名 共謀；串通
05 explicit　　05 形 清楚明白的；明確的
06 reply　　06 動 名 回覆；回應
07 apply　　07 動 申請；應徵；應用
08 imply　　08 動 暗示；意味著
09 deploy　　09 動 部署；展開
10 employ　　10 動 僱用
11 diploma　　11 名 畢業證書；文憑；執照
12 exploit　　12 動 開發；利用；剝削
　　　　　　　　　名 功績；成就
13 perplex　　13 動 使困惑；使複雜化
14 complex　　14 形 複雜的　名 綜合大樓；情結
15 simple　　15 形 簡單的；單純的
16 multiple　　16 形 多的；多種的；各式各樣的

DAY 6

pos	放置（put, place）
01 **position**	01 名 位置；地點 動 把……放在適當位置
02 **positive**	02 形 肯定的；積極的
03 **posture**	03 名 姿勢；態度 動 擺出姿勢
04 **compose**	04 動 做（詩、曲等）；組成；使平靜
05 **component**	05 名 構成要素；成分；零件
06 **compound**	06 名 混合物；化合物；複合物 形 合成的 動 使混合；使化合；使合成
07 **dispose**	07 動 安排；處理
08 **deposit**	08 名 沉積；存款；押金 動 放下；（使）沉積
09 **expose**	09 動 使暴露於……；揭發
10 **impose**	10 動 強加；課徵（稅金、罰款等）
11 **interpose**	11 動 介入；插（話）；打斷（某人）
12 **oppose**	12 動 反對；對抗
13 **propose**	13 動 提議；求婚
14 **propound**	14 動 提出
15 **purpose**	15 名 目的；用途；決心
16 **suppose**	16 動 假設；猜想

press	按壓（press）
01 **press**	01 名 印刷；報刊；輿論 動 按壓；熨平（衣服）
02 **compress**	02 動 壓縮 名 敷布
03 **depress**	03 動 使沮喪；使消沉
04 **express**	04 動 表達；陳述 形 快速的 名 快車；快遞
05 **impress**	05 動 使印象深刻；使感動
06 **oppress**	06 動 壓迫；壓制
07 **suppress**	07 動 鎮壓；平定；壓制

DAY 7

scrib	寫（write）
01 describe	01 動 描述；描寫；描繪
02 inscribe	02 動 刻寫；把（某人的名字）登記入冊
03 prescribe	03 動 開處方；規定
04 subscribe	04 動 （在文件等下面）署名；訂閱
05 script	05 名 劇本；文字 動 寫劇本
06 manuscript	06 名 手稿；原稿 形 手寫的
07 transcript	07 名 手抄本；謄本；副本
08 conscription	08 名 徵兵；徵兵制度

spec	看（look）
01 special	01 形 特別的；特殊的 名 特別的東西
02 specific	02 形 特定的；具體的
03 specious	03 形 外觀好看的；虛有其表的
04 species	04 名 種類；物種
05 specimen	05 名 樣品；樣本
06 speculate	06 動 推測；推斷；思索
07 conspicuous	07 形 明顯的；易看見的；出色的
08 aspect	08 名 觀點；方向；層面
09 expect	09 動 期待；預期
10 inspect	10 動 檢查；視察
11 prospect	11 名 前途；前景 動 勘查
12 suspect	12 動 懷疑 名 嫌疑犯；可疑分子 形 可疑的；不可信的
13 respect	13 名 尊敬；尊重；敬意 動 尊敬；尊重
14 retrospect	14 名 回顧；回想 動 回顧；追憶
15 introspection	15 名 反省；自省
16 perspective	16 名 觀點；看法；遠近畫法
17 spectacle	17 名 景象；奇觀
18 specter	18 名 幽靈；恐怖之物
19 spectrum	19 名 範圍；光譜

DAY 8

spir	呼吸（breathe）
01 **aspire**	01 動 渴望
02 **aspirin**	02 名 阿斯匹靈（解熱鎮痛藥）
03 **conspire**	03 動 同謀；密謀
04 **expire**	04 動 （期限）終止；吐氣
05 **inspire**	05 動 激勵；賦予靈感
06 **perspire**	06 動 流汗
07 **respire**	07 動 呼吸

sta	站（stand）
01 **withstand**	01 動 反抗；抵擋；禁得起
02 **standard**	02 名 基準；標準 形 標準的；一般的
03 **standpoint**	03 名 觀點；立場
04 **standstill**	04 名 停頓；停滯不前 形 停滯不前的
05 **stance**	05 名 姿勢；立場
06 **substance**	06 名 物質；實體
07 **stable**	07 形 穩定的；平穩的 名 馬廄
08 **establish**	08 動 設立；創辦；立足於……
09 **stage**	09 名 舞台；階段 動 上演；發動
10 **stagnant**	10 形 停滯的
11 **stall**	11 名 （牲畜的）廄；攤位；牧師職位 動 （使）動彈不得
12 **install**	12 動 使就職；安裝
13 **state**	13 名 狀態；國家；州 形 國家的 動 聲明；陳述
14 **statistics**	14 名 統計學；統計資料
15 **estate**	15 名 社會階級；財產；地產
16 **instate**	16 動 確立；建立；任命
17 **static**	17 形 靜止的；靜態的 名 靜電

DAY 9

sta	站（stand）
01 station	01 名 車站；(各種機構的)站 動 駐紮；配置
02 stationery	02 名 文具
03 statue	03 名 雕像
04 stature	04 名 身高；高度；聲譽
05 status	05 名 身分；地位；狀態
06 stay	06 動 停留；保持 名 停留；停止
07 constant	07 形 不變的；持續的
08 distant	08 形 遙遠的；久遠的
09 instant	09 形 立即的 名 頃刻；一剎那
10 obstacle	10 名 障礙物；妨礙
11 ecstasy	11 名 出神；入迷；狂喜
12 steady	12 形 穩定的；不變的 副 穩定地；不變地
13 rest	13 名 休息；靜止 動 休息
14 arrest	14 動 名 逮捕；拘留；阻止
15 contrast	15 動 使對比；形成對照 名 對比；差異
16 cost	16 名 價格；費用 動 花費
17 system	17 名 體系；系統
18 assist	18 動 協助 名 幫助；協助
19 exist	19 動 存在；生存
20 insist	20 動 堅持；堅決主張
21 persist	21 動 堅持；固執；持續
22 resist	22 動 反抗；抵抗；抗(酸、熱等)
23 subsist	23 動 維持生活；靠……生活
24 constitute	24 動 構成；設立(機構)；制定(法律)
25 institute	25 名 機關；協會 動 設立；制定
26 substitute	26 動 代替；代理 名 代替人；代替物；代用品
27 superstition	27 名 迷信

DAY 10

tain	抓住（hold）
01 contain	01 動 包含；容納
02 entertain	02 動 娛樂；招待
03 maintain	03 動 維持；維修
04 obtain	04 動 取得；獲得
05 retain	05 動 保持；保留
06 sustain	06 動 支撐；維持生命
07 abstain	07 動 避免；戒除；放棄
08 pertain	08 動 附屬；有關
09 detain	09 動 拘留；扣押
10 tenant	10 名 住客；房客 動 租賃；居住於……
11 content	11 名 內容；目錄(-s) 形 滿足的；知足的 動 使滿意；使滿足
12 continue	12 動 繼續；持續
13 continent	13 名 大陸

tract	拉（draw）
01 abstract	01 形 抽象的；純概念的 名 抽象畫；摘要 動 使抽象化；抽取
02 attract	02 動 吸引；引起（注意、批評等）
03 contract	03 名 契約(書) 動 簽約；收縮；感染
04 distract	04 動 使分心；轉移
05 extract	05 動 提取；提煉 名 提取物
06 track	06 名 行蹤；足跡；小徑 動 跟蹤；追蹤
07 trace	07 名 痕跡；遺跡 動 跟蹤；追蹤；追溯

vis	看（see）
01 vision	01 名 視力；所見事物；洞察力；遠見
02 visit	02 動名 拜訪；參觀
03 advise	03 動 勸告
04 revise	04 動 訂正；改正
05 supervise	05 動 監督；管理；指導
06 evident	06 形 明顯的；清楚的
07 provide	07 動 提供；供給
08 interview	08 名動 面試；面談
09 preview	09 名 試映會；預告片 動 預先播映（或展示）；預告
10 review	10 名 審查；評論 動 複習；審查；評論
11 witness	11 名（犯罪、事故的）目擊者 動 目擊

DAY 11

act	動作（do）
01 react	01 動 反應；回應
02 transact	02 動 交易；辦理
03 exact	03 形 精確的；確切的；正確的 動 強求；急需
04 actual	04 形 現實的；實際的；真正的
05 active	05 形 積極的；活躍的

alter	其他的（other）
01 alter	01 動 更改；(使)變化
02 alternative	02 名 替代品；替代方案 形 可替代的；可供選擇的
03 otherwise	03 副 否則；以另外的方式 形 不同的

ama	喜愛（love）・朋友（friend）
01 amateur	01 名 業餘愛好者 形 業餘愛好的
02 amiable	02 形 親切的；和藹可親的
03 amity	03 名 友好；和睦
04 enemy	04 名 敵人；仇敵

ann	每年（yearly）
01 annual	01 形 每年的；一年一度的
02 anniversary	02 名 週年紀念日

apt	符合（fit）
01 apt	01 形 有……的傾向的；恰當的
02 adapt	02 動 適應；改編
03 adept	03 形 熟練的；內行的 名 內行人；能手
04 inept	04 形 無能的；笨拙的；不相稱的
05 attitude	05 名 態度；姿態；看法

arm	武器（weapon）・武裝（arm）
01 army	01 名 軍隊
02 armistice	02 名 休戰
03 alarm	03 名 警報；恐懼；驚慌不安 動 使恐懼；使驚慌
04 disarm	04 動 解除……的武裝；放下武器

art	藝術；技術（art）
01 artwork	01 名 藝術品；美術品
02 artist	02 名 藝術家；美術家（尤指畫家）
03 artisan	03 名 工匠；技工

astro	星星（star）
01 astronaut	01 名 太空人；太空旅行者
02 astronomy	02 名 天文學
03 astrology	03 名 占星術；占星學
04 asterisk	04 名 星號(*) 動 標上星號
05 disaster	05 名 災難；災害；徹底的失敗

DAY 12

audi —— 聽（hear）

01	audience	01 名 聽眾；觀眾
02	audition	02 名 試唱；試鏡 動 （使）試唱；（使）試鏡
03	auditory	03 形 耳朵的；聽覺的
04	audit	04 名 查帳；審核
05	auditorium	05 名 禮堂；聽眾席

bar —— 木棒（bar）

01	bar	01 名 棒狀物；柵欄；酒吧 動 阻攔；禁止
02	barrel	02 名 桶子；〈液體單位〉桶
03	barn	03 名 糧倉；馬房；牛舍
04	barrier	04 名 障礙；阻礙
05	embarrassed	05 形 尷尬的；窘迫的；不知所措的
06	embargo	06 名 禁令；禁運；限制

base —— 基礎（base）

01	base	01 名 基礎；基底；基地 動 以某處作為生活、工作、經商的主要地點；將某地設為總部基地
02	basement	02 名 地下室
03	baseline	03 名 基準線
04	debase	04 動 降低；貶值；使墮落

bat —— 打（beat）

01	bat	01 名 球棒；球拍 動 用球棒（或球拍）擊（球）
02	combat	02 名 戰鬥；格鬥 動 與……戰鬥
03	debate	03 名 辯論；討論；辯論會 動 辯論；討論
04	rebate	04 名 部分退款；回扣 動 退還；給……回扣
05	battle	05 名 戰役；爭鬥 動 作戰；戰鬥

board —— 木板（board）

01	board	01 名 木板；棋盤；公布欄；寄宿；董事會 動 搭乘；寄宿
02	onboard	02 形 （車輛上）安裝的，裝載的
03	overboard	03 副 向船外；從船上落入水中

break —— 打破（break）

01	break	01 動 打破；弄壞；破壞；休息 名 破損；休假；休息
02	breakdown	02 名 故障；失敗；分解；明細表
03	breakfast	03 名 早餐
04	breakthrough	04 名 重大進展；突破
05	outbreak	05 名 爆發；發作
06	brake	06 名 煞車 動 踩煞車
07	brick	07 名 磚頭
08	breach	08 名 違反；侵害 動 違反；破壞

DAY 13

camp	平原（field）
01 campaign	01 名 活動；(政治)運動 動 從事活動；發起運動
02 campus	02 名 大學校園
03 campsite	03 名 營地
04 champion	04 名 戰士；優勝者；冠軍

can	管（tube）
01 cane	01 名 (某些植物的)莖；拐杖
02 canal	02 名 運河；水道
03 cannon	03 名 大砲 動 開砲；砲轟；相撞
04 canyon	04 名 峽谷
05 channel	05 名 水道；海峽；頻道；途徑

car	馬車；運送（carriage）
01 carry	01 動 運送；搬運；攜帶
02 carriage	02 名 (火車)車廂；四輪馬車
03 carrier	03 名 搬運者；運輸公司；帶原者
04 career	04 名 (終身的)職業；經歷；歷程 形 職業的；專業的
05 charge	05 名 費用；索費；譴責；指控；責任 動 對……索費；譴責；(警方)指控
06 discharge	06 動 解僱；允許……離開；排出(液體、氣體等) 名 解雇；釋放；排出

cast	丟（throw）
01 cast	01 動 投擲；投射；指派……扮演 名 投擲；全體卡司
02 broadcast	02 動 廣播；播送 名 電視節目；廣播節目
03 forecast	03 名 動 預測；預報

centr	中心（center）
01 central	01 形 中心的；中央的；核心的；重要的
02 concentrate	02 動 專心；聚集
03 eccentric	03 形 反常的；古怪的
04 egocentric	04 形 自我中心的；自私的

cern	過濾（sift）→區分（distinguish）
01 concern	01 名 關心的事；重要的事 動 關心；擔心；掛念
02 discern	02 動 分辨；察覺到
03 discriminate	03 動 區別；辨別；歧視
04 criminal	04 形 犯罪的；刑事上的 名 罪犯
05 crisis	05 名 危機
06 criticize	06 動 批評；批判

cert	確定的（sure）
01 certain	01 形 確定的；確信的
02 certificate	02 名 執照；證明書 動 發證書給……

DAY 14

cid	落下（fall）
01 accident	01 名 事故；意外
02 incident	02 名 事件
03 coincident	03 形 同時發生的；巧合的
04 deciduous	04 形 （樹木）落葉的
05 occident	05 名 西半球；西方；歐美國家

cide	剪裁（cut）→ 殺死（kill）
01 suicide	01 名 自殺；自殺行為 形 自殺的
02 homicide	02 名 殺人（罪）
03 pesticide	03 名 殺蟲劑；農藥
04 decide	04 動 決定；決心

circul	圓圈（circle）
01 circular	01 形 圓形的；迂迴的；拐彎抹角的；供傳閱的 名 通知；公告；傳單
02 circulate	02 動 （使）循環；（使）傳播；傳閱
03 circumstance	03 名 環境；狀況
04 circuit	04 名 環道；環行；一周；〈電學〉回路
05 circus	05 名 馬戲團；馬戲表演；馬戲表演場

cit	叫喚（call）
01 cite	01 動 引用；舉出；表揚
02 excite	02 動 使興奮；激起
03 recite	03 動 背誦；朗誦；列舉

civi	城市（city）‧市民（citizen）
01 civic	01 形 城市的；市民的；公民的
02 civil	02 形 公民的；有禮貌的
03 civilize	03 動 使文明；使開化；教化
04 citizen	04 名 市民；居民

claim	喊叫（shout）
01 claim	01 動 要求；聲稱；主張 名 要求；權利；主張
02 exclaim	02 動 大聲喊叫；驚叫
03 proclaim	03 動 宣告；公布；聲明
04 acclaim	04 動 向……歡呼；稱讚 名 歡呼；稱讚

clin	傾斜（lean）‧彎曲（bend）
01 decline	01 名 減少；衰退 動 減少；衰退；婉拒
02 incline	02 動 傾斜；有意；點頭 名 斜坡
03 climate	03 名 氣候；風土；趨勢

DAY 15

clos — 關閉（close）

01 **close** — 動 關閉；打烊；結束 名 結束 形 近的 副 靠近地
02 **closet** — 名 壁櫥；衣櫥 形 私下的；祕密的
03 **disclose** — 動 揭發；公開
04 **enclose** — 動 圍住；封入
05 **conclude** — 動 斷定；決定；結束
06 **exclude** — 動 把……排除在外；逐出
07 **include** — 動 包含

cogn — 知道（learn, know）

01 **cognitive** — 形 認知的；認識的
02 **recognize** — 動 認出；認可
03 **diagnose** — 動 診斷；判斷
04 **ignore** — 動 忽視；不理會
05 **notice** — 名 公告；通知 動 注意；通知
06 **notify** — 動 通知；告知
07 **notion** — 名 概念；看法

commun — 共同的（common）

01 **community** — 名 社群；社區；共同體
02 **communicate** — 動 溝通；交流
03 **communal** — 形 公用的；公共的
04 **common** — 形 普通的；常見的；經常的

cord — 心臟；內心（heart）

01 **cordial** — 形 友好的；衷心的；真摯的
02 **discord** — 名 不一致；不合
03 **core** — 名 核心；精髓 形 核心的；重要的
04 **courage** — 名 勇氣；英勇

corpor — 身體（body）

01 **corporate** — 形 公司的；企業的；團體的
02 **incorporate** — 動 包含；合併；組成公司
03 **corps** — 名 兵團；部隊；團
04 **corpse** — 名 屍體；殘骸

count — 想；計算（count）

01 **count** — 動 算數；計算；包含；有重要意義 名 計數；計算；總數
02 **discount** — 名 折扣 動 將……打折扣
03 **account** — 名 帳簿；帳戶；描述；常客 動 把……視為；解釋；對……負責

DAY 16

cover — 覆蓋（cover）

01 **cover** — 動 遮蓋；覆蓋　名 遮蓋物；蓋子；(書的)封面
02 **recover** — 動 復原；恢復健康
03 **discover** — 動 發現；發覺
04 **uncover** — 動 揭開……的蓋子；移去……的覆蓋物；揭露

crea — 生長（grow）→ 製造（make）

01 **create** — 動 創造；製作
02 **recreate** — 動 重現；轉換氣氛
03 **increase** — 動 名 增加；增大
04 **decrease** — 動 名 減少；減小
05 **concrete** — 形 有形的；具體的　名 混凝土

cred — 相信（believe）

01 **credit** — 名 信用；帳面餘額；榮譽；學分　動 把錢存進銀行帳戶；信任
02 **credible** — 形 可信的；確實的

cult — 耕作（grow）

01 **cultivate** — 動 耕作；栽培；培養
02 **culture** — 名 文化；教養；陶冶
03 **agriculture** — 名 農業

cur — 奔跑（run）・注意；關心（care）

01 **current** — 形 現在進行中的；當前的　名 流動；水流
02 **curriculum** — 名 學校課程
03 **concur** — 動 同意；一致；同時發生
04 **occur** — 動 發生；想起
05 **recur** — 動 再次發生；反覆出現
06 **excursion** — 名 遠足；短程旅行
07 **cure** — 動 治療；消除(弊病等)　名 治療；療法；對策
08 **curious** — 形 好奇的；愛探究的；稀奇古怪的
09 **accurate** — 形 準確的；精確的

dam — 損失（loss）

01 **damage** — 名 損害；損失；賠償金(-s)　動 損害；毀壞
02 **condemn** — 動 責備；譴責；宣告……有罪

dem — 人們（people）

01 **democracy** — 名 民主主義；民主國家
02 **epidemic** — 名 流行病；(流行病的)傳播　形 傳染的；(風潮等)極為流行的

DAY 17

dict	說（speak）
01 **dictate**	01 動 命令；指示；聽寫 名 命令；指示
02 **dictionary**	02 名 字典
03 **predict**	03 動 預言；預料；預報
04 **contradict**	04 動 否定；反駁；與……矛盾
05 **addict**	05 名 上癮者 動 使沉溺；使上癮
06 **verdict**	06 名（陪審團的）裁決；裁定
07 **dedicate**	07 動 奉獻；獻（身）；把（時間、精力等）用於……
08 **indicate**	08 動 指出；表明；象徵
doc	指導（teach）
01 **doctor**	01 名 醫生；博士
02 **doctrine**	02 名（宗教的）教義，教訓；原理
03 **document**	03 名 文件；公文；單據 動 記錄
don	給予（give）
01 **donate**	01 動 捐贈；捐助
02 **pardon**	02 名 動 原諒；寬恕；赦免
03 **anecdote**	03 名 故事；軼事；趣聞
04 **antidote**	04 名 解毒劑；矯正方法
05 **dose**	05 名（藥物等的）一劑，一次服用量
equ	相同的（equal）
01 **equal**	01 形 同等的；平等的 動 等於；與……相同
02 **equation**	02 名 相等；〈數學〉方程式；等式
03 **equilibrium**	03 名 平衡；均衡
04 **equivalent**	04 形 相等的；同等的 名 相等物；等價物
05 **equivocal**	05 形 有歧義的；模稜兩可的
06 **adequate**	06 形 足夠的；適當的
ess	存在（be）
01 **essence**	01 名 本質；要素；精髓
02 **present**	02 形 現在的；出席的；在場的 動 發表；授與；呈獻 名 現在；禮物
03 **represent**	03 動 表現；象徵；代表
04 **absent**	04 形 缺席的；不在場的 動 缺席
estim	評價（assess）
01 **esteem**	01 動 尊重；尊敬；認為 名 尊重；尊敬；評價
02 **estimate**	02 動 估計；推估；評價 名 估計；估量；估價
03 **overestimate**	03 動 高估；對……評價過高 名 過高的估計；過高的評價
04 **underestimate**	04 動 低估；對……評價過低 名 過低的估計；過低的評價

DAY 18

fa	說（speak）
01 **fable**	01 名 寓言；虛構的故事
02 **fame**	02 名 名聲；聲譽
03 **fate**	03 名 命運；宿命
04 **fairy**	04 名 仙子；妖精
05 **infant**	05 名 嬰兒；幼兒 形 嬰兒的；幼兒的；初期的
06 **preface**	06 名 序言
07 **confess**	07 動 坦白；自白；承認
08 **professional**	08 形 職業（上）的；職業性的；專業的

fall	欺騙（deceive）→錯誤（miss）
01 **fallacy**	01 名 謬誤；謬論；錯誤
02 **false**	02 形 錯誤的；不真實的
03 **fail**	03 動 失敗；不及格；失靈
04 **fault**	04 名 缺點；缺陷；錯誤

fare	走（go）
01 **fare**	01 名 (交通工具的)票價 動 去；度過
02 **farewell**	02 名 告別；離別問候
03 **welfare**	03 名 福利；福祉；幸福

fend	打擊（strike）
01 **defend**	01 動 防禦；防護；防守
02 **fence**	02 名 柵欄；籬笆 動 把……用柵欄（或籬笆）圍起來
03 **offend**	03 動 冒犯；觸怒；犯罪

fest	喜悅（joy）
01 **festival**	01 名 節日；慶祝活動
02 **feast**	02 名 宴會；筵席 動 盛宴款待；使(感官等)得到享受

fid	相信（trust）
01 **confident**	01 形 確信的；有自信的
02 **fidelity**	02 名 忠誠；忠貞；盡責
03 **federal**	03 形 聯邦(制)的；聯邦政府的
04 **faith**	04 名 信任；信仰
05 **defy**	05 動 反抗；蔑視；向……挑戰

fil	絲（thread）·線（line）
01 **filament**	01 名 細絲；燈絲
02 **file**	02 名 文件夾；公文箱；檔案 動 把……歸檔；提出(申請等)；提起(訴訟等)
03 **profile**	03 名 側面(像)；輪廓；個人簡介 動 描繪……的輪廓

fin	結束（end）·界線（boundary）
01 **fine**	01 形 美好的；優秀的；健康的；精細 名 罰金；罰款 動 對……課徵罰金
02 **final**	02 形 最後的；最終的 名 決賽；期末考
03 **finance**	03 名 財政；金融；資金 動 提供資金給……
04 **finish**	04 動 結束；完成 名 結束；(比賽等的)最後階段
05 **refine**	05 動 精煉；使完善
06 **confine**	06 動 限制；囚禁 名 界線(-s)；邊界(-s)
07 **define**	07 動 給……下定義；規定

DAY 19

firm — 確實的（firm）
01 **firm** — 名 公司 形 穩固的；結實的；堅定的 動 使穩固；使確定下來
02 **confirm** — 動 證實；確認
03 **affirm** — 動 斷言；證實；同意

flect — 彎曲（bend）
01 **reflect** — 動 反射；反映；反省
02 **deflect** — 動 （使）偏斜；（使）轉向
03 **flex** — 動 屈曲（四肢等）；使（肌肉）收縮

flict — 打擊（strike）
01 **afflict** — 動 使痛苦；使苦惱
02 **conflict** — 名 衝突；不一致 動 衝突；矛盾
03 **inflict** — 動 使遭受（損傷等）；施加

flu — 流淌；潮流（flow）
01 **fluid** — 名 液體；流體 形 流動的；不固定的；流暢的
02 **fluent** — 形 （語言）流利的；流暢的
03 **affluence** — 名 豐富；富裕
04 **influence** — 名 影響；影響力；勢力 動 對……造成影響
05 **influenza** — 名 流行性感冒
06 **flux** — 名 流動；不斷的變動
07 **fluctuate** — 動 波動；動盪

form — 形態；製作（form）
01 **form** — 名 形狀；形態；外形 動 形成；構成；建立
02 **inform** — 動 通知；告知
03 **reform** — 動 名 改革；革新
04 **conform** — 動 遵照；順應；與……一致
05 **formula** — 名 配方；〈數學〉公式；〈化學〉分子式

fort — 力量；用力（force）・強大的（strong）
01 **fort** — 名 要塞；堡壘
02 **effort** — 名 努力；盡力；成就
03 **comfort** — 名 舒適；使人舒服的東西 動 安慰；使舒適
04 **force** — 名 力；力量；武力；軍隊(-s) 動 強迫
05 **enforce** — 動 執行；強制
06 **reinforce** — 動 強化；增強

frag — 打破（break）
01 **fragment** — 名 碎片；破片 動 （使）成碎片
02 **fragile** — 形 易碎的；易損壞的；脆弱的
03 **fractal** — 名 〈幾何學〉不規則碎片形；分形
04 **fraction** — 名 部分；一部分；〈數學〉分數

DAY 20

fund	地面（bottom）→基礎（base）
01 fund	01 名 資金；基金 動 為……提供資金；資助
02 fundamental	02 形 基礎的；基本的
03 found	03 動 建立；建造；設立
04 profound	04 形 深切的；極度的；深層的；深奧的

fus	融化（melt）・傾倒（pour）
01 fuse	01 動（保險絲）熔斷；熔化；融合 名 保險絲；熔線
02 confuse	02 動 使困惑；混淆
03 diffuse	03 動（使）擴散；（使）傳播 形 四散的；擴散的
04 infuse	04 動 將……注入；向……灌輸
05 refuse	05 動 拒絕；不願做……

gar	覆蓋（cover）
01 garment	01 名 衣服；服飾 動 穿衣服；給……穿衣服
02 guarantee	02 名 保證；保證書 動 保證；擔保

gard	注視（watch out）
01 regard	01 動 注意；考慮；關心；視為 名 注意；關心；尊重
02 guard	02 名 警衛；保鑣 動 保衛；守衛
03 guardian	03 名 守護者；監護人；管理員

gener	出身（born）・發生（origin）・種類（kind）
01 generate	01 動（使）產生；（使）發生；造成
02 degenerate	02 動 下降；衰退；退步；墮落 形 衰退的；退化的；墮落的
03 general	03 形 一般的；普遍的 名 將軍；上將
04 generic	04 形 一般的；普通的；通用的； （藥物或商品）無專利的 名 無商標的產品；無專利的藥品
05 generous	05 形 慷慨的；大方的
06 gentle	06 形 溫和的；溫柔的；輕柔的
07 genius	07 名 天才；天賦
08 ingenious	08 形 心靈手巧的；製作精巧的；巧妙的
09 genuine	09 形 真正的；真誠的
10 gene	10 名 基因；遺傳因子
11 gender	11 名 性別
12 genocide	12 名 種族滅絕；集體屠殺
13 homogeneous	13 形 同種的；同質的
14 hydrogen	14 名 氫氣
15 pregnant	15 形 懷孕的；充滿……的

gest	搬運（carry）
01 gesture	01 名 手勢；示意動作
02 congest	02 動（使）阻塞；（使）擁堵
03 digest	03 動 消化；吸收（資訊）
04 register	04 動 登記；註冊；登錄 名 登記；註冊；登記簿

DAY 21

grad	行走（walk）→階段（grade）
01 grade	01 名 等級；年級；成績 動 把……分級；把……分類；幫……打分數
02 degrade	02 動 貶低；降低……的地位；降級
03 gradual	03 形 逐漸的；逐步的；漸進的
04 graduate	04 動 畢業 名 大學畢業生
05 gradation	05 名 逐漸的變化；（變化的）階段；（色彩的）層次
06 degree	06 名 等級；學位；〈溫度、角度單位〉度
07 ingredient	07 名 材料；構成要素
08 aggressive	08 形 積極的；有攻擊性的；有侵略性的
09 congress	09 名 （國會）議會；會議

grat	喜悅（joy）．令人喜悅的（pleasing）．感謝（thanks）
01 gratitude	01 名 感謝；感激之情
02 grateful	02 形 感謝的；感激的
03 gratify	03 動 使喜悅；使滿意
04 congratulate	04 動 恭賀；祝賀；恭喜
05 agree	05 動 同意；承認；意見一致；協議；（針對提案）回應
06 grace	06 名 （神的）恩典；優雅

grav	重的（heavy）
01 grave	01 名 墳墓 形 嚴重的；重大的
02 gravity	02 名 重力；引力；地心引力
03 aggravate	03 動 使惡化；加重
04 grieve	04 動 傷心；哀悼

hab	擁有（have）．抓住（hold）
01 habit	01 名 習慣；習俗；習性
02 habitat	02 名 （動植物的）棲息地；生長地
03 inhabit	03 動 居住於……；棲息於……
04 exhibit	04 名 展示會；展示品 動 展示；表示
05 inhibit	05 動 禁止；抑制
06 prohibit	06 動 禁止；使不能做；妨礙

hand	手（hand）
01 handy	01 形 手邊的；便利的
02 handicap	02 名 障礙；不利條件
03 handcuff	03 名 手銬 動 給……戴上手銬；限制
04 handful	04 名 一把；少數；少量
05 handle	05 動 操作；管理；處理 名 把手
06 beforehand	06 副 事先；提前

hap	運氣；偶然（luck）
01 happy	01 形 幸福的；快樂的
02 happen	02 動 偶然發生；碰巧
03 haphazard	03 形 偶然的；隨意的

DAY 22

heal	完整的（whole）
01 heal	01 動 治癒；癒合；痊癒
02 health	02 名 健康；健康狀況
03 whole	03 形 全部的；全體的；整個的 名 全部；全體；整體

hered	繼承人（heir）
01 heredity	01 名 遺傳
02 heritage	02 名 文化遺產；傳統
03 inherit	03 動 繼承（傳統、遺產等）； 經遺傳而獲得（性格、特徵等）
04 heir	04 名 繼承者；後繼者

horr	顫抖（tremble）
01 horror	01 名 恐怖；恐懼
02 horrible	02 形 可怕的
03 abhor	03 動 嫌惡

host	客人（guest）・陌生人（stranger）
01 host	01 名 主人；主持人；主辦人 動 以主人身分招待；主持；主辦
02 hostel	02 名（便宜的）旅社；青年旅館
03 hostage	03 名 人質；抵押品
04 hostile	04 形 敵對的；不友善的；敵方的

hum	大地（earth）
01 humiliate	01 動 羞辱；使丟臉
02 humility	02 名 謙遜
03 humble	03 形 謙遜的；卑微的 動 使謙遜

ide	看（see）・想法（idea）
01 idea	01 名 想法；點子；觀念
02 ideal	02 名 理想 形 理想中的；完美的
03 ideology	03 名 思想；想法；意識形態

insula	島嶼（island）
01 peninsula	01 名 半島
02 insulate	02 動 隔離；使絕緣
03 isolate	03 動 隔離；使孤立

it	走（go）
01 exit	01 名 出口；退場 動 出去；離去
02 transit	02 名動 運送；通過
03 itinerary	03 名 旅程；旅行行程表
04 initiate	04 動 開始；創始

DAY 23

journ	一天（day）
01 journey	01 名 旅行；旅程；路程
02 journal	02 名 雜誌；期刊；日記

junct	連結（join）
01 juncture	01 名 接合；接合處；情況
02 conjunction	02 名 連接；關聯；〈文法〉連接詞
03 join	03 動 連結；參加

just	正確的（just）
01 just	01 副 正好；只是 形 正義的；正直的；公平的；正當的
02 adjust	02 動 調節；調整；適應
03 judge	03 名 法官；裁判員 動 審判；判決；判斷
04 prejudice	04 名 偏見；歧視

kin	誕生（birth）
01 kin	01 名 親屬；親戚；同類
02 kind	02 名 種類 形 親切的
03 kindergarten	03 名 幼稚園
04 kidnap	04 動 綁架；誘拐 名 綁架

labor	工作（labor）
01 labor	01 名 勞動；努力；勞工 動 勞動；工作；努力
02 laboratory	02 名 實驗室；研究室
03 elaborate	03 形 精心製作的；精巧的 動 精心製作；詳盡闡述
04 collaborate	04 動 合作；共同工作

lav	洗滌（wash）
01 lave	01 動 洗；為……沐浴
02 lavatory	02 名 廁所；盥洗室；洗手間
03 laundry	03 名 送洗的衣服；洗好的衣服；洗衣店

lax	鬆懈（loose）
01 relax	01 動 休息；放鬆
02 relay	02 名 接替；接力賽 動 傳遞；傳達；轉告
03 delay	03 動 延期；延遲 名 延遲；耽擱
04 release	04 動 釋放；發行（產品）；抒發（感情） 名 釋放；發行；抒發

lect	收集（gather）・選擇（choose）
01 collect	01 動 收集；領取；（使）聚集
02 recollect	02 動 記住；回想
03 elect	03 動 選舉；選出
04 neglect	04 動 名 忽視；疏忽
05 lecture	05 名 授課；演講 動 講課；演講

DAY 24

leg — 法律（law）
01 legal — 形 法律上的；合法的
02 legislation — 名 立法；法案
03 legitimate — 形 合法的；適當的
04 legacy — 名 遺產；遺物

lev — 提高（lift）
01 lever — 名 槓桿；操縱桿
02 alleviate — 動 減輕；緩和
03 elevate — 動 提高；舉起；提升……的職位
04 relevant — 形 有關的；切題的
05 relieve — 動 緩和；解除；使安心

liber — 自由（free）
01 liberal — 形 自由的；自由主義的
02 liberate — 動 使自由；解放
03 deliver — 動 遞送；生（嬰兒）

lic — 引誘（allure）
01 delicate — 形 精細的；優雅的；脆弱的
02 delicious — 形 美味的
03 elicit — 動 引出；激起（反應）

lig — 綁（bind）
01 oblige — 動 強迫；施恩於……；使感激
02 religion — 名 宗教；信仰
03 liable — 形 容易……的；負有責任的
04 league — 名 聯盟；同盟
05 rely — 動 依靠；信賴

limin — 界線（boundary）
01 eliminate — 動 除去；排除；淘汰
02 preliminary — 形 預備的；初步的 名 預備；開端
03 limit — 名 界線；限制 動 限制；限定

lin — 線（line）
01 line — 名 線條；隊伍 動 排隊
02 airline — 名 航線；航空公司
03 deadline — 名 截止期限；截稿時間
04 outline — 名 輪廓；大綱 動 畫出……的輪廓；概述

lingu — 舌頭（tongue）→語言（language）
01 language — 名 語言；話語
02 linguist — 名 語言學家；懂數國語言的人
03 bilingual — 形 懂兩種語言的；雙語的 名 懂兩種語言的人

liter — 文字（letter）
01 literal — 形 照字面上的；如實的
02 literate — 形 能讀寫的；有文化修養的
03 literature — 名 文學

DAY 25

loc　場所（place）
01 local　　　　　01 形 當地的；鄉土的；局部的　名 當地居民
02 locate　　　　02 動 把……設置在；確定……的地點
03 allocate　　　03 動 分配；分派
04 relocate　　　04 動 移動；將……重新安置

long　長的（long）
01 long　　　　　01 形 長的；長久的　副 長地；長久地　動 渴望
02 along　　　　 02 介 沿著……；順著……　副 向前；一起
03 prolong　　　 03 動 延長；拖延
04 longevity　　 04 名 長壽；壽命
05 longitude　　 05 名 經度
06 linger　　　　06 動 繼續逗留

lud　玩；演奏（play）
01 ludicrous　　 01 形 荒謬的；滑稽的
02 allude　　　　02 動 暗示；轉彎抹角地說到
03 prelude　　　 03 名 序言；〈音樂〉序曲
04 illusion　　　04 名 錯覺，幻覺；錯誤的觀念
05 collusion　　 05 名 共謀；勾結；詐欺

lumin　光（light）
01 luminary　　　01 名 專家；傑出人物；發光體
02 illuminate　　02 動 照亮；用燈裝飾（房屋等）
03 lunar　　　　 03 形 月亮的；陰曆的
04 lucid　　　　 04 形 明白的；清楚易懂的
05 illustrate　　05 動（用圖、實例等）說明；加入插圖

mag　非常的；大的（great）
01 magnify　　　 01 動 擴大；誇張
02 magnitude　　 02 名 巨大；重要度；程度
03 mega　　　　　03 形 大的；許多的
04 maxim　　　　 04 名 格言；座右銘
05 maximize　　　05 動 使增加至最大限度

mand　命令（order）
01 mandatory　　 01 形 義務的；命令的
02 command　　　 02 名 命令；控制　動 命令；指揮；控制
03 demand　　　　03 名動 要求；需要
04 recommend　　 04 動 勸告；推薦

manu　手（hand）
01 manual　　　　01 名 說明書；手冊　形 手的；手工的；用手操作的
02 manage　　　　02 動 管理；經營；處理
03 maneuver　　　03 名 動作；（部隊等的）調動
　　　　　　　　　 動 操作；啟動；（部隊等）實施調動
04 manifest　　　04 動 顯示；（徵兆）出現；顯露
　　　　　　　　　 形 明白的；清楚的　名 貨單；旅客名單
05 manipulate　　05 動 操作；操縱；對待

DAY 26

mater	母親（mother）
01 matter	01 名 物質；重要的事情；物品 動 重要；要緊
02 material	02 名 材料；素材；資料 形 物質的；重要的
03 maternity	03 名 母性；母親身分 形 懷孕的；孕婦的
04 matrix	04 名 母體；基礎；〈數學〉矩陣
05 metropolis	05 名 大都市；重要都市

mechan	機械（machine）
01 mechanic	01 名 維修技師
02 mechanism	02 名 機械裝置；體系；機制
03 machinery	03 名 機械（類）

medi	中間（middle）
01 medium	01 形 中間的 名 媒體；媒介
02 medieval	02 形 中世紀的；中古風的
03 mediate	03 動 仲裁；斡旋
04 immediate	04 形 立即的；目前的；直接的
05 intermediate	05 形 中級的；中等程度的
06 Mediterranean	06 形 地中海的
07 amid	07 介 在……之間；在……之中
08 midst	08 名 中央；中間
09 midnight	09 名 午夜；半夜十二點
10 midterm	10 名 期中；期中考 形 期中的
11 mean	11 名 方法(-s)；平均值；中間 動 意指…… 形 吝嗇的；卑鄙的
12 meanwhile	12 副 在這期間；同時

medic	治病（heal）
01 medical	01 形 醫學的；醫療的
02 medicine	02 名 藥；醫術；醫學
03 remedy	03 名 處理方案；解決方案；治療 動 補救；糾正；治療

memor	銘記在心的（mindful）
01 memory	01 名 記憶（力）；回憶；〈電腦〉記憶體
02 commemorate	02 動 紀念
03 remember	03 動 記得；記住

ment	心（mind）・想（think）
01 mental	01 形 精神的；心理的
02 mention	02 動 提到 名 提及
03 comment	03 名 意見；評論 動 發表意見；發表評論
04 remind	04 動 使想起；提醒
05 admonish	05 動 忠告；警告
06 monument	06 名 紀念碑；遺址

DAY 27

merc	交易（trade）
01 merchant	01 名 商人；貿易商
02 merchandise	02 動 經營；推銷 名 商品；貨物
03 commerce	03 名 商業；貿易
04 market	04 名 市場 動 販賣；行銷

merg	淹沒；浸泡（dip）
01 emerge	01 動 浮現；露出
02 submerge	02 動 （使）潛入水中；浸沒
03 immerse	03 動 使浸沒；使沉浸

meter	測量（measure）
01 diameter	01 名 直徑
02 thermometer	02 名 溫度計；體溫計
03 geometric	03 形 幾何（學）的
04 symmetry	04 名 對稱；均衡

migr	移動（move）
01 migrate	01 動 遷移；移居
02 immigrate	02 動 移入
03 emigrate	03 動 移出

min	小的（small）
01 minor	01 形 較少的；較小的；次要的 名 未成年人；輔修科目
02 minus	02 形 負的 介 減去……
03 minimum	03 名 最少量；最小數；最小限度
04 minister	04 名 牧師；部長；閣員
05 administer	05 動 管理；經營；運作
06 diminish	06 動 縮小；變弱；（使）減少

mir	吃驚（wonder）
01 miracle	01 名 奇蹟；奇蹟般的人（或物）
02 admire	02 動 敬佩；欣賞
03 marvel	03 動 感到驚奇；驚嘆 名 令人感到驚奇的事物（或人）

mod	尺度（measure）
01 moderate	01 形 中等的；適度的；溫和的 動 減輕；減少
02 modern	02 形 現代的；時髦的
03 modest	03 形 謙虛的；適當的
04 modify	04 動 修改；修正
05 accommodate	05 動 為……提供住宿；容納
06 commodity	06 名 日用品；原物料

DAY 28

mort	死亡（death）
01 mortal	01 形 終有一死的；致命的
02 mortgage	02 名 抵押；抵押借款 動 抵押
03 mortify	03 動 給予屈辱；使驚慌；苦行
04 murder	04 名 謀殺；兇殺 動 謀殺；殺害

mot	移動（move）
01 motive	01 名 動機；（行動的）緣由；目的 形 （引起）運動的
02 emotion	02 名 感情；情緒
03 promote	03 動 促進；促銷；提倡；晉升
04 remote	04 形 偏僻的；遙遠的
05 motor	05 名 馬達；引擎；汽車 形 動力驅動的；汽車的
06 mobile	06 形 可移動的；可活動的
07 remove	07 動 移開；去除
08 moment	08 名 瞬間；時刻；重要關頭

mount	登上（go up）．突出（project）
01 mount	01 動 增加；登上；設置；開始
02 amount	02 名 量；金額 動 合計；相當於……
03 paramount	03 形 最重要的；最高的
04 surmount	04 動 克服；解決
05 mound	05 名 （一）堆；小丘；投手丘
06 eminent	06 形 卓越的；突起的
07 prominent	07 形 顯著的；有名的；突起的

mut	變換；交換（change）
01 mutant	01 形 突變的；變種的 名 突變體
02 mutual	02 形 相互的；共同的
03 commute	03 動 通勤；變換 名 通勤

nat	出生的（born）
01 nation	01 名 國家；國民；民族
02 native	02 形 母國的；土生土長的；天生的 名 本地人；土著；本地動植物
03 nature	03 名 自然；本性
04 innate	04 形 天生的；固有的

DAY 29

nav	船（ship）
01 **navigate**	01 動 航行；導航
02 **navy**	02 名 海軍 形 海軍的；藍色的
03 **naval**	03 形 海軍的；海上的
04 **nausea**	04 名 暈眩；噁心
05 **nautical**	05 形 船員的；船舶的；航海的

neg	不（not）
01 **negative**	01 形 否定的；負面的；不好的
02 **negotiate**	02 動 協商；談判
03 **negligent**	03 形 不注意的；不關心的；不負責任的
04 **neutral**	04 形 中立的；公平的
05 **deny**	05 動 否認；否定；拒絕

nerv	神經（nerve）
01 **nerve**	01 名 神經；勇氣
02 **nervous**	02 形 緊張的；神經的
03 **neurosis**	03 名 精神官能症；神經官能症

nom	名字（name）
01 **nominate**	01 動 提名；指定
02 **noun**	02 名 名詞

norm	規範（rule）
01 **norm**	01 名 規範；基準
02 **normal**	02 形 正常的；普通的；身心健全的
03 **enormous**	03 形 巨大的

nounc	告知（make known）
01 **announce**	01 動 宣布；發表；播報
02 **denounce**	02 動 批評；譴責；指控
03 **pronounce**	03 動 發音；發表意見；宣稱
04 **renounce**	04 動（正式地）中止；放棄；拒絕

nov	新的（new）
01 **novel**	01 名 小說 形 新的；新穎的；新奇的
02 **novice**	02 名 新手；初學者
03 **innovate**	03 動 創新；革新
04 **renovate**	04 動 更新；裝修

numer	數字（number）・順序（order）
01 **numerous**	01 形 很多的；多樣的
02 **numerable**	02 形 可數的；可計算的
03 **anomie**	03 名 混亂；無秩序

DAY 30

nutr	給予養分（nourish）→照顧（nurse）
01 **nutrient**	01 名 營養素；養分
02 **nutrition**	02 名 營養；營養物
03 **nurse**	03 名 護理師 動 照顧；治療
04 **nursery**	04 名 托兒所；育兒室
05 **nurture**	05 動 培育；養成 名 培育；養育
06 **nourish**	06 動 滋養；養育

oper	工作（work）
01 **operate**	01 動 經營；操作；運轉
02 **cooperate**	02 動 協力；合作
03 **office**	03 名 辦公室；職務
04 **official**	04 名 公務員；官員 形 官方的；正式的；公務上的

opt	看（see）
01 **optic**	01 形 視覺的；光學的
02 **optical**	02 形 視覺的；光學的
03 **synopsis**	03 名 概要；摘要

ordin	順序（order）
01 **ordinary**	01 形 通常的；平凡的
02 **ordinance**	02 名 法令；規定
03 **coordinate**	03 動 調整；協調 形 同等的；協調的
04 **subordinate**	04 形 下級的；次要的；隸屬的 名 下屬；部下 動 使服從

organ	工作（work）→（身體的）器官（organ）
01 **organ**	01 名 器官；機關
02 **organism**	02 名 生物；有機體
03 **organize**	03 動 組織；構成；準備
04 **surgeon**	04 名 外科醫生
05 **energy**	05 名 活力；精力；能量
06 **synergy**	06 名 加乘效果；協同作用

ori	發生；浮現（rise）
01 **origin**	01 名 起源；開始；出身
02 **orient**	02 名 東方 動 使熟悉環境；使朝向……
03 **abort**	03 動 流產；墮胎；中斷（計畫等）

pan	麵包（bread）
01 **company**	01 名 公司；朋友；陪伴
02 **companion**	02 名 同伴；伴侶
03 **accompany**	03 動 陪伴；同行
04 **pantry**	04 名 食品儲藏室
05 **paste**	05 名 黏膠；牙膏；麵糰
06 **pastel**	06 名 粉蠟筆；淡淺色 形 粉蠟筆的；（色彩）淡的

DAY 31

par	同等的（equal）
01 compare	01 動 比較；比喻
02 par	02 名 同等；平均；〈高爾夫〉標準桿數
03 pair	03 名 一雙

para	旁邊（beside）
01 parallel	01 形 平行的；類似的 名 平行線（或面）；類似的人（或事物） 動 使成平行；與……平行；與……類似
02 paragraph	02 名 段落
03 paraphrase	03 動 改述；以不同的話解釋

part	部分（part）・分開（divide）
01 part	01 名 一部分；部分 動 使分開；使分離
02 partition	02 名 部分；分開；分隔 動 把……分成部分；隔開
03 party	03 名 派對；政黨；派系
04 particle	04 名 粒子；極小量
05 particular	05 形 特殊的；特定的；異常的
06 apart	06 形 分開的；分離的 副 分開地；分離地
07 depart	07 動 離開；出發
08 counterpart	08 名 對應的人（或物）
09 parcel	09 名 小包；包裹；（土地的）一片
10 portion	10 名 部分；一部分；（食物等）一份

pass	通過（pass）
01 pass	01 動 通過；經過；傳遞；及格 名 經過；通行證；及格
02 passage	02 名 通行；經過；通道；小徑； （文章的）一段
03 passenger	03 名 乘客；旅客
04 compass	04 名 指南針；圓規；範圍 動 圖謀；計畫
05 surpass	05 動 超越；勝過；優於
06 passport	06 名 護照
07 pastime	07 名 消遣；娛樂

DAY 32

path	感受 (feel)・經歷痛苦 (suffer)
01 **pathetic**	01 形 可憐的；可悲的；激起情感的
02 **empathy**	02 名 同感；同理心
03 **sympathy**	03 名 同情心
04 **antipathy**	04 名 反感；厭惡
05 **patient**	05 形 有耐心的 名 患者
06 **passion**	06 名 熱情；激情
07 **compassion**	07 名 憐憫；同情
08 **passive**	08 形 被動的；消極的

patr	父親 (father)
01 **patriot**	01 名 愛國者
02 **patron**	02 名 贊助者；主顧
03 **pattern**	03 名 花樣；圖案；形態；模範 動 以圖案裝飾

ped	腳 (foot)
01 **pedal**	01 名 踏板 動 踩踏板
02 **pedestrian**	02 名 步行者 形 步行的；行人的；平凡的
03 **pedicure**	03 名 足部護理；修趾甲
04 **impede**	04 動 妨礙；拖延
05 **expedition**	05 名 探險；旅程；迅速
06 **dispatch**	06 動 派遣（人員）；傳送（消息）
07 **tripod**	07 名 三腳架

pel	拖出 (drive)
01 **compel**	01 動 強迫
02 **dispel**	02 動 驅散；消除
03 **expel**	03 動 驅逐；排出（空氣等）
04 **impel**	04 動 推動；強迫
05 **propel**	05 動 推進；驅策
06 **repel**	06 動 擊退；抵禦；排斥
07 **pulse**	07 名 脈搏；搏動
08 **impulse**	08 名 衝動；推動力
09 **appeal**	09 名 呼籲；吸引力；控訴 動 呼籲；吸引；控訴

pen	處罰 (penalty)・痛苦 (pain)
01 **penalty**	01 名 處罰；刑罰；罰款
02 **punish**	02 動 處罰；教訓
03 **pain**	03 名 疼痛；痛苦 動 使痛苦；感到痛苦
04 **pine**	04 名 松樹 動 痛苦；憔悴

DAY 33

per	嘗試（try）
01 **experience**	01 名 經驗；體驗 動 經歷；體驗
02 **experiment**	02 名 實驗；試驗 動 進行實驗；試驗
03 **expert**	03 名 專家 形 專門的
04 **peril**	04 名 危險；危機 動 使有危險

pet	尋找；追求（seek）
01 **compete**	01 動 競爭；競技
02 **petition**	02 名 請願；請願書 動 向……請願；請求
03 **appetite**	03 名 胃口；欲望
04 **repeat**	04 動 重複

phas	展現（show）
01 **emphasize**	01 動 強調；使顯得突出
02 **phase**	02 名 階段；方面
03 **phantom**	03 名 幽靈；鬼魂 形 幽靈似的；幻覺的
04 **phenomenon**	04 名 現象；奇蹟

phon	聲音（sound, voice）
01 **megaphone**	01 名 擴音器
02 **microphone**	02 名 麥克風
03 **telephone**	03 名 電話
04 **phonics**	04 名 拼讀法
05 **symphony**	05 名 交響曲；交響樂團

ple	填補（fill）
01 **plenty**	01 名 豐富；充足；大量 形 很多的；足夠的 副 很；非常
02 **complete**	02 形 完整的；完成的 動 使完整；完成
03 **deplete**	03 動 用盡；使枯竭
04 **comply**	04 動 遵從（要求、命令等）
05 **compliment**	05 名 讚美之詞；恭維之詞 動 讚美
06 **supply**	06 動 名 供給
07 **supplement**	07 名 補充（品）；附錄 動 補充；追加
08 **implement**	08 動 進行；執行 名 工具；器具
09 **accomplish**	09 動 完成；實現

plore	喊叫；哭（cry）
01 **deplore**	01 動 譴責；對……深感悲痛
02 **explore**	02 動 探索；探求
03 **implore**	03 動 懇求；乞求

point	刺（prick）→地點（point）
01 **appoint**	01 動 任命；安排；預約
02 **disappoint**	02 動 使失望
03 **pointed**	03 形 尖銳的；有尖頂的
04 **punctual**	04 形 守時的

DAY 34

polic — 都市（city）

01 **police** — 名 警察
02 **policy** — 名 政策；策略
03 **politics** — 名 政治；政治學
04 **cosmopolis** — 名 國際都市

popul — 人們（people）

01 **populate** — 動 居住於……；移民於……
02 **popular** — 形 受歡迎的；流行的；大眾的
03 **public** — 形 公眾的；公共的 名 公眾；大眾
04 **publish** — 動 出版；發表
05 **republic** — 名 共和國 形 共和國的；共和主義的

port — 港口（port）・搬運（carry）

01 **portable** — 形 便於攜帶的；輕便的 名 手提式製品
02 **portal** — 名 正門；入口；（身體上的）口
03 **portfolio** — 名 公事包；文件夾；作品集；投資組合
04 **export** — 動 輸出 名 輸出（品）
05 **report** — 動 報導；報告 名 報導；報告；報告書
06 **support** — 動 名 支持；支援；支撐
07 **transport** — 名 運輸；交通工具 動 運送；運輸

pot — 力量（power）・能力（ability）

01 **potential** — 形 潛在的；可能的 名 潛力；可能性
02 **possess** — 動 擁有；控制
03 **possible** — 形 可能的；有可能做到的

prehend — 抓住（seize）

01 **apprehend** — 動 擔憂；理解；逮捕
02 **comprehend** — 動 理解；領悟
03 **prison** — 名 監獄；看守所；禁錮 動 監禁；關押

prim — 第一個的（first）

01 **prime** — 形 主要的；首位的 名 全盛時期
02 **primitive** — 形 原始社會的；原始的
03 **prince** — 名 王子；諸侯
04 **principal** — 形 主要的；首要的 名 校長；社長；首長
05 **principle** — 名 原則；原理
06 **prior** — 形 在前的；優先的

DAY 35

priv	分開（separate）
01 private	01 形 私人擁有的；個人的
02 privilege	02 名 特權；優待；榮幸 動 給予……特權或優待
03 deprive	03 動 剝奪；使喪失

prob	試驗（test）・證明（demonstrate）
01 probe	01 動 探查；調查 名 探針
02 probable	02 形 很有可能的；有充分根據的
03 prove	03 動 證明；顯示
04 approve	04 動 贊成；承認

put	想（think）
01 computer	01 名 電腦
02 dispute	02 名 動 爭論；爭執
03 deputy	03 名 副手；代理人 形 副的；代理的
04 impute	04 動 歸咎於……；責怪
05 reputation	05 名 名聲；聲望

quir	尋求（seek）・問（ask）
01 acquire	01 動 獲得；習得
02 inquire	02 動 詢問；調查
03 require	03 動 需要；要求
04 query	04 名 詢問；質問 動 質問
05 conquer	05 動 征服；克服
06 request	06 動 名 請求；央求
07 exquisite	07 形 精美的；精緻的

rad	光線（beam）
01 radiant	01 形 喜氣洋洋的；容光煥發的
02 radiator	02 名 暖氣裝置；散熱器
03 radio	03 名 收音機；廣播節目；無線電通訊
04 radioactive	04 形 具有放射性的；有輻射性的
05 radius	05 名 半徑；方圓

rang	隊伍（line）
01 range	01 名 範圍；山脈 動 範圍橫跨……
02 arrange	02 動 排列；整理；準備
03 rank	03 名 階級；等級 動 將……分級；將……排名

DAY 36

rect	擺正（put straight） →正確地引導（guide）；統治（rule）
01 correct	01 形 正確的；恰當的 動 改正；矯正
02 direct	02 形 直接的；筆直的 副 直接地；筆直地 動 將（注意力或談話等）指向……；指示
03 directory	03 形 指導性的 名 指南；電話簿
04 erect	04 形 豎立的 動 使豎立；建立
05 rectangle	05 名 長方形
06 regime	06 名 政體；政權
07 reign	07 名 統治；統治時期 動 統治；支配
08 right	08 形 正確的；右邊的 副 正確地；恰當地；向右邊 名 右邊；公正；權利 動 糾正（錯誤等）
09 rigid	09 形 嚴格的；堅固的
10 rigor	10 名 嚴格；嚴苛；精確
11 region	11 名 地區；地帶
12 regular	12 形 有規則的；正常的；定期的
rot	輪子（wheel）・卷軸（roll）
01 rotate	01 動 旋轉；輪流
02 control	02 名 動 支配；統治；控制
03 enroll	03 動 記入；登記
04 scroll	04 名 卷軸 動 捲動
rupt	打破（break）
01 bankrupt	01 形 破產的 動 使破產 名 破產者
02 corrupt	02 形 腐敗的；墮落的 動 （使）腐敗；（使）墮落
03 disrupt	03 動 使混亂；使中斷
04 erupt	04 動 噴出；爆發
05 interrupt	05 動 打斷；打擾；妨礙
scend	爬上（climb）
01 ascend	01 動 登高；上升
02 descend	02 動 走下；下降
03 transcend	03 動 超越
04 scandal	04 名 醜聞；恥辱
sci	知道（know）
01 science	01 名 科學
02 conscious	02 形 神志清醒的；意識到的
03 conscience	03 名 良心
sect	剪斷（cut）
01 section	01 名 碎片；（事物的）部分
02 sector	02 名 扇形；部門；領域
03 insect	03 名 昆蟲
04 intersection	04 名 十字路口；交叉點
05 segment	05 名 部分；〈數學〉弧 動 分離；分割

DAY 37

sens	感受（feel）
01 sense	01 名 感覺；認知；意義 動 感覺到；領會
02 sensation	02 名 感覺；轟動；轟動的事件（或人物）
03 sensual	03 形 官能的；肉體上的
04 sentiment	04 名 感情；情緒；感傷
05 consent	05 名動 同意；贊成
06 resent	06 動 感到憤怒；憎恨

sequ	跟去（follow）
01 sequence	01 名 連續；一連串；順序
02 consequence	02 名 結果；重要性
03 subsequent	03 形 接著發生的
04 prosecute	04 動 起訴；告發
05 second	05 形 第二的；次等的 副 第二；其次 名 第二名；秒 動 支持；贊同

serv	服侍（serve）．守護（protect）
01 conserve	01 動 保存；保護；節省
02 deserve	02 動 值得獲得……；應受……
03 observe	03 動 觀察；遵守
04 preserve	04 動 保存；防腐；保護
05 reserve	05 動 保留；預約
06 servant	06 名 下人；僕人
07 dessert	07 名 飯後甜點
08 sergeant	08 名 （軍隊）中士；（警察）小隊長

sid	坐（sit）
01 president	01 名 總統；董事長；主席
02 resident	02 名 居民；住院醫生 形 居住的；常駐的
03 subside	03 動 消退；平靜
04 seat	04 名 座位
05 settle	05 動 安頓；解決

sign	標記（token）
01 sign	01 名 符號；標誌；手勢；徵兆 動 簽名；做手勢
02 signal	02 名 信號 動 打信號
03 signify	03 動 表示……的意思；表明
04 assign	04 動 分配；選派
05 design	05 名 設計；圖樣 動 設計；構思
06 designate	06 動 標出；指定；指派 形 指定的
07 resign	07 動 辭職；放棄

DAY 38

simil	相似的（like）・一起（together）
01 similar	01 形 相似的；類似的
02 assimilate	02 動 吸收；（使）同化
03 simulate	03 動 假裝；模擬
04 simultaneous	04 形 同時發生的；同步的
05 resemble	05 動 相像；相似
06 assemble	06 動 集合；收集；組裝

soci	同事（companion）
01 society	01 名 社會；協會
02 sociology	02 名 社會學
03 associate	03 動 聯想；使有關聯；融洽 名 同事

solv	使放鬆（loosen）
01 solve	01 動 解決；解答
02 absolve	02 動 宣判無罪；赦免
03 dissolve	03 動 （使）分解；（使）溶解
04 resolve	04 動 解決；決心做…… 名 決心；堅決

soph	明智的（wise）
01 sophist	01 名 （古希臘的）學者；詭辯論者
02 sophisticated	02 形 （人）世故老練的；（事物）精緻的；（事物）複雜的
03 philosophy	03 名 哲學
04 sophomore	04 名 二年級學生

spon	約定（promise）・發誓（pledge）
01 sponsor	01 名 贊助者；支持者 動 贊助；支持
02 respond	02 動 回答；回應
03 correspond	03 動 一致；相對應；通信
04 spouse	04 名 配偶

stick	棍棒（stick）→用棍棒刺（prick）
01 sticker	01 名 貼紙
02 sting	02 動 刺，螫，叮；（使）刺痛 名 螫針；刺痛
03 distinguish	03 動 區分；識別
04 extinguish	04 動 熄滅（火等）；使（熱情、希望等）破滅
05 instinct	05 名 本能；直覺
06 stimulus	06 名 刺激（物）；激勵（物）
07 stitch	07 名 一針；針腳 動 縫；繡

DAY 39

strict	緊緊拉住（tighten）・綁起（bind）
01 **strict**	01 形 嚴格的；嚴謹的
02 **district**	02 名 地區；區域；行政區
03 **restrict**	03 動 限制；限定；約束
04 **strain**	04 名 壓力；張力；負擔；拉傷 動 （使）緊張；拉緊
05 **constrain**	05 動 強迫；壓抑；限制
06 **restrain**	06 動 抑制；限制；阻止
07 **strait**	07 名 海峽；困境（-s）
08 **strand**	08 名 線；繩子；（繩、線等的）股 動 搓（繩索等）
09 **distress**	09 名 憂慮；痛苦；折磨 動 使憂慮；使煩亂

struct	建立（build）
01 **structure**	01 名 構造；結構；建築物 動 構造；組織；建造
02 **construct**	02 動 建設；創立
03 **instruct**	03 動 指示；教導
04 **obstruct**	04 動 妨礙；阻止
05 **destroy**	05 動 破壞；毀滅
06 **industry**	06 名 工業；產業；勤勞

sult	跳起（leap）
01 **insult**	01 動 名 侮辱
02 **exult**	02 動 狂喜；歡欣鼓舞
03 **assault**	03 名 暴行；攻擊；突襲 動 施暴；攻擊；突襲

sum	採取（take）
01 **assume**	01 動 假設；以為
02 **consume**	02 動 消費；消耗；吃
03 **presume**	03 動 假設；推算
04 **resume**	04 動 重新開始；恢復
05 **exempt**	05 形 被免除的；被豁免的 動 免除；豁免
06 **example**	06 名 例子；範例；榜樣

tact	接觸（touch）
01 **tact**	01 名 要領；機敏；手腕
02 **intact**	02 形 完整無缺的；原封不動的；未受損傷的
03 **contact**	03 名 動 接觸；聯絡
04 **tactic**	04 名 策略；手法；戰術（-s）
05 **tactile**	05 形 （有）觸覺的；有形的
06 **tangible**	06 形 可觸知的；擁有實體的
07 **contagious**	07 形 （疾病）接觸傳染性的；（感情）有感染力的
08 **integer**	08 名 〈數學〉整數；整體
09 **integrate**	09 動 使成一體；使完整；整合

DAY 40

techn	技術（technique）
01 **technique**	01 名 技術；技巧；手藝
02 **technically**	02 副 嚴格上來說；技術上
03 **technology**	03 名 科技；工藝

tect	覆蓋（cover）
01 **detect**	01 動 發現；偵測
02 **protect**	02 動 保護

temper	混合（mix）→使協調（moderate）
01 **temper**	01 名 氣質；脾氣 動 緩解
02 **temperate**	02 形 溫和的；節制的
03 **temperature**	03 名 溫度；氣溫

tempt	試驗（test）‧嘗試（try）
01 **tempt**	01 動 誘惑；吸引
02 **attempt**	02 名 嘗試；努力 動 嘗試
03 **tentative**	03 形 嘗試的；暫行的

tend	伸出（stretch）
01 **tend**	01 動 傾向……；易於……；照顧
02 **tender**	02 形 溫柔的；柔軟的
03 **attend**	03 動 出席；前往；照顧
04 **contend**	04 動 競爭；奮鬥；主張
05 **extend**	05 動 延長；延伸；擴展
06 **intend**	06 動 想要；打算
07 **pretend**	07 動 裝作……；假裝
08 **tense**	08 形 拉緊的；緊張的

term	界線（boundary）
01 **term**	01 名 用語；學期；期間；條款(-s) 動 命名；把……稱為
02 **terminate**	02 動 （使）結束；（使）終止
03 **determine**	03 動 下決心；決定

terr	大地（earth）
01 **terrace**	01 名 露臺；平臺屋頂
02 **terrain**	02 名 地形；地區
03 **territory**	03 名 領土；領域
04 **terrestrial**	04 形 地球的；陸地的

DAY 41

test	證人；作證（witness）
01 **testify**	01 動 作證；陳述
02 **attest**	02 動 證實；證明
03 **contest**	03 名 競爭；競賽 動 競爭；與……競賽
04 **detest**	04 動 討厭；憎惡
05 **protest**	05 名 抗議；反對 動 抗議；聲明

text	織布（weave）
01 **text**	01 名 文章；正文；原文 動 傳簡訊
02 **texture**	02 名 （織物的）結構，質地；觸感
03 **textile**	03 名 紡織品
04 **context**	04 名 上下文；（事件的）來龍去脈
05 **pretext**	05 名 托詞；藉口

tom	剪裁（cut）
01 **atom**	01 名 原子
02 **anatomy**	02 名 解剖；解剖學；分析

ton	聲音（sound）
01 **tone**	01 名 語調；語氣；色調；氣氛
02 **intonation**	02 名 聲調；抑揚頓挫
03 **monotonous**	03 形 單調的
04 **tune**	04 名 歌曲；曲調 動 調音；使一致

tort	扭（twist）
01 **torture**	01 名 拷問；痛苦 動 拷問；折磨
02 **distort**	02 動 扭曲；曲解
03 **extort**	03 動 敲詐
04 **retort**	04 動 反駁；反擊
05 **torment**	05 名 痛苦；苦惱 動 折磨；煩擾
06 **torque**	06 名 扭轉力；迴轉力
07 **torch**	07 名 火炬；火把

tribut	分攤（assign）・支付（pay）
01 **attribute**	01 動 把……歸因於；把……歸咎於 名 特性；屬性
02 **contribute**	02 動 捐獻；貢獻
03 **distribute**	03 動 分配；流通

DAY 42

tru	結實的（firm）
01 true	01 形 真的；真實的
02 trust	02 名 信賴；信任；信託 動 信賴；信任；託付
03 trustworthy	03 形 值得信賴的
04 entrust	04 動 委託；託付
05 distrust	05 名 動 不信任；懷疑
tum	膨脹（swell）
01 tumor	01 名 腫瘤
02 tumult	02 名 騷動；吵鬧；混亂
03 tomb	03 名 墳墓；墓碑
04 thumb	04 名 大拇指
turb	擾亂（disorder）・旋轉（whirl）
01 turbulence	01 名 亂流；動亂
02 turbine	02 名 渦輪（機）
03 disturb	03 動 妨礙；打擾
04 trouble	04 名 麻煩；煩惱；困難 動 麻煩；使煩惱
us	使用（use）
01 use	01 動 用；使用 名 使用（方法）；用途
02 abuse	02 名 濫用；誤用；虐待 動 濫用；虐待
03 misuse	03 名 動 濫用；誤用；虐待
04 utilize	04 動 活用；利用
05 utensil	05 名 器具；用具
vac	空著的（empty）
01 vacate	01 動 空出；搬出
02 vacuum	02 名 真空 動 用吸塵器清掃
03 evacuate	03 動 撤離；使避難
04 vanish	04 動 消失；消逝
05 vain	05 形 徒然無功的；愛慕虛榮的
vad	走（go）
01 invade	01 動 侵入；侵擾
02 evade	02 動 躲避；逃避
03 pervade	03 動 瀰漫於……；流行於……
val	有價值的（worth）；有力的（strong）
01 value	01 名 價值；重要性 動 重視；評價
02 valid	02 形 有效的；妥當的
03 valor	03 名 勇氣；英勇
04 ambivalent	04 形 雙面的；（對某一人事物）有矛盾情緒的
05 evaluate	05 動 評價；評估
06 available	06 形 可以使用的；可得到的；有空的
07 prevail	07 動 勝過；流行

DAY 43

vent — 來（come）

01 **adventure** — 名 冒險；冒險活動
02 **venture** — 名 冒險事業 動 冒險；大膽行事
03 **event** — 名 事件；活動
04 **invent** — 動 發明；捏造
05 **prevent** — 動 防止；預防
06 **convene** — 動 召集（會議）；聚集
07 **intervene** — 動 介入；干涉
08 **venue** — 名 （事件、行動等的）發生地；集合地
09 **avenue** — 名 大街；大道
10 **revenue** — 名 收益；稅收
11 **souvenir** — 名 紀念品

vert — 轉（turn）

01 **advertise** — 動 為……做廣告；公布
02 **avert** — 動 避開；防止
03 **convert** — 動 轉變；改造；使改變信仰 名 皈依者
04 **controvert** — 動 反駁；爭論
05 **introvert** — 名 內向者
06 **pervert** — 動 使變壞；扭曲 名 變態者；行為反常者
07 **converse** — 動 交談 名 相反的事物 形 相反的
08 **diverse** — 形 各式各樣的
09 **reverse** — 動 （使）反轉；倒退 名 相反；反面
10 **vortex** — 名 漩渦；渦流

vest — 衣服（garment）

01 **vest** — 名 （貼身穿的）背心；（無袖保暖）內衣 動 使穿衣；賦予（權力、財產等）
02 **divest** — 動 使脫去；處置；剝奪
03 **invest** — 動 投資；投入（時間、金錢等）

via — 路（way）

01 **via** — 介 經由……；透過……
02 **deviation** — 名 脫軌；偏向；偏差
03 **convey** — 動 運送；傳播；傳達
04 **voyage** — 名 動 旅行；航海
05 **envoy** — 名 使節；特使

vict — 征服（conquer）

01 **victory** — 名 勝利
02 **convict** — 動 判……有罪；使深感有錯 名 囚犯
03 **evict** — 動 收回（財產）；逐出（房客）
04 **convince** — 動 說服；使確信
05 **province** — 名 省；州；地區
06 **invincible** — 形 無敵的

DAY 44

viv	活著（live）
01 revive	01 動 甦醒；恢復活力；重新流行
02 survive	02 動 從……中逃生；活得比……長
03 vivid	03 形 生動的；（色彩、光線等）鮮明的
04 vital	04 形 生命的；必要的
05 vitamin	05 名 維他命

voc	叫喚（call）‧嗓音（voice）
01 voice	01 名 嗓音；聲音
02 vocabulary	02 名 字彙；字彙量
03 vocation	03 名 職業；天職；使命
04 advocate	04 動 提倡；支持；擁護 名 提倡者；支持者；擁護者
05 convocation	05 名 召集；（宗教、學術上的）會議
06 provoke	06 動 誘發；挑釁
07 evoke	07 動 喚起（想法、記憶等）
08 invoke	08 動 祈求（神祇）；行使（法律）；啟動（程式）
09 vowel	09 名 母音

vol	意志（will）
01 voluntary	01 形 自發的；自願的
02 benevolent	02 形 慈善的；仁慈的
03 will	03 助 （表示單純將來）將；（表示意志）要 名 意志；意願 動 發揮意志力

volv	捲動（roll）
01 involve	01 動 使捲入；牽涉；包含
02 evolve	02 動 發展；進化
03 revolve	03 動 旋轉；迴轉
04 volume	04 名 容量；體積；音量；〈單位〉冊

vot	發誓（vow）
01 vote	01 名 投票；選票 動 投票
02 devote	02 動 將……奉獻（給）；把……專用（於）
03 vow	03 名 誓言 動 發誓（做……）

war	注意（be cautious）‧注視（watch）
01 warn	01 動 警告；提醒
02 aware	02 形 知道的；意識到的
03 beware	03 動 當心；注意
04 award	04 名 獎 動 授予；判給
05 reward	05 名 報償；賞金 動 報償；獎勵

DAY 45

pro	前面（forth）
01 **pronoun**	01 名 代名詞
02 **prophet**	02 名 預言家；先知
03 **progress**	03 名 前進；進展；進步 動 向前進；進展；進步

pre	提前（already）· 之前（before）
01 **previous**	01 形 以前的；在前的
02 **premature**	02 形 不成熟的；過早的
03 **prehistoric**	03 形 史前的
04 **prepay**	04 動 預付；提前繳納
05 **predetermine**	05 動 事先決定

re	向後（back）· 再次（again）
01 **remain**	01 動 仍是……；餘留；繼續存在 名 剩餘(物)(-s)；遺物(-s)；遺跡(-s)
02 **recline**	02 動 (使)斜倚；(使)後仰
03 **regress**	03 動 退化；退步
04 **revert**	04 動 重返；回復
05 **retract**	05 動 縮回；撤回
06 **revoke**	06 動 取消；撤回
07 **return**	07 動 名 返回；歸還；回報
08 **reconcile**	08 動 使和解；調停
09 **recruit**	09 動 徵募(新兵)；補充(新成員) 名 新兵；新成員
10 **recycle**	10 動 回收再利用；使再循環
11 **renew**	11 動 (使)更新；(使)恢復
12 **retail**	12 名 動 零售 形 零售的
13 **replace**	13 動 代替；替換；放回
14 **replenish**	14 動 把……裝滿；補充
15 **reproduce**	15 動 生殖；複製；重現

DAY 46

in¹	裡面（in）
01 income	01 名 所得；收入
02 intake	02 名 攝取；吸入
03 insight	03 名 洞察力；深刻理解
04 inflow	04 名 流入
05 indoor	05 形 室內的；在室內使用的
06 inborn	06 形 天生的
07 inherent	07 形 內在的；固有的；本質上的
08 import	08 動 輸入；進口 名 輸入；進口商品
09 imprison	09 動 監禁；束縛
ex	**向外（out）**
01 exercise	01 名 運動；練習 動 運動；練習；行使
02 examine	02 動 檢查；調查；考試
03 excuse	03 名 辯解；理由 動 辯解；原諒
04 execute	04 動 執行；行刑
05 excavate	05 動 挖掘；發掘
06 expand	06 動 張開（帆、翅膀等）；（使）擴展；（使）膨脹
07 exhale	07 動 呼出；吐氣
08 exhaust	08 動 耗盡；使精疲力盡 名 廢氣；排氣管
09 exile	09 名 流放；流亡者 動 流放；使離鄉背井
10 exodus	10 名 （大批人的）離開；移居國外
11 exotic	11 形 異國情調的；外來的
12 exterior	12 形 戶外的；外部的；對外的 名 外部；外表
13 extreme	13 形 極度的；極嚴重的 名 極端
14 escape	14 動 逃跑；避免 名 逃跑；逃避
15 escort	15 動 護送；陪同 名 護衛隊；護衛者
16 eject	16 動 逐出；噴出
17 erode	17 動 腐蝕；侵蝕
18 eradicate	18 動 根絕；消滅
19 evaporate	19 動 （使）蒸發；（使）消失
20 eligible	20 形 有資格的；合適的

DAY 47

out	向外（out）・傑出的（excelling）
01 outburst	01 名 （情感）爆發；（火山）噴發；激增
02 outcome	02 名 結果
03 outlet	03 名 排放；發洩途徑；暢貨中心
04 outlook	04 名 觀點；展望
05 outgoing	05 形 外向的；喜歡外出的
06 outstanding	06 形 顯著的；傑出的
07 outdoor	07 形 室外的
08 outflow	08 名 流出；流出物
09 outdo	09 動 凌駕；勝過
10 outperform	10 動 凌駕；勝過

over	越過（over）・上面（above）・過度（excessively）
01 overcome	01 動 克服；戰勝
02 overtake	02 動 追上；（數量或程度上）大於……
03 overdue	03 形 到期未付款的；過期的
04 overnight	04 副 整夜；一夜之間　形 一整夜的；突然的
05 overtime	05 名 加班；加班時間 形 加班的；超過時間的　副 加班地
06 overhear	06 動 偶然聽到；偷聽
07 overseas	07 形 （在）海外的　副 在海外；向海外
08 overall	08 形 全面的；從頭到尾的 副 全面；從頭到尾　名 工作服
09 overhead	09 形 在頭頂上的；整體的　副 在頭頂上
10 overlap	10 動 （與……）重疊；（與……）部分相同 名 重疊
11 overlook	11 動 俯瞰；忽略
12 oversee	12 動 監督
13 overview	13 名 概要；概述
14 overwhelm	14 動 壓倒；征服
15 overcharge	15 動 對……索價過高
16 overeat	16 動 吃太多
17 overflow	17 動 充滿；（滿到）溢出　名 過剩；溢出
18 overload	18 動 使超載；使負荷過多　名 超載；超荷
19 overpay	19 動 支付過多
20 overthrow	20 動 名 推翻；打倒
21 overwork	21 動 （使）過勞；過度使用　名 過勞
22 overdose	22 名 動 用藥過量
23 overweight	23 形 超重的；過重的

DAY 48

com	一起（together）
01 combine	01 動 結合；組合
02 compact	02 動 使緊密；壓緊 形 結實的；小型的
03 compile	03 動 編纂；收集
04 confront	04 動 遭遇；對抗
05 congregate	05 動 （使）聚集；（使）集合
06 connect	06 動 連接；連結
07 contemporary	07 形 同時代的；現代的；最新的
08 coherent	08 形 一致的；有連貫性的
09 correlation	09 名 相互關係；相關性
10 colleague	10 名 同事；合夥人
11 collide	11 動 相撞；衝突

inter	之間（between）・互相（together）
01 international	01 形 國際性的；國際間的
02 intercultural	02 形 不同文化間的；跨文化的
03 interpersonal	03 形 人與人之間的；人際關係的
04 interval	04 名 間隔；距離；（音樂會等的）休息時間
05 interact	05 動 互動；互相影響
06 interchange	06 動 交換 名 交換；交叉車道
07 interfere	07 動 妨礙；干涉
08 interpret	08 動 解釋；詮釋；口譯

trans	橫貫（across）
01 transform	01 動 （使）改變
02 translate	02 動 翻譯；解釋
03 transplant	03 動 移植；移種 名 移植
04 transfuse	04 動 輸（血）；注入
05 transgender	05 名 跨性別者；變性者
06 transient	06 形 短暫的；一時的

DAY 49

ad	在（at, in）・朝向（to）・對於（towards）
01 adhere	01 動 緊黏；固守
02 adjacent	02 形 鄰接的；鄰近的
03 adolescent	03 名 青少年
04 adopt	04 動 採用；領養（孩子、寵物等）
05 adore	05 動 崇拜；愛慕
06 advent	06 名 到來；出現
07 adverb	07 名 副詞
08 ahead	08 副 在前；向前
09 abbreviate	09 動 縮短；縮寫
10 accelerate	10 動 （使）加速；促進
11 accessory	11 名 配件；裝飾品 形 附屬的
12 accuse	12 動 指控；把……歸咎於
13 acknowledge	13 動 承認；認可
14 aggregate	14 名 集合體；總數 形 聚集的；合計的 動 （使）聚集；合計
15 applaud	15 動 （向……）鼓掌；（向……）喝采
16 appreciate	16 動 欣賞；感謝；體會
17 approach	17 動 接近；著手處理 名 接近；方法
18 appropriate	18 形 適當的；相稱的 動 盜用；撥出（款項等）
19 approximate	19 形 接近的；大約的 動 （使）接近
20 array	20 動 布置；排列；穿上（衣服） 名 （排列整齊的）一批；一系列；大量
21 attach	21 動 貼上；附著
sub	下面（under）・次要的（secondary）・鄰近的（near）
01 submarine	01 名 潛水艇 形 海底的；水下的
02 subtotal	02 名 小計
03 subtract	03 動 減去；去掉
04 suburb	04 名 郊區；近郊
05 subtitle	05 名 副標題；字幕 動 給……加副標題；給……上字幕
06 suggest	06 動 建議；提議；顯示；暗示

DAY 50

de	向下（down）・分開（away）・不（not）
01 demolish	01 動 破壞；拆除
02 depreciate	02 動 （使）……的價值降低；輕視
03 desire	03 名 盼望；渴望；欲望 動 渴望；要求
04 despise	04 動 鄙視；輕蔑
05 decay	05 動 （使）腐爛；（使）蛀牙；（使）衰退 名 腐爛；蛀牙；衰退
06 deform	06 動 使變形；使成畸形
07 detach	07 動 使分離；派遣
08 delegate	08 名 代表人 動 委派；把……委託給
09 default	09 名 不履行；不參加；棄權；預設值
10 decode	10 動 破解（密碼、暗號等）；解讀
11 deforest	11 動 砍伐森林
12 destruct	12 動 摧毀；自毀
13 demerit	13 名 缺點；過失

dis	不（not）・分開（away）
01 disability	01 名 無能；殘疾
02 disadvantage	02 名 不利條件；缺點
03 discomfort	03 名 不舒服；不安；使人不舒服（或不安）的事物
04 disgrace	04 名 丟臉；不光彩的行為 動 使丟臉
05 dishonor	05 名 丟臉；恥辱
06 disorder	06 名 無秩序；動亂；疾病
07 discourage	07 動 使灰心；勸阻；打消
08 discredit	08 動 懷疑；敗壞……的名聲 名 懷疑；名聲敗壞
09 disagree	09 動 不同意；不一致
10 disapprove	10 動 反對；不贊同
11 discard	11 動 丟棄；拋棄
12 disconnect	12 動 使分離；切斷
13 dislike	13 動 名 討厭
14 disobey	14 動 不服從；違反
15 disqualify	15 動 剝奪……的資格；取消……的資格
16 disregard	16 動 無視；不顧
17 disrespect	17 名 不敬；無禮；輕視 動 不尊敬；對……無禮
18 dishonest	18 形 不誠實的；不正直的；欺詐的
19 discontent	19 名 不滿；不滿足 形 不滿的

DAY 51

un	不（not）・相反（opposite）
01 **unfair**	01 形 不公平的；不公正的
02 **unequal**	02 形 不平等的；不勝任的
03 **uncertain**	03 形 不確定的；無法確知的
04 **unsure**	04 形 不確定的；沒有把握的
05 **unusual**	05 形 不尋常的；獨特的
06 **unnecessary**	06 形 不必要的；多餘的
07 **unconscious**	07 形 無意識的；未發覺的 名 無意識
08 **unfortunate**	08 形 不幸的；遺憾的
09 **unnatural**	09 形 不自然的；反常的
10 **unpleasant**	10 形 令人不愉快的；討厭的
11 **unhealthy**	11 形 不健康的；危害健康的
12 **unsteady**	12 形 不安定的
13 **unwilling**	13 形 不願意的；不情願的
14 **unfriendly**	14 形 不友善的
15 **unlike**	15 形 不同的；不相似的 介 不像……
16 **unable**	16 形 不能的；沒有能力的
17 **unbearable**	17 形 無法忍耐的
18 **unbelievable**	18 形 難以置信的；驚人的
19 **uncomfortable**	19 形 不舒服的；不自在的
20 **unquestionable**	20 形 毫無疑問的；確鑿的
21 **unreasonable**	21 形 不合理的；不講理的
22 **untouchable**	22 形 無法動手的；望塵莫及的
23 **unemployed**	23 形 失業的；無工作的
24 **unexpected**	24 形 意外的；未預期到的
25 **unintended**	25 形 非意圖；偶然的
26 **unknown**	26 形 未知的；沒沒無聞的
27 **unlimited**	27 形 無限制的；無數的
28 **unpaid**	28 形 未付款的；無報酬的
29 **unseen**	29 形 看不見的；沒見過的
30 **untitled**	30 形 無標題的；無合法權利的
31 **unwanted**	31 形 不需要的；無用的；多餘的
32 **undo**	32 動 解開；脫掉（衣服等）；復原（傷害等）
33 **unpack**	33 動 解開行李
34 **unplug**	34 動 拔掉插頭
35 **untie**	35 動 解開；鬆開；使自由
36 **unveil**	36 動 除去……的面紗（或覆蓋物）；揭露

DAY 52

in²	不（not）
01 incorrect	01 形 不正確的；不適當的
02 indefinite	02 形 不明確的；無限期的
03 indirect	03 形 間接的
04 indispensable	04 形 必須的；不可或缺的
05 ineffective	05 形 沒有效果的；沒有力量的；無能的
06 inevitable	06 形 不可避免的；必然的
07 inexpensive	07 形 花費不多的；價錢低廉的
08 infamous	08 形 惡名昭彰的
09 informal	09 形 非正式的；不拘禮節的
10 insufficient	10 形 不充分的；不足的
11 intolerable	11 形 無法忍耐的；無法容忍的
12 invariable	12 形 不變的；恆定的
13 invisible	13 形 看不到的；無形的
14 inability	14 名 無能；不能
15 incompetence	15 名 無能；不稱職
16 inconvenience	16 名 不便
17 inequality	17 名 不平等；不平衡
18 injustice	18 名 不公正；不公正的行為
19 immature	19 形 不成熟的；未臻完美的
20 immense	20 形 巨大的；廣大的
21 immoral	21 形 不道德的；淫蕩的
22 immortal	22 形 不死的；不朽的
23 impartial	23 形 公正的；無偏見的
24 impatient	24 形 沒有耐心的；無法忍受的
25 impractical	25 形 不切實際的；無實踐能力的
26 improper	26 形 不適當的
27 imbalance	27 名 不平衡；不均衡
28 illogical	28 形 不合邏輯的
29 irrational	29 形 不理性的；不合理的
30 irrelevant	30 形 不相關的；不對題的
31 irresponsible	31 形 沒有責任感的；不須承擔責任的

DAY 53

fore	提前；前面（before）
01 forefather	01 名 祖先；祖宗
02 foresee	02 動 預見；預知
03 foretell	03 動 預言
04 forefinger	04 名 食指
05 forehead	05 名 額頭
06 foremost	06 形 最前的；最先的；最重要的 副 在最前；首先；最重要地

ante	前面；之前（before）
01 antecedent	01 名 前例；先行事件 形 在前的；在先的
02 ancestor	02 名 祖宗；祖先
03 antique	03 形 古代的；古風的 名 古董；古玩
04 ancient	04 形 古代的；古老的

post	後面；之後（after）
01 posterior	01 形 （空間或時間上）後面的
02 postpone	02 動 延期；延遲
03 postwar	03 形 戰後的
04 postscript	04 名 附筆；附錄

up	向上（up）
01 uphold	01 動 高舉；支持
02 uproot	02 動 連根拔起；根除；把……趕出家園
03 upset	03 動 使心煩意亂；打亂 形 心煩意亂的；混亂的
04 upside	04 名 上面；好的一面
05 upright	05 形 端正的；垂直的 副 挺直地；垂直地

under	下面（under, below）
01 undergo	01 動 經歷；接受
02 underline	02 動 畫底線；強調 名 底線
03 underlie	03 動 位於……的下面；構成……的基礎
04 understate	04 動 避重就輕地說；少報
05 undertake	05 動 著手做；接受；同意
06 undergraduate	06 名 大學生 形 大學生的

by	附帶的（secondary）．旁邊（beside）
01 by-product	01 名 副產物；副產品
02 by-election	02 名 補選
03 bygone	03 形 過去的；已往的 名 過去的（不愉快的）事
04 bystander	04 名 旁觀者；看熱鬧的人
05 bypass	05 名 旁道 動 繞過；置……於不顧

extra	外面（outside）
01 extracurricular	01 形 課外的
02 extraterrestrial	02 形 地球之外的；外星人的 名 外星人
03 extraordinary	03 形 異常的；特別的；非凡的
04 extravagant	04 形 過度的；浪費的
05 extrovert	05 名 性格外向者 形 性格外向的

DAY 54

non	沒有的（not）
01 **nonfiction**	01 名 非小說類散文文學
02 **nonprofit**	02 形 非營利的 名 非營利團體
03 **nonsense**	03 名 胡說八道；胡鬧
04 **nonsmoking**	04 形 禁菸的
05 **nonstop**	05 形 直達的；不停的；不休息的

anti	抵抗（against）‧相反的（opposite）
01 **antiaging**	01 形 抗老化的
02 **antibacterial**	02 形 抗菌的
03 **antibody**	03 名 抗體
04 **antisocial**	04 形 反社會的；非社交性的
05 **antarctic**	05 形 南極的
06 **antonym**	06 名 反義詞

counter	抵抗（against）‧相反的（opposite）
01 **counterattack**	01 動 名 反攻；反擊
02 **contrary**	02 形 相反的；對立的

with	分開（away）
01 **withdraw**	01 動 抽回；提取；撤銷
02 **withhold**	02 動 拒絕給予；隱瞞

mal	壞的（bad）
01 **malice**	01 名 惡意；敵意
02 **malfunction**	02 名 機能不全；故障；疾病 動 機能失常；發生故障
03 **malady**	03 名 疾病；（社會的）弊病
04 **malign**	04 動 誹謗；污衊 形 惡意的；有害的
05 **maleficent**	05 形 作惡的；有害的
06 **malevolent**	06 形 有惡意的；有害的

mis	錯誤的（wrong）
01 **mistake**	01 名 錯誤；失誤；誤會 動 弄錯；誤解；把……誤認為
02 **mischief**	02 名 惡作劇；傷害
03 **misconception**	03 名 誤解；錯誤想法
04 **misbehave**	04 動 行為不禮貌；行為不端
05 **misconduct**	05 動 作錯誤行為 名 不規矩；錯誤行為
06 **misfortune**	06 名 不幸；災難
07 **mishap**	07 名 事故；災難
08 **mismatch**	08 名 不一致；不協調 動 使錯配
09 **mislead**	09 動 把……帶錯方向；把……引入歧途
10 **misplace**	10 動 隨意擱置；誤置
11 **misunderstand**	11 動 誤會；誤解

DAY 55

bio	生命（life）
01 **biology**	01 名 生物學
02 **biodiversity**	02 名 生物多樣性
03 **bioethics**	03 名 生物倫理學
04 **biorhythm**	04 名 生物節奏；生物週期
05 **antibiotic**	05 名 抗生素 形 抗生的；抗菌的
dia	橫跨（across）
01 **dialect**	01 名 方言；土話
02 **diarrhea**	02 名 腹瀉
03 **diagonal**	03 形 對角線的；斜的 名 對角線；斜線
eco	環境（environment）・家（house）
01 **ecosystem**	01 名 生態系
02 **eco-friendly**	02 形 環保的
03 **ecology**	03 名 生態學；生態
04 **economy**	04 名 經濟；經濟情況；節約
geo	地球；大地（earth）
01 **geometry**	01 名 幾何學
02 **geothermal**	02 形 地熱的
micro	小的（small）
01 **microscope**	01 名 顯微鏡
02 **microorganism**	02 名 微生物
03 **microwave**	03 名 微波爐；微波
tele	在遠方的（distant）
01 **telepathy**	01 名 心電感應
02 **telescope**	02 名 望遠鏡
03 **television**	03 名 電視
04 **telecommunication**	04 名 遠端通訊；電信
auto	自行（self）
01 **automobile**	01 名 汽車 形 汽車的；自動推進的
02 **automatic**	02 形 自動的
03 **autonomy**	03 名 自治；自治權

DAY 56

ob	面對（against）・朝向（towards）
01 **obvious**	01 形 明顯的；顯然的
02 **obscure**	02 形 黑暗的；模糊的；難以理解的 動 使變暗；使難理解
03 **obsession**	03 名 執著；著迷
04 **occasion**	04 名 場合；重大活動；時機
05 **opportunity**	05 名 機會
06 **opposite**	06 形 相反的；對立的；對面的 名 對立面；對立物 介 在……對面

ab	分開（away）・從（from）
01 **abnormal**	01 形 不正常的；變態的
02 **absolute**	02 形 絕對的；完全的；確實的 名 絕對的事物
03 **absorb**	03 動 吸收
04 **abduction**	04 名 誘拐；綁架
05 **advance**	05 動 前進；進展；進步 名 前進；發展
06 **advantage**	06 名 優點；優勢；利益

se	分開（away）
01 **separate**	01 動 （使）分開；（使）分離；（夫妻）分居 形 分開的；個別的
02 **secure**	02 形 安全的；安心的；牢固的 動 使安全；獲得；拴牢
03 **select**	03 動 選擇；挑選 形 精選的；上等的
04 **segregate**	04 動 分離；隔離並差別對待
05 **seclude**	05 動 使孤立；使隔離
06 **severe**	06 形 嚴重的；嚴格的；非常困難的
07 **secret**	07 名 祕密；奧祕 形 祕密的；私下的

syn	一起（together）・一樣的（same）
01 **synthesis**	01 名 合成；綜合
02 **synonym**	02 名 同義詞
03 **synchronize**	03 動 （使）同時發生；（使）同步
04 **symbiotic**	04 形 共棲的；共生的

bene	好的（good）
01 **benefit**	01 名 利益；優惠
02 **beneficial**	02 形 有益的；有利的
03 **benefactor**	03 名 贊助人；捐助者
04 **benediction**	04 名 祝福；祝禱

DAY 57

super	上面（above, over）・超出（beyond）
01 superb	01 形 華麗的；出色的；極好的
02 superior	02 形 上級的；優秀的 名 上司；長輩
03 superficial	03 形 表面的；膚淺的
04 superfluous	04 形 過剩的；不必要的
05 supernatural	05 形 超自然的
06 surface	06 名 表面；外觀 動 顯露；浮出水面
07 surplus	07 名 過剩；盈餘；順差 形 過剩的；剩餘的
08 surprise	08 名 驚奇；令人驚訝的事物 動 使驚奇；使感到驚訝
09 surrender	09 動 (使)投降；(使)自首；交出 名 投降；自首；交出
10 surround	10 動 圍繞；圍住
11 survey	11 名 民意調查；考察；測量 動 調查；考察；測量

per	完全（completely）
01 perfect	01 形 完美的；理想的 動 使完美；做完
02 perform	02 動 表演；演奏；執行
03 permanent	03 形 永遠的；永久的；固定性的
04 persevere	04 動 堅持不懈
05 persuade	05 動 說服；使相信

en	使做（make）
01 enable	01 動 使能夠；使成為可能
02 encourage	02 動 激發勇氣；鼓勵；獎勵；慫恿
03 endanger	03 動 危害；危及
04 enlarge	04 動 (使)放大；(使)擴充
05 enrich	05 動 使豐富；使充實
06 ensure	06 動 使確實去做……；保障；確保
07 entitle	07 動 給……權力（或資格）； 將書取名為……
08 embark	08 動 上船(或飛機等)；從事；著手
09 empower	09 動 授權；使能夠

a	非常（very）・不（not）
01 alike	01 形 相同的；相似的 副 相同地；相似地
02 ashamed	02 形 非常羞恥的
03 amaze	03 動 使驚訝
04 arise	04 動 升起；發生
05 asocial	05 形 反社會的；非社交的
06 apolitical	06 形 不關心政治的；厭惡政治的

DAY 58

mono　　一（one）・獨自（alone）

01	monorail	01 名 單軌電車
02	monolingual	02 形 僅懂一種語言的；單語的
		名 僅懂一種語言的人
03	monotone	03 名 單調；〈音樂〉單音調
04	monopoly	04 名 獨占；壟斷
05	monarch	05 名 君主；國王；女王
06	monk	06 名 修道士；僧侶

uni　　一（one）

01	uniform	01 名 制服；軍服　形 相同的；不變的
02	unicorn	02 名 獨角獸
03	unify	03 動 統一；使一致
04	union	04 名 合併；聯盟
05	unique	05 形 獨特的；獨一無二的
06	unite	06 動 使聯合；統一
07	universe	07 名 宇宙；全世界
08	unanimous	08 形 全體一致的；異口同聲的

bi　　二（two）

01	bicycle	01 名 腳踏車
02	binary	02 形 二元的；二進位的
03	binocular	03 形 雙眼的　名 雙眼望遠鏡

du　　二（two）

01	dual	01 形 雙的；雙倍的；雙重的
02	double	02 形 雙的；雙倍的；雙層的　名 兩倍
		動 （使）變成兩倍；把……對折　副 雙倍地；雙重地
03	doubt	03 動 懷疑　名 懷疑；疑問

twi　　二（two）

01	twice	01 副 兩次；兩倍
02	twin	02 名 雙胞胎之一；雙胞胎(-s)　形 雙胞胎的；成對的
03	twist	03 動 扭轉；搓成，編成；曲解
		名 扭；搓／編成的東西；曲解
04	twilight	04 名 黃昏時分；暮光
05	between	05 介 在……之間

tri　　三（three）

01	triple	01 形 三倍的；三重的　動 （使）變成三倍
02	triangle	02 名 三角形；三角關係
03	tribe	03 名 部落；種族
04	trivial	04 形 瑣碎的；不重要的；平常的

multi　　多數的（many, much）

01	multitask	01 動 多工處理
02	multimedia	02 名 多媒體
03	multitude	03 名 許多；群眾
04	multicultural	04 形 多元文化的；融合多種文化的

DAY 59

名詞字尾

01	-er	01	名尾 執行動作者(做……的人、做……的工具)
02	-ee	02	名尾 接受動作者(被……的人)
03	-ist	03	名尾 執行動作者(做……的人)
04	-ant	04	名尾 執行動作者(做……的人)
05	-ary	05	名尾 執行動作者(做……的人)
06	-ive	06	名尾 執行動作者(做……的人)
07	-ion	07	名尾 動作;性質;狀態
08	-ment	08	名尾 動作;性質;狀態
09	-ness	09	名尾 動作;性質;狀態
10	-ance	10	名尾 動作;性質;狀態
11	-al	11	名尾 動作;性質;狀態
12	-ure	12	名尾 動作;性質;狀態
13	-th	13	名尾 動作;性質;狀態
14	-cy	14	名尾 動作;性質;狀態
15	-ty	15	名尾 動作;性質;狀態
16	-ry	16	名尾 動作;行業;種類
17	-ory	17	名尾 場所
18	-ics	18	名尾 學問
19	-ship	19	名尾 資格;特性
20	-ism	20	名尾 主義;特性
21	-hood	21	名尾 時代;時期;關係

動詞字尾

01	-ize	01	動尾 使成為……;使……化
02	-ate	02	動尾 使做……
03	-ify	03	動尾 使做……
04	-en	04	動尾 使做……

DAY 60

形容詞字尾

01	**-able**	01 形尾 可能性（可以……的）
02	**-ful**	02 形尾 豐富（充滿……的）
03	**-less**	03 形尾 缺乏（沒有……的）
04	**-ern**	04 形尾 方向（……的）
05	**-ic**	05 形尾 性質；傾向（……的）
06	**-ous**	06 形尾 性質；傾向（……的）
07	**-ar**	07 形尾 性質；傾向（……的）
08	**-al**	08 形尾 性質；傾向（……的）
09	**-ate**	09 形尾 性質；傾向（……的）
10	**-ant**	10 形尾 性質；傾向（……的）
11	**-ly**	11 形尾 性質；傾向（……的）
12	**-y**	12 形尾 性質；傾向（充滿……的）
13	**-ish**	13 形尾 性質；傾向（像……的）
14	**-ive**	14 形尾 性質；傾向（……的）

副詞字尾

01	**-ly**	01 副尾 方式（……地）
02	**-ward**	02 副尾 方向（朝……）
03	**-way**	03 副尾 方法；方向；程度

MEMO